Konrad Hansen

Die Rückkehr der Wölfe

Konrad Hansen

Die Rückkehr der Wölfe

Roman

Eichborn.

Die Deutsche Bibliothek – CIP-Einheitsaufnahme

Hansen, Konrad:
Die Rückkehr der Wölfe : Roman / Konrad Hansen. –
Franfurt am Main : Eichborn, 2000
ISBN 3-8218-0783-0

Umschlaggestaltung: Christina Hucke unter Verwendung eines Gemäldes von
Ernst Ferdinand Oehme »Prozession im Nebel« 1828, Photo: AKG Berlin
Satz: Fuldaer Verlagsagentur, Fulda
Druck: Wiener Verlag, Himberg/Österreich
ISBN 3-8218-0783-0

Verlagsverzeichnis schickt gern:
Eichborn Verlag, Kaiserstr. 66, D-60329 Frankfurt
www.eichborn.de

Für Nis, Synnöve, Sven, Nicolas und Alexander

… so sind die Vorgänge und die Geschichte
eines Dorfes und die eines Reiches im Wesentlichen
die selben; und man kann am Einen wie am Andern,
die Menschheit studiren und kennen lernen.

Schopenhauer

Mein Beruf besteht darin, Fragen über den Menschen
zu stellen, den heutigen Menschen, und Antworten
zu versuchen, indem ich das Verhalten unserer
Gesellschaft in einer zurückliegenden Epoche betrachte.

Georges Duby

ERSTES KAPITEL

An einem Winterabend des Jahres 1644 klopfte ein junger Mann an die Tür des Pastorats in Schönberg und bat, zum Herrn Pastor vorgelassen zu werden. Er war über und über mit weißem Staub bedeckt, was er der Magd, die ihm öffnete, damit erklärte, daß er den letzten Teil des Weges auf einer Fuhre Segeberger Kalks zurückgelegt hätte. Im Studierzimmer händigte er dem Pastor ein Schreiben des Preetzer Klosterprobsten aus, in dem zu lesen war, daß Jobst Steen, dies der Name des Überbringers, für unbestimmte Dauer im Pastorat wohnen, daselbst an den Mahlzeiten teilnehmen und Pastor Scheele als Adjunkt zur Hand gehen sollte. Den Geistlichen wandelte Zorn an, als er die Zeilen seines Patronatsherren las. Für einen seiner berüchtigten Ausbrüche war er indes zu müde; er hatte schon die zweite Nacht schlaflos verbracht. Daher beließ er es bei einem ärgerlichen Schnaufen.

Die Magd führte Jobst in eine Kammer neben der Küche. Sie maß fünf Schritte in der Länge und vier in der Breite, der Fußboden war mit Seesand bestreut. Es gab dort einen Tisch, einen dreibeinigen Hocker, eine Bank und, hinter Vorhängen in der Längswand verborgen, ein muffig riechendes Bett. Waschen könne er sich im Spülstein, das tue sie auch, sagte die Magd, die ihn für ihresgleichen hielt.

Wohin hat es mich nur verschlagen, schrieb er an jenem Abend in sein Tagebuch. Er hatte es in schwarzes Leder binden lassen, so daß es einem Gesangbuch glich oder einem Kompendium frommer Texte. Man sollte ihm nicht ansehen, daß es Geheimnisse barg, Aufzeichnungen, die für keines anderen Auge bestimmt waren, die Zwiesprache eines Menschen mit sich selbst. Im Lauf der Jahre füllte Jobst Hunderte von Blättern mit seiner zierlichen Schrift. Jeden Abend machte er sich die Gegenwart erträglicher, indem er sie als etwas Vergangenes beschrieb.

Und so schilderte er nun den Verlauf der Reise von Rostock nach diesem gottverlassenen Dorf. Alles in allem war er neun Tage unterwegs gewesen, die Aufenthalte in Segeberg und Preetz mitgerechnet. War eine Reise im Winter an sich schon eine Strapaze, so geriet der letzte Teil zur Höllenfahrt. *In der weißen, von Stürmen durchtobten Einöde schien es nicht Weg noch Steg zu geben,* schrieb er. *Das Fuhrwerk versank bis zu den Radnaben im Schnee, der Bauer flüchtete sich zu mir unter die schützende Plane, Gott allein weiß, wie die Pferde ihren Weg gefunden haben. Vom Dorf sah ich nichts, bei meiner Ankunft herrschte tiefe Dunkelheit. Wohin hat es mich nur verschlagen,* schloß er.

Er legte sich angekleidet auf das Bett und bedeckte sich mit seinem Mantel. In der Küche schürte jemand das Feuer. Die Magd, mutmaßte Jobst. Er wünschte, sie käme zu ihm. Er hatte Angst, allein im Dunkel zu liegen, er fürchtete sich vor undeutbaren Geräuschen, vor bösen Träumen. Aber sie kam nicht. Er hörte sie über den Lehmfußboden schlurfen, eine Tür fiel ins Schloß. Wie stets vor dem Einschlafen sah er Gesichter. Ratssyndikus Pistorius musterte ihn mit eisigem Blick, seine schöne Frau Felicia bot ihm, von der Liebe erhitzt, ihre Lippen dar, der Klosterprobst Otto von Buchwaldt zwirbelte verdrossen die Spitzen seines Schnurrbarts.

Spät in der Nacht weckte ihn eine Stimme. Es war die Stimme eines Mannes, der den Teufel beschwor, ihn aus seinen Klauen zu lassen. Die Worte gingen in Ächzen und Stöhnen unter, so daß Jobst Ohrenzeuge eines Ringkampfes zu sein glaubte. Dies geschah, schien es ihm, kaum eine Armlänge entfernt auf der anderen Seite der hölzernen Wand. Gegen Morgen schreckte er abermals aus dem Schlaf. In der Küche schepperten Töpfe, *De Sünn is oppegahn,* sang es zwischen Schnauben und Prusten, obschon es noch finster war. Der Duft heißer Hafergrütze stieg ihm verlockend in die Nase. Wie lange war es her, daß der Klosterprobst ihn mit Rauchfleisch, Wurst und Bier bewirtet hatte, ein Tag, zwei Tage oder drei? Ein Lichtstrahl stach ins Dunkel. »Bist du wach?« flüsterte es durch den Türspalt. »Ich habe dir was zu essen hingestellt. Gib mir deinen Mantel, ich will sehn, ob ich ihn sauberkriege.«

Auf dem Küchentisch stand ein Napf mit dampfender Grütze. Mittendrauf schmolz ein Stück Butter. Jobst zog Gräben in die Grütze, so hatte er es als Kind gemacht.

»Wer schläft neben meiner Kammer?« fragte er die Magd.

»Keiner«, antwortete sie, »schlafen tut da keiner.« Als wolle sie ihn für die Neugier seines Besitzers strafen, drosch sie mit verbissener Wut auf Jobsts Mantel ein. Wolken von Kalkstaub wirbelten auf. Die Magd hatte sich die braunen Zöpfe wie Schneckengehäuse um die Ohren geflochten. Sie war, wenngleich noch sehr jung, schon breit in den Hüften, eine kaum dem Kindesalter entwachsene Matrone. »Der Herr Pastor darf nichts davon wissen, daß ich dir zu essen gegeben habe«, sagte sie. »Er wird sehr böse, wenn einer vorm Morgengebet was ißt.« So bedächtig, wie sie sich bewegte, sprach sie auch. Sie kaute die Wörter, bevor sie ihr vom Munde gingen.

»Lebt ihr allein im Haus, der Pastor und du?« fragte Jobst.

»Ich allein mit dem Herrn Pastor?« entgegnete sie erschrocken. Oh nein, Gott behüte, nicht um alles in der Welt wolle sie mit dem Herrn Pastor allein unter einem Dach wohnen! Sie goß warmes Wasser in eine Schüssel. »Darin kannst du dich waschen«, sagte sie. »Wasch dir wenigstens das Gesicht, du siehst zum Fürchten aus.« Im Hinausgehen nannte sie ihren Namen: Elsche.

Als der Morgen dämmerte, trat er vor die Tür. Von den Gehöften rings um den Dorfanger, klobige Schneehaufen vor schneeschwangerem Himmel, stiegen Rauchschleier auf. Im kahlen Geäst eines Wäldchens lärmten Krähen, in der Ferne grummelte das Meer. Ein Pferdeschlitten glitt vorüber. Der Mann auf dem Kutschbock hob grüßend die Peitsche. »Kehrt nicht zu sehr den Studiosus hervor«, hatte der Klosterprobst ihm geraten. »Die Probsteier sind ein stolzer Menschenschlag, sie können es nicht leiden, wenn sich einer etwas Besseres dünkt.«

Ein Schwall wohliger Wärme überflutete seinen Rücken. »Komm rein«, hörte er Elsche sagen, »du holst dir den Tod da draußen.«

Am Küchentisch saß ein bleiches Männchen, die Lider verquollen vom Schlaf. Er war nur wenig älter als Jobst, aber seine Züge zeugten von schwächlicher Gesundheit und heimlichen Lastern. »Gott zum Gruße«, rief er, als Jobst eintrat. »Setzt Euch zu mir und laßt uns gemeinsam unser Leid beklagen. Denn wie ich erfahren habe, ist uns beiden das nämliche Los beschieden.« Darauf streckte er Jobst seine Hand hin und sagte, er sei Thomas Pale, seines Zeichens Diakon. Letzteres wolle indes nichts weiter besagen, als daß er ein geistlicher Handlanger sei. Im Altertum hätten sich die Hohepriester Sklaven gehalten für die Verrichtung niederer Dienste, eine ähnliche Stellung nehme er bei Pastor Scheele ein. »Doch damit genug von mir«, unterbrach er sich, »laßt nun hören, was Ihr, ein junger Herr aus gutem Hause, wenn der Augenschein nicht trügt, in diesem entlegenen Winkel zu suchen habt.«

Etwas in den Zügen des Diakons warnte Jobst, sich allzu freimütig zu äußern. So erzählte er, daß sein Lebenswandel bei den sittenstrengen Rostockern Anstoß erregt habe und er demzufolge sein Heil in der Flucht habe suchen müssen. Um seine Familie nicht in die Sache hineinzuziehen, habe er sich statt nach Hamburg in das Kloster zu Preetz begeben, wo man ihm, so sei ihm bedeutet worden, fürs erste Unterschlupf gewähren würde. Der Klosterprobst habe ihn jedoch nach kurzer Unterredung aufgefordert, nach Schönberg weiterzureisen und dem dort amtierenden Pastor ein Handschreiben des Herrn von Buchwaldt zu übergeben.

Er habe es gelesen, bekannte der Diakon. »Mea culpa, mea maxima culpa!« rief er, mit aneinandergelegten Händen um Vergebung bittend. »Ich wollte etwas in der Epistel des Paulus an die Korinther nachschlagen, da sah ich das Schreiben auf dem Tisch liegen. Womit habt Ihr Euch das Wohlwollen des Klosterprobsten erworben? Er gilt sonst als nicht sehr gefällig. Nein, es geht mich nichts an«, fiel er sich abermals ins Wort. »Ich habe Gott auf Knien gelobt, meine Neugier zu bezähmen. Denn Neugier ist aller Sünden Anfang, dies auch Euch zur Mahnung, Herr Adjunkt!«

»Ist er ein Herr wie Ihr?« fragte die Magd verwundert.

»Ja und nein«, erwiderte der Diakon. »Dem Herkommen nach steht er wahrscheinlich über mir. Andererseits wird der Titel eines Diakons nur Studierten zuerkannt, wohingegen jeder Pferdeknecht sich ungestraft Adjunkt nennen dürfte. Damit trete ich Euch doch nicht zu nahe, Herr Adjunkt?«

Weshalb flößt ein Mensch uns auf den ersten Blick Vertrauen ein, während beim andern eine innere Stimme zur Vorsicht rät? notierte Jobst am Abend. *Bei Thomas Pale verspüre ich ein körperliches Unbehagen, vergleichbar dem, das mich nach dem Genuß fetter oder zu scharf gewürzter Speisen befällt. Als ich ihn reden sah, kam mir der Satz in den Sinn: Man lügt mit dem Mund, aber mit dem Maule, das man dabei macht, sagt man doch die Wahrheit. Zuweilen lächelt er ohne erkennbaren Grund oder begleitet seine Worte mit einem Mienenspiel, das im Betrachter die unangenehme Empfindung eines Mißklangs auslöst. Ich muß auf der Hut vor ihm sein.*

Das Morgenmahl wurde, wie die übrigen Mahlzeiten auch, wintertags im Studierzimmer eingenommen. Es war kleiner und somit leichter zu beheizen als die Diele, wo man sich in der wärmeren Jahreszeit zum Essen versammelte. Nach dem Pastor betrat seine Frau den Raum. Sie war ein gutes Dutzend Jahre jünger als ihr Mann, ging aber, damit der Altersunterschied nicht zu sehr ins Auge springe, nach Art älterer Frauen gekleidet. Gleichwohl wirkte sie neben ihrem Gatten wie das blühende Leben.

»Du siehst, liebe Margreta«, sagte der Pastor, nachdem er unter dem Porträt des Reformators Platz genommen hatte, »einen Gast an unserem Tisch. Der Herr Klosterprobst hat geruht, ihn mir als Adjunkt beizugeben. Wie ich dem Schreiben Seiner Gnaden entnommen habe, heißt er Jobst Steen und stammt aus Hamburg. Bleibt zu hoffen, daß ich eine Tätigkeit finden werde, die er nutzbringend auszufüllen vermag.«

Für die Dauer eines Herzschlags hob die Pastorenfrau den Blick und schaute Jobst geradewegs in die Augen. Er erschrak, so tief durchdrang ihn ihr Blick. Gleich darauf aber, als sie die Augen niederschlug, meinte er, einer Täuschung erlegen zu sein.

»Sofern der Adjunkt über hinlängliche Bildung verfügt, wüßte ich ein Amt, das man ihm unter Umständen anvertrauen könnte«, ließ sich der Diakon vernehmen.

»Wir werden sehen«, erwiderte der Pastor. Von den Wendungen, mit denen er sich eine Einmischung zu verbitten pflegte, war dies die höflichste.

»Der derzeitige Inhaber – «, hob dessen ungeachtet Thomas Pale wieder an.

»Herr Diakon!« polterte der Pastor, während ihm das Blut in die Wangen schoß, »es steht Euch nicht zu, mir Ratschläge zu erteilen! Nicht jeder, der aus Hamburg kommt und, aus welchen Gründen immer, die Protektion des Klosterprobsten genießt, ist zum Schulmeister berufen!«

Der Diakon biß sich auf die Unterlippe; der Löffel zitterte in seiner Hand. *Die Rolle des geprügelten Hundes ist ihm zur zweiten Natur geworden*, schrieb Jobst in sein Tagebuch. *In Gegenwart des Pastors schrumpft Thomas Pale sichtlich in sich zusammen; stets in Erwartung eines Tadels oder eines Donnerwortes nimmt er vorsorglich die Haltung des Gemaßregelten ein.*

»Womit, glaubt Ihr selbst, könntet Ihr mir von Nutzen sein?« wandte sich Pastor Scheele an Jobst.

»Darüber habe ich mir keine Gedanken gemacht«, versetzte dieser nach kurzem Besinnen. »Gemeinhin obliegt die Entscheidung, was ein Adjunkt zu tun hat, jenem, dem er adjungiert ist.«

»Höre ich womöglich einen Juristen reden?« fragte der Pastor argwöhnisch.

»Die Jurisprudenz ist mir trotz emsiger Bemühung ein Buch mit sieben Siegeln geblieben«, erwiderte Jobst. »Daher habe ich mich später der Theologie zugewandt.«

Der Diakon verschluckte sich und wankte nach Atem ringend aus dem Zimmer, die Miene des Pastors spiegelte schieres Erstaunen. »Der Herr Klosterprobst schickt mir einen Theologen als Adjunkt?« rief er mit einer Lautstärke, daß Elsche dienstwillig zur Tür hereinschaute. »Was soll ich nebst dem Diakon noch mit einem weiteren Theologen, zumal ich selbst schon unter diesen Heiden der Rufer in der Wüste bin?« Dabei sah er seine Frau an, als erwarte er Antwort von ihr. Doch sie hielt den Blick gesenkt und schwieg. »Wärt Ihr ein Schnittker, könntet Ihr die Türen und Fenster ausbessern«, fuhr der Pastor fort, »auch ein Schmied käme mir recht, denn wo der Seewind nicht am Gemäuer frißt, frißt er am Eisen, aber ein Theologe, wozu soll mir ein Theologe dienen?«

Johannes Scheele untermalte seine Worte mit ausgreifenden Gebärden. Diese Gewohnheit war ihm nicht angeboren, sondern aus der Erkenntnis erwachsen, daß Worte einer sichtbaren Stütze bedürfen, damit sie in den Köpfen einfacher Menschen haftenbleiben. Er wählte waagerechte Gesten für alles Irdische, während die senkrechten dem Allerhöchsten vorbehalten waren und seinem Widerpart. Aus beiden entstand gelegentlich das Kreuz. Nur selten gestattete er sich Abweichungen in die Schräge, und so gut wie nie kam es vor, daß er Bögen schlug. So sprach er auch auf Jobst Steen beim ersten gemeinsamen Morgenmahl mit klaren Worten und geraden Gebärden ein. Margreta, seine Frau, schwieg zu allem. Als Jobst aber einmal zu ihr hinsah, begegnete er wieder ihrem bohrenden Blick.

»Die Buchwaldts sind eine weitverzweigte Sippe«, sagte der Pastor. »Wie man hört, reichen ihre verwandtschaftlichen Verbindungen bis nach Hamburg und Bremen. Habe ich in Euch möglicherweise einen Verwandten des Herrn Klosterprobsten zu sehen?«

»Ich bin sicher, daß mir mein Ziehvater, wäre dem so, davon erzählt hätte«, antwortete Jobst.

»Nun denn, Gott befohlen«, sagte Pastor Scheele, indem er die Schüssel mit einer Geste des Widerwillens von sich schob. »Leg mir frisches Zeug raus, liebe Margreta, ich bin zum Herrn Klosterprobst bestellt. Elsche soll meine Stiefel einfetten, es sieht nach Tauwetter aus. Euch, Herr Steen, empfehle ich einen Spaziergang durchs Dorf, damit Ihr einen ersten Eindruck von Land und Leuten gewinnt. Der Diakon wird Euch begleiten. Habt Ihr gehört, Herr Diakon?« rief er laut.

Thomas Pale kehrte, noch immer hüstelnd, ins Studierzimmer zurück. »Ja, Herr Pastor«, sagte er, indem er den Kopf einzog.

Unterdessen war die Morgendämmerung einer diffusen Helligkeit gewichen. Ein lauer Wind drückte den Herdrauch zu Boden, der Schnee backte klumpig an den Schuhen, von den tief herabgezogenen Reetdächern tropfte Schmelzwasser. Sie stiegen auf den Kirchhügel, der sich über der Auniederung fast wie ein Berg ausnahm und als solcher in den Ortsnamen eingegangen war. Er sei bei Hochwasser in weitem Umkreis der einzig sichere Platz, erläuterte der Diakon und beschwor das Bild einer von den Wogen umspülten Insel, auf der sich Mensch und Vieh zusammendrängen. Wie in anderen Dingen gab Thomas Pale auch hier seinem Hang zur Übertreibung nach. Indessen erblickte man vom Kirchhügel nach drei Seiten hin das Meer, wenn man dem Dorf den Rücken zukehrte. *Ein Zipfel Land vor der Unendlichkeit des Meeres*, trug Jobst abends in sein Tagebuch ein.

»Im Vertrauen, Herr Kollega«, sagte der Diakon, während sie sich den Weg durch eine Schneewehe bahnten, »es traf mich wie ein Schlag zu hören, daß Ihr Theologe seid. Ich muß doch nicht befürchten, daß Ihr mich auf höhere Weisung ersetzen sollt?«

Weder stehe dies in seiner Absicht, noch habe der Klosterprobst derartiges verlauten lassen, antwortete Jobst. Überdies sei er nicht berechtigt, das Amt eines Diakons zu versehen, da er aus den erwähnten Gründen nicht dazu gekommen sei, die erforderlichen Examina abzulegen.

Die Auskunft stimmte den Diakon heiter. Indem er vertraulich zwinkerte und seine Mahnung vor sündhafter Neugier kurzerhand in den Wind schlug, fragte er, womit Jobst denn um Himmels willen die Rostocker Bürger so gegen sich aufgebracht habe. »Nur zu, Herr Adjunkt, macht aus Eurem Herzen keine Mördergrube«, rief er vergnügt, »ich bin selbst kein Heiliger.« Doch dann hielt er unvermittelt inne, packte Jobst am Arm und sagte: »Laßt mich raten. So wie Ihr ausseht, ich will Euch nicht schmeicheln, aber welche Frau könnte Euch widerstehen! Ergo, es geht um eine Frau. Womöglich gar um eine verheiratete Frau? Ihr braucht nichts zu sagen, Herr Adjunkt, gebt mir nur ein Zeichen, daß ich auf dem richtigen Wege – «

»Wie viele Einwohner hat Schönberg?« fiel ihm Jobst ins Wort.

»Um die vierhundert«, entgegnete der Diakon, ohne sich im geringsten gekränkt zu zeigen. »Zum Kirchspiel gehören jedoch noch andere Dörfer, ich nenne exempli causa Krummbek, Stakendorf, Höhndorf, Fiefbergen, Krokau und Barsbek, so daß unser Sprengel gut und gern an die zwölfhundert Seelen zählt.«

Sie waren inzwischen vom Kirchhügel herab auf den Dorfanger gelangt. Vor den Ställen dampften Misthaufen, von Tür zu Tür tauschten zwei Frauen Neuigkeiten aus. Auf der gegenüberliegenden Seite des Angers stapfte eine dürre Gestalt durch den Schnee. Thomas Pale zog Jobst in einen Hauseingang. »Ich möchte nicht, daß er mich sieht«, flüsterte er. »Zu dieser Stunde ist er für gewöhnlich noch nüchtern und demzufolge nur mit Vorsicht zu genießen.«

»Wer ist das?« fragte Jobst.

»Der Dorn im Auge unseres gemeinsamen Brotherren«, erwiderte der Diakon und entblößte sein lückenhaftes Gebiß. »Ich spreche von Hinrich Wiese, Weber, Schulmeister und Trunkenbold in einer Person. Noch mehr als die Liebe zum Branntwein verübelt der Pastor ihm, daß Wiese seinen Kopf zum Denken gebraucht. Denn wisset und schreibt es Euch hinter die Ohren, Herr Adjunkt«, setzte der Diakon mit erhobenem Zeigefinger hinzu: »Nach Pastor Scheeles unerschütterlicher Überzeugung ist, wer denkt, für den Glauben verloren und somit ein Werkzeug des Teufels.«

Zum Schutz gegen Wölfe war das Dorf von einem Erdwall umgeben, auf dessen Krone man einen aus Reisig geflochtenen Zaun errichtet hatte. In die Umfriedung waren Tore eingelassen, jeweils benannt nach dem Dorf, das dem Tor am nächsten lag. Neben dem

Stakendorfer Tor duckte sich, kaum höher als der Zaun, eine kümmerliche Kate. Aus der Klöntür, deren oberer Teil offenstand, gellten Kindergeschrei und das Keifen einer Frau. Der Diakon trat an die Tür und rief: »Komm her, Marlene. Hier ist einer, der dich kennenlernen möchte.«

Vor dem schummrigen Hintergrund wirkte ihr Gesicht leichenblaß. Die Augen waren von schwarzen Haarsträhnen verdeckt, auf ihrer Oberlippe glitzerten Schweißperlen. Die Ärmel ihres groben Kleides hatte sie bis zu den Schultern hochgekrempelt.

»Ich bin bei der Wäsche, was wollt ihr?« raunzte sie.

»Dieser junge Herr kommt aus Hamburg und wird sich für eine Weile bei uns aufhalten«, sagte der Diakon. »Wie man unschwer erkennen kann, ist er ein Freund des zarten Geschlechts. Zeig ihm deine Brüste, Marlene.«

»Ich hab zu tun«, entgegnete die Frau.

»Zeig ihm wenigstens eine«, bat der Diakon. »Du gewinnst einen neuen Kunden, der junge Herr ist gut betucht.«

Marlene knüpfte das Kleid auf und holte eine ihrer Brüste hervor. Währenddessen lauschte sie angestrengt ins Dunkel, offensichtlich beunruhigt über das plötzlich verstummte Geschrei.

»Man sollte sich bei Dirnen immer zuerst den Busen anschauen«, sagte der Diakon. »Am Busen erkennt man, ob sie ihren Preis wert sind. Was schätzt Ihr, wieviel Marlene verlangt?«

»Bedeckt Euch, gute Frau«, stammelte Jobst. »Verzeiht mir, daß ich dem Verlangen des Herrn Diakons nicht sogleich widersprochen habe.«

»Wie redest du mit mir?« fragte die Frau. »Redet man so mit einer Hure?«

»Marlenes Mann ist im Krieg«, sagte der Diakon. »Die Schweden haben ihn zum Kriegsdienst gepreßt. Oder waren es die Kaiserlichen?«

»Weiß nich«, sagte die Frau. »Was tut's auch, wer ihn mitgenommen hat, weg ist weg.«

»Ihr dürft von Marlene keine Kunststücke erwarten«, sagte der

Diakon, als sie weitergingen. »Sie macht es so, wie sie es mit ihrem Mann gemacht hat, und der wollte es immer auf die gleiche Art. Wie gefällt Euch übrigens unsere holde Wirtin?«

»Ich begreife nicht, wie Ihr im gleichen Atemzug von der Frau des Pastors reden könnt«, versetzte Jobst ungehalten.

»Die Gedanken gehen manchmal verschlungene Wege, aber selten lenkt sie der Zufall«, sagte der Diakon verschmitzt. »Sie ist, was auch den Altersunterschied erklärt, Pastor Scheeles zweite Frau; die erste ist von der Pest dahingerafft worden.« Er dämpfte seine Stimme zu einem Tuscheln: »Sie schlafen nicht, wie es unter Eheleuten üblich ist, im gleichen Bett. Der Pastor schläft auf der Ofenbank. Was soll man davon halten, Herr Adjunkt?«

Er redet, wie die sprichwörtliche Katze um den heißen Brei geht. Er sagt nichts, auf das man ihn festnageln könnte. Er legt Fäden aus und überläßt es dem anderen, sie zu verknüpfen. Bisweilen erregt er mir solchen Abscheu, daß ich ihn schlagen möchte.

»Glaubt nur ja nicht, mir sei entgangen, wie sie Euch bei Tische angesehen hat«, fuhr der Diakon fort. »Da kann einem schwindlig werden, nicht wahr? Oh, Ihr seid nicht der erste, dem sie tief in die Augen geblickt hat, Herr Adjunkt! Habt Ihr wahrhaftig gedacht, Ihr wärt der erste? Um es rundheraus zu sagen: Auch ich war schon das Ziel solcher Blicke. Nicht daß ich mir darauf etwas einbilde, ganz und gar nicht. In der Not frißt der Teufel Fliegen, ich weiß, ich weiß. Aber ich möchte Euch vor der Hybris bewahren, daß Ihr und nur Ihr allein einer sittsamen Frau unschickliche Blicke entlocken könnt.«

»Ich bin froh zu hören, daß Ihr der Pastorenfrau immerhin noch Sittsamkeit zubilligt«, gab Jobst bärbeißig zurück.

»Das Thema ist Euch unangenehm, wir wollen nicht mehr davon reden«, sagte der Diakon. Er klopfte an die Dielentür eines größeren Bauernhauses. Eine stattliche Frau mit strengen Gesichtszügen öffnete.

»Ist Euer Mann schon auf?« fragte Thomas Pale. »Der junge Herr möchte dem Bauernvogt seine Aufwartung machen.«

»Kommt rein«, sagte die Frau. Der beißende Geruch schwelender Buchenspäne schlug ihnen entgegen. Eine Armlänge über ihren Köpfen hingen dicht an dicht Würste und Schinken von den Deckenbalken herab. Durch die Rauchschwaden tappend gelangten sie in die mit dunklem Holz getäfelte Wohnstube. Am Fenster saß, mit dem Rücken zum Licht, ein alter Mann. Er hielt ein mit Holzschnitten bebildertes Buch auf den Knien.

»Was ich in meiner Sterbestunde am meisten bedauern werde, ist, daß ich nicht Lesen gelernt habe«, sagte er. »So kann ich mir nur die Bilder ansehen und muß mir die Geschichten dazu denken. Aber ich weiß nicht, ob es die richtigen Geschichten sind.«

»Vielleicht kann Euch der junge Herr hin und wieder etwas vorlesen, Claus Ladehoff«, sagte der Diakon. »Jobst Steen ist nämlich ein Studierter, wenn auch ohne akademischen Grad.«

»Dafür bin ich zu alt«, entgegnete der Bauernvogt. »So viel Zeit bleibt mir nicht mehr, daß ich all die ausgedachten Geschichten aus dem Kopf kriege und die wahren hinein.« Er reichte Jobst die Hand und fragte: »Was geht vor, draußen in der Welt?«

Er sei aus Angst um sein Leben vor allem nachts gereist und abseits der großen Straßen, erzählte Jobst. So habe er die Bilder des Grauens nicht mit jener bestürzenden Deutlichkeit wahrgenommen, wie sie sich bei Tage darböten. Gleichwohl habe ihn das Ausmaß der Zerstörung bis ins Innerste aufgewühlt. Ganze Landstriche hätten ihn an die ersten Zeilen der Bibel erinnert, wo geschrieben stehe: Und die Erde war wüst und leer. In den verbrannten Dörfern habe sich kein Leben mehr geregt, nicht einmal Getier, das sich von Aas zu ernähren pflege, habe er dort noch vorgefunden. Beim Anblick der ersten Siedlung, in der Menschen gewesen und ihrer gewohnten Tätigkeit nachgegangen seien, habe sich seiner das Gefühl bemächtigt, er kehre aus dem Totenreich ins Diesseits zurück.

»Wir verdanken es unserer abseitigen Lage, daß wir bisher verschont geblieben sind«, sagte der Bauernvogt. »Aber sie werden auch uns heimsuchen.« Er blätterte in dem Buch, schlug eine Seite auf und winkte Jobst näher. »Seht her, junger Mann: Der Geharnischte hat Tod und Teufel im Gefolge, die drei sind unzertrennlich. Wer vom Geharnischten nicht um sein Hab und Gut gebracht wird und vom Sensenmann nicht ums Leben, fällt dem Satan zum Opfer, und das ist von allen Übeln das schlimmste. Denn der Teufel will unser heiligstes Gut, ein Gut, das ungleich wertvoller ist als Besitz und Leben, er will unsere Seele.«

»Ihr hättet einen guten Pastor abgegeben, Claus Ladehoff«, sagte der Diakon, indem er ihm gönnerhaft auf die Schulter klopfte. »Aber gebt acht, daß Ihr Pastor Scheele nicht ins Gehege kommt. Wo es um den Leibhaftigen und seine schändliche Brut geht, läßt er sich von niemandem ins Handwerk pfuschen.«

»Er hätte es verdient, daß wir ihm mit größerer Achtung begegnen«, sagte der Bauernvogt. »Wenn dereinst die Gerechten vor Gottes Antlitz gerufen werden, wird Johannes Scheele unter ihnen sein.«

Draußen preßte sich der Diakon die Faust in den Mund und erstickte ein Kichern. Es hatte zu schneien begonnen, dicke Flocken klatschten Jobst ins Gesicht. Er wünschte sich zurück in seine Dachkammer an der Faulen Grube, linkerhand der Stapel abgegriffener Folianten, zur Rechten der bullernde Ofen. Er wünschte, er wäre weitergegangen, als Felicia ihm den Schlag ihrer Kutsche geöffnet hatte. Gedankenverloren stolperte er über einen Baumstumpf, der Diakon fing ihn auf. »Was ist Euch, Herr Adjunkt? Schlaft Ihr im Gehen?«

»Der Schnee beißt mir in die Augen«, entgegnete Jobst.

»Vermutlich leidet er an einer bestimmten Schwäche«, sagte Thomas Pale über die Schulter hinweg. »Was könnte sonst der Grund sein, daß er mit keiner der beiden Frauen ein Kind gezeugt hat?«

Es kam selten vor, daß Jobst in Zorn geriet. Wenn dies aber geschah, gab er ihm ungehemmt nach. »Ich bin es leid, mir Eure zweideutigen Bemerkungen über Pastor Scheele anzuhören, Herr Diakon!« fuhr er ihn an. Ein Hund, der sich ihnen zutraulich nähern wollte, machte sich mit eingeklemmtem Schwanz davon.

»Recht so, kommt nur aus Euch heraus«, sagte der Diakon. »Ich dachte schon, Ihr begnügtet Euch damit, männliche Schönheit zur Schau zu stellen. Doch im Zorn wirkt Ihr durchaus leidenschaftlich. Wir wollen den Rundgang mit einem Gläschen Branntwein beschließen. Erlaubt Ihr, daß ich Euch einlade, Herr Adjunkt?«

Die Schankstube befand sich im Haus des Klostervogts Hans Untied. Da allein sechs der Schönberger Bauern Untied hießen, wurde er wegen seiner trippelnden Gangart *Hans Flinkfoot* genannt. Man sagte ihm nach, daß er sich das Recht, Schnaps zu brennen, auf ähnliche Weise beschafft habe wie das Amt des Klostervogts: durch Speichelleckerei und fragwürdige Gefälligkeiten.

Kaum daß sie an einem der Tische aus schweren Eichenbohlen Platz genommen hatten, begann der Wirt, einen schmierigen Lappen zu schwingen. Er fuhr mit ihm über Tische und Bänke, wischte Gläser aus und Spinnweben fort, und da er vor lauter Eifer ins Schwitzen kam, wischte er sich zwischendurch auch über Nacken, Stirn und Wangen.

»Gott zum Gruße, Hans Flinkfoot«, sagte der Diakon. »Hast du noch etwas vom Wacholder im Faß?«

»Für einen kleinen Schluck wird's wohl reichen«, grinste der Wirt und zauberte unter fortwährendem Lappenschwenken zwei volle Becher auf den Tisch.

»Nun erteilt mir Absolution für alles, das mir unbedacht entschlüpfte, Herr Adjunkt«, sagte der Diakon. »Aber wie heißt es bei Matthäus? Wes das Herz voll ist, des gehet der Mund über.«

»Ex abundantia cordis os loquitur«, warf der Wirt beflissen ein.

»Ganz recht«, sagte Thomas Pale. »Wir haben es in Hans Flinkfoot mit einem höllisch gebildeten Mann zu tun. Er hat die Kieler Lateinschule besucht, wenn auch gewissermaßen durch die Hintertür. Denn der Rektor schätzte Probsteier Mettwurst, und wenn Hans ihm eine gratis draufgab, durfte er ein Stündchen am Unterricht teilnehmen.«

»Suum cuique«, sagte Hans Flinkfoot, während er die Gläser von neuem füllte und mit zweimaligem Klopfen zu verstehen gab, daß er dafür keine Bezahlung erwarte.

»Stellt Euch gut mit dem Klostervogt, und Ihr werdet über alles, was in der Probstei geschieht, auf dem laufenden sein«, sagte der Diakon. »Was Hans Flinkfoot nicht weiß, lohnt sich auch nicht zu wissen.«

Indem er wedelnd die Schankstube durchmaß, hin und wieder zur Tür trippelte und dort nach weiteren Gästen Ausschau hielt, berichtete der Wirt von seltsamen Vorfällen. Am Strand, nahe der Dorschbucht, sei ein Fisch mit zwei Köpfen gefunden worden, was nach der Überlieferung ein von See her drohendes Unheil bedeute. Hans Haunerland von Fernwisch sei um Mitternacht von einem riesenhaften Wolf verfolgt worden, der für die Fortbewegung nicht die Beine benutzt habe, sondern mittels zweier fledermausartiger Flügel geflogen sei. Außerdem habe der Wolf Feuer gespien und wild mit den Augen gerollt. Haunerland habe dem Untier eine halbvolle Branntweinflasche in den Rachen geschleudert, worauf dieses gräßlich heulend in Flammen aufgegangen sei. Auf dem Hof seines Vetters Jochim Arp käme die Milch an gewissen Tagen sauer und klumpig verdickt aus den Eutern seiner Kühe, und dies geschehe just zur gleichen Zeit, wenn seine Magd Gesche Lamp unpäßlich sei. Gestern nun habe Jochim Arp der Magd gedroht, er würde sie, falls dies noch einmal geschehe, wegen Zauberei verklagen.

Nachdem er seine Gäste solcherart mit Neuigkeiten versorgt hatte, sah sich Hans Flinkfoot berechtigt, seinerseits eine Auskunft zu erbitten. So fragte er, was Pastor Scheele im Fall des Schulmeisters Hinrich Wiese zu tun gedenke. Seit Martini hätten seine Schüler ihn nicht mehr nüchtern erlebt. Statt die Kinder im Katechismus zu unterweisen, lehre er sie, aus Flintstein Funken zu schlagen, das Bauchreden, eine hierzulande unbekannte Sprache und derlei Unsinn mehr. Auch erzähle man sich im Dorf, Wiese habe den Pastor wortspielerisch mit einem Afterwind verglichen.

Der Diakon bückte sich, um sein Schuhband fester zu knüpfen. Unter dem Tisch und somit den Blicken des Wirts entzogen, sah Jobst ihn feixen. Als er sich aber wieder aufrichtete, lag Zurechtweisung in seiner Miene. »Pastor Scheele hat den Herrn Klosterprobst schon verschiedentlich auf diese Mißstände aufmerksam gemacht«, sagte er. »Doch Herr von Buchwaldt behandelt den Trunkenbold unerklärlicherweise mit Nachsicht. Wie also kann der Pastor etwas unternehmen, solange der Klosterprobst seine Hand über Hinrich Wiese hält?«

»Dafür gibt es durchaus eine Erklärung«, sagte der Wirt, während er vom ziellosen Wischen zu emsigem Rubbeln überging. »In jungen Jahren war Hinrich Wiese Reitknecht bei Herrn von Buchwaldt, der damals noch kein Klosterprobst, sondern ein rechter Hansdampf in allen Gassen war. Es heißt, der Knecht hätte dem Junker aus so mancher Klemme geholfen. Kurzum«, schloß Hans Flinkfoot, »manus manum lavat.«

»Da hört Ihr's, Herr Adjunkt«, sagte der Diakon. »Ihr werdet dieses Haus in aller Regel klüger verlassen, als Ihr hereingekommen seid. Mit jedem Schluck von Hans Flinkfoots Wacholder dringt Ihr ein Stück tiefer in Zusammenhänge ein, die ein Fremder sonst nicht durchschauen würde.«

»Hat sich in Eurer Sache etwas getan?« fragte Hans Flinkfoot den Diakon, als er sie zur Tür geleitete.

»Ich weiß, du bist sehr um mein Fortkommen besorgt, und dafür danke ich dir«, entgegnete Thomas Pale. »Ich fürchte indes, der *Diakon* wird sich noch auf meinem Grabstein wiederfinden.« Danach lachte er bitter auf und ballte, halb im Ärmel verborgen, die Faust.

Gegen Mittag kehrten sie ins Pastorat zurück. Da der Herr Pastor außer Haus sei, werde am Abend warm gegessen, richtete Elsche ihnen aus, bis dahin möge man sich je nach Belieben an Brot und Wurst oder gepökeltem Fisch gütlich tun. Jobst begab sich in seine Kammer. Sie kam ihm anheimelnder vor als am Morgen, irgend etwas hatte sich verändert. Auf dem Tisch gewahrte er ein gehäkeltes Deckchen, und das Bett war frisch bezogen. Wie ihm schien, hatte auch das kleine Bild zuvor nicht an der Wand gehangen. Es war ein bunt ausgemalter Holzschnitt, Eva im Zwiegespräch mit der Schlange, während Adam augenfällig Bedenken trug. Das Bild hätte er bemerkt, wäre es am Morgen schon dort gewesen.

Elsche steckte den Kopf zur Tür herein: »Wollt Ihr nichts essen?« Und als Jobst den Kopf schüttelte, trat sie hinter ihn: »Gefällt Euch das Bild?«

»Hast du es da aufgehängt?« fragte Jobst.

»Ich hab nur das Bett bezogen«, sagte die Magd. »Das übrige hat sie gemacht.«

Als Elsche gegangen war, dachte Jobst, er hätte fragen müssen, wer mit sie gemeint sei. So erweckte er den Eindruck, die Antwort zu kennen, und dies gab Anlaß für weitere Vermutungen.

Eva, die Schlange und der Apfel. Welches Tages ihr davon esset, so werden eure Augen aufgetan, und werdet sein wie Gott, und wissen, was gut und böse ist. Der Sündenfall. Weshalb gerade dieses Bild? dachte Jobst. Er ging zum Fenster und blickte hinaus. Der Schneefall war dichter geworden. Eine Weile konnte er noch die Umrisse des Nachbarhauses erkennen, dann versanken auch diese im wirbelnden Weiß.

Lange nach dem Dunkelwerden kehrte der Pastor heim. Johannes Scheele war mißgestimmt und gab sich keine Mühe, es zu verhehlen. Nachdem er das Tischgebet gesprochen hatte, fiel kein weiteres Wort mehr.

Ich fühlte ihren Blick auf meinem Gesicht. Aus Angst, daß sich unsere Blicke kreuzen könnten, starrte ich die ganze Zeit auf meinen Teller. Ich komme mir lächerlich vor. Meine Befangenheit dieser völlig fremden Frau gegenüber kann ich mir nur damit erklären, daß ich ein gebranntes Kind bin. Was berechtigt sonst zu der Annahme, die Pastorenfrau könnte ähnliche Absichten hegen wie die lebenslustige Gattin des Ratssyndikus?

Tief in der Nacht wurde Jobst im Schlaf von Unruhe ergriffen. Als er erwachte, schlug ihm das Herz bis zum Hals. So ging es ihm oft, wenn er schlecht geträumt hatte. Aber diesmal hatte ihn kein Traum erschreckt, sondern das Gefühl, daß neben ihm, jenseits der dünnen Holzwand, jemand war. Jobst glaubte, ihn atmen zu hören, flach und stoßweise. In das Atmen mengte sich ein wortloses Stammeln. Dann ein unterdrückter Schrei, hastige Schritte, Gläsernes zerbarst mit lautem Knall. Etwas später glitt ein Lichtschein durch die Kammer, jemand schien draußen mit einer Laterne vorbeizugehen.

Beim Morgenmahl trug Scheele einen Verband an seiner Rechten. Die Frage des Diakons nach Ursache und Art der Verletzung wehrte er mit unwirschen Gesten ab. Doch Elsche hatte die Eheleute in der Schlafkammer miteinander reden hören. Während sie sein Bett aufschüttelte, erzählte sie Jobst, der Herr Pastor habe nächtens die Fratze eines Dämons gesehen. Als der Unhold nicht, wie es der Pastor mit starken Worten verlangt habe, verschwunden sei, habe der Pastor nach ihm geschlagen, nicht ahnend, daß zwischen ihm und dem Dämon das Fenster war.

»Was tut der Pastor nachts in dem Raum neben meiner Kammer, wenn er dort nicht schläft?« fragte Jobst die Magd.

»Das war früher die Geschirrkammer«, sagte Elsche. »Da liegt noch immer allerhand Zeug rum, was man für die Pferde braucht. Auch Peitschen«, fügte sie bedeutungsvoll hinzu. Als ob seine Frage damit beantwortet sei, ging sie hinaus. Doch gleich darauf kam sie zurück und sagte, der Herr Pastor erwarte Jobst im Studierzimmer.

»Da Ihr nun einmal hier seid und voraussichtlich für länger bleiben werdet«, hob Johannes Scheele ohne Umschweife an, »nehme ich mir das Recht, Euch zur Person zu befragen und mit Euren Auskünften jene zu ergänzen, die mir Seine Gnaden gab. So erfuhr ich, daß Ihr ein Findelkind seid und nach der Gemarkung, in der man Euch aussetzte, den Namen Steen erhieltet. Die ersten Monate kamt Ihr im Waisenhaus des Klosters unter, dann aber – und hier stellt sich in Eurer Vita zum ersten Mal die Frage nach dem Grund – gab Euch die Priörin im Einverständnis mit dem damaligen Klosterprobst nach Hamburg in die Familie des Tuchhändlers van der Meulen. Warum, Herr Steen? Wie erklärt Ihr Euch die Bevorzugung, die meines Wissens noch keinem anderen Findelkind zuteil wurde?«

»Die Antwort muß ich Euch schuldig bleiben, Herr Pastor«, sagte Jobst. »Wenn ich meinen Ziehvater mit diesen und ähnlichen Fragen bedrängte, versicherte er mir hoch und heilig, daß ihm aufgetragen sei, mir für gutes Geld eine gute Erziehung zu geben, mehr wisse er nicht und mehr wolle er nicht wissen.«

»Und das Geld kam vom Kloster zu Preetz?«

»Ich nehme es an.«

Der Pastor versank eine Weile in Grübeln, bevor er fortfuhr: »Ihr habt in Hamburg das Akademische Gymnasium besucht und Euch anschließend in der Universität zu Rostock immatrikuliert. Nach anderthalb Jahren mehr oder weniger emsigen Studiums saht Ihr Euch gezwungen, Rostock Hals über Kopf zu verlassen. Der Herr Klosterprobst sprach andeutungsweise von einem Verstoß gegen Sitte und Moral, womit Ihr Euch die erbitterte Feindschaft eines einflußreichen Rostocker Bürgers zugezogen hättet. Vermute ich richtig, daß Ihr gegen das zehnte Gebot verstoßen habt, Herr Steen?«

Jobst fühlte Ärger in sich aufsteigen. Aber er faßte sich und schwieg.

»Schon gut, ich bestehe nicht auf einer Antwort. Erklärt mir statt dessen, weshalb Ihr im Kloster zu Preetz Unterschlupf gesucht habt. Was zog Euch zu dem Ort, an den Ihr Euch unmöglich erinnern könnt?«

»Man riet mir, mich nach Preetz zu wenden, da besagter Rostocker Bürger in Hamburg eine Reihe guter Freunde habe.«

»Wer riet es Euch?«

»Dieselben Leute, denen ich es verdanke, daß ich unbeschadet aus Rostock entkommen bin.«

»Was wißt Ihr über diese Leute? Wer waren sie, was bewog sie, Euch zu helfen?«

»Ich habe sie weder gefragt, noch haben sie von sich aus irgendwelche Auskünfte gegeben.«

Johannes Scheele strich sich nachdenklich über das Gesicht. »Seine Gnaden hat Euch inständig meiner Obhut empfohlen«, sagte er. »Das Kloster wird für Eure Unterbringung und Beköstigung aufkommen. Ich soll dafür Sorge tragen, daß Ihr die Probstei nicht verlaßt, denn nur innerhalb des klösterlichen Bezirks könne der Herr Klosterprobst Eure Sicherheit gewährleisten. Hand aufs Herz, Herr Steen: Macht Euch so viel Fürsorge nicht auch stutzig?«

»Nicht so sehr, daß ich mir darüber das Gehirn zermartern müßte.«

»Nun ja, das mag sowohl auf Eure Jugend als auch darauf zurückzuführen sein, daß Ihr der Nutznießer seid«, sagte Pastor Scheele. »Ich hingegen kann Ungewißheit nicht ertragen. Mein ganzes Wesen ist auf Klarheit gerichtet. Denn wo keine Klarheit herrscht, nistet sich das Böse ein.« Sein Blick heftete sich auf das Bildnis des Reformators. Der Firnis war von feinen Rissen durchzogen, so daß Luthers Gesicht gesprungenem Porzellan ähnelte. Davor Pastor Scheeles kantiger Schädel: Dieser Mann warf nicht mit Tintenfässern, er drosch mit der bloßen Faust auf das Teufelsgelichter ein.

»Wie firm seid Ihr im Kleinen Katechismus?« fragte der Pastor.

»Ihr brächtet mich in Verlegenheit, wenn Ihr nach anderem als den Zehn Geboten fragtet«, bekannte Jobst.

»Ich möchte, daß Ihr Euch die fünf Hauptstücke einprägt, und zwar auf Punkt und Komma, Herr Adjunkt. Aber bevor Ihr geht, noch ein Wort im Vertrauen.« Er sog die schmalen Lippen ein, was eine sorgfältige Wortwahl verhieß. »Ich bin ein Mann, der, wo es um den Glauben und die Kirche geht, keine Halbheiten duldet. Damit habe ich mir unter den Hiesigen mehr Feinde als Freunde gemacht. Nun gibt es aber einen, der die Kluft zwischen meiner Gemeinde und mir noch zu vertiefen sucht, indem er mich verunglimpft, wann immer er eine Gelegenheit dafür findet. Dies berührt mich um so schmerzlicher, als gerade er mir zu Dankbarkeit verpflichtet wäre. Denn wie oft schon habe ich den Mantel des

Schweigens über seine Verfehlungen gebreitet. Doch er gibt keine Ruhe, er will meine Autorität untergraben, und um das zu erreichen, ist ihm jedes Mittel recht.« Mit einem plötzlichen Ruck warf er den Kopf in den Nacken, durchbohrte Jobst mit einem Blick aus seinen eisgrauen Augen, hob das eckige Kinn. Es war die gleiche Geste, mit der er von der Kanzel Aufmerksamkeit forderte, wenn da unten getuschelt und gekichert wurde oder Müdigkeit die Köpfe beugte. »Ich will Euch den Umgang mit Hinrich Wiese nicht verbieten. Ihr sollt selbst entscheiden, wessen Partei Ihr ergreifen wollt, Herr Adjunkt. Wenn Ihr Euch aber aus freien Stücken entschieden habt, müßt Ihr auch dafür geradestehen.«

»Es überrascht mich, daß Ihr in dem Schulmeister einen ernstzunehmenden Kontrahenten seht«, sagte Jobst.

»Menschen wie er sind vortrefflich geeignet, das Gehäuse für einen anderen zu sein, ihm ihren Geist, ihre Zunge zu leihen«, entgegnete der Pastor. Jobst ahnte dunkel, wen er mit dem anderen meinte. Der Gedanke erschien ihm indes so absonderlich, daß er sich durch eine Nachfrage zu blamieren fürchtete. Doch unversehens sollte er Gewißheit erlangen.

»Wie ein schwächlicher Körper empfänglich ist für Krankheiten, so ist es ein sündiger Mensch für den Satan«, fuhr der Pastor fort. »Hinrich Wiese trägt den Keim des Bösen in sich. Eines nicht allzufernen Tages wird der Antichrist ihn ganz in seinen Klauen haben. Und dann gnade Gott ihm und allen, die zu ihm halten!« Die letzten Worte sprach er in feierlichem Ton, den Blick zur Decke gerichtet. So bemerkte er nicht, daß hinter ihm das Bildnis des Doktor Martin Luther von der Wand fiel. Der Pastor schrak zusammen, als es auf den Boden schlug, und beäugte verstört den Nagel, der schräg nach unten gebogen aus der Wand ragte.

»Behemoth«, stammelte er. »Das war *Behemoth*, der Schelm unter den Dämonen.« Mit zittrigen Fingern drehte er den Nagel herum und hängte das Bild wieder auf. Jobst kam es vor, als ob der Reformator abgründig lächelte; vermutlich hatte sich die Leinwand durch den Aufprall verzogen.

»Noch etwas«, sagte der Pastor, nachdem er sich gefaßt hatte: »Ihr werdet beim Gottesdienst rechts neben der Kanzel sitzen, und zwar so, daß Ihr die Gemeinde im Auge behalten könnt. Ich möchte, daß Ihr Euch die ärgsten Unruhestifter merkt und sie mir nach dem Gottesdienst beschreibt. Merkt Euch auch jene, die während meiner Predigt schlafen, denn ganz gleich, ob sie wirklich schlafen oder sich nur schlafend stellen, in jedem Fall versagen sie mir den schuldigen Respekt. Dies wird Eure erste Aufgabe sein, Herr Adjunkt. Und falls Ihr darin etwas Anrüchiges sehen solltet, dann laßt Euch gesagt sein, daß es die heilige Pflicht eines Christen ist, im Hause Gottes jeglicher Unbotmäßigkeit Einhalt zu tun.«

Am Sonntag saß Jobst auf dem Platz neben der Kanzel, während sich die Kirche allmählich füllte. Ihm war unbehaglich zumute im Schnittpunkt so vieler Blicke, er spürte, daß ihm Mißtrauen entgegenschlug. Ihm gegenüber in der vorderen Reihe saß die Pastorenfrau, ein Stück weiter zur Wand hin der Diakon. Die alten Probsteier Bauerngeschlechter hatten ihre festen Plätze in den ersten Reihen. Dort saßen die Vollhufner Arp, Wiese, Stoltenberg, Lamp, Fink, Heuer, Mundt, Untied, Ladehoff, Vöge, Schneekloth, Göttsch und Sindt, hinter ihnen die Halbhufner und Kätner, die in der Mehrzahl dieselben Namen trugen, und dahinter die große Schar der Handwerker und Tagelöhner. Ganz vorn am Gang, der die Bankreihen teilte, war ein Platz leer. Diesen nahm, wenn er noch rechtzeitig den Weg vom Wirtshaus zur Kirche fand, der großspurige Hans Haunerland von Fernwisch ein. Er galt als der reichste unter den Bauern, wenngleich die Quelle seines Reichtums im dunkeln lag.

Am Verhalten der Gottesdienstbesucher war abzulesen, daß die Gemeinde in zwei Lager gespalten war. Die einen sammelten sich ernst und schweigsam, Gottes Wort zu vernehmen, die anderen, deutlich in der Überzahl, setzten ungerührt ihre Plaudereien fort, als Pastor Scheele mit langen Schritten zum Altar eilte. Er begann zu beten, rang betend um Fassung, doch er wurde seines hitzigen

Temperaments nicht Herr. Mit dröhnender Stimme befahl er Ruhe, wies die lautesten Klatschmäuler namentlich zurecht und weckte im Häuflein seiner Getreuen die Besorgnis, er könnte, wie schon einmal, aus schierer Wut einen Herzanfall erleiden.

Von der Kanzel ging er dann mit den Sündern ins Gericht, indem er mit deutlichen Worten so wenig sparte wie mit ausgreifenden Gebärden, waagerechten zumeist, aber auch senkrechten, wo es die Anrufung des Höchsten gebot. Statt biblische Gleichnisse zu wählen, griff er Vorfälle aus dem dörflichen Leben auf, um darzulegen, was Gottes Mißfallen erregte. Nicht gottgefällig war, daß die Probsteier Bauern ihre Säue in den Pastoratswald trieben. Nicht gottgefällig war, daß ein Muhs eine Muhs, ein Schlapkohl eine Schlapkohl ehelichte, damit nicht Land vom eigenen Land in den Besitz einer anderen Familie gelangte. Nicht gottgefällig war, daß man betrunken in die Kirche kam und zwischen den Grabsteinen sein Wasser abschlug. Nicht gottgefällig war, daß etliche der Anwesenden ihre fleischlichen Begierden woanders stillten als bei den eigenen Weibern. Am allerwenigsten aber konnte es Gott gefallen, daß einer – und da jeder wüßte, wer gemeint sei, wolle er auch seinen Namen nennen –, daß also Hinrich Lamp seinen Amtsbruder in Probsteierhagen, Pastor Laurentius, gebeten habe, die Klopfgeister aus seinem Haus zu vertreiben. Als ob er, Johannes Scheele, nicht imstande sei, dem dämonischen Gelichter mit Gottes Hilfe das Handwerk zu legen! Hier und jetzt, vor der versammelten Gemeinde möge Hinrich Lamp begründen, weshalb er sich an einen auswärtigen Pastor gewandt hatte statt an ihn, den hiesigen Geistlichen.

»Sall ick?« fragte Hinrich Lamp die neben ihm sitzenden Bauern. Und als diese zustimmend nickten, rief er zur Kanzel empor: »Der ist Euch über, Herr Pastor. Dem könnt Ihr nicht das Wasser reichen. Den haben sie sogar schon nach Kiel geholt, als es im Schloß gespukt hat.«

Johannes Scheele verzog das Gesicht, als habe ihn ein heimtückischer Hieb getroffen. Für kurze Zeit war die Gemeinde geeint in gespannter Erwartung. In diesem Augenblick begriff Jobst, daß nicht Frömmigkeit die Probsteier so zahlreich in die Kirche getrieben hatte, sondern die Hoffnung, einen der maßlosen Ausbrüche ihres Pastors zu erleben. Und Johannes Scheele enttäuschte sie nicht. Er geriet dermaßen außer sich, daß jener, der dort tobte, mit Pastor Scheele allenfalls noch den Talar und die rechtwinkligen Gebärden gemein zu haben schien. Was er an Worten von der Kanzel schleuderte, vermengte sich im Hall des Kirchenraumes zu einer Mixtur von Lauten, die dem Kläffen einer Hundemeute ähnelte. Obwohl ihn demzufolge niemand verstand, zeigte sich doch Befriedigung auf den Gesichtern. Man war Zeuge eines Wutausbruchs geworden, zu dem sich ein achtbarer Mann niemals würde hinreißen lassen, der Kirchgang hatte sich gelohnt.

Seine Ausbrüche müssen tiefere Ursachen haben als jene, an denen sie sich entzünden, anders kann ich mir seine dem Anlaß gänzlich unangemessene Erregung nicht erklären. Es ist, als verlöre er die Gewalt über sich und setze dadurch etwas frei, das stärker ist als er. Im Dorf geht das Gerücht, er habe bei einem seiner Anfälle den Abendmahlskelch nach Hinrich Wiese geworfen; seither sei der Schulmeister nicht mehr in der Kirche gesehen worden.

Nach dem Gottesdienst stellte sich der Diakon vor das Portal, um Hände zu schütteln, Schultern zu klopfen, diesem einige Worte mit auf den Weg zu geben, jenem sein Ohr zu leihen. Einer stillschweigenden Übereinkunft gemäß verabschiedete der Diakon die Gottesdienstbesucher, wenn der Pastor vom Jähzorn heimgesucht worden war. Der Herr Pastor, hörte Jobst ihn verschiedentlich sagen, befinde sich nicht wohl, vermutlich die Galle, vielleicht sei auch der Braten vom Vorabend zu stark gesalzen gewesen, zuviel Salz fördere bekanntlich die Reizbarkeit. Er sagte dies in einem Ton, der seine Worte nur ja nicht für bare Münze zu nehmen empfahl, und dort, wo er nicht ganz sicher war, daß er verstanden würde, half er mit einem Blinzeln nach. Die meisten lachten denn auch und trugen Thomas Pale Grüße an die Frau Pastor auf und baten, ihr auszurichten, sie möge doch auch am nächsten Sonnabend mehr Salz als nötig an den Braten tun.

Sie kam als letzte aus der Kirche. Der schwarze Umhang, die schwarze Haube, der Widerschein des Schnees ließen ihr Gesicht sehr bleich erscheinen. Sie blickte angestrengt zu Boden, als fürchte sie, auf dem festgetretenen Schnee auszugleiten. Als sie aufsah und den Bauernvogt mit einem leichten Neigen des Kopfes grüßte, bemerkte Jobst, daß ihr Blick nach kurzem Suchen an ihm haftenblieb.

»Wollt Ihr so gut sein und die Frau Pastor nach Hause geleiten, Herr Adjunkt?« rief der Diakon. »Ich habe noch einen Gang ins Dorf zu machen.« Die Umstehenden schmunzelten, man war im Bilde.

»Erlaubt, daß ich Euren Arm nehme, es ist sehr glatt«, sagte Margreta. Wo sich der Weg zwischen den Gräbern stärker neigte, faßte sie auch mit der anderen Hand nach seinem Arm.

»Sollten wir nicht auf den Herrn Pastor warten?« fragte Jobst.

»Er mag niemanden sehn, wenn er sich ...« Sie schien nach Worten zu suchen, vollendete den Satz aber nicht, sondern sagte stattdessen: »Er ist dann immer sehr erschöpft.«

Jobst versuchte sich ihrem Schritt anzupassen und kam dabei ins Stolpern. Sie lächelte. »Das wäre was, wenn Ihr ausgleitet und mich mitreißt. Denkt Euch, wir lägen beide im Schnee.« Beim Lächeln zeigte sie die obere Zahnreihe, während sie die untere hinter der nach innen gewölbten Lippe verbarg. Vielleicht hatte sie vor dem Spiegel auf verschiedenerlei Art zu lächeln geprobt und sich für diese als die vorteilhafteste entschieden. Das Lächeln ließ sie jünger erscheinen.

Am Fuß des Kirchhügels hatte sich Schmelzwasser in einem türkisfarbenen Tümpel gesammelt. Ihr Schritt stockte. »Würdet Ihr mich darüber hinwegheben?« fragte Margreta.

»Wenn Ihr es wünscht«, sagte Jobst, wobei er Zweifel an der Ernsthaftigkeit des Ansinnens anklingen ließ.

»Man merkt, daß Ihr aus der Stadt kommt, Herr Steen«, sagte sie und lächelte wieder. »Hier würden sich die Leute das Maul über mich zerreißen. Es genügt schon, daß ich mich von Euch nach

Hause geleiten lasse, wo der Pastor doch meines Trostes bedürfte, der Arme dort ganz allein in der Sakristei.« Sie griff nach Jobsts Hand und machte sich daran, den Tümpel an seiner seichtesten Stelle zu durchqueren. Dennoch versank sie bis zu den Knöcheln im Wasser. »Igitt, jetzt hab ich nasse Füße!« rief sie. »Und nur, damit die Weiber nichts zu tratschen haben.«

Vom Pastorat kam ihnen die Magd entgegengelaufen, ein Paar Holzpantinen in der Hand. »Daran hättest du eher denken können«, sagte die Pastorenfrau. »Stell das Essen in die Ofenröhre, es wird heute später werden.«

»Hat der Herr Pastor wieder die Wut gekriegt?« fragte Elsche.

»Du wirst schon früh genug davon hören«, antwortete Margreta und scheuchte die Magd ins Haus. »Wenn Ihr mögt, lade ich Euch zu einem Schluck Warmbier ein, Herr Steen. Es vertreibt die Kälte aus den Gliedern und beugt einem Schnupfen vor.«

Ein Topf mit Bier dampfte bereits auf dem Herd, als sie in die Küche traten. Elsche füllte zwei Gläser, in der trüben Flüssigkeit schwammen zerstoßene Blätter. »Beifuß und Ranunkel«, erläuterte Margreta. »Ich habe das Rezept von meiner Großmutter, sie war eine weise Frau.«

»Eine Hexe«, murmelte Elsche mit abgewandtem Gesicht. »Eine Hexe war sie und eine Giftmischerin.«

»Was redest du da?« fauchte die Pastorenfrau. »Achte auf deine Worte, Elsche, du wirst mir zu frech.«

»Ich weiß, was ich weiß«, sagte die Magd und ging hinaus.

Sie tranken in kleinen Schlucken von dem Bier. Der würzige Geschmack verlor nach dem zweiten, dritten Schluck seine Strenge. Er weckte Erinnerungen an Sommertage in der Elbmarsch, an blühende Wiesen.

»Ich habe gelauscht«, sagte Margreta. »Neben dem Studierzimmer ist die Speisekammer, dort versteht man jedes Wort. Ich habe mir gedacht, daß Ihr nicht aus freiem Willen hergekommen seid. War sie so schön, daß Ihr Euch nicht bezähmen konntet, etwas mit einer verheirateten Frau anzufangen, Herr Steen?«

»Sie war sehr schön«, sagte Jobst. Das Bier löste ihm die Zunge. Oder war es ihr wissender Blick?

»So jung, wie Ihr seid, und dann etwas mit einer verheirateten Frau«, sagte sie. »Ich möchte nicht wissen, wie vielen Frauen Ihr schon den Kopf verdreht habt.« Sie tunkte den Zeigefinger in verschüttetes Bier und malte einen Kreis auf die Tischplatte. »Schwarz macht alt«, fuhr sie fort. »Helle Farben kleiden mich auch viel besser. Aber als Frau des Pastors hat man in Schwarz zu gehen. Was meint Ihr, wie alt ich bin, Herr Steen?«

»Ihr müßt um die Dreißig sein«, antwortete Jobst.

»Schmeichler«, versetzte sie grob. »Dazu dieser aufrichtige Blick, man könnte fast glauben, daß Ihr es ehrlich meint.« Unvermittelt begann sie zu lachen. »Wenn ich Euch etwas verrate, versprecht Ihr, es für Euch zu behalten? Der Dämon, der Luther stürzen ließ, war ein weiblicher Dämon, er hieß Margreta. Beinahe hätte ich mir an dem Nagel das Ohr aufgeschlitzt, und als ich ihn ein wenig zur Seite drückte, fiel nebenan Luthers Konterfei herunter.« Sie lachte so herzhaft, daß Jobst nicht umhin konnte, in ihr Lachen einzustimmen. So fand die Magd sie in aufgeräumter Stimmung vor, als sie mit einem Paar triefnasser Stiefel in die Küche zurückkam. »Der Herr Pastor hat sich hingelegt«, sagte sie.

»Wollte er nichts essen?« fragte Margreta.

»Ich hab ihn gefragt, aber keine Antwort gekriegt. Er hat ein Gesicht gemacht, als ob er eine Kröte verschluckt hätte«, sagte die Magd. »Wollt Ihr nun alleine essen, Ihr und der junge Herr?«

»Ich hoffe, daß mein Mann sich heute abend besser fühlt, dann werden wir gemeinsam essen«, sagte die Pastorenfrau. »Ach, Elsche –«

»Ja, Frau Pastor?«

»Mach mir Wasser heiß, ich will baden.«

»Am Sonntag?« fragte die Magd verdattert.

»Ich sehne mich nach einem Bad«, sagte Margreta und berührte flüchtig Jobsts Schulter, bevor sie sich zum Gehen wandte.

»Sie hat eine Unruhe in sich und denkt, davon geht sie weg«, sagte Elsche. »Oft badet sie jeden Tag, aber am Sonntag hat sie noch nie gebadet. Wollt Ihr noch Bier?«

»Schenk mir noch ein wenig ein«, sagte Jobst.

»Sie wär gern was Besseres geworden als die Frau vom Pastor«, sagte Elsche. »Manchmal steht sie den lieben langen Tag vorm Spiegel und zieht ihre Kleider an. Sie hat einen ganzen Schrank voll Kleider.«

Von oben ertönte ein hohles Pfeifen, schraubte sich ins Schrille empor und erstarb in einem Wimmern. »Der Wind dreht«, sagte die Magd. »Wir kriegen wieder Frost.«

Abends las er im Kleinen Katechismus. Die Zeilen verschwammen ihm vor den Augen. Ihn träumte, ein Dämon setzte sich zu ihm und sagte: »Keine Angst, ich bin ein alter Dämon, ich bin schon so oft in Menschen geschlüpft und habe Unheil gestiftet, daß ich die Lust daran verloren habe.« Als Jobst wieder erwachte, war es tiefe Nacht. Er fühlte sich einsam, ausgesetzt in einen endlos weiten Raum, durch den einzelne Geräusche irrten, ein Hundebellen, ein Knacken im Gebälk, das Klirren einer Kette. Dies ist das Ende der Welt, dachte er. Es hat mich ans Ende der Welt verschlagen.

Zweites Kapitel

Mit dem Frost kamen die Wölfe. Abends sah man sie schattengleich über die Ebene zwischen Dorf und Meer huschen, ihr Heulen raubte manchem den Schlaf. Es hieß, sie lebten im *Rögen*, dem großen Wald im Osten der Probstei, Dutzende seien es, wenn nicht gar Hunderte, und ihre Gefräßigkeit wachse mit der Kälte. Es gab auch Einzelgänger unter ihnen, starke, furchtlose Tiere, die mitunter sogar Namen hatten. Einer von ihnen fand eine Lücke im Zaun und schlich sich in Jochen Sindts Stall, wo er unter den Schweinen ein Blutbad anrichtete. Der Bauer erkannte in dem Untier *Scheefmuul* wieder, was der *Schiefmäulige* heißt, schloß eilends die Stalltür und rief seine Nachbarn herbei. Diese umstellten, mit Büchsen, Forken und Dreschflegeln bewaffnet, das Gebäude. Einer mußte jetzt den Wolf heraustreiben, damit man ihn zur Strecke bringen konnte, doch es war bekannt, daß Scheefmuul auch Menschenfleisch nicht verschmähte. Daher war man erleichtert, als der Schulmeister sich erbot, den Eindringling aus dem Stall zu locken. Er nahm einen Knüppel in die Hand, stieß die Tür auf und sagte: »Komm raus, du Nimmersatt, ich habe mit dir zu reden.« Und dann heulte er auf eine Art, wie man sie nachts vom Wald her hören konnte. Den Wolf erstaunte dies offenbar so sehr, daß er vom Schmausen abließ und mit bluttriefenden Lefzen, eine Pfote zögernd vor die andere setzend, in der Tür erschien.

»Hättest du nicht an einem Schwein genug gehabt, mußtest du gleich alle umbringen?« fragte der Schulmeister.

Scheefmuul senkte den spitzen Kopf und blickte betreten zu Boden.

»Seht ihr, er schämt sich«, sagte der Schulmeister zu den Bauern. »Er bereut, daß seine Wolfsnatur mit ihm durchgegangen ist. Gebt ihm eine ordentliche Tracht Prügel und laßt ihn laufen.«

Der Vorschlag löste Entrüstung aus. »Du bist wohl nicht bei Trost, Schulmeister!« rief Jochen Sindt. »Das Biest laufen lassen, wo es meine Schweine totgebissen hat, und steht nicht in der Bibel, die Rache ist mein?«

»Du weißt nicht, wo bei einem Buch vorn und hinten ist, Jochen Sindt, komm du mir nicht mit der Bibel«, entgegnete Hinrich Wiese. Der Wolf schien einen längeren Disput zu erwarten, er setzte sich auf die Hinterläufe.

»Was will uns Scheefmuul damit bedeuten?« fragte der Schulmeister und sah forschend seine einstigen Schüler an. Da es keiner wußte, gab er selbst die Antwort: »Er bittet um gut Wetter. Laßt mich ihn verdreschen, wie ich euch verdroschen habe, und dann jagt ihn aus dem Dorf.«

Die Bauern kamen überein, daß der Schulmeister betrunken sein mußte. Hans Schlapkohl gab einen Schuß ab, die Kugel verfehlte den Wolf jedoch und riß Eggert Mundt den Hut vom Kopf. Während der knapp dem Tod Entronnene nun Anstalten machte, den Schuß zu erwidern, und die anderen Bauern ihm das Gewehr zu entwinden versuchten, schlich der Wolf sich davon. Er war indes so schwer, daß seine Tatzen selbst im verharschten Schnee Spuren hinterließen. Daher war es ein leichtes, ihn aufzuspüren: Er hatte sich im Garten des Pastorats verkrochen, zwischen Schneewehen und vereistem Gebüsch.

Pastor Scheele schickte die Magd zu erfragen, was die Bauern in seinem Garten zu suchen hätten, und als sie ihm berichtet hatte, erschien er alsbald mit der Heiligen Schrift unter den gekreuzten Armen.

»Das dürft Ihr Euch nicht entgehen lassen«, flüsterte der Diakon Jobst zu, während er in seinen Mantel schlüpfte.

Der Wolf kauerte sich tiefer in den Schnee, als er die schwarzgewandete Gestalt auf sich zukommen sah. Seine gelben Augen verengten sich; langsam hob er die Lefzen und entblößte seine langen Fangzähne.

»Er warnt Euch, näher zu kommen, Herr Pastor«, sagte der

Schulmeister. »Noch einen Schritt, und er sitzt Euch an der Gurgel.«

»Wer bist du?« fragte der Pastor das Tier.

»Das ist ein alter Wolf, wir nennen ihn Scheefmuul«, sagte Hinrich Wiese.

»Wer bist du?« wiederholte Pastor Scheele nachdrücklicher, den Blick unverwandt auf das Raubtier gerichtet.

»Wozu noch lange reden, das Biest versteht Euch ja doch nicht, Herr Pastor«, sagte Jochen Sindt. »Soll ich ihn totschießen?«

Johannes Scheele streckte ihm abwehrend eine Hand entgegen und fragte zum dritten Mal: »Wer bist du?«

»Ich bin ein Wolf«, sagte eine Stimme, die keiner der Anwesenden jemals gehört hatte und demzufolge nur die des Wolfs sein konnte.

Der Pastor erstarrte, auch unter den Bauern sah Jobst verdutzte Mienen. »Ihr habt es alle gehört«, stammelte der Pastor. »Der Wolf redet wie ein Mensch. Dies aber ist ein untrügliches Zeichen, daß ein Dämon aus ihm spricht.« Er wandte sich wieder an den Wolf: »In Gottes Namen, sag mir, wie du heißt!«

»Scheefmuul«, bekam er zur Antwort.

»Wie?«

»Ich heiße Scheefmuul.« Seltsam war, daß der Wolf beim Reden nicht das Maul bewegte, gleichwohl aber verständlich sprach.

»Du lügst!« brüllte der Pastor. »Sag mir deinen wahren Namen!«

»Isegrim.«

»Er weicht mir aus, er ist verstockt, da hilft nur eines«, sagte der Pastor. Er packte die Bibel mit beiden Händen, hob sie hoch und donnerte: »Apage, Satanas!«

Alle sahen, wie es den Wolf aus dem Schnee emporschleuderte. Mit einem gewaltigen Satz sprang er auf die Scheune, erklomm das Dach bis zum First und entschwand den Blicken.

»Er ist weggeflogen, quod erat demonstrandum«, sagte Hans Flinkfoot in die Stille und erinnerte an den Wolf mit den Fledermausflügeln, der Hans Haunerland verfolgt hatte. An den Spuren war jedoch abzulesen, daß Scheefmuul vom Dach über den Zaun gesprungen war und die Richtung nach dem Rögen eingeschlagen hatte. Gleichwohl erntete Pastor Scheele Anerkennung für sein beherztes Handeln wie auch dafür, daß er Scheefmuul zum Reden gebracht hatte. Was aber stimmte den Diakon nach diesem Vorfall so vergnügt, weshalb grinste er hinter dem Rücken des Pastors und schnitt hämische Grimassen? Jobst fragte ihn nicht. Sein Stolz verbot es ihm, Neugier zu zeigen, wenn jemand sie so aufdringlich zu wecken versuchte. Überdies kam er auch von allein zu der Erkenntnis, daß der Pastor vom Schulmeister hereingelegt worden war.

Hinrich Wiese wohnte in einer der Gassen, die vom Anger – die Einheimischen nannten ihn *Knüll* – zum Dorfrand führten. Dort lagen die kleinen, oft nur aus einem einzigen Raum und einem Verschlag für das Viehzeug bestehenden Häuser der Kätner und Handwerker. Durch winzige, verschmutzte Fenster sickerte ein wenig Tageslicht in das stets mit Herdrauch gefüllte Innere. Der Rauch erschwerte das Atmen und trieb einem die Tränen in die Augen, aber man brauchte ihn, um Fleisch und Würste haltbar zu machen. Der Schulmeister meinte indes, die wichtigste Aufgabe des Rauches liege darin, die Armut zu verhüllen. Bemerkungen dieser Art hatten ihm den Ruf eines Spötters eingetragen.

Der Wohnraum seiner Kate, zugleich Schlafkammer für Hinrich Wiese, seine Frau und den geistesschwachen Sohn, Küche und Werkstatt, wurde zum großen Teil von einem Webstuhl eingenommen. An ihm arbeitete Wiese, während er gleichzeitig einem Dutzend Kinder unterschiedlichen Alters Doktor Martin Luthers Kleinen Katechismus eintrichterte. Beim Weben ergibt sich durch die Abfolge immer gleicher Handgriffe ein bestimmter Rhythmus, und dieser prägte auch den Sprechgesang, in dem die Kinder die Gebote und Erklärungen vortrugen. So konnte man Hinrich Wieses Schüler daran erkennen, daß sie Luthers Worte in einem bis dato unbekannten Versmaß skandierten.

Als Jobst hereinkam, ließ der Schulmeister den Webschützen mit besonders lautem Knall gegen den Rahmen prallen, worauf augenblicks Ruhe eintrat. »Steht auf, Kinder«, sagte Hinrich Wiese. »Hier kommt ein junger Herr, der mehr von der Welt gesehen hat, als ihr alle zusammen jemals sehen werdet.« Sein schmales Gesicht war rötlich gefleckt vom Branntwein, und seine Zunge tat sich schwer mit sperrigen Konsonanten. Das schlohweiße Haar stand ihm wie ein seitwärts gerutschter Hahnenkamm vom Kopf ab. »Der junge Herr kommt aus Hamburg«, sagte der Schulmeister zu den Kindern. »In Hamburg fängt die Welt an und hört auch wieder auf, denn hinter Hamburg sieht es nicht viel anders aus als bei uns. Wenn ihr also Hamburg gesehen habt, habt ihr die Welt gesehen.«

»Wart Ihr jemals dort?« fragte Jobst.

»Ich war einmal auf dem Weg dorthin«, antwortete Hinrich Wiese. »Und als ich so ging, kamen mir schöne Bilder von Hamburg in den Sinn, und da dachte ich mir, schöner kann's in Wirklichkeit nicht sein, und kehrte um.« Er holte eine kleine Flasche aus der Hosentasche und nahm einen Schluck. »Ihr könnt dem Pastor ausrichten, daß wir beim achten Gebot sind. Bis Palmarum habe ich ihnen alle zehn eingebleut. Er schickt Euch doch, nach dem Rechten zu sehn?«

»Nein, mich führt etwas anderes her«, sagte Jobst. »Ich möchte, daß Ihr mich das Bauchreden lehrt.«

In Wieses Säuferaugen stahl sich ein schelmisches Glitzern. »Ihr seid zu fein für solchen Schabernack«, sagte er. »Das ist was für Gaukler und Dorfschulmeister, damit die Kinder auch mal ihren Spaß haben. Außerdem muß man lange üben, bis man gelernt hat, beim Bauchreden sein Mienenspiel zu beherrschen. Spart Euch die Mühe, junger Herr, und erzählt uns statt dessen lieber etwas von Hamburg. Die Kinder und ich sind begierig zu hören, wie es in der Welt aussieht.«

So erzählte Jobst von der großen Stadt Hamburg, wo die Menschen in himmelhohen Häusern aus Backstein wohnen, wo die Straßen gepflastert sind und frei von Unrat, wo ein Viertel der vierzigtausend Einwohner aus fremden Ländern kommt, aus Spanien und Portugal, aus Holland, Frankreich und England, wo Waren aus der ganzen Welt feilgeboten werden. In keiner anderen deutschen Stadt könne man prächtiger herausgeputzte Damen und Herren sehen als in Hamburg auf dem Jungfernstieg, und alles sei im Überfluß vorhanden, so daß auch die Armen nicht in Lumpen zu gehen oder zu hungern brauchten.

»Warum bist du da nicht geblieben?« fragte eine helle Stimme.

»Dat geiht di nix an, Peter Voss!« blaffte der Schulmeister. Dann wandte er sich Jobst zu: »Oder wollt Ihr ihm antworten?«

»Mir ist es ähnlich ergangen wie Adam und Eva«, sagte Jobst. »Daß sie im Paradies gelebt hatten, wußten sie erst, als sie daraus vertrieben worden waren.«

»Wir wollen morgen im Alten Testament lesen, was dort von Adam und Eva geschrieben steht«, sagte der Schulmeister zu den Kindern. »Geht jetzt nach Hause, es ist bald Mittag. Ihr aber, junger Herr, könnt, wenn Ihr wollt, an unserem Mahl teilnehmen.«

Wieses Frau hatte einen Dorsch zubereitet. Während des Essens fütterte sie den Sohn. Der Schwachsinnige, er mochte um die Dreißig sein, schaute Jobst unverwandt an; ihm wurde unbehaglich unter dem stieren Blick.

»Glotz nicht so«, sagte die Frau und pflückte ihrem Sohn eine Gräte von den Lippen.

»Es kommt selten vor, daß wir einen Tischgast haben«, sagte der Schulmeister. »Wenn Euch der Junge stört, schicke ich ihn hinaus.«

»Er stört mich nicht«, versetzte Jobst.

»Hamburg«, sagte Hinrich Wiese verträumt. »Ich wollte, ich wäre nicht umgekehrt. Hat man sich einmal auf den Weg gemacht, soll man ihn auch zu Ende gehen. Ich hätte in Hamburg etwas lernen können, das mich weiter gebracht hätte als bis zum Dorfschulmeister. Ekelt es Euch nicht, wenn Ihr ihn sabbern seht?«

»Nein, mich ekelt nicht«, sagte Jobst, obgleich er ein Würgen im Hals verspürte. *Weshalb log ich? Weil ich ahnte, wie innig Wiese dieses stumpfsinnig glotzende Geschöpf liebt? Ich hatte Angst, es würde ihn ver-*

letzen, wenn ich die Wahrheit sagte. Hinter den vom Suff entstellten Zügen verbirgt sich ein empfindsames Gemüt.

»Der Pastor ist nicht gut auf mich zu sprechen«, fuhr Hinrich Wiese nach einer Weile fort. »Ich bin ihm nicht streng genug. Ich bringe den Kindern nicht genug Gebete bei, sondern lehre sie manches, das sie seines Erachtens nicht zu wissen brauchen. Pastor Scheele möchte die Kinder dumm halten, dann mucken sie nicht auf, wenn sie groß sind. Ginge es nach mir, würden die Kinder Lesen, Schreiben und Rechnen lernen. Statt dessen muß ich ihnen die Zehn Gebote samt Erklärungen eintrichtern. Ich muß ihnen einen Gott nahebringen, an den ich nicht glaube.«

»Ihr glaubt nicht an Gott?« fragte Jobst.

»Ich glaube nicht an den Gott, der durch den Kleinen Katechismus zu uns spricht«, erwiderte der Schulmeister. »Ein Gott, der Moral predigt, ist für mich kein Gott.«

»Wie müßte Gott denn sein, damit Ihr an ihn glauben könnt?«

»Unnahbar und sehr fern von uns. Ohne menschliche Regungen, ohne Mitleid, ohne Zorn. Ein Gott, der keinen Teufel braucht, weil er beides ist, gut und böse.«

»Ich fürchte, Euer Gott und Pastor Scheeles Gott haben wenig miteinander gemein«, sagte Jobst.

»Ja, der Pastor braucht den Teufel«, entgegnete Hinrich Wiese. Er geleitete Jobst vor die Tür. Dort reichte er ihm die Schnapsflasche: »Trinkt einen Schluck, der vertreibt den Ekel.«

»Ich habe mich nicht geekelt«, beteuerte Jobst.

»Ich hab's gesehen«, sagte der Schulmeister. »Ich danke Euch, daß der Junge am Tisch bleiben durfte. Ihr seid der erste, der nicht gewollt hat, daß ich ihn fortschicke.« Die Stimme versagte ihm. Er drehte sich um und ging ins Haus.

Hinrich Wiese ist, wie sein Name verrät, Sproß einer alteingesessenen Bauernfamilie. Als Erstgeborener blieb ihm die Wahl, auf dem väterlichen Hof als Knecht zu dienen oder woanders sein Auskommen zu finden. Denn sonderbarerweise erbt in der Probstei der jüngste Sohn den Hof. Wiese wurde Reitknecht auf dem Gut der Buchwaldts und eignete sich ein für einen Mann seines Herkommens erstaunliches Wissen an, indem er jede freie Stunde in der Bibliothek des Grafen verbrachte. Dort vertiefte er sich unter anderem in Das Lob der Torheit *und die Gespräche des Erasmus von Rotterdam und Melanchthons Dialektik und Rhetorik. Bescheiden merkt er dazu an, er habe allenfalls ein Drittel verstanden und von diesem möglicherweise noch die Hälfte falsch. Doch sei ihm damals bewußt geworden, daß das Denken aus dem Zweifel erwachse, und daß, wer einmal zu denken begonnen habe, niemals damit aufhören könne.*

Als Jobst ins Pastorat zurückkehrte, kam ihm die Magd entgegen. Sie deutete stumm auf die Tür des Studierzimmers. Statt des Pastors, den Jobst dort vorzufinden dachte, erwartete ihn Margreta. Sie war verärgert, zugleich aber gewillt, Nachsicht zu üben. »Schmeckt Euch mein Essen nicht mehr, Herr Steen?« fragte sie. »Oder seid Ihr unserer Gesellschaft bei Tische überdrüssig?«

Jobst wollte zu einer Entschuldigung ansetzen, doch sie schnitt ihm mit einer verzeihenden Gebärde das Wort ab. »Es ist nicht weiter schlimm«, sagte sie. »Mein Mann wurde ans Sterbebett des Stakendorfer Bauernvogts gerufen, er weiß also nicht, daß Ihr beim Schulmeister gegessen habt.« In altjüngferlicher Art schlug sie die Hände zusammen: »Nicht auszudenken, es käme ihm zu Ohren!«

»Herr Wiese hat mich zum Essen eingeladen«, sagte Jobst. »Ich sah keinen Grund, die Einladung abzulehnen.«

»Keinen Grund?« fragte Margreta, wobei sie vor Verwunderung den Mund zu schließen vergaß. »Der geringste Grund wäre, daß ich mir Sorgen mache, wo Ihr geblieben seid, und mir die zweideutigen Vermutungen des Diakons anhören muß. Aber weit schwerer wiegt, daß mein Mann es als eine persönliche Kränkung auffassen würde. Wißt Ihr denn nicht, daß er sich mit dem Schulmeister überworfen hat?«

»Ginge es danach, müßte ich meinen Umgang mit den Leuten im Dorf wohl drastisch einschränken«, versetzte Jobst.

Sie kam einige Schritte näher, zupfte einen Faden von Jobsts Ärmel, ein kleines Lächeln kräuselte ihre Wangen. »Ihr dürft nicht über ihn spotten, er ist mein Mann«, sagte sie. Erst jetzt bemerkte

Jobst, daß sie ein helles Kleid trug mit Spitzen am Hals und an den Handgelenken. Hatte sie die Gunst der Stunde genutzt, ein Kleid anzuziehen, das sie in Gegenwart des Pastors nicht zu tragen wagte? Sie entdeckte auf Jobsts Schulter ein weiteres Fädchen und hob es mit spitzen Fingern ab. »Man sieht, daß Ihr bei einem Weber zu Gast wart. Er hätte es sofort gesehen, ihm entgeht nichts.« Und scheinbar beiläufig setzte sie hinzu: »So gut wie nichts.« Sie schnippte das Fädchen fort, es schwebte in tänzelnden Bewegungen zu Boden. »Da ist Geld für Euch gekommen, vom Kloster«, sagte sie. »Nach dem Willen des Herrn Klosterprobsten sollt Ihr Euch Kleidung für die warme Jahreszeit anfertigen lassen. Das Geld würde auch für Stiefel und ein Paar Handschuhe reichen, aber davon steht nichts im Brief.«

»Handschuhe für die warme Jahreszeit?«

»Feine Herren tragen auch im Sommer Handschuhe, das solltet Ihr eigentlich wissen.« Darauf sah sie Jobst prüfend aus den Augenwinkeln an: »Ein Findelkind, das aufwächst, als ob es mit einem goldenen Löffel im Mund geboren wäre. Ihr scheint auf mancherlei Art Glück zu haben, Herr Steen.« Sie trat in den matten Lichtstrahl, den die Wintersonne ins Zimmer warf. »Seid Ihr noch immer so geblendet von ihrer Schönheit, daß Euch an mir nichts auffällt?«

»Ihr habt ein hübsches Kleid an.«

»Ja, findet Ihr? Ich habe es lange nicht mehr getragen. All die Jahre hat es im Schrank gehangen, es riecht nach Kampfer.« Sie bot ihm die Schulter dar: »Könnt Ihr's riechen?« Jobst beugte sich zu ihr; er spürte ihren Atem im Gesicht. »Wie hieß sie?« fragte sie plötzlich.

»Warum wollt Ihr das wissen?«

»Ich kann sie mir besser vorstellen, wenn ich ihren Namen weiß.«

»Felicia.«

»Habt Ihr sie geliebt?« Und als er schwieg, setzte sie ihm den Zeigefinger auf die Brust: »Ihr habt sie geliebt. Obwohl sie älter war.«

»Die paar Jahre«, sagte Jobst. Im nächsten Augenblick biß er sich auf die Lippen. Sie hat es faustdick hinter den Ohren, dachte er.

»Geht jetzt, Herr Steen«, sagte sie. »Ich muß mich noch umziehen, bevor mein Mann nach Hause kommt. Oder wollt Ihr mir –« Unvermittelt begann sie zu lachen.

»Was erheitert Euch?« fragte Jobst.

»Ich hätte Euch fast – nein, ich sag's nicht –, bitte, erlaßt mir die Antwort! Als Frau eines Pastors sollte ich mich schämen!« rief sie und eilte aus dem Zimmer.

Das Frostwetter dauerte noch Wochen an. Vom Kirchhügel aus konnte man sehen, wie sich am Strand die Eisschollen türmten. Nur weit draußen, knapp unter der Kimm, war das Wasser noch frei von Eis. Die Alten fühlten sich an jenen Winter erinnert, als man über das Eis nach Dänemark gehen konnte, doch dafür, meinten sie, sei es schon zu spät in diesem Jahr. Bei Nordwind hörte man ein vielstimmiges Kreischen, zuweilen auch flirrende Klänge oder ein dumpfes Poltern, das aus den Tiefen des Meeres zu kommen schien. Der Schulmeister nannte es die *Eismusik* und geriet, wenn er ihr lauschte, in stille Verzückung.

Einmal nahm er Jobst mit zu den Fischern in der Dorschbucht. Ihre Hütten lagen jenseits der Salzwiesen an der Mündung einer Au, seewärts geschützt durch einen ins Meer vorspringenden Dünengürtel. Die Fischer waren Nachkommen der Wagrier, die den Küstenstreifen einst als erste besiedelt hatten. An ihren breiten Wangenknochen und den schmalen Augenschlitzen war noch nach Jahrhunderten ihre slawische Herkunft zu erkennen – ein Zeichen dafür, daß die Inzucht unter ihnen nicht weniger verbreitet war als bei der bäuerlichen Bevölkerung.

Während sie, immer wieder bis zu den Hüften im Schnee versinkend, durch die weiße Ödnis stapften, erzählte Hinrich Wiese, was ihn zu den Leuten in der Dorschbucht führte: Er sammelte Wörter. Die Fischer verwendeten für ihre Gerätschaften und die Meerestiere, für Windrichtungen, Strömungen und Landmarken, kurz, für alles, was mit dem Fischfang zu tun hatte, noch Begriffe aus der Sprache ihrer Vorfahren. Diese Wörter trug Wiese zusammen und hielt sie in einer von ihm selbst erfundenen Lautschrift fest. Es seien vieldeutige Wörter, sagte er, ihre praktische Bedeutung bilde gleichsam nur die Oberfläche, und oft benenne dasselbe Wort etwas anderes, wenn es mit hoher oder tiefer Stimme gesprochen würde. Die Suche nach Wörtern und ihre Deutung, schließlich auch die möglichst genaue Aufzeichnung des Erforschten sei für ihn zu einer Passion geworden. Er hüte das Buch, in dem nun schon viele Hunderte Wörter verzeichnet seien, wie seinen kostbarsten Besitz, wie einen Schatz, obwohl es für niemanden außer ihm von irgendwelchem Wert sei. Als Jobst ihn dies sagen hörte, dachte er an ein anderes Buch und nahm sich vor, es unter dem Stroh im Bettkasten zu verstecken.

Die Fischer empfingen Hinrich Wiese und seinen jungen Begleiter mit aller Herzlichkeit, deren dieser bedächtige und in sich gekehrte Menschenschlag fähig war. Der Besuch war ihnen um so willkommener, als das Eis sie seit Wochen daran hinderte, auf Fischfang auszufahren.

Schon an ihren Hütten war abzulesen, daß die Leute in der Dorschbucht bitterarm waren: Sie bestanden aus Treibholz und den Rümpfen nicht mehr seetüchtiger Boote. Schadhafte Stellen hatte man mit Seegras ausgestopft, als Türen dienten geteerte Segel. *Die Hütten*, schrieb Jobst in sein Tagebuch, *erwecken den Eindruck, sie seien in aller Eile und für einen kurzen Aufenthalt errichtet worden, wie die Behausungen von Nomaden. Das Innere nimmt sich dagegen überraschend behaglich aus. Man wähnt sich in einer wohnlich hergerichteten Höhle; ringsum sind die Wände mit Teppichen verkleidet. Diese sollen von einem Schiff stammen, das auf der Reise vom Orient nach Schweden vor der Küste gestrandet sei. Man munkelt indes auch von absichtlich herbeigeführten Strandungen oder gar von gelegentlicher Seeräuberei.*

Der Schulmeister brachte zwei neue Wörter von der Dorschbucht mit, Jobst eine flüchtige Wahrnehmung, die sich ihm gleichwohl unauslöschlich einprägte. Im Halbdunkel einer der Hütten sah er ein Gesicht, das Gesicht einer jungen Frau. Es übte auf ihn einen solchen Zauber aus, daß er überwältigt die Augen schloß. Als er sie wieder öffnete, war das Gesicht verschwunden. Auf dem Rückweg fragte er den Schulmeister, wer die junge Frau gewesen sei.

»Gebt nichts drauf«, sagte Hinrich Wiese, »Ihr habt einen Spuk gesehen.«

Jobst widersprach mit solcher Entschiedenheit, daß Wiese sich zu einem Zugeständnis genötigt sah. »Wenn es kein Spuk war, muß es Wibeke gewesen sein«, sagte er, »ein Irrwisch weiblichen Geschlechts, von dem die einen sagen, sie entstamme mütterlicherseits den Unterirdischen, die anderen, sie sei das Kind einer Meerfrau. Was immer die Wahrheit sein mag, Ihr tätet gut daran, sie aus Euren Gedanken zu verbannen.« Auf Jobsts Drängen ließ er sich aber doch herbei, etwas weiter auszuholen. Wibeke sei die Tochter eines unbeweibten Fischers, der beharrlich darüber schweige, wer ihre Mutter sei. Der Fischer habe das Kind allein aufgezogen, es von klein auf zum Fischfang mitgenommen und ihm, so gut er konnte, die Mutter zu ersetzen versucht. Schon früh habe Wibeke ein ungebärdiges Wesen erkennen lassen, eine tierhafte Wildheit, die Neigung, bei Wind und Wetter in den Salzwiesen herumzustreunen. Als sie mannbar geworden sei, habe ihr Vater die Absicht geäußert, sie mit dem Sohn eines anderen Fischers zu verheiraten. Seitdem halte Wibeke sich nur noch selten im Haus ihres Vaters auf; sie komme unerwartet und verschwinde ebenso plötzlich wieder, weswegen der Vergleich mit einem Spuk durchaus nicht an den Haaren herbeigezogen sei.

Im Dorf kehrten sie bei Hans Flinkfoot ein. Der Wirt tischte unter emsigem Wischen und Scheuern Neuigkeiten auf. In Plön war die Vorhut eines kaiserlichen Heeres bis an die Mauern der Burg vorgedrungen. Dem Verhandlungsgeschick des Herzogs Joachim Ernst war es zu verdanken, daß die Söldner den Rückweg antraten, ohne daß es zum Blutvergießen kam. Dafür hatte die Pest in der Residenzstadt um so schlimmer gewütet. Aus Angst vor Ansteckung hatte man bei Häusern, in denen Menschen an der Pest erkrankt waren, Fenster und Türen zugemauert, woraufhin sämtliche Bewohner, die einen an der Seuche, die anderen an Hunger und Durst, gestorben waren. Sein Vetter Detlef Untied war im Hagener Gehölz von fremdländischem Gesindel überfallen und ausgeplündert worden. Verärgert über die geringe Beute hatten die Räuber ihm beide Ohren abgeschnitten und eine Tortur an ihm vollzogen, die Hans Flinkfoot mit Rücksicht auf den Herrn Adjunkt nicht näher beschreiben wollte. Jedenfalls könne sein Vetter seither nur unter Schmerzen seine Notdurft verrichten.

»Wie heißt Schnaps auf Latein?« fragte eine Stimme, die unter dem Tisch hervorzukommen schien.

»Aqua vitae«, antwortete Hans Flinkfoot prompt, um gleich darauf verdutzt mit dem Wischen innezuhalten. Dann aber prustete er los, barst schier vor Lachen. »Daß ich schon wieder darauf hereinfalle!« rief er, indem er Hinrich Wiese nun auch mit dem Finger drohte. »Ich hab doch wahrhaftig gedacht, das wär der Wolf. Aber es geschieht mir ganz recht. Was rede ich und rede, wo ihr gekommen seid, ein Schnäpschen zu trinken!« Und beflissen brachte er Becher herbei und füllte sie mit wasserklarem Korn. »Allerdings besitzt nicht jeder so viel Humor, daß er lachen kann, wenn du ihm einen Schabernack spielst«, sagte er, »beim Herrn Pastor möchte ich's jedenfalls bezweifeln.«

»Du hast es doch auch gehört, daß der Wolf wie ein Mensch reden konnte«, sagte der Schulmeister. »Weshalb sprichst du jetzt von Schabernack?«

»Jemand hat mir ein Licht aufgesteckt«, entgegnete Hans Flinkfoot. Er träufelte etwas Schnaps auf seinen Handrücken und schnupperte daran. »Rein Gottes Wort«, sagte er. »Wenn ich nicht stündlich mit dem Eintreffen des Herrn Klosterprobsten rechnen müßte, würde ich ein Gläschen mit euch trinken. Aber Herrn von Buchwaldt ist nichts mehr zuwider, als wenn man nach Schnaps aus dem Hals riecht.«

Hinrich Wiese horchte auf: »Er kommt nach Schönberg?«

»Bis zum Gerichtstag zu Palmarum ist es nicht mehr lange hin«, sagte Hans Flinkfoot. »Es wird dieses Mal ein großer Gerichtstag, der will gut vorbereitet sein.«

»Ich kann mich nicht genug darüber wundern, daß du es zum Klostervogt gebracht hast«, sagte der Schulmeister. »Beim Unterricht hast du dich nicht besonders hervorgetan.«

»Non scholae sed vitae discimus«, versetzte der Wirt. »Und sieh mich an: Heute vertrete ich die Obrigkeit und könnte dir Weisungen erteilen.« Dann beugte er sich zu Hinrich Wiese hinab und flüsterte ihm etwas ins Ohr.

»Er hat ja recht, er hat ja recht«, murmelte der Schulmeister. »Wie kann einer wie ich den Kindern noch Vorbild sein!« Jobst sah, daß seine Hand zitterte, als er wieder zum Becher griff. »Laßt mich allein, junger Herr«, sagte Hinrich Wiese. »Ich mag nicht, daß Ihr zuguckt, wie ich mich betrinke.«

Als Jobst abends sein Bett aufschlug, fand er dort ein Hemd von der Art, wie es vornehme Frauen zur Nacht zu tragen lieben. Die weiße Seide war an einigen Stellen verknittert, und als Jobst es aufnahm, stieg ihm ein wohlbekannter Duft in die Nase, es roch nach dem Körper einer reifen Frau. Wie konnte sie sich unterstehen, ihm eines ihrer Hemden ins Bett zu legen! Was, wenn die Magd es am Morgen fände? Er verbarg das Hemd unter seinem Rock und eilte aus dem Haus. Es war eine mondklare Nacht, der Schnee glitzerte frostig und trug bläuliche Schatten. Jobst lief ein Stück in die Salzwiesen hinaus, den gleichen Weg, den er mit dem Schulmeister gegangen war. An einem Teich stopfte er das Hemd in das Astloch einer Weide.

Drittes Kapitel

Der Klosterprobst kam vierspännig zum Gerichtstag gefahren. Sechs schwerbewaffnete Knechte begleiteten ihn, denn in den Wäldern am Selenter See waren versprengte Söldnertrupps gesehen worden. Otto von Buchwaldt war ein großer, schwerer Mann; sein Gesicht glühte scharlachrot vom Burgunder, den er über alles liebte. Da es in Schönberg keine Herberge gab, die dem Erbherrn von Muckefelde als standesgemäße Unterkunft hätte dienen können, nahm er im Haus des Klostervogts Quartier; Hans Flinkfoot zog für die Dauer des Gerichtstags mit seiner Familie in die Scheune um. Als erstes aber, so war es Brauch, mußte der Probst dem Pastor einen Besuch abstatten. Und Otto von Buchwaldt hielt an dem Brauch fest, wenngleich Johannes Scheele nicht der Mann war, mit dem er in gelöster Stimmung Rotwein trinken konnte.

Margreta hatte die große Diele festlich herrichten lassen. Ein langer Tisch war mit weißem Linnen gedeckt, und darauf stand ein Frühstück, wie es der Klosterprobst schätzte: frischgebackenes Brot, Schinken, Käse und verschiedenerlei Wurst, Bratäpfel in zerlassener Zimtbutter, Eier von Hühnern und Möwen, geräucherte Aale, eingelegte Heringe, Taubenbrüstchen und geschliffene Karaffen voll dunkelroten Burgunders. Der Blick des Probsten erwärmte sich, als er die Köstlichkeiten sah, und noch bevor er dem Pastor die Hand reichte, legte er sie auf eine der Karaffen, um zu prüfen, ob der Wein richtig temperiert war. Dann nahm er den Arm der Pastorenfrau, ließ sich von ihr um die Tafel führen und lauschte gespitzten Mundes ihren Empfehlungen.

»So reich ist der Tisch im Kloster selbst an hohen Feiertagen nicht gedeckt«, sagte der Probst. »Die Priörin, meine Base Margareta von Brockdorff, hält es für sündhaft zu prassen, wo täglich Unzählige Hungers sterben. Ihr denkt darüber offensichtlich anders, Pastor Scheele?«

»Nein, Euer Gnaden, ich bin derselben Ansicht«, erwiderte der Pastor. »Doch in Dingen des Haushalts läßt sich meine Frau von niemandem dreinreden, nicht einmal von mir.«

Der Probst küßte Margreta die Fingerspitzen, was diese, da ihr derlei Galanterie anscheinend unbekannt war, jählings erröten ließ. »Dann wollen wir mit dem Wein anfangen«, sagte Otto von Buchwaldt. »Burgunder ist für den Magen, was das Liebesspiel für den Beischlaf ist.« Er zwinkerte Jobst zu und konnte nur mit Mühe ein Schmunzeln unterdrücken, als er die verschlossene Miene des Pastors sah. »Oh, Pardon, Herr Pastor«, sagte er nach einem genußvollen Schluck, »ich hätte einen anderen Vergleich wählen sollen, aber ich bin nun mal im Pferdestall aufgewachsen.«

Weil er annahm, der Klosterprobst habe einen Scherz gemacht, begann der Diakon laut zu lachen. »Zu komisch, Euer Hochwohlgeboren«, prustete er, »zu komisch! Im Pferdestall – nein, wenn das nicht komisch ist!«

»Haltet an Euch, Herr Diakon«, entgegnete der Probst, belustigt über Thomas Pales aufgesetzte Heiterkeit. »Ich sage es so, wie es ist. Mein erstes Spielzeug waren Pferdeäpfel.«

Der Diakon schnappte nach Luft. »Ich ersticke!« rief er. »Wollen Euer Hochwohlgeboren mich gütigst mit weiteren Scherzen verschonen, ich komme um vor Lachen!« Doch als zwischen den Brauen des Pastors eine steile Falte erschien, hatte er sich im Nu gefaßt.

Der Probst kostete von allem etwas, von manchem auch reichlich. Am ausgiebigsten aber sprach er dem Rotwein zu, was dazu führte, daß der von Natur rauhbeinige Edelmann in eine rührselige Stimmung geriet. »Wie geht es Hinrich Wiese, meinem alten Freund?« fragte er den Pastor. »Wenn ich jemals einem anständigen Menschen begegnet bin, ist er es! Und da oben«, fuhr er fort, indem er sich auf die Stirn tippte, »was er da oben an Grips hat, das hätte für einen Philosophen gereicht. Also wie geht es ihm, Herr Pastor, weshalb sitzt er nicht mit uns am Tisch?«

»Der Mann kommt mir nicht über die Schwelle«, sagte der Pastor. Sein Gesicht war aschfahl, und seine Kiefer mahlten, daß die Ohren auf- und niederwippten. »Ein Mann, dem nichts heilig ist, der gottlose Reden führt, der die Obrigkeit mißachtet, die kirchliche sowohl als auch die weltliche, und der zu alledem noch dem Teufel Alkohol verfallen ist, dieser Mann wird mein Haus nicht betreten, solange ich die Kraft habe, ihm den Eintritt zu verwehren, Euer Gnaden!«

Otto von Buchwaldt blickte bestürzt in die Runde. Hatte er recht gehört, war die Rede von Hinrich Wiese, dem Vertrauten und Spießgesellen aus fernen Jugendtagen, der sich mit Pferden so gut auskannte wie in den Büchern der väterlichen Bibliothek und es einmal beinahe geschafft hätte, ihm den Satz vom ausgeschlossenen Dritten verständlich zu machen? Bislang hatte der Probst nur davon gehört, daß Hinrich Wiese an den Suff gekommen war, und dies konnte der Liebhaber wohltemperierten Burgunders allenfalls wegen des vom Schulmeister bevorzugten Wacholders tadeln.

»Werter Herr Pastor«, sagte Otto von Buchwaldt, »Ihr erhebt schwere Anwürfe gegen jemand, dem ich sehr gewogen bin. Überdies ist mir, der ich die weltliche Obrigkeit verkörpere, nichts zu Ohren gekommen, das ich als Mißachtung empfinden müßte. Wollt Ihr so gut sein, Eure Beschuldigungen schriftlich darzulegen und explicite zu begründen. Ich will mich dann bei Gelegenheit damit befassen.« Dies war, obschon in leutseligem Ton gesprochen, ein unmißverständlicher Verweis. Johannes Scheele kehrte sich so brüsk ab, daß er sein Glas umstieß. Der Rotwein ergoß sich über das Tischtuch, Margreta schickte die Magd nach Salz.

»Bitte, Johannes«, sagte sie, »beruhige dich doch.«

»Der Mann hat mich zum Narren gehalten«, preßte der Pastor zwischen den Zähnen hervor, »er hat mich zum Gespött der Leute gemacht!«

»Der Herr Pastor meint die Sache mit dem Wolf, Euer Hochwohlgeboren«, tuschelte Thomas Pale hinter der vorgehaltenen Hand.

»Schweigt, Herr Diakon!« herrschte ihn der Pastor an. »Kein Wort davon in meinem Haus, an meinem Tisch!« Eine peinliche Stille trat ein. Selbst der Klosterprobst starrte betreten in sein Glas. Elsche kam mit Salz und streute es über den Fleck. Alle außer dem Pastor schauten ihr dabei zu.

Nachdem er durch ein Räuspern angekündigt hatte, daß er etwas zu sagen wünschte, erhob sich der Probst und dankte der Hausfrau für die opulente Bewirtung, während er dem verkniffen dreinblickenden Hausherrn den Rat gab, sich trotz allem ein heiteres Gemüt zu bewahren. Der Pastor sah überrascht auf; offenbar war ihm bis dahin noch nie in den Sinn gekommen, ein solches zu besitzen. Darauf wandte sich Herr von Buchwaldt an Jobst und bat, daß er ihn auf dem Weg zum Klostervogt begleiten möge; es gäbe etwas zu bereden.

Es war ein frischer Frühlingstag. Am Morgen hatten die Pfützen auf der Dorfstraße noch eine Eishaut getragen, und von See her strich ein kalter Wind über die Wiesen. Der Klosterprobst genoß es, nach dem reichhaltigen Frühstück kräftig auszuschreiten, so daß Jobst, der um mehr als einen Kopf kleiner war, Mühe hatte, mit ihm Schritt zu halten. Otto von Buchwaldt gehörte zu den Menschen, die, wenn sie bei guter Laune sind, dies auch gerne kundtun. Daher pfiff er munter vor sich hin und scheute sich nicht, über manche Pfütze nach kurzem Anlauf hinwegzusetzen. Die Händler, die auf dem Marktplatz ihre Stände aufschlugen, zollten dem Gerichtsherrn lauthals Lob.

»Was war nun mit dem Wolf?« fragte der Probst. Als Jobst ihm die Geschichte erzählt hatte, hielt er sich den Bauch vor Lachen. »Gut zu hören, daß Hinrich noch immer der Schalk im Nacken sitzt«, sagte er. »Wenn es sich einrichten läßt, werde ich ein Gläschen mit ihm trinken. Doch nun zu ernsteren Dingen, Jobst Steen. Ratssyndikus Pistorius hat ein Kopfgeld für Eure Ergreifung ausgesetzt, die Rede ist von hundert Silbertalern. Damit nicht genug, hat er beim Herzoglichen Kammergericht Klage gegen Euch eingereicht wegen Notzüchtigung seiner Ehefrau.« Unterdessen waren sie vor dem Haus des Klostervogts angelangt. Herr von Buchwaldt zog Jobst an der Schulter herum, so daß sie einander von Angesicht zu Angesicht gegenüberstanden. »Notzüchtigung, Jobst Steen? Habt Ihr es nötig, ein Weib gewaltsam aufs Kreuz zu legen? Wenn sich Euch eine versagt, könnt Ihr doch zehn andere haben.«

»Ich würde einer Frau niemals Gewalt antun«, erwiderte Jobst mühsam beherrscht.

»Damit will der Ratssyndikus die Hörner loswerden, die du ihm aufgesetzt hast«, sagte der Klosterprobst und schickte der vertraulichen Anrede noch einen derben Knuff hinterher. »Aber keine Sorge. Ich erinnere mich vergangener Zeiten, als ich selbst meine liebe Not mit gehörnten Ehemännern hatte, bei mir seid Ihr gut aufgehoben.«

»Darf ich Euch etwas fragen, Euer Gnaden?«

»Nun?«

»Vermute ich richtig, daß es Eure Leute waren, die mir zur Flucht aus Rostock verholfen haben?«

»Wärt Ihr dort geblieben, hätte man Euch wegen erzwungenen Beischlafs mit einer ehrbaren Frau an den nächstbesten Galgen gehängt.«

»Und damit die Rostocker Schergen mich nicht finden, habt Ihr mich in diesem abgelegenen Winkel versteckt.«

»Auf jeden Fall bedarf es meiner Zustimmung als Grund- und Gerichtsherr, wenn man Euch den Prozeß machen will. Ich bin geneigt, sie zu verweigern.«

»Warum, Euer Gnaden? Weshalb seid Ihr so sehr um mein Wohlergehen besorgt?«

»In meinem Alter darf man sich die eine oder andere Schrulle leisten«, antwortete der Klosterprobst. Jobst las ihm vom Gesicht ab, daß er log.

Bis zur Mittagsstunde hatte sich der Marktplatz mit Menschen gefüllt. Aus der ganzen Probstei waren sie herbeigeströmt, die wohlhabenderen mit Pferd und Wagen, die meisten zu Fuß. Im Lauf der Jahrzehnte war aus dem zweimal im Jahr stattfindenden Gerichtstag ein Volksfest geworden – sehr zum Mißfallen des Gerichts, das zuweilen Mühe hatte, sich in dem Lärm Gehör zu verschaffen. An der dem Knüll zugewandten Seite des Marktplatzes waren Tische und Bänke aufgestellt. Dort tagte das Gericht unter dem Vorsitz des Klosterprobsten, der als einziger in einem Armstuhl saß. Inzwischen hatte der Probst im Hause des Klostervogts ein Nickerchen gemacht und hernach die pelzgesäumte Richterrobe angelegt. Ihr Rot harmonierte aufs angenehmste mit der Farbe seines Gesichts.

Nach bewährtem Procedere wurden am Nachmittag des ersten Tages die einfachen Fälle verhandelt. Sivert Plambeck aus Schönberg war mit Tim Krützfeld aus Fahren bei einem Viehhandel aneinandergeraten und hatte ihm ein Loch in den Kopf geschlagen; er wurde zu einer Brüche von anderthalb Talern verurteilt. Empfindlicher wurde Paul Sindt aus Wentorf bestraft: Er mußte fünf Taler in die Klosterkasse zahlen, weil er zwei Eichen gefällt hatte; die Wälder wie auch einzeln stehende Bäume waren Eigentum des Preetzer Klosters. Markus Speth aus Schönberg hatte Claus Brockmann aus Passade mutwillig in die Schulter gestochen; die Missetat wurde mit einem Taler geahndet. Die Frau des Eler Mundt war von Hermann Arp *dänischer Sack* und *Mannshure* geschimpft worden; da die Injurie jedoch nicht hinreichend bewiesen werden konnte, kam Hermann Arp mit einer Geldbuße von fünf Mark davon. Mehr als das Doppelte betrug die Brüche, zu der Jochim Stoltenberg verurteilt wurde. Er hatte den Klosterdiener, der ihn pfänden sollte, überfallen und unter Androhung von Prügeln zur Umkehr gezwungen.

Schließlich kam ein Fall zur Verhandlung, der dem Klosterprobsten als Krönung des ersten Gerichtstags geeignet erschien. Der Büttel führte Asmus Schneekloth vor, einen Tagelöhner fortgeschrittenen Alters. Die Anklage lautete, Asmus habe ad 1 die als Zeugin erschienene Beke Finck geschwängert, ad 2 Holz aus dem Klosterwald gestohlen und von dem Erlös ein Pferd gekauft und, ad 3, mit Hilfe desselben das Weite gesucht. Zu des Angeklagten Gunsten sprach, daß er schon bald zurückgekehrt und mit Beke die Ehe eingegangen sei.

Asmus Schneekloth bekannte sich des Holzfrevels schuldig, räumte auch ein, daß er sich den Vaterpflichten durch die Flucht habe entziehen wollen, doch dies nur darum, weil er nicht der Vater sei. Als Zeugen bat er, den Bader Marten Lange zu befragen, und dieser legte dem Gericht und den Zuschauern überzeugend dar, daß Asmus Schneekloth wegen eines angeborenen körperlichen Mangels unmöglich etwas habe verrichten können, das eine Schwängerung zur Folge gehabt hätte.

Nun ließ aber Bekes mächtig vorgewölbter Bauch keinen Zweifel, daß sie in gesegneten Umständen war, und so gestand sie unter fortwährendem Schluchzen, daß ihr das Kind von einem Soldaten aus dem Berghawerschen Regiment beigebracht worden sei. Rote Hosen habe er angehabt, zuerst jedenfalls, nachher in der Scheune nicht mehr, und eine wüste Stoßerei sei es gewesen. Zu ihrem Glück und ihrer großen Erleichterung sei Asmus jedoch zurückgekommen und habe sie geheiratet, wofür sie ihm bis ans Ende ihrer Tage dankbar sein wolle.

Hier und da wurden Stimmen laut, Seine Gnaden möge wegen des Holzdiebstahls Milde walten lassen. Otto von Buchwaldt galt zwar als ein strenger Gerichtsherr und war stolz, in diesem Ruf zu stehen, doch noch größere Genugtuung verschaffte ihm, beim Volk beliebt zu sein. Daher setzte er Asmus Schneekloth unverzüglich auf freien Fuß, schlug das Verfahren gegen ihn nieder und gab bekannt, er werde bei dem Kind Pate stehen. Unter den Marktbesuchern war man sich einig und bekundete es laut, daß selten ein weiseres Urteil gefällt worden sei. Der Klosterprobst vertagte daraufhin die weiteren Verhandlungen auf den nächsten Morgen und ließ sich nach Fiefbergen fahren, wo eine seiner verflossenen Geliebten unlängst in den Witwenstand getreten war.

Abends saß Jobst auf einer Bank im Garten und sah zu, wie die Sonne unterging. Er liebte den langsamen Wechsel vom Tage zur

Nacht. Über den Salzwiesen lag ein rötlicher Dunst, aus dem hier und da die Kronen kahler Bäume emporragten. Jobst war es, als rücke der Horizont weiter von ihm fort, als dehne sich die Ebene ins Unendliche. Dort im Westen lag die Stadt, lag Kiel mit seinem Hafen, dort gab es Schiffe, die aus fernen Ländern wie Rußland oder Schweden kamen. Oder gar aus Amerika. Eines Tages würde er mit einem der Schiffe nach Amerika segeln. Der Gedanke ergriff ihn mit solcher Macht, daß er aufsprang und tiefer in den schon halb im Dunkel liegenden Garten ging. Amerika, dachte er, Amerika. Warum ist mir der Gedanke nicht schon früher gekommen?

Als er sich dem Pastorat zuwandte, sah er, daß eines der Fenster erleuchtet war. *Ich konnte der Versuchung nicht widerstehen, einen Blick in das Fenster zu werfen. Etwas bewegte sich zwischen dem Licht und mir, Schatten glitten über die Wände, Schatten einer Hand, einer Brust. Es war Margreta, die sich zur Nacht entkleidete. Als sie nackt war, trat sie einen Schritt beiseite, so daß ihr Körper im Licht stand. Sie wollte in ihrer ganzen Schönheit gesehen werden. Sie wollte, daß ich sie sah. Dann löschte sie mit einem schnellen Griff das Licht.*

Für den nächsten Tag stand ein Fall zur Verhandlung an, bei dem zwei gleichermaßen stolze und streitbare Männer als Kontrahenten auftraten. Der Kläger war der Gutsherr und ehemalige Obrist in dänischen Diensten Henning von Blome auf Salzau, der Beklagte der Bauer Hans Haunerland von Fernwisch. Für den Edelmann wurde eigens ein weiterer Armstuhl herbeigeschafft, doch sein ungestümes Naturell ließ es nicht zu, daß er lange in ihm sitzen blieb.

Wie Herr von Blome hatte auch Hans Haunerland eine Vorliebe für auffällige Kleidung. Der Bauer trug gelbe, aus Hirschleder gefertigte Handschuhe und Stulpenstiefel, und über seiner Brust spannte sich ein mit Goldknöpfen bestücktes Wams aus grüner Seide. Den Gutsherrn sah man kriegerisch gewandet: Er hatte für den Auftritt bei Gericht seine Uniform angelegt. Den Säbel mußte er indes dem Klostervogt aushändigen, weil Henning von Blome seinen Standpunkt mit der blanken Waffe darzulegen liebte.

Es war das erste Mal, daß Jobst den Mann sah, über den eine

Reihe merkwürdiger Geschichten in Umlauf waren. Hans Haunerland besaß mit Fernwisch einen der größten Höfe in der Probstei. Die anderen Bauern betrachteten ihn jedoch auch nach einem halben Menschenalter noch nicht als einen der Ihren, denn im Unterschied zu ihnen hatte er den Hof nicht von den Vorfahren geerbt, sondern gekauft. Zu Fernwisch gehörte außer ertragreichen Äckern und fetten Weiden ein großer Teil der Salzwiesen. In der Dorschbucht ankerte ein Schoner, mit dem Hans Haunerland dem Vernehmen nach die Märkte an der dänischen Küste belieferte. Auch das machte ihn unter den Probsteier Bauern zu einem Fremdling; bei ihnen galt das Meer von alters her als das Reich böser Mächte.

Haunerland kam in Begleitung eines jungen Mannes geritten, der die Ursache des Rechtsstreits war. Vom Klosterprobst befragt, was er gegen den Vollhufner vorzubringen habe, erklärte der Gutsherr, jener Kleinknecht, Josias Lünk mit Namen, sei ihm entlaufen und habe bei Hans Haunerland Unterschlupf gefunden. Trotz mehrfacher und nachdrücklicher Mahnung habe Haunerland den Josias nicht herausgerückt, beim letzten Mal sei sein Sachwalter sogar mit der Peitsche vom Hof gejagt worden. Auf Grund dieser Tatsachen scheue er sich nicht, Hans Haunerland vor allen Leuten einen gemeinen Dieb zu nennen.

»Was hast du dazu zu sagen, Hans Haunerland?« fragte der Probst.

»Euer Gnaden«, antwortete der Bauer, indem er mit knirschenden Stiefeln vor den Richtertisch trat, »Josias hat mich um Obdach gebeten, und ich habe ihn bei mir aufgenommen. Als ich ihn gefragt habe, ob er nach Salzau zurückkehren will, hat er nein gesagt. Hast du es dir inzwischen anders überlegt, Josias?«

Dieser schüttelte heftig den Kopf.

»Ihr seht mich aufs äußerste befremdet, Euer Liebden«, sagte Herr von Blome zum Klosterprobst. »Wie könnt Ihr Fragen zulassen, die nicht weniger töricht sind als die Frage an einen Taler, ob er freiwillig in die Tasche des Bestohlenen zurückhüpfen möchte?«

»Derlei rhetorische Finten sind der Wahrheitsfindung wenig förderlich, lieber Blome«, sagte Otto von Buchwaldt. »Weshalb bist du überhaupt fortgelaufen?« fragte er den jungen Mann.

»Der Herr wollte nicht, daß ich Anneke heirate«, entgegnete Josias, »er wollte, daß ich Trienke zum Weib nehme, und als ich gesagt hab, die will ich nicht, hat er mich verprügelt, und da bin ich abgehauen.«

»Das wäre was, wenn die Leibeigenen selbst darüber entscheiden könnten, mit wem sie sich paaren wollen«, warf Herr von Blome ein. »Auf Salzau liefen nicht halb so viele kräftige und gesunde Leute herum, hätten meine Ahnen nicht dafür gesorgt, daß alle Schwächlichen und Bresthaften an der Fortpflanzung gehindert wurden.«

»Ist die Anneke denn mit solchen Fehlern behaftet?« fragte der Gerichtsherr.

»Nein, das ist sie beileibe nicht«, antwortete Josias. »Aber Trienke hat schon zwei Kinder vom Herrn, und nun wollte er sie loswerden, weil er sich eine andere ins Bett geholt hat, und deshalb sollte ich sie heiraten und nicht Anneke.«

»Verzeiht, Euer Liebden«, sagte der Gutsherr, dem die Zornesröte ins Gesicht zu steigen begann, »was fragt Ihr den Mann nach seinen Gründen? Er ist mein Eigentum, er gehört mir wie meine Kühe und Pferde. Gesetzt den Fall, eines meiner Pferde wäre mir entlaufen und stünde in dieses Bauern Stall – würdet Ihr es dulden, daß er die Herausgabe verweigert?«

Das war eine knifflige Frage, da die Familie des Gerichtsherrn selbst einige Güter besaß, auf denen die Arbeit von Leibeigenen verrichtet wurde. Otto von Buchwaldt nahm daher erleichtert wahr, daß Hans Haunerland etwas zu sagen wünschte.

»Ich kaufe Euch Josias ab«, sagte der Bauer zu Herrn von Blome. »Was soll er kosten?«

»Ich handle nicht mit Menschen«, versetzte der Gutsherr barsch.

»Euren Worten zufolge ist er Euer Eigentum«, sagte der Bauer. »Da ein Mensch aber nicht eines anderen Menschen Eigentum sein kann, ist Josias Lünk kein Mensch, sondern ein Stück Vieh. Meine Frage also: Wieviel wollt Ihr dafür haben?«

»Haltet Ihr es für möglich, daß dieser Bauer mich zum Narren haben will, Euer Liebden?« fragte Herr von Blome. Mit der Rechten tastete er nach dem Säbelgriff; als sie ins Leere faßte, ballte er sie zur Faust und hielt sie Hans Haunerland unter die Nase. »Du redest mit einem Blome, Bauer!« schrie er.

Hans Haunerland wischte die Faust des Edelmanns mit zwei Fingern fort und sagte: »Ich gebe Euch sechzig Mark für ihn und will vergessen, daß Ihr mich einen Dieb genannt habt.«

»Das kommt dabei heraus, wenn man den Leuten zu viele Freiheiten läßt«, sagte der Gutsherr zum Klosterprobst. »Sie werden frech und anmaßend und meinen, ihr eigener Herr zu sein gäbe ihnen das Recht, mit Edelleuten von gleich zu gleich zu verkehren. Eure Vorgänger hätten nach der Reformation mit den katholischen Verhältnissen in der Probstei aufräumen sollen, Euer Liebden. Dann hätte das Kloster wohlfeile Arbeitskräfte und folgsame Untertanen statt aufmüpfiger Bauern.«

»Die Probsteier sind friedlich, solange man sie in Ruhe läßt«, entgegnete der Probst. »Und das Kloster ist über die Jahre nicht schlecht dabei gefahren, ihnen das Land weiterhin zur eigenen Nutzung zu überlassen. Aber wie steht Ihr zu Haunerlands Angebot, lieber Blome? Sechzig Mark entsprechen hierzulande dem Wert von sechs fetten Ochsen, das nenne ich einen guten Preis.«

»Seht Euch Josias Lünk an«, sagte Henning von Blome. »Er ist knapp zwanzig, von kräftiger Statur und arbeitet für zwei. Die Lünks sind eine fruchtbare Familie; er wird ungefähr zwanzig Kinder zeugen, von denen schätzungsweise zwölf am Leben bleiben. Dies bedenkend geben mir sechzig Mark nicht das Gefühl, ich hätte ein gutes Geschäft gemacht.«

Hans Haunerland schüttete aus einem Lederbeutel Münzen auf den Richtertisch. »Da sind fünfundzwanzig Taler«, sagte er. »Gebt mir Josias Lünk dafür und laßt uns den Streit begraben.«

»Lieber Blome, was zaudert Ihr noch?« rief der Klosterprobst.

»Gemacht«, sagte der Gutsherr, indem er die Münzen zusammenraffte. »Er gehört dir, Hans Haunerland. Aber wie verträgt sich das mit deiner Ansicht, daß ein Mensch nicht eines anderen Menschen Eigentum sein könne?«

»Ich laß ihn laufen«, erwiderte der Bauer. »Josias soll gehen, wohin er will.« Für diese Worte wurde ihm aus den Reihen der Zuschauer Beifall gespendet. Darauf gelangte Herr von Blome jäh zu der Erkenntnis, daß er trotz seiner prachtvollen Uniform eine klägliche Figur machte. Er entriß dem Klostervogt den Säbel und warf sich mit solchem Schwung auf sein Pferd, daß er um ein Haar auf der anderen Seite wieder heruntergefallen wäre.

»Hans Haunerland, du protzt mir zu sehr mit deinem Geld«, sagte der Klosterprobst. »Es könnte dahin kommen, daß du bald nichts mehr hast.«

»Das kann schon sein«, antwortete der Bauer. »Aber es macht mir nun mal Spaß, es unter die Leute zu bringen. Darf ich Euch ein Fäßchen Burgunder schenken, Euer Gnaden?«

»Ich bin nicht sicher, ob ich von dir ein Geschenk annehmen sollte«, sagte der Probst. »Man setzt sich als Gerichtsherr zu leicht dem Vorwurf der Bestechlichkeit aus.«

»Aber der Fall ist doch abgeschlossen, Euer Gnaden.«

»Ja, ja«, sagte der Klosterprobst. »Und du sprachst ja auch nur von einem Fäßchen. Ist es ein guter Jahrgang?«

»Ich habe den Wein in Hans Flinkfoots Gaststube bringen lassen«, sagte Hans Haunerland. »Ihr könnt ihn gleich probieren.«

»Was gibt es denn noch?« fragte Otto von Buchwaldt den Klostervogt, und da dieser ahnte, daß es den Gerichtsherrn zum Wein drängte, tat er die noch anstehenden Fälle als *quisquiliae* ab, die ebensogut auf dem nächsten Gerichtstag verhandelt werden könnten. Der Probst erklärte daraufhin den Gerichtstag für beendet und begab sich in die Schankstube. Dort traf er unerwartet mit Hinrich Wiese zusammen. Man erzählte später, Herr von Buchwaldt habe den Schulmeister aufs herzlichste begrüßt, manche wollten gar Tränen der Rührung in seinen Augen gesehen haben, doch sei Wiese derart betrunken gewesen, daß er seinen einstigen Herrn und Jugendgefährten nicht erkannt habe. Schlimmer noch: Der Schulmeister habe furchterregend geheult und dem Probst weiszumachen versucht, er sei ein Werwolf. Dies habe Herrn von Buchwaldt sehr traurig gestimmt, aber wohl auch ein wenig verärgert. Er habe Anweisung gegeben, den Trunkenen nach Hause zu bringen.

Beim Abendbrot saß Jobst allein mit der Pastorenfrau. Ihr Mann sei in Begleitung des Diakons mit dem Einspänner nach Schönkirchen gefahren, erläuterte Margreta, sie erwarte die beiden erst spätabends zurück. Der Pastor wolle aus dem Nachlaß eines Amtsbruders ein Buch erwerben, nach dem er schon seit Jahren gesucht habe. Soviel sie seinen Andeutungen entnommen habe, handle es von Hexen. »Glaubt Ihr an Hexen, Herr Steen?« fragte sie.

»Ich bin noch keiner begegnet«, antwortete Jobst.

»Ihr weicht mir aus«, sagte sie. »Ich habe gefragt, ob Ihr an Hexen glaubt.«

»Wo schon zahllose Frauen als Hexen verbrannt worden sind, wäre es schrecklich zu denken, daß alles auf einem Irrtum beruht.«

»Schon wieder drückt Ihr Euch um eine klare Antwort, Herr Steen. Aber vielleicht wart Ihr auch so sehr mit anderen Dingen beschäftigt, daß Ihr Euch darüber noch keine Meinung bilden konntet.« Sie strich mit dem kleinen Finger über seinen Handrücken. »Wißt Ihr, wie ich heiße?«

»Ja.«

»Gefällt Euch der Name?«

»Ja.«

»Aber er klingt bei weitem nicht so aufregend wie Felicia. Erzählt mir von ihr!«

Jobst löste umständlich die Haut von einem Butt. Er tat es mit solcher Sorgfalt, daß Margreta begriff. »Ihr wollt nicht von ihr sprechen«, sagte sie. »Dann erzählt mir statt dessen vom Gerichtstag, Herr Steen. Ich wäre gerne unter den Zuschauern gewesen, aber mein Mann erlaubt es nicht. Ich muß mit dem vorliebnehmen, was Elsche erzählt. Sie schwärmt von Hans Haunerland, obwohl sein Ruf nicht der beste ist. Man sagt ihm schlimme Dinge nach. Mit Frauen, wißt Ihr? Aber besonders mit einer Frau, der Frau seines Sohnes.«

»Wollt Ihr damit sagen, er hätte etwas mit seiner Schwiegertochter?« fragte Jobst entgeistert.

»Gertrud ist eine junge, hübsche Frau«, sagte Margreta. »Ihr Mann ist mit den Schwedischen gegangen; sie hat schon seit Jahren nichts mehr von ihm gehört. Letztes Jahr hat sie ein Kind bekommen; jeder weiß, daß es von Hans Haunerland ist. Auch seine Frau weiß es. Von einem Bartscherer, der des öfteren nach Fernwisch kommt, habe ich gehört, daß Gertrud schon wieder in anderen Umständen sein soll.«

»Und was sagt Euer Mann dazu, daß einer so gröblich gegen Gottes Gebot verstößt?«

»Mein Mann wählt sich seine Gegner aus«, sagte sie. »An Hans Haunerland wagt er sich nicht heran; der ist ihm zu selbstbewußt, zu reich.« Sie nahm seine Hand in ihre. »Was für zarte Haut Ihr habt. Neulich träumte mir, Ihr legtet Eure Hand auf meine Brust. Habt Ihr mitunter auch unkeusche Träume, Herr Steen?«

Jobst antwortete nicht. Ihre Nähe bereitete ihm Unbehagen. Er dachte daran, was geschehen würde, wenn der Pastor hereinkäme und sie so sitzen sähe, Hand in Hand. Er stellte sich vor, wie Johannes Scheele ihn mit zornigen Gebärden aus dem Haus weisen würde. Margreta blickte ihm jetzt geradewegs in die Augen. Da war er wieder, dieser Blick, der in sein Innerstes drang. »Leg deine Hand auf meine Brust«, hörte er sie sagen, »ich möchte nicht nur davon träumen.«

»Wir dürfen das nicht«, murmelte Jobst. Er sah Felicia auf seidigen Kissen, nackt, die Schenkel leicht gespreizt.

»Du brauchst keine Angst zu haben; wir hören ihn, wenn er nach Hause kommt«, flüsterte Margreta.

»Ihr solltet eines wissen«, sagte Jobst, während er ihr vorsichtig seine Hand entzog. »Der Mann jener Frau, mit der ich –« Er stockte.

»Ein Verhältnis hatte?« half sie ihm.

»Der Mann hat mich beschuldigt, ich hätte seine Frau zum Beischlaf gezwungen!«

»Welcher Mensch, der auch nur einen Funken Menschenkenntnis besitzt, würde das glauben?« lächelte Margreta.

»Ihr Mann ist Ratssyndikus! Beim Rostocker Gericht würde niemand sein Wort in Zweifel zu ziehen wagen«, ereiferte sich Jobst. »Wenn ich nicht die Flucht ergriffen hätte, wäre ich an den Galgen gekommen! Versteht Ihr, daß ich nichts mehr fürchte, als noch einmal in eine solche Lage zu geraten?«

»Nun übertreibt Ihr aber, Herr Steen«, sagte sie. »Im Vergleich zu dem, was Ihr mit der schönen Felicia getrieben habt, will mir mein Wunsch denn doch beinahe züchtig erscheinen.« Sie sah ihn schelmisch an, ein Lächeln umspielte ihre Lippen. »Oder glaubt Ihr, es würde nicht dabei bleiben?«

»Wenn Ihr erlaubt, möchte ich mich zurückziehen«, sagte Jobst, indem er sich vom Tisch erhob. Ehe er sich's versah, hatte Margreta ihm etwas in die Hand gedrückt. Es war ein eiförmiges Stück Bernstein, das der Länge nach von einer tiefen Rille durchzogen war. Am einen Ende war ein dünnes Lederband befestigt.

»Was ist das?« fragte er.

»Ich hab's von meiner Großmutter«, sagte sie. »Wenn eine Frau es trägt, macht es sie fruchtbar, wenn ein Mann es trägt, macht es ihn stark. Ich möchte es Euch schenken. Ihr müßt es auf der Brust tragen, möglichst nahe beim Herzen.«

»Weshalb wollt Ihr Euch davon trennen?«

Margreta senkte den Blick. »Ich brauche es nicht«, sagte sie leise. Bevor sie ihm das Lederband über den Kopf streifte, berührte sie den Talisman mit den Lippen. Später, als das Band sich beim Entkleiden um seinen Hals wickelte, fiel Jobst ein, daß die Magd behauptet hatte, Margretas Großmutter sei eine Hexe gewesen.

Viertes Kapitel

Binnen weniger Tage ist es Frühjahr geworden. Über den Bäumen im Pastorenbrook liegt ein zarter grüner Schleier. Der sumpfige Boden ist mit einem gelben Teppich aus Schlüsselblumen bedeckt, in der Mundart der Einheimischen heißen sie Kletschen. Heute morgen meinte ich, vom Brook her das Schnalzen der ersten Stare zu hören. Sonderbare Träume. Letzte Nacht träumte mir, ich äße einen lebendigen Vogel. Ich verschlang ihn Stück für Stück, erst das Hinterteil samt Schwanz und den heftig zappelnden Beinen, dann die Brust. Auf der Zunge spürte ich das kleine, noch zuckende Herz. Mein Mund war voller Federn. Als ich erwachte, war mir, als müßte ich mich erbrechen. Der Traum hatte etwas mit einer Mutprobe zu tun. Jemand machte eine Entscheidung davon abhängig, daß ich den Vogel bei lebendigem Leibe verzehrte.

Bisweilen verbrachte Jobst ganze Tage allein oder in Gesellschaft des Schulmeisters in den Salzwiesen. Es war eine Landschaft, wie er sie zuvor nie gesehen hatte, halb noch Meer und halb schon Land. *Wasserland* nannte er sie in seinem Tagebuch. Ein von den Wellen aufgeworfener Sandwall riegelte die Salzwiesen von der See ab, aber er wies genügend Lücken auf, durch die das Meer bei starkem Wind aus Nord oder Nordost eindringen konnte. Wenn es sich wieder zurückzog, blieben Teiche und Tümpel mit Meerwasser gefüllt. Auf dem salzigen Boden gediehen außer einzelnen Bäumen nur hartes, schilfartiges Gras und knorriges Buschwerk. Am südlichen Rand der Salzwiesen hatten die Bauern begonnen, Gräben zu ziehen, um den Boden zu entwässern und gutes Weideland zu gewinnen, doch alle paar Jahre holte sich die See das Land zurück. Hier und da gab es flache Erhebungen, Reste einstmals sehr viel höherer Dünen, auf denen Höfe lagen wie Fernwisch oder der in einem Wäldchen verborgene Sommerhof. Auf letzterem pflegten sich die Probsteier Bauern von alters her zu versammeln, wenn es gemeinsame Entscheidungen zu treffen galt.

Die Wege in den Salzwiesen waren schlammig und nach Regenfällen nicht mehr begehbar; bei längerer Trockenheit federte der Boden unter den Füßen. Meist endeten sie an einem Wasserlauf oder vor dem schwarzen Spiegel eines Weihers. Nur ein einziger, erheblich breiterer und streckenweise mit Bohlen befestigter Weg, den die Einheimischen *Damm* nannten, führte in zahllosen Windungen von Schönberg zu der Fischersiedlung und nach Fernwisch. Auf dem Damm schafften die Fischer ihren Fang mit hochrädrigen Karren zum Markt, und ihn beschritt auch Hinrich Wiese, wenn er zu den Leuten in der Dorschbucht ging, um Wörter zu sammeln.

Der Schulmeister kannte sich wie kein zweiter in der amphibischen Welt der Salzwiesen aus. Er wußte von seltenen Tieren und Pflanzen, die nur hier zu finden waren, und zeigte Jobst Stellen, wo Mauerreste und verfallene Brunnen von einstiger Besiedlung zeugten. In ferner Vergangenheit, erzählte er, lange vor Beginn der christlichen Zeitrechnung, seien die Salzwiesen und der seichte Meeresgrund vor dem Sandwall festes Land gewesen. Es habe dort Dörfer gegeben und wehrhafte Herrensitze, wahrscheinlich auch Haine und Tempel einer heidnischen Religion. All dies sei in einer gewaltigen Sturmflut untergegangen. Seitdem gebe das Meer die Salzwiesen nur für befristete Dauer her; in der alten Sprache der Fischer hießen sie *Das geborgte Land.*

Hin und wieder treffe man in dieser unwegsamen Landschaft auch auf Menschen, sagte der Schulmeister, geheimnisvolle Menschen, die in Hütten aus Schilf und Reisig lebten und scheuer seien als das Wild. Im Dorf halte man sie für Wiedergänger oder entlaufene Sträflinge. Die Leute in der Dorschbucht hingegen glaubten, es seien die letzten Überlebenden eines Volkes, das einstmals auch das Land vor der heutigen Küste bewohnt hatte. In ihren Sagen wurde davon erzählt, daß die Götter dieses Volk vernichtet hätten, weil es ihnen die üblichen Opfer verweigert habe. Als die

Menschen, geblendet von einem Licht, heller als tausend Sonnen, nichts mehr hätten sehen können, seien die Wölfe gekommen und hätten sie gefressen. Nur einige wenige hätten sich vor den Bestien in den Salzwiesen verstecken können, und dort lebten ihre Nachkommen noch heute. Bislang habe man allerdings noch keinen von ihnen aus der Nähe gesehen oder gar gefangen, denn die Salzwiesen seien den Schönbergern nicht geheuer. Er selbst habe außer dem, was in den Sagen der Fischer überliefert sei, nichts über die rätselhaften Einsiedler in Erfahrung gebracht, selbst Wibeke habe ihm nichts über ihre Herkunft oder die Gründe ihrer Scheu sagen können.

»Dann habt Ihr mit ihr gesprochen?« fragte Jobst.

»Wie sollte ich nicht«, antwortete der Schulmeister, »sie ist meine Schülerin.« Er schmunzelte, als er Jobsts erstaunte Miene sah: »Nicht eine von denen, die bei mir zu Hause um den Webstuhl sitzen. Hin und wieder begegnen wir uns hier draußen, dann suchen wir uns ein trockenes Plätzchen und philosophieren ein wenig miteinander. Oder wir formen Buchstaben und Zahlen aus Zweigen und Grashalmen, so habe ich ihr Lesen und Rechnen beigebracht. Sie ist sehr wißbegierig und eignet sich an einem Nachmittag mehr an, als die meisten Kinder in einem Monat.«

Jobst entsann sich, wie verzaubert er von ihrer Anmut gewesen war, als er Wibekes Gesicht im Halbdunkel der Fischerhütte gesehen hatte. »Könnt Ihr es vielleicht so einrichten, daß ich bei Eurem nächsten Treffen dazukomme?« fragte er.

Der Schulmeister wiegte besorgt den Kopf. »Ich denke daran, was Ihr den Kindern und mir über Hamburg erzählt habt, junger Herr«, sagte er. »Das ist Eure Welt. Wibeke lebt in einer anderen. Ihr würdet Euch in ihrer Welt so wenig heimisch fühlen wie sie sich in Eurer. Deshalb wiederhole ich meinen Rat: Schlagt sie Euch aus dem Sinn! Hast du gehört, was ich gesagt habe?« rief er plötzlich laut. »Mach ihm keine schönen Augen, da kommt nichts Gutes bei heraus!«

Jobst blickte sich verdutzt um: »Ist sie hier irgendwo?«

»Man kann nie wissen«, sagte Hinrich Wiese. »Vielleicht belauscht sie uns schon die ganze Zeit. Sie ist so leise, daß ich sie oft erst bemerke, wenn sie mir von hinten auf die Schulter tippt.«

Durch das Gras ging ein Rascheln. Jobst glaubte, ein verwehtes Lachen zu hören. Dann flog etwas schwerfällig auf, ein Seeadler, der einen silbrig glänzenden Fisch in seinen Fängen hielt.

»Ich dachte schon, das wäre sie«, sagte Jobst.

»Wer sagt Euch, daß sie es nicht war?« entgegnete der Schulmeister. »Für die alten Wagrier war die äußere Gestalt eines Lebewesens änderbar. Wenn es sich aus tiefster Seele danach sehnte, konnte es sich in jedes andere Lebewesen verwandeln.«

»Das klingt wie ein Märchen«, sagte Jobst. »Oder glaubt Ihr, daß so etwas tatsächlich geschehen könnte?«

»Was gedacht werden kann, ist auch möglich«, erwiderte der Schulmeister. »Kommt, ich will Euch etwas zeigen.« Er führte Jobst auf einem schmalen Pfad durch ein Schilfdickicht an einen beinahe kreisrunden Teich. In der Mitte ragte ein riesiges Gerippe aus dem Wasser. Die Knochen waren kalkig gebleicht und an einigen Stellen von Wind und Wetter zu einem filigranen Gewebe zerfressen. »Was glaubt Ihr, von welcher Tierart dieses Skelett stammt?« fragte Hinrich Wiese.

»Ich weiß es nicht«, sagte Jobst. »Aber es muß ein ungewöhnlich großes Tier gewesen sein.«

»Von Zeit zu Zeit, in sehr heißen Sommern, trocknet der Teich aus, dann kann man den größten Teil des Gerippes sehen«, sagte Wiese. »Einer der Fischer, der in jungen Jahren auf Walfang gefahren ist, meint, es könnte das Skelett eines großen Fisches sein, wenn nicht an Stellen, wo bei Fischen die Flossen säßen, die Reste von Beinknochen zu erkennen wären.«

»Vielleicht war es eine riesenhafte Kaulquappe?« mutmaßte Jobst.

»Ich glaube eher, es war ein Tier, das im Wandel begriffen war, ein Zwischenwesen«, sagte der Schulmeister. »Bevor es werden konnte, was es werden wollte, kam es, auf welche Art auch immer, ums Leben.«

»Habt Ihr jemals den Wunsch gehabt, etwas anderes zu sein?« fragte Jobst.

»Ja, ein Bibliothekar«, antwortete der Schulmeister. »Ein Bibliothekar, der sein ganzes Leben zwischen Büchern verbringt.«

»Weshalb seid Ihr es nicht geworden?«

»Ich habe es mir wohl nicht dringlich genug gewünscht«, antwortete Wiese, wobei ein Lächeln über sein gedunsenes Gesicht huschte.

Kurz nach Pfingsten wurde in der Kieler Förde eine Brigg gesichtet, die steuerlos vor dem Wind trieb. Als Laboer Fischer an Bord des Schiffes gingen, fanden sie auf und unter Deck dunkel verfärbte Leichen. Alles deutete darauf hin, daß die Besatzung an der Beulenpest gestorben war. Aus Angst, man könnte ihnen die Heimkehr verweigern, schleppten die Fischer die Brigg aufs offene Meer hinaus und bewahrten Stillschweigen über ihre Entdeckung. Doch bald darauf erkrankten zwei von ihnen an der Pest. Damit hatte der Schwarze Tod am westlichen Rand der Probstei Fuß gefaßt.

Die Bauern entsannen sich eines alten Abwehrzaubers. Er bestand darin, daß mit dem Kesselhaken ein Schutzkreis um den Hof gezogen wurde. Als besonders wirksam galt der Zauber, wenn dies in der Nacht geschah, die Beteiligten nackt waren und sich unter ihnen ein Erstgeborener befand. Zudem stellte man Pfähle vor den Häusern auf und legte zwischen ihnen Brot aus. An dem Brot sollten die Pestdämonen ihren Hunger stillen und sich aus Dankbarkeit verpflichtet fühlen, die Hofbewohner zu verschonen.

Als der Pastor davon hörte, rief er am folgenden Sonntag Gottes Zorn auf die Gemeinde herab. Nun hätten sie sich endgültig als Heiden entpuppt, wetterte er von der Kanzel. Statt in sich zu gehen und zunächst der eigenen Sündhaftigkeit innezuwerden, hernach den Herrn Jesus Christus um Schutz gegen die Seuche zu bitten, vertrauten sie sich den Mächten der Finsternis an! Wie üblich nannte er die Missetäter beim Namen, aber dann übermannte ihn der Zorn so sehr, daß er von der Kanzel sprang, sie einen nach dem anderen beim Kragen packte und tüchtig durchschüttelte. Dies ließen einige mit sich geschehen, nicht aber Hinrich Lamp. Der Bauer versetzte dem Pastor einen Stoß, daß dieser rücklings gegen den Taufstein prallte und bewußtlos liegenblieb. Als er von seiner Frau und dem Diakon mit feuchten Tüchern und einigen Schlucken Abendmahlswein wieder zur Besinnung gebracht worden war, saß nur noch der Bauernvogt auf seinem Platz, die übrigen hatten das Gotteshaus inzwischen verlassen. Aber auch Claus Ladehoff wollte nicht billigen, daß der Pastor handgreiflich geworden war. »Dieses Mal seid Ihr zu weit gegangen, Herr Pastor«, sagte er. »Ihr könnt den Bauern nach Herzenslust die Leviten lesen, bloß anfassen dürft Ihr sie nicht.«

Johannes Scheele brütete längere Zeit finster vor sich hin. *Er wirkte auf mich wie einer, der eine Niederlage erlitten hat und nun darüber nachsinnt, wie er die Scharte auswetzen kann,* notierte Jobst.

Einige Tage darauf kam Gesche Lamp zum Pastor gelaufen. Die Magd war übel zugerichtet, ihr Gesicht war von Striemen entstellt, aus ihrem Mund troff blutiger Speichel. Die Pastorenfrau gab ihr warmes Bier zu trinken, und als sie wieder verständlich zu sprechen imstande war, erzählte Gesche, Jochim Arp habe sie eine Hexe geschimpft und geschlagen, weil seine Kühe keine Milch mehr gäben. Der Herr Pastor, bat sie, möge ihr für eine Weile Obdach geben, denn sie habe in der Probstei keine Verwandtschaft und wisse nicht wohin.

»Wir könnten sie in der Geschirrkammer unterbringen«, schlug Margreta vor.

Pastor Scheele äußerte Bedenken: Dort gebe es kein Bett und keinen Tisch, der Raum sei zum Wohnen nicht geeignet. Doch wenn es nur für kurze Zeit sei, wolle er seine Zustimmung nicht verweigern.

Margreta suchte Jobsts Blick, und er las aus ihrer Miene, daß sie über die nächtlichen Geschehnisse in der Geschirrkammer im Bilde war.

Johannes Scheele hieß den Diakon, Jochim Arp herbeizuholen.

Der Bauer kam geradewegs aus dem Stall; in der Diele breitete sich der Geruch von frischem Kuhmist aus.

»Du beschuldigst die Magd, eine Hexe zu sein?« fragte der Pastor.

»Das ist sie, so wahr ich Jochim Arp heiße«, sagte der Bauer. »Zuerst hat sie die Milch klumpig und sauer gemacht, und jetzt kommt gar keine mehr. Und im Türbalken vom Stall hat eine Axt gesteckt.«

»Bist du dir darüber klar, daß es eine schwerwiegende Beschuldigung ist?« fragte Johannes Scheele.

»Kommt mit und versucht, meine Kühe zu melken, Herr Pastor«, sagte der Bauer. »Ich will tot umfallen, wenn Ihr auch nur einen Tropfen aus den Eutern kriegt. Sie ist eine Hexe, dabei bleibe ich!«

Jobst fiel auf, mit welcher Umsicht der sonst so unbeherrschte Pastor diesmal zu Werke ging. Er schickte den Diakon zu seinem Amtsbruder Thomas Laurentius nach Probsteierhagen und ersuchte ihn um Beistand in einer Angelegenheit, in der er selbst nicht über genügend Erfahrung verfüge. Dies war um so erstaunlicher, als Johannes Scheele den Namen seines Amtsbruders selten erwähnte, ohne ihn im gleichen Atemzug einen Scharlatan zu nennen.

Da ihm dies wahrscheinlich nicht verborgen geblieben war, ließ Pastor Laurentius zwei Tage verstreichen, bevor er nach Schönberg kam. Unterdessen war Gesche Lamp aus dem Pastorat entwischt; es hieß, sie habe beim Schulmeister Unterschlupf gefunden. Die beiden Pastoren machten sich also auf, die Magd zur Rede zu stellen; in stillschweigendem Einverständnis hatten sie ihre Talare angelegt. Aus der Weberkate hörte man das Klickklack des Webschützens, es wurde begleitet von grölendem Gesang.

Auf Pastor Scheeles Klopfen erschien der Kopf des geistesschwachen Sohns in der Tür. Er wurde bleich vor Schreck, als er sich zwei Pastoren im geistlichen Ornat gegenübersah.

»Sag deinem Vater, wir haben mit ihm zu reden«, raunzte Pastor Scheele.

»In Ewigkeit, Amen«, lallte der Schwachsinnige, bevor er im Dunkel der Kate verschwand.

»Das arme Geschöpf ist Hinrich Wieses Sohn?« fragte Pastor Laurentius.

»Ganz recht«, erwiderte Pastor Scheele. »Mag sich jeder seine eigenen Gedanken darüber machen, daß sein einziges Kind blöde zur Welt gekommen ist.«

Auf seine Frau gestützt wankte der Schulmeister ins Licht. Das weiße Haar klebte ihm schweißnaß am Schädel, seine Augen waren rot umrändert. An seinem stieren Blick erkannte Jobst, daß er betrunken war.

»Bin ich so duhn, daß ich doppelt sehe?« brachte Hinrich Wiese mit schwerer Zunge hervor, »oder stehn da wahrhaftig zwei Pfaffen?«

»Uns ist bekannt, daß Gesche Lamp sich bei dir versteckt hält«, sagte Pastor Scheele. »Wir wollen mir ihr reden.«

»Warum?« fragte der Schulmeister.

»Dafür schulden wir dir keine Erklärung«, sagte Johannes Scheele.

»Sie steht im Verdacht, eine Hexe zu sein«, ließ dann aber doch der verbindlichere Pastor Laurentius verlauten.

Hinrich Wiese schob eine Hand hinter sein rechtes Ohr: »Was soll sie sein?«

»Eine Hexe!« versetzte Pastor Scheele mit scharfer Stimme.

»Hexen gibt es nicht«, sagte Wiese, indem er sich vergeblich um eine deutliche Aussprache bemühte. »Hexen sind die Ausgeburten einer krankhaften Phantasie.«

»Was sagt Ihr dazu, verehrter Amtsbruder?« fragte Pastor Scheele.

»Wenn der Mann bei klarem Verstand wäre, würde ich es eine ketzerische Behauptung nennen«, erwiderte Pastor Laurentius.

»Obwohl er betrunken ist, weiß er genau, was er sagt«, entgegnete Pastor Scheele. Dann wandte er sich an Jobst und den Diakon: »Ich möchte, daß Ihr Euch jedes seiner Worte merkt und hernach aus dem Gedächtnis schriftlich niederlegt.«

»Zweifelst du im Ernst an der Existenz von Hexen?« fragte Pastor Laurentius den Schulmeister.

»Wenn eine Kuh keine Milch mehr gibt, ist sie krank oder zu alt, oder es liegt am Futter, aber gewiß nicht daran, daß jemand eine Axt in den Türbalken schlägt und ihren Stiel melkt«, gab Hinrich Wiese zur Antwort.

»Nicht die Handlung als solche zählt, sondern ihre magische Wirkung«, belehrte ihn Pastor Laurentius. »Es ist dies eine häufig praktizierte Art des Milchzaubers.«

»Welch eine Düsternis in Euren studierten Köpfen«, seufzte der Schulmeister.

»Gib die Magd heraus!« herrschte Pastor Scheele ihn an.

»Sie ist weg«, sagte Hinrich Wiese. »Ich habe sie heute morgen in aller Frühe zur Dorschbucht gebracht. Von dort ist sie mit einem Fischerkahn nach Dänemark übergesetzt.«

Die Pastoren blickten einander an. Jeder schien vom andern ein erlösendes Wort zu erhoffen. Thomas Pale ging beiseite und memorierte murmelnd die Aussage des Schulmeisters.

»Weißt du, daß du dich eines Verbrechens schuldig gemacht hast?« hob Johannes Scheele wieder an. »Weißt du, daß man anderenorts dafür gehängt wird, wenn man einer Hexe zur Flucht verhilft?«

»Seht Ihr, so rasch wird eine zur Hexe, die eben nur der Hexerei verdächtigt wurde«, sagte Hinrich Wiese. »Ich wollte nicht, daß sie Leuten wie Euch auf Gedeih und Verderb ausgeliefert ist, Herr Pastor.«

Allen sichtbar schoß Johannes Scheele das Blut in die Wangen; ein Zornesausbruch von unvergleichlicher Heftigkeit schien bevorzustehen. Doch mit äußerster Willensanstrengung gelang es dem Pastor, sich zu beherrschen. Er brachte es sogar fertig, seine Stimme zu dämpfen, als er sagte: »Ein Mann, der es mit Teufelsbuhlen hält, darf nicht länger Schulmeister sein. Ich werde dafür sorgen, daß du deines Amtes enthoben wirst, Hinrich Wiese.«

Die Frau des Schulmeisters begann zu weinen. Wiese wischte

ihr unbeholfen die Tränen vom Gesicht. »Flenn nicht, Alte«, brummte er. »Als ich noch kein Schulmeister war, haben wir's auch nicht viel schlechter gehabt.«

Am nächsten Morgen fuhren sie zu dritt nach Preetz: Pastor Scheele, der Diakon und Jobst. Der Klosterprobst ließ sie bis zum Mittag warten. Er liebte es nicht, wenn man ihn unangemeldet aufsuchte. So blieb Jobst genügend Zeit, sich an dem Ort umzusehen, wo er die ersten Monate seines Lebens verbracht hatte. Das Preetzer Kloster bildete eine kleine Stadt für sich. Eine hohe Mauer umschloß eine große Zahl von Amtsgebäuden, Wohnhäusern, Scheunen und Stallungen sowie Gärten und einen ausgedehnten Park. Rings um die Kirche scharten sich die Adelshäuser, in denen die Stiftsdamen wohnten. Sie standen unter der Aufsicht einer Priörin, die, wie der Klosterprobst auch, nicht geistlichen Standes war, sondern ihr Amt von den Adelsfamilien des Landes übertragen bekommen hatte.

Der Probst schien zu ahnen, daß ihm eine unerfreuliche Unterredung bevorstand, seine Miene war verdrießlich, und seine Gebärden zeugten von Ungeduld. Er klärte seine Besucher sogleich darüber auf, daß dies die Stunde sei, da er üblicherweise die Mittagsruhe pflege. »Und dann erscheint Ihr auch noch mit Gefolge, Herr Pastor«, sagte er. »Ist Euer Anliegen von solcher Wichtigkeit, daß Ihr es mir nicht allein vortragen könnt?«

»Die jungen Herren waren Zeugen des Vorfalls, über den ich Euer Gnaden in Kenntnis setzen muß«, antwortete Pastor Scheele und händigte dem Probst zwei Schriftstücke aus. »Dies sind ihre Niederschriften, und für den Fall, daß Euer Gnaden darüber hinaus noch Fragen haben sollte, werden Euch die beiden Rede und Antwort stehen.«

Otto von Buchwaldt trat ans Fenster und begann mit deutlichen Anzeichen des Unwillens zu lesen. Nach und nach jedoch schien ihm bewußt zu werden, daß er Dokumente von folgenschwerer Bedeutsamkeit in Händen hielt. Er atmete tief ein und ließ die Luft schnaufend entweichen, damit deutlich werde, wie schwer ihm die Angelegenheit auf der Seele lastete.

»Ich beobachte mit Sorge und Betrübnis, wie dieser vortreffliche Mann sich zugrunde richtet«, sagte der Probst. »Aber sollte man nicht noch ein letztes Mal den Mantel der Nächstenliebe –«

»Verzeiht, Euer Gnaden«, unterbrach ihn Pastor Scheele. »Dieser Mann versieht ein Amt, in dem er unabsehbaren Schaden stiften kann! Nehmt nur seine Behauptung, es gebe keine Hexen. Die Existenz von Hexen zu leugnen heißt, die Existenz des Bösen schlechthin zu leugnen. Damit rüttelt er an den Grundfesten unseres Glaubens! Zudem hat er eine der Hexerei verdächtigte Person außer Landes geschafft und so eine gerichtliche Untersuchung des Falles vereitelt.«

Der Klosterprobst quittierte mit unverhülltem Abscheu, daß er dem Pastor, den er nicht leiden konnte, recht geben mußte. »Was schlagt Ihr also vor?« knurrte er.

»Enthebt Hinrich Wiese seines Amtes, Euer Gnaden.«

»Wollt gefälligst eines beachten, Herr Pastor: Als Schulmeister hat er seine Sache gut gemacht. Dies gilt es abzuwägen gegen die Gründe, die Ihr für seine Entlassung anführt. Mit anderen Worten: Ich werde Eurem Gesuch nicht eher stattgeben, als Ihr mir einen gleichermaßen befähigten Nachfolger benannt habt.« Der Klosterprobst gewann über diesen Einfall schlagartig seine gute Laune wieder, schien er ihm doch Aufschub bei einer mißlichen Entscheidung zu gewähren.

»Hier ist er, Euer Gnaden«, sagte der Pastor, indem er Jobst am Ärmel nach vorn zog.

»Der?« rief der Probst, als habe man ihm mit Jobst einen ausgemachten Trottel empfohlen. »Wie kommt Ihr ausgerechnet auf ihn?«

»Ich darf Euch daran erinnern, daß Jobst Steen das Akademische Gymnasium in Hamburg besucht und einige Semester in Rostock studiert hat«, entgegnete der Pastor. »Auf Grund dessen ist er für das Amt eines Schulmeisters zumindest so gut geeignet wie ein dem Trunk verfallener Weber, Euer Gnaden.«

»Fühlt Ihr Euch denn zum Schulmeister berufen, Jobst Steen?« fragte Otto von Buchwaldt.

Das mit Spott gemischte Erstaunen in den Zügen des Probsten verstimmte Jobst. »Ich habe mir darüber noch keine Gedanken gemacht, Euer Gnaden«, sagte er. »Gleichwohl kränkt es mich, daß Ihr meine Qualifikation unbesehen in Zweifel zieht.«

»Nun, derlei Zweifel hege ich mitnichten«, erwiderte der Probst. »Ich stelle mir nur vor, wie Ihr einem Haufen Bauernlümmel den Katechismus einbleut oder, und dies wäre der einzige Lohn für Eure Mühe, reihum mit den Bauern aus einer Schüssel eßt. Offen gesagt, ich kann mir nicht denken, daß Ihr daran auf Dauer Gefallen fändet.«

»Weshalb sollte er nicht, Euer Gnaden?« fragte Johannes Scheele. »Meint Ihr, er sei sich zu fein dafür?«

»Er ist Euer Adjunkt, Herr Pastor«, gab Otto von Buchwaldt unwirsch zurück. »Ergo liegt es in Eurem Ermessen, mit welchen Aufgaben Ihr ihn betrauen wollt. Wenn Ihr also das Amt des Schulmeisters bei ihm in guten Händen glaubt, soll es so sein.«

»Wollt Ihr, daß ich es Hinrich Wiese mitteile, Euer Gnaden?« fragte der Pastor.

Der Abscheu im Blick des Klosterprobsten wandelte sich in Zorn. »Gebt Euch damit zufrieden, daß Ihr ihn zur Strecke gebracht habt«, blaffte er. »Den Triumph, ihm die Hiobsbotschaft zu überbringen, gönne ich Euch nicht!« Darauf läutete er nach einem Diener und befahl diesem, die Herren hinauszugeleiten.

Ich fühle mich noch immer wie vor den Kopf geschlagen. Erst allmählich dämmert mir, wofür ich mich aus gekränkter Eitelkeit hergegeben habe. Ich hätte das Ansinnen, Wieses Nachfolger zu werden, auf der Stelle zurückweisen müssen. Daß ich es unterließ, erfüllt mich mit tiefer Scham. Wie kann ich Hinrich Wiese jemals wieder unter die Augen treten! Ich fing an, diesen Mann trotz seiner Schwächen gern zu haben, und bei der erstbesten Gelegenheit mache ich mich zum Helfershelfer seines ärgsten Feindes!

Nach dem Abendessen ließ der Pastor Jobst zu sich ins Studierzimmer rufen. Johannes Scheele saß über ein Buch gebeugt; er fuhr mit dem Zeigefinger die Zeilen entlang und bewegte lautlos die Lippen. Bisweilen nickte er zustimmend oder schloß die Augen, um bedeutsame Sentenzen zu rekapitulieren. Nach einer Weile blickte er auf und fragte: »Ist Euch Samuel Meigerius ein Begriff, Herr Adjunkt?« Als Jobst dies verneinte, erklärte ihm der Pastor, besagter Meigerius, weiland Pastor zu Nortorf, sei der Verfasser dieses nächst dem katholischen Hexenhammer bedeutendsten Werkes über die verschiedenen Formen des Hexenglaubens und deren Bekämpfung. Obwohl er sich mit dem Thema schon seit Jahren befasse, habe ihm Meigerius' *De Panurgia Lamiarum* erst so recht die Augen geöffnet. Um so befremdlicher sei, daß ein Buch wie dieses nicht zur Pflichtlektüre junger Theologen zähle. »Wie wollt Ihr denn eines Tages die Teufelsbrut vernichten, wenn Ihr nicht über das nötige Rüstzeug verfügt?« rief der Pastor. Er bestand indes nicht auf einer Antwort, sondern kam ohne Umschweife auf Jobsts künftige Tätigkeit als Schulmeister zu sprechen.

»In mir habt Ihr Euren unmittelbaren Vorgesetzten zu sehen, Herr Steen«, sagte er. »Anders als Euer Vorgänger werdet Ihr die Kinder hauptsächlich Beten lehren und im Katechismus unterweisen. Sofern sie darin gute Fortschritte machen, können sie auch etwas Lesen, Schreiben und Rechnen lernen. Letzteres sollte jedoch als Ergänzung verstanden werden und tunlichst auf die Knaben beschränkt bleiben. Über den Wissensstand Eurer Schüler werde ich mir jeden Sonntag nach dem Gottesdienst Kenntnis verschaffen. Zweimal im Jahr werden der Herr Klosterprobst und ich die Kinder gemeinsam prüfen, einmal zu Beginn der Schulzeit Ende September, das andere Mal an ihrem Ende zu Ostern. Damit soll es für heute sein Bewenden haben. Gute Nacht, Herr Adjunkt.«

»Eine Frage noch, Herr Pastor«, sagte Jobst. »Weshalb habt Ihr nicht dem Diakon das Amt des Schulmeisters übertragen? Er wäre dafür doch in jeglicher Hinsicht besser geeignet als ich.«

Der Pastor wandte sich dem Bild des Reformators zu, als rufe er diesen zum Zeugen für seine Worte an. »Thomas Pale ist ein haltloser Mensch, er ist bis in die Seele verderbt«, sagte er. »Der Diakon ist sich nicht zu schade, einer Kuhmagd nachzustellen, er geht zu einem Weib, das für Geld zu haben ist, ja er scheut sich nicht einmal, meiner Frau unkeusche Blicke zuzuwerfen. Soll ich einen Säufer gegen einen Lüstling austauschen, Herr Adjunkt?«

»In dieser Hinsicht käme es mir nicht zu, den ersten Stein auf ihn zu werfen«, entgegnete Jobst.

»Ich bin nicht so weltfremd, daß ich zwischen einer jugendlichen Torheit und einem lasterhaften Lebenswandel nicht zu unterscheiden wüßte«, sagte der Pastor, bevor er sich wieder in das Buch vertiefte.

Gegen Sommer hin, in einer mondlosen Nacht, die schon den Morgen erahnen ließ, fühlte Jobst eine Hand auf seiner Stirn. Er war sogleich hellwach. Das Fensterkreuz hob sich schwarz vom lichten Grau des frühen Morgens ab, in der Ferne schrie ein Käuzchen. Die Hand bedeutete ihm, nicht zu erschrecken. Ein zarter Veilchenduft ging von ihr aus. »Hoffentlich habe ich dich nicht aus einem schönen Traum geholt«, hörte er Margreta sagen.

Sie saß an seinem Bett, er spürte die Wärme ihres Körpers an seinem Schenkel. Es erregte ihn, sie so nahe zu wissen, und gleichzeitig ergriff ihn Angst. Was, wenn der Pastor merkte, daß sie sich fortgeschlichen hatte?

Margreta erriet seine Gedanken. »Er schläft tief und fest«, flüsterte sie. »Ich habe ihm einige Tröpfchen Schierlingssaft in den Schlaftrunk getan, man könnte ihn aus dem Haus tragen, ohne daß er es merkt.«

»Was wollt Ihr?« fragte Jobst. Sie lachte leise. Ihr Lachen machte ihm bewußt, wie einfältig seine Frage war. »Erzähl mir von Felicia«, sagte sie.

»Nicht jetzt«, erwiderte er. Irgendwo im Haus knackten die Dielen, er glaubte, vorsichtige, tastende Schritte zu hören.

»Sie hat sich dir aus freiem Willen hingegeben, nicht wahr?« fragte sie.

»Geht, ich bitte Euch!« drängte Jobst.

»Womöglich hat sie dich gar verführt?« Ihre Hand löste sich von seiner Stirn, glitt am Hals hinunter, strich über seine Brust.

»Da schleicht jemand im Haus umher, hört Ihr's nicht?«

»Wo hast du den Bernstein? Ich habe dich doch gebeten, ihn am Herzen zu tragen.«

»Er ist in meiner Hosentasche«, antwortete er hastig.

»Auch gut«, sagte sie. Am Klang ihrer Stimme hörte er, daß sie lächelte. »Wenn du ihn in der Hosentasche bei dir trägst, ist es mir auch recht.«

Was mache ich nur, damit sie geht? dachte Jobst verzweifelt. Er horchte. Weit entfernt schrie das Käuzchen, im Haus war es jetzt still.

»Hast du vor ihr schon andere gehabt?«

»Nein.«

»Und nach ihr? Hast du nach ihr mit einer geschlafen?«

»Nein.«

»Ich will, daß du mir alles erzählst«, sagte Margreta. Sie nahm seine Hand, er fühlte Seide, dann nackte Haut. »Alles, hörst du?« Sie atmete schneller, ihre Brustwarze zwängte sich zwischen seine Finger. »Ich will wissen, wie ihr es gemacht habt. Ich werde krank sein vor Eifersucht, aber ich will es wissen.«

Für einen Augenblick erwog Jobst zu schreien. So laut, daß es sogar den vom Schierlingssaft betäubten Pastor aus dem Schlaf reißen würde. Was dann auch geschehen mochte, sein Schrei würde größeres Unheil verhüten.

»Erzähl von Anfang an. Wie hast du sie kennengelernt?«

»Sie fuhr mit einer Kutsche vorbei. Es regnete in Strömen. Sie lud mich ein mitzufahren.«

»Was sagte sie?«

»Nichts. Sie öffnete den Schlag ihrer Kutsche und winkte mich zu sich. Die Stimme der Vernunft riet mir, nicht einzusteigen. Aber etwas zog mich unwiderstehlich zu ihr hin.«

»Du liebtest sie auf den ersten Blick.«

»Vielleicht. Ich weiß es nicht.«

»Was könnte es sonst gewesen sein? Ihre Schönheit? Das Verlangen, sie zu besitzen? War er von Anfang an da – der Wunsch, ihr beizuwohnen?«

Fast gewaltsam entriß Jobst ihr seine Hand. »Hört auf, mich mit Fragen zu bedrängen«, versetzte er ungehalten. »Was zwischen Felicia und mir war, geht Euch nichts an!«

Seide raschelte, Veilchenduft überschwemmte ihn. »Sieh her«, sagte Margreta.

»Nein«, sagte er und preßte die Lider zusammen.

»Sieh mich an«, wiederholte sie nachdrücklicher.

Das Dämmerlicht ließ ihren Körper alabastern erscheinen. Sie war breiter in den Hüften als Felicia, und ihre Brüste waren voller; in seinem Tagebuch schrieb Jobst von *mütterlichen Formen*. Als sie seinen Blick auf sich gerichtet sah, verschränkte Margreta ihre Hände im Nacken.

»Macht es dir Lust, mich anzusehen?« fragte sie. »Willst du, daß ich mich zu dir lege?«

»Nein!« entgegnete er, schrie es fast. Mit einem Ruck warf er sich zur Wand herum.

»Du wirst Felicia vergessen«, flüsterte sie. Ihm war, als berührten ihre Lippen sein Ohr. »Ich will alles tun, damit du sie vergißt.«

Jobst hörte, wie sie ihr Nachthemd überstreifte, der Sand knirschte unter ihren Füßen, die Türangeln quietschten, ein Lufthauch fächelte ihm den Nacken. Er fand keinen Schlaf mehr, als sie gegangen war. Er sah die Schatten schwinden, sah, wie sich das Sonnenlicht langsam vom First der Scheune über das ganze Dach ausbreitete und die ersten Schwalben durch das kleine Stück Himmel im oberen Teil des Fensters schossen. Er zwang sich, an etwas anderes zu denken. *De Panurgia Lamiarum*, wie könnte man das übersetzen? *Über das Allerweltstreiben* oder *Die Verschlagenheit der Hexen*? Schierlingssaft, dachte er, war Sokrates nicht mit Schierlingssaft vergiftet worden? Aber die Erregung wollte nicht abklingen, seine Gedanken kehrten immer wieder zu Margreta zurück. So sehr sich sein Verstand dagegen sträubte, er begehrte sie. Das Bild, wie sie sich im Licht des frühen Tages vor ihm entblößt hatte, ging ihm nicht mehr aus dem Kopf. Auch die Bilder von einem anderen, schöneren Körper konnten es nicht aus seinen Gedanken verdrängen – im Gegenteil, sie steigerten die Lust zur quälenden Begierde.

Er stand auf und kleidete sich hastig an. Draußen war es schon taghell, das erste Sonnenlicht stach ihm in die Augen. Alles war benäßt von Tau; im Gras des Dorfangers glitzerte es, als seien dort Myriaden von Edelsteinen ausgestreut. Das Dorf lag noch in tiefem Schlaf. Niemand sah, wie er den Weg nach dem Stakendorfer Tor einschlug, wie Marlene ihm die Tür ihrer Kate öffnete und eine Hand vor das Gesicht hob – eine Geste der Abwehr, die gleichermaßen dem frühen Besucher wie dem grellen Licht gelten mochte.

»Hat euch die Frau vom Pastor was ins Essen getan?« tuschelte sie. »Der andere war heute nacht auch schon hier.«

»Wieviel verlangst du?« fragte Jobst.

»Ich nehm, was man mir gibt«, sagte Marlene. Sie griff nach seiner Hand und führte Jobst durch das vom Herdrauch geschwängerte Dunkel zu einem Strohlager neben der Feuerstelle. »Mach leise, ich will nich, daß die Kinder aufwachen«, flüsterte sie, als er sich auf sie legte.

Der Sommer brachte ein Ereignis, das die Hoffnungen vieler Probsteier zunichte machte, der Große Krieg könnte schon zu Ende sein: An einem Julitag um die Mittagsstunde dröhnte Kanonendonner über das Land. Von der Dorschbucht kamen Fischerjungen gelaufen und berichteten, vor der Kolberger Heide bahne sich eine Seeschlacht zwischen einer dänischen und einer schwedischen Flotte an.

Die Kolberger Heide war erst vor knapp zwei Jahrzehnten vom Meer überflutet und seither nicht wieder freigegeben worden. Bei ablandigem Wind tauchten hier und da muschelverkrustete Mauern und Pfähle aus dem seichten Wasser auf. Zwischen dem Meer und den Salzwiesen lag ein kaum mannshoher, mit Disteln und Strandhafer bewachsener Sandwall. Auf ihm versammelte sich fast die gesamte Einwohnerschaft Schönbergs und der umliegenden Dörfer, darunter Pastor Scheele und der Schulmeister. Hans Haunerland kam hoch zu Pferde von seinem nahegelegenen Hof, gekleidet wie ein Edelmann und versehen mit einem röhrenförmigen Gegenstand, der, wie er bereitwillig erläuterte, weit entfernte Dinge aus der Nähe zu betrachten erlaube. Er lieferte auch sogleich den Beweis, indem er das Rohr ans Auge hob und den Umstehenden kundtat, daß die dänische Flotte von keinem Geringeren als König Christian IV. befehligt werde. Wie an der Beflaggung zu erkennen sei, befinde er sich auf dem Admiralsschiff, das, ins Deutsche übersetzt, den Namen *Dreifaltigkeit* trage. Der Pastor forderte daraufhin die Anwesenden auf, ein Hoch auf den Landesherrn auszubringen. Doch er fand nur bei wenigen Gehör, denn die meisten Probsteier hielten zum Herzog von Schleswig, der das Land gemeinsam mit dem dänischen König regierte.

Die beiden Flotten umkreisten einander langsam und offenkundig darauf bedacht, sich nicht zu nahe zu kommen. Für überraschende Manöver war der Wind zu schwach; zeitweise legte er sich ganz, so daß die Schiffe in völliger Reglosigkeit verharrten. Hin und wieder feuerte eines der Schiffe eine Kanone ab, ohne dem Gegner größeren Schaden zuzufügen. Nach Haunerlands Worten hatten es die Schweden darauf angelegt, die dänische Flotte auf die Kolberger Heide abzudrängen, wo die schweren Kriegsschiffe unweigerlich auflaufen mußten. Der dänische König habe die Absicht jedoch durchschaut und weiche nur zurück, um die Schweden seinerseits auf die Untiefen zu locken. Im Vergleich zu Seeschlachten, an denen er teilgenommen habe, mangle es dieser jedoch an Dramatik. Um dies zu verdeutlichen, schilderte er den wechselvollen Verlauf einer Seeschlacht zwischen einer spanischen Silberflotte und westindischen Freibeutern, wobei er die Zuhörer im Ungewissen ließ, auf welcher Seite er gekämpft hatte. Hans Haunerland war ein vortrefflicher Erzähler, die Leute hingen an seinen Lippen, selbst Pastor Scheele lauschte mit gespannter Aufmerksamkeit. Unterdessen hatten die Fischer von der Dorschbucht auf ihren Karren geräucherte und gesalzene Fische herbeigeschafft. Sie fanden reißenden Absatz, und da einem Sprichwort zufolge auch ein toter Fisch gern schwimmen will, ließ Hans Haunerland von Fernwisch ein Faß selbstgebrauten Bieres holen. So wären die Zeugen eines denkwürdigen, bis dahin aber recht langweiligen Ereignisses beinahe durch ein fröhliches Gelage entschädigt worden, hätte Pastor Scheele den Ausschank des Bieres unter freiem Himmel nicht schärfstens mißbilligt. Um seinen Worten Nachdruck zu verleihen, schickte er sich gar an, das Faß mit einem großen Stein zu zertrümmern. Doch da fielen die als besonders trinkfreudig bekannten Stakendorfer über ihn her und schlugen ihn zu Boden. Dem mochten wiederum die Schönberger nicht tatenlos zusehen, so unbeliebt Johannes Scheele bei ihnen auch war. Die alte Zwietracht zwischen den Schönbergern und den Stakendorfern entlud sich mit solcher Heftigkeit, daß viele sich, wenn später von der Seeschlacht auf der Kolberger Heide gesprochen wurde, nur an eine handfeste Rauferei erinnern konnten.

Gegen Abend, als die meisten schon nach Hause gegangen waren, kam Wind auf. Im Handumdrehen hatten sich die feindlichen Flotten ineinander verkeilt. Durch den Pulverdampf drang unaufhörlicher Kanonendonner zu den Menschen am Strand; manche hielten sich aus Angst, sie könnten davon ertauben, die Ohren zu. Plötzlich stieg unter markerschütterndem Getöse eine Feuersäule auf, es regnete zerborstene Planken, brennendes Teer und menschliche Gliedmaßen vom Himmel. Hinrich Wiese fiel ein am Ellbogen abgetrennter Arm vor die Füße. Er hob ihn auf, betrachtete ihn mit glasigem Blick, schüttelte dann die noch zuckende Hand und sagte: »Wer du auch bist, der mir die Hand reichen möchte, sei mir gegrüßt.«

Kurz darauf wankten aneinandergeklammert zwei Männer aus den Rauchschwaden hervor. In ihrer Not schienen sie vergessen zu haben, daß sie Feinde waren: Der eine trug eine dänische, der andere eine schwedische Uniform. Beide waren so schwer verletzt, daß keiner ohne Hilfe des anderen ans Ufer gelangt wäre. Nachdem man ihre Wunden notdürftig verbunden und ihnen vom Bier zu trinken gegeben hatte, erzählten sie, daß die schwedische Flotte westwärts entwichen sei. Den Sieg verdankten sie vor allem der beispiellosen Tapferkeit seines Königs, sagte der Däne. Obwohl sein Körper schon mit Wunden bedeckt gewesen sei, habe Christian selbst dann noch Heldenmut bewiesen, als ein Splitter ihm das rechte Auge ausgeschlagen habe. Da die Mehrzahl der feindlichen Schiffe jedoch entkommen war, darunter auch das schwedische Flaggschiff, sah König Christian sich um die Früchte seines Sieges betrogen. Zur Strafe ließ er den dänischen Admiral an Ort und Stelle köpfen. Dies sei nicht mehr als recht und billig, meinte der Däne, denn von einem König könne man nicht gut verlangen, daß er den eigenen Kopf hinhalte.

Als der Pulverdampf sich verzogen hatte, sah man die Kolberger Heide übersät von Wrackteilen und zerfetztem Segeltuch; hier und da spülten die Wellen Leichen ans Ufer. Weiter draußen ragte das Heck eines schwedischen Kriegsschiffes aus dem Wasser. Mit Windeseile verbreitete sich das Gerücht, es handle sich um das Schiff, das die schwedische Kriegskasse an Bord führe. Die Fischer von der Dorschbucht waren als erste beim Wrack und drangen durch die Geschützpforten ins Innere vor. Zur allgemeinen Enttäuschung berichteten sie, das Schiff berge außer einer Menge Toter nur Munition und vom Meerwasser verdorbenen Proviant. Am nächsten Tag ließ Hans Haunerland das Wrack von seinen Leuten an Land ziehen. Für die Ausbeute an Gold und Silber hätte sich die Mühe nicht gelohnt, denn mehr als eine Handvoll Münzen kam nicht zusammen. Doch seither gingen Haunerlands Knechte an Feiertagen in schwedische Uniformen gekleidet, und die Auffahrt zu seinem Hof war beiderseits von Kanonen mit den Initialen des großen Gustav Adolf gesäumt.

Fünftes Kapitel

Der Sommer, hieß es im Dorf, sei der heißeste seit Menschengedenken. Auf den Äckern verdorrte das Korn, an den Bäumen das Laub, Tag für Tag brannte die Sonne vom wolkenlosen Himmel hernieder. Bald gab es nicht mehr Futter genug für das Vieh, die Wasserstellen trockneten aus, das Brüllen der von Hunger und Durst gepeinigten Tiere erfüllte die Nächte. Es hatte den Anschein, als wollte sich das fruchtbare Land in eine Ödnis aus Staub und Dürre verwandeln.

Die dumpfe Teilnahmslosigkeit, mit der die Menschen die Hitze ertrugen, ging einher mit einer absonderlichen Gereiztheit, einem jähen Aufflammen von Gewalttätigkeit und Fleischeslust. Öfter als sonst kam es in den Wirtshäusern zu Schlägereien; im Streit über das Geburtsjahr ihres gemeinsamen Großvaters erstach Johann Fink seinen Vetter Peter Heuer. In Krummbek überfiel Drewes Klindt frühmorgens ein vom Tanz heimkehrendes Liebespaar, erschlug den Mann und schleppte das Mädchen in eine Scheune, wo er sich, nachdem er ihr Gewalt angetan hatte, am Torbalken erhängte. Eines Abends sah Jobst vom Fenster seiner Kammer aus, wie der Diakon nackt und augenfällig erregt die Magd verfolgte. Elsche entwischte ihm ohne Hast, sie schien ihn eher zu locken, als vor ihm davonzulaufen.

Und Jobst selbst? *Geh mir aus dem Kopf, ich will dich nicht in meinen Gedanken haben!* schrieb er in sein Tagebuch. *Beim Abendessen fühlte ich ihren Fuß an meinem Bein. Währenddessen saß sie mir mit gesenktem Blick gegenüber und lauschte andächtig den Worten des Pastors.* Er scheute sich nicht, Margreta ein *Luder* zu nennen. *Sie spielt mit mir Katz und Maus. Manchmal übersieht sie mich tagelang, dann wieder streichelt sie mich unter dem Tisch mit den bloßen Zehen oder weiß es so einzurichten, daß ihr beim Blumengießen das Kleid hochweht und ich sehen kann, daß sie nichts darunter trägt.*

Er ging wieder zu Marlene. Sie sah zum Gotterbarmen aus. Oft war sie vier oder fünf Männern in einer Nacht zu Willen. Seit die Hitze gekommen sei, finde sie keinen Schlaf mehr, sagte sie. Tagsüber die Kinder, nachts die geilen Böcke. Ihre Augen flackerten, ihr Körper roch nach Schweiß und Fäulnis. Wenn die Kinder nicht wären, sagte Marlene, hätte sie sich die Pulsadern aufgeschlitzt. Jobst gab ihr alles, was er noch an Geld besaß. Sie wollte es nicht nehmen, es sei zuviel. »Was tu ich denn anderes als dir meine Fut hinhalten?« fragte sie. Dann ließ sie es aber doch zu, daß er ihr die Münzen in die Hand drückte. Sie warf sie achtlos in einen Topf.

Beinahe jeden Tag wanderte Jobst durch die Salzwiesen ans Meer. Dort ging stets ein frischer Wind, und das Wasser bewahrte auch bei größter Hitze eine angenehme Kühle. Nach dem Bad lag er in einer Mulde zwischen den Dünen und ließ seinen Körper von der Sonne trocknen. Er liebte es, dem trägen Schwappen der Wellen zu lauschen. Zuweilen glaubte er, eine Melodie aus wenigen, sehr hohen Tönen zu hören. Er dachte, es sei der Wind, der sich im Strandhafer fing, doch eines Tages kamen die Töne nur aus einer Richtung und waren lauter als sonst. Als er den Kopf hob, sah er ein weibliches Wesen am Rand der Mulde sitzen. Es hielt ein aus Schilfstücken zusammengefügtes Instrument an seinen Lippen. Obwohl Jobst, vom gleißenden Licht geblendet, ihr Gesicht nicht sehen konnte, wußte er, daß es Wibeke war. Er legte sich auf den Bauch und beschattete mit einer Hand seine Augen. Nun sah er, daß sie ein Hemd aus weißer Seide trug, Margretas Hemd. Es schimmerte wie Perlmutt auf ihrer braunen Haut. Um die Stirn hatte sie sich ein Band aus verschiedenfarbigen Vogelfedern geschlungen. Dies und das Seidenhemd waren alles, was sie am Körper trug.

»Wie schön du bist«, sagte Jobst.

Sie vernahm es mit unbewegter Miene. Verstand sie ihn nicht, oder war es ihr gleichgültig, ob sie ihm gefiel? Ihre großen dunklen Augen verrieten nichts über ihre Empfindungen, nicht einmal Neugier las er aus ihnen.

»Du bist mir nicht so fremd, wie du vielleicht denkst«, sagte Jobst. »Der Schulmeister hat mir von dir erzählt. Manches klang sehr geheimnisvoll.«

»An mir ist nichts geheimnisvoll«, sagte Wibeke. »Ich bin nur verrückt.«

»Warum glaubst du das?«

»Das sagen alle.«

»Hinrich Wiese sagt es nicht.«

»Der ist selbst ein Verrückter, nur auf andere Art.«

»Woher hast du das Hemd?« fragte er.

»Ich sah es in einem Astloch, als ich vorüberflog.«

»Vorüberflog? Du kannst fliegen?«

»Ich war ein Uhu«, sagte sie.

»Weißt du, wem das Hemd gehört?«

»Es trug den Geruch einer unglücklichen Frau«, entgegnete sie. »Ich hab es dreimal sieben Tage im Meer liegenlassen, bevor ich es anzog. Jetzt riecht es nach mir.« Unvermittelt begann sie zu lächeln. »Gib acht, daß die Sandflöhe dich nicht beißen«, sagte sie, »die Biester suchen sich immer die empfindlichsten Stellen aus.« Es war das erste Mal, daß Jobst sie lächeln sah.

»Ich glaube nicht, daß du verrückt bist«, sagte er. »Ein Verrückter weiß nicht, daß er verrückt ist. Wenn also jemand von sich behauptet, er sei verrückt, beweist das schon das Gegenteil.«

»Klugscheißer«, sagte sie. »Weil du aus der Stadt kommst, bildest du dir ein, alles besser zu wissen. Aber hier draußen nützt dir dein Wissen nichts. Kannst du eine Aalreuse knüpfen? Kannst du über trockenes Schilf gehen, ohne daß es knackt? Weißt du, welche Kräuter dich vor dem bösen Blick schützen und welche dir schöne Träume schenken?«

»Nein und abermals nein«, erwiderte Jobst. »Von alledem weiß ich nichts. Aber du könntest es mich lehren.«

»Ich habe Siwa befragt«, sagte Wibeke. »Ich soll dir aus dem Weg gehen, du bist ein *Peronje*.«

»Was ist das?«

»Einer, den man meiden soll.«

»Und wer ist Siwa?«

»Siwa ist ein alter Gott. Meine Vorfahren haben ihn verehrt, als sie noch keine Christen waren. Manchmal begegne ich ihm, und dann frage ich ihn dieses oder jenes.«

»Du begegnest einem Gott und redest mit ihm?«

»Was ist daran verwunderlich? Man muß ihn nur erkennen, weil er in unterschiedlicher Gestalt erscheint.« Sie strich mit den Fingerkuppen über das stachelbewehrte Blatt einer Stranddistel. »Was würdest du sagen, wenn dies Siwa wäre?«

»Ich würde ihn fragen, ob er dir nicht einen besseren Rat geben könnte.«

»Frag ihn.«

Er kroch näher an die Stranddistel heran. Doch dann beschlich ihn das Gefühl, er sei im Begriff, sich lächerlich zu machen. Als er sich nach Wibeke umsah, war sie verschwunden. Jobst stieg zum Rand der Mulde empor. Die Salzwiesen waberten in der Hitze wie flüssiges Glas, der Seewind summte leise in seinem Ohr, sonst war es vollkommen still. »Wibeke«, murmelte er vor sich hin, »kleines Weib, Weibchen. Welch irdischer Name für dieses wundersame Geschöpf.«

Auf dem Rückweg gewahrte er sein Spiegelbild in einem Teich. Er hockte sich nieder und sagte: »Jobst Steen, du hast dich in einen weiblichen Irrwisch verliebt.« Die Worte schrieb er am Abend in sein Tagebuch: *Ich habe mich in einen weiblichen Irrwisch verliebt.*

An einem der folgenden Tage hielt eine Kutsche mit verhängten Fenstern vor dem Pastorat. Sie war, wie auch die beiden Kutscher, über und über mit Staub bedeckt, so daß der vor das Haus tretende Pastor die Meinung äußerte, sie müsse von weit her kommen. Dem widersprach jedoch der eine Kutscher, der sich nach notdürftiger Säuberung als der Klosterschreiber Marquard Schult entpuppte. Man sei lediglich von Preetz angereist, sagte er und wischte zum Beweis das an der Tür befindliche Wappen frei, auf dem neben einem Baum rechts eine Heilige, links eine betende Jungfrau und darüber der Spruch *Noli me tangere* zu erkennen war. Als der Pastor nun aber den in der Kutsche vermuteten Klosterprobst begrüßen wollte, trat Marquard Schult ihm in den Weg. Seine Gnaden liege mit einer Gallenkolik danieder, ließ er verlauten und bedachte die Frage, wer statt seiner in der Kutsche säße, mit einem Achselzucken.

Ungehalten über Schults vermeintliche Geheimniskrämerei, fragte Pastor Scheele, was denn der Anlaß dieses Besuches sei.

»Er gilt nicht Euch, sondern Eurem Adjunkt Jobst Steen«, entgegnete der Klosterschreiber. »Würdet Ihr ihn wohl rufen und mich allein hier vor der Tür mit ihm reden lassen?« Und als der Pastor die Stirn runzelte, fügte er hinzu, es sei alles mit dem Herrn Klosterprobst abgesprochen und von diesem gebilligt.

»Wollt Seine Gnaden gütigst in Kenntnis setzen, daß ich wegen dieses Vorfalls um Rücksprache nachsuchen werde«, knurrte der Pastor, bevor er ins Haus ging.

Die Magd holte Jobst aus seiner Kammer. Er schrak zusammen, als er die Kutsche sah. Sie glich jener, in der Felicia bei ihrer ersten Begegnung gesessen hatte. Wenn sie ihm bis hierher gefolgt war, würden ihm bald auch die Schergen ihres Mannes auf den Fersen sein. Doch dann gewahrte er das bekannte Gesicht des Klosterschreibers. Dieser nahm seinen Arm und führte ihn einige Schritte von der Haustür fort. »Laßt uns ein wenig auf und ab gehen«, sagte er, »und schaut immer mal wieder zur Kutsche hin, man möchte möglichst viel von Euch sehen.«

»Wer?« fragte Jobst.

»Ihr werdet es kaum glauben, Herr Steen«, antwortete der Klosterschreiber: »Ich weiß es nicht.«

»Ihr wißt nicht, wer in der Kutsche ist?«

»Nein, und ich bin ganz froh darüber«, versetzte Marquard Schult. »So komme ich nicht in Versuchung, es Euch zu verraten. Als ich von Seiner Gnaden den Auftrag erhielt, mit der Kutsche nach Schönberg zu fahren, saß die Person schon darin.«

»Ich nehme Euch nicht ab, daß Ihr so ahnungslos seid, wie Ihr tut«, sagte Jobst. »Aber wenn Ihr meine Neugier nicht befriedigen wollt, werde ich auf eigene Faust das Geheimnis lüften.«

»Versucht es lieber nicht, junger Herr«, griente der Klosterschreiber. »Der Knecht dort auf dem Bock rauft sich für sein Leben gern.«

Während sie kehrtmachten, gewahrte Jobst, daß sich der Vorhang am Fenster der Kutsche bewegte. Eine Hand kam zum Vorschein und krümmte sich zu einer winkenden Gebärde.

»Geht hin, man will Euch von nahem betrachten«, sagte der Klosterschreiber. Die Hand verschwand wieder, doch es blieb ein Schlitz im Vorhang, durch den Jobst ein verschattetes Gesicht zu sehen glaubte, das Gesicht einer Frau. Und abermals überkam ihn Angst bei dem Gedanken, daß es Felicia sein könnte. Nun öffnete sich der Schlag einen Spaltbreit, und die Hand bedeutete ihm, noch ein Stück näher zu kommen. Es war die Hand einer älteren Frau, schmal und knochig und von einem Geflecht bläulicher Adern überzogen. Zwischen Daumen und Mittelfinger hielt sie einen Ring, einen Siegelring, wie Jobst bei genauerem Hinsehen erkannte, das Wappen zeigte einen geflügelten Fisch. Und schon fühlte er ihn in seinem Handteller und ließ es geschehen, daß die Frau seine Finger über dem Ring zusammendrückte. Dann fiel die Tür der Kutsche ins Schloß, und auf ein gebieterisches Pochen hin erklomm Marquard Schult geschwind den Bock. Bald darauf rasselte die Kutsche über das Kopfsteinpflaster der Dorfstraße zum Höhndorfer Tor.

Margreta, die alles vom Fenster des Pastorats aus beobachtet hatte, sah Jobst in Grübeln versunken. Später zeigte er ihr den Siegelring und fragte, ob ihr das Wappen bekannt sei. Von derlei Dingen verstehe sie nichts, entgegnete Margreta, aber sie wollte ihm nicht glauben, daß er nicht wußte, von wem er den Ring bekommen hatte.

»Nicht einmal hier seid Ihr vor Euren Verehrerinnen sicher, Herr Steen«, sagte sie spöttisch. Für Margreta stand außer Zweifel, daß eine Frau in der Kutsche gewesen war.

Unter der brütenden Hitze breitete die Pest sich im Westen der Probstei weiter aus. In Laboe, war zu hören, sollten zwei Drittel der Einwohner der Seuche zum Opfer gefallen sein, in Heikendorf mehr als die Hälfte. Die Bauern von Lutterbek und Brodersdorf brannten den Wald rings um ihre Dörfer nieder, damit sie Fremde schon von weitem ausmachen und durch Schüsse zur Umkehr zwingen konnten. Auch in den anderen Dörfern der Probstei griff die Angst vor Ansteckung um sich. Claus Ladehoff, der Schönberger Bauernvogt, stellte Wachen an den Toren auf, die Händlern oder fahrendem Volk den Eintritt verwehren sollten. Von den Pestdämonen hingegen war bekannt, daß sie nicht den Weg durch die Tore zu nehmen brauchten. Sie schwebten unsichtbar und federleicht durch die Lüfte, und wo sie sich niederließen, begannen die Menschen alsbald unter ekligen Geschwüren zu leiden oder Blut zu spucken. Den Dämonen konnten nur die weisen Frauen beikommen, und eine von diesen war die alte Becke Speth.

Beckes windschiefe Kate am oberen Ende des Damms galt unter den Einheimischen als eine Herberge für umherschweifende Dämonen. Durch die Löcher im Strohdach konnten sie gleichsam im freien Fall in Beckes Stube gelangen. Es hieß, daß die Alte ihnen wegen ihrer bösen Taten Vorhaltungen machte, dabei häufig ins Keifen kam und sie derb beschimpfte, jedenfalls ging sie mit dem Teufelsgelichter hart ins Gericht. Auf diese Weise, glaubte man im Dorf – und von Becke hörte man kein Widerwort –, hatte sie sich bei den Dämonen Respekt verschafft. Wer nun der Wirksamkeit des üblichen Abwehrzaubers mißtraute, bat Becke Speth, Haus und Stall nach Dämonen abzusuchen und, falls sie dort welche anträfe, zu vertreiben. So sah man die Alte von Hof zu Hof humpeln und hörte, wenn die Mittagshitze Mensch und Vieh in schläfrige Benommenheit versetzte, nur noch Beckes Zetern durch das Dorf gellen.

Thomas Pale, der Tag für Tag bei Hans Flinkfoot in der Schankstube saß und mithin über alles genauestens unterrichtet war, hatte nichts Eiligeres zu tun, als Pastor Scheele über Beckes Treiben ins

Bild zu setzen. Der Pastor entschied, daß es diesmal mit einer Strafpredigt nicht getan sei; er beschloß, das Übel an der Wurzel zu packen. Abends lauerte er Becke auf und sperrte sie kurzerhand in seinen Schweinestall. Sodann schickte er den Diakon zum Klosterprobst mit der Bitte, Seine Gnaden möge baldmöglichst nach Schönberg kommen, um über eine auf frischer Tat ertappte Hexe zu Gericht zu sitzen.

Für die Fahrt nach Preetz ließ Thomas Pale sich zwei Tage Zeit. In Gödersdorf nahm er an einem Zechgelage teil, und auf Ottenhof half er dem Gutsherren beim Einfangen seiner flüchtigen Mätresse. Währenddessen spie Becke Speth im Schweinestall Gift und Galle, so daß die empfindsamen und von der Hitze ohnehin schon zermürbten Tiere in panische Angst gerieten. Es half nichts, daß der Pastor ihr Schläge androhte, falls sie mit den Schmähungen fortfahre – im Gegenteil: Johannes Scheele fand sich, durchaus nicht zu seinem Vorteil, mit Dämonen und anderem Geschmeiß verglichen. Da es dem Pastor aus Gründen der Standesehre nicht ratsam erschien, sie eigenhändig zu züchtigen, dies andererseits keine Arbeit für Frauen war und der Diakon unterwegs nach Preetz, drückte er Jobst eine Peitsche in die Hand und befahl ihm, Becke Speth das Fell zu gerben.

»Herr Pastor«, versetzte Jobst unwillig, »das könnt Ihr nicht von mir verlangen!«

»Wenn es Euch widerstrebt, ihr die Peitsche zu geben, bringt das Weib auf andere Art zum Schweigen!« fauchte Scheele. »Ich will, daß sie aufhört mit diesem entsetzlichen Geschrei!« Darauf packte er Jobst und stieß ihn in den Schweinestall.

Als er Becke dort kauern sah, die zahnlosen Kiefer entblößt wie von lautlosem Lachen, während die kleinen schwarzen Augen hinter den schlaffen Tränensäcken Gift sprühten, kam Jobst der Verdacht, tatsächlich einer Hexe gegenüberzustehen.

»Die Eier sollen dir abfaulen, wenn du mich anrührst!« keifte die Alte, als sie die Peitsche in seiner Hand sah.

»Ich habe nicht die Absicht, Euch etwas zuleide zu tun, gute

Frau«, sagte Jobst. »Ich bitte Euch nur um eines: Gebt endlich Ruhe!«

»Wat snackst du gediegen«, sagte Becke und klappte den Mund zu, wobei das Kinn fast im Oberkiefer verschwand. »Büst du'n Franzos?«

»Das zwar nicht, aber Ihr vermutet zu Recht, daß ich nicht von hier bin«, entgegnete Jobst. Damit sie nicht wieder zu schimpfen begann, fragte er, weshalb ihr aus dem Umgang mit den Dämonen keinerlei Schaden erwachse, während andere Menschen dadurch auf schreckliche Weise zu Tode kämen.

»Muscheblix«, sagte Becke, und Jobst schien es, als blitze der Schalk aus ihren Augen, »wer so klug fragt, hat meist schon eine kluge Antwort im Kopf. Was meinst du wohl?«

»Habt Ihr Euch die Dämonen durch Zaubersprüche gefügig gemacht?«

»Die Sache ist viel einfacher«, sagte Becke, indem sie jetzt unverhohlen feixte. Sie plantschte barfüßig durch die Jauche und winkte Jobst mit dem Zeigefinger näher. »Alles Humbug«, flüsterte sie ihm ins Ohr.

Weitere Erklärungen blieben Jobst versagt, denn in diesem Augenblick wurde die Tür eingetreten, und ein Haufen aufgebrachter Bauern drang in den Stall. Einer entriß Jobst die Peitsche und holte zum Schlag aus.

»Laß ihn zufrieden, er hat mir nichts getan!« schrie Becke Speth.

Sie zerrten Jobst ins Freie. Dort stand, aschgrau im Gesicht und bebend vor ohnmächtiger Wut, Pastor Scheele. Von seinem schwarzen Rock war ein Ärmel abgerissen, sein Hemd hing in Fetzen, er mußte sich tapfer gewehrt haben, bevor man ihn gebändigt hatte.

»Der Pastor hat zugegeben, daß er dich im Schweinestall eingesperrt hat«, sagte Jochen Sindt. »Was sollen wir nu mit ihm machen, Becke?«

»Wie's aussieht, habt ihr ihm schon übel mitgespielt«, antwortete die Alte. »Laßt es damit genug sein.«

»Er hat dafür aber eine Strafe verdient«, sagte Hinrich Lamp. »Wenigstens muß er am eigenen Leib erfahren, wie er dich behandelt hat.«

»Richtig, Auge um Auge, Zahn um Zahn!« rief Jochen Sindt.

Johannes Scheele ließ sich widerstandslos in den Schweinestall abführen. Er schien nicht zu begreifen, was ihm geschah. Jobst sah, wie er sich, von den Schweinen umringt, aufreckte und dem Unfaßbaren mit Würde zu begegnen suchte. Dann warfen die Bauern die Stalltür zu und türmten allerlei Ackergerät vor ihr auf und drohten mit einer gehörigen Tracht Prügel für den Fall, daß jemand den Pastor vor Ablauf von drei Tagen aus dem Stall befreien sollte.

Später, als die anderen gegangen waren, trat Jobst an die zertrümmerte Tür und fragte den Pastor, ob er einen Wunsch habe. Aus dem Stall antwortete ihm ein vielstimmiges Grunzen.

Kurz vor Mitternacht suchte Thomas Pale Jobst in seiner Kammer auf. Er war guter Dinge, und seine Laune besserte sich noch, als Jobst erzählt hatte, was inzwischen vorgefallen war. »Dann wird es mir unser Brotherr sicher nicht verargen, daß ich ohne den Klosterprobst zurückgekehrt bin«, sagte der Diakon. »Seine Gnaden hütet nämlich das Bett und war sehr indigniert über das Ansinnen, wegen einer alten Kräuterhexe bei dieser fürchterlichen Hitze nach Schönberg zu fahren. Wollt Ihr so gut sein, den Herrn Pastor der Sorge zu entheben, daß er Seine Gnaden im Schweinestall empfangen muß, Herr Kollega?«

»Sagt es ihm doch selbst«, entgegnete Jobst barsch.

»Mir war, als hätte ich eine Bitte geäußert«, schmollte der Diakon. »Denn seht, Herr Adjunkt, wenn er Euch keiner Antwort würdigt, heißt dies nicht ohne weiteres, daß er auch mit mir nicht reden will. So könnte er mich beispielsweise auffordern, meiner Christenpflicht zu genügen, was bei strenger Auslegung darauf hinauslaufen würde, daß die Bauern mich windelweich prügeln. Versteht Ihr, daß ich es aus diesem Grund vorziehe, ihm für's erste nicht unter die Augen zu treten? Im übrigen«, sagte er, während er sich auf den Bettrand setzte und damit zu verstehen gab, daß er sich persönlicheren Dingen zuwenden wolle, »im übrigen würde ich an Eurer Stelle die Gunst der Stunde nutzen, Herr Kollega. Oder seht Ihr nicht, wie glücklich sich alles fügt: Der Gemahl befindet sich in sicherem Gewahrsam, und die Gemahlin verzehrt sich nach Euch.«

Jobst packte der Zorn. Es war wie eine Woge, die ihn überrollte und mit sich riß. Eine seiner Fäuste traf den Diakon an der Schläfe, die andere am Kinn. Von der Wucht der Schläge wurde er gegen den Tisch geschleudert, die Kerze fiel herunter und erlosch. Eine Weile war es still, dann hörte Jobst ihn sagen: »Es hilft dir nichts, daß du es nicht wahrhaben willst. Sie ist wie eine rossige Stute, sie will, daß du sie besteigst, und du wirst ihr den Hengst machen, darauf schließe ich jede Wette ab. Also tu es jetzt gleich, geh zu ihr, sie erwartet dich, ich kann ihre Geilheit durch die Wände riechen.« Jobst hörte, wie er sich zur Tür tastete. Der rötliche Schein des Herdfeuers brach die Dunkelheit auf und verengte sich zu einem senkrechten Spalt. »Ich verzeihe dir«, sagte Thomas Pale, bevor er die Tür schloß.

Früh am nächsten Morgen machte sich Jobst daran, die Stalltür freizuräumen. Pastor Scheele stand im hinteren Teil des Stalls gegen die Wand gelehnt; anscheinend hatte er die ganze Nacht über dort gestanden. Seine Augen waren umschattet, die Wangenknochen traten spitz hervor, eine seltsame Starre hatte seine Züge erfaßt. *Er sah mir auf die Stirn, ich glaubte, die Stelle zu fühlen, auf die er blickte. Es ging etwas von ihm aus, das mir Angst machte. Zuerst dachte ich, er habe den Verstand verloren oder sei im Begriff, ihn zu verlieren. Doch dann senkte er den Blick, so daß er mir geradewegs in die Augen sah, und da spürte ich, wie eine herzbeklemmende Kälte von ihm auf mich überging. Nein, es war nicht geistige Umnachtung, die aus seiner Miene sprach, es war harte Entschlossenheit.*

»Das sollen sie mir büßen«, murmelte der Pastor, bevor er den Stall verließ. Die nächsten Tage schloß er sich im Studierzimmer ein. Da ihn mithin niemand sah, wähnten die Bauern ihren Pastor weiterhin im Schweinestall.

»Ich bewundere Euren Mut, Herr Steen«, sagte Margreta, als sie mit Jobst und dem Diakon beim Essen saß. »Die Grobiane von Bauern würden Euch die Seele aus dem Leib prügeln, wenn sie wüßten, daß Ihr meinen Mann aus seiner mißlichen Lage befreit habt.«

»Sollte man nicht besser von einer *mistlichen* Lage reden?« warf Thomas Pale grinsend ein.

Zu Jobsts Befremden brach sie in Lachen aus. So hemmungslos mochten Marktweiber alberne Scherze belachen, bei Margreta verstörte es ihn. »Herr Diakon, Ihr seid ein Schelm«, sagte sie. »Nehmt Euch ein Beispiel an Herrn Steen, er übt tätige Nächstenliebe, statt sich am Mißgeschick des Pastors zu ergötzen. Es ist gut, jemanden im Haus zu haben, auf dessen Beistand man im Notfall rechnen kann.« Derweil fühlte Jobst ihre Zehen am Knie.

Die Hitze entlud sich in einem Unwetter von solcher Gewalt, daß manchen der Tag des Weltuntergangs gekommen schien. *Niemals zuvor*, schrieb Jobst, *habe ich etwas erlebt wie dieses Armageddon entfesselter Naturgewalten. Der Himmel war ein tobendes Flammenmeer, aus dem ganze Bündel von Blitzen auf die Erde niedergingen. Der unaufhörliche Donner übertönte jedes andere Geräusch, man verstand buchstäblich das eigene Wort nicht mehr. Seltsamerweise kam kein Sturm auf, wie sonst bei heftigen Gewittern. Dafür prasselte Eis vom Himmel, faustgroße Hagelkörner durchschlugen die Dächer der Scheunen und Ställe und verwüsteten Felder und Gärten. Bald darauf spülte ein sintflutartiger Regen von den Äckern, was von der Dürre verschont geblieben war. Der Jordan, jener unscheinbare Bach, der die Abwässer des Dorfes aufnimmt, schwoll zu einem reißenden Strom an. Inmitten dieses Infernos sah ich Wieses schwachsinnigen Sohn in großen Sprüngen über den Dorfanger setzen, er ruderte mit den Armen wie ein Ertrinkender, aber auf seinem Gesicht lag der Ausdruck innigen Entzückens.*

Der Pastor, erzählte Elsche, habe nach mehrtägigem Fasten wieder zu essen begonnen. Doch halte er sich weiterhin im Studierzimmer auf und habe, da er offenbar ganze Nächte über seinen

Büchern säße, schon eine Menge Kerzen verbraucht. Als Jobst ihn aufsuchte, fand er den Pastor wieder in das Werk des Samuel Meigerius vertieft. Johannes Scheele bedeutete Jobst, sich zu ihm zu setzen, und als er ihn ob solch ungewohnter Zuvorkommenheit zögern sah, bekräftigte er die Geste durch ein Nicken. Jobst schien es, als ob er in den Tagen seiner Klausur noch hagerer geworden war.

»Mir ist in den letzten Tagen vielerlei durch den Kopf gegangen«, sagte der Pastor. »Ich würde mich gern einmal mit Euch darüber austauschen, Herr Adjunkt. Denn Ihr seid der einzige, bei dem ich mich zu der Annahme berechtigt fühle, daß er mir unvoreingenommen gegenübersteht. Doch der Grund, weshalb ich Euch kommen ließ, ist ein anderer. Ich möchte Euch eine Frage stellen. Die Frage lautet, ob Ihr mir im Kampf gegen das Böse beistehen wollt. Bedenkt Euch einen Augenblick, und dann antwortet mit Ja oder Nein.«

»Ich muß gestehen, daß ich mich mit dem Phänomen des Bösen noch nicht genügend befaßt habe, um mir vorstellen zu können, wie ich Euch bei seiner Bekämpfung behilflich sein könnte«, sagte Jobst.

»Das Böse manifestiert sich, indem es von bestimmten Personen Besitz ergreift und diesen gebietet, Böses zu tun«, entgegnete Johannes Scheele. »Es macht Menschen jeglicher Art, vornehmlich aber solche weiblichen Geschlechts, zu seinen Werkzeugen. Diese gilt es zu erkennen, damit das Böse in ihnen ausgemerzt werden kann. Und hierin würde Eure Aufgabe bestehen, Herr Adjunkt. Als Schulmeister werdet Ihr in etlichen Häusern zu Gast sein, mithin bietet sich Euch die Gelegenheit, die Menschen gründlich und ohne daß sie Argwohn schöpfen zu studieren.«

»Worauf wäre denn zu achten?« fragte Jobst, um zumindest guten Willen zu zeigen.

»Man muß das Augenmerk auf verschiedene Dinge richten«, antwortete der Pastor und legte eine Hand auf Meigerius' Buch. »Da gibt es zunächst gewisse Merkmale, mit denen Satan seine

Buhlen kennzeichnet, beispielsweise Muttermale oder auffallende Verfärbungen der Haut, doch finden sich diese meist an Stellen, die man zu bedecken pflegt, selten an Gesicht und Händen. Ferner empfiehlt es sich, auf die Wortwahl zu achten. Die Verwendung anstößiger Wörter, zumal dann, wenn sich die Betreffende ihrer üblicherweise nicht bedienen würde, legt die Vermutung nahe, daß ein Dämon aus ihr spricht. Das gleiche gilt für blubbernde oder prustende Laute, die, häufig mit widerlichem Geruch verbunden, jemandem ungewollt entfleuchen. Man spricht hier vom *Flatus daemonicus*, wobei der Mund der Besessenen dem Dämon als After dient. Schließlich wäre noch davon zu reden, daß Satan ein Meister der Täuschung ist. Deshalb nimmt er sich mit Vorliebe solche zu Buhlen, die so gar nicht der landläufigen Vorstellung von Hexen entsprechen: junge, eben erst erblühte Frauen, die Anmut und Unschuld verkörpern. – Nun, Herr Adjunkt, wie lautet Eure Antwort?«

»Ich kann Euch nicht mehr versprechen, als daß ich Augen und Ohren offenhalten will, Herr Pastor.«

»Recht so«, sagte Johannes Scheele. »Wahrlich könnt Ihr nicht mehr versprechen als eben dies.« Er stand auf und reichte Jobst die Hand. »Mag auch, was Eure Vergangenheit betrifft, noch manches im dunkeln liegen, Ihr habt mein Vertrauen, Herr Steen.« Einer seiner Mundwinkel zuckte. Es war der mißlungene Versuch eines Lächelns.

Sechstes Kapitel

Am Sonntag vor Martini gab Hans Flinkfoot der Gemeinde nach dem Gottesdienst bekannt, der Herr Klosterprobst habe das Amt des Schulmeisters für Schönberg und die umliegenden Dörfer Jobst Steen, bis dato Adjunkt des hiesigen Pastors, übertragen. Seine Gnaden hätte diesen Entschluß nach reiflicher Überlegung und in der Zuversicht gefaßt, daß der neue Schulmeister sein Amt nach bestem Wissen und Gewissen versehen werde. Obwohl er den Blick gesenkt hielt, bemerkte Jobst, wie sich ihm die Gesichter zuwandten, ein Tuscheln machte die Runde.

Auf dem Kirchplatz nahm Hans Flinkfoot Jobst beiseite. »Ihr habt Glück, daß Hinrich Wiese Euch mag, junger Herr«, sagte der Klostervogt. »Er hat bei den Bauern ein gutes Wort für Euch eingelegt, sonst hätte es Krakeel gegeben.«

Wieses Anerbieten, daß der Unterricht weiterhin in seiner Werkstatt erteilt werden könne, lehnte der Pastor ab und ließ einen geräumigen Anbau herrichten, der einem seiner Vorgänger als Alchimistenküche gedient hatte. Es roch dort noch immer nach Schwefel und Salpeter, mit deren Hilfe der Geistliche Gold zu machen versucht hatte, und die Wände bezeugten die Sprengkraft unverträglicher Gemische. Von den rund zwanzig Kindern, die an der ersten Schulstunde teilgenommen hatten, kamen später noch elf, bei schlechtem Wetter, oder wenn es die Arbeit auf dem elterlichen Hof erforderte, auch nur ein halbes Dutzend. In der Mehrzahl waren es Jungen im Alter zwischen acht und vierzehn Jahren; an Mädchen fanden sich selten mehr als drei zum Unterricht ein. Von den letzteren war eine, Grete Spieß, schon im Wandel vom Kind zur Frau begriffen. Flammende Röte schoß ihr in die Wangen, wenn Jobst das Wort an sie richtete, und oft begann sie aus Verlegenheit zu stottern. Dann stieß sie sonderbare Laute aus, bevor es ihr gelang, halbwegs verständlich zu sprechen.

In der Probstei war es, wie auch in anderen Landesteilen, Brauch, daß der Schulmeister, solange er unverheiratet war, von den Eltern seiner Schüler beköstigt wurde. Bei den Vollhufnern nahm er jeweils für eine Reihe von Tagen an den Mahlzeiten teil, während die Halb- und Viertelhufner ihn dann und wann mit Brot, Wurst und Butter, zur Schlachtzeit zuweilen auch mit einem Schinken entlohnten. Bares Geld bekam er darüber hinaus nur von einem, der offensichtlich genug davon besaß und gern mit seinem Reichtum protzte. Die Rede ist von Hans Haunerland.

Auf Fernwisch wurde an einem Tisch gegessen, der fast die ganze Länge der großen Diele einnahm. Am Kopfende saßen der Bauer und seine Frau, neben ihnen ihre Töchter, von denen die jüngere zu Jobsts Schülerinnen zählte, die andere schon im heiratsfähigen Alter war, und diesen gegenüber die Schwiegertochter Gertrud mit ihrem kleinen Sohn. Wenn Jobst nach Fernwisch zum Essen kam, war sein Platz zwischen Gertrud und einem wortkargen Finnen, der den hochtrabenden Titel eines *Majordomus* führte und von der Landwirtschaft offenkundig mehr verstand als der Hofherr selbst. Auch das Hausgesinde, die Knechte, Mägde und Tagelöhner, hatte seine festen Plätze am Tisch, und niemand war zu unziemlicher Eile gezwungen, denn auf Hans Haunerlands Hof gab es gut und reichlich zu essen.

Mehr und mehr sah Jobst sich in dem Gefühl bestärkt, daß er in Hans Haunerland einem außergewöhnlichen Mann begegnet war. In seinem Tagebuch beschrieb er ihn als *von bärenhafter Gestalt, plump und tapsig auf den ersten Blick. Doch wie Bären sehr behende sind und beim Tanz eine erstaunliche Leichtigkeit an den Tag legen können, verliert auch Haunerlands massiger Leib seine Trägheit, sobald er sich in Bewegung setzt. Im Reiten kann sich kein anderer Bauer mit ihm messen, und wenn man ihn den Mast seines Schoners emporklimmen sieht, fällt es schwer zu glauben, daß er die Fünfzig überschritten hat.*

Zu Haunerlands Vorliebe für pompöse Kleidung, seiner Eitelkeit und Verschwendungssucht gesellte sich der Ehrgeiz, keinem anderen Willen zu gehorchen als dem eigenen. Einmal vertraute er Jobst an, er habe sowohl das Land seiner Väter verlassen wie auch jenes, das ihm zur zweiten Heimat geworden war, weil man ihm das Joch des Untertanen habe aufzwingen wollen. Solcher Willkür fühle er sich in der Probstei nicht ausgesetzt; abgesehen von den Einschränkungen, die man als Mitglied einer Gemeinschaft zu erdulden habe, sei man hier sein eigener Herr. Doch werde er, falls das Blatt sich wenden sollte, nicht zögern, erneut auf die Suche nach dem Land zu gehen, das die Freiheit des einzelnen auf seine Fahnen geschrieben habe. Nicht von ungefähr liege sein Schiff stets seeklar in der Dorschbucht vor Anker.

Ein weiterer Wesenszug fiel Jobst erst auf, als er Hans Haunerland näher kennenlernte. Es war die Angst des Lebemannes vor dem Altern. Oftmals suchte er die Haut seiner Hände nach Altersflecken ab und prüfte mit Hilfe zweier Spiegel, ob sich auf seinem Kopf schon kahle Stellen zeigten. Einmal ertappte Jobst ihn dabei, wie er die Tür des Zimmers, das er soeben verlassen hatte, wieder aufriß und schnuppernd die Nase hineinsteckte. Als Jobst nach dem Grund fragte, erklärte Haunerland ihm, dem Alter sei ein bestimmter Geruch zu eigen, und er habe feststellen wollen, ob er diesen im Zimmer hinterlassen habe. In einem späteren Gespräch verglich er das Altern mit einer schleichenden Krankheit, die man frühzeitig erkennen müsse, wenn man ihr nicht erliegen wolle. Auf Jobsts Frage, wie man denn vom Älterwerden verschont bleiben könne, zog Hans Haunerland eine Pistole aus dem Gürtel und drückte ihren Lauf gegen seine Schläfe.

Haunerlands Frau und seine Schwiegertochter entstammten alten Probsteier Bauerngeschlechtern, und beide galten als stolz und herrisch. Daher hatte von Anfang an kein gutes Einvernehmen zwischen ihnen bestanden. Als Gertrud aber einen Sohn bekam und die Mutmaßungen, daß Hans Haunerland der Vater sei, von diesem mit unverhohlener Genugtuung aufgenommen wurden, schlug die beiderseitige Abneigung in offene Feindschaft um. Die

Bäuerin sprach von ihrer Schwiegertochter nur noch als der *Kebse*, während sie ihr selbst nie ein Wort mehr gönnte, sie hetzte ihre Töchter gegen sie auf, so daß auch diese ihr voller Verachtung begegneten, und es ging das Gerücht, sie habe Gertrud offen der Hexerei bezichtigt, denn nur mit Zauberkunst könne es ihr gelungen sein, den eigenen Schwiegervater in ihr Bett zu locken. Gertrud rächte sich, indem sie bewies, daß ihr Kind nicht die Frucht einer einmaligen Verfehlung gewesen war: Sie wurde abermals von Haunerland schwanger. Seither lag eine knisternde Spannung in der Luft; Jobst glaubte deutlich zu spüren, wie sich über Fernwisch Unheil zusammenbraute.

Von Skrupeln oder Schuldgefühlen wurde Hans Haunerland indes nicht geplagt. Seine Frau, gab er Jobst zu verstehen, sei vorzeitig gealtert; ihr liege nichts mehr am Kopulieren, gleichwohl erfülle es sie mit Neid, wenn andere ihren Spaß daran hätten. »Ist denn ein Ständer bei einem Mann meines Alters nicht ein Gottesgeschenk, von dem man voller Dankbarkeit Gebrauch machen sollte?« rief er aus. »Und was Gertrud angeht, sie ist eine junge Frau, mein Sohn ist auf und davon, aber ist ihr damit auch das Verlangen nach Liebe abhanden gekommen? Soll ich also zusehen, wie sie sich einen anderen ins Bett holt, damit er mit ihr macht, was ich ebenso gut mit ihr machen könnte, wenn nicht besser? Denn die Frauen auf Hispaniola, junger Freund, vor allem die braunen, sind wahre Vulkane an Leidenschaft. Wer ihre Liebe genossen hat und manches Mal mit Lob bedacht wurde, darf sich füglich einiger Erfahrung rühmen.«

Während er so sprach, saß Hans Haunerland breitbeinig in einem mächtigen Lehnstuhl, rechts und links ragten geschnitzte Löwenköpfe über seine Schultern empor, dazu das verlebte Gesicht mit dem spitz zulaufenden Kinnbart, der Rock aus schwerem Brokat, die hirschledernen Stiefel, all dies erweckte den Eindruck, er sei einem der Gemälde entsprungen, die ringsum an den Wänden hingen.

»Sind das Eure Vorfahren?« fragte Jobst.

»Meine Vorfahren, das da meine Vorfahren?« lachte Hans Haunerland. »Meint Ihr, die hätten das Geld gehabt, sich in Öl verewigen zu lassen? Nein, ich habe die Bilder nach und nach gekauft, gut die Hälfte stammt von einem Brockdorff, der bis zum Hals in Schulden steckte.«

Als Jobst die Gemälde genauer in Augenschein nahm, gewahrte er an einem das Wappen mit dem geflügelten Fisch. »Wißt Ihr, welches Geschlecht dieses Wappen führt?« fragte er.

»Nun, es ist eines der Bilder, die ich dem verschuldeten Grafen abgekauft habe, demnach wird es wohl das Wappen der Brockdorffs sein.«

Jobst blieb geraume Zeit vor dem Gemälde stehen. Es stellte eine junge Dame in höfischer Kleidung dar. Sie blickte mit leicht seitwärts gewandtem Kopf den Betrachter an. Er las sinnliches Begehren aus ihrer Miene, aber auch Neugier – als ob sie im Vorübergehen bei ihrem Namen gerufen worden sei und sich einem Unbekannten gegenübersähe. »Wen stellt das Bild dar?« fragte er den Hofherrn.

»Ich habe keine Ahnung«, entgegnete Haunerland. »Auch die Damen und Herren auf den anderen Bildern kenne ich nicht.«

»Weshalb habt Ihr die Bilder dann gekauft?«

»Weil sie hübsch gemalt sind und mich, rechne ich alles zusammen, ein kleines Vermögen gekostet haben. Ich umgebe mich gern mit schönen und teuren Dingen, sie machen mich glücklich. Ich habe nie verstanden, wie einer, der nichts hat, glücklich sein kann. Manche glauben gar, das wahre Glück liege darin, nichts zu besitzen. Diese Menschen können nie wirklich arm gewesen sein.«

»Wart Ihr jemals arm?«

»Junger Freund«, sagte Hans Haunerland, »ich will Euch etwas zeigen.« Er stand auf, ließ die Hosen herunter und entblößte sich umwendend sein Gesäß. Die eine Hälfte war schrecklich zugerichtet, sie ähnelte einem Krater aus vernarbtem Fleisch.

»Wie seid Ihr zu dieser fürchterlichen Wunde gekommen?« fragte Jobst.

»Das Stück Fleisch, das dort am Hintern fehlt, hat mir das Leben gerettet, ich habe es gegessen«, antwortete Haunerland. »Es gibt verschiedene Formen der Armut, ich habe alle kennengelernt, aber die schlimmste ist, nichts mehr zu essen zu haben. Ich war im Begriff, vor Hunger den Verstand zu verlieren, und der letzte klare Gedanke, den ich fassen konnte, war der, mir ein Stück meiner selbst einzuverleiben.«

»Roh?« fragte Jobst, um sich nachher nicht vorwerfen zu müssen, er habe nicht den leisesten Zweifel an dieser Geschichte geäußert.

»Wie denn sonst?« entgegnete der Bauer. »Meint Ihr, ich hätte mir noch die Mühe gemacht, es zu kochen oder zu braten? Ach was, Happen für Happen runtergeschluckt und den Hals zugedrückt, damit er nicht wieder hochkam.«

»Ihr seid mir ein sonderbarer Kannibale«, sagte Jobst. »Ich habe noch nie von einem gehört, der seinen Hunger am eigenen Fleisch gestillt hat.« Dabei forschte er in den Zügen des Bauern vergeblich nach Anzeichen unterdrückter Heiterkeit.

»Es schmeckte übrigens fade, genauer gesagt nach nichts«, fuhr Haunerland fort. »Dagegen ist Rattenfleisch ein Leckerbissen. Habt Ihr schon mal Rattenfleisch gegessen, junger Freund?«

Jobst schüttelte angewidert den Kopf.

»Wir hatten immer welche in der Bilge, schöne, fette Tiere, die sich von Küchenabfällen ernährten. Wir legten sie eine Nacht in Essig, dann schmeckten sie wie junges Huhn.«

»Wo war das?« fragte Jobst, damit er den Kloß aus dem Hals bekam.

»Irgendwo zwischen den Antillen und dem Rio de la Plata.«

»Was habt Ihr dort gemacht?«

»Geschäfte.«

»Geschäfte welcher Art?«

»Ja, so ist das, wenn man anfängt, in Erinnerungen zu kramen«, beschloß Hans Haunerland das Gespräch, »man kommt vom Hundertsten ins Tausendste.«

Ein andermal ritten sie nach dem Mittagessen über die zu Fernwisch gehörenden Ländereien. Jobst war im Reiten nicht geübt, er hatte Angst vor Pferden, lebte ständig in der Furcht, sie könnten ausschlagen oder mit ihren großen gelben Zähnen nach ihm schnappen. Zu allem Überfluß mußte er sich für die verkrampfte Haltung, mit der er zu Pferde saß, noch von Haunerland verspotten lassen. »Wer von uns beiden hat eigentlich seine Arschbacke gefressen?« rief der Hofherr und lachte, daß es weithin über die Salzwiesen schallte.

Sie kamen zu einem Hügel, dessen Kuppe von einem Erdwall umgeben war. Im Innern gewahrte Jobst verfallene Mauern und einen von Buschwerk überwucherten Einstieg in unterirdische Gewölbe. Es seien dies die Ruinen der Bramhorst, einer alten Seeräuberburg, erläuterte Hans Haunerland. Die Kaiserlichen hätten sie anno 1629 beschossen, was unter den Einheimischen große Verwunderung ausgelöst habe, denn die Bramhorst sei schon lange nicht mehr bewohnt gewesen; die letzten Seeräuber hätten dort vor einem halben Jahrhundert gehaust. Aber möglicherweise hätten die Kaiserlichen ihre Kanonen gegen die Wiedergänger der toten Seeräuber gerichtet. Denn es sei durch zahllose Augenzeugenberichte belegt, daß es auf der Bramhorst spuke, und zwar nicht wie gewöhnlich zu mitternächtlicher Stunde, sondern am hellichten Tag.

»Glaubt Ihr daran?« fragte Jobst.

»Wie sollte ich nicht«, sagte Hans Haunerland. »Einer der Augenzeugen bin ich selbst, junger Freund.«

»Ihr seid hier einem Gespenst begegnet?«

»Nicht einer Schreckgestalt, wie Ihr sie vielleicht aus Kinderträumen in Erinnerung habt«, erwiderte Haunerland. »Der Wiedergänger, mit dem ich es zu tun hatte – wir standen übrigens genau an dieser Stelle – gab sich nur durch seine altmodische Kleidung als solcher zu erkennen. Mortimer war zu Lebzeiten als Midshipman unter Sir Francis Drake gefahren und hatte beim Überfall auf Cadiz ein Bein verloren. Möchtet Ihr ihn kennenlernen?«

»Nicht unbedingt«, antwortete Jobst, wobei ihn das unbehagliche Gefühl beschlich, der Midshipman stehe bereits hinter ihm.

»Ihr braucht nur allein herzukommen und eine Weile zu warten: Ich bin sicher, Mortimer wird Euch erscheinen.«

»Offen gesagt, ich wüßte Besseres zu tun, als mit einem alten Seeräuber Umgang zu pflegen«, versetzte Jobst.

Haunerland hob eine Braue, während er die andere senkte. Es verlieh seinen Zügen etwas ungemein Schlitzohriges, eine mit Spott getränkte Verschlagenheit. »Da habt Ihr wohl recht«, sagte er und schwang sich in den Sattel.

Nachdem die Ostsee die Kolberger Heide überflutet hatte, war ihr Name auf eine mit Heidekraut und hartem Gras bewachsene Ebene zwischen den Salzwiesen und den flachen Dünen am Strand übergegangen. Ein früherer Besitzer von Fernwisch hatte sie mit Kiefern bepflanzt, so daß dort ein schütterer, von den Stürmen zerzauster Wald gewachsen war. Haunerland führte Jobst zu einer schilfgedeckten Hütte inmitten des Waldes. Hier habe er die ersten Monate gewohnt, sagte er und öffnete die Tür, so daß etwas Licht in den fensterlosen Innenraum fiel. Jobst sah einen Tisch, eine Feuerstelle, über der ein rußgeschwärzter Topf hing, und eine Bank, breit genug, daß man auf ihr zur Not auch schlafen konnte.

»Eine recht bescheidene Unterkunft für einen, der gern im Vollen lebt«, sagte Jobst.

»Wenn man ein neues Leben anfangen will, tut man gut daran, zunächst seine Spuren zu verwischen«, erwiderte Haunerland. »Denn das größte Hindernis für ein neues Leben sind die alten Freunde.«

In der Dorschbucht ließen sie sich von einem Fischer zu Haunerlands Schoner rudern. Ein grobschlächtiger Mann mit einem Brandmal auf der Wange half ihnen an Bord. »Das ist Diederich, mein Bootsmann«, sagte der Bauer. »Er zeichnet sich durch eine Reihe guter Eigenschaften aus, darunter der, daß er mir niemals widerspricht, er ist nämlich von Geburt an stumm.« Diederich zauberte eine Flasche und drei Gläser aus den Falten seiner weiten

Hose, zog den Korken mit den Zähnen heraus, spuckte ihn über Bord und füllte die Gläser mit einer wasserklaren Flüssigkeit. »Zuckerrohrschnaps von Saint Croix«, sagte Haunerland. »Trinken wir auf meine ehemaligen Besitzungen in Übersee.« Der Schnaps raubte Jobst den Atem, aber er leerte tapfer sein Glas. »Ich brauchte einen ganzen Tag, wenn ich einmal um meine Plantage reiten wollte«, fuhr Haunerland fort, »dagegen ist Fernwisch eine Kätnerstelle.«

»Was bewog Euch denn, drüben alles aufzugeben und Euch in der Probstei anzusiedeln?«

»Der neue Gouverneur verlangte von uns Pflanzern, daß wir seinem König den Untertaneneid schwörten, und das ging mir gegen die Ehre.«

In der Kajüte gewahrte Jobst an einer Wand sauber aufgereiht Musketen, Pistolen, Säbel und Rapiere. Auf seinen fragenden Blick hin erzählte Haunerland, er sei kürzlich auf der Fahrt nach Svendborg gleich dreimal in Gefechte mit Kaperschiffen verwickelt worden. »Der große Krieg hat sich in eine Vielzahl kleiner Kriege aufgelöst«, sagte er. »Jeder versucht, auf eigene Faust noch etwas Beute zu machen, bevor er zu Ende geht.«

»Ihr könnt das Schiff doch unmöglich zu zweit segeln«, sagte Jobst. »Wo ist Eure Mannschaft?«

Haunerland deutete zur Fischersiedlung hinüber. »Einige von denen stehen bei mir in Lohn und Brot, verdammt gute Seeleute«, entgegnete er. »Ihr müßtet erleben, wie rasch sie an Bord sind, wenn der Bootsmann pfeift.«

Obschon er im Lauf der Zeit mehr über Hans Haunerland und sein wechselvolles Leben erfuhr, gelang es Jobst nie, diesen Mann völlig zu durchschauen. Hatte er wahrhaftig alles erlebt, was er mit der Bildhaftigkeit eines unmittelbar Beteiligten zu schildern wußte? Oder war er einer jener Geschichtenerzähler, bei denen die Schöpfungen ihrer Phantasie mit jedem Erzählen etwas mehr Wirklichkeit ansetzen, so daß sie ihnen schließlich selbst als wahr erscheinen? Für letzteres sprach, daß er noch keine dreißig Jahre gezählt haben konnte, als er das Leben des Abenteurers mit dem des Bauern vertauschte. Andererseits wußte Jobst von manchem Großen der Weltgeschichte, der schon in jungen Jahren die Höhen und Tiefen des Lebens durchmessen hatte. Weshalb sollte dies nicht auch auf Hans Haunerland zutreffen?

An den Tischen der anderen Vollhufner wurde selten gut von Haunerland gesprochen. Man neidete ihm seinen Reichtum nicht, aber man mißbilligte, daß er ihn so offen zur Schau stellte. Hatte der Landesherr nicht jedem Stand genauestens vorgeschrieben, wie er sich zu kleiden hatte? So durften die Frauen und Töchter der Bauern keine goldenen Ketten und gestrickten Strümpfe tragen, desgleichen keine Stoffe, die außerhalb des Landes hergestellt waren. Ihre Kleider mußten schlicht und schwarz gehalten sein, allenfalls in einem gedämpften Grün. Haunerlands Frau und seine Töchter aber kamen in Samt und Spitzen daher und geschmückt mit kostbarem Geschmeide. Woher nahm er das Recht, landesherrliche Verordnungen zu mißachten? Wollte er damit zeigen, daß er etwas Besseres war? Im übrigen hatte man Haunerland noch nie hinter dem Pflug gesehen, in der Erntezeit trieb er sich zwei oder drei Wochen auf See herum, er könne von Glück sagen, daß er in dem Finnen einen so tüchtigen Verwalter habe, meinten die Bauern. Und wie man hörte, setzte Haunerland sich noch über andere, ältere Gesetze hinweg als die Verordnungen des Herzogs betreffs standesgemäßer Kleidung. Seine Schwiegertochter hatte Pastor Laurentius aus Probsteierhagen dafür gewinnen können, ihren Sohn zu taufen, ohne den Namen des Vaters preiszugeben. Als ob die Spatzen nicht von den Dächern pfiffen, daß Hans Haunerland sie geschwängert habe! Man sprach von Blutschande, und einige besonders sittenstrenge Bäuerinnen drohten, sie würden Gertrud ins Gesicht spucken, falls sie sich in der Kirche sehen lasse.

Ein stets wiederkehrendes Thema an den Tischen der Bauern war, woher Haunerlands Reichtum stammte. Jobst vernahm so erstaunliche Ansichten wie die, daß Haunerland sich das Vertrauen der Unterirdischen erworben habe und diese ihn mit Gold von vergrabenen Schätzen beschenkten. Sehr viel einleuchtender erschien ihm dagegen die Vermutung, Haunerland habe sein Vermögen als Schmuggler verdient und gehe diesem Gewerbe auch heute noch bisweilen nach. Die Mehrzahl seiner Gastgeber vertrat jedoch die Meinung, Hans Haunerland sei der Bastard eines Fürsten, womöglich gar des Landesherrn selbst. Dieser habe ihn zwar von seinem Hof verbannt, aber dafür gesorgt, daß es dem Sprößling an nichts fehle. Hierzu paßten nun auch Haunerlands selbstbewußtes Auftreten, seine Prunksucht, seine Scheu vor körperlicher Arbeit und, dies vor allem, der Umstand, daß ihm Fernwisch nicht in Erbpacht überlassen worden war, sondern auf Grund eines vom Probsten selbst besiegelten Kaufvertrags. Was konnte das Kloster zu Preetz bewogen haben, Haunerland etwas zuzugestehen, das anderen verweigert wurde, wenn nicht der Respekt vor seiner hohen Abkunft? So redeten die Bauern und hofften insgeheim, der junge Schulmeister möge ihnen beipflichten oder etwas verlauten lassen, das dieser oder jener Vermutung neue Nahrung gab.

Anders als auf Fernwisch war es auf den Probsteier Höfen nicht üblich, daß die Bauernfamilie mit dem Gesinde an einem Tisch saß. Meist versammelte sich der Hofherr mit den Seinen in der guten Stube, der sogenannten *Döns* zum Essen, während Knechte und Mägde in der Küche aßen. Dort wäre auch Jobsts Platz gewesen, wenn der Bauer oder die Bäuerin sich von ihm nicht Auskünfte über den rätselhaften Mann versprochen hätten. Unter den Probsteier Bauern, zumal den bessergestellten, galt es jedoch als unschicklich, Neugier zu zeigen. Daher konnte sich das Gespräch über mehrere Mahlzeiten um Allgemeines drehen, bevor man Jobst umständlich nach Hans Haunerland auszufragen begann. Oft war es dann aber auch wieder an der Zeit, den Gastgeber zu wechseln, so daß der Ruf an ihm haften blieb, er allein könne Licht in das geheimnisvolle Dunkel um den Herrn auf Fernwisch bringen.

In den Aufzeichnungen aus dieser Zeit bezeichnete Jobst die Probsteier als *einen eigenartigen Menschenschlag. Sie wähnen sich gewis-*

sermaßen auf einer Insel: Nach Norden und Westen hin das Meer, das ihnen nicht geheuer ist, im Osten und Süden die adeligen Güter, wo Sklaverei und Willkür herrschen. Als Folge dieser bedrohlichen Umgebung stößt alles Fremde und Ungewohnte bei ihnen auf Ablehnung. Man bleibt unter sich, man heiratet unter sich. Bei wem ich auch zu Tisch sitze, überall gewahre ich die Merkmale der Inzucht: Eine Häufung ähnlicher Kennzeichen, verblüffende Übereinstimmungen in der Physiognomie, Schwachsinn in unterschiedlicher Ausprägung. Dies wiederum verknüpft mit Hochmut, mit dem Bewußtsein, etwas Besonderes darzustellen. Jenen, die auf den Besitzungen der Adeligen als Leibeigene die gleiche Arbeit verrichten wie sie, gilt ihre tiefe Verachtung. Sie nennen sie die Tönker, *weil sie die Wände ihrer ärmlichen Wohnstuben mit Kalkmilch tünchen, statt sie, wie die Probsteier Bauern, mit ledernen Tapeten zu verkleiden oder mit Eichenholz zu täfeln.*

Hin und wieder erinnerte sich Jobst des Versprechens, unter den Angehörigen seiner Gastgeber nach Teufelsbuhlen Ausschau zu halten. So bemerkte er bei Tede Lamp, als sie sich einen Kamm ins Haar steckte, an der Innenseite ihres Ellbogens ein Muttermal von der Form eines Dreizacks. Die älteste Tochter des Vollhufners Heuer, gleichfalls Tede mit Namen, versank zuweilen in eine Art Wachschlaf und stieß dann mehrmals ein Wort aus, das Jobst bis dahin noch nie gehört hatte, es lautete *Sabulon.* Wie sehr erschrak er aber erst, als ihm der Dämonenfurz ausgerechnet aus dem Mund der Abelke Fink ins Gesicht fuhr, der schönen Tochter des Barsbeker Bauernvogts! Es roch unverkennbar nach faulen Eiern, und für einen winzigen Augenblick glaubte Jobst, in Abelkes Augen ein teuflisches Glitzern wahrzunehmen.

Der Zufall wollte es einmal, daß er auf dem Heimweg von einem Schneesturm überrascht wurde und in Becke Speths Kate Zuflucht suchen mußte. Die Alte bewirtete ihn mit heißem Kräutertee, und ehe er sich's versah, hatte er ihr anvertraut, daß er Anlaß habe, die beiden Tedes und Abelke Fink der Teufelsbuhlschaft zu verdächtigen.

Becke tippte ihm mit dem Zeigefinger auf die Stirn und fragte: »Hat dir einer in den Brägen gepißt, oder was ist los mit dir?« Und als Jobst aufzählte, woran er die Satansbräute erkannt haben wollte, raufte Becke sich das Haar und beschimpfte ihn in einer Art, daß es einen Hurenweibel hätte erbleichen lassen.

Nach dieser harschen Zurechtweisung beschloß Jobst, seine Beobachtungen für sich zu behalten. Er mußte Becke darin zustimmen, daß nahezu jeder Mensch mit einem Makel behaftet sei, der, wenn man ihm übelwolle, als Zeichen seiner innigen Verbindung zu den Mächten der Finsternis ausgelegt werden könne. Sie selbst, wußte ihm die Alte glaubhaft zu machen, sei mit fast allen Merkmalen der Teufelsbuhlschaft versehen, obwohl der Höllenfürst ihr in all den Jahren nicht ein einziges Mal das Vergnügen einer Beiwohnung gegönnt habe.

Doch einige Wochen darauf geschah etwas, das Jobst abermals in Verwirrung stürzte. Es war an einem der ersten lauen Frühlingstage, eine dumpfe Schwüle lag über dem Land, man konnte mit allen Sinnen wahrnehmen, wie die Natur in Fruchtbarkeit schwelgte. Jobst war gegen Abend den Weg nach Ratjendorf gegangen, er führte durch ein sanft gewelltes Gelände mit Knicks und kleinen Teichen; auf den gerade frisch ergrünten Wiesen, vor allem dort, wo die Hecken den Wind abhielten, lagerten Dunstschwaden. In einer Nebelbank am jenseitigen Wiesenrain nahm er eine seltsame Bewegung wahr: Der Dunst wallte an verschiedenen Stellen auf und wurde in träges Kreisen versetzt. Um die Ursache zu ergründen, bog Jobst vom Weg ab und schlich sich näher an das Phänomen heran. Immer deutlicher vernahm er Stimmen, Singen und Lachen. Dann konnte er seine Neugier nicht mehr zügeln, er richtete sich auf und warf einen Blick durch das Gesträuch. Auf der anderen Seite des Knicks, nur wenige Meter von ihm entfernt, wiegten sich nackte Mädchenleiber im Takt eines monotonen Gesangs. An den Körpern sah Jobst, daß es sehr junge Mädchen waren, manche noch mit knospenden Brüsten. Ihre Gesichter hatten sie mit Lehm beschmiert, was diesen eine maskenhafte Starre verlieh. Sein Gefühl riet ihm, das Weite zu suchen, etwas anderes, Stärkeres hielt ihn fest. So sah er gebannt zu, wie die Tänzerinnen sich bei den Händen faßten und in einen schnelleren Rhythmus verfielen, wie ihre Töne schriller wurden, ihr Lachen in Keuchen überging, wie ihnen der Schweiß ausbrach und die Anmut ihrer Bewegungen mehr und mehr von einer rauschhaften Wildheit verdrängt wurde.

Jobst schob einen Zweig beiseite, und im selben Augenblick erfaßte ihn der Blick einer Tänzerin. Sie blieb wie angewurzelt stehen, während es um sie herum noch wogte und wirbelte, dann hob sie den Finger und zeigte auf Jobst. Im nächsten Augenblick fühlte er sich an Haaren, Ohren und Schultern aus dem Gebüsch gezerrt. Was die jungen Frauen mit ihm trieben, nannte Jobst später, als er das Geschehnis in Worte faßte, eine *dionysische Orgie. Nachdem sie mir die Kleider vom Leib gerissen hatten, fielen sie allesamt, es mögen an die zehn gewesen sein, über mich her. Ihre Glieder verflochten sich mit meinen zu einem wirren Knäuel, sie schleckten, bissen und kratzten, bedrängten mich mit Brüsten und Schenkeln. Ich dachte, sie wollten mich ersticken, aber dann entnahm ich ihrem wollüstigen Stöhnen, daß sie ihre Lust an mir stillten. Ich verhehle nicht, daß ich darob in starke Erregung geriet, was den Mädchen wiederum Gelegenheit bot, sich auf mancherlei Art an meinem Glied zu ergötzen.*

Kurz darauf fand er sich allein inmitten seiner verstreuten Kleider. Im Rücken spürte er die Kühle des feuchten Grases, am Körper erkalteten Schweiß. Wie benommen von bleiernem Schlaf, versuchte er sich zu sammeln. War er unerwünschter Zaungast eines Hexensabbats gewesen? Oder einer Probe für die Walpurgisnacht? Obwohl sie ihre Gesichter unkenntlich gemacht hatten, glaubte er, einige der jungen Frauen erkannt zu haben. Und nach und nach wurde ihm zur Gewißheit, daß er am Arm der einen ein Muttermal in Form eines Dreizacks bemerkt und ihn aus dem Mund einer anderen der Gestank eines *Flatus daemonicus* angeweht hatte.

Er säuberte sich an einem Teich, bekleidete sich wieder und kehrte auf Umwegen ins Dorf zurück. Vom Brunnen kam ihm seine Schülerin Grete Spieß mit zwei vollen Wassereimern entgegen. Jobst sprach sie an, und als Grete die Eimer absetzte und stotternd um Worte rang, bemerkte er an ihrem Haaransatz Spuren von Lehm. Da wußte er, daß auch Grete dabeigewesen war.

Nach dem Abendbrot lud der Pastor ihn zu einem Spaziergang durch den Garten ein. Scheele war in aufgeräumter Stimmung. »Ich bin nicht gerade ein Freund des Adels«, sagte er, »die Herren sind mir zu sehr auf irdisches Wohlergehen bedacht und sorgen sich wenig um ihr Seelenheil, doch wie überall gibt es auch unter den Edelleuten rühmliche Ausnahmen. Ich denke namentlich an Herrn von Rantzau auf Schmoel. Ist besagter Rantzau doch ein unerbittlicher Feind des Bösen, so es sich manifestiert in Zauberern, Hexen, Calvinisten, Wiedertäufern, Quäkern und Atheisten. Habt Ihr davon gehört, wie hart er mit dem teuflischen Pack ins Gericht gegangen ist? Aber wie solltet Ihr«, kam er Jobst zuvor, »ich habe ja selbst erst am heutigen Tag durch ein Schreiben meines Amtsbruders in Giekau von dem Prozeß erfahren. Denkt Euch, er ist entrüstet, der gute Pastor Tiburtius! Er bezichtigt den Gutsherrn des Übereifers und einer anfechtbaren Beweisführung auf Grund erzwungener Geständnisse. Als hätte jemals eine Hexe die Frage, ob sie eine sei, freiwillig mit Ja beantwortet!« Der Pastor schüttelte ob solcher Einfalt belustigt den Kopf. »Selbstredend hat Herr von Rantzau die Verdächtigen peinlich befragen lassen, und im Unterschied zu meinem Amtsbruder mache ich ihm nicht den Vorwurf unangemessener Härte. Denn bevor man die Mittel wertet, muß man die Ausbeute eines solchen Verfahrens in Betracht ziehen, und diese umfaßte außer den Geständnissen aller zweiundzwanzig Beschuldigten die Namen von sechzehn weiteren Hexen und Zaubermeistern. Tiburtius schreibt, es habe vier Tage und vier Nächte gedauert, bis alle zu Asche verbrannt gewesen seien.«

»Verbrannt?« fragte Jobst bestürzt, »man hat sie alle verbrannt?«

»Ich weiß wohl, daß von gewissen Stubengelehrten und den neunmalklugen Fürsprechern der Hexen die These vertreten wird, der Mensch sei nicht schuld daran, daß er der Teufelsbrut als Wohnung diene, ergo dürfe er auch nicht dafür bestraft werden«, entgegnete der Pastor. »Doch gewährt nur der schwache Mensch den

Dämonen Einlaß, und diese Schwäche ist so strafbar wie jene, die dazu verleitet, seines Nächsten Weib zu begehren oder sich an fremdem Hab und Gut zu vergreifen. Überdies bietet das Feuer die sicherste Gewähr, daß der Dämon seine menschliche Behausung auch wirklich verlassen hat, denn eigenartigerweise fürchtet Satan nichts mehr als jenes Element, von dem es heißt, daß es das ihm gemäße sei. Aber was ist Euch, Herr Steen«, unterbrach der Pastor seine Ausführungen. »Wird Euch unwohl beim Gedanken an brennende Hexen?«

»Wie erklärt Ihr es Euch, daß in Schmoel derzeit so viele Menschen als Hexen und Zaubermeister entlarvt werden, während man in der ganzen Probstei nur von einzelnen Fällen hört?« fragte Jobst.

»Dies ist unzweifelhaft das Verdienst des Herrn von Rantzau, eines wachsamen und fest im Glauben stehenden Mannes«, erwiderte Pastor Scheele. »Ich trage mich mit der Absicht, ihn persönlich meiner Hochachtung zu versichern. Habt Ihr Lust, mich nach Schmoel zu begleiten?«

»Meine Zeit ist gegenwärtig knapp bemessen«, sagte Jobst. »Wenn ich auswärts esse, kostet mich allein der Weg hin und zurück nicht selten einen halben Tag.«

Sie waren währenddessen ans Ende des Gartens gelangt. Die Sträucher, unter denen sich seinerzeit der Wolf versteckt hatte, standen in voller Blüte. »Ist Euch etwas aufgefallen, von dem Ihr meint, daß ich es wissen sollte?« fragte der Pastor.

»Nein«, sagte Jobst ohne Zögern.

Scheele hob den Blick, bis er ihm geradewegs in die Augen sah: »Denkt nach, Herr Steen.«

Jobst zwang sich, seinem Blick standzuhalten. Wer als erster wegguckt, hat verloren, rief er sich in die Erinnerung zurück. Die Zeit schien sich ins Endlose zu dehnen, während sie einander in die Augen starrten. Ich müßte etwas sagen, dachte Jobst. Wenn ich weiterhin schweige, weiß er, daß ich ihn belogen habe. Doch da begann der Pastor zu reden: »Ich kann nicht glauben, daß meine

Gemeinde von den Heimsuchungen des Bösen verschont bleibt, wo ganz in der Nähe achtunddreißig Männer und Frauen der Hexerei überführt worden sind.« Nun endlich wandte er den Blick von Jobst und deutete mit einer ausholenden Gebärde auf das Dorf: »Helft mir, sie ausfindig zu machen, die Hexen und Zauberer, Herr Steen!«

Dann senkte er die Stimme und sagte in vertraulichem Ton: »Ihr habt da einen Fleck am Hals, es sieht wie ein Bluterguß aus, ich will nicht wissen, wie Ihr dazu gekommen seid, aber bedeckt ihn meiner Frau zuliebe. Es könnte sein, daß dieser Fleck ihr Schamgefühl verletzt.« Inzwischen war die Dämmerung hereingebrochen, so daß Johannes Scheele entging, wie Jobst bis zu den Haarspitzen errötete.

Eine Woche vor Ostern, am Palmsonntag, kam der Klosterprobst in Begleitung der Priörin und einer Konventualin des Adeligen Stifts in die Schönberger Kirche, um der Katechismusprüfung am Ende des Schuljahres beizuwohnen. Die Priörin Margareta von Brockdorff war eine kleine Frau mit harten Augen und einer rauhen, befehlsgewohnten Stimme. Man wußte, daß sie, obschon ihrem Vetter Otto von Buchwaldt im Range gleich, als Höhergestellte behandelt zu werden wünschte. Daher hatte Hans Flinkfoot die Gemeinde ersucht, sich bei ihrem Eintreten von den Bänken zu erheben – eine Ehrbezeigung, die dem Probst für gewöhnlich nicht zuteil wurde. Herr von Buchwaldt nahm es nachsichtig hin.

Für den Klosterprobst und die Damen waren gegenüber der Kanzel gepolsterte Stühle aufgestellt, von denen zwei mit Armlehnen versehen waren. In diesen nahmen der Klosterprobst und die Priörin Platz, wobei letztere es so einzurichten wußte, daß sie im Licht eines durch das Kirchenfenster hereinfallenden Sonnenstrahls zu sitzen kam. Nachdem sie einmal in die Runde geblickt hatte, blieben ihre Augen an Jobst haften, und dies mit solcher Eindringlichkeit, daß er sich zu einer Verbeugung genötigt sah. Etwas später bemerkte er, daß die Priörin und die Stiftsdame ihre Köpfe zusammensteckten und einander etwas zuflüsterten, das unverkennbar mit ihm zu tun hatte. Die andere war eine ältliche Frau, in deren Zügen Jobst etwas gewahrte, das er nicht zu deuten wußte, etwas seltsam Vertrautes. Sie kam ihm bekannt vor, wenngleich er sich nicht erinnerte, wo er ihr schon einmal begegnet war.

Die Prüfung verlief in der Weise, daß jedem Schüler eine Frage zu den fünf Hauptstücken des Kleinen Katechismus gestellt wurde. Konnte er sie nicht oder nur unvollständig beantworten, ging die Frage an den nächsten Schüler weiter. Pastor Scheele bestand unnachgiebig auf der *richtigen* Antwort, womit gemeint war, daß es ihm nicht auf eine nur sinngemäße Wiedergabe der Lutherschen Lehre ankam, sondern auf den exakten Wortlaut. Beinahe wären der Klosterprobst und die adeligen Damen Zeugen eines seiner Zornausbrüche geworden, als Marten Spieß, Gretes jüngerer Bruder, in der Erklärung zum sechsten Gebot beharrlich von *Taten* statt von *Werken* sprach. »Wie steht es geschrieben?« rief Johannes Scheele immer wieder und jedesmal um einiges lauter, bis die Priörin in die Stille zwischen Frage und Antwort hinein sprach: »Langweilt uns nicht mit Haarspaltereien, Herr Pastor!«

Alles in allem war man zufrieden mit den Fortschritten, die die Schüler während des Winterhalbjahrs gemacht hatten, und der Klosterprobst vernahm selbstgefällig, daß er mit Jobst Steen eine gute Wahl getroffen habe. Auf dem Kirchplatz stellte Otto von Buchwaldt Jobst der Priörin und der Stiftsdame vor. Ihm schien, daß jene seine Hand länger in der ihren hielt, als es bei einer Begrüßung üblich ist.

Hernach aß man im Pastorat zu Mittag. Da es auf dem anschließenden Gerichtstag nur kleinere Fälle zu verhandeln gab, kam man bei Tische ausführlich auf die Zeitläufte zu sprechen. Der Probst meinte, sie seien niemals gefahrvoller gewesen als gerade jetzt, wo der Große Krieg sich offenbar seinem Ende nähere. Die straff geführten Heere eines Gustav Adolf oder Wallenstein seien in marodierende Horden zerfallen; jeder Räuberhauptmann führe heutzutage den Titel eines Generals und sei mitsamt seinem Haufen für ein Handgeld zu haben. Die gefürchtetste Bande nenne sich die *Schwarze Garde*; sie habe mal diesem, mal jenem Feldherrn als Leibwache gedient und ziehe, seitdem sie auf eigene Faust handle, mordend und sengend durch das Land. Neuerlichen Berichten zufolge sei die Schwarze Garde bei Lauenburg über die Elbe gesetzt und marschiere auf Segeberg. »Man sagt mir nach, daß ich dem Burgunder ein wenig zu oft meine Reverenz erweise«, schloß der Klosterprobst, indem er zu einem Glas ebendiesen Inhalts griff. »Aber wenn ich irgendwo noch Tröstung finde, dann in ihm.«

»Tröstung, Euer Gnaden, kommt uns allein aus dem Glauben an Gott«, wandte der Pastor ein.

»Da hörst du es, lieber Cousin«, sagte die Priörin. »Schäm dich, daß du dich von einem Subalternen belehren lassen mußt!« Margareta von Brockdorff galt als eine verkappte Papistin. Es ging das Gerücht, sie habe sich während eines Aufenthalts in Rom heimlich nach katholischem Ritus taufen lassen. Bestätigt wurde das Gerücht weder von ihr selbst noch von anderen, doch liebte sie es, im vertrauten Kreis den Ornat einer Äbtissin zu tragen, und pflegte den Umstand, daß sie unverheiratet geblieben war, damit zu erklären, sie habe bereits in jungen Jahren, als sie wider Erwarten von einer schweren Krankheit genesen sei, das Keuschheitsgelübde abgelegt. Gleichwohl trug sie es ihrem Vetter nach, daß er nicht einmal den Versuch gemacht hatte, sie mittels einer Brautwerbung für diesen oder jenen Edelmann auf die Probe zu stellen.

»Ich nehme jede Belehrung an, wenn sie mir zur besseren Einsicht verhilft, liebe Base«, entgegnete der Klosterprobst und hob sein Glas ins Licht, so daß ihm ein rötlicher Schimmer auf Stirn und Nase fiel. »Aber was den Burgunder angeht, weiß ich, was ich von ihm zu halten habe, von Gott weiß ich's nicht. Was ist er denn nun: ein lutherischer Gott oder ein katholischer? Erst schien es, als stehe er den Papisten bei, dann konnte man glauben, er halte zu den Schweden. Inzwischen, denke ich mir, sind ihm Zweifel gekommen, ob er sich überhaupt auf eine Seite schlagen sollte, denn wohin er auch blickt, sieht er Mörder und Banditen. Also hat er sich vermutlich für eine Weile vom Weltgeschehen abgekehrt und läßt die da unten ihre Sache selbst ausfechten.«

Der Diakon spendete ihm lautlos Beifall, während Johannes Scheele durch ein tiefes Atemholen kundtat, daß er sich aus Respekt vor dem Klosterprobst um Mäßigung bemühte. »Ihr fordert abermals meinen Widerspruch heraus, Euer Gnaden«, sagte der Pastor. »Wer sich in seinem Glauben durch nichts beirren läßt, Gott blindlings vertraut, die Zehn Gebote, und nur sie allein, zur Richtschnur seines Handelns macht, wird den Allmächtigen stets auf seiner Seite finden!«

»Wir wollen doch«, mahnte die Priörin, »bei Tisch nicht über Theologie reden; das Thema ist denkbar ungeeignet für eine ersprießliche Konversation.« Darauf wandte sie sich unvermittelt an Jobst und fragte: »Wie steht Ihr dazu, Eure Tätigkeit als Schulmeister, die hier so vielversprechend begonnen hat, in Preetz fortzusetzen, Herr Steen?«

Dem Klosterprobst fiel vor Staunen ein Stück noch ungekauten Bratens aus dem Mund. »Ich höre wohl nicht recht!« begehrte er auf. Doch die Priörin schnitt ihm mit einer kurzen Handbewegung das Wort ab. »Die Klosterbediensteten setzen unablässig Kinder in die Welt«, fuhr sie fort. »Wir könnten einen zweiten Schulmeister gut gebrauchen.«

»Bei allem schuldigen Respekt, Frau Priörin«, ließ sich nun Pastor Scheele vernehmen, »Seine Gnaden hat auf mein dringliches Ersuchen hin verfügt, daß Jobst Steen an die Stelle des Säufers und Ketzers Hinrich Wiese tritt. Ich werde mich mit allen Mitteln dafür einsetzen, daß es dabei bleibt!«

»Welche Mittel hättet Ihr denn wohl, Herr Pastor?« versetzte die Priörin spöttisch.

»Es wundert mich doch sehr, daß du Jobst Steen ohne Absprache mit mir eine Schulmeisterstelle anbietest«, herrschte der Klosterprobst seine Base an. »In diesen Zeiten können wir mit Müh und Not einen Schulmeister durchfüttern, und nun gleich zwei?«

»Für die Kosten würde Johanna von Brockdorff aufkommen«,

sagte die Priörin, »nicht wahr, liebe Kusine?« Und als die Angesprochene mit einem Nicken bejahte, fiel es Jobst wie Schuppen von den Augen: Die Stiftsdame ähnelte jener Frau, deren Konterfei in Hans Haunerlands Döns hing! Offensichtlich waren die beiden miteinander verwandt. Oder sollte es sich gar um ein und dieselbe Person handeln, so daß er bei Haunerland ein Jugendbildnis der Frau gesehen hatte, die ihm jetzt, um Jahrzehnte älter, gegenübersaß? Dann sah er ihre Hand, sie lag schmal und faltig auf dem Tisch, und er hätte schwören können, daß es diese Hand gewesen war, die ihm den Ring mit dem Brockdorffschen Wappen gegeben hatte.

»Ich flehe Euch an, Euer Gnaden«, rief der Pastor, »laßt es um Gottes willen nicht zu, daß man mir Jobst Steen wegnimmt! Die Bauern würden nicht eher Ruhe geben, bis Ihr das Amt des Schulmeisters wieder Hinrich Wiese übertragt, und dies wäre nicht viel anders, als würdet Ihr unsere unschuldigen Kinder der Obhut des Leibhaftigen anvertrauen!«

»Es bedarf solch maßloser Übertreibung nicht, mich in dieser Sache auf Eure Seite zu ziehen«, entgegnete der Klosterprobst verdrießlich. »Ich stehe zu meinem Beschluß: Jobst Steen wird weiterhin das Amt des Schulmeisters zu Schönberg verwalten.«

»Es scheint der Lauf der Dinge zu sein, daß ein lockerer Lebenswandel im Alter zu Starrsinn führt«, sagte die Priörin. Nach diesem Wortwechsel fiel der Klosterprobst in düsteres Schweigen und trank keinen Rotwein mehr – ein sicheres Zeichen, daß ihm die Laune verdorben war.

Als man sich nach dem Essen noch ein wenig im Garten erging, nahm die Priörin Jobsts Arm und verzögerte den Schritt, so daß sie hinter den anderen zurückblieben. »Es widerstrebt mir, Männern Honig um den Bart zu schmieren«, sagte sie. »Gleichwohl stehe ich nicht an, Euch einen ungewöhnlich gut aussehenden jungen Mann zu nennen. Wie nun die Erfahrung lehrt, gehen äußerliche Vorzüge selten einher mit Vernunft und sittlichem Bewußtsein. Und dies gibt uns Anlaß zur Sorge, Herr Steen. Wir befürchten, daß Ihr hier in eine ähnliche Lage geraten könntet wie in Rostock. Daher mein

Angebot, nach Preetz zu wechseln. Unter den Konventualinnen befindet sich derzeit nicht eine, die an Euch ein anderes als ästhetisches Gefallen finden könnte. Kurzum, in Preetz wärt Ihr keinen Anfechtungen ausgesetzt.« Sie trat zwei schnelle Schritte vor und wandte sich um, so daß sie Jobst unversehens gegenüberstand: »Mir ist zugetragen worden, daß die Frau des Pastors Euch schöne Augen macht. Ich wollte es nicht glauben, deshalb bin ich hergekommen, um mir Klarheit zu verschaffen. Ich habe sie beobachtet: Alle Anzeichen sprechen dafür, daß mein Gewährsmann die Wahrheit sagt. Das liederliche Weib begehrt Euch, Herr Steen!«

»Saß Euer Gewährsmann womöglich mit uns am Tisch?« fragte Jobst.

»Ich hoffe nur, dieses Gespräch erfüllt den Zweck, das Schlimmste zu verhüten«, versetzte die Priörin mit schneidender Stimme. »Vergeßt nicht, daß wir Euch Unterschlupf gewährt haben. Außerhalb der Probstei ist Euer Leben keinen Pfifferling wert, junger Mann!« Darauf kehrte sie ihm brüsk den Rücken zu und rief nach ihrer Kutsche.

Nachts kam Margreta in seine Kammer. Sie trug ein Nachthemd aus dünnem Linnen, das Mondlicht umspielte den Schattenriß ihres Körpers. »Hat die Priörin schlecht von mir gesprochen?« fragte sie und legte im nächsten Atemzug die Hand auf seinen Mund: »Belüg mich nicht, ich weiß es! Die alte Jungfer mag mich nicht, sie neidet es mir, daß ich trotz meiner Jahre noch hübsch genug bin, die Blicke der Männer auf mich zu ziehen. Hat sie dich vor mir gewarnt?«

Jobst setzte sich jählings auf. »Jemand spioniert uns nach«, flüsterte er, »ich glaube, es ist der Diakon.«

»Mag schon sein«, erwiderte sie. »Der Gute ist eifersüchtig, weil ich mit dir schlafen will und nicht mit ihm.«

»Ihr dürft nicht hierherkommen, schon gar nicht nachts«, tuschelte Jobst. »Ich wage mir nicht vorzustellen, was geschehen würde, wenn Euer Mann davon erführe!«

»Es muß ja nicht in dieser Kammer sein. Mir ist jeder Ort recht, wo wir uns lieben können. Ich habe mir noch nie so sehr gewünscht, mit einem Mann zu schlafen wie mit dir!« Sie nahm seine Hand und legte sie in ihren Schoß: »Fühl, wie naß ich bin. Wie oft soll ich's mir noch selber machen?«

Es überkam mich wie ein Rausch. Während sich mein Verstand noch sträubte, überliefen meinen Körper schon Schauer der Wollust. Sie nahm mein Glied und rieb daran, bis die Leidenschaft ganz und gar Besitz von mir ergriffen hatte. Als ich in sie eindrang, schlug sie die Zähne in meine Schulter, um einen Schrei zu ersticken. Sie war wild, roh, fast gewalttätig. Sie tat Dinge mit mir, die ich nicht einmal dem Tagebuch anvertrauen mag. Ich war mit Leib und Seele ihr Sklave. In dieser Nacht wurde mir zum ersten Mal die verborgene Quelle klar, der die Macht des Weibes entspringt.

»So habe ich es mir erträumt«, hauchte Margreta, bevor sie aus dem Bett schlüpfte. Danach fiel Jobst in unruhigen Schlaf. Einmal schreckte er auf, weil er Schritte zu hören glaubte, die sich seiner Tür näherten und dort verharrten. Er lauschte mit angehaltenem Atem. Das Haus war voll verdächtiger Geräusche. Dann fiel in der Küche etwas scheppernd zu Boden. Jobst setzte mit zwei Sprüngen zur Tür und riß sie auf. Der Schein des Herdfeuers hob Thomas Pales schwammiges Gesicht aus dem Dunkel. Der Diakon hielt sich einen Lappen an die Stirn. »Das verfluchte Biest«, stöhnte er, »um ein Haar hätte sie mir das Auge ausgekratzt.« Er winkte Jobst herbei und zeigte ihm eine blutige Schramme über der linken Braue. »Sie lag in meinem Bett, und als ich hineinstieg, ging sie auf mich los wie eine Furie.« Er zwinkerte verschmitzt: »Damit Ihr mich nicht mißversteht, ich spreche von unserer Katze, Herr Kollega. Aber was ist das?« stutzte er und entzündete flugs einen Kienspan. »Welche Bestie hat sich an Eurem göttlichen Leib die Krallen gewetzt?«

Erst in diesem Augenblick wurde Jobst bewußt, daß er nackt war. Er trat ins Dunkel zurück. Doch der Diakon folgte ihm mit dem flackernden Licht, in seinen Zügen mischten sich Lüsternheit und Neugier. »Du lieber Himmel, hat sie Euch hergenommen«, wisperte er. »Was aber bereitet uns größere Wonne als ein Weib, rasend vor Leidenschaft? Oh, Glücklicher, dem dies beschieden ward!«

»Wollt Ihr mir weismachen, Ihr hättet es noch nicht mit ihr getrieben?« fragte Jobst einem plötzlichen Einfall gehorchend.

Thomas Pale verschlug es den Atem. »Getrieben, mit ihr?« stotterte er. »Ihr glaubt doch nicht im Ernst, Margreta würde mich erhören!«

»Margreta?« entgegnete Jobst, indem er sich den Anschein gab, als durchforsche er sein Gedächtnis nach einer Frau dieses Namens. »Ich rede von Elsche.«

»Wie? Was? Das soll die Magd gewesen sein, die Euch so zugerichtet hat? Ihr dürft mich nicht für dumm verkaufen, Herr Kollega. Elsche liegt da wie ein Stück totes Fleisch, und wenn's getan ist, steht sie auf und sagt danke. Nicht einmal Ihr könntet das träge Mensch in Ekstase versetzen.«

»Die Sache ist einfach zu klären«, sagte Jobst. »Das nächste Mal, wenn sie bei mir ist und Ihr zufällig vor der Tür steht, rufe ich Euch herein.« Damit überließ er den Diakon seiner Verwirrung.

Während des Sommerhalbjahrs war Jobst die Woche über weiterhin bei den Eltern seiner Schüler zu Gast, darunter auch bei Hans Haunerland in Fernwisch. Auf dem Weg dorthin, ein gutes Stück hinter Krokau, holte ihn eines Tages ein Reiter ein. Es war ein junger Mann mit struppigem Bart und einer Stichwunde im Gesicht. Seine Uniform schien aus Beutestücken zu bestehen, denn der Rock paßte nicht zur Hose, und selbst die Stiefel waren von verschiedener Farbe. Eine Zeitlang ritt er schweigend neben Jobst her und beäugte ihn von oben herab. »Ich kenne dich nicht«, sagte er schließlich.

»Da geht es dir so wie mir«, antwortete Jobst.

»Wohin willst du?«

»Nach Fernwisch.«

»Sieh an«, sagte der Reiter, »dann haben wir den gleichen Weg. Was tust du auf Fernwisch?«

»Ich bin dort zum Mittagessen geladen.«

»Ja so«, sagte der Reiter. Dies war die im Schwedischen gebräuchliche Replik auf eine Erklärung. Jobst schloß daraus, daß er ein Schwede sein oder längere Zeit unter Schweden verbracht haben mußte.

»Du siehst nicht aus wie einer, der von seiner Hände Arbeit lebt«, sagte der Soldat. »Wer aber nicht tüchtig arbeiten kann, bekommt auf Fernwisch auch nichts zu essen.«

»Ich bin der Schulmeister.«

»Ja so«, sagte der Soldat abermals. »Hat Hinrich Wiese sich totgesoffen?«

»Woher kennst du ihn?«

»Gott dräuet zu strafen alle die diese Gebote übertreten darum sollen wir uns fürchten vor seinem Zorn und nicht wider solche Gebote tun«, skandierte der Soldat in einem den Sinn entstellenden Rhythmus. »Hinrich Wiese hat mir die Zehn Gebote eingebleut und noch manches andere dazu. Dank seiner Sturheit habe ich es zum Korporal gebracht.«

Unterdessen waren sie zum Hof gelangt. Der Soldat saß am Brunnen ab und wusch sich Gesicht und Hände. Dann sagte er: »Geh zu Hans Haunerland und richte ihm aus, sein Sohn sei nach Haus gekommen.«

Jobst stockte der Herzschlag: »Du bist Hans Haunerlands Sohn?«

Der Soldat lachte. »Ich glaube schon, daß ich es bin«, erwiderte er.

»Jedenfalls hat mich seine Frau zur Welt gebracht.«

Hans Haunerland war im Stall dabei, eines seiner Pferde zu satteln. Er vernahm die Nachricht erstaunlich gefaßt, nur sein Gesicht verlor ein wenig von der frischen Farbe. Mit klirrenden Sporen schritt er auf den Hofplatz hinaus, Jobst folgte voll banger Erwartung.

Über die Züge des Soldaten ging ein Lächeln, als er seinen Vater sah. In Erwartung einer herzlichen Begrüßung winkelte er die Arme an. Doch Hans Haunerland blieb vor ihm stehen, strich ihm mit dem Zeigefinger über Bart und Narbe und fragte beklommen: »Bist du's wirklich?«

»Jakob!« schrie es im nächsten Augenblick von der Diele her. Die Holzpantinen von sich schleudernd eilte die Bäuerin auf den Heimkehrer zu und schloß ihn in die Arme. »Jakob, Jakob«, wimmerte sie ein übers andere Mal und bedeckte sein Gesicht mit Küssen. Schließlich gelang es dem Sohn, sich aus ihrer Umarmung zu befreien. Er warf Haunerland einen fragenden Blick zu, und dieser deutete mit dem Kinn auf die Dielentür.

Gertrud stand halb im Licht, halb noch im Schatten. Vor dem Dunkel der Diele wirkte ihr Gesicht wie eine weiße Maske. Sie hatte ihr Kind an sich gepreßt und reckte ihren Bauch vor, als wolle sie zur Schau stellen, was ohnehin nicht mehr zu verbergen war.

»Ja so«, sagte Jakob.

Sein Vater legte ihm begütigend die Hand auf die Schulter. »Du warst sehr lange fort, wir haben nicht gedacht, daß du noch am Leben bist.«

»Ich wohl«, widersprach die Bäuerin.

Mit versteinerter Miene drehte Jakob sich um und ging zu seinem Pferd. Erst jetzt bemerkte Jobst, daß er hinkte.

»Nein, bleib!« schrie die Bäuerin. Sie lief hinter ihm her und packte ihn am Arm. »Ich will nicht, daß du wieder in den Krieg gehst!«

Jakob richtete den Blick auf Gertrud und das Kind. »Von wem hat sie's?« fragte er.

»Komm, wir wollen etwas essen, und dann ruhst du dich aus«, sagte Hans Haunerland. »Was ist mit deinem Bein?«

»Ein Streifschuß, noch nicht ganz verheilt.«

»Ich werde Becke holen lassen, du erinnerst dich doch an Becke Speth? He, Jochim!« brüllte er in die Diele. »Laß anspannen und hol Becke her, sie kann sich einen Golddukaten verdienen.«

»Wer hat ihr das Kind gemacht?« fragte Jakob.

»Alle haben geglaubt, du bist tot«, sagte Gertrud.

»Sie lügt!« rief die Bäuerin. »Ich habe gewußt, daß du zurückkommst!«

»Ruhe jetzt!« befahl Hans Haunerland. »Ich dulde keinen Zank, wo der Junge eben erst heimgekehrt ist!«

Als sie zu Tisch gingen, gab Haunerland Jobst einen Wink, den Platz neben Gertrud für ihren Mann frei zu machen, doch dieser setzte sich zwischen seine Schwestern. Obwohl er Gertrud jetzt gegenübersaß, würdigte er sie keines Blickes mehr. Nach und nach lebte er auf, zeigte bisweilen ein zaghaftes Lächeln und beteiligte sich immer häufiger am Gespräch. Ein oberflächlicher Betrachter konnte den Eindruck gewinnen, er habe sich damit abgefunden, daß Gertrud während seiner Abwesenheit ein Kind bekommen hatte und erneut gesegneten Leibes war.

Das Gesinde bestürmte Jakob mit Fragen. Seit der Seeschlacht auf der Kolberger Heide hatte man keinen Soldaten mehr gesehen; endlich durfte man sich wieder Neuigkeiten aus erster Hand erhoffen. Doch Jakob war kein Geschichtenerzähler wie sein Vater, er brachte Haarsträubendes mit Nebensächlichem zusammen, ohne das eine auszuschmücken und das andere zu verkürzen. Sein Tonfall blieb der eines trockenen Berichts, gleichgültig, ob von Mord und Schändung die Rede war oder von der Pein wundgelaufener Füße. Wie sich nun herausstellte, war er nicht aus freien Stücken mit den Schweden gegangen. Sie hatten ihn in ihr Biwak gelockt und betrunken gemacht. Als er aus dem Rausch erwachte, trug er eine schwedische Uniform. So war er auf seiten der Schweden in den Krieg gezogen. Unter dem Befehl des Feldmarschalls Torstensson hatte er an der Schlacht bei Schweidnitz teilgenommen und den von der Gicht fast gelähmten Feldherrn huckepack aus dem Schlachtgetümmel getragen. Bei Breitenfeld fuhr ihm ein Spieß drei Finger tief in die Wange; seither konnte er auf einem Ohr nicht mehr hören und wurde vor jedem Wetterumschwung von Schmerzen geplagt. Während eines Scharmützels mit bayerischer Reiterei trat ihm ein Pferd vor die Brust, worauf er die Besinnung verlor und wie tot liegenblieb. Von Leichenfledderern bis aufs Hemd ausgeplündert, verkroch er sich für eine Weile in einem Schafstall. Manchmal suchten dort auch andere Unterschlupf, versprengte Soldaten oder Fahnenflüchtige, und als er sich von diesen nach und nach eine Kleidung zusammengebettelt hatte, die ihn keiner der verfeindeten Parteien zuwies, ihm gleichwohl aber ein soldatisches Aussehen verlieh, faßte er den Entschluß, nach Hause zurückzukehren.

»Und nun bist du hier«, sagte die Bäuerin, was niemand für eine überflüssige Bemerkung zu halten schien, denn ringsum bekundete man Zustimmung und blickte bedeutungsschwer.

»Välkommen, Kamerad«, ließ sich der Finne vernehmen. »Ich habe unter General Banér in Rußland gekämpft.«

»Wer ist das?« wandte sich Jakob an seinen Vater.

»Matti Koskela, mein Majordomus«, antwortete Hans Haunerland. »Ich habe ihn aus der Ostsee gefischt – der beste Fang, den ich seit langem gemacht habe.«

»Hast du sie gevögelt?« fragte Jakob den Finnen.

»Beim Leben meiner Mutter, nein!« entgegnete Matti, indem er eine Hand auf sein Herz legte.

»Hör zu, Kamerad«, sagte Jakob, »du weißt etwas, das ich gern wissen möchte, laß uns nach draußen gehen.«

»Wozu? Können wir hier nicht miteinander sprechen?«

»Vielleicht muß ich dir weh tun.«

Der Finne warf sich in die Brust: »Dazu gehören immer noch zwei!«

»Dann komm«, sagte Jakob.

Sie hinterließen ein atemloses Schweigen. Haunerlands Blick schweifte unstet umher, auf seiner Stirn glitzerten Schweißperlen. Seine Frau saß steif, starr und mit einem gefrorenen Lächeln auf den Lippen neben ihm. Gertrud hielt ihren kleinen Sohn umklammert, als befürchte sie, er könne ihr im nächsten Augenblick entrissen werden. Plötzlich begann draußen jemand zu schreien. Auf ein Zeichen von Haunerland eilten zwei Knechte hinaus, um alsbald mit dem Finnen in die Diele zurückzukehren. Dieser hielt eine Hand seitlich gegen seinen Kopf gepreßt, zwischen den Fingern sickerte Blut hervor.

»Jakob hat ihm das Ohr abgeschnitten!« rief einer der Knechte.

»Wo ist er?« fragte Hans Haunerland.

»Ich glaub, er ist nach der Dorschbucht raus«, sagte der andere.

Der Bauer stand auf, ging um den Tisch herum und beugte sich zu Jobst herab. »Nehmt Euch ein Pferd und reitet ihm nach«, flüsterte er. »Versucht herauszufinden, was er weiß.«

Jakob saß weithin sichtbar auf dem Wall der alten Seeräuberburg. Obwohl er den Blick meerwärts gerichtet hielt und der weiche, morastige Boden der Salzwiesen den Hufschlag verschluckte, hatte er Jobsts Kommen bemerkt. Er bedeutete ihm, sich neben ihn zu setzen. »Hast du davon gehört, daß es hier spukt?« fragte er.

»Dein Vater hat es mir erzählt.«

»Mortimer, Midshipman unter Sir Francis Drake und später Pirat«, sagte Jakob versonnen. »Ich habe ihn leibhaftig vor mir gesehen, so anschaulich hat er ihn beschrieben. Er ist ein verdammt guter Geschichtenerzähler.«

»Wer so viel erlebt hat, soll wohl gut erzählen können.«

»Ich habe auch viel erlebt, aber ich kann's nur so erzählen, wie es war. Um gut erzählen zu können, muß man ein guter Lügner sein.«

»Hältst du deinen Vater für einen Lügner?«

Jakob schloß die Augen, als suche er sich der Geschichten zu erinnern, die ihm sein Vater erzählt hatte. Der Wind warf ihm das Haar ins Gesicht, er strich es zurück. Auf seinem Handrücken gewahrte Jobst Blutspritzer.

»Er hat nicht mehr mit mir gerechnet«, sagte Jakob. »Sonst hätte er sich eine hübsche Geschichte ausgedacht. Ist das Kind, das sie im Bauch hat, auch von ihm?«

»Woher soll ich das wissen?«

»Den Finnen hat's ein Ohr gekostet, daß er nicht gleich mit der Wahrheit herausrücken wollte«, sagte Jakob.

»Die Wahrheit können dir nur Gertrud und der Mann erzählen, der sie geschwängert hat«, erwiderte Jobst in gereiztem Ton. »Alles andere sind Gerüchte.«

»Du hast recht, ich muß ihn selbst fragen«, sagte Jakob. Darauf kehrten sie gemeinsam zum Hof zurück. Unterdessen war Becke Speth in Fernwisch eingetroffen. Doch Jakob weigerte sich, ihr die Wunde zu zeigen, so daß Becke unverrichteter Dinge, wenn auch mit einem Dukaten beschenkt, den Heimweg antreten mußte.

Hernach begaben sich Vater und Sohn, von Jobst gefolgt, in den Pferdestall. Die Reitpferde waren Haunerlands ganzer Stolz. Er hatte sie selber gezüchtet, ein Teil der Vorfahren waren reinrassige Araber. »Such dir eines aus«, sagte er.

»Wozu?« fragte Jakob.

»In der Bibel läßt der Vater aus Freude über die Heimkehr seines Sohnes ein gemästetes Kalb schlachten, ich schenke dir ein Pferd.«

»Beantworte mir eine Frage, Vater, und dies mit Ja oder Nein«, sagte Jakob. »Hast du ihr das Kind gemacht und jenes, mit dem sie schwanger geht?«

Haunerland streifte Jobst mit einem Blick, und als dieser verstohlen nickte, sagte er: »Hör mich an, bevor du mich verurteilst, Jakob.«

»Ja oder nein?« beharrte der Sohn.

Der Hofherr reckte sich zu seiner vollen Größe auf und schlug die Faust so heftig gegen einen Pfosten, daß der ganze Stall erzitterte.

»Ja, zum Teufel, ja!« rief er. Dann riß er ein Messer aus seinem Gürtel und hielt Jakob den Knauf hin:

»Töte mich, wenn du meinst, daß ich dafür den Tod verdient habe!« Die Gebärde wirkte gekünstelt, wie einstudiert. Dergleichen hatte Jobst in den Buden der Gaukler auf Jahrmärkten gesehen. Hier wie dort war der großen Geste eine Spur unfreiwilliger Komik beigemischt.

Jakob nahm ihm den Dolch aus der Hand und schleuderte ihn in einer jähen Aufwallung von Zorn zu Boden. Bevor er hinausging, richtete er den Blick auf seinen Vater, und Haunerland wurde bleich, als er den Haß in Jakobs Augen sah.

Entsetzliches ist geschehen. Spätabends brachten Knechte von Fernwisch die Nachricht, daß Jakob seine Frau und ihr Kind ermordet habe. Vor den Augen der Familie und des Gesindes sei es geschehen, als man sich zum Abendbrot versammelt hatte. Nachdem er eine Zeitlang dumpf vor sich hingebrütet habe, sei Jakob plötzlich aufgesprungen, habe Gertrud über den Tisch hinweg gepackt und ihr sein Messer bis zum Heft in die Kehle gestoßen. Alsdann habe er ihrem Sohn mit einem einzigen Schnitt den Kopf vom Hals getrennt und diesen Hans Haunerland in den Schoß geworfen. Damit des Schrecklichen nicht genug, habe er der sterbenden Gertrud den Fötus aus dem Leib geschnitten. Alle seien wie gelähmt vor Entsetzen gewesen, so daß niemand die Bluttat verhindert habe. Danach sei Jakob über den gräßlich verstümmelten Körpern zusammengebrochen und habe seinen Vater angefleht, ihm den Tod zu geben. Doch Haunerland habe ihn sich wie einen Sack auf die Schulter geworfen, sei mit ihm fortgeritten und bald darauf allein zurückgekehrt. Die Knechte vermuteten, er habe seinen Sohn mit dem Schoner außer Landes bringen lassen.

Siebtes Kapitel

Sie kamen in einzelnen Trupps aus den Wäldern im Süden der Probstei. Meist waren es Alte, Frauen und Kinder, selten Männer im waffenfähigen Alter. Auf ihren Gesichtern lag ein ungläubiges Staunen; sie konnten nicht begreifen, daß es in diesen Zeiten noch Dörfer gab, wo man die Schrecken des Krieges nur vom Hörensagen kannte, wo man genug zu essen hatte und sich in der Zuversicht schlafen legte, über Nacht allenfalls von Dämonen und bösen Träumen heimgesucht zu werden.

In Schönberg wurden die Tore geschlossen, als man die Fremden kommen sah. Man warnte sie, sich dem Dorf zu nähern, und wer es dennoch wagte, wurde mit Musketenschüssen zurückgescheucht. Daraufhin sammelten sie sich unweit des Pastorenbrooks auf einem flachen Hügel, der *Vossbarg* genannt wurde. Um vor Regen und Wind geschützt zu sein, hoben sie Gruben aus und deckten sie mit Schilf und Zweigen ab. Nach Einbruch der Dunkelheit krochen die zerlumpten Kinder durch den Zaun und bettelten um Brot und Milch. Ungeachtet der Mahnung des Bauernvogts, daß jede Berührung mit den Fremden die Pest ins Dorf bringen könnte, ließen sich manche Schönberger erweichen. Die Frage, woher sie kämen, beantworteten die Kinder, indem sie die Namen von Orten aufzählten, an denen sie eine Zeitlang geweilt hatten; das Wort *Zuhause* kannten sie nicht. Anscheinend waren sie, soweit ihre Erinnerung reichte, immer unterwegs gewesen.

Vom Kirchturm beobachtete Jobst, wie die Fremden fast jeden Tag einen der Ihren zu Grabe trugen. Die Kinder berichteten indes, daß nicht die Pest, sondern der Hunger die Todesursache gewesen sei. Er bat Pastor Scheele, sich der Notleidenden anzunehmen. Doch dieser wies das Ansinnen zurück. Der Hirte habe zuvörderst für die ihm anvertraute Herde zu sorgen, sie abzuschirmen gegen schädliche Einwirkungen von außen. Derlei umherirrendes Volk sei entweder katholisch oder gottlos, jedenfalls seien es in der Mehrzahl keine ordentlichen Lutheraner. Daher billige er die Weisung des Bauernvogts, wenngleich er eine andere Art von Ansteckung befürchte als jener.

»Wir können die Menschen doch nicht vor unseren Augen verhungern lassen!« entgegnete Jobst erregt.

»Alles geschieht nach Gottes Willen«, sagte Pastor Scheele. »Im übrigen zwingt Euch niemand, auf den Kirchturm zu steigen, damit Ihr eine bessere Aussicht habt.«

»Und wie haltet Ihr es mit dem Gebot der Nächstenliebe, Herr Pastor?«

»Es steht Euch nicht zu, von mir Rechenschaft zu fordern!« polterte Johannes Scheele.

»Dann werde ich den Leuten etwas zu essen bringen.«

»Das wäre sehr töricht, man würde Euch nicht ins Dorf zurücklassen.« Der Pastor musterte ihn mit väterlicher Strenge: »Nehmt Vernunft an, Herr Steen! Ihr seid nicht zum Märtyrer geschaffen.«

»Ich würde meines Lebens nicht mehr froh, wenn ich die Not dieser Menschen nicht zu lindern versuchte«, erwiderte Jobst. Er kaufte von den Bauern Brot, Käse und Wurst, tat alles in eine Kiepe und schleppte sie zum Stakendorfer Tor. Dort angelangt fühlte er, wie ihm die Traglast von den Schultern genommen wurde.

»Übernehmt Euch nicht, junger Herr«, sagte eine wohlbekannte Stimme. »Nirgendwo im Katechismus steht geschrieben, daß man sich aus Barmherzigkeit einen Bruch heben soll.« Hinrich Wieses Haar war zerzaust, das Aderngespinst in seinen Augen vom Seewind gerötet. Mit einem kräftigen Schwung lud er sich die Kiepe auf.

»Ich will nicht, daß Ihr mich begleitet«, sagte Jobst. »Womöglich verweigert man uns die Rückkehr.«

»Den möcht ich sehn, der mich vor dem Tor stehenläßt«, entgegnete Wiese und versetzte einem der Wachposten einen derben Knuff. »Wie lautet das erste Gebot, Eggert Vöge?«

»Ich bin der Herr dein Gott du sollst nicht andere Götter haben neben mir«, antwortete der Wachposten wie aus der Pistole geschossen.

»Ganz recht, mein Jung. Und dasselbe gilt für deinen alten Schulmeister, obwohl er kein Schulmeister mehr ist: Gib nichts drauf, was andere sagen. Wenn ich ans Tor klopfe, machst du uns auf, hast du verstanden?«

»Keine Bange, Schulmeister, da könnt der Deubel kommen und es mir verbieten, ich laß euch wieder rein«, sagte der Bauer.

Auf dem Weg zum Vossbarg erzählte Wiese, daß sein Sohn verschwunden sei. Der Schwachsinnige habe seit Tagen von einer großen Flut gefaselt und sei von panischer Angst ergriffen worden. Schließlich habe er ihn, des wirren Geredes überdrüssig, in eine Scheune gesperrt, wo er Wolle und Flachs zu lagern pflege. Sein Sohn habe jedoch mit bloßen Händen ein Schlupfloch gegraben und halte sich seither wahrscheinlich in den Salzwiesen versteckt. Er, Wiese, habe jeden Winkel abgesucht und nach ihm gerufen, bis seine Stimme versagt habe – alle Mühe sei umsonst gewesen. Statt dessen habe er einen der Einsiedler aufgestöbert, der einen Mantel aus Kaninchenfell getragen und ein seltsames Kauderwelsch gesprochen habe. Doch weder dieser noch Wibeke hätten ihm weiterhelfen können.

Jobst packte ihn am Arm: »Wo habt Ihr sie getroffen?«

»Mal hier, mal dort und vermutlich noch in mancherlei anderer Gestalt. Einmal stahl mir eine Elster ein Stück Brot aus der Hand, es sollte mich nicht wundern, wenn es Wibeke war.«

»Ich bin ihr im vorigen Sommer begegnet, seitdem habe ich sie nicht wiedergesehen«, sagte Jobst.

»Sie Euch schon, junger Herr«, schmunzelte Wiese. »Es hat sie belustigt, Euch wie einen liebestollen Kater durch die Salzwiesen streunen zu sehen.«

»Weshalb zeigt sie sich mir dann nicht?« versetzte Jobst grantig.

»Mir scheint, sie will es Euch nicht so leicht machen wie andere Frauen«, antwortete Hinrich Wiese. Und nach einer Weile fügte er hinzu: »Seid auf der Hut, junger Herr. Im Pastorat haben die Wände Ohren, und zwischen den Ohren sitzt ein geschwätziges Maul.«

Die Fremden empfingen sie mit ergriffenem Schweigen. Manch einer wollte seinen Augen nicht trauen, als Wiese die Kiepe vor ihnen absetzte und Jobst sie zum Zugreifen ermunterte. Doch dann, wie auf ein verabredetes Zeichen, machten sie sich über die Kiepe her. Im Nu war sie geleert und ebenso rasch ihr Inhalt verschlungen.

»Gott segne Euch«, sagte ein Greis, der sich, da er vor Schwäche nicht mehr zu gehen vermochte, auf zwei Frauen stützte. »So reichlich sind wir im Laufe unserer langen Wanderschaft noch nirgends beschenkt worden.«

»Wo kommt ihr her?« fragte Hinrich Wiese.

»Wir stammen nicht aus einem Ort, nicht einmal aus derselben Gegend«, erwiderte der Alte. »Was uns verbindet, ist, daß wir das nackte Leben retten konnten, nachdem man uns alles andere genommen hatte. Ich selbst komme aus Magdeburg, die Stadt liegt in Schutt und Asche, fünfzehntausend Einwohner sind von Tillys Soldaten ermordet worden, die Elbe tat sich schwer, all die Leichen fortzuschwemmen. Durch eine glückliche Fügung bin ich dem Inferno entkommen, seither befinde ich mich auf der Flucht, und dies nun schon im vierzehnten Jahr. Manchmal war ich allein, öfter jedoch in Gesellschaft von Menschen, die Ähnliches, wenn nicht Schrecklicheres erleiden mußten.« Sodann kniete der Greis nieder und dankte Gott, daß er ihn vor seinem Ende noch ein Land habe sehen lassen, das Erinnerungen an friedliche Zeiten wecke, ein Land, schloß er, in dem zu sterben sein sehnlichster Wunsch sei.

Eine der Frauen, noch jung an Jahren, aber mit verhärmten Zügen und ergrautem Haar, erzählte kaum vernehmbar vom Schicksal ihrer Familie. Die Eltern waren mit dem Haus verbrannt, dem Mann hatten spanische Söldner die Augen ausgestochen, weil er nicht zusehen wollte, wie sie geschändet wurde, von den Kindern waren zwei an Entkräftung gestorben, zwei weitere von Wallensteinschen Offizieren als Zielscheiben benutzt worden. Sie selbst habe nur dank ihrer Fähigkeit überlebt, den Männern bei den zahllosen Vergewaltigungen Lust vorzutäuschen, zuweilen habe man ihr sogar Geld gegeben. »Soll ich Euch etwas vorstöhnen?« fragte sie, während ein fiebriger Glanz in ihre Augen trat, »was kriege ich für ein Lustgestöhn?«

»Die Ärmste hat's nicht verkraften können; das viele Leid hat ihr den Geist verwirrt«, sagte eine andere Frau. »In der Gegend um Selent ist sie fünfmal an einem Tag mißbraucht worden.«

»Das ist nicht weit von hier«, horchte Wiese auf. »Waren es Soldaten oder gewöhnliche Wegelagerer?«

»Wie soll man das auseinanderhalten?« entgegnete die Frau. »Jeder von denen trägt irgendwas Buntes, bei den einen ist's eine Uniform, die anderen haben es sich zusammengeklaut.«

Inzwischen war die Zahl der Umstehenden noch weiter angewachsen. Jobst befiel Entsetzen beim Anblick der bis auf die Knochen abgemagerten Körper, der mumienhaften Gesichter.

»Wir beide, der junge Schulmeister und ich, werden uns bei den Leuten im Dorf dafür verwenden, daß euch geholfen wird«, sagte Hinrich Wiese. Darauf schickten sich einige der Flüchtlinge an, ihm die Hände zu küssen, doch er wehrte sie ab und schulterte die Kiepe. »Wie sieht es mit Eurer Barschaft aus, junger Herr?« fragte er, während sie zum Dorf zurückgingen.

»Für eine Kiepe voll dürfte es noch reichen«, erwiderte Jobst. »Sonst besitze ich nichts außer diesem Ring.«

Hinrich Wiese zog überrascht die Brauen hoch, als er das Siegel sah. »Das Wappen der Brockdorffs!« entschlüpfte es ihm.

»Ich weiß. Und wenn mich nicht alles täuscht, habe ich ihn von einer Brockdorff bekommen.«

»Ihr dürft den Ring auf keinen Fall versetzen«, sagte Hinrich Wiese. »Er könnte Euch noch mal von großem Nutzen sein.«

»Wie meint Ihr das?«

»Nun«, gab er zögernd zur Antwort, »ein Ring, zumal ein Siegelring, ist ein gebräuchliches Erkennungszeichen.«

»Vermute ich richtig, daß Ihr mir etwas verheimlicht?«

»Dringt nicht weiter in mich, junger Herr. Ich habe mich zum Stillschweigen verpflichtet, und der, dem ich das Versprechen gab, wäre sehr betrübt, wenn ich ihn auch darin noch enttäuschte.«

»Sprecht Ihr vom Klosterprobst?«

»Ich verdanke ihm die schönsten Jahre meines Lebens«, sagte Hinrich Wiese. »Dafür nehme ich in Kauf, daß Ihr mir womöglich zürnt.«

Sie gelangten ungehindert ins Dorf zurück. Jenseits des Tores wurden sie von einer Schar wißbegieriger Einwohner erwartet. Wiese schilderte ihnen die erbärmliche Lage der Flüchtlinge, und da die Schönberger ihren alten Schulmeister vor Erschütterung mit den Tränen kämpfen sahen, gelang es ihm, ihr Mitleid zu erregen. Bald häuften sich auf dem Anger Kleidungsstücke, Decken und Nahrungsmittel verschiedenerlei Art. Jochen Sindt, den man gern seiner Knausrigkeit wegen bespöttelte, stiftete ein ganzes Schwein, worauf sich die anderen Vollhufner auch nicht lumpen lassen wollten. Alles wurde auf zwei Leiterwagen zum Vossbarg gebracht, und über die Entfernung hin vernahmen die Schönberger lauten Jubel. Anderntags machten sich die Bauern daran, eine Reihe kleiner Schuppen, in denen Torf getrocknet wurde, so weit herzurichten, daß sie den Flüchtlingen als Unterkunft dienen konnten. Es hatte den Anschein, als ob die als hartherzig geltenden Probsteier sich auf einmal durch überbordende Mildtätigkeit hervortun wollten. Indes bewahrte man den Fremden gegenüber auch weiterhin eine aus Argwohn genährte Scheu. Ihre Sprache war durchsetzt von unbekannten Wörtern und fremdartigen Lauten, ihre Lieder offenbarten Gefühle, die ein Probsteier für gewöhnlich zu verbergen suchte, und insgeheim verdächtigte man sie der Lüge oder zumindest der Prahlerei, wenn sie von ihren einstigen Besitztümern erzählten. Daher hielt man sich die Flüchtlinge vom Leibe und wollte die Versorgung mit dem Nötigsten als einen stillschweigenden Appell, für sich zu bleiben, verstanden wissen.

Dem lauen Frühjahr folgte ein regnerischer und kühler Sommer, noch kurz vor Johanni lag morgens Rauhreif auf den Dächern. An Sonnentagen hingegen schmückte sich das Land mit vielfältig getöntem Grün, und über der Kimm verschmolz das lichte Blau des Himmels mit dem tieferen der See. Jobst liebte es, an solchen Tagen vom Kirchhügel aus in die auf drei Seiten vom Meer gesäumte Ebene zu blicken. Dabei kam ihm immer wieder das Wort vom *geborgten Land* in den Sinn.

An einem der sonnigen Tage wanderte er auf sumpfigen Pfaden zum Strand. Die Salzwiesen schwammen in gleißendem Licht, der Duft von Kräutern und erwärmtem Torfboden würzte die Luft. Jobst war durchdrungen von dem Gefühl, daß er an diesem Tag Wibeke begegnen würde, und als er den flachen Dünengürtel erstiegen hatte, sah er sie.

Wibeke saß im seichten Wasser einer Sandbank, die Beine seewärts gespreizt. Sie hatte den Kopf in den Nacken gelegt und die Arme schräg nach oben ausgebreitet. Es war eine Geste des Bittens und Empfangens zugleich. *Näher kommend bemerkte ich, daß die kleinen Wellen an ihren Beinen entlangliefen und in ihren Schoß brandeten. Ich schäme mich fast, es niederzuschreiben: Mein erster Gedanke war, daß sie sich vom Meer begatten ließ.*

Sie trug noch immer Margretas seidenes Hemd, es klebte naß und stellenweise durchsichtig an ihrem Leib. Die Augen hatte sie geschlossen, während zwischen ihren Lippen das Weiß der Zähne hindurchschimmerte. Auf ihrem Gesicht gewahrte Jobst einen seltsam entrückten Ausdruck, sie schien zu träumen. Doch als sein Schatten sie streifte, begannen ihre Lider zu flattern.

»Ja, ich habe verstanden«, hörte Jobst sie murmeln, »ich habe euch verstanden.«

Er beugte sich zu ihr hinab. »Wibeke«, sagte er leise. Sie ließ langsam die Arme sinken, bis ihre Hände ins Wasser tauchten.

»Liebe und Leid gehören zusammen«, fuhr sie fort, als versuche sie sich Worte einzuprägen, die sie gerade vernommen hatte. »Wenn du nicht leiden willst, darfst du nicht lieben.«

»Wer sagt das?« fragte Jobst.

»Svantevit, Siwa und Prove, alle drei«, antwortete sie. »Es gibt nicht das eine ohne das andere, sagen die Götter.« Plötzlich sprang sie auf und starrte ihn erschrocken an. »Geh!« rief sie. »Du bringst mir Unglück, du bist mein Verderben!«

»Komm zu dir, Wibeke«, sagte Jobst, »du hast einen bösen Traum gehabt. Wie könnte ich dir Unglück bringen?« Er legte einen Arm um ihre Schultern und führte sie ans Ufer. Sie ließ es willenlos geschehen, und als sie in der Kühle des Seewinds zu frösteln begann, drückte er sie an sich, um ihr Wärme zu geben. In ihrem Haar funkelten Tropfen in allen Farben des Regenbogens. Wie die Schuppen frischgefangener Fische, dachte er. Mit einem Mal erschien ihm das Gerücht, daß ihre Mutter eine Meerfrau gewesen sei, nicht mehr gar so absonderlich.

An diesem Tag lernte Jobst die geheimnisvolle Welt der Salzwiesen mit Wibekes Augen zu sehen. Jedes Tier, jede Pflanze, selbst vermeintlich tote Dinge standen gleichermaßen für sich selbst wie für etwas anderes. Das Wispern des Schilfs wurde durch einen mäßigen Wind aus Südost hervorgerufen, aber es waren auch die flüsternden Stimmen der Kleinen Leute. Der Bussard, der hoch über ihnen seine Kreise zog, äugte nach Beute, und währenddessen schrieb er Zeichen an den Himmel, aus denen der Kundige die Zukunft deuten konnte. Das kahle Geäst eines Baums hätte gutes Brennholz abgegeben, doch dem Mond gefiel es, sich dort auf seiner abendlichen Wanderung ein wenig auszuruhen. Daher mußte der Mensch, der den Baum hätte fällen wollen, zuvor die Einwilligung sowohl des Baums wie auch des Mondes einholen. Zuviel Aufwand für ein kleines Feuer, meinte Wibeke.

Einem Wildwechsel folgend kamen sie zu einer Lichtung im Schilfdickicht. Der moorige Boden sah wie gestampft aus, an den Rändern gewahrte Jobst die Abdrücke nackter Füße. Dies sei der Tanzplatz der Einsiedler, sagte Wibeke. In Vollmondnächten pflegten sie sich hier zu versammeln, um bis zur völligen Erschöpfung zu tanzen. Über einen hohlen Baumstumpf war ein Fell gespannt; als Wibeke mit der Faust darauf schlug, antwortete ihr ein tiefes

Summen. Die Töne dieser seltsamen Trommel bewirkten, daß die Einsiedler ihre Scheu verlören und sich vor aller Augen paarten – woraus man übrigens ersehen könne, daß sie keine Wiedergänger seien.

»Wo sind sie jetzt?« fragte Jobst.

»Da, da, da«, sagte Wibeke, indem sie nach verschiedenen Richtungen ins Schilf deutete. »Sie beobachten uns auf Schritt und Tritt, aber du wirst keinen von ihnen jemals zu Gesicht bekommen.«

»Hinrich Wiese hat einen gesehen, er trug einen Mantel aus Kaninchenfell.«

»Ja, Wiese«, entgegnete sie. »Von Wiese droht ihnen keine Gefahr. Sie wissen, daß er ein guter Mensch ist, vielleicht der einzige weit und breit.«

»Bist du nicht gut, Wibeke?«

»Nicht immer.«

»Und wie schätzt du mich ein?«

»Du bist nicht stark genug, um gut zu sein.«

»Demnach wäre ich ein böser Mensch?«

Sie lächelte. Da war es wieder, dieses Lächeln, das ihn schon einmal betört hatte. Es verlieh ihren Zügen eine Sanftmut, die nur schwer mit ihrem ungebärdigen Wesen in Einklang zu bringen war.

»Ich liebe dich«, sagte Wibeke. »Ich liebe dich, obwohl es gegen den Rat der Götter ist.«

Sie nahm ihn bei der Hand und zog ihn hinter sich her. Jenseits eines verschlammten Grabens überquerten sie auf Baumstämmen ein von Dotterblumen überwachsenes Moor. Als sie wieder auf festen Boden gelangt waren, streifte Wibeke das Hemd über den Kopf und hängte es an einen Ast. Dann streckte sie ihm ihre kleinen spitzen Brüste entgegen und fragte: »Willst du mich?«

Sie bereiteten sich ein Lager aus Zweigen, Blättern und den fächerartigen Dolden des Holunders. *Eingehüllt von berauschendem Blütenduft versanken wir in einen Taumel der Glückseligkeit. Ich erlebte, daß die Liebe mehr ist als die Erfüllung körperlicher Begierde, daß die Vereinigung zweier Leiber den Weg öffnet für etwas ungleich Schöneres, das ich, wenn es überhaupt in Worte zu fassen ist, die Vereinigung zweier Seelen nennen will. Oder gibt es für das wunderbare Erlebnis eine viel einfachere Erklärung: Hatte ich zuvor noch nie geliebt?*

Sie lagen bis zum Dämmern auf ihrem duftenden Bett, in ihr Flüstern mengten sich die Lockrufe der Wasservögel. Ein Reiher ließ sich auf einem Baum am Rande des Moors nieder und suchte die Frösche mit grüblerischer Pose darüber hinwegzutäuschen, daß er ihnen nach dem Leben trachtete. Ganz in der Nähe platschte etwas ins Wasser.

»Haben sie uns auch beobachtet, als wir uns liebten?« fragte Jobst.

»Warum nicht, ich beobachte sie ja auch dabei«, antwortete Wibeke. »Aber das eben war ein Hecht.«

Der Himmel färbte sich in ein flammendes Rot, vor dem die Äste abgestorbener Bäume wie Gespenster mit sonderbar verrenkten Gliedern standen. Im Moor blubberte und schmatzte es, ein leichter Fäulnisgeruch durchdrang den Duft des Holunders.

»Pfui, Popewischel, alter Pupser!« rief Wibeke und schüttelte sich vor Lachen.

»Mit wem redest du?« fragte Jobst.

»Popewischel ist ein Kobold, der tief unten im Moor haust und für sein Leben gern furzt. Deshalb ißt er nur Pflanzen und Wurzeln, die viel Luft in den Därmen machen. Weil seine Winde aber so fürchterlich stinken, hat seine Frau Popewaschel gedroht, sie würde ihn verlassen, wenn er das Furzen nicht läßt. Willst du wissen, wie es weitergegangen ist?«

»Erzähl es mir.«

»Paß auf«, sagte sie und sang ein Lied von Popewischel und Popewaschel. Jede Strophe endete mit einem knallenden Furz, nur daß Wibeke ihn mit den Lippen erzeugte. Das Ende vom Lied war, daß Popewaschel Popewischel für immer verließ. »Seitdem sitzt Popewischel dort unten im Moor und vergnügt sich damit, einen

Wind fahrenzulassen, und auf den nächsten zu warten«, schloß Wibeke.

»Vermißt er Popewaschel nicht?«

»Ein Pupser ist sich selbst genug«, antwortete sie ernsthaft. Vom Moor wehte ein Stöhnen herüber. »Hörst du? Er drückt schon wieder.«

»Woher weißt du das alles?«

»Ich hab's mir ausgedacht.«

»Das Lied auch?«

»Das auch.«

»Dann gibt es Popewischel und Popewaschel gar nicht?«

»Doch, jetzt sogar zweifach«, entgegnete Wibeke, »in meinem Kopf und in deinem.«

»Darf ich die Geschichte von Popewischel und Popewaschel aufschreiben, Wibeke?«

»Nein, das erlaube ich nicht«, versetzte sie entschieden. »Wenn du sie aufschreibst, ist es deine Geschichte. Solange du sie aber im Gedächtnis bewahrst, gehört sie uns beiden.«

Mit hereinbrechender Nacht gelangten sie an den Damm, der von Schönberg zur Dorschbucht führte. »Halte dich auf dem Damm und versuch nicht, den Weg abzukürzen«, riet Wibeke ihm. »Für einen wie dich ist es gefährlich, die Salzwiesen bei Dunkelheit zu durchqueren. Die Elfen, das geile Pack, sind wild auf junge Männer.«

»Hast du Angst, sie könnten mich verführen?«

»Dummer Junge«, tuschelte sie ihm ins Ohr, »du wärst Wachs in ihren Händen, wenn du erst gesehen hättest, wie schön sie sind.«

»Sie können unmöglich schöner sein als du«, antwortete er und suchte ihren Mund. Doch seine Lippen trafen ins Leere, Wibeke war nicht mehr da.

Als er seine Kammer betrat, gewahrte er auf dem Tisch eine brennende Kerze. Verwundert blickte er sich um. Das Fenster war mit einem Tuch verhängt, auf dem Hocker lag ein Nachthemd, unter der Bettdecke lugten zwei Füße hervor.

»Wo warst du die ganze Zeit?« hörte er Margreta fragen. Jetzt sah er auch ihr Gesicht, ihre vorwurfsvolle Miene. Sie setzte sich auf, die Decke rutschte von ihren Brüsten. »Wo treibst du dich herum?«

Jobst bedeutete ihr erschrocken, leiser zu sprechen, und wandte sich lauschend zur Tür. »Er ist mit dem Diakon nach Schmoel gefahren«, sagte sie, »Herr von Rantzau hat sie eingeladen, über Nacht zu bleiben. Komm, leg dich zu mir.«

»Nein, ich muß mit Euch reden«, sagte er.

»Dann sprich. Aber rede nicht so streng mit mir.«

»Ihr seid eine verheiratete Frau, noch dazu die Frau eines Pastors«, fuhr er fort. »So kann es mit uns nicht weitergehen.«

»Hast du eine andere?« fiel sie ihm ins Wort.

Er tat, als verstehe er sie nicht.

»Ob du eine andere Frau liebst.«

Für die Dauer eines Herzschlags erwog Jobst, ihr die Wahrheit zu sagen. Doch ein unbestimmtes Gefühl, eine Ahnung von drohendem Unheil warnte ihn. So erzählte er von dem Gespräch mit der Priörin und ihren mahnenden Worten.

»Sie hat recht, die alte Jungfer: Ich will, daß du mich nimmst, und wenn es nach mir geht, jede Nacht«, erwiderte Margreta. »Es raubt mir den Schlaf zu denken, daß ich nur ein paar Schritte zu gehen brauche, um alle Wonnen zu erleben, die mir bis jetzt versagt geblieben sind. Willst du wissen, wie oft Johannes Scheele in all den Jahren mit mir geschlafen hat? Soll ich dir erzählen, was er mit mir macht? Sein Schwanz bereitet mir nicht halb soviel Lust wie mein eigener Finger!«

»Wenn die Priörin es schon weiß – wie lange wird es dann noch dauern, bis Euer Mann dahinterkommt?«

»Ich kann's nicht ändern«, sagte Margreta und lüpfte die Decke. »Sieh her, ich zittere am ganzen Leib vor Verlangen.«

»Nicht für alles in der Welt möchte ich Euren Mann zum Feind haben«, sagte Jobst. »Er würde mir das Leben zur Hölle machen.«

»Mein Leben war die Hölle, bevor ich dir begegnet bin«, antwortete sie. »Ist es Felicia, liebst du sie noch immer?«

»Begreift doch!« sagte er, indem er näher ans Bett trat. »Ich hätte keine andere Wahl, als von hier zu fliehen, aber wohin ich mich auch wenden würde, ich wäre meines Lebens nicht mehr sicher!«

Noch während er zu ihr sprach, hatte sie sich an seinem Gürtel zu schaffen gemacht, und ehe er sich's versah, hielt sie sein Glied in Händen. »Was ist das?« rief sie, als sie gewahrte, wie verschrumpelt es war, »hast du keine Lust, oder bist du bei einer anderen gewesen?« Mit staunenswerter Geschicklichkeit brachte sie es zuwege, den erschlafften Körperteil in einen Zustand zu versetzen, der ihren Wünschen Erfüllung verhieß. *Ich muß gestehen, daß mich bei dem Gedanken, binnen weniger Stunden zwei Frauen beizuwohnen, eine tierhafte Lüsternheit erfaßte, eine Art Bocksgefühl. Abermals geriet Margreta außer sich, sie überließ sich hemmungslos ihrer Leidenschaft, Schreie gellten durch das Haus, wie sie das alte Gemäuer vermutlich noch nie vernommen hatte. Etwas später kam Elsche nach Hause. Sie schlug lauter als sonst mit den Türen. Gab sie sich dadurch als Mitwisserin zu erkennen?*

In einer der kurzen, hellen Nächte um Mittsommer sah man den Himmel nach Süden hin in wabernder Glut. Zuweilen schossen Blitze daraus hervor, und wer über ein gutes Gehör verfügte, konnte ein schwaches Donnern vernehmen, wie von einem fernen Gewitter. Manche deuteten die Erscheinungen als solche natürlichen Ursprungs, vergleichbar dem Nordlicht oder dem Elmsfeuer. Doch während man darüber stritt, wie denn das Donnergrollen zu erklären sei, erhob sich im Lager der Flüchtlinge großer Lärm. »Rette sich, wer kann«, hörte man rufen, »die Soldaten kommen!«

Jobst sah sie am Dorf vorüberhasten, ganze Scharen eiliger Schatten. Das Fliehen war ihnen zur zweiten Natur geworden; sie brachen auf, ohne an das Ziel zu denken, allein von der Angst um ihr Leben getrieben. Wohin aber sollten sie sich wenden auf einer weit ins Meer ausgreifenden Halbinsel? Dem Ufer in östlicher Richtung folgend stießen sie bis nach Schmoel vor, wo Herr von

Rantzau sie mit den Geschossen zweier Feldschlangen zur Umkehr zwang. Über das weitere Schicksal der Flüchtlinge erzählte man sich, daß sie die Förde von dem Dörfchen Mönkeberg aus mit notdürftig zusammengezimmerten Flößen zu überqueren versucht hätten. Da diese aber überladen gewesen seien, hätten viele von ihnen nicht das jenseitige Ufer erreicht.

Claus Ladehoff ließ die Kirchenglocke läuten. Dies war, wenn es zu ungewohnter Stunde geschah, das Zeichen, daß Gefahr drohte. Die Bewohner Schönbergs und der umliegenden Weiler hatten sich in solchem Fall unverzüglich auf dem Knüll zu versammeln. Als einer der letzten sprengte Hans Haunerland ins Dorf. Sein Gesicht war bleich und maskenhaft, die geröteten Augenlider zeugten von schlaflos verbrachten Nächten. Es hieß, er sei nach der grausigen Bluttat in Schwermut verfallen. Doch als er Jobst unter den Versammelten gewahrte, belebten sich seine Züge; zum Gruß wedelte er mit einem seiner hirschledernen Handschuhe.

Da der Bauernvogt bekanntermaßen kein großer Redner war, beließ er es bei den Worten, daß jetzt einzutreten drohe, was er schon seit langem befürchtet habe. In der vergangenen Nacht seien die Kaiserlichen in den Süden der Probstei vorgedrungen, hätten einige befestigte Herrensitze in Brand geschossen und durch die rasch um sich greifende Feuersbrunst mehrere Dörfer in Asche gelegt. Dann führte Claus Ladehoff einen Mann in abgerissener Kleidung vor, der in kurzen Abständen von Weinkrämpfen geschüttelt wurde. So mußten die Zuhörer Geduld aufbringen, bis sich aus dem Gestammel die Hiobsbotschaft zusammenfügte, daß Schönberg das Ziel eines nahe bevorstehenden Überfalls sei. Ob es Kaiserliche waren oder Schweden oder ein zusammengewürfelter Haufen, der marodierend durch das Land zog, wußte der Mann nicht zu sagen. Aber er schwor Stein und Bein, daß sie im Rögen lagerten, um das Dorf an einem der nächsten Tage anzugreifen.

Als erster von den Bauern meldete sich Hans Haunerland zu Wort. Nach seiner Erfahrung könne man sich gegen einen überlegenen Feind am besten dadurch behaupten, daß man den ersten Schlag führe. Jene dort im Rögen seien es gewohnt, daß die Bauern Hals über Kopf vor ihnen Reißaus nähmen, folglich rechneten sie mit nichts weniger, als diese in der Rolle der Angreifer zu sehen. »Hab ich recht, Hinrich Wiese?« rief er über die Köpfe der Umstehenden hinweg.

»Bei dir habe ich oftmals das Gefühl, einen Maulhelden reden zu hören, Hans Haunerland«, entgegnete der alte Schulmeister, der sichtlich unter den Folgen einer durchzechten Nacht litt. »Aber wo du recht hast, hast du verdammt noch mal recht.«

Als ob ihm damit die Befehlsgewalt übertragen worden sei, wählte Hans Haunerland unter den Versammelten zwei Dutzend Männer aus und hieß die anderen, alles herbeizuschaffen, was sie an Waffen besaßen. Da kam mancherlei zusammen, das ihm ein geringschätziges Lächeln entlockte: Dreschflegel, Sensen, Forken, Äxte und altertümliche Handrohre, bei denen es mehr vom Glück als vom Geschick des Schützen abhing, in welche Richtung der Schuß sich löste. Haunerland suchte sechs Musketen und zwei Arkebusen aus und gab sie jenen, die ihre Treffsicherheit bei der Jagd bewiesen hatten, die übrigen bewaffnete er mit Messern.

»Ich soll denen mit einem gewöhnlichen Knief zu Leibe rücken?« entrüstete sich Eggert Mundt, von dem man wußte, daß er einen prächtigen Krummsäbel sein eigen nannte.

»Noch lieber wäre mir, du könntest sie mit bloßen Händen erledigen«, sagte Hans Haunerland. »Aber das ist eine Kunst für sich.«

»Es ist bei uns eigentlich Brauch, aus unserer Mitte einen zu bestimmen, dessen Weisungen die anderen für die Dauer eines Notstands zu befolgen haben«, ließ sich nun wieder der Bauernvogt vernehmen. »Da du aber im Kriegshandwerk anscheinend gut bewandert bist, wird wohl niemand etwas dagegen haben, wenn du das Kommando führst.«

»Habt ihr einen Besseren?« fragte Hans Haunerland in die Runde.

»Vielleicht wäre der Herr Pastor geneigt, den Hauptmann zu

machen«, warf der Diakon scheinheilig ein. Die Bauern bedachten den Scherz mit derbem Spott.

Er werde, wie es bei derartigen Unternehmungen unerläßlich sei, zunächst das Gelände erkunden, gab Hans Haunerland bekannt. Die von ihm ausgewählten Männer sollten sich in Bereitschaft halten. »Und Ihr werdet mich begleiten«, sagte er zu Jobst.

Unweit des Dorfes Krummbek gab es einen mit Eichenkratt bewachsenen Hügel, von dem aus man den Rögen in seiner ganzen Ausdehnung überblicken konnte. Der Wald stand in üppigem Grün. Nur hier und da ragten kahle Äste bleich und knorpelig aus dem strotzenden Laub. An einem der Äste hing etwas, umringt von weißem Geflatter.

»Seht Ihr das?« fragte Jobst.

»Junger Freund«, antwortete Hans Haunerland, »wenn ich auf solche Entfernung noch etwas erkennen könnte, hätte ich Euch nicht um Eure Begleitung ersucht. Was gibt's denn da zu sehn?«

»Ich glaube, da hängt einer am Baum.«

»Wir wollen uns näher heranpirschen«, sagte Haunerland.

Die Raubmöwen hatten dem Leichnam tiefe Löcher ins Fleisch gehackt; von seinem Gesicht waren zwei große leere Augenhöhlen und ein grinsendes Gebiß geblieben.

»Wie Ihr seht, hat man ihm die Hände gefesselt, demnach dürfte er nicht aus freiem Willen an den Ast gekommen sein«, sagte Hans Haunerland. »Vermutlich haben ihn dieselben aufgeknüpft, die das Dorf überfallen wollen, und wenn dem so ist, müssen sie in der Nähe sein.« Darauf nahm er seinen Hut ab, um sich Luft zuzufächeln, denn unterdessen war es warm geworden. Überrascht gewahrte Jobst, daß Haunerlands Kopf völlig kahl war. »Was ist mit Eurem Haar geschehen?« fragte er.

»Ich hab's abgeschnitten, das erspart mir die Mühe, es alle naselang zu färben«, entgegnete Haunerland. »Und was hilft's denn auch? Das Alter läßt sich nicht übertölpeln. Hab ich's von der einen Tür gescheucht, klopft es an die andere. Letztlich bleibt nur eines, ihm zu entkommen. Wißt Ihr, was ich meine, junger Freund?«

»Wir sprachen schon mal darüber.«

»Ja, mit dem Gedächtnis hapert's auch in letzter Zeit, mitunter fallen mir nicht mal mehr die Namen meiner Pferde ein.« Jäh verstummend hob er das Kinn und begann zu schnuppern. »Riecht Ihr's?« fragte er mit gedämpfter Stimme. »Das ist der Rauch eines Lagerfeuers.« An der Windrichtung las er ab, daß der Rauch von einem inselförmig in die Felder vorspringenden Waldstück stammte. »Dort halten sie sich versteckt«, flüsterte er. »Lauft ins Dorf und sagt den Männern, ich erwarte sie hier um Mitternacht.«

»Und was tut Ihr derweil?« fragte Jobst.

»Ich will versuchen, mit mir ins reine zu kommen, bevor es hart auf hart geht«, erwiderte Hans Haunerland.

Als Jobst gegen Mitternacht mit den Männern aus dem Dorf zurückkehrte, fanden sie Haunerland in seltsamer Aufmachung vor. Er trug Schuhe aus Segeltuch, weite Hosen und ein grobgewirktes Wams über der nackten Brust. Die Hüften umspannte ein breiter, mit mehreren Dolchen bestückter Gürtel; anstelle des Hutes hatte er sich ein rotes Tuch um den Kopf geschlungen. Unter den Bauern erregte es indes nur mäßiges Erstaunen, den Hofherrn als Seeräuber kostümiert zu sehen; sie kannten seine Vorliebe für malerische Kleidung.

Haunerland hatte sich unterdessen einen Plan zurechtgelegt, den er im Flüsterton zu erläutern begann. Solange noch Dunkelheit herrschte, sollten die Schützen rings um das Waldstück in Stellung gehen, die übrigen dann im ersten Tageslicht von mehreren Seiten zugleich das feindliche Lager stürmen. »Und Ihr, junger Freund, werdet auf mein Zeichen hin das Signal zum Angriff geben«, sagte er zu Jobst und warf ihm eine Bootsmannspfeife zu.

»Weshalb pfeift Ihr nicht selbst?« fragte Jobst, als sie sich abseits von den anderen in eine sandige Kuhle gelegt hatten.

»Ich muß Euch etwas anvertrauen«, antwortete Hans Haunerland. »Bis jetzt weiß es niemand außer mir, aber ich möchte, daß noch jemand davon weiß.« Unversehens griff er nach Jobsts Schulter und riß ihn herum. Sein unsteter Blick sprach von Verzweiflung. »Jakob ist tot«, sagte er, »ich habe ihn umgebracht.«

Schweigend starrten sie einander an. Jobst spürte, wie sich Haunerlands Fingernägel in sein Fleisch gruben. Er krümmte sich unter dem schmerzhaften Griff, doch er entwand sich ihm nicht. Es war eine Geste der Hilflosigkeit; Haunerland klammerte sich an ihn wie ein Ertrinkender.

»Ich ruderte ihn zu meinem Schiff hinüber«, fuhr Haunerland fort, »er saß am Bug, ich kehrte ihm den Rücken zu, ich war darauf gefaßt, ja ich war ganz sicher, daß er mir sein Messer zwischen die Rippen stoßen würde, jetzt, wo wir allein waren. Aber er tat es nicht, er wagte es nicht, der Feigling!« Haunerlands Stimme ging in ein kaum noch verständliches Flüstern über: »Da packte mich die Wut, eine unbändige Wut, und ehe ich's mich versah, hatte ich ihm das Ruderblatt auf den Kopf geschlagen. Er fiel zur Seite, vielleicht hatte ihn der eine Schlag schon getötet, aber ich drosch weiter auf ihn ein, bis der Riemen zerbrach. Später hab ich ihn ein gutes Stück hinter den Sandbänken ins Meer geworfen. Ich kenne mich mit den Strömungen aus, sie werden ihn nach Dänemark hinübertreiben, und für die Leute dort ist er ein Fremder. Was wollt Ihr noch wissen?«

»Nichts«, entgegnete Jobst, »ich habe auch dies nicht wissen wollen. Warum habt Ihr's mir erzählt?«

Hans Haunerland wälzte sich vom Bauch auf den Rücken und stierte längere Zeit zu den Sternen empor. »Damit die Wahrheit in der Welt bleibt, wenn ich ins Gras beiße«, sagte er dann.

Wie von ungefähr kamen mir Jakobs Worte in den Sinn: Um gut erzählen zu können, muß man ein guter Lügner sein. Wahrscheinlich waren es diese Worte, die meinen Zweifel an dieser grauenvollen Geschichte weckten.

Von See her kam ein leichter Wind auf. Er trug die Töne einer Fiedel herbei, grölenden Gesang, das Kreischen einer Frau. »Da scheint's hoch herzugehen«, sagte Haunerland. »Sollen sie nur tüchtig saufen. Betrunkene haben einen festen Schlaf. Bevor die wissen, wie ihnen geschieht, sind sie tot. Habt Ihr schon mal einen Menschen umgebracht?«

»Gott behüte, nein!« entfuhr es Jobst.

»Ich habe Zeiten erlebt, da war das Töten fürs eigene Überleben so wichtig wie Essen und Trinken«, sagte Haunerland. »Wenn mir einer den Weg versperrte, war es ratsamer, ihn umzubringen, als zu fragen, was er wollte. Die Antwort wäre vielleicht ein tödlicher Hieb gewesen.«

»Was, um Himmels willen, habt Ihr denn getrieben, bevor Ihr Euch in der Probstei niedergelassen habt?« fragte Jobst.

»So gut wie alles, wodurch man zu Geld kommen kann, junger Freund.« Jobst hörte Haunerland leise lachen; ihn überlief ein Frösteln bei dem Gedanken, daß dieser Mann womöglich der Mörder des eigenen Sohnes war. Bald darauf vernahm er gleichmäßige Atemzüge, in die sich hin und wieder ein Schnarchen mengte. Haunerland schlief.

In dieser Nacht gesellte sich wieder der alte Dämon zu ihm. Er war dermaßen fadenscheinig geworden, daß Jobst ihn erst bei näherem Hinsehen erkannte. Er sei, obwohl schon sichtbar im Zerfall begriffen, genötigt, noch einmal einen Menschen zu bewohnen, klagte der Dämon. Welchen, sei ihm freigestellt. Wie er, Jobst, darüber dächte, ihm Unterschlupf zu gewähren? Er wolle sich, versprach der alte Dämon, auch ganz klein machen. Mit einem Schreckenslaut fuhr Jobst aus dem Schlaf.

»Still, zum Teufel!« hörte er Haunerland zischeln. »Was ist los? Hat Euch eine Natter in den Arsch gebissen?«

Der Himmel über der schwarzen Wand des Rögen trug schon einen rötlichen Schimmer. Rings um die Waldinsel lagerten Nebelschwaden; hier und da schienen sie sich klumpig zu verdichten. Die Schützen, vermutete Jobst. Von weither drang Hundekläffen an sein Ohr. Als es verstummte, füllte sich die Stille mit dem dumpfen Pochen seines Herzschlags. Jobst hatte es noch nie so laut gehört.

Hans Haunerland kniete neben ihm. Er hatte seine Dolche vor sich aufgereiht und steckte sie, nachdem er jeden auf der flachen

Hand gewogen, ihn hin und her gewendet und die Schärfe seiner Klinge geprüft hatte, in die Schlaufen an seinem Gürtel. All dies zeugte von fachmännischer Sorgfalt; so legte sich ein Handwerker sein Werkzeug zum Gebrauch zurecht.

»Wir werden uns am Wald entlang zu dem Lager schleichen«, flüsterte Haunerland. »Haltet Euch zehn Schritte hinter mir. Wenn ich mit dem Kopftuch winke, gebt Ihr das Signal zum Angriff. Habt Ihr ein Messer bei Euch?«

»Nein.«

»Ihr könnt eins von meinen haben.«

»Ich brauche keines.«

»Was glaubt Ihr, was die mit Euch machen, wenn's schiefgeht? Wollt Ihr Euch wie ein Stück Vieh abschlachten lassen?«

Jobst begegnete seinem besorgten Blick mit störrischer Miene. Haunerland schüttelte den Kopf. »Ihr seid mir ein sonderbarer Heiliger«, knurrte er, bevor er auf allen vieren zum Waldsaum kroch.

Für eine Weile entschwand Haunerland seinen Blicken, aber er hinterließ eine deutliche Fährte im hohen Gras, so daß Jobst ihm mühelos folgen konnte. Vor einer Lichtung, die sich zum Lager der Feinde hin trichterförmig öffnete, stieß er wieder zu ihm. Haunerland legte einen Finger auf die Lippen und deutete zur nahen Waldinsel hinüber. Auf einem Baumstumpf saß, den Kopf nach vorn gebeugt, ein Mann. Er hatte den Kolben einer Muskete zwischen seine Füße gezwängt und hielt mit beiden Händen ihren Lauf umklammert. Im Dämmerlicht war nicht auszumachen, ob der Mann eingeschlummert war oder gedankenverloren zu Boden starrte. Geschmeidig wie eine Katze und immer wieder in völliger Reglosigkeit verharrend schlich Haunerland an ihn heran. Dann richtete er sich langsam auf und durchschnitt ihm mit der einen Hand die Kehle, während die andere den leblosen Körper seitlich abstützte, um seinen Fall zu dämpfen. *Es war eine Geste, die, wenngleich ihr Zweck offenkundig war, beinahe zärtlich wirkte. Vielleicht lag es daran, daß dieser Mord, der erste, den ich mit eigenen Augen sah, keinen*

Abscheu in mir erregte. Ich nahm ihn als etwas, das geschah, weil es getan werden mußte. Als ich auf einen Wink hin zu ihm gekrochen war, fand ich Haunerland damit beschäftigt, den Dolch und seine Hände mit einem Bündel taunassen Grases von Blut zu säubern. Währenddessen schob er dem Leichnam seinen Fuß unter die Achsel und drehte ihn herum, damit er sein Gesicht sehen konnte. Es war das Gesicht eines Jünglings, an den Wangen und am Kinn sproß der erste Flaum.

Plötzlich ertönten ganz in der Nähe die Warnlaute einer Amsel. Knapp über ihren Köpfen flog der Vogel von Zweig zu Zweig und hämmerte sein Tuck-tuck-tuck in die Morgenstille. Haunerlands Kiefer mahlten, seine Augen wanderten unruhig hin und her, offenbar quälte ihn die Sorge, die gellenden Vogellaute könnten seinen Plan vereiteln. Er bedeutete Jobst zurückzubleiben und lief in gebückter Haltung auf die Waldinsel zu. Zwischen den Baumstämmen wuchs mannshoher Farn. Jobst sah, wie Haunerland mit rudernden Armbewegungen in ihm verschwand.

Noch immer gab die Amsel keine Ruhe, ja es schien, daß sie ihre ganze Stimmkraft aufbot, auch den zweiten Störenfried zu vertreiben. Wie kann ich ihr nur verständlich machen, daß sie von mir nichts zu befürchten hat? dachte Jobst. In welcher Sprache mag der heilige Franziskus mit den Vögeln geredet haben, in ihrer oder seiner? – da sah er den roten Piratenkopfschmuck in kreisender Bewegung.

Der durchdringende Ton der Bootsmannspfeife brachte die Amsel jählings zum Schweigen. Für einen Augenblick herrschte völlige Stille. Dann belebten sich die Dunstschwaden und spien an mehreren Stellen schattenhafte Gestalten aus, hier und da blitzten Messerklingen. Wenig später hallte der Rögen wider von vielstimmigem Geschrei. Ein Schuß fiel, kurz darauf ein zweiter, und dann häuften sie sich zu ohrenbetäubendem Knattern.

Ohne daß Jobst sein Kommen bemerkt hatte, stand Jochim Arp plötzlich neben ihm. Der Bauer hob zwei Finger der pulvergeschwärzten Rechten, sein rundliches Gesicht strahlte vor Stolz. Den einen habe er mitten in die Brust getroffen, dem anderen die

Schädeldecke weggeblasen, ließ er verlauten. Doch dann fiel sein Blick auf den Jüngling mit der durchschnittenen Kehle. »Düvel uck, hebbt Ji dat maakt?« murmelte er, über die Maßen verwundert, daß der junge Schulmeister solche Fertigkeit im Töten besaß. Bevor Jobst den Irrtum aufklären konnte, stürzte drüben eine Frau aus dem Farndickicht hervor. Ob sie Jobst und Jochim Arp nicht sah oder annahm, es seien zwei von ihren Leuten: Was immer sie dazu brachte, gerade diese Richtung einzuschlagen, kurz darauf war sie bei ihnen. Ihre Augen weiteten sich vor Schreck, als sie den Toten sah, die unbekannten Männer.

Es war eine junge Frau mit wuscheligem Haar und sonnengebräunter Haut, ihre Beine waren übersät von blutigen Schrammen. Noch atemlos vom raschen Lauf begann sie, in einer fremden Sprache zu reden. Als sie merkte, daß die Männer sie nicht verstanden, hob sie den Saum ihres Kleides und entblößte ihre Scham. *Sie bot sich an, bot ihren Körper zum Tausch für ihr Leben an.* Da hörten sie von der Waldinsel her Haunerlands Stimme. »Paßt auf, daß sie euch nicht entwischt!« brüllte er, »sonst sind wir als nächste dran!«

»Da hat er recht«, sagte Jochim Arp. »Wenn wir die laufen lassen, trommelt sie alles Gesindel zusammen, was sich in der Gegend herumtreibt, und schickt es uns auf den Hals. Also was ist? Wollt Ihr's machen, oder soll ich?«

»Lauf weg, schnell!« rief Jobst der Frau zu.

Sie öffnete den Mund, ihre Zungenspitze umspielte die Lippen.

»Das ist ein Flittchen«, sagte Jochim Arp, »eins von den Weibern, die es mit jedem treiben. Für so eine ist mir die Kugel eigentlich zu schade.«

»Um Gottes willen, mach dich davon!« schrie Jobst.

Die Frau versuchte sich an einem Lächeln.

Unterdessen war Hans Haunerland herangekommen. Sein Gesicht, die Arme, das Wams waren mit Blutflecken gesprenkelt. Er legte der Frau von hinten das rote Kopftuch um den Hals und zog es mit einem kräftigen Ruck zusammen. Jobst ging beiseite und erbrach sich.

»Mir macht so was auch keinen Spaß, falls Ihr das glaubt«, hörte er Haunerland sagen. »Dieses Räuberpack mag unter sich noch so zerstritten sein, aber wer einen von ihnen um die Ecke bringt, kriegt es mit allen zu tun.«

»Ich wünschte, die hätten Euch über den Haufen geschossen!« stieß Jobst voller Abscheu hervor.

»Das hab ich mir auch gewünscht«, erwiderte Haunerland. »Doch wie es scheint, hat mein letztes Stündlein noch nicht geschlagen.«

Im Dorf waren trotz der frühen Morgenstunde schon viele Einwohner auf den Beinen. Manche hatten die ganze Nacht damit verbracht, vom Kirchhügel aus das Geschehen zu verfolgen, ohne indes mehr wahrzunehmen als das Knallen der Musketen und Pistolen. Um so begieriger war man, Näheres zu erfahren.

Es möge ihm und seinen Kombattanten vergönnt sein, sich zunächst an einem Schluck Bier zu laben, sagte Hans Haunerland. Und als Hans Flinkfoot ein Fäßchen herbeigeschafft hatte und dieses geleert war, bestieg Haunerland in Ermanglung eines Podiums sein Pferd. Er dürfe in aller Bescheidenheit behaupten, daß sein Plan der einzig richtige gewesen sei, hob er an. Die Bande von ehemaligen Soldaten, von Mordbuben, Schnapphähnen und Heckenkriegern wäre wahrhaftig im offenen Kampf nicht zu schlagen gewesen. Dies sei ihm so recht bewußt geworden, als er sie aus nächster Nähe rings um das Lagerfeuer habe liegen sehen. Man höre und staune, daß er ein halbes Hundert gezählt habe, wahre Teufel von fremdländischem Aussehen und bis an die Zähne bewaffnet. Dank des reichlich genossenen Branntweins habe man den meisten den Garaus machen können, bevor sie zu sich gekommen seien. Jenen, die das Weite gesucht hätten, sei es nicht besser ergangen, die Schützen hätten sie wie Hasen abgeknallt. Schließlich, und auch das rechne er sich als Verdienst an, sei von den Bauern keiner ernstlich verletzt, geschweige denn ums Leben gekommen. Dies alles bedenkend möge ein jeder sich fragen, ob ein alter Trunkenbold das Recht habe, ihn einen Maulhelden zu schimpfen.

Schon während Haunerland sprach, hatte er beifälliges Kopfnicken eingeheimst. Nun aber brach lauter Jubel los. Hans Haunerland war der Held des Tages.

Achtes Kapitel

Der Sturm kündigte sich durch Wolken an, wie Jobst sie noch nie gesehen hatte. Sie glichen strähnigem weißem Haar oder ausgekämmter Wolle, und Wetterkundige ersahen daraus, daß ein ungewöhnlich heftiger Sturm im Anzug war. Die Fischer in der Dorschbucht zogen ihre Boote auf den Strand und beschwerten die Dächer ihrer Hütten mit Steinen. Hinrich Wiese nutzte die Gelegenheit, seine Sammlung um Wörter für unterschiedliche Windstärken zu ergänzen. So lautete der Name für einen sanften Wind, der die Fischerboote gemächlich über die Fanggründe trieb, *Svantevits Füllhorn*. Ein besonders starker Sturm hingegen hieß *Sauger* oder *Atemholer*, denn er brauchte eine Menge Luft, um seine Backen aufzublasen. Die Vorkehrungen der Fischer deuteten darauf hin, daß sie einen Sauger erwarteten, meinte Wiese.

Auf dem Weg nach Barsbek wurde Jobst von den böigen Vorboten des Sturms zu Boden gerissen. Im Windschatten eines Knicks arbeitete er sich zu den ersten Häusern des Dorfes vor. Dort waren die Bauern damit beschäftigt, ihr Vieh in die Ställe zu treiben und Fenster und Türen zu verrammeln. Sie rieten ihm, schleunigst einen sicheren Unterschlupf aufzusuchen. Jobst entschloß sich jedoch, nach Schönberg zurückzukehren. Er wußte später nicht zu sagen, ob er auf eigenen Füßen dorthin gelangt oder wie ein Blatt durch die Luft gesegelt war, jedenfalls fand er sich vor Becke Speths Kate wieder. Die Alte packte ihn am Kragen und zog ihn ins Haus.

»Die Öster, die vermaledeiten Öster!« schimpfte Becke. »Machen einen Radau, daß ich nächtelang kein Auge voll Schlaf kriege!« Vor Ärger war sie puterrot im Gesicht.

»Meint Ihr die Pestdämonen?« fragte Jobst, obwohl er sich zu erinnern glaubte, daß Becke im Zusammenhang mit den bösen Geistern von Humbug gesprochen hatte.

»Ach, Tühnkram – Pestdämonen!« erwiderte Becke gnatzig. »Ich mein' die Mäuse, die verdammten Öster!«

Ihr zorniger Blick richtete sich zur Decke empor, und als Jobst ihm folgte, gewahrte er zwischen den Brettern eine Anzahl schlaff herabhängender rötlichgrauer Bändsel.

»Siehst du das?« keifte die Alte. »Nachts klabastern sie auf dem Boden rum, und am Tag lassen sie ihre Schwänze durch die Ritzen baumeln, damit ich nur ja nich vergesse, daß sie noch da sind. Aber damit ist nu Schluß!« Sie griff nach einer Schere, hieß Jobst, ihr auf den Tisch zu helfen, und schnitt dem dreisten Geziefer die Schwänze ab. Jobst wollte seinen Augen nicht trauen.

»So«, rief Becke, »das habt ihr davon! Nu seht mal zu, wie ihr ohne Steert zurechtkommt!« Nachdem sie den Mäusen solcherart heimgezahlt hatte, gewann Becke flugs ihre gute Laune zurück. »Da draußen weht ein hübsches Lüftchen, was?« griente sie. »Ich hab's schon seit Tagen in den Knochen gespürt, und bei dem Sturm wird's nich bleiben.«

»Was gibt es denn außerdem noch zu befürchten?« fragte Jobst.

Die Alte schob ein Stück Aal zwischen ihre zahnlosen Kiefer und mümmelte darauf herum, bis nur das Rückgrat übrig war. Dieses spuckte sie aus und sagte: »Das Wasser.«

»Welches Wasser?«

»Döösbattel!« raunzte Becke Speth. »Was für'n Wasser mein' ich wohl, wenn ich von Wasser rede?« Sie beschrieb mit dem ausgestreckten Arm drei Viertel eines Kreises: »*Das* Wasser mein' ich!«

»Glaubt Ihr, es wird eine Sturmflut geben?«

»Dafür müßte der Wind aus Nordost wehn«, erwiderte Becke. »Aber dieser kommt aus West, weeßt Bescheed?« Sie kniff ihre Lider erwartungsvoll zusammen und schüttelte dann den verschrumpelten Kopf. »Was seid ihr Studierten doch für Schafsköpfe«, sagte sie. »Solche wie du und er taugen wahrhaftig nur zum Pastor.«

Unterdessen hatte der Sturm zu wüten begonnen, die alte Kate bebte unter seinen wuchtigen Stößen wie ein Schiff in kabbeliger See. Durch das winzige Fenster sah Jobst eine Scheune fliegen, bevor sie an einer Hofmauer zerschellte. Im Pastorenbrook bogen sich die Erlen wie Gräser im Wind, kaum zwanzig Schritte entfernt stürzte eine Eiche mit splitterndem Geäst zu Boden. »Höi!« schrie Becke, wenn ein neuer Windstoß das Haus erschütterte. »Höi!« schrie sie, als ein Teil des Reetdaches sich von den Sparren löste. »Höi!« schrie sie in den tosenden Himmel hinauf, und Jobst schien es, als ob ihr *Höi* mehr von Triumph als von Erschrecken zeugte.

Aus Angst, das morsche Gebälk könnte über ihm zusammenbrechen, eilte Jobst zur Tür. Doch die Alte hielt ihn zurück. Sie rief etwas, das im Heulen des Sturms unterging. Darauf packte sie seinen Kopf und schrie ihm ins Ohr: »Hiergeblieben, Muscheblix, nu wird getanzt!«

Was er schon geahnt hatte, als er zusah, wie sie den Mäusen die Schwänze abschnitt, wurde ihm zur Gewißheit: Becke Speth war nicht bei Verstand! Eine alte Frau, die in einer baufälligen, vom Sturm geschüttelten Kate Lust zum Tanzen bekam, mußte von allen guten Geistern verlassen sein. Da eine Verständigung schier unmöglich war, begegnete Jobst dem Ansinnen mit abwehrenden Gebärden. Doch Becke hatte schon die Fäuste in die Hüften gestemmt, den Oberkörper kerzengerade aufgerichtet und warf mal das eine, mal das andere Bein nach vorn. Ihr Alter, die Gicht und mancherlei andere Gebrechen schienen vergessen, Becke tanzte wie ein junges Mädchen. War es diese überraschende Verwandlung, die in Jobst den Wunsch weckte, es ihr gleichzutun? Oder wollte er nur nicht dastehen wie ein träger Klotz, während die Greisin ihn elfengleich umhüpfte? Was auch in ihm vorging, er setzte zögernd zunächst, dann behender einen Fuß vor den anderen, drehte sich wippend im Kreis und löste damit bei Becke Schreie des Entzückens aus. *Wäre ich mein eigener Zuschauer gewesen, hätte ich mich wahrscheinlich zu Tode geschämt. So aber überließ ich mich ohne Scheu tänzerischen Figuren, die ich mehr und mehr als harmonisch empfand. Seltsamerweise kam mir nicht in den Sinn, daß es ein Tanz ohne Musik war. Ich vermißte sie nicht.*

Es war kein Sturm von gleichbleibender Stärke, der da aus westlicher Richtung über die Probstei hinwegfegte: Er kam in Wellen. Mitunter schien es, als habe sich seine Kraft erschöpft, als erstürbe er in spielerischem Windgeplänkel. Doch dann kündete ein abgrundtiefes Grummeln das Nahen der nächsten Sturmwelle an. Wenige Augenblicke später wälzte sie sich mit vernichtender Wucht über das Dorf. Von alledem nahm Jobst indes nicht mehr wahr als ein markerschütterndes Getöse. Jobst tanzte. Er tanzte mit einer Hingabe, daß er sich in seinem Tagebuch zu der Formulierung verstieg: *Es tanzte mit mir.* Selbst bei nüchterner Betrachtung wollte sich der Gedanke nicht verflüchtigen, er habe sich von Becke Speth zu einem Beschwörungstanz verlocken lassen. Denn wie durch ein Wunder überstand Beckes altersschwache Kate den verheerenden Sturm nahezu unbeschädigt. Daß sich die schon vorhandenen Löcher im Dach zu einem einzigen vereinigt hatten, sah Becke keineswegs für einen Nachteil an: Sie habe sich schon immer gewünscht, im Bette liegend zu den Sternen hinaufschauen zu können.

Ins Dorf zurückgekehrt, fand Jobst die Einwohner auf der Suche nach ihrer weithin verstreuten Habe. Bei etlichen Häusern waren die Reetdächer zur Gänze vom Sturm davongetragen worden, der Anger war übersät mit Ästen, Brettern und bäuerlichen Gerätschaften. Auch ein Menschenleben hatte der Sturm gefordert: Steffen Klindt war beim Versuch, einem umstürzenden Baum auszuweichen, in die Jauchegrube gefallen und ertrunken. Dies wunderte niemanden, da Steffen von Kindesbeinen an im Ruf eines Pechvogels gestanden hatte. Großes Erstaunen erregte hingegen der Umstand, daß der Teich hinter dem Pastorat kaum noch Wasser enthielt. Elsche wollte gesehen haben, wie ein einziger Windstoß das Wasser aus dem Teich gepeitscht hatte; einem silbrigen Schleier gleich sei es in der Luft zerstoben.

Während dieses seltsame Phänomen noch eifrig beredet wurde, lenkte Marten Spieß, einer von Jobsts Schülern, die Aufmerksamkeit auf den Umstand, daß die sonst breit dahinfließende Au gerade noch eine Knöcheltiefe Wassers führte; auch der in sie mündende Jordan zeigte sein schlammiges Bett. Als man den Blick nun meerwärts wandte, wähnten sich viele von einem Trugbild genarrt: Statt des gleißenden Spiegels der See dehnte sich bis zur Kimm eine bräunliche, von einzelnen Tümpeln, grauen Kieselbänken und schwarzen Tangfeldern durchsetzte Ebene.

»Dat Water is weg!« rief Peter Schlapkohl und gab damit den Anstoß für eine Schar jüngerer Einwohner, im Laufschritt zum Strand zu eilen. Sie gelangten trockenen Fußes bis zu den Fanggründen der Fischer hinaus, erst dahinter stießen sie auf eine zusammenhängende Wasserfläche.

Die Alten versicherten einander, dergleichen sei seit Menschengedenken nicht mehr vorgekommen. Einer, der viele Jahre zur See gefahren war, fühlte sich an den Gezeitenwechsel erinnert; wo dieser herrsche, sei es etwas Alltägliches, daß der Meeresgrund trocken falle. Aber von Ebbe und Flut wollten die anderen nichts wissen; dies hier, wurde ihm entgegnet, sei allein die Folge des ungewöhnlich starken Sturms, er habe das Wasser weggepustet. Allenfalls stelle sich die Frage, wo es geblieben sei.

Hinrich Wiese hätte es ihnen sagen können, er wußte es aus den Märchen der Leute von der Dorschbucht. In einem war die Rede davon, daß der Windgott alles Wasser vom einen Meeresufer fortblies, damit es am jenseitigen einen Berg bilde. Doch Berge aus Wasser sind nicht von Dauer; wenn sie mit ihren Spitzen gegen die Wolken stoßen, brechen sie unter der eigenen Last zusammen, und das Wasser flutet dorthin zurück, woher es gekommen ist – nur, daß es jetzt die Neigung hat, sich auch dort zum Berg zu türmen. Davon hätte der alte Schulmeister erzählen können, und wenn ihm vielleicht auch nicht alle geglaubt hätten, wäre es doch eine Erklärung gewesen, eine Erklärung auch für die folgenden Geschehnisse. Aber Wiese hatte in Hans Flinkfoots Gaststube ein Fäßchen Wacholder geleert. Wiese lag mit dem Kopf in einer Lache von Erbrochenem und murmelte Sentenzen aus dem *Lob der Torheit* des Erasmus von Rotterdam.

Nachts kehrte das Wasser zurück. Ohne daß es jemand wahrnahm, überflutete es den vom Sturm trockengelegten Meeresgrund, wenig später auch den Strand und durchbrach unter dem Druck der nachdrängenden Wassermassen den Dünengürtel. Als die ersten die Rückkehr des Meeres bemerkten, war aus dem Sandwall bereits ein schäumender Wasserfall geworden. Die Probsteier hatten schon manche Sturmflut erlebt, sie erinnerten sich an tobende Stürme, an aufgewühlte See und haushohe Brecher. Dieses Mal nahm die Ostsee das *geborgte Land* ohne jede Kraftmeierei in Besitz; es ging leise und gemächlich vonstatten, allenfalls war ein Plätschern zu hören oder das Gurgeln des in die Gräben und Tümpel einströmenden Wassers. Bald trat die Au über die Ufer und überschwemmte beiderseits des Damms die Wiesen. Wer sich ein wenig Zeit nahm, konnte vom Kirchhügel aus verfolgen, wie die Salzwiesen Stück für Stück in den Fluten versanken.

Von Angst um Wibeke getrieben, machte Jobst sich auf den Weg zur Dorschbucht. Hinter Wisch stand der Damm schon knietief unter Wasser, Jobst mußte sich mit den Zehenspitzen von einer Bohle zur nächsten tasten. Die Fischer hatten ihr Hab und Gut bereits in die Boote verladen; von ihren Hütten waren nur noch die Dächer zu sehen. Keiner wußte Antwort auf Jobsts dringliche Fragen, auch jener nicht, von dem man sagte, daß er Wibekes Vater sei. Aber dieser gab ihm ein flaches Boot, das aus geteerten Fellen gefertigt war, und bat ihn, nach ihr zu suchen.

An der Strömung erkannte Jobst, daß das Wasser noch längst nicht seinen höchsten Stand erreicht hatte: Wie ein reißender Fluß trieb sie das Boot landeinwärts. Die Salzwiesen hatten sich in einen großen See verwandelt; hier und da ragten einzelne Bäume und Büsche aus ihm hervor, weiter nach Westen und Südwesten hin lagen Fernwisch und der Sommerhof wie Inseln im Meer. Undenkbar, daß Wibeke sich hier irgendwo verborgen halten konnte. Die überschwemmten Salzwiesen boten kein Versteck mehr, weder für Wibeke noch die geheimnisvollen Einsiedler. Wohin aber mochten sie sich geflüchtet haben, wenn sie nicht der Flut zum Opfer gefallen waren?

Unterdessen hatte die Strömung das Boot auf eine Untiefe versetzt, es schrappte über Gestrüpp und verfing sich in ihm. Als er vorsichtig mit einem Riemen stakend freizukommen versuchte, gewahrte Jobst einen Mann, der rücklings auf einem Torfstapel lag. Er hatte die Augen geschlossen, aber seine Lider flatterten; offenbar wollte er für tot gehalten werden. Jobst war es, als habe er den Mann schon einmal gesehen, und als diesem nun der Speichel von den Lippen troff, erkannte er ihn: Es war Hinrich Wieses Sohn!

»Sieh mich an, ich weiß, daß du nicht tot bist«, sagte Jobst.

Der Schwachsinnige öffnete ein Auge. »Nicht tot?« fragte er und schien angestrengt darüber nachzudenken, was dies zu bedeuten habe.

»Komm, steig ins Boot«, sagte Jobst, »ich werde dich nach Hause bringen.«

»Nicht tot?« wiederholte Wieses Sohn.

»Nein, du bist nicht tot«, entgegnete Jobst. Dann fiel ihm ein, daß es den Schwachsinnigen womöglich zutraulicher stimmen würde, wenn er ihn mit seinem Namen anredete. »Wie heißt du?« fragte er

»Hiob«, war die überraschende Antwort. Sie überraschte Jobst vor allem, weil es der Ursprung seines eigenen Namens war.

»Ich möchte, daß du mit mir kommst, Hiob«, sagte Jobst.

Mehrmals kenterte das Boot, bevor sie einander triefnaß gegenübersaßen. Hiob ahmte die Bewegungen nach, die Jobst beim Rudern machte. Für eine Weile verdrängte ein Lächeln den Ausdruck des Stumpfsinns von seinem Gesicht. Jobst fühlte sich ermutigt, ihn nach Wibeke zu fragen.

»Popewischel«, sagte Hiob.

Das war der Beweis, daß er Wibeke begegnet sein mußte! »Wo hast du sie gesehen?« fragte Jobst.

»Popewaschel«, sagte Hiob.

»Ja, sie hat dir das Lied von Popewischel und Popewaschel vorgesungen. Aber wann war das? Und wo?«

Der Schwachsinnige breitete die Arme aus und deutete den gemessenen Flügelschlag eines Fischreihers an. War sie ihm demnach in einer ihrer Verwandlungen erschienen? Hatte sie sich vor der Flut retten können, indem sie in eine andere Gestalt geschlüpft war? Aber von Hiob konnte er keine Aufklärung erhoffen. Vielleicht gab er auch nur wieder, was sein Vater ihm erzählt hatte.

Das Wasser war inzwischen bis an den Dorfrand vorgedrungen. Der Rauhe Berg, jene abschüssige Straße, die nach Fiefbergen führte, verschwand an ihrem unteren Ende in schmutzigbraunem Schaum. Jobst legte am Fuß des Kirchhügels zwischen den Grabsteinen an. Beim Aussteigen kenterte das Boot abermals, halb kriechend, halb schwimmend gelangten sie aufs Trockene. Am Fenster des Pastorats sah er Margreta stehen; sie verschränkte die Hände zu einer dankenden Gebärde. Auf dem Knüll und in den Gassen drängte sich das Vieh, das die Bauern von den Weiden ins Dorf getrieben hatten. Zahllose Tiere seien ertrunken, andere stünden an höhergelegenen Stellen bis zu den Bäuchen im Wasser, entnahm Jobst den Wortfetzen, die an sein Ohr wehten. In Krokau hätten sich die Einwohner auf die Dächer ihrer Häuser geflüchtet, auf Gut Schmoel habe das Wasser die Wohnräume des Herrn von Rantzau überflutet, der Klosterhof sei unter dem Druck der Strömung wie ein Kartenhaus in sich zusammengefallen.

Hinrich Wiese saß am Webstuhl und sprach in jenem sinnwidrigen Rhythmus, den der Webschützen diktierte: »Du sollst den Namen des Herrn deines Gottes nicht unnützlich führen denn der Herr wird den nicht ungestraft lassen der seinen Namen mißbraucht was ist das?« Aus dem rauchge-schwängerten Dämmer kam keine Antwort. »Was ist das?« rief Wiese mit aufflammendem Zorn.

»Hier ist Euer Sohn«, sagte Jobst.

Wiese wandte sich langsam um. Seine Lider waren entzündet, sein stierer Blick ließ vermuten, daß die Wirkung des Wacholders noch nicht verflogen war.

»Gebt ihm trockenes Zeug, er ist bis auf die Knochen durchnäßt«, sagte Jobst, wobei ihm aufging, daß es um ihn selbst nicht besser stand.

»Bist du's, Hiob?« fragte Wiese, indem er mit einer Hand die Augen beschattete. Aber es war kein Licht da, das ihn hätte blenden können; er wollte nicht, daß Jobst seine Tränen sah. Dann stemmte sich der alte Mann am Webstuhl hoch und riß seinen Sohn fast gewaltsam an sich.

Im Pastorat empfing Elsche ihn mit dem Zeigefinger über den geschürzten Lippen. Der Herr Pastor habe alle eindringlich zur Ruhe ermahnt, tuschelte sie, er arbeite zeitiger als sonst an der Predigt für den kommenden Sonntag.

Auf seinem Bett lag frische Kleidung, den Tisch nahm eine Schüssel mit heißem Wasser ein, der Sand auf dem Fußboden trug die Abdrücke von Margretas Schuhen. Ihre Fürsorglichkeit, ihr Gespür für seine Wünsche weckten in Jobst zwiespältige Gefühle. Er empfand Dankbarkeit, aber nicht minder stark ein aus dunklen Ahnungen gespeistes Unbehagen.

Als er sich anschickte, die Kleider zu wechseln, kam Margreta herein. Sie umfing ihn mit beiden Armen und schmiegte heftig atmend ihr Gesicht an seine Brust. »Ich hab solche Angst um dich gehabt«, hörte er sie flüstern, »ich fürchtete, ich würde dich nicht lebend wiedersehen, wie konntest du mir das antun?« Ihre Hände glitten unter seinen Hosenbund, streichelten Gesäß und Hüften. »Ich könnte nicht mehr ohne dich sein«, fuhr sie fort, »ich wollte nicht mehr leben, wenn ich dich verlöre.« Ein wohliges Seufzen entrang sich ihm, als sie sein Geschlecht umfingerte. »Nimm mich, nimm mich jetzt«, sagte Margreta. Sie muß von Sinnen sein, dachte Jobst und verspürte zugleich einen sonderbaren Kitzel bei dem Gedanken an das Wagnis, das sie auf sich nehmen würden. Aber noch überwog die Angst, noch widerstand die Vernunft der Begierde. Jobst straffte sich, bekundete mit seinem ganzen Körper Ablehnung. Und als Margreta sich nun auf die Knie niederließ und Anstalten traf, ihm mit Lippen und Zunge Lust zu bereiten, stieß er sie zurück. Vor dem Fenster sah er Leute mit Leitern vorübereilen, einige hatten aufgeschossenes Tauwerk geschultert. Hinter sich hörte er ein Geräusch, als kratzte jemand mit den Fingernägeln über rissiges Holz. »Der Herr Pastor!« vernahm er von der Küche her Elsches gedämpfte Stimme.

Jobst stockte der Herzschlag. Unfähig, einen Gedanken zu fassen, drehte er sich zu Margreta um. Sie hatte sich erhoben und ordnete ihre Kleider. Während die Dielen im Flur schon unter den Schritten des Pastors knarrten, warf sie Jobst ein Hemd zu, öffnete die Tür einen Spaltbreit und fuhr sich mit den gespreizten Fingern durch das Haar. Jobst sah voller Staunen, wie gelassen sie sich gab.

Dem Pastor verschlug es buchstäblich die Sprache, als er seine Frau erblickte: Er hatte den Mund schon geöffnet, brachte jedoch kein Wort hervor. Als nächstes erfaßten seine Augen den notdürftig bekleideten Hausgenossen. Jobst konnte von Scheeles Gesicht ablesen, wie sein Gehirn daran arbeitete, Zusammenhänge herzustellen.

»Du wirst es mir hoffentlich nicht verargen, daß ich Herrn Steen mit trockener Kleidung versorgt habe«, brach Margreta das Schweigen. »Wie sich daran zeigt, daß du sie lange nicht mehr getragen hast, kannst du die Sachen entbehren, wohingegen er sie nötig braucht. Stell dir vor, Johannes, Herr Steen wäre um ein Haar ertrunken!«

»Gleichwohl ziemt es sich nicht, daß du ihm beim Ankleiden zusiehst«, sagte der Pastor.

»Denkst du etwa schlecht von mir?« fragte Margreta, wobei der Klang ihrer Stimme verriet, wie tief die Zurechtweisung sie verletzt hatte.

»Bislang hatte ich keinen Anlaß, dich zu belehren, daß eine Pastorenfrau im Hinblick auf die Sittsamkeit besonderen Anforderungen genügen muß, liebe Margreta«, sagte der Pastor in milderem Ton. »Ich will es daher bei dem Hinweis bewenden lassen, daß der bloße Schein dem Ruf nicht weniger schaden kann als ein Faktum.«

»Ich werde es mir merken«, sagte Margreta, bevor sie forschen Schrittes aus der Kammer ging.

»Ertrunken?« fragte Johannes Scheele, als ob ihm das Wort erst jetzt ins Bewußtsein gedrungen sei. »Ihr wärt beinahe ertrunken?«

»Ganz so schlimm war es nicht«, erwiderte Jobst. »Ich bin nur einige Male mit dem Boot umgekippt.«

»Man darf Euch wahrlich nicht aus den Augen lassen, Herr Steen«, sagte der Pastor kopfschüttelnd. »War es schon mehr als waghalsig, Euch an einer kriegerischen Unternehmung zu beteiligen, so ist es nachgerade tollkühn, bei Hochwasser allein in einem Boot umherzufahren. Woher habt Ihr eigentlich das Boot?«

»Von einem der Fischer.«

Pastor Scheele runzelte die Stirn: »Diese Götzenanbeter solltet Ihr ebenso meiden wie den ruchlosen Ehebrecher. Wer nach einem geistlichen Amt strebt, muß auf seinen Umgang achten, Herr Steen. Ihr tätet besser daran, gemeinsam mit meiner Frau und mir die Häuslichkeit zu pflegen. Aber weshalb ich gekommen bin –« Er trat einen Schritt näher an Jobst heran und sog, wie häufig vor bedeutsamen Verlautbarungen, die Lippen zwischen die Zähne: »Ich möchte, daß Ihr am Sonntag von der Kanzel herab die Textstelle aus dem Ersten Buch Mose lest, die von der Sintflut handelt.«

»Meint Ihr nicht, ein solches Privileg stünde eher dem Diakon zu?« fragte Jobst.

»Es geht mir darum, der Gemeinde vor Augen zu führen, wen ich für einen würdigen Nachfolger halte«, entgegnete der Pastor. »Einen Duckmäuser und Speichellecker, der mich hinterrücks verleumdet, will ich nicht in meinen Fußtapfen sehn!« Mit einer entschiedenen waagerechten Handbewegung verstieß er Thomas Pale aus dem Kreis seiner Jünger.

Bis auf die Landstraße nach Höhndorf und Teile der angrenzenden Felder war Schönberg mittlerweile vom Wasser eingeschlossen. Die Katen am Damm standen wie Strohdiemen in der schlammigen Flut. Von Becke Speth erzählte man, sie sei auf den Heuboden gestiegen, weigere sich jedoch, ihr Haus zu verlassen. Jobst malte sich aus, wie die Alte dort zwischen den nackten Dachsparren hockte, umhuscht von schwanzlosen Mäusen. Auch die Bauern in der Umgebung harrten auf ihren Höfen aus. Da die meisten keine Boote besaßen, blieb ihnen keine andere Wahl, wenn sie ihr Leben nicht aufs Spiel setzen wollten. Die Ausnahme bildete wie üblich Hans Haunerland: Er kam mit seiner Familie und dem Gesinde in mehreren Booten von Fernwisch herüber. Hans Flinkfoot richtete ihm für gutes Geld die Zimmer her, die der Klosterprobst während des Gerichtstags zu bewohnen pflegte, und wenn es Haunerland nach Geselligkeit verlangte, begab er sich in die Gaststube und hielt jeden frei, der sich an seinen Tisch setzte.

Das Leben sei zu kurz, daß man seine Zeit damit verplempern dürfe, verlorenem Besitz nachzuweinen, ließ er die Tischrunde wissen. Seine Pferde und das Vieh seien krepiert, seine Äcker auf Jahre hin vom Salzwasser verdorben, allein sein Schiff sei ihm geblieben. Aber säße er hier nicht gesund und guter Dinge vor ihnen? Der Verlust eines einzigen Fingers hätte ihn mehr geschmerzt als der seiner gesamten Habe. Denn im Unterschied zu jener wüchse ein Finger nicht nach. Dieser Einsicht konnte sich keiner verschließen. Es blieb indessen fraglich, woher das Geld kommen sollte, das nachwachsender Besitz zu verschlingen pflegt.

Als Hans Haunerland am nächsten Tag nach Fernwisch zurücksegelte, um sich ein Bild vom Ausmaß der Zerstörung zu machen, durfte Jobst ihn begleiten. Am Ruder des flachbordigen Torfkahns saß, wortkarg wie stets, Matti Koskela, der Majordomus. Seit er eines seiner Ohren verlustig gegangen war, trug er eine Kappe aus Biberfell schräg auf dem Kopf.

Die Salzwiesen bildeten nach wie vor einen ausgedehnten See. Doch an den sandfarbenen Marken, die die Flut an Bäumen und Sträuchern hinterlassen hatte, konnte man ablesen, daß das Hochwasser im Fallen begriffen war. Hans Haunerland bemerkte, daß Jobst nach etwas Ausschau hielt. »Wonach sucht Ihr, junger Freund?« fragte er.

»Man erzählt, daß in den Salzwiesen Menschen gelebt haben«, antwortete Jobst. »Was mag aus ihnen geworden sein?«

»Ich hab hier noch keinen gesehn«, sagte Haunerland. »Du, Matti?«
Der Finne schüttelte den Kopf.

»Und wenn doch etwas an dem Gerücht dran sein sollte, werden sie in einigen Tagen an die Oberfläche kommen«, setzte der Bauer hinzu. »Wasserleichen blähen sich dermaßen mit Luft auf, daß sie wie Korken auf dem Wasser schwimmen. Stimmt's, Matti?«

Der Finne nickte.

Am Fuß des Dünenwalls saß ein Bussard im Geäst eines abgestorbenen Baumes. Obwohl das Segel ihn beinahe streifte, rührte sich der Vogel nicht vom Fleck. War es nicht der Baum, auf dessen Zweigen der Mond sich auszuruhen pflegte? Und schien es nicht, als blinzle der Bussard ihm zu? Jobst begann wieder Hoffnung zu schöpfen. Verstohlen zwinkerte er zurück.

»Nimm Kurs auf die Kolberger Heide, Matti«, sagte Hans Haunerland. »Wir wollen dem Schulmeister zeigen, wo die Fischer geblieben sind.«

Der mickrige Kiefernwald zwischen der offenen See und den Salzwiesen bot einen sonderbaren Anblick. Nicht nur, daß die Bäume bis zur halben Höhe im Wasser standen und daher seltsam verkürzt wirkten – an ihren Zweigen waren Boote vertäut. Die Fischer und ihre Familien hatten hier Zuflucht gefunden, die einzige in weitem Umkreis, die ihnen Schutz vor Wind und Wellen bot.

»Gebt acht, daß ihr rechtzeitig die Leinen loswerft, wenn das Wasser fällt!« rief Haunerland zu ihnen hinüber. »Sonst wird es eines Tages noch in einer Sage heißen, Hans Haunerland habe gottlose Heiden von seinen Bäumen gepflückt.« Der Scherz erheiterte ihn selbst so sehr, daß der Kahn unter seinem Lachen erbebte. Die Leute von der Dorschbucht kniffen ihre schrägen Augenschlitze noch etwas enger zusammen. Es war ihre Art zu lächeln.

»Ob Midshipman Mortimer sich einen nassen Arsch geholt hat?« fragte Haunerland, als hinter einem Schilfstreifen die Ruinen der Bramhorst auftauchten. »Oder können Wiedergänger wie Gottes Geist auf dem Wasser schweben, was meinst du, Matti?«

Der Finne zuckte die Achseln.

Fernwisch lag auf einer kleinen Anhöhe, so daß die Wohngebäude nur bis zu den Fenstersimsen unter Wasser standen. Der Lehm an den Wänden hatte jedoch die Nässe aufgesogen und sich in eine breiige Masse verwandelt; hier und da trat schon das Flechtwerk zutage. In der Diele gewahrte Jobst unter allerlei schwimmendem Hausrat die aufgedunsenen Kadaver zweier Hunde. Auf dem großen Tisch, an dem Haunerland mit seiner Familie und dem Gesinde die Mahlzeiten eingenommen hatte, lag ein totes Huhn. Als sie in die Döns kamen, ließ Haunerland sich in den Sessel mit den geschnitzten Löwenköpfen fallen. »In einem Stuhl wie diesem saß ich, wenn ich von der Veranda meines Hauses auf Saint Croix über die Zuckerrohrfelder blickte«, sagte er und schickte einen Seufzer hinterher.

»Sollen wir den Lehnstuhl mitnehmen?« fragte Matti.

»Nichts da, er wird mit dem übrigen Plunder verbrannt!« versetzte Haunerland barsch. »Ich werde auch das Haus und die Stallungen abreißen und von Grund auf neu errichten lassen. Zum Teufel mit allem, wo die See dran geleckt hat!«

Auf die Konterfeis an den Wänden hatte die Feuchtigkeit in einer Weise eingewirkt, die den Abgebildeten nicht eben zum Vorteil gereichte. Die Jungfer in höfischer Kleidung schien Jobst um Jahre gealtert. Doch um so deutlicher stach jetzt die Ähnlichkeit mit der Stiftsdame von Brockdorff hervor.

»Das Bild scheint Euch zu gefallen«, sagte Hans Haunerland. »Ihr könnt es haben, wenn Ihr wollt.«

»Ich wüßte nicht, wohin damit«, entgegnete Jobst. »In meiner Kammer ist kein Platz für ein Bild von dieser Größe.«

»Wenn Ihr es nicht nehmt, wird es verbrannt«, entschied der Hofherr.

»Vielleicht erlaubt der Pastor, daß ich es im Schulzimmer aufhänge«, lenkte Jobst nach kurzem Überlegen ein.

»Darauf würde ich keinen Sechsling verwetten. Die Dame sieht nicht wie eine Heilige aus«, grinste Haunerland. »Aber fragen könnt Ihr ihn ja.«

Als Jobst das Porträt von der Wand nahm, fand er auf der Rückseite *Johanna* eingeritzt. Am unteren Teil des Rahmens hatte offenbar der Maler seinen Namen verewigt. *J. Ovens*, entzifferte Jobst.

Ich bin mir selbst ein Rätsel, schrieb er in sein Tagebuch. *Was bewog mich, dieses Bild vor den Flammen zu retten? Weshalb nahm ich die Mühe auf mich, es von Fernwisch herzuschaffen? Nun steht es auf dem Fußboden zwischen Alkoven und Fenster, so daß mich, wenn ich zur Seite sehe, der fragende Blick der Dame trifft. Was soll ich hier? scheint sie zu fragen. Der Pastor sitzt noch immer über seiner Predigt; er könnte meine Bitte aus Ärger über die Störung abschlagen. Ich will daher auf eine günstigere Gelegenheit warten. Was aber sage ich, wenn er Fragen stellt, die ich mir selbst nicht beantworten kann?*

Die Kirche war brechend voll an jenem Sonntag, als Jobst aus dem Ersten Buch Mose las. Dies erklärte sich aus dem Umstand, daß viele *Dörper*, wie man die Bewohner der umliegenden Ortschaften und Weiler nannte, wegen des Hochwassers in Schönberg Zuflucht gesucht hatten, während sie für gewöhnlich nur an hohen Feiertagen zum Gottesdienst kamen. Einzig der Platz ganz vorn am Gang blieb auch an diesem Sonntag leer. Hans Haunerland, hieß es, sei mit seinem Schoner in See gestochen.

Zur Einstimmung hatte Jobst den Text frühmorgens in der leeren Kirche schon einmal gelesen. Dabei war ihm aufgegangen, daß die getragene Redeweise des Predigers nicht nur Ausdruck der Ehrfurcht vor dem Herrn des Hauses ist, sondern einer Eigenart großer Räume Rechnung trägt: Diese erzeugen von jedem Wort ein Echo, dessen Nachhall mit dem nächsten Wort verschwimmt. Der Verständlichkeit halber muß der Redner also einen gewissen Abstand zwischen den Wörtern wahren. Dies beherzigend las Jobst den Text, der mit den Worten beginnt: Da sah Gott auf die Erde, und siehe, sie war verderbet; denn alles Fleisch hatte seinen Weg verderbet auf Erden.

Die Zuhörer, anfangs verwundert, daß statt des Pastors der junge Schulmeister auf die Kanzel stieg, tauschten Blicke. Guck an, besagten die Blicke, der redet ja schon wie ein Pastor. Und wie gut er sich da auf der Kanzel macht, ganz das Gegenteil des griesgrämigen, polternden, wutanfälligen Amtsinhabers. Ermutigt durch die Welle der Zuneigung, die ihm entgegenbrandete, wagte Jobst hin und wieder aufzublicken. Dabei gewahrte er einmal Margretas vor Stolz erglühtes Gesicht, das andere Mal die hinterhältig verkniffenen Züge des Diakons. Als Jobst aber zum Ende gekommen war und die Gemeinde eine Weile in ergriffenem Schweigen verharrte, sah er blanken Haß in Thomas Pales Augen.

Von Pastor Scheeles Predigt hieß es später, sie sei die beste gewesen, die er in all den Jahren gehalten hätte. Dies verdankte er nicht so sehr seiner hämmernden Rhetorik als vielmehr der Tatsache, daß bislang keine seiner Predigten so sehr von Wirklichkeit durchdrungen gewesen war wie diese. Johannes Scheele brauchte die Schrecken der Sintflut nicht zu beschwören; die meisten seiner Zuhörer hatten in den vergangenen Tagen genug gesehen und erlebt, um sie sich selbst ausmalen zu können. Desto ausgiebiger widmete der Pastor sich den Gründen, die Gott dazu gebracht hatten, das Hochwasser zu schicken. Die Verderbnis des Fleisches, jawohl! Die Verderbnis des Fleisches, wie sie sich äußere in Hurerei, Ehebruch und unzüchtigen Reden. Doch verwerflicher noch sei die Verderbnis des Geistes, der Seele, denn diese sei der Quell der fleischlichen Verderbnis. Da gehe man zu Hexen und Zauberern, weil man der Kraft des Gebetes mißtraue, da pflege man vertrauten Umgang mit Dämonen und lästere, um sich das Wohlwollen der Satansbrut zu erwerben, Gott und Jesus Christus und deren gehorsamer Diener. In einem sei das Hochwasser jedoch nicht vergleichbar mit der Sintflut, von der Moses berichte: Dort seien alle Menschen, bis auf Noah und die Seinen, in der Flut ertrunken; mit den Probsteiern hingegen sei Gott glimpflicher verfahren. Zwar hätte mancher seinen Besitz verloren, aber keiner das Leben. Und weshalb hatte Gott sie verschont? fragte er die Gemeinde. Weil er Besserung von ihnen erwarte, enthüllte Johannes Scheele die Absichten Gottes, weil der Allmächtige in seiner unfaßbaren Güte einem

Wandel Vorschub leisten wolle, dem Wandel vom Sünder zum Büßer, vom Abtrünnigen zum Streiter für die Sache Gottes und seiner lutherischen Kirche. »Doch wehe dem, der die Warnung in den Wind schlägt, die Gott ihm in Gestalt des Hochwassers hat zuteil werden lassen!« rief der Pastor von der Kanzel. »Wer Gottes Fingerzeig mißachtet, erregt Gottes Zorn, und dieser wird sich in ungleich schrecklicheren Heimsuchungen niederschlagen als jener, von der wir gegenwärtig betroffen sind.«

Als er die Predigt mit dem Vaterunser beschlossen hatte, blickte der Pastor längere Zeit auf die gebeugten Köpfe hinab. Er spürte jene reumütige Stimmung, in die der Gemaßregelte nach einer Standpauke verfällt, und er war zufrieden. Er dankte Gott im stillen, daß er ihm mit dem Hochwasser zu Hilfe gekommen war. Von nun an würde man seinen Eifer im Kampf gegen das Böse nicht mehr bespötteln. Johannes Scheele war im Einklang mit Gott.

Nach dem Mittagessen brachte Jobst sein Anliegen vor, die Gelegenheit hätte kaum günstiger sein können. Der Pastor ließ sich das Bild ins Studierzimmer bringen. Dort betrachtete er es aus unterschiedlichen Blickwinkeln, erkannte in ihm ein Frühwerk des Malers Jürgen Ovens aus Tönning und offenbarte Sachverstand, indem er die Kopfhaltung der Dame dem Einfluß Rembrandts zuschrieb. Nur einmal, als Jobst den Namen des Vorbesitzers nannte, verdüsterte sich Scheeles Miene flüchtig. Aber was sollte er dagegen haben, dieses Bildnis im Schulraum aufzuhängen? Zudem stelle es unzweifelhaft eine Dame aus adeligem Geschlecht dar, und es könne nicht schaden, wenn die Kinder zu einer Angehörigen jenes Standes aufblickten, der zum Herrschen über andere berufen sei.

Beim Hinausgehen griff er nach Jobsts Arm. »Ihr habt Eure Sache gut gemacht«, sagte er, »es war mir eine Freude, Euch zuzuhören. Ich trage mich mit der Absicht, auch künftig den einen oder anderen Gottesdienst in dieser Weise abzuhalten. Wie steht Ihr dazu?«

»Ihr zeichnet mich damit vor anderen aus«, entgegnete Jobst. »Ich bin nicht sicher, ob ich diese Auszeichnung verdient habe.«

»Eure Bescheidenheit ehrt Euch, Herr Steen«, gab der Pastor zur Antwort. »Aber es könnte schon sein, daß Ihr Euch die Auszeichnung erst noch verdienen müßt.« Mit dieser rätselhaften Bemerkung trat er ins Studierzimmer zurück.

Gegen Abend, als Jobst auf der Bank im Garten saß, raschelte es hinter ihm im Gesträuch, und eine von Hohn triefende Stimme sagte: »Nun, wie fühlt man sich in der Rolle des Lieblingsjüngers? Erwägt man, noch weitere Begünstigungen herauszuschlagen?«

Jobst faßte sich schnell, als er die Stimme erkannt hatte. »Was schleicht Ihr durchs Gebüsch, Herr Diakon?« sagte er. »Setzt Euch zu mir, wenn Ihr mit mir reden wollt.«

»Ich gönn's Euch ja, glaubt nur nicht, daß ich's Euch nicht gönne«, versicherte Thomas Pale, bevor er noch richtig saß. »Wißt Ihr, es ist nur so, daß man gewisse, nun ja, Ansprüche zu haben meinte. Aber gut, ich habe schon manche Hintansetzung erdulden müssen, ich werde auch diese wohl noch verkraften.«

»Ihr habt ohne Zweifel ältere Rechte«, sagte Jobst. »Doch Ihr seid im Irrtum, wenn Ihr annehmt, daß ich sie Euch streitig mache.«

»Wie dem auch sei, ich muß es hinnehmen, daß er Euch bevorzugt«, seufzte der Diakon. »Und kann man's ihm verdenken? Die Natur hat Euch reichlich mit Vorzügen versehen, Herr Kollega. Wäre ich ein Weib, ich würde Euch vor Liebe hechelnd zu Füßen liegen. Ja doch! Selbst einem Mann verschafft Euer Anblick ein ästhetisches Vergnügen. Zu allem Überfluß habt Ihr noch eine ungemein angenehme Stimme, wie ich heute morgen in der Kirche feststellen konnte. Habt Ihr ein Mittelchen eingenommen, daß sie so sanft klang über einem Ostinato rauher Männlichkeit? Man glaubte förmlich zu hören, wie die Herzen der Weiber höher schlugen, und nicht nur der jungen. Nicht nur der jungen, Herr Kollega! Eine gewisse Dame, deren Namen ich hier nicht nennen will, sah ich in einer Weise erregt, wie man es sonst nur bei einer innigen Umarmung beobachten kann. Aber weshalb erzähle ich Euch das alles?«

»Die Frage hätte ich Euch jetzt gestellt«, sagte Jobst.

»Nun, ich rede gern drauflos«, erwiderte der Diakon. »Wes das Herz voll ist, Ihr wißt schon. Doch mit wem soll ich mich austauschen, wenn nicht mit Euch, Herr Kollega? Seine Heiligkeit schneidet mich, sein holdes Weib schenkt mir keinen Blick mehr, seitdem Ihr hier erschienen seid, und mit Elsche ist kein Reden, das auch nur ein Fitzelchen Bildung erforderte. Ach, übrigens Elsche. Sie weiß Dinge, die sie besser nicht wissen sollte.«

»Ja?« sagte Jobst, indem er sich mit Gleichmut wappnete.

»Ihr kennt ja die Weiber«, fuhr Thomas Pale fort. »Sie können's nicht für sich behalten, wer ihnen seinen Schwengel wo hineingesteckt hat und wie oft. Sie brauchen die Mitwisserin fast so nötig wie den Beischlaf selbst. Einmal kommt's ihnen da unten und dann noch einmal aus dem Maul. Und um auf Elsche zurückzukommen, die übrigens bestreitet, Euch jemals in ihrem Mäuschen empfangen zu haben, aber das nur nebenbei – was also Elsche anlangt: Das Luder ist geschwätzig, Herr Kollega.«

»Was Ihr nicht sagt.«

»Oh ja!«

»Und weiter?«

Der Diakon tat verblüfft: »Das fragt Ihr noch? Bislang hat sie's nur mir anvertraut. Aber was, wenn sie's dem Pastor steckt? Ich wage mir nicht vorzustellen, wie hart es ihn treffen würde. Ausgerechnet sein Günstling, sein Lieblingsjünger, in dem er seinen Nachfolger sieht und womöglich noch mehr – just dieser setzt ihm Hörner auf!«

»Ich versuche die ganze Zeit herauszufinden, was Ihr mir eigentlich mitteilen wollt«, sagte Jobst. »Glaubt Ihr, es ließe sich in wenige Worte fassen?«

»Elsche muß zum Schweigen gebracht werden«, entgegnete der Diakon. »Ist Euch das kurz genug?«

Er wartete, bis er in Jobsts Miene Anzeichen von Ungeduld bemerkte. »Nun werdet Ihr fragen, wie?« hob der Diakon wieder an. »Nein, Reden hilft da nichts, weder mit Bitten noch Befehlen richtet man was aus, auch mit Geld kann man Elsches Mund nicht stopfen. Was bleibt?«

»Also was?« fragte Jobst grantig.

»Sie hat auf der rechten Hüfte ein Muttermal, groß wie eine Kinderfaust«, erwiderte Thomas Pale. »Mit etwas Phantasie kann man in ihm den Abdruck einer Tatze erkennen. Das genügt, sie einem peinlichen Verhör zu unterziehen. Ihr wißt, wie derlei Befragungen in aller Regel enden: mit einem Geständnis. Man wird die Teufelsbuhle auf den Scheiterhaufen bringen. So schafft Ihr Euch die Mitwisserin vom Hals, ohne selbst einen Finger zu rühren, Herr Kollega. Den Richter würde der Pastor machen, wenn nötig auch gleich den Frohn, er lechzt geradezu danach, eine Hexe brennen zu sehen.«

Jobst starrte den Diakon fassungslos an. War das nun der Ausfluß eines abartigen Humors, oder hatte er es mit einem Irren zu tun? »Ihr würdet so weit gehen, die Magd fälschlich der Hexerei anzuklagen?« fragte er.

»Was heißt fälschlich, das Muttermal ist echt«, entgegnete Thomas Pale. »Im übrigen müßte der Hinweis von anderer Seite kommen. Ich werde mir doch nicht ins eigene Fleisch schneiden, indem ich behaupte, das Teufelszeichen selbst gesehen zu haben.«

»Ihr seid bis in die Seele verdorben«, sagte Jobst.

»Meint Ihr wirklich?« erwiderte der Diakon erstaunt. »Ist es ein Zeichen von seelischer Verderbtheit, wenn man einem anderen zu helfen versucht?«

Vom eigenen Zorn emporgerissen, sprang Jobst von der Bank auf, packte den Diakon mit beiden Händen am Hals und schleuderte ihn ins Gebüsch. Zweige knackten, ein dumpfer Aufprall, gefolgt von einem unterdrückten Schrei, dann senkte sich wieder abendliche Stille über den Garten.

»Dies war die zweite Wange, die ich dir hingehalten habe«, kam es eine Zeitlang später aus dem Dickicht. Aber da war Jobst schon ins Haus gegangen.

Langsam und widerstrebend, als könne es sich nur schwer vom neuerlich eroberten Land trennen, ging das Hochwasser zurück. Nach und nach fielen Teile der Niederung beiderseits des Damms trocken; das Wasser sammelte sich in Senken und längs den Bächen. Aber noch wochenlang standen weite Flächen der Salzwiesen unter Wasser.

Ein Großteil der Ernte war vernichtet worden; Möwen und Krähen, Wölfe und Füchse wurden fett vom Fleisch der unzähligen Kadaver. Die Pflanzenwelt der Salzwiesen nahm vom Meerwasser keinen Schaden, sie war seit Urzeiten an ein amphibisches Dasein gewöhnt. Die Äcker und Wiesen dagegen würden auf Jahre hin nur geringen Ertrag bringen, so lange dauerte es, bis das Salz aus dem Boden gewaschen war. In den Dörfern im Norden und Nordwesten der Probstei begannen die Menschen zu hungern. Auf einem Hof nahe Wentorf starb eine Familie nach dem Genuß verdorbenen Fleisches. In Fahren erschlugen aufgebrachte Tagelöhner den Müller, weil er für einen Sack Mehl das Dreifache des üblichen Preises verlangte. Viele meinten, die Zeit des Leidens werde erst richtig anbrechen, wenn die sichtbaren Spuren der Zerstörung längst getilgt seien.

Eines Abends war nach Westen hin ein himmelhoch loderndes Feuer zu sehen. Hans Haunerland, hieß es, brenne seinen Hof ab, mitsamt Scheunen und Stallungen und allem Inventar. Eine große Zahl von Schönbergern machte sich nach Fernwisch auf, um womöglich das eine oder andere Stück vom Hausrat zu ergattern, bevor es den Flammen zum Opfer fiel. Sie sahen den Hofherrn beim Anblick seines brennenden Besitzes abwechselnd lachen und weinen. Haunerland sei wie von Sinnen gewesen, erzählten sie, der Finne hätte ihn ein paarmal gewaltsam daran gehindert, sich ins Feuer zu stürzen. Warum diese Verzweiflung, wo er seinen Hof doch selber angezündet hatte? Wie war es zu verstehen, daß er, der auf allen Meeren zu Hause gewesen sein wollte, das Meer beschimpfte? Indessen ließ er es widerspruchslos geschehen, daß ein Teil seiner Habe fortgeschafft wurde. Die Leute von der Dorschbucht beluden ihre Karren mit Balken und Brettern, um daraus neue Hütten zu bauen.

Es dauerte kein halbes Jahr, bis der flache Hügel wieder von einem stattlichen Hof gekrönt war. Der Form nach ähnelte er dem niedergebrannten, doch kam es den Leuten so vor, als ob er nach allen Seiten hin ein wenig zugelegt hatte. Das Bauholz, hieß es, habe Haunerland aus Schweden kommen lassen, die Zimmerleute von Aerö und Fünen. Erneut fragte man sich, woher Haunerland das Geld hatte. Man stimmte in der Vermutung überein, daß jene Seereise, die er noch während des Hochwassers unternommen hatte, der Geldbeschaffung gedient haben mußte. Darüber hinaus erging man sich jedoch in widersprüchlichen Spekulationen. Hatte er das Geld bei seinen Schuldnern eingetrieben, war er die Schlei hinauf nach Gottorf gesegelt, um sich ein Darlehen aus der herzoglichen Schatulle zu erbitten, oder hatte er sich das Geld, was manchem nach dem Blutbad im Rögen durchaus denkbar erschien, mit roher Gewalt angeeignet? Seltsamerweise hüllte sich der sonst so redselige Haunerland stets in Schweigen, wenn jemand sein Erstaunen darüber bekundete, daß er in so kurzer Zeit eine solche Menge Geldes habe beschaffen können. Einem Geschichtenerfinder, sagte sich Jobst, wäre dazu gewiß eine hübsche Geschichte eingefallen. Beruhte demnach alles auf Wahrheit, was Haunerland ihm erzählt hatte?

In den Tagen um Martini klopfte jemand an die Tür der Schulstube. Als Jobst öffnete, um nachzusehen, wer da während des Unterrichts Einlaß begehrte, stand Hinrich Wiese vor ihm. Sein Gesicht zeugte vom qualvollen Bemühen, einen mehrere Wochen alten Bart mit einem gewöhnlichen Messer abzuschaben, sein widerspenstiges Haar klebte ihm, von Wasser und Kamm gebändigt, am Schädel, und seine Kleidung hatte sich offenbar kurz zuvor eine gründliche Säuberung gefallen lassen müssen. Zu alledem schien Wiese nüchtern zu sein.

»Wollt Ihr zum Pastor?« fragte Jobst.

»Nein, zu Euch, junger Herr«, antwortete der alte Schulmeister. Erst jetzt gewahrte Jobst, daß er ein Buch in der Armbeuge trug.

»Wäre es nicht besser, ich suchte Euch zu Hause auf?« gab Jobst zu bedenken. Doch dann sah er etwas in Wieses Augen, das ihm wie eine stumme Bitte erschien. »Wir machen für heute Schluß!« rief er den Kindern zu. Ohne Hast erhoben sie sich und verließen nacheinander den Raum. So hatten sie es noch bei Hinrich Wiese gelernt.

Kaum daß er die Schulstube betreten hatte, fiel Wieses Blick auf das Porträt. Er blieb wie angewurzelt stehen und fuhr sich mit der Hand über die Augen, als wolle er ein Trugbild verscheuchen.

»Ich hab's von Hans Haunerland, er hat es mir geschenkt«, sagte Jobst. »Wenn ich es nicht genommen hätte, wäre es mit allem anderen verbrannt.«

»Wißt Ihr, wen es darstellt?«

»Vermutlich ist es ein Jugendbildnis der Stiftsdame von Brockdorff, die mir den Ring gegeben hat.«

»Es ist Johanna von Brockdorff«, sagte Wiese.

»Ihr habt sie gekannt?«

»Ich bin ihr hin und wieder begegnet. Damals war sie allerdings schon älter als auf dem Bild dort.« Wiese trat einen Schritt zur Seite, um der Spiegelung auf dem blanken Firnis auszuweichen. »Haunerland besaß eine ganze Reihe solcher Bilder«, fuhr er dann fort. »Weshalb habt Ihr dieses ausgewählt?«

»Das habe ich mich selbst schon gefragt«, antwortete Jobst. »Vielleicht gefiel es mir von allen am besten, weil es nicht so gestellt wirkt wie jene, sondern den Eindruck eines Augenblicks wiedergibt.«

»Es ist, als ob sie lebte«, sagte Hinrich Wiese versonnen. »Aber laßt mich auf den Grund meines Besuchs zu sprechen kommen, junger Herr. Ich habe lange darüber nachgedacht, wie ich Euch danken kann. Es hat zu nichts geführt außer der Einsicht, daß es mir niemals gelingen wird, meine Dankesschuld abzutragen. Dennoch wollte ich nicht mit leeren Händen zu Euch kommen.«

Nach diesen Worten legte er das Buch auf den Tisch, der Jobst als Katheder diente. Es war in braunes, fleckiges Leder gebunden. Als Jobst es aufschlug, sah er, daß die Blätter senkrecht unterteilt waren: Auf der linken Seite befanden sich jeweils nur drei oder vier Wörter einer ihm unbekannten Sprache, diesen gegenüber ausführliche Erläuterungen in kleinerer Schrift. Es war das Buch, in dem Hinrich Wiese die Wörter aufzeichnete, die er bei den Leuten in der Dorschbucht gesammelt hatte, die Wörter, ihre Aussprache und ihre in vielen Gesprächen ergründete Bedeutung.

»Ihr wollt mir das Buch doch wohl nicht schenken!« rief Jobst entgeistert.

»Es gehört jetzt Euch«, entgegnete der alte Schulmeister.

»Ihr selbst habt es Euren Schatz genannt, Euren kostbarsten Besitz. Wie könnte ich ein solches Geschenk annehmen?«

Auf Wieses zerschundenem Gesicht malte sich Enttäuschung: »Ihr wollt es nicht haben?«

»Es ist Euer Werk! Ein Werk zudem, das noch nicht vollendet ist.« Jobst zeigte ihm die leeren Seiten im letzten Drittel des Buches: »Hier, seht! Wie viele Wörter fänden hier noch Platz! Nein, Wiese, auf die Gefahr hin, Euch zu kränken: Ich nehme dieses Geschenk nicht an!«

Hinrich Wiese versank in nachdenkliches Schweigen. Dann sagte er: »Ihr habt recht, junger Herr. Man sollte nichts verschenken, das noch nicht fertig ist. Aber vielleicht ist es mir vergönnt, das Buch ganz mit Wörtern zu füllen. Würdet Ihr es dann annehmen?«

»Allenfalls würde ich es in Verwahrung nehmen«, lenkte Jobst ein.

»So soll es mir auch recht sein«, sagte der Alte und schöpfte Atem, als ob ihm eine Last von der Seele genommen sei. Dann heftete er den Blick abermals auf das Bildnis der Johanna von Brockdorff.

»Als sie in das Damenstift des Preetzer Klosters aufgenommen wurde, war sie Anfang bis Mitte dreißig«, erinnerte er sich. »Sie war aus dem Alter heraus, wo noch Aussicht auf eine standesgemäße

Heirat bestanden hätte, aber wohl nicht alt genug, Enthaltsamkeit zu üben. Man munkelte, sie ginge nächtens mit dem Klosterjäger ins Heu. Als sie der Priörin eröffnete, daß sie gesegneten Leibes sei, brachte diese sie im Einverständnis mit der Brockdorffschen Familie auf einem abgelegenen Vorwerk unter. Wenige Tage nach der Niederkunft wurde das Kind unweit des Dorfes Steen ausgesetzt, und zwar auf der Schwelle einer Hütte, die von einer bitterarmen Familie bewohnt wurde. Die Leute handelten, wie man es von ihnen erwartet hatte: Sie brachten das Kind ins Waisenhaus des Preetzer Klosters. – Ja, junger Herr, so erzählte man es sich damals in den Gesindestuben. Das sündhafte Treiben der Herrschaft war immer ein beliebter Gesprächsstoff; es tröstete über manche Drangsal hinweg, daß die da oben auch nur Menschen sind.«

Damit ging er hinaus und schloß behutsam die Tür. Jobst wandte sich wieder dem Bildnis zu. Ihm war, als ob sich in den Zügen der Stiftsdame unterdessen ein Wandel vollzogen hatte. Doch bald darauf kam er zu der Erkenntnis, daß die Ursache für die Veränderung in ihm selbst liegen mußte: Er sah das Bild jetzt mit anderen Augen.

Neuntes Kapitel

Auf dem Heimweg von Preetz, wo er dem Klosterprobst über die vom Hochwasser verursachten Schäden Bericht gegeben hatte, wurde Hans Flinkfoot mit seinen Begleitern von einem Gewitter überrascht. Sie befanden sich auf einer kahlen Anhöhe zwischen Höhndorf und Schönberg, die Rauhbank genannt wurde. Asmus Göttsch und Hermen Stoltenberg, beide der unsicheren Zeiten wegen mit Flinten bewaffnet, waren etwas zurückgeblieben, um einen streunenden Hund zu erlegen. Bevor aber einer von ihnen abdrücken konnte, gab es einen ungeheuren Knall. Zu Tode erschrocken sahen sie, wie ein Blitz geradewegs aus den Wolken in den Klostervogt fuhr. Zu ihrer Verwunderung zerfiel Hans nicht zu einem Haufen schwelender Asche, er fing nicht einmal Feuer: Äußerlich unversehrt stand er mitten auf dem Weg in eigentümlicher Erstarrung. Alles an ihm sei wie versteinert gewesen, behauptete Asmus Göttsch, selbst sein Blick habe sich nicht bewegt. Außerdem hatte ihn der Blitz fest mit dem Erdboden verschmolzen; da half kein Rütteln und kein Wackeln, seine Begleiter mußten den Erstarrten wie einen in die Höhe gewachsenen Eiszapfen vom lehmigen Untergrund brechen.

Da es unterdessen heftig zu regnen begonnen hatte, lehnten sie Hans an den Stamm einer Buche. Fragen nach seinem Befinden beantwortete er ebensowenig wie die nach seinem Namen. Gleichwohl kam keinem der beiden in den Sinn, daß der Klostervogt tot sein könnte. Der Ausdruck seiner Augen sei nicht der eines Verschiedenen gewesen, sondern bei aller Starre innerlich belebt. Eine Weile darauf habe Hans eine Flüssigkeit ausgeschieden, die ihm, darin dem Schweiß vergleichbar, aus allen Poren getreten sei, nach Farbe und Geruch jedoch eher an Dünnschiß habe denken lassen. Nachdem sie Hans Flinkfoot entkleidet und eine Zeitlang in den Regen gelegt hatten, damit dieser ihnen die Mühe der Reinigung abnehme, wickelten sie ihn in Hermens Mantel und trugen ihn ins Dorf.

Es war nicht das erste Mal, daß ein Bewohner Schönbergs oder der Nachbardörfer vom Blitz getroffen wurde. Aber solange man zurückdenken konnte, hatte der himmlische Feuerstrahl allen den Tod gebracht. Hans Flinkfoot hingegen kehrte aus der totenähnlichen Erstarrung nach und nach ins Leben zurück. Bald konnte er, auf der Ofenbank in der Gaststube liegend, einfache Fragen mit einem Nicken oder Kopfschütteln beantworten. Allgemein war man der Ansicht, er würde zeit seines Lebens gelähmt bleiben und auch die Sprache nicht wiederfinden, doch dies erwies sich als Irrtum. Eines Morgens trat er, barfüßig und nur mit einem Wischlappen als Lendentuch bekleidet, in die Küche und bat seine Frau um Wasser und ein Stück trockenes Brot. Was sie noch mehr verwirrte als sein unvermutetes Erscheinen, war die Anrede *Schwester*. Sosehr sich seine Frau auch bemühte, ihm ihr verwandtschaftliches Verhältnis zu erklären, sooft sie auf die Zahl der Ehejahre und der gemeinsamen Kinder verwies: Hans sprach sie weiterhin mit *Schwester* an. Fortan nannte er jede Frau *Schwester* und jeden Mann *Bruder*. Selbst dem Klosterprobst wurde diese Anrede zuteil, als er Hans besuchen kam. Doch Otto von Buchwaldt verbat sich derlei plumpe Vertraulichkeiten und enthob ihn, nachdem er sich trotzdem ein weiteres Mal *Bruder* hatte nennen hören, kurzerhand seines Amtes. An Hans Flinkfoots Stelle wurde Asmus Göttsch Klostervogt in Schönberg.

Wenn es hieß, Hans Flinkfoot sei nicht wiederzuerkennen, bezog sich dies nur zum geringeren Teil auf Äußerlichkeiten. Zwar hatte sich sein Trippelschritt zu einem würdevollen Schreiten gewandelt, war die wieselflinke Behendigkeit von bedächtigem Gebaren abgelöst worden, doch an seiner Gestalt waren keine Änderungen zu bemerken. Von seinem Wesen her war Hans jedoch ein völlig anderer geworden. Der Blitz hatte gleichsam die äußere Hülle mit neuem Inhalt versehen. Wie weggebrannt waren Neugier, Klatschsucht und gleisnerisches Gehabe. Statt dessen waren

Menschenliebe, Geduld und eine stille Heiterkeit in Hans eingekehrt. Allein die Vorliebe für lateinische Sprüche und Redewendungen hatte sich erhalten; es fiel indessen auf, daß sie ihm jetzt feierlich, wie Botschaften von allerhöchster Instanz vom Munde gingen. Trotz allem gewöhnten es sich die Schönberger nicht ab, von Hans Untied als Hans Flinkfoot zu sprechen; Ökelnamen haben in der Probstei ein zähes Leben. Allenfalls unterschieden sie Hans Flinkfoot *vor* und Hans Flinkfoot *nach dem Blitz*.

Aufgeschreckt durch das Gerücht, an Hans Flinkfoot sei ein Wunder geschehen, beschloß Pastor Scheele, den Gewandelten persönlich in Augenschein zu nehmen. Er bat Jobst, ihn zu begleiten, damit es später, falls ein solcher benötigt werden sollte, nicht an einem Zeugen fehle.

Sie trafen Hans beim Mittagsmahl an, das seit seiner Rückkehr ins Leben aus Wasser, trockenem Brot und, je nach Jahreszeit, Beeren, Obst oder Möhren bestand. Er hatte sich ein Leinentuch um die Hüften geschlungen, sonst war er, obwohl es schon auf den Herbst zuging, am ganzen Körper unbekleidet.

»Setzt euch zu mir, Brüder, und teilt mein Mahl mit mir«, sagte Hans, während er begann, das Brot zu brechen.

Der Pastor dankte. Man habe gerade gegessen und sei nur gekommen, sich nach seinem Befinden zu erkundigen. »Nun also, wie geht's, wie steht's?« fragte er bemüht leutselig.

»Ich schwebe«, antwortete Hans Flinkfoot.

Johannes Scheele musterte ihn verdutzt: »Du schwebst?«

»Ja, seit dem Tage, da Gottes Finger mich berührte, habe ich das Gefühl zu schweben.«

»Du meinst vermutlich, seit dem Tage, als dich der Blitz traf«, berichtigte ihn der Pastor.

»Daß es ein Blitz gewesen sein soll, habe ich erst den Erzählungen der Leute entnommen«, versetzte Hans. »Es war Gott, der mich von oben her antippte und sagte: Wohlan, Hans Flinkfoot, gehe nun den Weg, den ich dir bestimmt habe.«

»Gott sprach zu dir?«

»Das tat er.«

»Er redete dich sogar mit deinem Ökelnamen an?«

»So war es.«

»Welchen Weg mag er gemeint haben?«

»Danach haben wir nicht zu fragen, Bruder. Siehe, Gottes Wege sind unerforschlich. Ich empfange seine Befehle in Form einer inneren Erleuchtung und führe sie aus.«

»Hast du schon derartige Befehle empfangen?«

»Oh ja. Einer betraf die Nahrung, die ich zu mir nehmen sollte, ein anderer, wie ich mich zu kleiden hätte. Bedecke dein Geschlecht, hieß Gott mich, ansonsten schäme dich deines Leibes nicht.«

»Aber du wirst dir das Fieber holen, wenn du auch wintertags so dürftig bekleidet herumläufst, Hans Untied.«

»Ist es Gottes Wille, wird es so geschehen, Bruder.«

»Du hast dich wahrhaftig sehr verändert«, sagte der Pastor.

»Ich bin nicht mehr derselbe, der ich war«, bestätigte Hans. »Oder wie der Lateiner sagt: Non sum qualis eram.«

»Hm, hm«, sagte Pastor Scheele und nach längerem Grübeln abermals. »Ich bin mir noch nicht ganz schlüssig, was ich davon halten soll«, hob er dann wieder an. »Was deine sogenannte Erleuchtung angeht, wäre in Erwägung zu ziehen, daß der Blitz, statt dich zu töten, in deinem Kopf ein Wirrwarr angerichtet haben könnte. Die göttlichen Eingebungen wären demzufolge nur scheinbare, also Hervorbringungen deines zerrütteten Hirns.«

Während der Pastor sprach, hatte Hans den Blick nach oben gewandt und den Kiefer hängen lassen, was den Eindruck angestrengten Lauschens erweckte.

»Was ist?« fragte Pastor Scheele.

»Schon wieder«, murmelte Hans. »Ich habe schon wieder eine Erleuchtung gehabt. Sie bezog sich auf dich, Bruder.«

»Auf mich?« fragte Johannes Scheele verstört.

»Ja, Gott befahl mir, dich zu lieben.«

Der Pastor rückte ein Stück von ihm fort, als fürchte er, den

Bruderkuß empfangen zu müssen. »Hör mir zu, Hans Untied«, sagte er. »Gott offenbart uns seinen Willen im Alten und Neuen Testament. Es kann aber nicht jeder aus dem, was geschrieben steht, Gottes Willen ergründen. Dazu bedarf es eines längeren, intensiven Studiums, nämlich der Theologie, sowie der festen Überzeugung, zum Deuter und Verkünder des Wortes Gottes berufen zu sein. Hast du mir bis hierher folgen können?«

»Ich liebe dich«, sagte Hans Flinkfoot.

»Es ist meines Amtes, durch sachkundige Auslegung der Heiligen Schrift Gottes Willen zu erforschen«, fuhr Johannes Scheele mit erhobener Stimme fort. »Ich kann daher nicht zulassen, daß mir ein anderer mit vermeintlichen Erleuchtungen ins Gehege kommt. Ich hoffe, du siehst das ein.«

»Ja«, sagte Hans.

»So?« gab der Pastor argwöhnisch zurück.

»Wie könnte ich etwas tun, das dir mißfällt, wo ich dich doch liebe?« fragte Hans im Ton inniger Zuneigung.

Johannes Scheele griff sich verwirrt an die Nase. Offenbar kam es nicht oft vor, daß ihm jemand seine Liebe gestand. »Nun, es würde schon reichen, wenn du mir mit der Achtung begegnest, auf die ich als Pastor dieser Gemeinde Anspruch habe«, sagte er. »Dazu gehört, daß du mich vor anderen Leuten nicht *Bruder* nennen solltest, Hans Untied. Und wenn ich dir einen Rat geben darf: Behalt deine Erleuchtungen für dich, mach kein Aufhebens davon!« Damit erhob er sich und reichte Hans Flinkfoot nach merklichem Zögern die Hand.

»Pax vobiscum!« rief Hans hinter ihnen her, als sie aus der Gaststube ins Freie traten.

»Nun, Herr Steen, was denkt Ihr?« fragte der Pastor. »Haben wir es mit einem Irren zu tun?«

»Ich bin mir nicht schlüssig«, antwortete Jobst. »Zeitweilig schien es mir so, aber sein klarer, ruhiger Blick und seine besonnene Redeweise sprechen wiederum dagegen.«

»Ergo, er macht uns etwas vor«, folgerte Pastor Scheele. »Untied spielt die Rolle des von Gott Erleuchteten, wobei ihm die Tatsache, daß er vom Blitz getroffen wurde und trotzdem am Leben blieb, sehr zustatten kommt.«

»Weshalb sollte er?«

»Aus Effekthascherei, Herr Steen. Es ist nichts weiter als ein Versuch, sich wichtig zu machen.«

»Und wenn es die Wahrheit wäre?«

Johannes Scheele stockte im Schritt: »Wie meinen?«

»Aus der Bibel wissen wir von etlichen solcher unmittelbaren Begegnungen zwischen Gott und Mensch.«

Jobst sah, wie des Pastors Kieferknochen mahlten; der Hinweis auf die Bibel rief seinen Unwillen hervor. Doch er bezwang sich und sagte: »Hans Untied ist entweder dem Wahnsinn verfallen oder ein Scharlatan, etwas Drittes kommt nicht in Betracht. Mit Erleuchteten oder Heiligen oder wie Ihr die angeblich von Gott Erwählten nennen wollt, haben wir Lutherischen nichts im Sinn. Es liegt allein bei uns, den amtlich bestellten Seelsorgern, die Absichten Gottes zu erforschen und die solcherart gewonnenen Erkenntnisse der Gemeinde als Richtschnur zu übermitteln. Jede Abweichung von diesem Principium untergräbt die Autorität des geistlichen Standes, Herr Steen! Im übrigen«, setzte er nach einer Weile hinzu, »wollen wir die weitere Entwicklung im Auge behalten. Es sollte mich nicht wundern, wenn ihn sein Geltungsbedürfnis zu Fall bringt.«

Weil Hans Flinkfoot *vor dem Blitz* die personifizierte Börse für Neuigkeiten und Gerüchte gewesen war, hatte seine Gastwirtschaft schon immer guten Zulauf gehabt. Nun aber, da Hans *nach dem Blitz* mit milder Stimme von seiner Erweckung sprach, kamen Leute aus allen zwanzig Dörfern der Probstei, um ihn bei reichlichem Verzehr von Mettwurstbrot und Wacholderschnaps aus der Nähe zu bestaunen. Eingedenk der Mahnung des Pastors, von seiner engen Verbindung mit Gott kein Aufhebens zu machen, sperrte Hans die Tür zu, wenn die Bänke in der Gaststube besetzt waren. Seine Frau ließ die draußen Stehenden jedoch durch die Hintertür ein und schaffte ihnen Platz in der Küche und der sogenannten Guten Stube. Einen Mann im Bett zu haben, der sie nur noch *Schwester* nenne, sei nicht eben das, was sie sich von der Ehe erträumt habe, ließ sie ihre Nachbarinnen wissen. Daher sei es wohl ihr gutes Recht, wenigstens etwas an ihm zu verdienen.

Gewöhnlich kommt ein Mensch, der von anderen fortwährend begafft wird, früher oder später zu der Ansicht, daß er etwas Besonderes sei. Nicht so Hans Flinkfoot; an ihm prallte die Bewunderung wirkungslos ab. Jobst sah ihn verschämt abwinken, wenn man ihn einen *Heiligen* nannte; er wehrte sich dagegen, daß verzückte Weiber ihm die Hände oder Füße küßten. Erst auf inständige Bitten hin vermittelte er den Versammelten das Gefühl des Schwebens, indem er sie bat, die Augen zu schließen, und ihnen das schwerelose Dahingleiten bildhaft beschrieb. Hinterher waren sich alle einig, noch nie etwas so Wunderbares erlebt zu haben. Einmal gelang es auch Jobst, die Erdenschwere abzuschütteln: Er schwebte in ausgedehnten Kreisen über den Türmen einer Stadt mit vielen Wasserläufen. Später ging ihm auf, daß es Hamburg gewesen war.

»Hat er Kranke geheilt, hat er Blinde sehend gemacht?« fragte der Pastor.

»Nein«, sagte Jobst.

»Gibt er sich als Prophet, redet er vom Reiche Gottes, das da kommen wird?«

»Auch das nicht.«

»Ja, um alles in der Welt, was macht er denn?« ereiferte sich Johannes Scheele. »Irgend etwas muß er doch machen, wenn die Leute ihm die Türen einrennen!«

»Manchmal läßt er sie schweben.«

»Was erlaubt Ihr Euch, Herr Steen!« herrschte ihn der Pastor an. »Wollt Ihr mich zum besten haben?«

»Vielleicht könnte man statt dessen auch sagen, er macht die Menschen glücklich«, verbesserte sich Jobst.

»Das Glück eines Christenmenschen liegt allein in der Hingabe an Gott«, belehrte ihn Pastor Scheele. »Ich bin mir sicher, daß es da im Wirtshaus nicht mit rechten Dingen zugeht. Versucht herauszufinden, wie er die Leute für sich einnimmt, Herr Steen. Ich muß ihm auf die Schliche kommen!«

»Weshalb unterstellt Ihr ihm unredliche Machenschaften?« fragte Jobst.

»Weil niemand einen weiten Weg macht, um sich einen Idioten anzusehen!« schnaubte der Pastor.

So kam es, daß Jobst einen um den anderen Tag in der Gaststube saß und mehr, als ihm guttat, dem Wacholder zusprach; anders konnte er den Widerwillen gegen die drangvolle Enge und die von menschlichen Ausdünstungen gesättigte Luft nicht überwinden. Wenn Hans Flinkfoot schwieg – und er verstummte oft und für längere Zeit – redeten alle durcheinander und nach jedem Glas um einiges lauter. Öffnete Hans aber nur ein wenig die Lippen, trat augenblicks Ruhe ein. Meist gab er Belanglosigkeiten von sich wie etwa die, daß das Wetter trotz des roten Morgenhimmels schön geworden sei, oder wie wohl man sich doch in der Gesellschaft guter Menschen fühle. Solche Verlautbarungen, stets mit sanfter Stimme und einem Lächeln gesprochen, lösten bei seinen Zuhörern tiefe Ergriffenheit aus. Manche sprachen sie leise nach, um ihren Sinn auszuloten, und wenn dies getan war, richteten sie ihre Augen erneut voll gespannter Erwartung auf Hans Flinkfoots Lippen. Häufig fragte er nach dem Befinden von Menschen, mit denen er *vor dem Blitz* Umgang gehabt hatte. War die Antwort, es gehe ihnen gut, strahlte Hans über das ganze Gesicht und schlug sich zuweilen gar vor Freude auf die Schenkel. Fiel die Antwort weniger günstig aus, spendete er Trost von jener Art, daß es auch schlimmer hätte kommen können oder jeder sein Bündel zu tragen habe. In jedem Fall aber bat er, seinen Bekannten auszurichten, daß er sie liebe und es der Herrgott selber sei, der ihm die Liebe eingegeben habe.

Hin und wieder wurden die Leute in der Gaststube Zeugen einer Erleuchtung. Zwar vermied es Hans, hinterher von einer solchen zu sprechen, aber seine entrückte Miene, der weit geöffnete Mund und die schräg nach oben gerichteten Augen galten seinen

Verehrern als sicheres Zeichen, daß Gott zu ihm sprach. Gelegentlich äußerte er sich, bevor er wieder zu klarem Bewußtsein kam, in wirrer Rede. Es sprudelte gleichsam ohne Punkt und Komma aus ihm hervor, lateinische Wörter so gut wie solche aus der allen geläufigen Sprache und bisweilen auch Namen. Einmal glaubte Jobst, den Namen *Wibeke* zu hören, und er erschrak so sehr, daß er sich am Branntwein verschluckte.

Er blieb in der Gaststube, bis Hans Flinkfoots Frau die letzten Gäste vor die Tür gesetzt hatte und auch ihn mit unmißverständlichen Gebärden zum Gehen aufforderte. Jobst legte zwei Schillinge auf den Tisch und bat sie, ihn mit ihrem Mann allein zu lassen.

»Was hast du auf dem Herzen, Bruder?« fragte Hans, indem er ein Gähnen zerkaute.

»Mir war, als hättest du von Wibeke gesprochen«, sagte Jobst. »Was weißt du von ihr?«

Hans Flinkfoots Lider senkten sich langsam über die Augen, er schien der Müdigkeit nicht mehr Herr zu werden. Doch dann hörte Jobst ihn raunen: »Du liebst sie.«

»Ja«, antwortete Jobst.

»Das ist schön«, sagte Hans. »Wir alle sollten einander lieben.«

»Lebt sie noch?«

»Wie?«

»Ich frage, ob Wibeke noch am Leben ist.«

Hans Flinkfoot öffnete die Augen: »Wer?«

»Wibeke!« rief Jobst ihm ins Ohr. »Du hast ihren Namen genannt, versuch dich zu erinnern!«

Als erhoffe er eine Eingebung, sah Hans zur Decke empor. Doch Gott schien mit anderen Dingen beschäftigt, er ließ seinen irdischen Befehlsempfänger für diesmal unerleuchtet.

»Du kennst ihren Namen, und du weißt, daß ich sie liebe«, sagte Jobst. »Was weißt du noch?«

»Was weiß ich noch?« grübelte Hans. Sein Kinn begann zu bibbern, ein unbezwingbares Gähnen riß seine Kiefer auseinander, und aus dem von braunen Zahnstümpfen gesäumten Schlund kamen seltsam gequetscht die Worte: »Wibeke. Salzwiesen. Tanzplatz.«

»Weiter, sprich doch weiter!« drängte Jobst. »Finde ich sie dort, auf dem Tanzplatz in den Salzwiesen?«

»Nichts für ungut, Bruder«, sagte Hans Flinkfoot. »Ich glaube, das war nur ein verirrter Furz.«

Jobst lief, als ginge es um sein Leben. Bis kurz vor Wisch folgte er dem Damm, dann wählte er kleinere Wege und Trampelpfade, wohl wissend, daß sie an Teichen und Wasserläufen endeten. Zum Glück war es eine mondhelle Nacht, so entging er der Gefahr, in eines der tückischen Moorlöcher zu stürzen. Doch einmal, als er bis zu den Hüften durch schwarzes Wasser watete, verhakte sich sein Fuß in einer Astgabel, er tauchte ganz unter, das Wasser drang gurgelnd in seine Ohren, floß ihm in Nase und Mund, es schmeckte salzig, nach Torf und Verwesung. *So ist das also, wenn man ertrinkt, dachte ich, aber zugleich war ich von dem Willen durchdrungen, nicht zu sterben, ohne Wibeke noch einmal gesehen zu haben. An den Zweigen einer Weide zog ich mich mit letzter Kraft aus dem Wasser.*

Da war ein Ton in der nächtlichen Stille, ein tiefes Summen, das in kurzen Abständen wiederkehrte. Erst war ihm, als bringe es sein eigener Kopf hervor, dann schien ihm, es komme aus dem Bauch der Erde, und mit einem Mal wußte er, woher es stammte: Jemand schlug die große Baumtrommel. Wibeke, dachte Jobst, das ist Wibeke! Und wie ein Schrei entfuhr ihm ihr Name.

Mehr kriechend als laufend gelangte er zu der Lichtung im Schilf. Wibeke stand neben dem Baumstumpf, aber er nahm sie wie durch einen Schleier wahr. Lag es an seiner Erschöpfung, trübte ihm der Schweiß die Sicht, oder war es das Mondlicht, das ihrem seidenen Hemd ein Flirren entlockte? Sag etwas, flehte er stumm, sag etwas, damit ich weiß, daß du kein Trugbild bist!

»Seh ich dich auch mal wieder?« fragte sie spöttisch.

»Gott sei Dank, du bist es wirklich!« stammelte Jobst. »Ich habe dich überall gesucht, Wibeke! Wo bist du gewesen?«

»Hier«, sagte sie, indem sie mit dem Finger einen Kreis beschrieb. »Aber du konntest mich nicht erkennen, ich war ein Fisch.«

»Ach so«, sagte Jobst.

»Ein Barsch, wenn du's genau wissen willst.«

»Darauf wäre ich nicht gekommen.«

»Du glaubst mir nicht?«

»Doch, was liegt näher, als sich bei Hochwasser in einen Fisch zu verwandeln«, entgegnete Jobst, um zumindest guten Willen zu zeigen. »Ich möchte dich küssen«, sagte er dann.

»So schmutzig, wie du bist? Aber warte.« Sie schlüpfte aus dem Hemd: »So, jetzt darfst du.« Ihre Zungen spielten miteinander, mal in ihrem, mal in seinem Mund.

»Komm, ich will dich in mir spüren«, hauchte Wibeke.

Sie legte sich rücklings auf die Baumtrommel, ihr nackter Leib schimmerte wie Perlmutt. Wir liebten uns mit den Augen, bevor unsere Körper zueinanderfanden. Wir liebten uns behutsam, mit einer Innigkeit, die selbst schon Erfüllung war. Hatte dies mit dem sonderbaren Liebeslager zu tun? Es war, als dehne sich unter uns ein unendlicher Raum, als trenne uns nur eine dünne Haut vom Universum. Die Trommel antwortete auf unsere Bewegungen mit Geräuschen, die von weit her zu kommen schienen. Sie ähnelten dem Rauschen der Brandung oder von Bäumen im Wind, dann wieder vielstimmigem Murmeln. Zuletzt glaubte ich, den Widerhall eines zweifachen Herzschlags aus der Ferne zu vernehmen. Es waren unsere Herzen, die die Trommel rührten.

Ein kühler Windhauch strich über ihre nackten Glieder. Wibeke erschauerte und drängte sich noch enger an ihn.

»Hast du nichts anderes anzuziehen als dieses dünne Hemd?« fragte Jobst.

»Was ich an Kleidung besaß, hat das Wasser mitgenommen.«

»Und was tust du, wenn es kalt wird?«

Sie nahm seine Hand und führte ihn an den Rand der Dünen. Dort stand, von schlammverkrustetem Gestrüpp umgeben, ein knapp mannshoher Stein. Oben und an einer Seite wies er schalenförmige Vertiefungen auf; ihrer regelmäßigen Form nach zu urteilen, waren sie von Menschenhand geschaffen.

»Faß den Stein an«, sagte Wibeke. »Fühlst du, wie warm er ist? Wenn mich friert, schmiege ich mich an ihn.«

Der Findling strahlte tatsächlich eine milde Wärme aus. »Aber was machst du im Winter?« fragte Jobst.

»Er ist auch im Winter warm. Du wirst den Stein nie mit Eis und Schnee bedeckt sehen.«

»Wie kommt das?«

»Mußt du für alles eine Erklärung haben?« lächelte Wibeke. »Gut, ich will's dir erzählen: Dieser Stein heißt *Siwas Wetzstein.* An ihm wetzt Siwa sich die Fingernägel, bis sie scharf wie Krallen sind. Daher die Mulden und daher auch die Wärme. Es heißt, daß Siwa ihn sogar zum Glühen bringen kann.«

»Schwer zu glauben«, sagte Jobst.

»Warum? Er ist ein Gott«, entgegnete Wibeke.

»Ich werde dir trotzdem warme Kleidung besorgen«, sagte Jobst. »Du kannst dich nicht den ganzen Winter über an den Stein drücken.«

»Wie du willst. Aber es ist nicht gut.«

»Was soll daran nicht gut sein?«

»Besser, du gehst jetzt«, versetzte sie in garstigem Ton. »Hat Wiese dir nicht erzählt, wie gemein ich sein kann? Ich möchte dir nicht weh tun, also geh!«

Der Morgen dämmerte schon, als Jobst ins Pastorat zurückkehrte. Er wußte, daß er keinen Schlaf finden würde, zu sehr hatte ihn das Wiedersehen mit Wibeke aufgewühlt. Er ging in die Schulstube und setzte sich in eine der hinteren Bänke. Als es heller wurde, überkam ihn das Gefühl, daß sich etwas im Raum verändert habe. Lange rätselte er, was es sein könnte. Dann wurde ihm bewußt, daß etwas fehlte: Das Bildnis der Johanna von Brockdorff war verschwunden.

Nach dem Morgenmahl bat ihn der Pastor ins Studierzimmer. »Ich bin Euch eine Erklärung schuldig, Herr Steen«, sagte er, wobei er seine Verlegenheit nicht ganz verbergen konnte. »Es war doch wohl etwas unbedacht von mir, Euch zu erlauben, das Bild in der Schulstube aufzuhängen. Ein Bild zieht die Blicke auf sich, dafür ist es gemacht, aber bei unreifen Menschen bindet es zugleich auch die Gedanken und lenkt damit von Wichtigerem ab. Außerdem wußte meine Frau mich zu überzeugen, daß die dargestellte Person eine – wie soll ich sagen? – nun ja, anstößige Haltung einnimmt. Kurz und gut, das Bild gehört nicht in ein Schulzimmer, Herr Steen.«

»Wo ist es geblieben?« fragte Jobst.

»Elsche hat es auf den Boden gebracht«, erwiderte Pastor Scheele. »Ihr könnt es Euch dort jederzeit ansehen. Immerhin handelt es sich ja um ein Kunstwerk.«

Auf der Diele trat ihm Margreta in den Weg. »Bin ich so reizlos, daß du dich an Bildern anderer Frauen satt sehen mußt?« fragte sie mit gedämpfter Stimme. »Oh ja, sie ist jung und hübsch, in so eine würdest du dich Hals über Kopf verlieben, nicht wahr? Regte sich bei dir da unten was, wenn du das Bild ansahst? Hat sie dich geil gemacht?«

»Es geschah also auf Euer Betreiben, daß das Bild aus der Schulstube verschwinden mußte«, sagte Jobst.

»Am liebsten hätte ich es verbrannt!« entgegnete Margreta schroff. Dann aber, als er sich anschickte, in seine Kammer zu gehen, kam sie ihm nach und hielt ihn am Arm fest. »Versteh mich doch«, flüsterte sie, »ich habe noch nie einen Mann so geliebt wie dich! Ich kann es nicht ertragen, daß du Augen für eine andere hast – auch wenn es nur ihr Konterfei ist!«

Tags darauf waren Johannes Scheele und Margreta zu einer Hochzeit nach Krokau geladen. Obschon er Elsche irgendwo im Haus vermutete, betrat Jobst das eheliche Schlafzimmer. Es war so, wie der Diakon ihm erzählt hatte: Vom Bett war nur die eine Hälfte zum Schlafen hergerichtet, dafür lagen auf der Ofenbank Decken und Kissen. Eine Wand des Raumes wurde von zwei schweren Eichenschränken eingenommen, sie hingen voll Frauenkleider. Jobst wählte mit Bedacht aus, was Schutz gegen die Kälte versprach, und packte alles in ein großes Umschlagetuch. Nach Einbruch der Dunkelheit schlich er sich aus dem Dorf und gelangte ohne Umwege zum Tanzplatz. Das Fell über dem hohlen Baumstumpf war zerschnitten. Wollte Wibeke nicht, daß er sie mit dem summenden Klang der Trommel rief? Er ging weiter zu Siwas Wetzstein und legte die Kleider an seinen Fuß. Jemand mußte ihn dabei beobachtet haben, denn als er sich aufrichtete, bewegten sich die Rispen des Schilfs in einer geschlängelten Linie.

Beim ersten Schnee hielt es Hans Flinkfoot nicht länger in der warmen Gaststube. Von einem Haufen Volks umgeben, wandelte er, barfüßig und nur mit dem Leinentuch bekleidet, durch das Dorf. Lächelnd ertrug er die Kälte und lächelnd bedeckte er sich wieder, wenn ihn der scharfe Wind der spärlichen Hülle zu berauben drohte. Zwar duldete er noch immer nicht, daß man ihn einen Heiligen nannte, doch die Leute sahen ihre Vorstellung von einem Heiligen durch Hans nun erst recht verkörpert. Manche verstiegen sich dazu, ihn den *Messias* zu nennen.

War es tatsächlich so, daß Hans Flinkfoots Rundgänge durch das Dorf mehr und mehr den Charakter von Prozessionen bekamen, wie man sie aus katholischen Gegenden kennt? Pastor Scheele jedenfalls war davon überzeugt, und er sah es gleichfalls für erwiesen an, daß das Ziel dieser Prozessionen das Pastorat war, mithin er selbst und die von ihm vertretene protestantische Kirche. Was man gegenwärtig erlebe, verkündete er am Mittagstisch, sei das Entstehen einer papistischen Sekte; Hans Flinkfoots angebliche Erweckung sei höchstwahrscheinlich von Rom geplant und mit Hilfe eines zufälligen Naturereignisses äußerst geschickt in Szene gesetzt. Diesem Treiben müsse allsogleich Einhalt geboten werden, grollte er, und da er Thomas Pales lüsternen Blick auf Margretas Busen gerichtet sah, schickte er den Diakon hinaus, den Leuten das Unbotmäßige derartiger Umzüge klarzumachen.

Vom Fenster des Pastorats aus wurde man Zeuge einer weiteren

Erleuchtung: Gott befahl Hans, den Diakon zu lieben, und äußerte überdies den Wunsch, daß möglichst viele seinem Beispiel folgten. Daraufhin wurde Thomas Pale von allen Seiten geherzt und geküßt, ja er geriet ernstlich in Gefahr, vor Liebe erdrückt zu werden. Doch bevor es dahin kommen konnte, eilte Elsche dem Diakon zu Hilfe und schleppte ihn ins Haus. Beinahe hätte Jobst das Mitleid gepackt, als sich der von Liebesbeweisen Gebeutelte auch noch den Vorwurf des Pastors gefallen lassen mußte, er habe kläglich versagt. Nun beschloß Johannes Scheele, den Klosterprobst unverzüglich von den häretischen Umtrieben in Schönberg in Kenntnis zu setzen und sich seiner Mithilfe bei ihrer Bekämpfung zu versichern.

Der Einspänner war schon vorgefahren, als der Klosterschreiber Marquard Schult die Nachricht brachte, daß zwei schwedische Brigaden von je anderthalbtausend Mann im Anmarsch seien. Soweit der Probst in Erfahrung habe bringen können, wollten die Schweden den Winter über in der Probstei Quartier beziehen. Seine Gnaden warnte eindringlich davor, sich gegen die kampferprobte und straff geführte Truppe zur Wehr zu setzen; überdies dürfe nicht außer acht gelassen werden, daß es sich, jedenfalls zum größeren Teil, um Glaubensbrüder handle.

Die Bauernvögte und die Besitzer großer Einzelhöfe kamen auf dem Sommerhof zusammen, um zu beratschlagen. Wie nicht anders zu erwarten, sprach sich Hans Haunerland dafür aus, den Schweden die Stirn zu bieten. Glaubensbrüder hin, Glaubensbrüder her, Soldaten seien Soldaten, und die Schweden würden in der Probstei nicht anders hausen als in besetztem Land. Sein Kontrahent war Eler Schneekloth aus Prastorf. Er hatte auf seiten der Dänen gegen die Schweden gekämpft und war nach der Seeschlacht vor Fehmarn in schwedische Dienste übergewechselt. Den Schweden, behauptete er, könne man in der Tat wenig Gutes nachsagen, aber besonders grausam verführen sie mit jenen, die ihnen Widerstand böten, nachdem sie selbst friedliche Absichten bekundet hätten. Und wie wolle man sich denn auch gegen vier kriegsmäßig ausgerüstete Bataillone wehren? Nein, es bleibe nichts anderes zu tun, als in den Schweden eine Heimsuchung zu sehen und sie wie eine solche hinzunehmen.

Eler Schneekloths Worte verfehlten ihre Wirkung nicht, sosehr Hans Haunerland auch den Kampfwillen der Bauern anzustacheln suchte. Man beschloß, die Eßvorräte zu verstecken und das Vieh trotz des vor der Tür stehenden Winters und ungeachtet der Gefahr, die ihm von den Wölfen drohte, in den Rögen zu treiben. Dafür, daß bei ihnen wenig zu holen sei, würde das verheerende Hochwasser eine triftige Begründung liefern. Haunerland empfahl spöttisch, nicht nur Würste und Schinken vor den Schweden in Sicherheit zu bringen, sondern auch die jungen Frauen und Männer, denn an beidem hätten die Schweden nicht geringeren Bedarf. Sodann verkündete er der Versammlung, er werde Fernwisch zu einer Festung ausbauen und den Schweden mit Kugeln aus schwedischen Kanonen einen würdigen Empfang bereiten. Anderntags bestellte er bei Schneider Klindt am Rauhen Berg eine neue Uniform. Das Tuch und die goldenen Knöpfe brachte er zur Anprobe mit.

Zehntes Kapitel

Der Quartiermeister kam auf einem Pferd geritten, das bei jedem Schritt unter seiner Last zusammenzubrechen drohte. Ihm folgte eine Schwadron kroatischer Reiter; auf ihrem Feldzeichen war ein Wolf mit aufgesperrtem Maul zu sehen. Die Reiter saßen am Brunnen ab und tränkten ihre Pferde, während der Quartiermeister nach einem Mann Ausschau hielt, der kräftig genug war, ihm vom Pferd zu helfen. Seine Wahl fiel auf Eggert Vöge, und dieser hörte ihn in einem sonderbaren Kauderwelsch reden, als der Quartiermeister sicher auf den eigenen Füßen gelandet war.

»Du sollst die Borgarmester holen«, sagte er zu Eggert.

Claus Ladehoff kam herbei, so schnell es sein Alter erlaubte. Er nannte dem Quartiermeister seinen Namen und sagte, er habe ein Amt inne, das dem eines Bürgermeisters vergleichbar sei.

»Giv akt«, sagte der Schwede, »wir Småländer sein gemytliga Leut, men soll sein alles, wie wir willen, har du compris?«

»Ihr seid uns willkommen, Herr«, log der Bauernvogt.

»Bra«, sagte der Quartiermeister und verlangte nach einem Stück Wurst und einem Schnaps, damit er das eine mit dem anderen tränken und auf diese Weise leichter hinunterbekommen könne. So sei es daheim in Småland zur Begrüßung Brauch.

Claus Ladehoffs Frau brachte ein Ende Mettwurst und ein Glas Branntwein und gab dem Quartiermeister beides mit der Bemerkung, daß ihre Vorräte damit eine nicht unbeträchtliche Minderung erfahren hätten.

Der Quartiermeister ließ sich ihre Worte zweimal wiederholen, dann brach er in Lachen aus und verriet der Bäuerin, daß der Småländer stets für einen Scherz zu haben sei. Doch nun wolle er seines Amtes walten und müsse sich dieserhalb ein wenig im Dorf umsehen. Dazu brauche er einen des Schreibens und Rechnens kundigen Begleiter. Der Bauernvogt schickte Eggert Vöge ins Pastorat, den Schulmeister herbeizuholen. So sah Jobst sich wenig später zum Schreiber des schwedischen Quartiermeisters bestallt.

»Känner du Wrangel?« fragte der Schwede.

»Ich habe von ihm gehört«, antwortete Jobst. »Er soll kürzlich Torstenssons Nachfolger als Oberbefehlshaber der schwedischen Armee geworden sein.«

»Carl Gustav ist selbes Blut, er mein Systersohn«, sagte der Quartiermeister. »Men nu hurtig, hurtig, hurtig.«

Sie gingen von Haus zu Haus, besichtigten Ställe und Scheunen. Der Quartiermeister rechnete im Kopf und mit Hilfe seiner Finger, und wenn er zu einem Ergebnis gelangt war, nannte er Jobst eine Zahl und sagte: »Skriv upp!«

Im Pastorat sah sich der Quartiermeister besonders gründlich um. Die großen Räume und ihre gediegene Einrichtung seien ganz nach dem Geschmack des Obristen, meinte er, voraussichtlich werde der Pastor also die Ehre haben, Obrist Morgan in seinem Haus zu beherbergen. Pastor Scheele wußte die Ehre offenbar nicht zu schätzen, er wollte Einwände erheben, doch der Quartiermeister schnitt ihm das Wort ab und sagte zu Jobst: »Soll die gammal gubbe Maul halten, ist besser.«

Am Ende ihres Rundgangs durch das Dorf forderte der Quartiermeister Jobst auf, die Zahlen zusammenzurechnen. Die Summe belief sich auf knapp sechshundert. »Bra«, sagte der dicke Småländer.

Tags darauf zogen die Schweden in Schönberg ein. An ihrer Spitze ritt Obrist Morgan, ein legendärer Haudegen. Er stammte aus England, und wie er kämpften Angehörige fast aller Nationen Europas unter den schwedischen Fahnen. Gegen Ende des Großen Krieges übertraf ihre Zahl sogar die der Schweden, nur unter den Offizieren kam die Mehrzahl noch aus dem Land der Mitternachtssonne. Längst gab auch die Konfession nicht mehr den Ausschlag bei der Entscheidung, in wessen Dienste man treten wollte, sondern allein die Höhe des Solds.

Den Reitern und Fußsoldaten folgten schwere Gespanne mit Kartaunen und Mörsern und diesen wiederum die Planwagen der Marketender und Dirnen, der Köche, Metzger und Schmiede, der Wahrsager, Geldverleiher und Glücksspieler. Zwischen den Wagen und neben ihnen gingen die Frauen und Geliebten der Soldaten mit ihren Kindern. Es war, als hätte sich die Einwohnerschaft einer ganzen Stadt auf den Weg gemacht.

Während sich das Dorf immer mehr mit Menschen füllte, blieben die Schönberger in ihren Häusern und versuchten, soviel wie möglich von dem Geschehen wahrzunehmen, ohne selbst gesehen zu werden. Ihnen wurde angst und bange, als sie das buntgemischte Kriegsvolk sahen, die schlampigen Weiber und verwahrlosten Kinder. Manche wünschten sich, sie wären beizeiten in den Rögen geflohen, selbst in den Salzwiesen dünkten sie sich sicherer als in den eigenen vier Wänden.

Nachdem die Soldaten mit ihren Frauen und Kindern, ihren Troßbuben und Feuerknechten in die Quartiere eingewiesen worden waren, errichteten jene, die keine Unterkunft gefunden hatten, auf dem Anger große Zelte. Gegen Abend loderten überall Lagerfeuer, und fremdartiger Gesang schallte durch die Gassen.

Es war auch ein Feldprediger unter den Schweden, ein kleiner, rundlicher Mann namens Avenarius. Er kam ins Pastorat, dem Herrn Pfarrer seine Aufwartung zu machen sowie zu melden, daß in Kürze mit dem Eintreffen des Obristen zu rechnen sei. Avenarius' feistes Gesicht mit den verschwiemelten Augen ließ einen sinnenfrohen Menschen vermuten, und er küßte denn auch Margretas Hand auf eine Weise, die Pastor Scheele sogleich gegen den Amtsbruder einnahm. Etwas später bekannte sich Avenarius zu jenem Protestantismus strenger Observanz, wie er von seinem Landsmann Calvin verkündet worden war. Daraufhin hatte er es vollends mit Johannes Scheele verdorben. Gleichwohl mußte er Avenarius in seinem Hause dulden; der Feldprediger sollte auf Anweisung des Quartiermeisters in der Schulstube unterkommen.

Der Obrist kam spät in der Nacht in Begleitung zweier Frauen und schreckte durch sein trunkenes Grölen alle aus dem Schlaf. Er verlangte ein Bett für sich und die beiden Frauen, die anscheinend Mutter und Tochter waren, denn die Ältere nannte die Jüngere ihr Kind. »Gibt es in diesem verdammten Haus kein Bett, wo man in Ruhe einen wegstecken kann?« brüllte der Obrist, indem er die Tür des ehelichen Schlafzimmers aufriß.

Der Feldprediger eilte im Nachthemd herbei und empfahl Pastor Scheele dringlich, dem Obristen das Bett zu überlassen, weil sonst zu befürchten sei, daß er alles kurz und klein schlüge. Der Pastor saß wie betäubt auf der Ofenbank; er weigerte sich, für wahr zu halten, daß ein Betrunkener zwei liederliche Weiber in seinem Ehebett beschlafen wollte. Doch Margreta nahm ihn bei der Hand und sagte: »Komm, wir gehen ins Studierzimmer.«

»Wart mal«, grunzte der Obrist und musterte Margreta mit stierem Blick. »Wer bist du?«

»Das ist meine Frau, und ich bin der Pastor!« preßte Johannes Scheele hervor.

»Potztausend, hat die Titten!« staunte der Obrist.

Es wurde eine unruhige Nacht im Pastorat. Aus dem Schlafzimmer kamen Geräusche, die der Diakon anderentags mit Kennermiene *orgiastisch* nannte. Zwischendurch rief der Obrist nach Wein und gebratenem Huhn und drohte, seinen Burschen eigenhändig zu erschießen, wenn dieser das Gewünschte nicht schnurstracks herbeischaffe.

Zum Morgenmahl fand sich wie von ungefähr auch der Feldprediger ein. Er bedauerte die störenden Vorkommnisse der vergangenen Nacht, lobte den Pfarrer und die Frau Pfarrerin für ihr nachsichtiges Verhalten und versprach, dem Obristen, sobald er erwacht sei, das Ungebührliche seines nächtlichen Auftritts vor Augen zu führen. Obrist Morgan sei nämlich in nüchternem Zustand durchaus zugänglich für Vorschläge, die auf Verfeinerung seiner Manieren zielten.

Der Pastor beteiligte sich nicht am Gespräch. Sein Gesicht war aschfahl, der Mund verkniffen, er glich einem erloschenen Vulkan.

Um so beredter gab sich seine Frau. Margreta wollte die nächtlichen Geschehnisse mit dem Mantel der Nächstenliebe bedeckt sehen; von einem Soldaten könne man füglich nicht erwarten, daß er die Formen zivilen Umgangs wahre. »Erzählt uns lieber etwas von Euch, Herr Prediger«, sagte Margreta. »War Euer Name nicht Avenarius, und vermute ich richtig, daß er eine bestimmte Bedeutung hat?«

»Darf ich meinerseits vermuten, daß Ihr um die Bedeutung meines Namens wißt und nur meine Lateinkenntnisse auf die Probe stellen wollt, Frau Pfarrerin?« gab der Feldprediger galant zurück.

»Nein, nein, da irrt Ihr«, antwortete Margreta. »Ich kenne nicht mehr als ein Dutzend lateinischer Wörter, und diese auch nur, weil mein Mann sie häufig verwendet.«

»Nun denn, *Avenarius* könnte man am besten mit *Flötenspieler* übersetzen«, sagte der Feldprediger. »Um genau zu sein: *Panflötenspieler.*«

»Wie hübsch«, sagte Margreta.

Zum Erschrecken aller fuhr der Pastor plötzlich aus der Haltung des dumpf vor sich hin Brütenden auf, stieß den Stuhl mit den Kniekehlen von sich und stürmte aus dem Zimmer. »Was denn nun wieder?« rief Margreta und eilte ihm nach.

»Habe ich womöglich etwas Falsches gesagt?« fragte Avenarius. »Oder packte ihn nachträglich der Zorn über die kränkenden Äußerungen des Obristen?«

»Das wird's wohl sein«, sagte der Diakon. »Der Herr Pastor kann es nicht leiden, wenn man gewissen Körperteilen seiner Gemahlin die ihnen gebührende Bewunderung zollt, sei es mit Blicken, sei es mit Worten. Er denkt, dies alles habe der Herrgott nur ihm zuliebe so prächtig geformt.«

»Denkt Ihr das etwa nicht, Herr Diakon?« entgegnete der Feldprediger im Ton einer milden Zurechtweisung. Doch dann zwinkerte er verstohlen, und der Diakon deutete mit einem Schmunzeln an, daß ihm der Spott nicht entgangen war.

Um die Mittagsstunde kündete ein gotteslästerliches Fluchen davon, daß Obrist Morgan erwacht war. Sein Bursche brachte einen Bottich mit heißem Wasser ins Schlafzimmer, kurz darauf das Frühstück und einige Karaffen Wein. Irgend etwas mußte den Obristen verstimmt haben, denn man hörte ein Klatschen wie von Schlägen, Wimmern und Geschrei. Mit einem Mal flog die Tür des Schlafzimmers auf, und die beiden Frauen taumelten spärlich bekleidet ins Freie. Nun hielt der Feldprediger die Gelegenheit für gekommen, mäßigend auf Obrist Morgan einzuwirken. Er betrat unter Verbeugungen das Schlafgemach und blieb dort längere Zeit.

Unterdessen versammelten sich die schwedischen Offiziere vor dem Pastorat; sie schienen es gewohnt zu sein, daß der Morgenappell am frühen Nachmittag stattfand. Ihre Uniformen spotteten mit ihrer verwirrenden Vielfalt jeglichen Reglements; statt Einheitlichkeit schien Pomp gefragt. So sah man sie herausgeputzt mit Wämsern in schreienden Farben, Spitzenkragen, Federhüten, bunten Bändern an Hose und Strümpfen, mächtigen Stulpenstiefeln und Zierwaffen. Allein die Schärpen waren bei allen in den schwedischen Farben gehalten. »Was für schöne Männer«, seufzte die Magd.

Gewaschen und rasiert, offensichtlich auch besänftigt durch die behutsam ermahnenden Worte des Feldpredigers, kam der Obrist aus dem Schlafzimmer. Morgans gedrungene Gestalt war in eine Uniform gezwängt, die schon bessere Tage gesehen hatte und wohl auch manche Schlacht. Seine Nase war an ihrem oberen Ende eingedrückt, so daß ihr unterer Teil spitz aus dem fleischigen Gesicht ragte. Vielleicht lag es an den Ausschweifungen der vergangenen Nacht, daß seine Züge eigenartig leer wirkten, so, als regte sich in ihm nichts mehr, dem sich noch Ausdruck zu verschaffen lohnte.

Avenarius klopfte an die Tür des Studierzimmers und bat, den Herrn Pfarrer mit dem Obristen bekannt machen zu dürfen. Johannes Scheele äußerte stumm seine Verstimmung.

»Habe ich Euch nicht schon mal irgendwo gesehen?« fragte der Obrist, indem er sich um die Miene angestrengten Nachdenkens bemühte.

»Seht, da kommt ja auch die Frau Pfarrerin!« rief der Feldprediger, als er Margreta just in diesem Augenblick aus der Küche treten sah. »Herr Obrist«, sagte er, »dies ist unsere liebreizende Wirtin.«

»Enchanté, madame«, sagte der Obrist.

»Oh, der Herr Obrist spricht Französisch«, entgegnete Margreta und bot ihm ihren Handrücken zum Kuß dar. Doch derlei höfische Sitten waren dem alten Haudegen fremd. Er verbeugte sich knapp und wandte sich zum Gehen.

»Auf ein Wort, Herr Obrist«, sagte Pastor Scheele. »Wie lange gedenkt Ihr Euch in meinem Hause aufzuhalten?«

Morgan blickte sich über die Schulter nach ihm um. »Wie lange dauert bei euch der Winter?« erwiderte er, bevor er hinausging.

»Ich muß dringend davor warnen, den Obristen mit solchen Fragen zu verärgern«, sagte Avenarius. »Es ist ungewöhnlich generös von ihm, daß er Euch nicht ausquartiert hat. Wollt Euch gefälligst vor Augen halten, daß wir im Krieg sind, Herr Pfarrer.«

»Ich führe nicht gegen die Schweden Krieg«, versetzte der Pastor barsch. »Bislang war ich der Meinung, wir stünden auf derselben Seite!« Damit schlug er die Tür des Studierzimmers hinter sich zu.

»Mir scheint, wir haben beide einen streitbaren Herrn, Frau Pfarrerin«, sagte der Feldprediger. »Also sollten wir sie tunlichst voneinander fernhalten. Es hat schon manchen an den Galgen gebracht, daß er dem Obristen in die Quere kam.«

»Gütiger Gott!« rief Margreta mit gespieltem Entsetzen. »Aber doch nicht einen Geistlichen seiner eigenen Konfession!«

»Ich kann mich nicht erinnern, daß Morgan jemals einen nach seiner Konfession gefragt hat, bevor er ihn aufknüpfen ließ«, antwortete der Feldprediger.

Für den Abend hatte der Obrist seine Offiziere zu einem Umtrunk in die Diele des Pastorats geladen; es galt, der Schlacht von

Breitenfeld zu gedenken. Morgan war kein Freund langer Reden, er ließ Königin Christine, die Feldherren Torstensson und Wrangel sowie den Kanzler Oxenstierna hochleben und ordnete mannhaftes Trinken an. Bald erbebte das ehrwürdige Gebälk von dröhnendem Gesang, und es war vor allem ein altes Landsknechtslied, das es den Offizieren angetan hatte:

Frisch, unverzagt, beherzt und wacker,
Der scharffe Sebel ist mein Acker,
Und Beuten machen ist mein Pflug,
Damit gewinn ich Gelds genug.

Jobst saß über seinem Tagebuch. Er schrieb davon, daß der Krieg nun auch nach Schönberg gekommen war und eine schwere Zeit bevorstehe. *Wie man hört, machen die Schweden keinen Unterschied, ob es Freundes- oder Feindesland ist, aus dem sie sich ernähren. Es wird von schrecklichen Greueltaten an Menschen berichtet, die nicht willens oder in der Lage waren, die Schweden mit dem Nötigsten zu versorgen. Und dann die Enge, in der die Einheimischen mit den Söldnern und ihrem Anhang –*

Als er an diese Stelle gelangt war, sah Jobst die Kerzenflamme von einem Luftzug in unruhiges Flackern versetzt. Er schlug das Buch zu und verbarg es unter seinen Armen.

»Was tust du da?« hörte er Margretas Stimme. »Schreibst du?« Sie umschlang ihn, umhüllte ihn mit ihrem Duft. »Er ist fortgegangen«, tuschelte sie ihm ins Ohr, »er hält den Lärm nicht aus, heute nacht will er in der Sakristei schlafen.« Ihre Hand glitt an seinem Arm hinunter und hob ihn etwas an. »Was für ein Buch ist das, ein Gesangbuch?«

»Wie Ihr seht.«

»Du sitzt hier und liest im Gesangbuch?«

»Wundert Euch das?«

»Aber wozu dann Feder und Tinte?«

»Ich habe vorhin etwas geschrieben.«

»Was? Einen Brief?« Sie deutete sein Schweigen als Zustimmung. »An wen? An Felicia?«

Felicia. Wie fremd ihm der Name geworden war.

»Du hast den Brief in das Gesangbuch gelegt«, sagte Margreta. »Zeig her!«

»Ich habe keinen Brief geschrieben! Und wenn es so wäre, was ginge es Euch an!« empörte sich Jobst. Er steckte das Tagebuch in seine Rocktasche und stand auf.

»Wie du mit mir redest«, sagte Margreta. »Schwer zu glauben, daß es die Worte eines Liebenden sind.« Sie setzte sich und streifte ihre Schuhe ab. »Ich werde diese Nacht bei dir bleiben. Ich habe Angst vor den betrunkenen Offizieren. Du hättest sehen sollen, wie sie mich mit den Augen ausgezogen haben. Hast du gehört, was der Obrist letzte Nacht zu mir gesagt hat?«

»Er ist ein Rohling übelster Art«, erwiderte Jobst.

»Ja, wahrhaftig«, sagte Margreta. »Und er würde es nicht bei groben Worten belassen, wenn er mich allein und schutzlos anträfe.« Sie hatte sich unterdessen auch ihrer Kleider entledigt und legte sich bäuchlings auf das Bett. »Gib ihn mir«, sagte sie.

Ihre Schamlosigkeit bewirkt bei mir mehr als eine körperliche Erregung. Es kommt mir vor, als rufe sie eine verborgene Seite meines Wesens wach, die aus der völligen Ausschaltung der Vernunft, des Anstands, des eigenen Willens ein Höchstmaß an Lust gewinnt. Sie wollte, daß ich sie von hinten nahm, und mich versetzte das Primitive, das Animalische solcher Begattung in besinnungslose Raserei.

»Überleg's dir gut, bevor du mich mit einer anderen betrügst«, sagte Margreta, als er schnaufend vor Erschöpfung neben ihr lag. »Ich würde sie töten.« Sie sagte es beiläufig, so frei von jeder Gefühlsregung, daß Jobst erst einige Herzschläge später den Sinn ihrer Worte erfaßte.

»Das ist nicht Euer Ernst«, brachte er mühsam hervor.

»Oh doch! Um dich ganz für mich zu haben, würde ich sie umbringen.«

Der Lärm schwappte von der Diele ins Innere des Hauses über, Schritte von sporenbewehrten Stiefeln polterten durch den Flur, Türen klappten, Elsche schrie. Aber schrie sie aus Angst, oder schrie sie vor Lust?

»Dafür würde ich jeden umbringen«, fuhr Margreta fort. »Selbst ihn.«

Jobst richtete sich auf. »Ihr meint doch nicht –« Er sprach nicht weiter, er las von ihrem Gesicht ab, wen sie meinte, und Margreta sah an seinem, daß er verstanden hatte.

»Ich brauchte nicht einmal den Finger zu rühren«, sagte sie. »Willst du wissen, wie wir ihn uns vom Hals schaffen könnten?«

»Nein, kein Wort davon!« fuhr er sie an.

Sie nahm sein Ohrläppchen zwischen ihre Zähne. »Ich bin ein Biest, nicht wahr?« mummelte sie. »Macht es dir Lust, bei einer Frau zu liegen, die aus Liebe zu dir einen Mord begehen würde?« Dann biß sie plötzlich zu. Jobst schrie vor Schmerz auf. Mit einem Satz war er aus dem Bett.

»Du bist wahnsinnig!« rief er, ohne zu merken, daß er sich der vertraulichen Anrede bediente. »Nur eine Wahnsinnige wäre einer solchen Schandtat fähig!«

Margreta lachte. Es war ein freudloses Lachen, hart und grell. »Du hast recht«, sagte sie. »Ich liebe dich so sehr, daß es von Wahnsinn kaum noch zu unterscheiden ist.« Sie lüpfte die Decke: »Leg dich wieder zu mir, komm!«

Er kleidete sich an und ging wortlos aus der Kammer. In der Küche saß Elsche vornübergebeugt auf einem Hocker, sie weinte. Jobst streichelte ihr die Schulter, worauf sie ihn mit blutunterlaufenen Augen anblickte. »Geht lieber hinten raus«, schniefte sie, »die Schweden sind besoffen wie die Schweine.«

Draußen fächelte der Wind feinen Schnee von den Dächern. Obwohl es schon auf Mitternacht ging, waren die Gassen voller Menschen. Auf dem Knüll hockten sie dicht aneinandergedrängt um die Lagerfeuer, irgendwo entlockte jemand einer Geige schmachtende Töne. Eine Frau trat ihm in den Weg. »Willst du Spaß?« fragte sie, während sie ihm mit einer Geste zu verstehen gab, welche Art von Spaß ihn erwartete. Vor dem Haus des Bauernvogts stolperte Jobst über einen Soldaten, der im Dunkel hockend seine Notdurft verrichtete. Der Soldat sprang wütend auf, zog seinen Säbel und schrie: »Kopf ab oder Scheiße fressen, was willst du?«

»Gemach, Kamerad, wir sind hier unter Glaubensbrüdern«, ließ sich da die Stimme des Feldpredigers vernehmen. Und schon trat Avenarius zwischen Jobst und den Erbosten und half diesem unter beschwichtigenden Worten in die Hose. »Ihr habt Glück, daß ich zufällig des Weges kam«, wandte sich der Feldprediger nun an Jobst. »Sonst wärt Ihr nicht umhin gekommen, Euch für das eine oder andere zu entscheiden. Aber wie steht Ihr zu einem Gläschen Branntwein, junger Mann?«

In der Schulstube hatte Avenarius sich aus einigen Bänken, Stroh und Decken eine Lagerstatt errichtet. Unter ihr war ein kleines Faß versteckt, das, wie er mit verheißungsvollem Zungenschnalzen wissen ließ, den mehrfach destillierten Saft der Malvasiertraube enthielt. »Nun«, fragte der Feldprediger, nachdem sie davon getrunken hatten, »schmeckt es nicht, als hätte Euch ein Engel auf die Zunge gepißt?« Und abermals füllte er die Gläser und erzählte, er habe dieses Fäßchen vom Abt des Klosters Maulbronn geschenkt bekommen, weil er, Avenarius, das Kloster vor Plünderung bewahrt habe.

»Das war sehr großzügig von einem evangelischen Geistlichen, noch dazu einem der strengen Observanz«, sagte Jobst.

Der Feldprediger bedachte ihn mit einem schrägen Blick. »Auf Euer Wohl, Herr Schulmeister«, sagte er. »Und nippt nicht wie ein Spatz, es könnte sein, daß ich noch ein weiteres Fäßchen finde. Doch apropos strenge Observanz: Soll man tatenlos zusehen, wie unersetzliche Kunstschätze zerstückelt und, sofern sie aus edlem Metall sind, geschmolzen und zu handlichen Barren gegossen werden? So riet ich dem Abt, zwei an den Pocken Erkrankte als Mönche zu verkleiden und sie den Soldaten zum Beweis vorzuführen, daß sämtliche Klosterinsassen von dieser tödlichen Krankheit befallen seien. Ihr glaubt nicht, wie schnell die Soldaten das Weite suchten, sie rannten, als ob die Schwarze Garde ihnen auf den Fersen sei. Aber da fällt mir ein, daß Ihr ja ein Studiosus der Theologie seid, wenn ich den Diakon richtig verstanden habe. Mithin darf ich in Euch einen Amtsbruder in spe sehen, und dies hinwiederum spornt mich an, nach dem zweiten Fäßchen zu suchen.«

Für eine Weile verschwand er unter seinem Bett, dann hörte Jobst ihn »Heureka!« rufen, und alsbald tauchte der Feldprediger wieder auf, mit einem Fäßchen gleicher Größe wie das erste unterm Arm. »Seht Ihr, es war doch nicht nur ein frommer Wunsch, daß sich, wo eines war, noch ein zweites anfinden möge«, rief er vergnügt.

Etwas später vertraute er Jobst an, daß er in Wahrheit Lefebvre heiße und auf den Namen Jean getauft sei. *Avenarius* habe er sich erst genannt, nachdem er gewissermaßen die Wandlung vom Saulus zum Paulus vollzogen habe. Bevor er nämlich zum Anhänger Calvins geworden sei, habe er die katholische Priesterweihe empfangen und zeitweilig gar im Ruf eines Heiligen gestanden. »Wollt Ihr wissen, wie es dazu gekommen ist?« fragte er.

»Ihr macht mich neugierig«, sagte Jobst und zog unwillkürlich einen Vergleich mit dem ortsansässigen Heiligen. Im Unterschied zu Hans Flinkfoot *nach dem Blitz* war dem Feldprediger nichts von einer Erweckung anzumerken. Aber das konnte auch daran liegen, daß die Zeiten, da er Askese geübt hatte, weit zurücklagen.

Avenarius füllte die Gläser, damit er nicht genötigt sei, während des Erzählens nachzuschenken. »Die Geschichte entbehrt nicht der Pikanterie,« hob er an.«Ich hätte Euch damals, was das Äußere betrifft, durchaus das Wasser reichen können. Unter den jungen Priestern meiner Diözese zog keiner so viele verliebte Blicke auf sich wie ich. Nein, ich übertreibe nicht, junger Freund. Daß die Weiber mir nachliefen, ist so wahr wie der traurige Umstand, daß ich heutzutage zahlen muß, wenn ich mit einer hinter die Büsche gehen will. Und ich? Ich bemerkte es wohl, mitunter genoß ich es sogar, um mich hernach hart dafür zu strafen, indessen nahm ich es mit dem Keuschheitsgelübde ernster als mancher Konfrater, der weniger Anfechtungen ausgesetzt war. Nun aber trat der Versucher in Gestalt einer Jungfer an mich heran, die Lucile hieß und für ihr Alter, sie mochte vierzehn oder fünfzehn sein, ungewöhnlich durchtrieben war. So geschah es, daß ich eines Sonntags, hinter dem Altar stehend und ins Gebet vertieft, eine Hand zwischen meinen Beinen fühlte. Mich durchfuhr etwas, von dem ich nicht sagen kann, ob es Schreck oder Wonne war. Wie auch immer, weder konnte noch wollte ich die Flucht ergreifen. Ich ließ es zu, daß besagte Lucile – denn sie war es, die sich, für die Gemeinde unsichtbar, hinter dem Altar versteckt hatte –, daß also Lucile die Soutane hob und mit flinken Fingern mein Geschlecht entblößte. An dieser Stelle entschlüpfte mir ein Laut, den die Gläubigen später mit dem Erscheinen des Heiligen Geistes in Verbindung brachten. Flugs hatte sie meinen Phallus aus dem Schlaf der Unschuld geweckt, und nun begann sie, an ihm zu zupfen, ihn zu reiben und sanft zu kneten, daß mich Schauer der Wollust überliefen. Ihr müßt bedenken, daß ich dergleichen noch nie erlebt hatte, außer von eigener Hand. Doch was Lucile an mir verrichtete, war ungleich lustvoller, ich empfand eine Verzückung, der ich, ob ich wollte oder nicht, körperlichen Ausdruck verleihen mußte. Ich reckte mich also, breitete die Arme aus und legte den Kopf in den Nacken. Damit gab sich Lucile indes nicht zufrieden, und, ich gestehe es unumwunden, auch ich wollte mehr. So überließ ich mein Glied ihrer Zunge, ihren Lippen, und nun fing ich an zu zittern, ich fuchtelte wild mit den Händen, warf wie unter Schmerzen den Kopf hin und her, winselte, stöhnte, schrie, und als ich auf den Gipfel der Lust gelangte, stieß ich mit letzter Kraft die Worte ›Ja! Ja! Ich komme!‹ hervor. Danach brach ich über dem Altar zusammen, und es war eine atemlose Stille in der Kirche. Als ich wieder aufblickte, sah ich, daß die Gläubigen sich erhoben hatten, sie starrten mich an, als ob ich selbst das Wunder sei, das sie an mir geschehen wähnten. Mit Windeseile verbreitete sich das Gerücht, der Heilige Geist sei an jenem Sonntag über mich gekommen. Und wie zu erwarten, kamen die Menschen zur nächsten Messe von nah und fern in der Hoffnung, das Wunder möge sich vor ihren Augen ein weiteres Mal ereignen.«

»Ihr habt sie doch nicht enttäuscht?« fragte Jobst.

»Das Fleisch ist bekanntlich schwach«, seufzte der Feldprediger, »und der Geist in gewisser Hinsicht nicht minder. Denn was hebt das Selbstgefühl mehr, als Objekt einer Verehrung zu sein, wie sie sonst nur dem Gekreuzigten oder der Jungfrau Maria zuteil wird? Außerdem waren sich meine Oberen und die Geschäftsleute unseres Städtchens darin einig, daß der regelmäßige Zustrom an Wundergläubigen für beide Seiten von Vorteil sei. Daher legte mir der Bischof nahe, auch weiterhin für den Heiligen Geist empfänglich zu sein. Vergessen wir jedoch nicht, daß hierzu Luciles Mithilfe erforderlich war. Und Lucile stellte Bedingungen, junger Freund. Sie wollte, daß wir es nicht nur sonntags in der Kirche trieben, und zwar auf eine Weise, die mir größere Befriedigung verschaffte als ihr, sie wollte es öfter und den ungeschmälerten Genuß. Nun, Lucile bekam ihren Willen, und das Volk durfte fürderhin meiner Vereinigung mit dem Heiligen Geist beiwohnen – bis durch einen Zufall der wahre Grund meiner Ekstase ruchbar wurde: Auf dem Weg zur Messe hielt mich eine Schar Kranker auf, die von mir geheilt werden wollte, und als ich dieserhalb nicht rechtzeitig in der Kirche erschien, sprang Seine Eminenz höchstpersönlich für mich ein. Obwohl Lucile an bestimmten Unterschieden gemerkt haben mußte, daß statt meiner ein anderer vor ihr stand, gab sie ihr Bestes. Der Herr Bischof soll denn auch außergewöhnlich lebhaft geworden sein und ein paarmal ›Heilige Muttergottes!‹ gerufen haben, aber das große Spektakel, das man von mir gewohnt war, blieb den Gläubigen versagt. Die Folge war – nun, was meint Ihr?«

»Man hat Euch in die Wüste geschickt.«

»Aber nein, wo denkt Ihr hin! Die Apostolische Kirche hat runde anderthalbtausend Jahre auf dem Buckel, lieber Freund. Das ist eine Menge Zeit, um zu lernen, wie man sich die Sündhaftigkeit der Menschen zunutze macht. Der Bischof nahm mir also die Beichte ab, erteilte mir Absolution und empfahl, Lucile gegen eine andere auszuwechseln, die sich mit der sonntäglichen Fellatio begnüge. Dem widersetzte sich jedoch mein Schamgefühl. Der Bischof war klatschsüchtig wie ein altes Weib, und ich empfand es als überaus peinlich, jeden Sonntag vor dem eingeweihten Klerus zum Erguß zu kommen. Daher kündigte ich dem Papst den Gehorsam und trat zur Lehre des Johannes Calvin über. Wollt Ihr die Güte haben, mit mir auf ihn anzustoßen, Herr Studiosus?«

»Auf die strenge Observanz«, sagte Jobst. Der doppelt und dreifach gebrannte Malvasier begann, seine Wirkung zu tun, er legte sich wie ein Schleier über seine Sinne und erfüllte ihn mit einer stillen, trägen Heiterkeit. Nachdem das zweite Fäßchen angezapft war, tranken sie Brüderschaft und nannten einander Jobst und Jean.

»Im Vertrauen, Jobst«, sagte der Feldprediger, »was hält dich eigentlich in dieser gottverlassenen Gegend? Sind es die prallen Schenkel der Frau Pfarrerin?« Er knuffte Jobst, grinste anzüglich, offensichtlich hatte Thomas Pale den Mund nicht halten können. »Die Frau Pfarrerin hat gewiß ihre Vorzüge«, fuhr Avenarius fort, »andererseits gehört nicht viel dazu, unter Dorftrampeln die Ansehnlichste zu sein. In der Stadt wäre sie dir keinen Blick wert, da könntest du unter den Schönsten wählen. Also fort aus diesem Kaff und hinein ins Leben!«

Vermutlich war es gleichfalls dem Branntwein zuzuschreiben, daß Jobst ein ungewohntes Mitteilungsbedürfnis verspürte. So klärte er den Feldprediger auf, weshalb er in die Probstei geflüchtet war und sich hier wahrscheinlich noch längere Zeit verborgen halten mußte.

»Hab ich mir doch gedacht, daß ein Weibsbild dahintersteckt«, lachte Avenarius. »Aber da weiß ich Rat, mein Freund. In unserem Heer tummeln sich Gesetzesbrecher jeglicher Art. Sobald sie den Fahneneid geschworen haben, darf niemand sie früherer Verbrechen wegen belangen. Du hast also weiter nichts zu tun, als dich beim Hauptmann als Freiwilliger zu melden. Soll ich dich zu ihm bringen? Er pflegt um diese Zeit beim Würfelspiel zu sitzen.«

»Um Himmels willen!« rief Jobst. »Ich verabscheue keinen Beruf so sehr wie den des Soldaten!«

»Da geht es dir wie mir«, sagte Avenarius. »Aber was hältst du davon, mir als Hilfsprediger zur Hand zu gehen? Nach einer Schlacht, selbst nach manchem Scharmützel zehrt es arg an meinen Kräften, die vielen Toten christlich unter die Erde zu bringen. Keine Widerrede, ich werde dem Obristen vorschlagen, dich zum Hilfsprediger zu ernennen!« Für diesen Einfall belohnte Avenarius sich mit einem Glas Branntwein. »Im übrigen«, setzte er wieder an, »im übrigen –«

»Was im übrigen?« fragte Jobst.

»Warte, ich hab's gleich«, erwiderte der Feldprediger und versank in Grübeln.

»Du meinst es zweifelsohne gut mit mir, Jean«, sagte Jobst. »Aber ich glaube nicht, daß ich dir eine gute Hilfe bin. Mir wird schon beim Anblick eines einzigen Toten schlecht, was soll erst werden, wenn ich sie zuhauf liegen sehe?«

»Du kotzt dich einmal richtig aus, damit ist es überstanden«, antwortete der Feldprediger. »Hast du jemals einen Landstrich gesehen, der von Heuschrecken heimgesucht worden ist?«

»Nein.«

»Dann wirst du eine Vorstellung davon bekommen, wenn wir abgezogen sind. Die Soldaten werden euch alles wegfressen und ausplündern bis aufs Hemd, sie werden nichts als Not und Elend hinterlassen. Nimm also Vernunft an und ergreife die helfende Hand deines Bruders in Christo.« Statt der Hand hielt er Jobst sein feistes Gesicht hin und wollte, daß er ihn auf beide Wangen küßte. Diesem Verlangen entzog sich Jobst jedoch, worauf der Feldprediger das Gleichgewicht verlor und von der Bank sackte. »Im übrigen hat der Pfarrer den Teufel im Leib«, murmelte er, bevor ihn der Schlaf übermannte.

Wenn sich einer in dem stets von Lärm erfüllten Dorf Gehör verschaffen konnte, war es Cabeza de Vaca, ein schwarzhaariger Riese aus Galizien; seine Stimme grollte wie Donnerhall vom einen Ende des Dorfes zum andern. Deshalb, und weil Cabeza de Vaca ein halbes Dutzend Sprachen beherrschte, hatte ihn der Obrist zum Ausrufer ernannt. Was der hünenhafte Galizier mit seiner abgrundtiefen Baßstimme bekanntgab, waren in aller Regel Befehle mitsamt den Strafen, die bei Nichtbefolgung drohten. So verkündete er, daß es strengstens verboten sei, das Dorf ohne Genehmigung zu verlassen; wer es dennoch versuche, würde am Halse aufgeknüpft. Ein andermal hieß er die männlichen Dorfbewohner, sich mit Schaufeln und Hacken bewaffnet vor dem Höhndorfer Tor einzufinden; Drückeberger versprach er eigenhändig auszupeitschen, denn Cabeza de Vaca war im Hauptberuf Profoß.

Auf Anordnung des Obristen wurden in aller Eile Schanzen aufgeworfen; die Hast wurde damit erklärt, daß man dem Frost zuvorkommen wolle. Von den Soldaten war indes zu hören, daß die Schwarze Garde auf der Suche nach einem Winterquartier bereits an die Schwentine gelangt sei. Als die Arbeit getan war und Morgan knurrig Zufriedenheit bekundet hatte, belohnte Cabeza de Vaca die Männer, indem er sie zu einem kostenlosen Besuch bei den Dirnen einlud. Im Nebenberuf war er nämlich Hurenweibel.

Der Diakon schleppte Jobst zu einer Hure, der man nachsagte, sie sei die Kurtisane des Königs von Ungarn gewesen. Sie empfing die beiden Besucher in türkische Schleier gehüllt und knüpfte alles Weitere an die Bedingung, daß man sie Gräfin von Liebenfels nenne. Jobst fragte sich, was der König von Ungarn wohl an ihr gefunden haben mochte, denn sie war dürr wie ein Schindergaul und schielte auf eine Weise, daß man sich zur gleichen Zeit angeblickt und übersehen glaubte. Thomas Pale war jedoch der Ansicht, die körperlichen Mängel der Gräfin seien der sichere Beweis, daß sie in den abartigsten Formen der Beiwohnung bewandert sei, wie sonst könnte sie unter den verwöhnten Söldnern Zuspruch finden. Die Hure zeigte sich denn auch geneigt, die jungen Herren mit einigen Lieblingsstellungen Seiner Majestät vertraut zu machen, doch als Jobst ihren Leib gänzlich unbekleidet sah, machte er sich angewidert davon.

Vor dem Zelt lief er dem Hurenweibel in die Arme. »Zu alt für dich?« fragte Cabeza de Vaca. »Willst du was Junges, Kleiner, willst du eine Jungfrau pflücken?« Er führte Jobst in ein anderes Zelt, wo halbwüchsige Mädchen einander die Läuse absuchten. »Sie wissen alle, wie's geht, aber noch nicht alle haben es gemacht«, sagte der Hurenweibel. Er winkte die Mädchen herbei, und Jobst las hier kindliche Zutraulichkeit, dort stumpfe Teilnahmslosigkeit aus ihren Gesichtern, bei einigen auch schon die dreiste Gefallsucht der Hure. »Für die gewöhnlichen Soldaten sind mir die jungen Dinger zu schade«, fuhr Cabeza de Vaca fort, »an die laß ich nur die Offiziere ran, und von denen auch nur die aus guter Familie. Du bist was Besseres, das hab ich auf den ersten Blick gesehen. Also such dir eine aus.«

Um den Koloß nicht zu erzürnen, gab Jobst ihm in sorgfältiger Wortwahl zu verstehen, daß es ihm nach der ungewohnten Schanzarbeit an der für den Liebesvollzug erforderlichen Kraft fehle.

»Meinst du, du kriegst ihn nicht hoch?«

»So könnte man es auch ausdrücken.«

»Da siehst du, wie recht ich habe, wenn ich sage, daß du was Besseres bist«, versetzte Cabeza de Vaca. »Einigen Offizieren geht's genauso. Nach einem Gewaltmarsch brauchen sie drei Tage, bis er ihnen wieder steht. Du würdest einen guten Fahnenjunker abgeben. Was tust du in diesem Kuhdorf?«

»Ich bin der Schulmeister.«

»Soll das heißen, du kannst lesen und schreiben?«

»Das ist in der Tat erwünscht, wenn man diesen Beruf ausüben will«, erwiderte Jobst.

»Kleiner, du bist mein Mann«, sagte Cabeza de Vaca. »Es wird höchste Zeit, daß ich mein Geschäft wie ein richtiger Kaufmann betreibe. Die Freier kommen und gehen, aber bezahlt wird später oder nie. Daher brauche ich einen, der schwarz auf weiß festhält, was man mir schuldet. Du fängst auf der Stelle damit an!«

So fand sich Jobst abermals in der Rolle eines Schreibers in schwedischen Diensten. Dieses Mal oblag es ihm, die Namen der Freier in eine Liste einzutragen und zu vermerken, ob sie den Hurenlohn gestundet haben wollten. Der Sold wurde unregelmäßig gezahlt, mitunter mußten die Soldaten länger als ein Jahr auf ihn warten, und wenn sie nichts mehr besaßen, das sich versilbern ließ, gleichwohl aber die Gefälligkeiten der Dirnen nicht entbehren konnten, rammelten sie auf Pump, wie es der Hurenweibel in seiner derben Art zu nennen liebte.

Pastor Scheele ging mehrere Tage lang mit einer Miene umher, als fräße er Ärger in sich hinein. Doch dann, man saß beim Mittagsmahl, konnte er sich nicht länger bezähmen. »Ich begreife nicht, wie Ihr Euch dafür hergeben könnt, Herr Steen«, grummelte er. »Vor den Augen des ganzen Dorfes wird Unzucht getrieben, und Ihr führt darüber Buch.«

»Über kurz oder lang werdet Ihr Cabeza de Vaca begegnen, Herr Pastor«, antwortete Jobst. »Vielleicht versteht Ihr mich dann besser.«

»Mit Verlaub, ich denke schon, daß Ihr mit geschickter Kasuistik beim Hurenweibel einen Sinneswandel bewirkt hättet, Herr Kollega«, warf Thomas Pale ein.

Für einen Augenblick fühlte Jobst sich versucht, den Diakon zu fragen, wie es ihm bei der Gräfin von Liebenfels ergangen war, doch er unterdrückte den Wunsch nach kleinlicher Vergeltung.

»Gehilfe des Hurenweibels!« knurrte der Pastor. Und plötzlich brach es ungehemmt aus ihm hervor: »Weshalb habt Ihr Euch nicht geweigert?«

»Johannes, bitte«, sagte Margreta. »Es genügt doch zu wissen, daß Herr Steen diesen Posten nicht freiwillig übernommen hat.«

»Oh nein, das genügt mir keineswegs!« entgegnete der Pastor barsch. »Das ist Halbherzigkeit! Eure Rede sei ja, ja, nein, nein! Was darüber ist, ist vom Übel!«

»Ihr werdet wohl nichts dagegen haben, wenn ich mich zurückziehe«, sagte Jobst, stand auf und ging zur Tür.

»Bitte, bleibt!« rief Margreta, die sich gleichfalls erhoben hatte. »Johannes, du tust ihm unrecht«, sagte sie mit ungewohnter Strenge. »Herr Steen hatte keine andere Wahl. Oder wäre es dir lieber gewesen, man hätte ihn in eine schwedische Uniform gesteckt?«

»Wie?« fragte der Pastor, sichtlich verstört über ihren harschen Ton. »Aber nein, nein. Ich wollte Euch nicht kränken, Herr Steen. Seid so gut und setzt Euch wieder.«

Nach dem Essen nahm er Jobst beiseite und führte zu seiner Rechtfertigung an, die tiefere Ursache für seine Verstimmung sei die Sorge um Jobsts moralische Maßstäbe gewesen. Der tägliche Umgang mit Dirnen könne bewirken, daß die Sündhaftigkeit ihres Gewerbes mit der Zeit als nicht mehr gar so verabscheuenswert empfunden würde. Und wenn es erst dahin gekommen sei, gerate bald auch die sittliche Standhaftigkeit ins Wanken. »Führt Euch also immer wieder das Verwerfliche ihres Tuns vor Augen, Herr Steen«, sagte Johannes Scheele, »und sucht, falls Euch jemals Nachsicht mit den käuflichen Weibern anwandeln sollte, Stärkung im Gebet.«

Ich glaube, es war tatsächlich die Sorge, ich könnte der Sünde und damit dem Teufel anheimfallen, die ihn so heftig bewegte. Immer deutlicher tritt im Verhalten des ansonsten gefühlsarmen Mannes so etwas wie väterliche Fürsorglichkeit zutage. Diese geht einher mit blindem Vertrauen, einer unfaßbaren Arglosigkeit. Wie ist es zu erklären, daß er bemerkt, wenn Thomas Pale seiner Frau unkeusche Blicke zuwirft, nicht aber auch nur im geringsten etwas von dem ehebrecherischen Verhältnis zwischen M. und mir zu ahnen scheint?

Margreta versuchte Jobst auf ihre Weise von den Dirnen fernzuhalten: Sie überredete ihren Mann, in Elsches Kammer zu nächtigen, weil es dort ruhiger sei. Um keinen Verdacht zu erregen, ließ sie die Magd auf der Ofenbank schlafen. Nun kam sie jede Nacht zu Jobst und machte kein Hehl daraus, daß es nicht allein die Lust war, die sie zu ihm trieb: Sie wollte, daß seine Manneskraft sich bei ihr erschöpfe.

Als der Proviant knapp zu werden begann, schickte der Obrist die kroatischen Reiter zum Requirieren aus. Wie die Schönberger hatten auch die Bauern der Einzelgehöfte ihr Vieh in den Rögen getrieben und den größten Teil ihrer Vorräte versteckt. Entsprechend karg war die Beute. Doch Morgan stellte den Bauern ein Ultimatum: Wer nicht am nächsten Tag ein je nach Größe des Besitzes festgelegtes Quantum an Lebensmitteln herausrücke, werde seinen Hof brennen sehn. Tags darauf gingen zwei Höfe in Flammen auf, von den übrigen kamen die Kroaten mit Brot, Butter und allerlei Geräuchertem zurück. Nur vor Fernwisch machten sie kehrt, als ihnen die Kugeln der Schiffskanonen um die Ohren pfiffen.

Der Obrist wollte seinen Ohren nicht trauen: Ein einzelner Bauer erdreistete sich, ihm Widerpart zu bieten? Dergleichen war in seiner langen soldatischen Laufbahn noch nicht vorgekommen. Morgan entschloß sich, den Aufmüpfigen persönlich in Augenschein zu nehmen. Gefolgt von Cabeza de Vaca und seinen buntgewandeten Offizieren ritt er nach Fernwisch. Der Hof war inzwischen durch einen breiten Wassergraben und einen palisadenbewehrten Wall in eine kleine Festung verwandelt worden. Zu seinem Erstaunen sah Morgan über dem Wohnhaus sogar eine Fahne wehen; welchem Land sie zuzuordnen sei, blieb ungeklärt. Auf Weisung des Obristen erhob Cabeza de Vaca seine mächtige Stimme und forderte die unverzügliche Übergabe des Hofes an die schwedische Armee. Die Antwort war eine Kanonenkugel, die eine Mannslänge hinter den Offizieren einschlug. Dies sei die Reichweite der Kanonen, mit denen er seinen Besitz gegen jedweden Angreifer zu verteidigen gedenke, war vom Hof her zu vernehmen. Und damit die Schweden sähen, wer ihnen so mannhaft trotzte, erschien Haunerland über den Palisaden in einer dänischen Admiralsuniform.

»Gott zum Gruße, Herr Kamerad«, sagte der Obrist. »Unter welcher Fahne dient Ihr?«

»Unter jener«, erwiderte Haunerland, indem er auf die Fahne über dem Wohnhaus zeigte. »Es ist die Fahne des Freistaates Saint Croix.«

»Nie davon gehört«, sagte Morgan. »Aber wir wollen sehen, ob

Ihr ein echter Soldat seid. Ein Soldat nimmt es nicht mit einer Übermacht auf, er gehorcht seinem Verstand und ergibt sich.«

Ein Schuß fiel, und im nächsten Augenblick saß der Obrist barhäuptig auf dem Pferd, sein Federhut segelte hinter ihm zu Boden.

»Bravo, Matti!« rief Hans Haunerland.

Obrist Morgan riß sein Pferd herum und sprengte ins Dorf zurück. Dort gab er Befehl, Fernwisch mit den Vierundzwanzigpfündern der Halbkartaunen sturmreif zu schießen. Eine Kompanie brandenburgischer Musketiere drang durch die zertrümmerten Palisaden in den Hof ein, machte alle nieder, die sich zur Wehr setzten, und nahm die übrigen gefangen, darunter Hans Haunerland, seine Frau und die beiden Töchter. Nur dem Finnen gelang es zu entwischen. Mit den Gefangenen brachten die Soldaten mehrere Ackerwagen voller Nahrungsmittel und anderer Beute ins Dorf. Der Obrist staunte, wie wohlhabend Haunerland war.

»Du stinkst ja nach Geld«, sagte er, als der Gefangene ihm im Pastorat vorgeführt wurde. »Erzähl mir nicht, du hättest alles mit deiner Hände Arbeit erworben.«

»Teilweise schon«, erwiderte Haunerland. »Und diese Arbeit war Eurer gar nicht so unähnlich.«

»Ich frage mich, ob du mir von selbst anvertrauen möchtest, wo du dein Geld versteckt hast, oder ob der Profoß nachhelfen muß«, sagte Morgan. Er ließ Cabeza de Vaca herbeiholen, und es war nicht zu übersehen, daß Hans Haunerland beim Anblick des riesenhaften Galiziers zusammenzuckte.

»Vielleicht sollte ich ihm vorweg schon mal ein bißchen die Finger drücken«, schlug Cabeza de Vaca vor.

»Zeig ihm dein Werkzeug«, sagte der Obrist.

Es war das erste Mal, daß Jobst ein Folterwerkzeug sah. Die hölzerne Zwinge war an einem Ende mit einer Schraube versehen, durch die der Druck auf die Finger bis zum Zerquetschen verstärkt werden konnte. Jobst bemerkte, daß dem Hofherrn, obschon er sich äußerlich mit Gleichmut wappnete, kleine Schweißperlen auf die Stirn traten.

»Ich will nicht bestreiten, daß ich vermögend bin«, sagte Hans Haunerland. »Doch Hand aufs Herz, Herr Obrist: Würdet Ihr Euer Geld in einem Land aufbewahren, wo es von Räubern und raffgierigen Soldaten wimmelt? Für so dumm dürft Ihr mich nicht halten.«

»Der Rede kurzer Sinn?« drängte der Obrist.

»Um das Geld herbeizuschaffen, wäre eine Seereise vonnöten«, antwortete Haunerland.

»Du hast es faustdick hinter den Ohren, Bauer«, sagte Morgan. »Ich will's mir überlegen. Sperr ihn mit seinem Weibsvolk in die Kirche!« befahl er dem Profoß.

Pastor Scheele mußte hinter der Tür gelauscht haben, denn unversehens betrat er die Diele und erhob Einspruch dagegen, daß man das Gotteshaus zum Gefängnis mache.

»Was regt Ihr Euch auf?« fragte Morgan. »Für gewöhnlich bringe ich die Pferde in den Kirchen unter.«

»Aber doch nicht in Gotteshäusern unserer gemeinsamen Religion!« rief der Pastor. »Als Protestant könnt Ihr doch keine Kirche entweihen, in der Luthers Lehre verkündet wird!«

»Ich bin Soldat, die Religion überlasse ich euch Pfaffen«, sagte der Obrist. Doch Pastor Scheele fuhr fort, ihm Vorhaltungen zu machen, und als er sich gar zu der Drohung verstieg, er werde den Generalissimus von der Schändung eines evangelischen Gotteshauses in Kenntnis setzen, befahl Morgan, ihn zusammen mit Haunerland und dessen Familie in der Kirche einzuschließen. Dort verbrachte Johannes Scheele vier Tage in eisigem Schweigen, bis der Feldprediger seine Freilassung bewirkte.

Während der Zeit, die ihr Mann unfreiwillig in der Kirche verbrachte, entdeckte Margreta, daß einige ihrer Kleider verschwunden waren. Ihr Verdacht richtete sich gegen Elsche, und daß diese den Diebstahl nicht zugeben wollte, machte sie rasend: Mit einem Hackmesser rückte sie der Magd zu Leibe. Elsche schrie wie am Spieß, so daß Jobst ihr in der Annahme, sie werde abermals von den Schweden mißbraucht, Beistand leisten wollte. Doch statt einer

Bedrängten zu helfen, sah er sich vor die heikle Aufgabe gestellt, einen Streit zu schlichten, den er selbst verursacht hatte. Margretas Gesicht war von Wut verzerrt, ihre Augen versprühten Haß, so hatte er sie noch nicht erlebt. Als er sich anschickte, ihr das Hackmesser zu entwinden, trat sie einen Schritt zurück und holte zum Schlag aus. Er sprach besänftigend auf sie ein, er erinnerte sie an die beiden Frauenzimmer, mit denen der Obrist eine Nacht in ihrem Bett verbracht hatte. Konnten die Kleider nicht auch von diesen gestohlen worden sein?

»Warum nimmst du sie in Schutz?« schrie Margreta. »Hat sie auch für dich die Beine breitgemacht?« Sie versuchte, sich an Jobst vorbei auf die Magd zu stürzen, dabei ritzte sie mit dem Messer seine abwehrend erhobene Hand. Im Nu war ihr Zorn verraucht. »Oh, Geliebter, was habe ich getan! Wie konnte ich mich so vergessen!« rief sie und leckte das Blut von seiner Hand. Obwohl Jobst ihr versicherte, es sei nicht weiter schlimm, bestand sie darauf, die Wunde mit einer Salbe zu behandeln, deren Rezept von ihrer Großmutter stammte. Der plötzliche Umschwung verstörte Jobst nicht weniger als ihr maßloses Wüten zuvor.

Elsche war derweil aus dem Zimmer geschlüpft. Später wollte sie Jobst glauben machen, er habe ihr das Leben gerettet. »Sie ist gefährlich, junger Herr«, flüsterte die Magd ihm zu. »Gebt acht, daß Ihr sie Euch nicht zur Feindin macht!«

Da er Jobst für einen Sohn aus gutem Hause hielt, brachte Cabeza de Vaca ihn mit den Offizieren zusammen. Die Schweden waren dünkelhaft, abweisend und händelsüchtig, wenn sie zuviel getrunken hatten, mit den Deutschen verstand er sich besser. Einige führten ihren gesamten Hausstand mit sich, wozu neben der Ehefrau, Kindern und Gesinde nicht selten auch die eine oder andere Mätresse zählte. Sie führten ein Nomadenleben, verweilten nie länger als einen Winter an einem Ort und sprachen von Belagerungen, Eroberungen und Schlachten wie die Bauern von Aussaat und Ernte.

Mit einem der jüngeren Offiziere, er hieß Christoffer und stammte aus Lothringen, traf Jobst häufiger zusammen – nicht zuletzt auch deshalb, weil Christoffer unbeweibt war und daher die Dienste der Huren des öfteren in Anspruch nahm. Er war Adjutant bei General Banér gewesen und von dessen Frau Elisabeth wie der eigene Sohn behandelt worden. Trotz aller Greuel, die er erlebt und wohl auch selbst begangen hatte, war er ein lustiger Mensch. Zuweilen kam Jobst indessen der Gedanke, daß hinter seiner Fröhlichkeit Verzweiflung lauerte.

Christoffer war in den Krieg hineingeboren, war mit ihm aufgewachsen und konnte sich nun, da er die Mitte der Zwanzig erreicht hatte, kein Leben denken, das nicht vom Krieg bestimmt wurde. Seine Erzählungen handelten ohne Ausnahme von Gewalttaten, und es minderte nicht ihren Schrecken, daß er in ihnen stets etwas zum Lachen fand. So erzählte er, daß sie in Bamberg fünf Kirchen und allen Kirchenbesitz an Scheunen und Speichern niedergebrannt hätten, und dies aus keinem anderen Grund, als daß es ein schönes Feuerwerk gäbe. In Eisenach hätten sie sich bei einem Gelage im Ratskeller damit vergnügt, aus dem Fenster auf die Beine der Vorübergehenden zu schießen. Es sei zum Brüllen komisch gewesen, wie die Leute auf der Straße gehüpft und gesprungen seien. Er selbst dürfe sich rühmen, der Erfinder einer originellen Daumenschraube zu sein. Dafür brauche man nichts weiter als eine Pistole, in deren Lauf der Daumen des Delinquenten gepreßt werde. Sich vor Lachen biegend veranschaulichte er Jobst, was vom Daumen übrigbleibe, wenn man einen Schuß abfeuere.

Einmal bot Christoffer ihm eine Wette an. Es ging darum, wie viele Männer man mit einer einzigen Kugel erschießen könne. Nicht ahnend, worauf er sich einließ, schätzte Jobst die Zahl der Opfer auf drei, höchstens vier. Christoffer hielt dagegen, die Kugel werde sechs Männer durchbohren und den siebten wahrscheinlich noch verwunden. »Was gilt die Wette?« fragte der junge Offizier.

Langsam keimte in Jobst der Verdacht auf, daß Christoffer es ernst meinen könnte. »Ich besitze keinen Schilling«, sagte er und kehrte zum Beweis seine Taschen um. Dabei fiel etwas zu Boden. Es war der Talisman aus Bernstein, den er von Margreta hatte.

»Das Stück ist gut und gern einen Dukaten wert«, sagte Christoffer. »Ich setze einen silbernen dagegen.« Er befahl, sieben Männer etwa gleicher Größe aus Hans Flinkfoots Gaststube herbeizuholen. Diese stellte er so auf, daß einer jeweils dicht hinter dem anderen stand. Dann zog er seine Pistole und richtete sie auf die Brust des vorn Stehenden.

»Halt!« rief Jobst, der nun endlich begriffen hatte, daß eine Anzahl von Dorfbewohnern wegen einer Wette das Leben verlieren sollte.

»Wollt Ihr Euch korrigieren?« fragte Christoffer. »Bitte, noch ist Zeit dafür.«

»Ich will nicht an einem Mord beteiligt sein!« entgegnete Jobst. »Es ist gemeiner Mord, wenn Ihr auf unschuldige Menschen schießt.«

Der Offizier runzelte ratlos die Stirn: »Seid Ihr mit einem von denen verwandt oder befreundet?«

»Nein, aber die Leute haben nichts getan, das ihren Tod rechtfertigen könnte!«

»Je ne comprends pas«, sagte Christoffer, und ihm war anzusehen, daß er wirklich nicht verstand. »Wie sollen wir denn sonst feststellen, wer die Wette gewonnen hat?«

»Behaltet den Bernstein und laßt die Leute laufen«, sagte Jobst.

»Das macht aber keinen Spaß«, entgegnete der Offizier. »Auf solche Art eine Wette gewinnen macht keinen Spaß.« Und kaum, daß er dies ausgesprochen hatte, drückte er ab. Drei der Männer sanken zu Boden, der vierte griff sich taumelnd an die Brust, fand jedoch das Gleichgewicht wieder.

»Seht Ihr, mon ami«, lachte Christoffer, »jetzt habt Ihr einen Dukaten gewonnen.«

Elftes Kapitel

Kuriere des Befehlshabers der schwedischen Armee brachten die Nachricht, daß die Friedensverhandlungen in Münster und Osnabrück in Bälde abgeschlossen seien; die Gesandten Kaiser Ferdinands III., Königin Christines von Schweden und König Ludwigs XIV. hätten in den wesentlichen Punkten des Vertragswerks Einigung erzielt. Die Kunde löste unter den Soldaten Besorgnis aus. Zwar waren sie des Kriegshandwerks müde, aber es hatte sie und ihren Anhang über die Jahre schlecht und recht ernährt; der Friede, ahnten sie, würde sie ins Elend stürzen.

Die Sorge um ihre Zukunft machte sie aufsässig. Immer häufiger kam es zu Unbotmäßigkeiten und tätlichen Übergriffen. Einem Korporal, der im Ruf eines Leuteschinders stand, wurde auf dem Heimweg von einem Zechgelage die Kehle durchgeschnitten. Cabeza de Vaca, diesmal seines Amtes als Profoß waltend, konnte die Täter nicht ermitteln. Der abschreckenden Wirkung halber ließ Morgan wenige Schritte vor dem Stakendorfer Tor einen Galgen errichten, und Cabeza de Vaca, nun wieder in der Rolle des Ausrufers, gab in verschiedenen Sprachen bekannt, daß Verstöße gegen die Disziplin unnachsichtig mit der Todesstrafe geahndet würden.

Die Folge war, daß sich jetzt die einheimische Bevölkerung von Gewalttätigkeit und Habgier bedroht sah. Horden von Soldaten und Troßknechten brachen in die Häuser ein und rafften zusammen, was ihnen begehrenswert erschien. Eines Nachts machten sich die Kroaten über Hans Flinkfoots Wacholder her. Als der Erleuchtete ihnen mit der Versicherung entgegentrat, daß er sie liebe, banden sie ihm mit seinem Lendenschutz die Hände zusammen und seilten ihn in den Brunnen ab. Es ist nicht überliefert, wie er aus der dunklen Tiefe wieder nach oben kam, aber unter seinen

Anhängern galt als ausgemacht, daß Gottes langer Arm im Spiele war.

Von den einheimischen Mädchen und Frauen, soweit jene schon mannbar waren und diese noch Lust zu erregen vermochten, ließ sich keine auf den Straßen sehen. Doch wenn es an den Lagerfeuern hoch hergegangen war, kam es öfter vor, daß Soldaten in die Häuser eindrangen und die Frauen zwangen, ihnen zu Willen zu sein. Einmal geriet Make Spieß in ein Handgemenge mit einem Schweden, der seine Tochter Grete vergewaltigen wollte. Der Soldat durchbohrte Make Spieß mit seinem Säbel, wurde jedoch, als er sich Grete wieder zuwenden wollte, von ihrem Bruder Marten mit einem Stuhlbein erschlagen. Der Junge besaß die Geistesgegenwart, den Toten in den Pferdestall zu schleppen, so daß es den Profoß davon zu überzeugen gelang, ein Hufschlag habe dem Schweden den Schädel zertrümmert.

Der Bauernvogt nahm den Vorfall zum Anlaß, beim Obristen vorstellig zu werden. Morgan hatte die Nacht schlafend verbracht und dem Wein nur in verträglichem Maße zugesprochen, so daß er in einer ausgeglichenen Gemütsverfassung war. Er ließ den Profoß holen, damit etwaige Übereinkünfte sogleich in Befehle umgesetzt werden könnten, und Cabeza de Vaca wiederum brachte Jobst mit, weil er es seiner Würde zuträglich fand, in Begleitung eines Schreibers zu erscheinen.

Claus Ladehoff bat den Obristen in seiner bedächtigen Art, die Soldaten darüber aufzuklären, daß sie sich nicht in Feindesland befänden, sondern die Gastfreundschaft der Probsteier genössen. Dies verpflichte die Soldaten ihrerseits zu gesittetem Verhalten, doch statt dessen würde gemordet, geraubt und geschändet, würden Einheimische schuldlos erschossen, wie es unlängst wegen einer Wette geschehen sei.

»Was willst du, es sind Soldaten«, entgegnete der Obrist. »Von Soldaten kann man nicht erwarten, daß sie sich wie Klosterzöglinge benehmen.«

»Vielleicht sollten wir einige der übelsten Rabauken aufknüpfen«, regte Cabeza de Vaca an. »Ich wüßte auch schon, welche«. Und damit sie ihm nicht entfielen, diktierte er Jobst drei Namen.

Morgan schien der Vorschlag bedenkenswert. »Es kann nie schaden, ein Exempel zu statuieren«, sagte er. »Hin und wieder jemanden aufzuhängen, stärkt die Disziplin. Andererseits sind die schlimmsten Übeltäter meist vortreffliche Soldaten. Kurzum, damit die Dörfler ihre Ruhe haben, muß ich drei meiner besten Männer opfern. Wie gefällt dir das, Profoß?«

»Madre de dios, das wäre ein verdammt schlechtes Geschäft!« erwiderte Cabeza de Vaca, der die Absicht seines Vorgesetzten flugs durchschaut hatte. »Die drei Soldaten müßt ihr uns selbstredend ersetzen«, sagte er zum Bauernvogt, »und zwar durch die doppelte Anzahl, weil unsere Leute ihr Handwerk gelernt haben, eure hingegen nicht.«

»Ihr meint, sechs von uns müssen die schwedische Uniform anziehen?« fragte Claus Ladehoff bestürzt.

»Sechs junge, gesunde Männer, solche wie der da«, sagte der Obrist, indem er auf Jobst zeigte. Und während der Bauernvogt noch um Fassung rang, teilte er ihm mit, seinem Ersuchen, die Soldaten zur Räson zu bringen, werde stattgegeben; die Missetäter würden noch am selben Tage gehenkt. Damit die Truppenstärke aber keine Einbuße erleide, werde der Hauptmann nach eigenem Ermessen sechs junge Schönberger rekrutieren.

»Gibt es sonst noch etwas, von dem du mich ins Bild setzen möchtest?« fragte der Obrist leutselig.

Der Bauernvogt druckste ein wenig, bevor er sich zu einem Kopfschütteln entschloß. Offenbar fürchtete er, ein weiteres Anliegen könnte gleichfalls fatale Folgen zeitigen.

»Dann will ich dir noch etwas mit auf den Weg geben«, sagte Morgan. »Eine hungrige Truppe läßt sich schwer im Zaum halten, und unsere Vorräte sind nahezu erschöpft. Daher kommt es auch eurer Sicherheit zugute, wenn ihr uns mit Proviant aushelft. Ich erwarte von euch pro Mann und Tag zwei Pfund Brot, ein Pfund

Fleisch, zwei Liter Milch oder das gleiche Quantum Bier sowie zehn Pfund Heu für jedes Pferd. Mach deinen Leuten klar, daß unsere Forderungen peinlich genau erfüllt werden müssen.«

»Herr Obrist«, raffte sich nun der Bauernvogt auf, »Ihr könnt überall noch die Schäden sehen, die das Hochwasser angerichtet hat. Es ist über uns gekommen wie das Strafgericht Gottes und hat uns um unser Vieh und den Ertrag unserer Felder gebracht. Wie sollen wir von dem Wenigen, das uns geblieben ist, noch etwas abgeben, ohne selbst zu verhungern?«

»Nun, Cabeza de Vaca, kommt dir das nicht auch bekannt vor?« fragte Morgan.

»Man hat es schon erlebt, daß das Wenige eine wundersame Vermehrung erfuhr, wo dem guten Willen ein bißchen auf die Sprünge geholfen wurde«, erwiderte der Profoß.

»Gehab dich wohl, Alter«, sagte der Obrist, »und besuch mich gern mal wieder, wenn dir etwas auf der Seele liegt.«

Morgan verdankte den Aufstieg vom einfachen Söldner zum Obristen vor allem der Eigenschaft, daß er Entschlüsse unverzüglich in die Tat umsetzte. Kurze Zeit nach dem Gespräch mit Claus Ladehoff konnte man von den Häusern am Stakendorfer Tor aus beobachten, wie der Profoß drei Soldaten die Schlinge um den Hals legte. Weshalb Cabeza de Vaca gerade diese vom Leben zum Tod beförderte, blieb sein Geheimnis; vielleicht handelte es sich um drei allzu säumige Schuldner. Tags darauf durchstöberte der Hauptmann mit einem Trupp Soldaten die Häuser und Stallungen nach jungen Männern, die ihm geeignet erschienen, unter der blaugelben Fahne zu dienen. Er ließ sie auf dem Knüll antreten, wo er sie einer gründlichen Musterung unterzog. Nachdem er die anderen fortgeschickt hatte, blieben Peter Schlapkohl, zwei Söhne von Jochen Sindt, zwei Knechte und ein Schustergeselle übrig. Diesen werde er nun erst einmal die Hammelbeine langziehen, verhieß der Hauptmann und jagte sie durch den Schnee zum Vossbarg hinaus.

Als die Schönberger erfuhren, was Obrist Morgan Tag für Tag an

Lebensmitteln verlangte, machte sich Unmut über den Bauernvogt breit. Es hieß, er sei zu alt für dieses Amt und nicht pfiffig genug, es mit den durchtriebenen Schweden aufzunehmen. Auch lastete man ihm an, daß die sechs jungen Männer in schwedische Dienste gepreßt worden waren und man sie aller Wahrscheinlichkeit nach nicht wiedersehen würde. Die Bauern kamen überein, Claus Ladehoff seines Amtes zu entheben und an seiner Stelle Eggert Mundt zum Bauernvogt zu wählen. Dieser galt im Viehhandel als der gerissenste von allen Bauern des Kirchspiels, doch bei Morgan geriet er an den Falschen. Statt ihn anzuhören, übergab ihn der Obrist dem Profoß und ließ ihm von diesem zehn Peitschenhiebe verabreichen. Daraufhin eilte Eggert Mundt durch das Dorf, zeigte die blutigen Striemen und bat in beschwörenden Worten, man möge alles, was man an Eßbarem entbehren könne, zu ihm bringen, damit er es wiederum an die Schweden weitergebe.

Die Ausbeute war so spärlich, daß sie kaum einen Sack füllte. Aus Angst vor weiteren Schlägen sah Eggert Mundt davon ab, sie dem Obristen persönlich zu überbringen; er schickte seinen alten Vater mit den Lebensmitteln ins Pastorat.

Obrist Morgan lachte, als der Sack vor ihm ausgeleert wurde, aber es war kein gutes Lachen, es kündete von kaltem Zorn. Er befahl, zehn Schönberger Vollhufner in der Schmiede einzusperren. Diese würden dort so lange hungern und dürsten müssen, bis die geforderte Menge an Nahrungsmitteln für drei Tage zusammengekommen sei, ließ er durch Cabeza de Vaca bekanntgeben.

Claus Ladehoff hatte nur mäßig übertrieben: Was die Schönberger noch an Vorräten besaßen, reichte gerade, sie über den Winter zu bringen. Andererseits war mit den Schweden nicht zu spaßen, und die Hilferufe aus der Schmiede wurden mit jedem Tag dringlicher. Die Angehörigen der Eingesperrten gaben als erste einen Teil ihrer sorgfältig versteckten Eßvorräte her, aber sie bestanden darauf, daß auch die Halb- und Viertelhufner, die Handwerker und Händler das Ihre dazu beitrugen, Morgans Forderungen zu erfüllen. So konnte Cabeza de Vaca den Gefangenen am dritten Tag verkünden, daß der Obrist ihnen die Freiheit schenke. Zu Jobst äußerte er sich danach verächtlich über die Bauern: Nur Toren ließen sich so leicht etwas abknöpfen, denn dies erwecke unweigerlich den Eindruck, daß noch mehr zu holen sei. »Kannst du mir erklären, weshalb so wenig Vieh in den Ställen steht?« fragte er beiläufig.

»Wie soll ich das wissen?« gab Jobst keß zur Antwort. »Es gehört nicht zu den Obliegenheiten eines Schulmeisters, die Kühe zu zählen.«

»Paß auf, daß du dir nicht die Zunge verbrennst, Kleiner«, griente der Profoß.

An den folgenden Tagen durchsuchten die Schweden Haus für Haus nach Lebensmitteln. Unter ihnen war ein Ungar namens Kassak, der den Spürsinn eines Hundes besaß; vor allem Geräuchertes erschnupperte er, mochte es auch in Tücher gehüllt einen halben Klafter tief vergraben sein. Wo Kassak nichts fand, wurde ein Hausbewohner, meist der Vater oder der älteste Sohn, einer Tortur unterworfen, die man den *Schwedentrunk* nannte, wenngleich die Schweden sie nicht erfunden hatten: Man zwang ihn, heiße Jauche zu trinken. War auf diese Weise nichts aus ihm herauszubekommen, konnte als sicher gelten, daß der solcherart Gequälte keine Nahrungsmittel versteckt hielt, doch dies bewahrte ihn nicht vor Schlimmerem: Damit die Mühe, einen Kessel voll Jauche zu erhitzen, nicht umsonst gewesen war, fuhren die Soldaten mit der Tortur fort, bis der Ärmste kein Lebenszeichen mehr von sich gab.

In Hinrich Wieses Kate fanden die Soldaten die Würste und die Räucherschinken dort, wo sie immer hingen: über der Feuerstelle im Wohn- und Arbeitsraum. Die Schweden hielten es für eine Finte; sie dachten, Wiese wolle sie glauben machen, dies sei sein ganzer Vorrat an Geräuchertem. Da Kassaks Spürnase aber an anderer Stelle nichts witterte, beschloß der Offizier, dem schwachsinnigen Hiob den Schwedentrunk einzuflößen, denn diesen meinte er schneller als den Vater zum Reden bringen zu können. Als Hinrich

Wiese begriffen hatte, was man seinem Sohn antun wollte, bat er den Offizier kniefällig, Hiob zu verschonen. Der Schwede sah sich dadurch jedoch in seinem Entschluß bestätigt und befahl, den Alten hinauszuschaffen. Da entriß Wiese einem der Soldaten das Gewehr, legte auf den Offizier an und schwor, ihn zu erschießen, falls Hiob ein Leid geschehe.

Der Vorfall wurde sogleich dem Obristen zur Kenntnis gebracht, und dieser hieß den Profoß, sich der Sache anzunehmen. »Was ist das für ein Bekloppter, der einen schwedischen Offizier mit der Waffe bedroht?« fragte Cabeza de Vaca, während er mit Jobst durchs Dorf eilte.

Er sei nie einem gütigeren Menschen begegnet als Hinrich Wiese, erwiderte Jobst. Daher könne es nur aus schierer Verzweiflung dazu gekommen sein, daß er gegen einen anderen Gewalt anwende.

»Das hilft ihm nichts«, sagte Cabeza de Vaca. »Der Mann ist schon so gut wie tot.«

Als sie in die Kate gelangt waren, schob der Profoß seine massige Gestalt zwischen Wiese und den Offizier, drückte mit einer Hand den Gewehrlauf zur Seite und bedeutete mit der anderen dem Offizier, sich zu entfernen.

»Der Kerl gehört mir! Ich will ihm eine Kugel durch den Kopf jagen!« brüllte der Offizier.

»Verpißt Euch, Wohlgeboren«, brummte Cabeza de Vaca. Darauf entwand er Wiese das Gewehr und sagte: »Schade, daß du nicht abgedrückt hast. An den Galgen kommst du so oder so.«

»Er brächte es nicht über sich, einen Menschen zu töten«, sagte Jobst.

»Ihr irrt, junger Herr!« widersprach Wiese. »Wenn Hiob gefoltert worden wäre, hätte ich den Offizier erschossen.«

»Er weiß nicht, was er redet, der Branntwein hat seine Sinne verwirrt«, wandte sich Jobst an Cabeza de Vaca.

»Nein, ich bin ganz klar im Kopf!« schrie der Alte. »Ich habe seit Tagen keinen Schnaps mehr getrunken!«

»Laßt Gnade vor Recht ergehen«, bat Jobst den Profoß, »schenkt Hinrich Wiese das Leben!«

»Nenn mir einen vernünftigen Grund, weshalb ich das tun sollte«, versetzte Cabeza de Vaca.

»Ich liebe ihn mehr als meinen eigenen Vater«, antwortete Jobst in der Hoffnung, daß die pathetischen Worte das Herz des Galiziers erweichen könnten. Erst dann fiel ihm ein, daß es die schlichte Wahrheit war.

Der Profoß ging hinaus und führte einen lautstarken Disput mit dem Offizier. »Zum Teufel mit den schwedischen Laffen!« grollte er, als er zurückkam. »Wenn der Krieg nicht bald zu Ende wäre, würde ich noch mal die Seite wechseln. Die spanischen Offiziere haben zwar auch nicht mehr im Kopf, aber von denen erwartet man's ja auch nicht.« Dann zog er Jobsts Ohr an seinen Mund und flüsterte: »Kann er sich hier in der Gegend irgendwo verstecken, bis wir abgezogen sind?«

Jobst nickte. Bei den Leuten in der Dorschbucht würde der Wörtersammler sicherlich Obdach finden.

»Ich werde langsam alt«, sagte Cabeza de Vaca. »Früher wäre mir eine solche Gefühlsduselei nicht unterlaufen.« Nach Einbruch der Dämmerung führte er Hinrich Wiese zum Galgen vor dem Stakendorfer Tor. Kurz darauf hörte man zwei Schüsse. Dem Obristen meldete der Profoß, er habe Wiese niedergestreckt, als dieser sich in einem unbeobachteten Moment fortschleichen wollte; um kein Aufsehen zu erregen, habe er den Leichnam an Ort und Stelle verscharrt.

Ein rätselhafter Vorfall hält das Dorf in Atem: Hans Haunerland und seine Familie sind aus der Kirche geflohen. Zunächst hieß es, Haunerland habe die Wachen bestochen, doch dann sickerte durch, daß er gewaltsam befreit worden ist. Ein Trupp bewaffneter Männer war um Mitternacht ins Dorf eingedrungen, hatte die Wachposten vor der Kirche überwältigt, geknebelt und gefesselt. Der Obrist schickte eine Schwadron Reiter aus, ihn zu suchen und tot oder lebend zurückzubringen. Doch Fernwisch fanden sie verlassen vor, und auch in den Salzwiesen spürten sie ihn nicht auf. In-

des ankerte Haunerlands Schoner nicht mehr in der Dorschbucht, was die Vermutung nahelegt, daß er mit den Seinen auf See hinaus geflüchtet ist. Wer aber waren seine Befreier? fragt man sich. Es gibt nur einen, wenn auch vagen Hinweis: An den Schnüren, mit denen die Wachposten gefesselt wurden, fand man Knoten, wie sie üblicherweise von Seeleuten geknüpft werden.

Der Profoß bekam zu tun. Auf Befehl des Obristen richtete er die Soldaten, die vor der Kirche Wache gestanden hatten, durch Erhängen hin; es waren vier Soldaten und ein Korporal. Den für den Wachdienst in jener Nacht verantwortlichen Offizier legte er in Eisen, die rings um das Dorf aufgestellten Posten peitschte er aus. Cabeza de Vaca lebte bei solchen Strafaktionen auf, er liebte sein Handwerk. Eine Schlinge zu knüpfen, daß sie ihren Zweck erfüllte, zugleich aber das Auge erfreute, die Peitsche zu führen, daß sie dem Delinquenten ein apartes Muster in den Rücken schnitt, darin fand der Galizier Erfüllung. Er war übrigens kein Freund des Schwedentrunks. Jemandem Jauche in den Mund zu gießen erforderte keine besondere Fertigkeit, und der Gestank der erhitzten Brühe beleidigte seine Nase.

Eine Arbeit sei wie die andere, sagte er zu Jobst. Der Unterschied liege darin, was man ihr an innerer Befriedigung abgewinne. Das Amt des Ausrufers zählte für ihn nicht, das des Hurenweibels brachte ihm zwar Geld, aber auch Ärger mit säumigen Schuldnern, Profoß war er mit Leib und Seele. Hatte er dieses Amtes zu walten, schäumte er förmlich über vor guter Laune und Leutseligkeit. Einmal lud er Jobst ein, ihn auf einem Ausritt zu begleiten. In Lutterbek war ein Marketender aufzuknüpfen, weil er falsche Gewichte benutzt hatte, in Hagen mußte ein Soldat an den Pranger gestellt werden, der die Mutter des Feldherrn Wrangel eine Hure genannt hatte. Außerdem wollte Cabeza de Vaca einen Hauptmann in Prasdorf daran erinnern, daß er ihm nun schon seit anderthalb Jahren eine größere Summe Geldes schuldete.

Die Probstei war ein einziges Heerlager. Da die Dörfer zu klein waren, die Soldaten mit ihrem Troß unterzubringen, waren überall auf freiem Gelände Zelte und notdürftig zusammengezimmerte Behausungen errichtet. Wo die Äcker nicht vom Hochwasser Schaden genommen hatten, waren sie von Soldaten, Pferden und Fuhrwerken zerstampft und verwüstet worden. Auch der Schnee konnte die Spuren der Zerstörung nicht verdecken.

»Jetzt weiß ich erst, was für eine liebliche Landschaft die Probstei war«, sagte Jobst.

»Du hast bislang hinterm Mond gelebt, Kleiner« sagte Cabeza de Vaca. »Was glaubst du, wie's woanders aussieht?«

In Prasdorf bat der Bauernvogt den Profoß, dem Treiben eben jenes Hauptmanns Einhalt zu gebieten, der bei Cabeza de Vaca in der Kreide stand. Weil man ihm nicht verraten wollte, wo Geld und andere Wertsachen versteckt waren, hatte der Offizier einige der wohlhabendsten Bauern an die Schwänze der Pferde binden und etliche Meilen über die eisverkrusteten Wege schleppen lassen. Andere Dorfbewohner waren über Nacht wie Hunde unter den Tischen und Bänken angebunden worden. Einem Kätner hatte man das Haus über dem Kopf angezündet, weil er dem Hauptmann sein einziges Schwein nicht ausliefern wollte.

»Ich bin Profoß. Erzähl das dem Obristen, wenn du Courage hast«, erwiderte Cabeza de Vaca, nachdem er sich die Beschwerden des Bauernvogts mit wachsendem Interesse angehört hatte. »Wenn der so hinterm Geld her ist, muß bei ihm auch was zu holen sein«, sagte er zu Jobst.

Sie trafen den Hauptmann bei einer seiner Lieblingsbeschäftigungen an: Er hatte sich auf dem Hof des Bauernvogts in einen Lehnstuhl gesetzt und schoß auf Hühner. Cabeza de Vaca trat an ihn heran und tuschelte ihm etwas zu.

»Was?« rief der Hauptmann und war im Nu auf den Beinen. »Wie hast du das herausbekommen?«

»Ich habe ihn ein bißchen gezwickt«, antwortete der Profoß.

Der Hauptmann rief nach seinem Pferd, saß auf und befahl Cabeza de Vaca voranzureiten. Jobst folgte in gemessenem Abstand.

Außerhalb des Dorfes hielt Cabeza de Vaca auf ein halb hinter Buschwerk verborgenes Hünengrab zu. Dort angelangt, bat er den Hauptmann, sich durch den schmalen Eingang ins Innere zu bemühen, da sei das Geld unter einem Stein versteckt. Der Hauptmann war schon zur Hälfte zwischen den riesigen Findlingen verschwunden, als Cabeza de Vaca seine Beine packte und sich daran machte, das eine kunstvoll um das andere zu schlingen. Der Hauptmann brüllte vor Schmerz.

»Dies als Vorgeschmack auf das, was ich mit Euch mache, wenn Ihr Eure Schulden nicht auf der Stelle begleicht«, sagte der Profoß und zog den Hauptmann mit einem kräftigen Ruck aus dem Spalt. Nun leerte er ihm die Taschen, riß die Silberknöpfe von seinem Wams, streifte ihm die Ringe von den Fingern. Der Hauptmann begann abermals zu brüllen, diesmal aus Wut. In seinem Wortschwall war etwas von bösen Folgen zu vernehmen, von Kriegsgericht, Rädern und Köpfen.

Cabeza de Vaca hatte unterdessen den Wert der Beute geschätzt und schien zufrieden. »Bringt mich nicht auf dumme Gedanken, Wohlgeboren«, sagte er. »Bei allem, was Ihr mir androht, könnte ich Lust kriegen, Euch ein für allemal das Maul zu stopfen.« Dann hob er den Hauptmann in den Sattel, drückte ihm die Zügel in die Hand und gab dem Pferd einen kräftigen Klaps, daß es im Galopp davonpreschte.

»Was tut Ihr, wenn er seine Drohung wahr macht?« fragte Jobst.

»Vorm Kriegsgericht braucht er einen Zeugen, und den hat er nicht«, erwiderte der Profoß.

»Und was ist mit mir?« verwunderte sich Jobst. »Soll ich aussagen, ich wüßte von nichts?«

»Du wirst gar nicht aussagen, Kleiner«, antwortete Cabeza de Vaca ungerührt. »Weil es dich dann nicht mehr gibt.« Als er die Verwirrung in Jobsts Zügen bemerkte, setzte er hinzu: »Was meinst du, wie viele Zeugen ich schon bei lebendigem Leibe geröstet habe, damit sie die Wahrheit sagen oder auch, falls erwünscht, das Gegenteil. Deshalb ist mir ein toter Zeuge lieber, verstehst du?«

Auf dem Rückweg ritten sie durch einen Teil des Rögen. An einer Wegkreuzung scheute Cabeza de Vacas Pferd und blähte angstvoll die Nüstern. »Wölfe«, sagte der Profoß. Er nahm die Muskete zur Hand und bedeutete Jobst, sich still zu verhalten. Rechter Hand knackte es im Unterholz. Gleich darauf schnellte ein langgestreckter Schatten aus dem Waldesdunkel hervor und landete auf dem Nacken des Pferdes. Der Profoß hatte keine Zeit gefunden, seinen Dolch zu ziehen, er wehrte sich mit bloßen Händen gegen den Wolf. Das Pferd warf sie ab, Mensch und Tier wälzten sich in tödlicher Umklammerung durch Gras und Farn und brechende Zweige. Dann stieß der Profoß einen Laut aus, als bündle er seine ganze Kraft, und kurz darauf war es ruhig. Cabeza de Vaca hatte dem Wolf das Genick gebrochen.

Es war ein großes, kräftiges Tier, ein Einzelgänger wie Scheefmuul. Womöglich war es der Wolf, aus dem Pastor Scheele die Stimme eines Dämons vernommen haben wollte. Er hatte sich im Todeskampf in Cabeza de Vacas Arm verbissen; erst als der Profoß ihm sein Messer in den Kiefer stieß, löste er die Zähne aus seinem Fleisch.

»Sieh, wie gut er im Futter steht«, sagte der Profoß, während er den Wolf mit geübten Schnitten zu enthäuten begann. »Mit mir wollte er sich wahrscheinlich nur ein bißchen balgen. Was mag er wohl um diese Jahreszeit im Wald zu fressen finden, was meinst du, Kleiner?«

»Er hat Euch übel zugerichtet«, sagte Jobst. »Ihr solltet einen Verband anlegen.«

»Bin schon dabei«, entgegnete Cabeza de Vaca. Er schnitt ein Stück vom Fell herunter und legte die blutige Innenseite um seinen Arm. »So machen wir's daheim in Galizien. Das Blut des Feindes stille dein Blut, heißt es bei uns. Aber du weichst mir schon wieder aus. Du willst doch nicht, daß ich dir die Finger zerquetsche?«

»Da sei Gott vor!« entfuhr es Jobst.

Als sie nach Schönberg zurückkehrten, fanden sie die Wachen

verstärkt; hinter den Schanzen waren die Kartaunen in Stellung gebracht worden. Der wachhabende Offizier berichtete, unweit des Gutes Schrevenborn seien gepanzerte Reiter gesehen worden, vermutlich Kundschafter der Schwarzen Garde. Daraufhin habe der Obrist Alarm befohlen.

Die Soldaten, schien es Jobst, waren durch die Meldung in Unruhe versetzt, bei etlichen glaubte er, eine ängstliche Beklommenheit wahrzunehmen. »Weshalb fürchtet man die Schwarze Garde eigentlich so sehr?« fragte er Cabeza de Vaca.

»Das sind keine gewöhnlichen Soldaten wie wir, das sind Teufel«, antwortete der Profoß. »Manche Leute behaupten, sie hätten sich von Kopf bis Fuß in Eisen gehüllt, damit man ihre Pferdehufe nicht sieht, ihre Schwänze und Satansfratzen. An solchen Unsinn glaube ich nicht. Aber es kann einem schon mulmig zumute werden, wenn man sie in geschlossener Formation auf sich zukommen sieht.« In der Gegend von Halberstadt, erzählte er weiter, sei sein Bataillon einmal mit der Schwarzen Garde zusammengestoßen. Obwohl nicht nur die Reiter, sondern auch die Pferde gepanzert seien, was die Bewegungsfähigkeit des einzelnen erheblich einschränke, seien sie als Ganzes unglaublich schnell und wendig gewesen. Es sei von beiden Seiten erbittert gekämpft worden, denn die Schwarze Garde sei dafür berüchtigt, daß sie keine Gefangenen mache und einen unterlegenen Gegner selbst im Fall einer Kapitulation bis zum letzten Mann niedermetzle. Aber auch untereinander bewiesen die Reiter der Schwarzen Garde erbarmungslose Härte: Wer so schwer verwundet worden sei, daß er sich nicht mehr selbst behelfen könne, würde von seinen Kameraden getötet. Bei Halberstadt, schloß Cabeza de Vaca, sei sein Bataillon beinahe aufgerieben worden; die wenigen Überlebenden hätten sich in den Ruinen eines abgebrannten Hauses verkrochen, bis die Schwarze Garde weitergezogen sei.

Der Obrist übte sich in Gelassenheit. Seit dem Morgenappell saß er schon mit den Offzieren beim Bier, erzählte Anekdoten aus seinem wechselvollen Soldatenleben und warf mit zotigen Wörtern um sich, so daß der Feldprediger sich des öfteren bemüßigt fühlte, den Blick himmelwärts zu lenken. Später ließ Morgan Dirnen holen, darunter auch die beiden, die anscheinend Mutter und Tochter waren. Als der Lärm in der Diele ein erträgliches Maß überschritten hatte, stürmte der Pastor zornbebend aus dem Haus. Jobst sah ihm durch das Fenster nach, sah, wie die dunkelgewandete Gestalt allmählich ihre Konturen verlor und mit dem Grau des Wintertages verschmolz. Er dachte an Wibeke. Er stellte sich vor, wie sie sich fröstelnd an Siwas Wetzstein schmiegte. Aber weshalb kroch sie an kalten Tagen nicht bei ihrem Vater unter oder überdauerte den Winter in anderer Gestalt? Jobst mußte sich eingestehen, daß Wibeke ihm nach wie vor ein Rätsel war.

Etwas riß ihn aus seinen Gedanken. Ehe es ihm bewußt wurde, fühlte er, daß er nicht mehr allein in der Kammer war. In der Tür stand Margreta. Das Haar hing ihr strähnig ins Gesicht, unter den Augen hatte sie dunkle Ringe. Sie rührte sich nicht; alles an ihr war so starr wie der Blick, den sie auf Jobst geheftet hatte.

»Um Gottes willen, was ist?« fragte er leise.

»Ich bin schwanger«, sagte sie.

Jobst zog sie ins Zimmer und schloß behutsam die Tür. Dann führte er sie zu dem Hocker und bedeutete ihr mit sanftem Druck, sich zu setzen. Doch sie blieb stehen.

»Hast du gehört, ich bekomme ein Kind«, sagte Margreta.

»Ja, aber ich verstehe nicht –«, stammelte er.

»Du verstehst nicht?« entgegnete sie gereizt. »Denkst du, weil ich keine Kinder habe, könntest du mir auch keines machen?« Sie packte ihn mit beiden Händen im Nacken und zog ihn an sich. »Laß uns weggehen von hier«, flüsterte sie. »Laß uns irgendwohin gehen, wo ich dein Kind zur Welt bringen kann.«

»Das ist unmöglich, die Schweden lassen uns nicht aus dem Dorf!«

»Wir versuchen es, diese Nacht noch!«

»Es wäre unser Tod!« erregte er sich. »Entweder erschießen uns die Posten, oder wir enden am Galgen!«

Mit beiden Händen stieß Margreta ihn von sich. »Was soll ich also tun?« fragte sie kühl. »Soll ich das Kind vor seinen Augen austragen und behaupten, es sei von ihm, wo ich schon seit Jahren nicht mehr mit ihm geschlafen habe? Oder willst du, daß ich es wegmachen lasse?« Unversehens trat sie an ihn heran und hämmerte mit den Fäusten gegen seine Brust: »Sag mir, was ich tun soll!«

»Ich weiß es nicht«, entgegnete er hilflos. Er war sich noch nie so erbärmlich vorgekommen.

»Ich habe selbst schon alles Mögliche versucht«, fuhr Margreta fort. »Ich habe abwechselnd heiß und kalt gebadet, ich bin so oft vom Stuhl heruntergesprungen, bis mir schwarz vor Augen wurde, es hat nichts genützt. Dafür ist es noch zu früh, sagt Becke Speth.«

»Du hast es ihr erzählt?« schreckte Jobst auf.

»Sie ist eine Engelmacherin, wußtest du das nicht? Willst du, daß sie das Kind wegmacht?« Sie starrte ihn an, bis er die Augen niederschlug. »Wenn du es willst, mußt du mitkommen, allein gehe ich nicht. Es ist nicht sicher, ob ich's überlebe, sagt Becke.«

Jobst gewahrte seinen Schatten an der Wand. Ihm schien, dieser kehrte sich ab, während er sich ihm zuwandte. Wohin blickte sein Schatten? Konnte er durch die Wand sehen? Er wünschte nichts sehnlicher, als diesen Gedanken weiterzuspinnen und sich solcherart aus der Wirklichkeit zu stehlen. Doch Margretas Stimme hielt ihn zurück. »Also gehn wir, jetzt gleich«, hörte er sie sagen.

Wie benommen stapfte er neben ihr her durch das Dorf. Der Schnee lag kniehoch, und noch immer schneite es in dicken, wäßrigen Flocken. Auf dem Anger bahnten sie sich mühsam den Weg durch das Menschengewimmel zwischen den Planwagen, Karren und Zelten, der beißende Rauch der Lagerfeuer trieb Jobst die Tränen in die Augen. Er sah, daß auch Margreta sich etwas mit dem Handrücken von den Wangen wischte. Oder weinte sie?

Becke saß am Feuer und rührte in einem rußgeschwärzten Topf.

Es roch nach Kräutern und ranzigem Fett. »Eigentlich gehört da noch der Bürzel von 'ner Henne rein«, sagte die Alte. »Aber von meinen Hühnern haben die Schweden keins übriggelassen, nich mal die Bürzel haben sie mir gelassen. Na, geht vielleicht auch so.« Nun erst blickte sie auf. Ihre kleinen schwarzen Augen wanderten zwischen Margreta und Jobst hin und her, wobei ein lautloses Lachen ihren schmächtigen Körper zu erschüttern begann. »War's der?« fragte sie, auf Jobst deutend. »Hat der Muscheblix dich angebufft?« Was immer sie daran erheitern mochte: Becke feixte über das ganze Gesicht.

»Du mußt es mir wegmachen, Becke«, sagte Margreta.

»Gewiß doch, gewiß«, versetzte die Alte. »Immer lustig drauflos gepütert, und wenn's geschnackelt hat, muß Becke den Schiet wegmachen. Meinst du, das macht Spaß, bei andern Leuten in den Innereien rumzustochern?« Sie fuhr mit der Schöpfkelle im Topf umher und reichte sie Margreta: »Trink das!«

»Was ist das?«

»Sag ich nich. Wenn ich's dir sage, kriegst du's nich runter. Na los doch, dann tut's nich so weh!«

Margreta nippte an der Kelle, dann, als füge sie sich ins Unvermeidliche, leerte sie sie mit einem Schluck.

Unter dem einzigen Fenster stand eine Truhe aus dunklem Holz. »Leg dich da rauf«, befahl die Alte. »Und du wartest solange draußen«, sagte sie zu Jobst. Er ging hinaus, ohne sich nach Margreta umzublicken. Er brachte es nicht über sich, ihr in die Augen zu sehen.

Inzwischen war die Dämmerung angebrochen. Vom Anger trug der Wind aufgeregtes Stimmengewirr herüber, es klang, als hätten die Menschen dort alle auf einmal zu reden begonnen. Jobst lehnte sich gegen die Dielentür, die Schneeflocken klatschten ihm ins Gesicht, ihre Kühle erfrischte ihn, half ihm, seine Gedanken zu ordnen. Er suchte Gründe für das, was da hinter ihm geschah, und er fand sie, gleichwohl konnte er das Gefühl nicht verscheuchen, jämmerlich versagt zu haben. Es steigerte sich zur Selbstverachtung, als er Margreta schreien hörte. Sie stieß einen langgezogenen, Mark und Bein durchdringenden Schrei aus, der in röchelnde Atemstöße überging und jäh verstummte.

Ein geckenhaft gekleideter Mann kam vom Knüll her mit schlendernden Schritten. »Gott zum Gruße, mon ami!« rief er vergnügt. An der Stimme erkannte Jobst, daß es Christoffer war, der junge Offizier. »Seht, was ich beim Spiel gewonnen habe.« Er nahm seinen Hut ab und zeigte Jobst die Feder, sie schillerte in allen Farben des Regenbogens: »Habt Ihr jemals eine prächtigere Feder gesehen?«

Da Jobst die Antwort schuldig blieb, faßte Christoffer ihn prüfend ins Auge: »Mon Dieu, wie seht Ihr denn aus? Seid Ihr dem Leibhaftigen begegnet, oder hat man Euch den Schwedentrunk eingeflößt? Aber was Euch auch widerfahren sein mag, ich weiß eine Medizin dagegen. Wir wollen ein Gläschen Branntwein trinken, d'accord?« Er versuchte, Jobst von der Dielentür fortzuziehen, doch dieser sträubte sich.

»Dann sagt wenigstens ein Wort, damit ich weiß, daß Ihr Eure fünf Sinne noch beisammen habt!« brauste Christoffer auf.

»Was glaubt Ihr: Werden wir's mit der Schwarzen Garde zu tun bekommen?« fragte Jobst aufs Geratewohl.

»Ach so, Euch macht die Angst vor der Schwarzen Garde zu schaffen«, sagte der Offizier. »Nun, Ihr seid nicht der einzige, der die Hosen voll hat, mon ami. Einige meiner Kameraden schlafen neben ihren gesattelten Pferden, damit sie sich unverzüglich aus dem Staub machen können, falls die gepanzerten Reiter anrücken.«

Jobst lauschte mit angehaltenem Atem. In der Kate war es totenstill. »Würdet Ihr der Schwarzen Garde denn Widerstand leisten?« fragte er.

»Ich kenne kein anderes Handwerk als das des Soldaten, und als solcher habe ich mich bei Königin Christine verdingt«, erwiderte Christoffer. »Wenn Ihro Majestät nun aber danach trachtet, mich brotlos zu machen, werde ich mich wohl oder übel nach einem neuen Dienstherrn umsehen müssen. Kurz, ich werde den Teufel tun und mich den Eisenkerlen entgegenstellen!«

»Mit anderen Worten: Ihr macht es genauso wie Eure Kameraden.«

»Wenn zwei dasselbe tun, ist es nicht dasselbe, mon ami. Jene fliehen aus purer Feigheit, ich aus logischem Kalkül; immerhin bin ich ein halber Franzose.« Über sein junges Gesicht glitt ein zuversichtliches Lächeln. »Für einen Soldaten gibt es überall Arbeit. Wenn es das Schicksal nicht anders bestimmt, gehe ich nach Nordamerika und kämpfe auf seiten der Franzosen gegen die Engländer oder mit den Engländern gegen die Franzosen. Oder ich verteidige Neu Amsterdam gegen Franzosen, Engländer und Rothäute, damit die Holländer in Ruhe ihren Geschäften nachgehen können. Welche Fülle an Möglichkeiten, n'est-ce pas?«

Eine Frau löste sich aus dem Dunkel, trat zu Christoffer und griff ihm ungeniert an das Gemächt. »Wie geht's dem Prachtstück?« fragte sie.

»Wir dürfen hoffen, madame«, antwortete er. »Des Feldschers neue Salbe wirkt Wunder.«

»Ich weiß was Besseres«, sagte die Frau.

»Komm mit in mein Zelt.«

»Ihr seid nicht zufällig noch im Besitz jenes Dukaten, den ich bei unserer Wette verloren habe, mon ami?« fragte der Offizier.

»Da habt Ihr ihn«, sagte Jobst und gab ihm die Münze. Christoffer schwor beim Leben seiner Mutter, er werde den Dukaten in Gesellschaft eines zweiten zurückzahlen, sobald er seinen Sold bekommen habe.

Ein Klopfen gegen die Dielentür rief ihn in die Kate zurück. Die Luft war gesättigt mit dem Geruch der erhitzten Brühe, von Schweiß und Blut. Margreta lag auf der Truhe, ihr Gesicht war leichenblaß unter dem verschwitzten Haar, eines ihrer Beine hing schlaff herunter. Im spärlichen Licht zweier Kerzen, die zu beiden Seiten ihres Kopfes aufgestellt waren, wirkte sie wie tot.

Die Alte sah, wie Jobst erschrak. »Neenee, hopsgegangen ist sie nich dabei«, mümmelte sie. »Das ist'n verdammt zähes Luder, die Pastorsche, die nippelt nich so schnell ab. Aber du siehst aus wie's Leiden Christi, Muscheblix. Willst 'n Schluck aus dem Pott?«

»Um Himmels willen, nein!« versetzte Jobst. Schon der Geruch des fragwürdigen Gebräus erregte ihm Übelkeit.

Als sie seine Stimme vernahm, öffnete Margreta die Augen. Mit einer matten Gebärde winkte sie ihn zu sich. Er strich ihr die feuchten Strähnen vom Gesicht, wischte das Blut von ihrem Kinn. Vor Schmerz hatte sie sich die Lippen blutig gebissen. »Sag, daß du mich liebst«, hauchte sie.

»Ich liebe dich«, antwortete Jobst. Wie leicht ihm die Worte vom Munde gingen.

»Sag, daß du mich nie verlassen wirst.«

»Ich werde dich nicht verlassen.«

»Nie!«

»Nie.«

Margretas Lider senkten sich langsam, ein Lächeln glättete ihr zerquältes Gesicht. Wie hätte ich ihr die Wahrheit sagen können, rechtfertigte Jobst sich im stillen.

»Was verlangt Ihr dafür?« fragte er die Alte leise.

»Nichts«, entgegnete sie. »Ich nehm, was man mir gibt. Als ich Mine Göttsch das Kind weggemacht hab, weil sie an zwölfen genug hat, hat Asmus mein Dach geflickt.«

»Derlei Dienste kann ich Euch nicht leisten«, sagte Jobst. »Aber ich könnte Euch diesen Ring geben.«

»Was soll 'ch mit dem Schiet!« zeterte Becke. »Ich mit so 'm Ring am Finger, da lauf ich doch nich mit rum! Und wenn ich ihn versetzen will, heißt's gleich, ich hab ihn geklaut. Nee, laß man gut sein, Muscheblix. Vielleicht machen wir beiden mal wieder ein Tänzchen, damit bin ich schon zufrieden.« Dann zog sie ihn in eine Ecke der Diele, wo steinharter Kot zu erkennen gab, daß hier Beckes Hühner gehaust hatten. »Mit der hast du dir was eingebrockt, das ist 'n Biest«, tuschelte sie.

Nach einer Weile hatte Margreta wieder so viel Kraft gesammelt, daß sie auf Jobst gestützt ins Pastorat zurückgehen konnte. Schon von weitem hörten sie den Lärm der bezechten Offiziere. Vor der Hintertür stolperte Jobst über den Hauptmann; er lag mit offenem Hosenlatz im Schnee, seine Rechte hielt das Glied gepackt. Anscheinend war er beim Wasserlassen umgefallen und sogleich eingeschlafen. »Laß ihn liegen!« zischte Margreta, als sie Jobst zögern sah. In der Küche hieß sie ihn, die Türen zu verriegeln und einen Kessel voll Wasser aufzusetzen, damit sie sich waschen konnte.

Ich werde den Anblick ihres blutigen Leibes nie vergessen, ihr Schoß schien eine einzige Wunde zu sein, noch immer sickerte Blut aus ihm hervor und lief in dünnen Rinnsalen an ihren Beinen hinab. Wie kläglich der Versuch, mein Schuldgefühl zu dämpfen, indem ich mir in Erinnerung rief, daß sie mich verführt hatte!

In der Nacht war vom Rögen her das Brüllen verängstigten Viehs zu hören, und als der Morgen graute, ritt der Profoß mit einem Trupp Kosaken aus dem Dorf. Er meldete dem Obristen, man hätte auf einer notdürftig eingezäunten Lichtung den Kadaver einer von Wölfen gerissenen Kuh gefunden sowie mit Strauchwerk und Moos abgedeckte Erdmulden. Die Asche des Lagerfeuers sei noch warm gewesen, indessen hätte man weder das Vieh noch die Hirten in dem unwegsamen Waldesdickicht aufspüren können.

Obgleich er seinen Rausch noch nicht ausgeschlafen hatte, handelte Obrist Morgan, wie es seine Art war, rasch und rigoros. Er ließ durch Cabeza de Vaca bekanntgeben, daß sich von jedem Hof der Bauer oder ein anderes Familienmitglied männlichen Geschlechts unverzüglich am Galgen vor dem Stakendorfer Tor einzufinden habe. Nachdem Eggert Mundt bestätigt hatte, daß dieser Anweisung Folge geleistet worden war, erschien der Obrist in Begleitung seiner Offiziere. Mit schwerer Zunge tat Morgan den Dorfbewohnern kund, daß sie ihn schändlich belogen hätten und er ihnen dies sehr verüble. Er habe sich daher entschlossen, sie der Reihe nach aufzuknüpfen, falls er keine verläßlichen Auskünfte erhalte, wo sie ihr Vieh versteckt hätten. Dann musterte er die Versammelten und entdeckte unter ihnen Claus Ladehoff und Eggert Mundt. »Nimm zuerst den Alten«, sagte er zum Profoß, »der hat sich nicht gescheut, mir ins Gesicht zu lügen.«

Zwei Soldaten hoben Claus Ladehoff auf den Karren, der unter dem Galgen stand, und banden ihm die Hände auf dem Rücken zusammen. Cabeza de Vaca legte ihm die Schlinge um den Hals.

»Nun, hast du mir etwas zu sagen, Alter?« fragte der Obrist.

Es schien, daß Claus Ladehoff nach Worten rang, vor Angst aber keines hervorbringen konnte. Der Obrist nickte dem Profoß zu, und dieser versetzte dem Karren einen kräftigen Stoß. Durch die Reihen der Zuschauer ging ein erregtes Raunen, als der Körper des Alten nach heftigem Zappeln plötzlich erschlaffte. In der berechtigten Annahme, daß er der nächste sein würde, trat Eggert Mundt vor die Dorfbewohner und bat sie zu bedenken, ob es sich lohne, wegen einiger Rinder ums Leben zu kommen. Hierin zeigte sich Eggerts Gerissenheit, und die Bauern verstanden ihn denn auch so, daß sie, um nicht alles zu verlieren, einen Teil ihres Viehs hergeben müßten.

Was ihn beträfe, ihm sei das Leben lieber als ein halbes Dutzend Kühe, rief Jochen Sindt, und die anderen Bauern bekundeten auf diese oder jene Weise Zustimmung.

Die Sache sei nur die, daß man den Hirten eingeschärft habe, sich durch niemanden aus ihren Verstecken locken zu lassen, den sie nicht von Angesicht kennten, wandte sich Eggert Mundt wieder an den Obristen. Er schlage daher vor, daß einige der hier versammelten Bauern ohne Bewachung in den Wald gingen und die Hirten aufforderten, mit dem Vieh ins Dorf zurückzukehren.

Der Obrist und der Profoß tauschten einen Blick, dann sagte Morgan: »Ich vermute, daß ihr mich übers Ohr hauen wollt. Aber treibt es nicht so weit, daß ich es merke!« Nach dieser Mahnung begab er sich ins Pastorat, um Mittagsruhe zu halten.

Bis zum Abend hatte sich eine Herde von knapp dreißig Rindern auf dem Anger eingefunden. Die Tiere waren nur noch Haut und Knochen, offenbar hatte man jene ausgewählt, die ohnehin demnächst an Entkräftung sterben würden.

Cabeza de Vaca wollte seinen Augen nicht trauen. »Sollen das Kühe sein, diese vierbeinigen Gespenster?« fragte er den Bauernvogt. »Gnade euch Gott, wenn der Obrist die jämmerlichen Kreaturen sieht!« Um den Bauern Angst zu machen, knüpfte der Profoß weitere Schlingen.

»Wir wollen nachsehen, ob sich möglicherweise ein paar Tiere im Wald verlaufen haben«, entgegnete Eggert Mundt. Er schickte die Hirten in den Rögen, und diese kamen bald darauf mit sechs Kühen und vier Schweinen wieder, letztere gut im Futter, da es für sie im Wald genug zu fressen gab.

Obrist Morgan hatte inzwischen einen Kurier des auf Salzau in Quartier liegenden Obristen Hjelmcrone empfangen, und seither war sein Gleichmut verflogen. Ohne es näher in Augenschein zu nehmen, befahl er, das Vieh zu schlachten. Sodann inspizierte er die Schanzen, ließ Buschwerk entfernen, das den Kanonieren die Sicht versperrte, und bemühte sich, obwohl es unterdessen dunkel geworden war, auf den Kirchturm, um Ausschau zu halten. Von den Offizieren hörte Jobst, daß der Obrist ihren Fragen mit störrischem Schweigen begegne, und dies war einigen Anlaß genug, sich unterderhand mit Marschverpflegung einzudecken.

»Es wird ernst, mon ami«, sagte Christoffer, der ihm vor dem Pastorat in kriegerischer Aufmachung entgegentrat. »Der Obrist scheint allmählich gemerkt zu haben, daß wir hier in der Falle sitzen.« Darauf neigte er sich zu Jobst und senkte die Stimme: »Könntet Ihr mir notfalls zu einem Boot verhelfen?«

»Vielleicht geben Euch die Fischer eines«, antwortete Jobst. »Ihr braucht nur dem Damm zu folgen, dann kommt Ihr zu ihnen. Aber habt Ihr jemals ein Boot gerudert?«

»Um der Schwarzen Garde zu entkommen, würde ich sogar das Fliegen lernen«, sagte Christoffer und setzte zu einem Lachen an. Doch es erstarb auf seinen Lippen, denn in diesem Augenblick fielen nicht weit entfernt Schüsse. »Mir wäre allerdings wohler, wenn mir jemand Gesellschaft leistete«, fuhr er fort. »Hättet Ihr nicht Lust mitzukommen?«

Die Antwort blieb Jobst erspart. Ein Trupp Offiziere stürmte sporenklirrend vorüber und riß Christoffer mit sich. Es war das letzte Mal, daß sie einander sahen.

Als kurz nach Mitternacht der Mond aufging und die Schneelandschaft in taghelles Licht tauchte, gewahrten die Wachposten auf der Rauhbank drei Reiter in schimmernder Rüstung. Sie standen reglos wie Statuen, und ein besonders scharfsichtiger Soldat glaubte zu erkennen, daß sie eiserne Masken vor den Gesichtern trugen.

Damit die Reiter nicht dem Irrtum erlägen, daß Schönberg für sie eine leichte Beute sei, ließ der Obrist eine Kartaune abfeuern. Die Folge war ein ungeheurer Tumult im Dorf. »Die Schwarze Garde kommt!« hörte man rufen, und wer durch den Kanonenschuß nicht geweckt worden war, wurde durch das Geschrei der ziellos durch die Gassen laufenden Menschen aus dem Schlaf gerissen. Im Handumdrehen wurde aus den drei einsamen Reitern eine Schwadron und aus dieser eine waffenstarrende Heerschar, und da man sie von Süden her im Anmarsch wähnte, drängte alles zum Damm und zum Stakendorfer Tor.

Morgan geriet außer sich, als er sah, was er mit dem Kanonenschuß angerichtet hatte. Er befahl die Offiziere zum Appell, doch von diesen erschien nur ein alter Hauptmann, der dank seiner Schwerhörigkeit von der allgemeinen Panik unberührt geblieben war. Daraufhin eilte der Obrist zum Stakendorfer Tor und drohte, jeden zu erschießen, der das Dorf verlasse. Inzwischen hatte sich auch der Troß in Bewegung gesetzt und schob sich in einer langen Reihe von Planwagen und Karren durch das Tor ins Freie. Obrist Morgan schoß blindlings um sich, ohne mehr zu bewirken, als daß ein Pferd scheute und dem gleichfalls auf der Flucht befindlichen Ungarn Kassak einen Schlag gegen die Brust versetzte. Kassak blieb wie tot vor Marlenes Kate liegen, und die Dorfhure zog ihn an den Beinen in ihre Diele, damit er von der flüchtenden Menge nicht zertrampelt wurde.

Nachdem der Feldprediger ihn vorüberhastend Gott befohlen und selbst der hartgesottene Cabeza de Vaca im Wagen der Gräfin von Liebenfels das Weite gesucht hatte, gab der Obrist auf. Er schwang sich in den Sattel eines herrenlosen Pferdes und verließ als letzter das Dorf. Kassak, erzählte Marlene, habe drei Tage in tiefer Bewußtlosigkeit gelegen, bevor ihn der Duft einer Mettwurst ins Leben zurückgeholt habe. Auf die Frage, wo er sich befinde, habe Marlene geantwortet, er sei zu Hause bei Frau und Kindern. Der Ungar soll keine Einwände erhoben haben.

Zwölftes Kapitel

Einige Tage verbrachten die Schönberger in banger Erwartung. Sie befürchteten, daß die Schweden zurückkehren könnten, wenn die Schwarze Garde sich ihnen in den Weg stellen sollte. Hinter den mit Kartaunen bestückten Schanzen wären sie vor den Angriffen der gepanzerten Reiter besser geschützt als in freiem Gelände. Überdies hatten sie bei ihrem hastigen Aufbruch mancherlei zurückgelassen, das sie schlecht entbehren konnten: Wagen voller Marketenderwaren und nützlicher Gerätschaften, wohnlich eingerichtete Zelte und nicht zuletzt die rings um das Dorf aufgestellten Kanonen. Was aber, wenn anstelle der Schweden die Schwarze Garde käme? Nach den Gerüchten, die sie über die barbarischen Eisenkerle vernommen hatten, ließ schon der Gedanke allein die Schönberger erschauern.

Die Spannung löste sich, als man von Ellerbeker Fischern hörte, daß die Schweden die Förde umrundet hätten und auf Rendsburg marschierten. Von der Schwarzen Garde wurde berichtet, sie habe in der Gegend um Plön ihr Winterquartier bezogen. Ein Aufatmen ging durch das Dorf.

Das Gefühl, einer tödlichen Gefahr entronnen zu sein, wich indes bald der Sorge, wovon man bis zur nächsten Ernte leben sollte. Die Vorräte an Nahrungsmitteln waren aufgezehrt, von der im Rögen versteckten Viehherde war ein kümmerlicher Rest geblieben. Schlimmer noch als die Schweden hatten die Wölfe ihr zugesetzt; sie seien in großen Rudeln gekommen, erzählten die Hirten, zuweilen hundert an der Zahl, niemals zuvor hätten sie so viele von ihnen auf einmal gesehen.

Asmus Göttsch, der seit Hans Flinkfoots Erweckung das Amt des Klostervogts versah, ging nach Preetz, um den Klosterprobst von der mißlichen Lage der Schönberger ins Bild zu setzen. Sein

Bericht machte die Hoffnungen zunichte, das reiche Kloster könnte im Falle einer Hungersnot mit dem Nötigsten aushelfen. Otto von Buchwaldt selbst, erzählte Asmus, habe sich auf sein Stammgut Muckefelde begeben und sei seitdem nicht mehr im Kloster gesehen worden. So habe die Priörin allein mit den Schweden verhandelt, als diese Nahrung für Mensch und Tier gefordert hätten. Margareta von Brockdorffs Starrköpfigkeit habe dazu geführt, daß die Schweden die Speisekammern, Scheunen und Keller geplündert hätten, und zwar mit einer Gründlichkeit, daß die wohledlen Stiftsdamen gezwungen seien, die Schwäne vom Klosterteich zu verspeisen. Nein, auf Hilfe vom Kloster könne man nicht hoffen, meinte Asmus Göttsch. Dies gehe auch aus den Worten der Priörin hervor, daß in Zeiten wie den gegenwärtigen ein jeder sich selbst der Nächste sei. Im übrigen, bemerkte Asmus mit einem Anflug von Galgenhumor, sei er auf dem Heimweg nur dank seiner Gewandtheit im Klettern davor bewahrt geblieben, den Wölfen als Fraß zu dienen. Längere Zeit habe er aus geringer Höhe in ihre gierigen Augen und aufgesperrten Rachen geblickt. Dann sei ein Kaninchen ahnungslos des Weges gekommen und habe die Raubtiere von ihm abgelenkt. Andernfalls säße er womöglich noch immer auf dem Baum.

Zum allgemeinen Erstaunen kehrte ein Mann ins Dorf zurück, den die meisten für tot gehalten hatten. Immerhin schien er dem Tode nur mit knapper Mühe entronnen zu sein: Hinrich Wiese war bis auf die Knochen abgemagert, die übermäßig geweiteten Augen beherrschten das ausgemergelte Gesicht. Jobst vertraute er an, daß sein hinfälliges Aussehen die Folge einer äußerst kargen Kost sei: Um nicht zu verhungern, habe er sich von gedörrtem Tang und Miesmuscheln, von Schnecken und Würmern ernährt, denn des Fisches, der den Leuten in der Dorschbucht dreimal am Tage als Speise diene, sei er dermaßen überdrüssig geworden, daß er keinen Bissen bei sich behalten könne.

Nachdem er Frau und Sohn in leidlich guter Verfassung vorgefunden hatte, ging Wiese ins Wirtshaus, um sich am lange entbehrten Wacholder zu laben. Welch maßlose Enttäuschung für den alten Säufer, als Hans Flinkfoot ihm eröffnete, daß die Schweden alles ausgetrunken hätten! Nicht einmal einen Becher Bier könne er ihm vorsetzen, bedauerte der mehrfach Erleuchtete. Wiese begann daraufhin, die zurückgelassenen Marketenderwagen nach Branntwein zu durchstöbern, doch er fand nur eine Flasche mit einer süßlich duftenden Flüssigkeit, die ihm nach einem probeweisen Schluck die Augäpfel aus dem Kopf hervortrieb.

Von Hinrich Wiese erfuhren die Schönberger, daß Hans Haunerlands Schiff wieder in der Dorschbucht lag, und tags darauf kam der Hofherr von Fernwisch auf einem wohlgenährten Falben ins Dorf geritten. Alsbald saß er in der Schankstube, vor sich eine Reihe Flaschen mit fremdländischen Etiketten, und lud die Leute, die des Messias wegen gekommen waren, zu einem Umtrunk ein.

Wo war er unterdessen nicht überall gewesen! Einmal nach Visby hinauf und auf der Rückfahrt in Ystad vorbeigeschaut, dann durch den Belt bis nach Samsö und wieder retour. Was er gemacht habe? Geschäfte hier, Geschäfte dort, und vor allem Freunde besucht. Ohne Freunde, auf die Verlaß sei, könne man in Zeitläuften wie diesen am besten den Strick nehmen.

Haunerland hatte sich auf dieser Reise eine Verletzung zugezogen, nichts Schlimmes, versicherte er, nur ein Lanzenstich in den rückwärtigen Oberschenkel. Zum Beweis ließ er die Hosen herunter und zeigte allen die Wunde und weil es sich so fügte, auch gleich jene ein Stück höher, wo sich früher eine seiner Gesäßbacken befunden hatte. Diesmal hatte sie jedoch nicht seinen Hunger gestillt, sondern war ihm von einem Hai abgebissen worden, irgendwo in den Gewässern vor Tortuga. So war es mit Haunerlands Geschichten: Sie umspielten einen dauerhaften Kern in immer neuen Abwandlungen.

Hans Flinkfoot mußte die ganze Duldsamkeit eines Heiligen aufbieten, um nicht von Neid erfaßt zu werden, als er sah, wie seine Jünger an Haunerlands Lippen hingen. Da er es aber nun schon seit geraumer Zeit gewohnt war, im Mittelpunkt zu stehen, versuchte er, die Aufmerksamkeit wieder auf sich zu lenken, indem er die Anwesenden zum Schweben einlud. Es gelang ihm, fast allen das Gefühl der Schwerelosigkeit zu vermitteln, nur Hans Haunerland behauptete, er habe sich nicht auch nur um Daumenbreite vom Erdboden gelöst.

Danach ritt Haunerland zu den Schanzen und wählte von den Kanonen einige Halb- und Viertelkartaunen aus, mit denen er seinen Schoner bestücken wollte. Als der Bauernvogt darauf verwies, daß die Kanonen Eigentum der Schweden seien, gab Haunerland ihm einen Silbertaler und bat, er möge ihn dem Obristen aushändigen, falls dieser nach dem Verbleib der Kartaunen fragen sollte. »So is hei nu mal«, sagte Asmus Göttsch zu den anderen Bauern. Und er meinte damit, daß keiner Hans Haunerland an Großspurigkeit das Wasser reichen könne.

Nach und nach nahm das Dorf wieder sein früheres Aussehen an. Was die Schönberger von der Hinterlassenschaft der Schweden nicht für sich verwenden konnten, schafften sie zum Vossbarg hinaus und türmten es zu einem haushohen Haufen. Als sie den Stapel anderntags verbrennen wollten, war ein Teil des Gerümpels verschwunden. Wahrscheinlich hatten die scheuen Bewohner der Salzwiesen noch das eine oder andere Stück gebrauchen können.

Hartnäckig hielt sich das Gerücht, daß auch ein leibhaftiger Schwede im Dorf zurückgeblieben sei. Ihm habe, hieß es, Marlene Unterschlupf gewährt, denn sie, die sonst allen Männern jederzeit zu Willen war, ließ neuerdings keinen mehr in ihre Kate ein. Den Grund hierfür plapperten Marlenes Kinder aus: Im einzigen Bett liege ein fremder Mann, der ständig huste und Blut spucke.

Die Bauern forderten Eggert Mundt auf, nach dem Rechten zu sehen. Auch ihm erlaubte Marlene nicht, ihr Haus zu betreten; sie gab indessen zu, einen kranken Soldaten zu beherbergen. Damit wollten sich die Bauern nicht zufriedengeben; sie rotteten sich vor Marlenes Kate zusammen und drangen, als ihnen der Eintritt verwehrt wurde, gewaltsam in das Haus ein. Da lag er in den blutgefleckten Kissen: Kassak, der ihre sorgsam versteckten Vorräte an

Geräuchertem erschnuppert hatte, der schuld daran war, daß sie hungern mußten. Der Ungar war wieder bei Sinnen, aber so schwach, daß er nicht eine Hand heben konnte.

Eine unbändige Rachsucht packte die Bauern. Der eine wollte ihm den Hals abschneiden, der andere ihn auf seine Forke gespießt durchs Dorf tragen, und Kassak lauschte mit stummem Entsetzen. Da stellte Marlene sich vor das Bett, reckte den Bauern ihre Brust entgegen und verlangte, daß ihr das gleiche geschähe wie dem Ungarn, denn jener sei ihr Mann und werde es, wenn er überlebe, auch mit dem Segen der Kirche sein.

»Du hast doch einen Mann«, sagte Hinrich Lamp. »Wie kann eine Frau zwei Männer haben?«

»Das hat dich nich davon abgehalten, mir deinen dreckigen Schwengel reinzustecken!« schrie Marlene. »Und ob ich den nu heirate oder nich, er ist mein Mann!«

Kaum einer der Bauern verstand, weshalb Marlene sich für den sterbenskranken Soldaten aufopfern wollte, doch ihre Entschlossenheit wirkte ernüchternd auf sie. Was hatte Marlene ihnen getan, daß sie gleichfalls dran glauben sollte? So zogen die Bauern unverrichteter Dinge ab und erzählten im Dorf, Marlene habe sich einen Zigeuner ins Bett geholt.

Wider Erwarten gesundete Kassak. Es zeigte sich, daß er außer einer guten Nase beachtliches Geschick im Anfertigen von Fallen für Kleingetier wie Kaninchen, Igel, Ratten und Mäuse besaß.

In einer der letzten Frostnächte dieses Winters brach ein Rudel von Wölfen ins Dorf ein. Der Zaun war während der schwedischen Besetzung an mehreren Stellen niedergerissen worden und bot mithin keinen Schutz mehr gegen die wilden Tiere. Lautlos durchstreiften sie die Gassen, nur wenn sie über einen Hund oder eine Katze herfielen, durchbrach ihr Knurren und Fauchen die Stille. Bei der Dunkelheit war es wohl mehr dem Zufall zu verdanken, daß Sivert Plambeck mit einem Schuß aus seiner altertümlichen Arkebuse einen Wolf in den Hinterlauf traf, so daß dieser liegenblieb und Sivert ihm mit dem Kolben den Schädel einschlagen konnte. Als die Wölfe das Dorf mit Anbruch des Tages verlassen hatten, stellte Sivert das erlegte Tier auf dem Anger zur Schau. An der Zeichnung des Fells konnte man ablesen, daß es keiner der heimischen Wölfe war. Offenbar seien die Rudel auf der Suche nach Nahrung von weit her gekommen, meinte der alte Schulmeister. Er empfahl, die Schäden am Zaun schleunigst auszubessern, andernfalls könne man sich bald auch bei Tage nicht mehr aus dem Haus wagen.

Seit dem Abend, als sie gemeinsam Becke Speth aufgesucht hatten, war Jobst Margreta nicht mehr begegnet. Elsche erzählte, die Frau Pastor hüte das Bett und sei nur mit Mühe zu bewegen, hin und wieder aufzustehen. Daß Margreta nicht an den Mahlzeiten teilnahm, erklärte Pastor Scheele mit keinem Wort. Nur einmal flocht er in das Tischgebet die Bitte ein, daß seine Frau recht bald genesen möge. Es klang indes, als genüge er einer Pflicht, seine Worte hätten ebensogut einem völlig fremden Menschen gelten können. Irgend etwas, schien es Jobst, hatte ihn gegen Margreta aufgebracht. Andererseits bezwang sich der Pastor mit Rücksicht auf ihre angegriffene Gesundheit, seinem Unmut Luft zu machen.

Doch eines Tages wurde Jobst Ohrenzeuge eines erregten Wortwechsels zwischen dem Pastor und seiner Frau. Jemand hatte Scheele zugetragen, daß Margreta bei Becke Speth gewesen war. Er wollte wissen, was sie zu der alten Hexe geführt hatte. Wie konnte sie, die Frau des Pastors, eine Person aufsuchen, von der jeder im Dorf wußte, daß sie Dämonen Unterschlupf gewährte? Margreta bestritt nicht, daß sie in Beckes Kate gewesen war, doch mit ungewohnter Heftigkeit verwahrte sie sich dagegen, daß Scheele sie offenbar bespitzeln lasse und ihr ohne Grund Vorhaltungen mache. Was denn sonst könne der Anlaß dieses Besuchs gewesen sein als der Erwerb einer Kräutermischung gegen Unwohlsein, von dem Frauen ihres Alters zuweilen befallen würden? Oder erwarte er, daß sie leide, weil ihm die alte Kräuterfrau ein Dorn im Auge sei? So setzte Margreta ihren Mann ins Unrecht, wenngleich ihre

Rechtfertigung zu dürftig war, um Scheeles Argwohn gänzlich zu zerstreuen.

Am darauffolgenden Sonntag, es war der erste im März des Jahres 1648, begann sich im Verhältnis des Pastors Johannes Scheele zu seiner Gemeinde ein grundlegender Wandel zu vollziehen. Er, den man wegen seiner maßlosen Zornausbrüche und seines fanatischen Eifers im Kampf gegen Teufel und Dämonen bespöttelt hatte, wuchs in die Rolle eines Mittlers zwischen Gott und den notleidenden Menschen hinein.

An jenem Sonntag sprach Johannes Scheele die Gottesdienstbesucher schuldig an dem Unheil, das über sie gekommen war. Die Warnung, die Gott ihnen mit dem Hochwasser hatte zuteil werden lassen, hatten sie mißachtet. Darauf hatte Gott ihnen in seinem Zorn die Schweden geschickt, damit sie nähmen, was vom Meer verschont geblieben war. Und noch immer hatten sie Gottes Fingerzeig nicht verstanden. Jetzt drohe eine Hungersnot ungekannten Ausmaßes, weil sie dem Bösen in sich selbst und anderen nicht die Stirn geboten hätten. »Ihr dauert mich«, rief der Pastor über die reumütig geneigten Häupter hinweg, »ihr dauert mich ob eurer Blindheit gegenüber dem Willen des Allmächtigen!« Doch wer es wagte, den Blick zu ihm zu erheben, gewahrte keine Spur von Mitleid in seinem kantigen Gesicht.

Nun tat Johannes Scheele, was man von ihm gewohnt war und auch an diesem Sonntag erwartet hatte: Er nannte einen Namen. »Da ist Becke Speth«, sagte er, »dem äußeren Anschein nach eine harmlose alte Frau, der man heilende Kräfte nachsagt, in Wahrheit jedoch ein Hort des Bösen, eine Teufelsbuhle. Was soll Gott davon halten, daß man eine Hexe ruft oder zu ihr geht, damit sie Mensch und Vieh von Krankheiten heile? Wie kann Gott euch verzeihen, daß ihr dieser Hexe wegen euren Seelsorger zu den Schweinen gesperrt habt? Ach, ihr Armen!« rief der Pastor, indem er sich weit über die Kanzel beugte, »wie wollt ihr Gott jemals wieder gnädig stimmen?«

Von den üblichen Nahrungsmitteln war nur Fisch noch in ausreichender Menge vorhanden, vor allem Hering, Dorsch und Makrele. Die Fischer von der Dorschbucht schafften ihre Fänge auf den hochrädrigen Karren ins Dorf, doch die Bauern und Handwerker waren von alters her gewohnt, nur einmal in der Woche Fisch zu essen, als tägliche Speise erregte er ihren Widerwillen. So sahen sie mit knurrenden Mägen zu, wie die Fischer den glitzernden Reichtum des Meeres in die Au kippten.

Der Hunger, scheint es, beflügelt die Phantasie derart, daß sie mitunter wunderliche Blüten treibt, schrieb Jobst in sein Tagebuch. *Wenn daher auch nicht als verbürgt gelten kann, was vom Verbleib des Tagelöhners Detlef Rönnfeld – oder vielmehr seiner sterblichen Hülle – erzählt wird, ist die Geschichte doch kennzeichnend für die zunehmende Verrohung der Menschen.*

Mit seiner vielköpfigen Familie bewohnte Detlef Rönnfeld eine ärmliche Kate auf halbem Wege nach Krummbek, die *Lehmpott* genannt wurde. Obwohl noch im besten Mannesalter und strotzend vor Gesundheit war Detlef unerwartet gestorben. Als man seinen Sarg in die Grube hinabließ, riß das Seil, und der harte Aufprall sprengte das hölzerne Gehäuse. Statt des Verstorbenen gewahrte man einige in Lumpen gehüllte Steine im Sarg. Die Angehörigen, hieß es, seien nicht minder entsetzt gewesen als die übrigen Trauergäste. Detlefs Witwe schwor, sie habe ihren Mann eigenhändig gewaschen und mit seinem besten Hemd bekleidet in den Sarg gelegt. Doch das Gerücht wollte nicht verstummen, die Hinterbliebenen hätten sich den Verstorbenen in gut verdaulicher Zubereitung einverleibt. Etliche Tage, wurde gemunkelt, sei dem Lehmpott ein appetitlicher Bratenduft entströmt, hin und wieder auch der strenge Geruch ausgelassenen Specks. Dies war um so verdächtiger, als es im Lehmpott selbst in Friedenszeiten nur alle Jubeljahre Fleisch zu essen gegeben hatte. Woher also sollte es in einer Zeit des Mangels stammen, wenn nicht vom frisch verschiedenen Familienoberhaupt? Als der Witwe das Gerücht zu Ohren kam, lief sie zu Pastor Scheele und bat ihn zu bezeugen, daß der Sarg mit der

Leiche ihres Mannes in der Nacht vor der Bestattung in der Kirche gestanden habe, da im Lehmpott kein Platz für ihn war. Hätte sich über Nacht nicht jemand des Entschlafenen bemächtigen können, um ihn einer Verwendung zuzuführen, die ihr so undenkbar wie unaussprechlich sei? Sie ließ auch durchblicken, wer einer solchen Scheußlichkeit fähig wäre, und zufällig war es jener, der die verdächtigen Düfte aus dem Lehmpott gerochen haben wollte.

Letztlich blieb ungeklärt, was mit dem toten Detlef Rönnfeld geschehen war. Aber von Stund an geisterte der Gedanke durch die Köpfe, daß unter den Dorfbewohnern ein oder auch mehrere Menschenfresser lebten. Selbst dem Verwandten oder Nachbarn konnte man nicht mehr ins vertraute Antlitz blicken, ohne sich zu fragen, ob er womöglich einer sei.

»Das ist die Saat, die Satan in eure Köpfe sät!« grollte Pastor Scheele von der Kanzel. »Aus Mutmaßungen entstehen Verdächtigungen, aus Verdächtigungen wird Haß. Ihr sollt euch gegenseitig zerfleischen, statt das Böse mit der Wurzel auszurotten. Oh, ihr Toren!« rief er, indem er seinen Arm waagerecht über die Gemeinde schwenkte, »wie verblendet seid ihr, daß ihr den Einflüsterungen des Antichrist erliegt, dem Allmächtigen aber den Gehorsam verweigert!« Mitten aus der senkrechten Gebärde richtete sich Johannes Scheeles Hand auf ihn selbst, auf die schwarzbetuchte Brust mit dem gestärkten Beffchen: »Hier steht euer Wegweiser, wenn ihr Gottes Liebe wiederfinden wollt!« Und den Kopf über die gefalteten Hände gebeugt, sprach er das Vaterunser.

Eines Nachts wurde Becke Speth von mehreren Männern aus dem Bett gezerrt. Die Männer rieten ihr, sich schleunigst anzukleiden, und als Becke zu zetern begann, stopften sie ihr einen Strumpf in den Mund und schleppten sie ins Freie. Von dort mußte die Alte ansehen, wie ihre Kate in Flammen aufging. Die Brandstifter, erzählte Becke, hätten ihre Schlapphüte ins Gesicht gezogen, aber an ihren Stimmen habe sie Jochim Arp und Jochen Sindt erkannt, an seiner spiddeligen Gestalt den Schneider Klindt vom Rauhen Berg. Als das Feuer heruntergebrannt war und die schwelenden

Überreste ihrer Kate keine Wärme mehr spendeten, machte Becke sich auf die Suche nach einer Bleibe. An die meisten Türen klopfte sie vergebens, hier und da wurde sie mit fadenscheinigen Begründungen abgewiesen. Schließlich fand sie bei einem Unterschlupf, dem es schon einmal schlecht ergangen war, weil er eine vermeintliche Hexe bei sich aufgenommen hatte.

Pastor Scheele verlor kein Wort über die Freveltat. Um so weitschweifiger ließ er sich darüber aus, daß Becke Speth ausgerechnet bei Hinrich Wiese Obdach gefunden hatte. Offenbarte sich da eine bislang geheimgehaltene Verbindung zwischen der Hexe und dem Ketzer? Jetzt gelte es, wachsam zu sein, denn es sei zu erwarten, daß die beiden gemeinsam die Kluft zwischen Gott und der Gemeinde zu vertiefen trachteten.

Das Frühjahr kam mit starken Regenfällen und dumpfer Schwüle. Auf den verwüsteten Feldern versank man bis zu den Knien in zähem Schlamm. Unter solchen Bedingungen hätte es übermenschliche Kraft gekostet, die schweren Böden zu bestellen, zudem mangelte es an Saatgut und Pferden. So blieb den Bauern genügend Zeit, über Scheeles Worte nachzusinnen.

Mehrere Tage hielt Becke Speth sich in der Weberkate auf. Jobst sah sie dort ein Kleid nähen, denn sie besaß nichts mehr außer dem Nachthemd, in dem sie zu Wiese gekommen war. Das Kleid geriet ihr reichlich groß und ähnelte seiner Form nach einem Sack, doch Becke gefiel sich darin und wollte, daß auch andere Gefallen an ihr fänden. Sie begab sich daher auf einen Spaziergang durch das Dorf, und weil es gerade Sonntag war, lenkte sie ihre Schritte zum Kirchplatz, wo sie die Gemeinde nach dem Gottesdienst versammelt wußte. Die Gespräche verstummten, als man Becke über den Anger kommen sah, die Brandstifter wappneten sich mit Unschuldsmienen. Doch unversehens stand die Alte Jochen Sindt gegenüber, und jählings erstarrte ihr selbstgefälliges Grienen.

»Das hast du nich umsonst gemacht!« keifte sie. »Dafür sollst du die Pest, die Pocken und die Schwindsucht kriegen und in der tiefsten Hölle schmoren bis zum Jüngsten Tag!«

Da dem solcherart Beschimpften keine Replik einfiel, die es mit Beckes Verwünschungen hätte aufnehmen können, wandte sich Jochen nicht ohne Würde zum Gehen. Doch die Alte riß ihn an der Schulter herum und schrie: »Was hab ich verbrochen, daß ihr mir das Haus überm Kopf anzündet?«

»Wir hätten dich man gleich mitverbrennen sollen«, grummelte der Bauer.

»Warum denn bloß?«

»Weil du 'ne Hexe bist.«

»Ach nee, sieh mal an! Ich 'ne Hexe, was?« sagte Becke fuchtig. »Weil ihr glaubt, ich kann euch die Pestdämonen vom Hals schaffen, bin ich 'ne Hexe, was? Weil ich dir 'n Tee gemischt hab, damit du wieder kacken kannst, bin ich 'ne Hexe, was?« Außer sich vor Empörung spuckte sie Jochen Sindt ins Gesicht.

Eine flammende Röte stieg dem Bauern den Hals hinauf. »Hexe, gottverdammte Hexe!« keuchte er. »Du hast uns das alles eingebrockt, aber nu ist Schluß!« Er packte einen Zipfel von Beckes viel zu weitem Kleid, wickelte sie darin ein, so daß sie sich nicht mehr rühren konnte, und warf sich die alte Frau über die Schulter. Nach dieser beherzten Tat schien er jedoch unschlüssig, was weiter mit ihr geschehen sollte.

»Schmeiß sie vom Kirchturm runter!« grölte Jochim Arp.

»Nee, Hexen können fliegen«, widersprach Schneider Klindt. »Besser, wir ersäufen sie im Pastorenteich.« Der Vorschlag fand breite Zustimmung, und so machte sich eine größere Zahl von Gemeindegliedern auf den Weg zum Pastorat, allen voran Jochen Sindt mit dem zappelnden und kreischenden Bündel.

Langsam begriff Jobst, daß es den Bauern nicht nur darum ging, der Alten einen Schreck einzujagen. Er lief in die Kirche, wo er Pastor Scheele noch in der Sakristei antraf. Atemlos berichtete er, daß Becke nach dem Willen einiger Wirrköpfe ihr Leben lassen sollte. Scheele vernahm es mit sichtlichem Verdruß. »Was maßen die sich an!« rief er und bedeutete Jobst, ihm zu folgen, während er im Sturmschritt aus dem Gotteshaus eilte.

Sie kamen zu spät: Becke trieb bäuchlings im Pastorenteich. An den Hosen einiger Männer klebte Entenflott; bei Jochen Sindt waren auch die Arme und die Hemdbrust damit bedeckt. *Hier und da gewahrte ich betretene Mienen. Die meisten aber sahen den Pastor an wie Schüler, die ein Lob des Lehrers erwarten. Glaubten sie doch getan zu haben, was Scheele so nachdrücklich gefordert hatte.*

Der Pastor preßte die Lippen zusammen und atmete tief durch. »Holt sie raus!« sagte er dann mit einer Stimme, die von unterdrücktem Zorn vibrierte.

Beckes Augen waren weit geöffnet; ihr Blick war seitwärts gerichtet, was dem kleinen verhutzelten Gesicht einen schelmischen Ausdruck verlieh. Aus einem ihrer Mundwinkel sickerte grünes Wasser.

»De is daud, Herr Paster«, sagte der Tagelöhner Asmus Schneekloth.

»Was fällt euch ein!« stieß Johannes Scheele in starker Erregung hervor. »Wie könnt ihr es wagen, dem Urteil Gottes und seines Gerichts vorzugreifen! Es ist Sache eines geistlichen Gerichts, darüber zu befinden, ob ein Mensch sich dem Bösen anheimgegeben hat und somit der Läuterung bedarf. Nur ihm allein kommt es zu, ein der Teufelsbuhlschaft überführtes Individuum zum Tode zu verurteilen. Ihr aber maßt euch an, beides zu sein: Richter und Henker! Welch ein Frevel, welch ein gotteslästerlicher Frevel!«

Pastor Scheeles weithin schallende Stimme lockte außer den Gottesdienstbesuchern auch eine Schar Neugieriger an. Die stetig wachsende Zahl seiner Zuhörer beflügelte wiederum den Pastor, so daß er die Maßreglung der eigenmächtigen Vollstrecker mehr und mehr mit Zitaten aus der Bibel sowie der Schrift des Samuel Meigerius anreicherte und dadurch alle, die da rings um den Teich standen, in andächtiges Staunen versetzte.

»Wißt Ihr, wie er mir vorkommt?« tuschelte der Diakon in Jobsts Ohr. »Wie ein Musikant, der nur eine Melodie beherrscht, die aber vortrefflich. Es dürfte tunlich sein, beizeiten in sie einzustimmen, Herr Kollega.«

Auf Weisung des Pastors wurde Becke Speth außerhalb des Friedhofs begraben, kein Kreuz sollte an sie erinnern. Gleichwohl fand man Tage später einen mit Kalk geweißten Feldstein auf ihrem Grab, der die Inschrift trug *Wir wissen, wer du bist. Willkommen bei den Toten.* Die Schrift wusch der Regen ab, aber die Worte blieben den Menschen im Gedächtnis haften.

Wie oft hatte Jobst seit dem Abzug der Schweden auf der Suche nach Wibeke die Salzwiesen durchstreift, wie oft hatte er gehofft, ihr unversehens zu begegnen – jedesmal war er enttäuscht ins Dorf zurückgekehrt. Nichts deutete darauf hin, daß sie noch in dieser urtümlichen Landschaft lebte, es sei denn, sie hatte sich für immer ihrer menschlichen Gestalt begeben. Eine Zeitlang schöpfte Jobst Hoffnung daraus, daß die Kleidungsstücke nicht mehr unter Siwas Wetzstein lagen, aber dann fiel ihm ein, daß auch die Einsiedler sie an sich genommen haben könnten. Von Hinrich Wiese hörte er, Wibeke sei den Winter über nicht in der Dorschbucht gesehen worden. Die Leute dort seien nicht unglücklich darüber, denn ihnen sei Wibeke wegen ihrer ungeklärten Herkunft nicht geheuer. Zudem habe Wibekes Vater sich auf seine alten Tage eine Frau genommen, und diese habe ihn zu überzeugen gewußt, daß für zwei Frauen kein Platz in seiner Hütte sei. Schließlich erinnerte sich Jobst, daß Hans Flinkfoot ihm schon einmal geholfen hatte, Wibeke wiederzufinden, und von neuer Zuversicht erfüllt suchte er den Erleuchteten auf. Diesem war jedoch nichts zu entlocken, aus dem Jobst etwas über Wibekes Aufenthaltsort hätte entnehmen können. »Du mußt sie mit der ganzen Kraft deines Herzens lieben, dann findest du sie, Bruder«, sagte Hans Flinkfoot. Neuerdings hatte er sich den Kopf kahlgeschoren und die Glatze mit Öl eingerieben, was ihm bei günstigem Lichteinfall zu einer zarten Aureole verhalf.

Einmal träumte Jobst, Wibeke liege neben ihm im Alkoven, ihr Atem fächelte seine Wange. Er streckte eine Hand nach ihr aus, ganz deutlich spürte er ihren Atem auf seinem Handrücken. Wie hatte er nach ihr gesucht, und jetzt war sie zu ihm gekommen, wenn auch nur im Traum.

Plötzlich wurde ihm bewußt, daß er nicht mehr schlief. Und dennoch lag sie neben ihm, greifbar nahe, er fühlte die Wärme ihres Körpers. Strahlten Traumgeschöpfe Wärme aus, atmeten sie, daß man es hören und spüren konnte? Behutsam berührte er ihre Lippen. Ihr Atem stockte, setzte dann in einem unregelmäßigen Rhythmus wieder ein und fand allmählich in das ruhige Gleichmaß zurück.

Sie ist es leibhaftig! durchfuhr es Jobst. Er setzte sich auf. Vor dem schwarzen Fensterkreuz dämmerte schon der Morgen. Ein fahler Lichtstreif wand sich zwischen Tisch und Hocker hindurch und entlockte dem Sand des Fußbodens ein mattes Glitzern. Da war der Schrank, die Bank mit seinen Kleidern, davor seine Stiefel, auf dem Tisch der Kerzenstumpf. Dies alles nahm er klaren Sinnes wahr, und wenn er den Blick nur ein wenig senkte, sah er Wibeke. Demnach war auch sie ein Teil der Wirklichkeit.

Ihre Lider zuckten. »Was ist?« murmelte sie schläfrig. »Was siehst du mich so an?«

»Wibeke!« flüsterte Jobst. »Wie um alles in der Welt bist du ins Haus gekommen?«

»Durch das Eulenloch«, antwortete sie. »Die Flügel angelegt und hindurchgewitscht, schwupp, war ich drin.«

»Es wird schon hell, Wibeke«, sagte er. »Nicht mehr lange, dann steht die Magd auf, um Feuer im Herd zu machen.«

»Guckt sie auch bei dir herein?« fragte sie schnippisch.

»Nein, warum sollte sie? Aber wenn man dich in meinem Bett fände –«

»Keine Angst«, entgegnete sie. »Was man auch bei dir finden würde, ich wäre es nicht.«

»Manchmal bist du mir unheimlich«, sagte Jobst.

»So?«

»Nicht, wenn du du selbst bist. Aber mir graut bei dem Gedanken, daß du plötzlich etwas anderes sein könntest.«

»Möchtest du nicht hin und wieder etwas anderes sein?«

»Daran habe ich noch nie gedacht. Bislang war ich mit dem zufrieden, was ich bin.«

»Ich wüßte was«, lächelte Wibeke. »Du gäbst einen prächtigen Hahn ab. Die Hennen würden sich danach drängen, daß du sie trittst.«

Unsere Körper fanden zueinander und blieben in inniger Umarmung, bis der Tag anbrach. Halb im Schlaf flüsterte sie Worte in einer Sprache, die mir nicht geläufig war. Mehrmals vernahm ich das Wort Peronje, *und als ich fragte, was es bedeute, sagte sie, es sei ein Wort aus der Sprache ihrer Vorfahren und bezeichne einen, dem man besser aus dem Weg gehe und keinesfalls Einlaß gewähre, weder ins Haus noch gar in den eigenen Körper.*

Bald hörten sie, wie Elsche in der Küche *De Sünn is oppegahn* sang und emsig mit dem Schürhaken hantierte. »Peronje«, wisperte Wibeke ihm ins Ohr. Jobst sah ihren nackten Körper im weichen Licht der aufgehenden Sonne, diesen elfenhaften Körper, der ihm für alle Zeit der Inbegriff von Schönheit sein sollte. Was jetzt? dachte er. Würde er Zeuge einer Verwandlung sein? Doch Wibeke streifte eines der Kleider über, die er Margreta gestohlen hatte, öffnete das Fenster und schwang sich hinaus. Kurz darauf klopfte es an der Tür. »Soll ich Euch einen Dorsch kochen, junger Herr?« fragte Elsche. »Was andres hab ich nicht.«

Jobst blieb ihr die Antwort schuldig. Er drückte sein Gesicht in die Mulde, die Wibekes Kopf im Kissen hinterlassen hatte, und roch den moorigen Duft der Salzwiesen.

In dieser Zeit der Not brachte Hans Haunerland seine Frau mit einem Pomp zu Grabe, als gelte es, einer Fürstin die letzte Ehre zu erweisen. Auf einem mit schwarzem Samt ausgeschlagenen Wagen wurde der Sarg von sechs schwarz vermummten Pferden nach Schönberg gezogen. Haunerland selbst ging mit seinen beiden Töchtern hinter dem Sarg, angetan mit einem langen Mantel, der aus unzähligen kleinen silberfarbenen Fellen gefertigt war. Woran

Haunerlands Frau gestorben war, konnte nicht in Erfahrung gebracht werden; man munkelte, sie habe sich vor Gram verzehrt.

Pastor Scheele verbreitete sich in seiner Trauerpredigt weidlich über das sechste Gebot, bevor er den sittsamen Lebenswandel der Verstorbenen pries. Wer wollte, konnte sich darauf einen Vers machen, und Haunerland lauschte denn auch mit spürbarer Ungeduld. Nach dem Begräbnis bewirtete er die Trauergäste in Hans Flinkfoots Scheune mit kaltem Schweinebraten, Blutwurst und Bier. Von allem gab es so reichlich, daß jeder satt wurde und die Feier in einem Besäufnis endete. Hinterher stimmten alle darin überein, daß es eine *große Leiche* gewesen war. Aber wie konnte Haunerland in einer Zeit, da alle darbten, im Überfluß schwelgen? Seine Knechte ließen verlauten, er habe alles Nötige für den Leichenschmaus auf seinem Schoner herbeischaffen lassen, woher, wußten sie nicht.

Nachdem Haunerland anstandshalber einige Wochen hatte verstreichen lassen, ging er auf Brautschau. Er fragte Jobst, ob er ihm dabei behilflich sein wolle, vier Augen sähen mehr als zwei. Die eine oder andere Bauerntochter habe er bereits ins Visier gefaßt, doch sei er auch für Vorschläge empfänglich. Seine Künftige brauche nichts mit in die Ehe zu bringen, nur jung müsse sie sein und bei guter Gesundheit, er habe vor, noch mindestens einen Sohn zu zeugen.

So sah man Jobst im Frühsommer mit Hans Haunerland über die Dörfer reiten. Sie wurden überall freundlich aufgenommen, denn wenn Haunerland auch bei genauerem Hinsehen etwas an den Töchtern auszusetzen fand, ließ er immer eine Mettwurst, ein Stück Speck oder ein schlachtreifes Huhn zurück.

Eine von denen, die Hans Haunerland schon in die engere Wahl gezogen hatte, war Abelke Fink, die Tochter des Barsbeker Bauernvogts. Abelke war letzthin ein wenig in die Breite gegangen, was ihrer Schönheit indes keinen Abbruch tat und Haunerland zu der Bemerkung veranlaßte, daß von dieser prächtigen Stute ein strammer Hoferbe zu erwarten sei. Nach seiner Meinung gefragt, deutete Jobst vorsichtig Zweifel an, ob Abelkes unbestreitbare äußere Vorzüge mit einem tugendhaften Wesen einhergingen.

»Nun mal frei heraus!« sagte Hans Haunerland. »Was wißt Ihr von der Jungfer, das ich nicht weiß?«

Nach einigem Drucksen vertraute Jobst ihm an, es gebe Gründe für die Annahme, daß in Abelke ein Dämon hause.

»Junger Freund«, sagte der Hofherr ungehalten, »wenn ich nicht das Gefühl hätte, daß Ihr es ernst meint, würde es dafür eine Backpfeife setzen. Was berechtigt Euch zu dieser aberwitzigen Behauptung?«

Schon zweimal, eröffnete ihm Jobst, habe Abelke in seiner Gegenwart einen *Flatus daemonicus*, zu deutsch *Dämonenfurz*, fahrenlassen, und zwar beim ersten Mal ihm mitten ins Gesicht.

»Ins Gesicht?« fragte Haunerland befremdet. »Was soll ich mir dabei denken, daß Ihr Euch in einer entsprechenden Position befunden habt?«

Der *Flatus daemonicus* entweiche der Besessenen aus dem Mund, klärte Jobst das Mißverständnis auf. Im übrigen unterscheide er sich von einem gewöhnlichen Darmwind deutlich durch seinen schwefligen Gestank. All dies sei nachzulesen in dem Werk *De Panurgia Lamiarum* des Samuel Meigerius.

Hans Haunerland musterte Jobst mit sorgenvoller Miene: »Mir scheint, der Pastor hat Euch mit seinem Dämonenfimmel angesteckt, junger Freund. Laßt Euch dies gesagt sein von einem, der in den tiefsten Schlund der Hölle geblickt hat: Das Böse braucht nicht erst in den Menschen hineinzuschlüpfen, es ist von Anfang an schon in ihm drin. Falls Abelke allerdings aus dem Halse stinkt, stünde dies einer Heirat entgegen. Denn mich soll die Lust packen, wenn ich bei einem Weib liege, nicht der Ekel.«

Beim vertrauten Gespräch mit Abelke roch Haunerland nichts, das ihm zuwider war. Im Gegenteil, ihr Atem sei rein wie der eines neugeborenen Kindes, versicherte er Jobst, allenfalls dufte er ein wenig nach Zimt. So zögerte er nicht, den Bauernvogt um die Hand seiner Tochter zu bitten, und Abelkes Wangen erglühten vor

Freude, daß sie den reichsten Bauern des Kirchspiels zum Mann bekommen sollte.

Die Hochzeit zog sich über drei Tage hin. Zu den Geladenen gesellte sich eine große Anzahl Hungernder, und alle wurden vom Brautpaar an die Tafel gebeten. Man wähnte sich aus bitterer Not unvermittelt in das Märchen vom Tischlein-deck-dich versetzt, denn kaum waren die Schüsseln geleert, trug Haunerlands Gesinde neue herbei, gefüllt mit lange entbehrten Köstlichkeiten. War man bei einem Zauberer zu Gast, fragten sich die Schlemmenden. Wenn man den Hofherrn selbst um Auskunft bat, woher die Fülle an Speisen und Getränken stammte, lächelte er verschmitzt und deutete mit einer ausgreifenden Gebärde auf das Meer.

Am Ende des dritten Tages ließ Haunerland eine der schwedischen Schiffskanonen abfeuern und verkündete den Gästen, er habe vom Fressen und Saufen genug, jetzt sei es an der Zeit, seiner jungen Frau einen Sohn zu machen, und er schloß Wetten darüber ab, daß er sie gleich beim ersten Mal schwängern werde. Abelke brachte auf den Tag genau neun Monate nach jener Nacht eine Tochter zur Welt. Auf Haunerlands Wunsch sollte sie nach seiner Mutter heißen. So bekam sie den Namen *Persinelle.*

Dreizehntes Kapitel

Sie hatte sich ein schwarzes Tuch um Kopf und Schultern geschlungen, ihr Gesicht war von kreidiger Blässe. »Ich lag auf den Tod«, sagte sie, »manchmal war mir, als weilte mein Geist schon auf der anderen Seite, es war kalt dort und leer, eine eisige Leere. An den Abenden kam das Fieber wieder, es glühte in mir, daß ich zu verbrennen glaubte. Absonderliche Bilder geisterten durch mein Hirn, von einem Wald aus Schlangen, von Rosen, die einem weiblichen Schoß entsprossen und in Flammen aufgingen, von Kindern mit runzligen Greisengesichtern. Wenn ich hin und wieder einen klaren Gedanken fassen konnte, galt er dir, Geliebter.«

Ein frischer Wind kam von den Wiesen herüber; fröstelnd kreuzte Margreta die Arme über ihrer Brust. »Was hast du gemacht, während ich sterbenskrank daniederlag?« fragte sie. »Die Kinder sind nicht mehr zur Schule gekommen, hörte ich von Elsche, womit hast du dir die Zeit vertrieben? Nein, laß! Ich will nicht, daß du mir aus Mitleid etwas vorschwindelst. Sag mir nur eines: Geschah es auch aus Mitleid, daß du versprachst, mich niemals zu verlassen?«

»Ich brachte es nicht über mich, dir das Versprechen zu verweigern«, erwiderte Jobst.

»Du hast mich also belogen.«

»Wenn du es so nennen willst.«

»Der Tag, an dem du mich verlassen wirst, wird mein letzter sein«, sagte Margreta. Im Gehen streichelte sie flüchtig seine Wange: »Aber ich hänge am Leben, weißt du?«

Jobst trat durch die Gartenpforte auf die Dorfstraße hinaus. Es war ein lichter Sommerabend, von den Erlen im Pastorenbrook schreckten die Elstern mit ihrem schrillen Gezeter die Stille auf. *Die Begegnung im Garten, die erste, seitdem Margreta das*

Bett verlassen hatte, war nicht so zufällig, wie es den Anschein hatte. Sie war mit einer bestimmten Absicht gekommen: Sie wollte Schuldgefühle in mir wecken. Wochenlang hatte sie mit dem Tod gekämpft, während ich es mir wohl sein ließ, dafür sollte ich mich ihr verpflichtet fühlen. Doch sie ahnt, daß dies nicht ausreicht, mich an sich zu binden.

Das Dorf wirkte wie ausgestorben. Kein Herdrauch kroch aus den geduckten Reetdächern, kein Laut von Mensch und Vieh war zu hören, nirgendwo lehnte sich jemand, wie sonst um diese Stunde, auf ein Schwätzchen hoffend aus der Klöntür. Der einzige, dem Jobst auf seinem Gang durch das Dorf begegnete, war der Ungar. Kassak trug einen kleinen hölzernen Käfig unterm Arm. Mit listigem Grinsen bedeutete er Jobst, einen Blick durch das Gitter zu werfen. In dem Käfig hockte eine fette Ratte. »Mmmmh«, machte Kassak, indem er seine Fingerspitzen küßte.

Unversehens fand sich Jobst vor Hinrich Wieses Kate. Da er annahm, daß das Knallen des Webschützens jedes andere Geräusch übertöne, trat er ohne zu klopfen ein. Doch Wiese saß mit Frau und Sohn am Tisch und sah angewidert zu, wie diese einen Fisch verzehrten.

»Wollt Ihr mit uns essen?« fragte Wieses Frau.

Jobst dankte. Er habe sich letzthin fast ausschließlich von Fisch ernährt und wolle für eine Weile Enthaltsamkeit üben, damit ihm der Appetit nicht gänzlich vergehe.

»Bedient Euch statt dessen von meiner Kost, junger Herr«, sagte Wiese und schob Jobst eine Schüssel voll brauner, schrumpeliger Klümpchen hin. Es seien Borkenkäfer, die man häufig zu Hunderten unter der Rinde toter Bäume finde, kam er Jobsts Frage zuvor. Geröstet schmeckten sie ähnlich wie kroß gebratene Zwiebeln, allerdings fühle man sich erst nach dem Verspeisen größerer Mengen hinreichend gesättigt.

Abermals sah Jobst sich zu höflicher Ablehnung gezwungen. Für ihn würde der Genuß einer Speise maßgeblich durch die Empfindungen bestimmt, die der Anblick der rohen, um nicht zu sagen lebenden Zutaten in ihm auslösten. Ein Gewimmel von Borkenkäfern beispielsweise errege ihm Übelkeit.

»So ging es mir anfangs auch«, sagte der alte Schulmeister. »Es hat mich große Überwindung gekostet, die erste Handvoll Maden hinunterzuschlucken. Wenn man sich aber darüber hinweggesetzt hat, was nach landläufiger Meinung für eßbar gilt und was nicht, erschließt man sich eine ganze Welt ungeahnter Genüsse. Allein der Wohlgeschmack auf Huflattich gegarter Raupen wäre es wert, mit eingefleischten Eßgewohnheiten zu brechen.«

»Er redet nicht nur so, er glaubt es auch«, warf seine Frau grämlich ein.

»Als ich jung war, fast noch ein Kind, fing ein Fischer einen ungemein häßlichen Fisch«, hob Hinrich Wiese zu erzählen an. »Er hatte weit aus dem Kopf hervortretende Kugelaugen, eine Reihe kleiner Hörner und ein Maul voller kreuz und quer stehender Zähne. Kurzum, er sah aus wie ein Wasserteufel, und diesen Namen bekam er dann auch. Ein solch abscheuliches Geschöpf wollte keiner essen, also warf man es fort. Jahre später fand ein anderer Fischer wieder einen Wasserteufel in seinem Netz. Dieser Fischer wollte seinem Bruder einen Streich spielen; er kochte den Wasserteufel, häutete und zerlegte ihn, so daß von seiner ursprünglichen Gestalt nichts mehr zu erkennen war. Der Bruder geriet schon nach dem ersten Bissen in solches Entzücken, daß auch der Fischer Lust bekam, davon zu kosten. Die beiden waren sich einig, noch nie etwas Köstlicheres gegessen zu haben, und seither gilt der Wasserteufel unter den Leuten von der Dorschbucht als ein Leckerbissen. Ihr seht, junger Herr, der Weg zu neuer Erkenntnis beginnt damit, daß man willens oder genötigt ist, über seinen Schatten zu springen.«

»Ich fürchte nur, für die Art, wie Ihr Euch ernährt, werdet Ihr keinen im Dorf begeistern können«, sagte Jobst.

»Da gebe ich Euch recht«, entgegnete der Alte betrübt. »Mit dem Verstand verhält es sich wie mit den Muskeln: Wenn diese nicht gebraucht werden, verkümmern sie, und wenn man die

Menschen dumm hält, nimmt ihr Denkvermögen in einem Maße ab, daß sie sich außerhalb des Gewohnten nicht mehr zurechtfinden.«

»Nicht tot?« fragte der Schwachsinnige unvermittelt, nachdem er längere Zeit gedankenverloren vor sich hingestarrt hatte. »Nicht tot?« Nun hob er den Blick, und Jobst glaubte von seinen Augen abzulesen, wie es in ihm arbeitete. »Willkommen bei den Toten«, blubberte es dann mit einem Gemisch aus Speichel und kleingekautem Fisch aus Hiobs Mund.

»Gut, Hiob, das hast du gut behalten«, lobte Hinrich Wiese seinen Sohn.

»Stammt Beckes Grabspruch von Euch?« fragte Jobst.

»In einer der Nächte vor Beckes Tod hatte ich die Worte ganz deutlich im Traum vernommen«, antwortete der Alte. »Als sie dann durch die Hand verblendeter Menschen ums Leben gekommen war, wußte ich, daß sie ihr galten.«

»Becke hat niemandem etwas zuleide getan«, sagte Wieses Frau. »Und ihre Mörder laufen frei herum.«

»Pastor Scheele hat ihnen immerhin eine geharnischte Strafpredigt gehalten«, gab Jobst zu bedenken.

»Ich habe davon gehört«, versetzte Wiese. »Doch er hat sie nicht des Mordes beschuldigt, sondern wegen ihres eigenmächtigen Handelns gescholten. In früheren Zeiten hätte man Jochen Sindt und die anderen vor Gericht gestellt und womöglich zum Tode verurteilt. Aber weder der Pastor noch der Klostervogt haben Anklage gegen sie erhoben. Daran seht Ihr, wohin es mit uns gekommen ist, junger Herr.«

Die schmale Kost hatte den Alten offenbar so sehr geschwächt, daß es ihn große Mühe kostete, Jobst vor die Tür zu geleiten. Er schien jedoch etwas auf dem Herzen zu haben, das er Jobst unter vier Augen mitteilen wollte. Nachdem er sich verschnauft hatte, sagte er, die Zeit bei den Leuten in der Dorschbucht sei überaus ertragreich gewesen im Hinblick auf neue Wörter, so daß sein Buch nur noch drei oder vier leere Seiten habe. Er hoffe, auch diese noch zu füllen. Für alle Fälle solle Jobst wissen, daß er das Wörterbuch in einer Lade unter dem Webstuhl aufbewahre. »Vergeßt nicht, daß es Euch gehört«, sagte er. »Ihr dürft es also ohne weiteres an Euch nehmen.«

»Mir wäre aber lieber, wenn ich es von Euch bekäme«, entgegnete Jobst.

»Ich muß damit rechnen, daß mir etwas zustößt«, sagte Hinrich Wiese. »Daher quält mich auch die Sorge, meine Frau und Hiob könnten plötzlich sich selbst überlassen sein. Obgleich Seine Gnaden nicht mehr gut auf mich zu sprechen ist, würde er sie im Kloster unterbringen, dessen bin ich sicher. Es müßte sich nur jemand darum kümmern, daß sie wohlbehalten nach Preetz gelangen. Würdet Ihr das übernehmen, junger Herr?«

»Macht Euch deswegen keine Sorgen«, sagte Jobst. »Aber was befürchtet Ihr, soweit es Euch selbst betrifft?«

»Der Schlaf der Vernunft gebiert Ungeheuer«, antwortete der alte Schulmeister. »Ihre ersten Opfer sind jene, die sich einen klaren Kopf zu bewahren suchen. Es wird nicht dabei bleiben, daß Scheele mich von der Kanzel herab einen Ketzer geschimpft hat.« Darauf wankte er grußlos ins Dunkel der Diele.

Nachdem es eine Weile still um ihn gewesen war, machte Hans Flinkfoot erneut von sich reden. Man erzählte, daß er Menschen auf wundersame Weise zu sättigen verstehe. Die Folge war, daß eine nach Hunderten zählende Menge das Wirtshaus umlagerte, denn im Innern war schon längst kein Platz mehr zu finden.

Wiederum schickte Pastor Scheele Jobst, damit er dem Heiligen, wie er jetzt allgemein genannt wurde, auf die Finger sehe. Es war nicht einfach, zum Wundertäter vorzudringen, doch Hans Flinkfoot erspähte Jobst in dem Gewühl und winkte ihn zu sich.

Das Geschehen ähnelte entfernt dem christlichen Abendmahl: Die Menschen traten nacheinander vor den Heiligen; dieser flößte ihnen aus einer Schöpfkelle Wasser ein und bat sie, während des Trinkens an ihre Lieblingsspeisen zu denken. Jobst sah, wie sich die angespannten Gesichtszüge der Hungernden glätteten, wie der Ausdruck stillen Behagens auf ihnen erschien. Wenn die Menschen dann beiseite traten, um Platz für den nächsten zu machen, verharrten sie eine Weile in sprachlosem Staunen, bevor sie zur Freude aller verkündeten, daß sie rundum satt seien.

Unversehens stand Jobst selbst vor Hans Flinkfoot. »Kommst du auch, weil dich hungert, Bruder?« fragte der Erleuchtete mit entrücktem Lächeln. Ohne die Antwort abzuwarten, reichte er Jobst die Schöpfkelle: »Trink langsam und denk an etwas, das du gern essen möchtest.«

Während er das Wasser schlürfte, rief Jobst sich den knusprigen Schweinebraten in Erinnerung, der sonntags im Hause seiner Pflegeeltern aufgetischt wurde. Doch außer einer wohltuenden Kühle, die von dem Wasser herrühren mochte, spürte er nichts. Als er die Augen öffnete, begegnete er Hans Flinkfoots forschendem Blick.

»Nun?« fragte der Heilige.

»Um die Wahrheit zu sagen –«, hob Jobst an.

»Trink noch einen Schluck!« forderte Hans Flinkfoot ihn auf und zwängte ihm die frisch gefüllte Kelle zwischen die Lippen. Die Lobpreisungen des Messias verstummten, alle Blicke richteten sich auf Jobst. Eine innere Stimme sagte ihm, daß es jetzt bei ihm liege, die wundersame Sättigung als bloße Einbildung zu entlarven oder den Menschen das lange entbehrte Gefühl eines vollen Magens zu gönnen. Noch unschlüssig, wofür er sich entscheiden sollte, kehrte er in Gedanken noch einmal zu dem auf Zwiebeln gebetteten Sonntagsbraten zurück. Und siehe da, von einem Punkt in der Mitte seines Leibes breitete sich ein wohltuendes Gefühl der Völle aus.

»Merkst du, wie der Hunger vergeht, Bruder?« fragte Hans Flinkfoot.

»Mir ist, als hätte ich eine ganze Mahlzeit zu mir genommen«, erwiderte Jobst. »Woher hast du dieses wundertätige Wasser?«

»Aus meinem Brunnen, es ist gewöhnliches Brunnenwasser.«

»Aber der Messias rührt mit den Fingern darin herum, bevor er es ausschenkt, das macht es zu etwas Besonderem«, mischte sich einer der Umstehenden ein.

»Nun ja, panem et circenses«, lächelte der Heilige.

Der Nachteil dieser sonderbaren Speisung war, daß ihre Wirkung nicht lange vorhielt. Daher vermehrte sich die Zahl der Hungernden ständig um jene, die nach vorübergehender Sattheit aufs neue ein Hungergefühl verspürten. Zeitweilig hatte es den Anschein, als ob sich die Einwohnerschaft aller Probsteier Dörfer in Schönberg versammelt habe, um wenigstens für kurze Dauer vom Hunger erlöst zu werden. Auf Zuraten seiner praktisch veranlagten Frau entschloß sich Hans Flinkfoot, das Wasser nicht mehr mit der Schöpfkelle auszuteilen, sondern es mittels eines Quastes über die Köpfe der Menge zu versprühen. Damit bestärkte er Pastor Scheele nichtsahnend in dem Verdacht, daß er der Anführer einer papistischen Sekte sei.

Johannes Scheele verfaßte ein Memorandum für den Klosterprobst, in dem er den Gastwirt und vormaligen Klostervogt zu Schönberg, Hans Untied, vulgo Hans Flinkfoot, das Haupt einer gegen die Lutherische Kirche gerichteten Verschwörung nannte. Anhand zahlreicher Beweise legte er dar, daß die Sekte um den sogenannten Heiligen oder auch Messias der Ausbreitung des Katholizismus im protestantischen Kernland Vorschub leiste. Der Obrigkeit, der geistlichen wie auch der weltlichen, obliege es, solch häretischen Umtrieben mit allen Mitteln Einhalt zu gebieten.

Vom Kloster kam keine Antwort. Otto von Buchwaldt, war zu hören, sei zwar inzwischen nach Preetz zurückgekehrt, widme sich jedoch nur lustlos seinen Amtsgeschäften, da er den belebenden Genuß des Burgunders entbehren müsse. Beim Anblick seines leeren Weinkellers, erzählte der Klostersyndikus, sei der Probst von einer der Apathie verwandten Form des Horror vacui befallen worden.

Jener Syndikus, der Doktor iuris utriusque Melchior Boldt, gab Scheele vertraulich den Rat, ein Schreiben gleichen Wortlauts an den Landesherrn zu richten. Der Herzog selbst bekam es nicht zu

Gesicht, dafür aber der Schloßprediger, ein von glühendem Glaubenseifer erfüllter Lutheraner. Dieser wußte es einzufädeln, daß eine mit dem herzoglichen Siegel versehene Aufforderung an den Klosterprobst erging, dem Pastor zu Schönberg bei seinem unbeirrten Eintreten für die protestantische Sache jegliche Unterstützung zu gewähren. Otto von Buchwaldt soll das Schriftstück vor den Augen des Boten in Schnipsel zerrissen haben, doch dem Ersuchen des Landesherrn konnte er sich nicht verschließen. Er schickte den Syndikus Melchior Boldt mit einer Handvoll bewaffneter Klosterknechte nach Schönberg, um dem obskuren Wundertäter das Handwerk zu legen.

Der Doktor beider Rechte war ein unscheinbares Männchen, zudem noch auf eine Weise verwachsen, daß die rechte Schulter fast sein Ohr berührte. Übelwollende nannten ihn einen Zwerg und führten seine schiefe Haltung darauf zurück, daß er allzuoft den Zeigefinger erhoben habe. Sein scharfer Verstand ergötzte sich an Haarspaltereien noch mehr als am Erfolg in einer von ihm vertretenen Sache.

Wegen seiner kümmerlichen Gestalt hatte Doktor Boldt nach einigen mißglückten Anläufen erst um sein vierzigstes Lebensjahr einen eigenen Hausstand gegründet. Seine Frau, auch sie schon bei Jahren, war ihm an Scharfsinn hoffnungslos unterlegen, doch dank ihrer Leibesfülle und Stimmkraft wußte sie sich bei ihrem Gatten Respekt zu verschaffen. Man munkelte, daß er aus nichtigen Anlässen von ihr abgekanzelt werde und gelegentlich auch Prügel beziehe. Daher war Melchior Boldt für jeden Auftrag dankbar, der ihn eine Zeitlang dem ehelichen Joch entzog.

Pastor Scheele verbarg seine Enttäuschung nicht, daß statt des Klosterprobsten nur sein Syndikus gekommen war. Doch bereits nach dem ersten Gedankenaustausch erkannte er in dem kleinen Juristen einen nützlichen Mitstreiter im Kampf gegen das Böse.

Nachdem sie sich über das weitere Vorgehen verständigt hatten, ließ der Pastor Hans Flinkfoot ausrichten, daß ein Abgesandter des Klosterprobsten ihn zu sprechen wünsche. Das Geheiß des Pastors, allein zu erscheinen, mußte bei Hans auf taube Ohren gestoßen sein, denn er kam in Begleitung all jener, die an diesem Tag auf Sättigung hofften.

Da es dem Pastor widerstrebte, einen nahezu unbekleideten Mann in seinem Haus zu empfangen, trat er gemeinsam mit dem Syndikus vor die Tür. Mit ruhiger Stimme gab Johannes Scheele den Inhalt seiner Denkschrift an den Herzog und den Klosterprobst wieder, wobei er sich lateinischer Termini ebenso enthielt wie polemischer Überspitzungen. »Möchtest du dazu etwas sagen, Hans Untied?« beschloß der Pastor seine Ansprache.

»Ich bin nicht sicher, ob ich alles verstanden habe«, entgegnete Hans, »aber es klingt wenig Liebe aus deinen Worten, Bruder.«

»Wir wollen zuvor eine Formalie klären«, sagte Doktor Boldt. »Ich hatte es bislang noch nicht mit einem Heiligen oder gar dem Messias zu tun. Wie muß ich dich anreden, mit heiliger Hans?«

»Nenn mich Bruder und erlaube mir, dich auch so zu nennen«, erwiderte Hans Flinkfoot. »Davon, daß ich ein Heiliger sei, hat Gott nichts gesagt.«

»Woher weißt du, daß Gott zu dir spricht?«

»Ich höre seine Stimme, Bruder.«

»Sagt er: Höre, Hans Flinkfoot, jetzt spricht Gott zu dir?«

»Nein, das ist nicht nötig. Ich weiß es ja.«

»Es könnte aber doch auch die Stimme eines anderen sein.«

»Sehr wohl!« pflichtete Pastor Scheele dem Juristen bei. »Ebenso gut kann auch ein anderer zu dir reden.«

»Wer denn?« fragte Hans Flinkfoot arglos. »Wer könnte mir befehlen, Gutes zu tun und die Menschen zu lieben, wenn nicht Gott?«

»Aus dem Gehalt einer Order abzuleiten, von wem sie stammt, entbehrt jeglicher Beweiskraft«, belehrte ihn der Syndikus. »Aber laß uns von dem angeblichen Wunder reden, dessentwegen so viele Menschen hergekommen sind: Hieß die Stimme dich, ihren Hunger mit purem Wasser zu stillen?«

»Ja.«

»Regte sich in dir kein Zweifel, ob mit Wasser eine sättigende Wirkung zu erzielen sei?«

»Zweifel an Gott, Bruder?«

»Wenn die Stimme dir befohlen hätte, ihnen statt Wasser etwas anderes einzuflößen, hättest du es getan?«

»Gewiß.«

»Auch Blut?«

Hans blickte hilfesuchend gen Himmel. Zum ersten Mal gewahrte Jobst an Hans Flinkfoot *nach dem Blitz* Anzeichen von Unsicherheit.

»Hättest du ihnen auch Blut zu trinken gegeben?« bohrte Doktor Boldt.

»Wenn es Gottes Wille gewesen wäre: Ja.«

»Aber woher hättest du es bekommen?«

»Gott hätte es mir sicherlich gesagt.«

»Nimm an, die Stimme hätte gesagt: Töte diesen, damit jener von seinem Blut trinke, hättest du gehorcht?«

»So etwas würde Gott nicht verlangen«, stammelte Hans.

»Wer bist du, daß du dir anmaßt, Gottes Willen zu kennen!« schnaubte der Pastor.

»Also gesetzt den Fall, er verlangte es, was dann?« faßte Melchior Boldt nach.

»Ich könnte es nicht«, sagte Hans Flinkfoot leise.

»Du würdest Gott den Gehorsam verweigern?« rief der Syndikus mit gespielter Entrüstung.

»Ich könnte es nicht«, wiederholte der Heilige.

»Und was soll man von einem Gott halten, der es zuläßt, daß du ihm im einen Fall gehorchst und im andern nicht?« fragte der Doktor beider Rechte. »Wäre das nicht ein schwächlicher Gott, ein machtloser Gott, das lächerliche Zerrbild eines Gottes? Wozu dann überhaupt ein Gott, wenn der Mensch das letzte Wort behält?« Nun hob Melchior Boldt den Zeigefinger: »Das ist Gotteslästerung, Hans Untied!«

»Oh nein, nein, nichts läge mir ferner«, stöhnte Hans Flinkfoot und streckte um göttlichen Beistand bittend beide Arme empor. Aus den Mienen seiner Anhänger sprach gespannte Erwartung. Alle waren darauf gefaßt, daß Hans Flinkfoots besondere Nähe zu Gott an etwas Spektakulärem sichtbar werde, an einem weiteren Blitz etwa, der den spitzfindigen Syndikus zerschmetterte, an einer augenfälligen Erleuchtung oder auch daran, daß der Heilige vogelgleich gen Himmel schwebte. Doch statt dessen brach Hans Flinkfoot ohnmächtig zusammen.

Auf einen Wink des Syndikus kamen die Klosterknechte aus ihrem Versteck hervor. »Hebt ihn auf!« befahl Melchior Boldt. »Wir nehmen ihn mit nach Preetz; über das Weitere muß Seine Gnaden entscheiden.«

Ein erregtes Tuscheln ging durch die Menge. Von zwei Seiten zugleich rückte sie vor und schloß sich um den Besinnungslosen.

»Zurück, geht zurück!« schrie der Syndikus. »Oder ich lasse schießen!« Doch weder sein Gekeif noch die drohend auf sie gerichteten Musketen schreckten die Anhänger des Messias: Immer mehr von ihnen drängten nach vorn und umgaben Hans Flinkfoot wie eine festgefügte Mauer. Einer stimmte das Lied vom himmlischen Jerusalem an, und voller Inbrunst fielen die anderen ein:

Jerusalem, du hochgebaute Stadt,
Wollt Gott, ich wär in dir!
Mein sehnlich Herz so groß Verlangen hat
Und ist nicht mehr bei mir.
Weit über Berg und Tale,
Weit über blache Feld
Schwingt es sich über alle
Und eilt aus dieser Welt.

Währenddessen erlangte Hans Flinkfoot das Bewußtsein wieder. Lächelnd erhob er sich, trat singend auf den Syndikus zu und küßte ihn auf beide Wangen. Dieser ließ es verdutzt über sich ergehen. Als Hans jedoch Miene machte, auch den Pastor auf solch innige Art seiner brüderlichen Liebe zu versichern, wandte ihm Johannes Scheele brüsk den Rücken zu. Danach kehrte der Heilige an der Spitze seiner Anhänger an den Ort der wundersamen Speisung zurück. Dort verkündete er, seine Ohnmacht sei die Folge einer ungewöhnlich starken Erleuchtung gewesen: Gott habe ihm befohlen, sich allsogleich auf den Weg zu machen; über das Ziel werde er beizeiten neue Weisung erhalten. Wer sich ihm anschließen wolle, möge dies tun, aber es sei mit einer langen und beschwerlichen Wanderung zu rechnen.

Vielleicht wäre die Bereitschaft, ihm zu folgen, größer gewesen, hätte Gott durch Hans Flinkfoots Mund verlauten lassen, daß am Ende des Weges das Schlaraffenland liege. So aber besannen sich viele darauf, daß sie durch Familie und Besitz an die Probstei gebunden waren; zudem ängstigten sie sich vor den Unwägbarkeiten des Nomadenlebens. Einige wenige, darunter Hans Flinkfoots Frau, äußerten Zweifel, ob es sich bei der letzten Erleuchtung um eine echte gehandelt habe. Konnte Hans einen besseren Vorwand finden, sich der Kerkerhaft und Schlimmerem zu entziehen, als daß er Gottes Befehl befolge? Nein, Hans Flinkfoots Frau wollte nicht den Rest ihrer Jahre an der Seite eines Heimatlosen verbringen, überdies hatte sie sich Hans Flinkfoot *vor dem Blitz* ehelich verbunden, nicht dem Heiligen gleichen Namens.

Hans nahm ohne Rührung Abschied von ihr und begab sich auf die von Gott befohlene Wanderschaft. Sein Gefolge war schon in Probsteierhagen auf die Hälfte zusammengeschrumpft, in Wellingdorf zählte es nur noch ein Dutzend. *Danach verliert sich seine Spur – es sei denn, man will Gerüchten Glauben schenken, denen zufolge Hans Flinkfoot nach Neu Amsterdam gelangt ist, wo er bei dem Versuch, den Hudson zu Fuß zu überqueren, ums Leben gekommen sein soll.*

Gegen Ende des Sommers regnete es Eis vom schwefelgelb bewölkten Himmel. Es waren keine Hagelkörner, wie sie zuweilen bei heftigen Gewittern auf die Erde niederprasseln, sondern scharfkantige Eissplitter und bizarre Gebilde aus gefrorenem Schaum. Besonnene Leute sprachen von einer ausgefallenen Laune der Natur, die meisten aber sahen in dem Ereignis ein unheilvolles Vorzeichen. Als das Eis geschmolzen war, behaupteten einige, es sei rötlich gefärbt gewesen und dies bedeute, daß Blut fließen würde. Die Angst vor den Schweden und der Schwarzen Garde griff erneut um sich, im silbrigen Dunst der Vollmondnächte glaubte man die Schatten von Fußvolk und Reitern auszumachen. Auch war häufig von Marodeuren die Rede, die vor keiner Greueltat zurückschreckten, um sich Nahrung zu beschaffen. Doch was konnte man Menschen noch wegnehmen, die selber Hungerqualen litten?

So weit die Erinnerung zurückreichte, hatte in der Probstei keine Hungersnot geherrscht, die jener des Jahres 1648 vergleichbar war. Während in Münster und Osnabrück die Friedensverträge unterzeichnet wurden, verzehrten die Probsteier ihre Hunde und Katzen, zerkochten Baumrinde zu einem als nahrhaft geltenden Brei, wühlten in der Erde nach eßbaren Wurzeln und Knollen. Allmählich verlor sich auch der Abscheu vor Tieren, die man bislang zum Ungeziefer gezählt hatte, und man lernte vor allem das zarte Fleisch junger Ratten schätzen. Bei der Jagd auf die schlauen Nager wußte sich Kassak unentbehrlich zu machen. Nicht nur, daß er erschnupperte, wo sie sich versteckt hielten: Seine Fallen schienen auf Ratten und Mäuse, aber auch auf Kaninchen, Igel und Eichhörnchen eine unwiderstehliche Anziehungskraft auszuüben. Oft fand man sie schon nach kurzer Zeit mit verschiedenerlei Getier gefüllt. Für die Fallen verlangte Kassak kein Geld, sondern einen bescheidenen Anteil am Fang. So sei es in Ungarn unter Freunden Brauch, erläuterte er den Schönbergern, und diese kamen überein, daß Marlene mit dem *Zigeuner*, wie er fortan genannt wurde, keinen schlechten Griff getan hatte.

Abermals ging das Gerücht, ein Mensch habe an einem anderen seinen Hunger gestillt. Die ledige Magd Geseke Rethwisch aus Bendfeld, wurde gemunkelt, habe unmittelbar nach der Niederkunft ihr Kind verzehrt. Es hieß, sie habe es mitsamt den Knochen verschlungen, die bei einem Neugeborenen noch wie Knorpel und somit gut zu kauen seien. Geseke bestritt nicht, daß sie guter

Hoffnung gewesen war, doch geboren habe sie nicht. Das Kind, behauptete sie, sei klammheimlich aus ihrem Bauch entwichen, und zwar mittels eines starken Schweißausbruchs. Damit brachte sie sich erst recht ins Gerede; von einem Abortus dieser Art hatte man in der Probstei noch nie gehört.

Anders als im Fall des spurlos verschwundenen Detlef Rönnfeld nahm Pastor Scheele die Gerüchte um Geseke Rethwisch zum Anlaß, Nachforschungen anzustellen. Er fuhr nach Bendfeld und kehrte mit der Erkenntnis zurück, daß eine gerichtliche Untersuchung unumgänglich sei. Noch am selben Tag setzte er ein Schreiben an den Klosterprobst auf, in welchem er Anklage gegen die Magd Geseke Rethwisch wegen Tötung ihres Kindes und Verzehrs desselben erhob. Darüber hinaus bezichtigte er Geseke, einen Pakt mit dem Teufel eingegangen zu sein. Letzteres erfordere die Berufung eines geistlichen Gerichts, in dem er, Johannes Scheele, untertänigst um Sitz und Stimme bäte.

Otto von Buchwaldt gab das Schreiben mit allen Anzeichen des Unmuts an seinen Syndikus weiter und stellte ihm frei, nach Gutdünken zu verfahren; er selbst war der Meinung, daß sich der Fall am einfachsten dadurch erledige, daß die Magd auch den Pastor noch fräße. Doch Melchior Boldt nahm die Gelegenheit nur zu gerne wahr, das Kloster und seine Gattin für eine Weile hinter sich zu lassen, und fuhr in Begleitung zweier Klosterknechte nach Schönberg.

Pastor Scheele empfing den Syndikus mit ungewohnter Liebenswürdigkeit, und dieser lud den Pastor und seine Hausgenossen ein, von seiner Wegzehrung zu kosten. Der kleine Jurist hatte sich reichlich mit Nahrung eingedeckt, denn daheim, gab er augenzwinkernd zu verstehen, bekäme er, da seine Gemahlin ein wenig zur Fülle neige, tagaus, tagein wäßrige Süppchen vorgesetzt.

Bei Tisch wurden sich Pastor und Syndikus einig, Pastor Laurentius aus Probsteierhagen als Beisitzer hinzuzuziehen. Wenngleich Johannes Scheele Zweifel an der Qualifikation seines Amtsbruders in Sachen Dämonenaustreibung hegte, betonte dies den geistlichen Charakter des Gerichts. Da nun aber nicht damit zu rechnen war, daß Geseke freiwillig ein Geständnis ablegen würde, erhob sich die Frage, wer das Amt des Frohns versehen sollte. Pastor Scheele erinnerte sich eines Schmieds aus Schwartbuck, Claus Süverkrübbe mit Namen, der Herrn von Rantzau auf Schmoel gute Dienste beim peinlichen Verhör geleistet hatte. Nicht nur habe besagter Süverkrübbe in der Handhabung des Foltergeräts großes Geschick bewiesen, er sei auch selbst der Erfinder einiger recht brauchbarer Werkzeuge. Dies und die in achtunddreißig Fällen erworbene Erfahrung prädestinierten Meister Süverkrübbe seines Erachtens dazu, auch in Schönberg als Frohn zu wirken. Der Syndikus stimmte zu und ließ dem Schmied ausrichten, es bedürfe seiner Mitwirkung bei einem außerordentlichen Gerichtsverfahren; er möge sich, mitsamt den für eine peinliche Befragung erforderlichen Gerätschaften, alsbald auf den Weg machen.

Schließlich, sagte der Doktor beider Rechte, brauche man noch einen, der die Feder flink zu führen wisse und nicht wie der Ochs vorm Scheunentor stehe, wenn er, Boldt, gelegentlich ins bündigere Latein hinüberwechsle. Es fehlte nicht viel, daß der Diakon den Finger gehoben hätte, doch er bezwang sich und beließ es bei einem ausgiebigen Räuspern.

»Ich wüßte dafür keinen Besseren als unseren Schulmeister«, sagte Pastor Scheele. »Herr Steen erfüllt nicht nur die von Euch genannten Voraussetzungen, sondern genießt auch mein Vertrauen.«

»Schön, schön«, erwiderte Melchior Boldt. »Aber er ist noch sehr jung. Fürchtet Ihr nicht, er könnte durch manches, das während eines peinlichen Verhörs zur Sprache kommt, Schaden an seiner Seele nehmen?«

»Ich fürchte für keinen, der fest im Glauben steht«, versetzte der Pastor in entschiedenem Ton.

»Nun gut, so sei es denn«, lenkte der Syndikus ein. »Bliebe noch zu klären, wo ich für die Dauer der Verhandlung Unterkunft finde.«

»Ihr seid selbstredend mein Gast, Herr Syndikus«, sagte Pastor Scheele und trug der Magd auf, dem Herrn Doktor im Studierzimmer ein Bett zu richten.

Tags darauf wurde Geseke Rethwisch von den Klosterknechten nach Schönberg gebracht, der Pastor ließ sie in die Geschirrkammer sperren. Fast zur gleichen Zeit traf auch Claus Süverkrübbe mit einem Ackerwagen voll sperriger Gerätschaften ein. Er war ein großer, schwerer Mann, der sein Gewicht beim Gehen gemächlich vom einen Fuß auf den anderen verlagerte und auch in seinen übrigen Bewegungen eine ungewöhnliche Bedächtigkeit an den Tag legte.

Von Pastor Laurentius war zu hören, er leide am Podagra und könne sich dieserhalb kaum rühren, geschweige denn einen Ortswechsel vornehmen. Auf das dringliche Ersuchen des Klostersyndikus setzte er sich jedoch in einen Torfkarren und gelangte nach einem Martyrium, das zwar nur eine gute Stunde währte, ihm aber für Tage Gesprächsstoff bot, ins benachbarte Kirchdorf.

Thomas Laurentius hatte es mehr aus praktischen Erwägungen als innerer Berufung in die Theologie verschlagen, seine Liebe galt der Wissenschaft. Er vertrat die These, daß an gewissen körperlichen Merkmalen das Wesen eines Menschen ablesbar sei. Nachdem sein Interesse lange Zeit der Nase gegolten hatte, wandte er sich in späteren Jahren den unteren Extremitäten zu und dort insbesondere den Zehen. Seither hatte er seine These anhand unzähliger Abdrücke, Zeichnungen und Messungen erhärtet und in einer längeren Abhandlung dargelegt. In seinen Träumen sah er sich auf einem Lehrstuhl der Universitäten zu Kopenhagen, Dorpat oder Köln, doch bislang war weder ein Ruf an ihn ergangen, noch hatte er die Gelegenheit bekommen, seine These in einer Disputation zu verteidigen. Und dies wurmte Laurentius so sehr, daß er wohl nicht zufällig an jenem Körperteil erkrankte, der Gegenstand seines wissenschaftlichen Eifers gewesen war.

Dem Ansinnen, die Verhandlung in der Diele des Pastorats zu führen, widersetzte sich Margreta mit Entschiedenheit; man war daher gezwungen, auf die seit längerem ungenutzte Schulstube auszuweichen. Gegenüber dem Eingang wurde ein Tisch aufgestellt mit drei Stühlen für die Richter und, etwas abseits davon, einem vierten für den Schreiber. An der Wand hinter dem Richtertisch ließ Pastor Scheele auf schwarzem Tuch ein großes hölzernes Kreuz anbringen. Es stammte noch aus der katholischen Zeit und hatte seither in einem Winkel der Sakristei ein unbeachtetes Dasein geführt. Nun gewann es nach langer Zeit wieder Bedeutung: Den einen als Trost, den anderen als Menetekel.

Vierzehntes Kapitel

Die Verhandlung begann mit dem Verhör des Halbhufners Peter Göttsch, bei dem Geseke ein knappes Dutzend Jahre in Diensten gewesen war. In Bendfeld wurde offen darüber geredet, daß Peter ihr zu dem dicken Bauch verholfen habe, und die Magd hatte dem mit keinem Wort widersprochen. Um so entschiedener verwahrte sich der Bauer selbst dagegen. Nicht einmal berührt, geschweige denn geküßt wollte er sie haben. Allenfalls hätte er sich hin und wieder bei sündigen Gedanken ertappt, immerhin sei Geseke ein junges, dralles Weib, wohingegen seine Frau seit Jahren kränkle und ihm das eheliche Beilager verweigere. Aber wie könne eine Gedankensünde zur Schwangerschaft führen, fragte er die Richter, worauf ihn der Syndikus ermahnte, sich in Gegenwart studierter Männer nicht an Rhetorik zu versuchen.

Im weiteren Verlauf der Vernehmung räumte Peter Göttsch ein, daß er in der dunklen Speisekammer Zudringlichkeiten habe erdulden müssen. Das Luder, wie er Geseke jetzt nannte, sei auf eine Art und Weise über ihn hergefallen, daß er sich wie das Opfer einer Schändung gefühlt habe. Im Grunde habe er nur stillgehalten, während sie am Tun und Machen gewesen sei.

»Nun, dann gib endlich zu, daß du sie geschwängert hast«, sagte Melchior Boldt ungeduldig.

»Mit Verlaub, Herr Syndikus, darüber kann uns der Mann keine verläßliche Auskunft geben«, fiel ihm Pastor Scheele ins Wort. »An was für einer Krankheit leidet dein Weib?« fragte er den Bauern.

»Was weiß ich, sie fühlte sich schlapp und legte sich ins Bett, wo sie jetzt schon das zweite Jahr liegt, und jeden Tag geht's ihr schlechter.«

»Erging es nicht so auch deiner ersten Frau, bevor der Herrgott sie zu sich nahm?«

»Ja, der ging's genauso, da habt Ihr ganz recht, Herr Pastor.«

»Stand Geseke Rethwisch bei dir schon in Lohn und Brot, als dein erstes Weib erkrankte?«

»Laßt mich nachrechnen«, sagte Peter Göttsch. Er bog für jedes Jahr einen widerspenstigen Finger um, dann nickte er beflissen.

»Aha, aha«, sagte der Syndikus und gab dem Pastor durch ein Blinzeln zu verstehen, daß er das Verhör fortzuführen wünsche. »Als dein erstes Weib zur Ruhe gebettet war: Hat die Angeklagte da verlangt, an ihre Stelle zu treten?« fragte er.

»Wie das?« gab der Bauer verdutzt zurück.

»Wollte sie, daß du mit ihr eine neue Ehe eingehst?«

»Da müßte ich ja mit dem Dummbüdel gekloppt sein, wo es so viele Bauerntöchter gibt, die unter die Haube wollen«, entgegnete Peter Göttsch.

»Ich frage, ob die Angeklagte davon gesprochen hat!« fuhr ihn der Syndikus an.

»Nee, das wär ihr auch schlecht bekommen«, erwiderte der Bauer. Er wurde mit der Auflage entlassen, sich für weitere Fragen zur Verfügung zu halten.

»Giftmord?« fragte der kleine Jurist.

Das Wort schreckte Thomas Laurentius aus schläfrigem Grübeln. »Ich bitte Euch, werte Herren, der Fall ist ohnedies schon gräßlich genug«, brummelte er.

»Es wäre nicht Sache eines geistlichen Gerichts, über einen Giftmord zu befinden, verehrter Herr Doktor«, entgegnete Pastor Scheele. »Was wir zu untersuchen haben, ist, ob die Angeklagte die Hilfe finsterer Mächte in Anspruch genommen hat, um sich ihrer Nebenbuhlerinnen wie auch ihres Kindes zu entledigen.«

»Man führe die Angeklagte zur gütlichen Aussage herein!« rief der Syndikus den Klosterknechten zu.

Geseke mochte etwas mehr als dreißig Jahre zählen, aber sie trug ihr rotblondes Haar noch nach Art junger Mädchen in Zöpfen um den Kopf gewunden. Ihr gedrungener Leib mit den ausladenden

Hüften war in ein schmutziges Kleid gezwängt; der Saum hing in Fetzen, so daß man ihre stämmigen Beine sah.

»Sag uns, wie du heißt«, hob der Doktor an.

»Geseke Rethwisch«, antwortete sie.

»Wie alt bist du?«

»Weiß nich, Herr.«

»Bist du getauft?« fragte Pastor Scheele.

»Weiß nich, Herr.«

Pastor Laurentius verlangte, ihre Zehen zu sehen. Geseke blickte betreten auf ihre rissigen Hände, worauf der Syndikus sie in nachdrücklichem Ton belehrte, daß sie die Weisungen des Gerichts zu befolgen habe. Nun ließ die Magd die Holzpantinen von den Füßen gleiten, und Laurentius musterte weit über den Tisch gebeugt ihre fächerig auseinanderstrebenden Zehen. »Die Angeklagte hat einen äußerst beschränkten Verstand«, sagte er. »Mithin dürfte es ihr auch an der Teufelsbuhlen eigentümlichen Verschlagenheit und Schläue fehlen.«

»Du hast viele Jahre auf dem Hof des Halbhufners Peter Göttsch gedient«, setzte Johannes Scheele das Verhör fort. »Wie hast du es dort gehabt?«

»Mal so, mal so«, antwortete Geseke.

»Mit wem bist du besser ausgekommen: mit dem Bauern oder seinen Weibern?«

»Über den Bauern kann ich nich klagen. Aber Lehnke, das war seine erste, und Gesen, seine zweite, die sind nich gut zu mir gewesen.«

»Was haben sie dir angetan?«

»Biester waren das«, erregte sich die Magd, »eine schlimmer wie die andere!«

Boldts Zeigefinger schnellte empor: »Man beachte das Präteritum! Die Angeklagte redet, als hätte auch die zweite Ehefrau bereits das Zeitliche gesegnet. Woher aber nähme sie die Gewißheit, wenn sie dasselbe nicht schon einmal bewirkt hätte?«

»Haben sie dich geschlagen?« fragte Pastor Scheele.

»Wenn's nur das wär«, erwiderte Geseke, »an die Prügel gewöhnt man sich. Aber wie sie mich getriezt haben! Ich hab manches Mal gedacht, wärst du doch als Köter zur Welt gekommen, dann hättest du's besser.«

»Kein Wunder, daß du nicht gut auf sie zu sprechen bist.«

»Dafür müssen sie verrecken«, brach es aus der Magd hervor. »Ich hab ihnen den Tod an den Hals gewünscht!«

Johannes Scheele hob das eckige Kinn: »Du hast sie verwünscht?«

»Oh ja – öfter, als ich zählen kann! Zuerst hat's nich geholfen, weil ich's nich richtig gemacht hab, aber nachher wußte ich, wie man's macht.«

»Wer hat es dich gelehrt?« fragte Pastor Laurentius.

Geseke schlug die Augen nieder: »Ich soll's nich weitersagen.«

»Dann erkläre uns statt dessen, wie man es richtig macht«, sagte Johannes Scheele.

»Beim Verwünschen muß man in ihren Fußspuren gehen, man muß die Röcke heben und gegen ihre Haustür furzen, man muß einen Handschuh mit einem Ei drin in ihre Diele legen.«

»All das hast du getan?«

»Ja, Herr.«

»Was hast du dem gegeben, der dich diesen Zauber lehrte?«

»Es war ein Weib, Herr.«

»Was verlangte es dafür?«

»Nichts, Herr.«

»Sie lehrte dich solch wirkungsvollen Zauber und wollte nichts dafür haben?«

»Nein, Herr. Sie hat nur gesagt, ich soll einen Besen ins Eulenloch stecken, wenn's geklappt hat. Damit sie Bescheid weiß.«

»Einen Besen?« horchte Pastor Scheele auf.

»Ja, Herr.«

»Als die erste Frau des Peter Göttsch gestorben war, hast du einen Besen ins Eulenloch gesteckt?«

»Ja, und bald ist es wieder soweit«, sagte Geseke, indem sie schadenfroh die Lippen schürzte.

»Nun, werter Amtsbruder«, fragte Pastor Scheele, »zweifelt Ihr noch, daß wir auf dem rechten Wege sind?«

»Ich bin erschüttert«, sagte Pastor Laurentius.

»Ist dir bekannt, daß wir im Namen Gottes über dich zu Gericht sitzen?« wandte sich Johannes Scheele wieder an die Magd.

»Davon weiß ich nichts, Herr.«

»Dann laß dir sagen, daß Gott dich von jedem Versprechen entbindet, das du einem anderen als ihm gegeben hast. Du mußt also nichts befürchten, wenn du uns den Namen des zauberkundigen Weibes nennst. Wie heißt es?«

»Ich soll's nich weitersagen, Herr. Wenn ich's weitersage, krieg ich einen Buckel und den schiefen Blick und die Krätze an Händen und Füßen.«

»Der Herrgott wird dich viel schlimmer strafen, wenn du weiterhin so störrisch bist«, versetzte Johannes Scheele. »Sag uns ihren Namen!«

Geseke kniff den Mund zusammen und schüttelte so heftig den Kopf, daß sich einer ihrer Zöpfe aus dem Gebinde löste.

Ich sah, wie sich Scheeles Augen verengten. In seinem Gesicht regte sich kein Muskel, gleichwohl schien es, als lächle er. Es war ein grausames Lächeln, das Lächeln eines Jägers, der weiß, daß ihm das Wild nicht entrinnen wird.

»Du trugst ein Kind unter dem Herzen, nicht wahr?« nahm Pastor Scheele die Vernehmung wieder auf.

»Ja, Herr.«

»Hast du gehört, was die Leute erzählen?«

»Ja, Herr.«

»Sag es uns.«

»Sie sagen, ich hab's gegessen.«

»Ist das wahr?«

»Nein, Herr. Das ist gelogen!«

»Aber du trägst es nicht mehr in dir.«

»Nein, Herr.«

»Wo ist es dann geblieben?«

»Weiß nich, Herr.«

»Denk nach.«

»Wenn ich's erzähle, lachen mich alle aus. Drum erzähl ich's lieber nich.«

»Wir lachen dich nicht aus. Erzähl uns, wie es war.«

»Ich wachte auf, weil's entsetzlich heiß war und alles war patschnaß. Wie ich meinen Bauch anfasse, ist er ganz schlaff. Ich hab gewartet, bis es heller wurde, da seh ich, das ist kein Blut, das ist Wasser, bloß, daß es so merkwürdig riecht.«

»Wie?« fragte Pastor Laurentius gespannt. »Wonach roch es?«

»Weiß nich. So wie's manchmal aus der Schmiede riecht.«

Die Geistlichen wechselten einen bedeutungsvollen Blick. Melchior Boldt fuhr jedoch mit dem Zeigefinger dazwischen und wollte seinen Einspruch im Protokoll vermerkt wissen. Die Behauptung der Angeklagten, sie habe den Fötus ausgeschwitzt, sei zu aberwitzig, als daß sie kommentarlos festgehalten werden dürfe. Falls die Herren Pastoren also keinerlei Zweifel aktenkundig machen wollten, werde er der Stimme der Vernunft Gehör verschaffen. »Der Klostersyndikus und Doktor iuris utriusque Melchior Boldt«, diktierte er Jobst unter dem gebieterischen Klopfen seines Fingers, »hält die Auslassungen der Angeklagten betreffs ihrer Niederkunft für erstunken und erlogen.«

»Verzeiht, wenn ich mich Eurer Meinung nicht anschließen kann, hochgeschätzter Herr Syndikus«, sagte Pastor Scheele. »Die Heilige Schrift weiß von Geschehnissen, die mit dem Verstand nicht zu erfassen sind und dennoch das Fundament unseres Glaubens bilden. Es gibt also eine Wahrheit jenseits aller Vernunft, und dies gilt vice versa auch für die Machenschaften des Antichrist.«

»Aber ausgeschwitzt, bester Herr Pastor!« wand sich der Doktor. »Ein Partus per Schweißausbruch, wie kann man denn solchen Unsinn für bare Münze nehmen!«

»Würdet Ihr das auch im Hinblick auf die Unbefleckte Empfängnis fragen?« versetzte der Pastor kühl.

Der kleine Jurist sackte in sich zusammen, so daß er beinahe hinter dem Tisch verschwand. Er wußte aus bitterer Erfahrung, daß er in dieser Auseinandersetzung den kürzeren ziehen mußte. Mit den Pastoren erging es ihm wie mit seiner Frau: Wenn er sie sophistisch in die Enge trieb, setzte sie kurzerhand die Regeln der Logik außer Kraft, um recht zu behalten.

»Wenden wir uns nun der Frage zu, wer der Vater deines Kindes war«, hob Pastor Scheele wieder an. »Man sagt, der Bauer sei es gewesen.«

»Die Leute reden viel«, wich Geseke aus.

»War es Peter Göttsch?«

»Weiß nich, Herr.«

»Komm uns nicht so, du Luder!« raunzte der Syndikus, indem er sich mit beiden Armen an der Tischkante emporstemmte. »Oder hast du es mit so vielen getrieben, daß du nicht mehr durchblickst?«

»Da war's duster, Herr«, entgegnete die Magd verschüchtert.

»Wie dunkel?« fragte Doktor Boldt mit durchtriebener Miene: »Ein wenig, ziemlich oder sehr?«

»Ich konnte nichts sehn, Herr.«

»Gar nichts?«

»Nein, Herr.«

»Bei völliger Dunkelheit nimmt dich ein Mann her, und du läßt es geschehen?«

»Was sollt ich denn tun?«

»Schreien, du meine Güte, um Hilfe schreien!« rief der Syndikus.

»Wo seine Frau nebenan liegt?«

»Aha!« Wieder schoß Boldts Zeigefinger in die Höhe, diesmal als Zeichen des Triumphs: »Du wußtest also, daß es der Bauer war, der es mit dir machte!«

»Wer lauert da sonst in der Speisekammer, wo er mir schon öfter untern Rock gegriffen hat und gesagt: ›Dübel uck, was ist die Pflaume saftig‹?«

»Meine Herren Pastores«, sagte Melchior Boldt, »die Frage der Vaterschaft wäre hiermit geklärt.«

»Hat er zu dir gesprochen?« fragte Pastor Scheele.

»Nein, Herr.«

»Denk nach.«

»Ich kann mich nich besinnen.«

»Hat er vielleicht gesagt: ›Erschrick nicht, ich bin es‹?«

»Nein, Herr.«

»Oder: ›Pssst! Sei leise, damit meine Frau uns nicht hört‹?«

»Nein, Herr.«

»Ist dir nicht der Gedanke gekommen, daß es auch ein anderer als der Bauer sein könnte?«

»Ein andrer?«

»Ich frage dich!«

»Nee, das kann ich mir nich denken.«

»Halten wir also fest«, sagte Johannes Scheele zu Jobst: »Die Vermutung der Angeklagten, der Halbhufner Peter Göttsch habe ihr beigewohnt, stützt sich allein auf den Umstand, daß dieser sich ihr zuvor mehrmals in unziemlicher Weise genähert hat.«

»Ihr meint, wir hätten es mit einer gedanklich prolongierten Faktizität zu tun«, folgerte der Jurist.

»Ganz recht«, entgegnete der Pastor. »Ergo bleibt weiterhin offen, wem die Angeklagte in der Speisekammer zu Willen war.«

»Ein *Stigma diabolicum* könnte uns näheren Aufschluß geben«, bemerkte Thomas Laurentius, der sich damit beiläufig als Fachmann auf dem Feld der Dämonologie zu erkennen gab.

»Stimmt Ihr dem zu, Herr Syndikus?« fragte Pastor Scheele.

»Ich habe auch in diesem Punkt gewisse Vorbehalte«, erwiderte Melchior Boldt. »Doch wenn die Herren Pastores eine Leibesvisitation für unumgänglich halten, will ich sie hintanstellen.« Er rief Claus Süverkrübbe herein und teilte ihm mit, das Gericht habe beschlossen, den Leib der Angeklagten nach Teufelsmalen absuchen zu lassen.

Der Frohn nickte bedächtig. »Zieh dich aus!« befahl er der Magd.

Geseke neigte ihren Kopf zur Seite und runzelte die Stirn, als ob sie nicht verstanden habe.

»Hör mal, wenn du's nicht selbst tust, tu ich's, und dabei geht meistens was kaputt«, sagte Claus Süverkrübbe. Zum Beweis riß er ihr mit zwei Fingern das Mieder auf.

Durch das Fenster sahen die Klosterknechte zu, wie Geseke sich vor ihren Richtern entkleidete. Als sie nackt war, umkreiste der Frohn sie gemessenen Schrittes, hob ihre Brüste hoch, untersuchte ihre Achselhöhlen, den After, das Geschlecht und richtete sein Augenmerk schließlich auf ihren Rücken, wo er eine Handbreit über der Gesäßfalte einen daumennagelgroßen braunen Fleck entdeckte. Er rieb daran, um zu sehen, ob es Schmutz sei, doch der Fleck war fest mit der Haut verwachsen.

»Dreh dich um«, sagte er und erklärte den Richtern, daß Flecken dieser Art und Farbe, noch dazu an dieser Stelle befindlich, mit hoher Wahrscheinlichkeit Teufelszeichen seien. Den endgültigen Beweis liefere aber erst eine genauere Untersuchung, die er nunmehr mit Genehmigung des Gerichts vornehmen werde. Vor den Augen der Richter, aber so, daß Geseke verborgen blieb, was hinter ihrem Rücken geschah, stach er eine Nadel in den Fleck.

»Tut's weh?« fragte er die Magd. Und als sie den Kopf schüttelte, führte er sie näher an den Richtertisch heran, damit die Herren sehen konnten, daß auch kein Tropfen Blut ausgetreten war. Hiermit, verkündete er, sei zweifelsfrei erwiesen, daß es sich um ein Teufelsmal handle.

»Wie bist du zu dem Fleck auf deinem Rücken gekommen?« fragte Pastor Scheele.

»Weiß nich«, erwiderte Geseke. »Ich weiß nich mal, daß da einer ist.«

»Wir sind der begründeten Ansicht, daß es ein Teufelsmal ist, eines jener Zeichen also, mit denen Satan seine Buhlen markiert. Demnach war es der Teufel selbst, mit dem du es in der Speisekammer getrieben hast. Nun entscheide dich, ob du weiterhin lügen oder uns helfen willst, die ganze Wahrheit ans Licht zu bringen.«

Gesekes verängstigter Blick irrte über Pastor Scheeles Gesicht. Der Sinn seiner Worte war ihr verborgen geblieben, doch ihr Ton hatte sie erschreckt. Der alte Mann, fühlte sie, meinte es nicht gut mit ihr.

»Bekennst du, daß du dich dem Leibhaftigen hingegeben hast?« fragte Thomas Laurentius.

»In der Speisekammer, das war der Bauer«, stammelte sie.

»Woher willst du das wissen, es war doch dunkel? Oder hast du ihn gesehen?«

»Nein, Herr.«

»Also kann es ebensogut der Teufel gewesen sein.«

»Nein, nein, nicht der Teufel, der Bauer war's!«

»Ich schlage vor, das weitere Verfahren vom Ausgang der Wasserprobe abhängig zu machen«, sagte Pastor Scheele. »Wie Euch zweifellos bekannt ist, werter Amtsbruder, zählt Meigerius sie zu den probaten Mitteln der Wahrheitsfindung.«

»Ja, gewiß«, erwiderte Pastor Laurentius. »Sie ist zwar neuerdings nicht mehr unumstritten, aber ich schließe mich Eurem Vorschlag an.«

Auch der Syndikus bekundete Zustimmung, nachdem er sich ausbedungen hatte, seine Bedenken gegen die Logik dieser Methode in einer Fußnote darzulegen.

Der Frohn hieß Geseke, sich wieder anzukleiden, band ihr die Hände zusammen und zog sie an einem Strick hinter sich her zum Dorfteich. Dort fesselte er ihr auch die Füße und stieß sie ins Wasser. Gesekes Körper riß ein schwarzes Loch ins Entenflott, erzeugte eine Reihe kreisrunder Wellen und blieb eine Zeitlang verschwunden. Dann tauchte er am jenseitigen Rand des Teichs wieder auf. Die Luft in ihren Kleidern trug Geseke, so daß es ihr gelang, den Kopf aus dem Wasser zu heben und nach Luft zu schnappen.

»Da, seht! Sie schwimmt oben!« frohlockte Jobst.

»Ich will es Eurer Unwissenheit zuschreiben, daß Ihr darin einen Grund zur Freude erblickt, Herr Steen«, sagte Pastor Scheele. »Kein anderer als Satan hat ihr das Leben gerettet. Er will sie nicht hergeben, weil sie ihm gehört. Sie ist eine Teufelsbuhle!«

Wie ein Lauffeuer sprach es sich herum, daß der Prozeß gegen die Magd Geseke Rethwisch mit der peinlichen Befragung fortgesetzt werde. Bereits im Morgengrauen hatte sich vor dem Pastorat ein Häuflein Neugieriger versammelt; bei Sonnenaufgang war es zu einer hundertköpfigen Menge angewachsen. Die Klosterknechte standen ihr mit schußbereiten Musketen gegenüber, obgleich ein Blick auf die ausgemergelten, vom Hunger entkräfteten Menschen genügte, um zu erkennen, daß von ihnen keine Gefahr drohte.

Als Claus Süverkrübbe erschien, war es schon heller Tag. Er hatte seine lange Lederschürze umgebunden und die kräftigen Arme bis zu den Schultern entblößt. Bedächtig nickte er den Leuten zu und wünschte einen guten Morgen. In aller Ruhe löste er dann die Schlaufen der Plane, die seine Gerätschaften vor Nässe und unerlaubtem Zugriff schützte, und schaffte die Folterwerkzeuge Stück für Stück in die Schulstube. Dort stellte er sie an der Längswand auf oder befestigte sie an Haken, die er tags zuvor in den Deckenbalken geschlagen hatte. Die Leute spürten, daß hier ein Mann seine Vorbereitungen traf, der das Handwerk des Frohns mit der gleichen Umsicht betrieb wie das des Schmieds.

Angesichts der zahlreichen Zuschauer hatten sich die beiden Pastoren entschlossen, ihre Talare anzulegen. Damit er dem kleidsamen Ornat etwas entgegenzusetzen hatte, war dem Syndikus der Gedanke gekommen, sich das schwarze Barett auszuleihen, mit dem Pastor Scheele auf dem Weg vom Pastorat zur Kirche gelegentlich sein Haupt bedeckte. Es schmückte ihn, solange er sich still verhielt. Doch bei jeder Kopfbewegung rutschte es ihm ein Stück tiefer über die Ohren, so daß es schließlich die Form einer Haube annahm und dem Doktor das Aussehen einer spitznäsigen Matrone verlieh.

Nach einem kurzen Gebet führte Claus Süverkrübbe die Angeklagte herein. »Wir haben guten Grund anzunehmen, daß du uns nicht aus freien Stücken die Wahrheit sagen wirst«, eröffnete Pastor Scheele die Verhandlung. »Damit du aber weißt, wie wir ein Geständnis erzwingen können, soll Meister Süverkrübbe dir sein Werkzeug zeigen. Womöglich bringt dies dich zu der Einsicht, daß es doch besser ist, freiwillig mit der Wahrheit herauszurücken. Fangt an, Meister! Und Ihr, Herr Steen, nehmt zu Protokoll, daß die peinliche Aussage ordnungsgemäß mit der Schreckung eingeleitet wurde.«

Die Art, wie der Frohn Geseke seine Werkzeuge vorführte, ließ fast vergessen, daß sie dem Zweck dienten, Menschen aufs grausamste zu quälen. Claus Süverkrübbe geriet von Selbstgefälligkeit über verhaltene Begeisterung in helles Entzücken und erging sich in Wendungen, die einem Geschmeide eher angemessen gewesen wären als der Streckbank oder dem spanischen Stiefel. Geseke lauschte denn auch ohne Anzeichen von Angst; ihr schien nicht in den Sinn zu kommen, daß sie das Opfer dieser vortrefflichen Gerätschaften werden sollte. Daher sah Melchior Boldt sich genötigt, dem Meister ins Wort zu fallen. »Laßt es dabei bewenden«, sagte er, »Ihr verschwendet nur Zeit mit derlei Explikationen. Wollt nun gefälligst mit der Befragung beginnen, Herr Pastor«, wandte er sich an Johannes Scheele.

»Wir erhielten gestern keine Auskunft von dir, wer dich das Verwünschen gelehrt hat«, hob dieser an. »Beweise uns nun, daß du heute guten Willens bist, und nenne uns den Namen.«

»Ich soll's nich weitersagen, Herr.«

»Du bedienst dich der gleichen Worte wie gestern, allein das zeigt schon, wie verstockt du bist. Helft ein wenig nach, Meister, damit sie sich überwindet, den Namen preiszugeben.«

Der Frohn griff nach Gesekes linker Hand und schob ihren Daumen bis zum oberen Gelenk in die Öffnung einer kleinen Zwinge. Er habe dieses unscheinbare Werkzeug schon verschiedentlich mit gutem Erfolg angewendet, ließ er die Richter wissen. In zwei Fällen hätte es sogar keines wirksameren Geräts bedurft, ein volles Geständnis zu erlangen. Währenddessen drehte er gemächlich an der Schraube, und Geseke begann, schneller zu atmen. »Gleich wird's sehr weh tun, vielleicht willst du den Herren vorher den Namen sagen?« empfahl er fürsorglich.

»Ich will aber nich mit'm Buckel rumlaufen und verdwaß kieken!« versetzte die Magd, indem sie Claus Süverkrübbe ihren Daumen mitsamt der Zwinge zu entwinden suchte. Doch der Frohn klemmte sich ihren Arm unter die Achsel und schraubte ungerührt weiter.

»Ihren Namen! Sag uns ihren Namen!« rief Thomas Laurentius.

»War es am Ende gar kein Weib, war es ein Mann?« fragte Pastor Scheele.

»Nee, es war ein Weib«, wimmerte Geseke, »aber sie hat schon Grete Burmeister verhext und Anneke Blunk und Johann Mundt aus Fiefbergen, weil die was weitergesagt haben, wo sie's für sich behalten sollten.« Und dann stieß die Magd ein gellendes Kreischen aus, und ein Geräusch war zu hören, als zerbreche trockenes Holz. Es war Gesekes Daumenknochen, der dem Druck der Zwinge nicht mehr standgehalten hatte.

»Ich muß den anderen Daumen nehmen, in diesem fühlt sie nichts mehr«, sagte der Frohn. Umständlich lockerte er die Zwinge und zog Gesekes Daumen daraus hervor. Sie starrte wie gelähmt auf das blutige Glied. »Lene Klindt war's«, murmelte sie.

»Sprich lauter!«

»Lene Klindt hat's mir beigebracht.«

»Die Frau des Schneiders Klindt vom Rauhen Berg?«

»Ja, die.«

»Ein sittenloses Weib; man munkelt, jedes ihrer sechs Kinder hätte einen anderen Vater«, sagte Pastor Scheele an seine Beisitzer gerichtet.

»Variatio delectat«, schmunzelte der Doktor. »Aber nun wollen wir uns dem Schäferstündchen in der Speisekammer zuwenden. Erzähl uns, was da vor sich ging«, sagte er zu Geseke.

»Tragt Ihr währenddessen Sorge, daß sie sich nicht abermals in Lügen flüchtet«, wies Pastor Scheele den Meister an.

Hierfür wolle er sich einer Vorrichtung bedienen, die er scherzhaft die *Schaukel* zu nennen pflege, verkündete der Frohn. Er band Geseke die Hände im Rücken mit einem derben Strick zusammen, führte diesen über einen Haken im Gebälk und zog sie hoch, bis sie eine Armspanne über dem Fußboden hing. Wie ihrem Gesichtsausdruck zu entnehmen sei, leide die Angeklagte schon jetzt beträchtlichen Schmerz, dabei sei dieser bislang nur durch ihr eigenes Gewicht hervorgerufen. Weit größere Pein aber könne er ihr bereiten, indem er ihr Gewicht künstlich vermehre, wofür er, man möge die Sammlung von Steinen beachten, bereits Vorkehrungen getroffen habe.

»Meister, wir können Eure Erläuterungen gut entbehren«, versetzte der Syndikus ungeduldig. »Tut einfach Eure Arbeit und laßt uns in praxi sehen, was sie bewirkt.«

Sichtlich verstimmt brachte der Frohn an Gesekes Knöcheln zwei aus Hanf geflochtene Körbe an. »Stellt nun Eure Fragen, wenn's gefällig ist«, murrte er.

»Wer war zuerst in der Speisekammer, er oder du?« fragte Pastor Scheele.

»Er war schon drin.«

»Was geschah, als du die Speisekammer betreten hattest? Umarmte er dich, küßte er dich?«

»Nein, Herr.«

»Was dann?«

»Es ging ganz schnell.«

»Was ging schnell?«

»Na, das.«

»Drück dich deutlicher aus!«

»Er hat mir sein Ding reingesteckt.«

»Hast du Lust empfunden?«

»Was?«

»Hat es dir Spaß gemacht?«

»Dafür ging's zu schnell.«

»Hat er ejakuliert?«

Gesekes ratlose Miene zeigte an, daß eine Übersetzung vonnöten war. Pastor Laurentius wählte das Wort *Samenerguß*, während Melchior Boldt sich für das volkstümlichere *Spritzen* entschied.

»Da ist was von ihm gekommen, und da war's auch schon vorbei«, antwortete die Magd.

»Wie hat es sich angefühlt, warm oder kalt?« setzte Pastor Scheele das Verhör fort.

»Weiß nich.«

»Ich frage noch einmal: Warm oder kalt?«

»Ich hab's gefühlt, aber nich, ob's warm oder kalt war.«

»Sie lügt!« erregte sich Johannes Scheele. »Sie weiß genau, daß dies ein entscheidendes Kriterium ist. Ans Werk, Meister!«

Nachdem er sie prüfend in der Hand gewogen hatte, legte Claus Süverkrübbe in jeden Korb einen faustgroßen Stein. Gesekes Leib sackte ein Stück tiefer, ihre Augen weiteten sich, ihre Nasenflügel bebten, gleich schreit sie, dachte Jobst und wandte den Blick zum Fenster, das bis zur halben Höhe mit Gesichtern gepflastert war. Doch statt eines Schreies entrang sich ein schleimiges Röcheln Gesekes Brust.

»Gib doch um Himmels willen zu, daß es sich kalt angefühlt hat!« flehte Pastor Laurentius. »Sein Samen war kalt, nicht wahr?«

»Ja«, keuchte die Magd.

»Wir wollen das Wort aus deinem Mund hören«, faßte Johannes Scheele nach. »Wie hat sich sein Samen angefühlt?«

»Kalt, Herr.«

»Sag es laut und deutlich!«

»Kalt, kalt, kalt!«

»Es war Luzifer!« sagte Pastor Scheele in jenem apodiktischen Ton, in dem er das Wort Gottes verkündigte. »Der Leibhaftige hat ihr beigewohnt, denn es ist die Art, wie er von einem Weib Besitz ergreift und sie sich gefügig macht.« Dann fragte er die Magd: »Wie nennt sich dein Abgott?«

Gesekes Blick huschte vom einen zum andern, als hoffe sie, von den Mienen der Richter abzulesen, wie die Antwort lauten müßte.

»Ist es *Leviathan?*« kam ihr Thomas Laurentius zu Hilfe. »Oder *Asmodäus?* Oder –«

»Sie selbst soll uns seinen Namen sagen!« unterbrach ihn Pastor Scheele. »Wie heißt er?«

»Damit tun sie sich immer am schwersten«, ließ Claus Süverkrübbe in seiner schleppenden Redeweise verlauten. »Mit dem Namen rücken die erst raus, wenn's gar nicht mehr auszuhalten ist.«

»Worauf wartet Ihr dann noch?« herrschte ihn der Syndikus an.

»Wollt mich gütigst verfahren lassen, wie ich's für richtig halte, Wohlgeboren«, gab der Frohn mißmutig zurück. Da als sicher gelten könne, daß die Angeklagte eine Teufelsbuhle sei, müsse er sich zuvor gegen den bösen Blick schützen, mittels dessen Hexen an ihren Peinigern Rache nähmen. Er knüpfte sein Halstuch auf und verband der Magd damit die Augen. Bedachtsam wählte er dann zwei große Steine aus und legte sie zu den anderen in die Körbe. Ruckartig streckte sich Gesekes Körper, so daß ihre Zehen fast den Fußboden berührten. Einem markerschütternden Schrei folgte eine Reihe kurzer spitzer Töne, es klang wie das grelle Lachen einer Irren.

»Gib seinen Namen preis!« rief Pastor Scheele.

Hinter schaumigem Speichel kam ihre Zunge hervor und mühte sich vergeblich, aus Lauten Worte zu formen.

»Das langt noch nicht«, sagte der Schmied. »Soll ich weitermachen?«

»Tut, was Ihr für geboten haltet, Meister.«

Claus Süverkrübbe nahm einen Knüppel vom Boden auf, spuckte in die Hand und schlug ihn mit aller Kraft gegen das straffgespannte Seil. *Sie schrie, daß es mir wie mit Nadeln in die Ohren stach. Dann brach der Schrei unvermittelt ab, das Übermaß des Schmerzes schien ihn zu ersticken. Ich bemerkte, wie der Frohn und der Pastor einen Blick wechselten. Und abermals schlug der Frohn zu. Sie krümmte sich, warf den Kopf hin und her, es war schrecklich zu sehen, wie sehr sie litt. Mochte sie eine Teufelsbuhle sein oder nicht, mich ergriff tiefer Abscheu vor denen, die ihr solche Qualen zufügten. Aber war ich nicht einer von ihnen? Stellte ich mich nicht auf die Seite der Peiniger, indem ich tatenlos zusah? Ich schickte mich an hinauszugehen, um nicht länger Zeuge dieser entsetzlichen Tortur zu sein. Doch Pastor Laurentius schien meine Absicht zu erraten. Er legte die Hand auf meinen Arm und bedeutete mir solcherart, auf meinem Platz zu bleiben.*

»Pußwas, Quadfas«, kam es aus Gesekes Mund.

Pastor Scheele sprang auf: »Wir verstehen dich nicht. Sprich deutlicher!«

»Pußwas, Quadfas«, sagte sie mit kehliger Stimme. Es war, als spräche ein anderer aus ihr.

»Wie nun: Pußwas oder Quadfas?«

»Pußwas, Quadfas.«

»Trägt er beide Namen, oder sind es zwei, von denen der eine *Pußwas*, der andere *Quadfas* heißt?«

»Pußwas heißt der eine, Quadfas der andre.«

Eine purpurne Röte überflutete Scheeles Gesicht, seine Augen glänzten fiebrig. »Sie ist von zwei Dämonen besessen«, sagte er mühsam beherrscht.

»Du lieber Gott!« stöhnte Pastor Laurentius.

»Wir haben es mit einem außergewöhnlichen Phänomen zu tun«, wandte sich Johannes Scheele an den Syndikus. »Im Meigerius ist an keiner Stelle die Rede davon, daß eine Teufelsbuhle es gleichzeitig mit zwei Dämonen getrieben habe.«

»Dies will mir, da es auch unter Menschen zuweilen praktiziert wird, als nicht gar so außergewöhnlich erscheinen, lieber Herr Pastor«, entgegnete Doktor Boldt. »Aber woher weiß sie die Namen, wo doch laut ihrer Aussage inter copulationem nicht gesprochen wurde?«

»Haben sie dir gesagt, wie sie heißen?« fragte Pastor Scheele die Magd.

»Ja, Herr.«

»Dann hast du vorhin gelogen?«

»Ja, Herr.«

»Willst du uns von jetzt an die Wahrheit sagen?«

»Ja, Herr.«

»Aber wehe dir, du lügst! Die Strafe wird um so schmerzlicher sein.«

»Ich will alles sagen, was ich sagen soll.«

»Gut denn. Wir glauben dir nicht, daß du Pußwas und Quadfas nicht gesehen hast. Erzähl uns also, in welcher Gestalt sie dir erschienen sind.«

»Kann nich, Herr, war doch duster.«

Scheele nickte dem Frohn zu, und Meister Claus hieb den Knüppel gegen das Seil. Dieses Mal kündete kein Laut von ihrem Schmerz. Aber Gesekes Kopf fiel kraftlos in den Nacken, und an ihren Beinen herab rann dünnflüssiger Kot.

Jobst sah, wie Laurentius der Übelkeit durch angestrengtes Schlucken Herr zu werden suchte. Der Syndikus zog das Schnupftuch, um seine Nase darin zu bergen, nur Pastor Scheele schien keinerlei Ekel zu empfinden.

»Die kommt gleich wieder zu sich«, sagte der Frohn, indem er Gesekes Kopf vorsichtig mit dem Knüppel anhob.

»Sollten wir es für heute nicht damit genug sein lassen?« preßte Pastor Laurentius hervor.

»Nein!« versetzte Johannes Scheele scharf. »Wir dürfen nicht zulassen, daß die Dämonen wieder Macht über sie gewinnen, bevor sie ein umfassendes Geständnis abgelegt hat. Was meint Ihr, Herr Syndikus?«

»Der Gestank bringt mich um!« nuschelte der Doktor in sein Schnupftuch.

Claus Süverkrübbe ließ von einem der Klosterknechte einen Eimer Wasser bringen und wusch der Magd die Beine. Währenddessen erlangte sie das Bewußtsein wieder.

»Bist du jetzt willens, meine Fragen wahrheitsgemäß zu beantworten?« hob Pastor Scheele sogleich wieder an.

»Ja, Herr.«

»Beginnen wir mit Pußwas. Wie sah er aus?«

»Wie'n lütter Köter, ganz schwarz mit glöhnigen Augen.«

Johannes Scheele nickte befriedigt. Es sei dies eine der dämonischen Erscheinungsformen, von denen in peinlichen Aussagen am häufigsten berichtet werde, erläuterte er dem Syndikus. »Und Quadfas?« fragte er die Magd. »In welcher Gestalt erschien er dir?«

»Mehr wie'n Mensch«, entgegnete sie zögernd.

»Nur daß er sich in einer Hinsicht von gewöhnlichen Menschen unterschied, war es nicht so?«

»Ja, Herr.«

»In welcher?«

»Er hatte 'n Kuhfuß.«

»Du meinst wahrscheinlich einen Bocksfuß.«

»Ja, Herr.«

»Wie oft hast du es mit den beiden getrieben?«

»Ein Mal, Herr.«

»Überleg dir gut, was du sagst.«

»Kann sein, auch öfter.«

»Wie oft?«

»Eine um die andere Nacht.«

»Und jedes Mal hast du ihren Samen empfangen?«

»Ja, Herr.«

»Pfui Deibel, von einem Hund?« schüttelte sich Melchior Boldt.

»Haben Pußwas und Quadfas dich zu Lene Klindt geschickt, damit sie dich das Verwünschen lehre?« fuhr Pastor Scheele fort.

»Ja, Herr.«

»Haben sie dich auch mit anderen Hexen zusammengebracht?«

»Mit welchen Hexen?«

»Weich mir nicht aus! Dafür muß ich dich züchtigen lassen.«

»Nein, bitte nich, ich will ja alles sagen!«

»Also? Bist du auch mit anderen Hexen zusammengekommen?«

»Ja, Herr.«

»Wo?«

»Auf der Kolberger Heide.«

»Kanntest du einige von ihnen?«

»Was muß ich sagen, damit's nich noch schlimmer wird?« wimmerte die Magd.

»Nenn uns die Namen derer, die du kanntest! War Lene Klindt dabei?«

»Ja, Herr.«

Ich sah Pastor Scheeles Finger auf mich gerichtet. Mit einer gebieterischen Geste bedeutete er mir, die Namen mitzuschreiben, die Namen seiner nächsten Opfer.

»Wer noch?«

»Ich –«

»Untersteh dich, mich zu belügen!« wetterte der Pastor. »Wer war noch dabei?«

»Trine Heuer aus Fahren.«

»Weiter!«

»Dette Schlapkohl von der Krokauer Mühle.«

»Weiter, weiter!«

»Gesche Lamp.«

Johannes Scheele warf sich so ungestüm nach vorn, daß er beinahe den Tisch umgestürzt hätte: »Meinst du die Hexe, der Hinrich Wiese zur Flucht nach Dänemark verholfen hat?«

»Ja, die. Und Grete Spieß. Und Abelke.«

»Von welcher Abelke redest du?«

»Die aus Barsbek.«

Für einen Augenblick war es so still, daß man von draußen die gedämpften Stimmen der Klosterknechte hören konnte. »Hans

Haunerlands junge Frau?« fragte Johannes Scheele dann, indem er seine Erregung hinter einem Hüsteln zu verbergen suchte.

»Die war auch dabei.«

»Wer sonst noch?«

»Die andern kannte ich nich, Herr.«

»Waren es nur Weiber? War kein Mann darunter?«

»Ein Mann?«

»Denk nach.«

»Meine Herren Pastores«, ließ sich nun der Jurist vernehmen, »bei allem Respekt vor Eurem Eifer möchte ich doch ungern mit meinen Gewohnheiten brechen. So verlangt es mich um diese Stunde nach einer kleinen Stärkung, die gleichermaßen meinem leiblichen wie seelischen Wohlbefinden dient. Nehmt das Weib vom Haken, Frohn, und richtet es so weit wieder her, daß wir die Befragung am Nachmittag fortsetzen können.«

»Daß Ihr an Speis und Trank denken könnt, verehrter Herr Syndikus«, sagte Thomas Laurentius. »Ich habe mich noch nie so elend gefühlt, auch das Podagra macht mir wieder zu schaffen. Ich fürchte, das Amt eines Richters übersteigt meine Kräfte, lieber Amtsbruder.«

»Wem Gott eine Last aufbürdet, dem gibt er auch die Kraft, sie zu tragen«, versetzte Pastor Scheele ungerührt.

Claus Süverkrübbe fierte Geseke herunter, doch die Beine versagten ihr den Dienst. Er fing sie auf und löste die Schlinge an ihren Händen. Ihre Arme fielen schlaff nach hinten; die Steinlast hatte sie aus den Schultergelenken gerissen. »Das krieg ich schon wieder hin«, tröstete sie der Frohn. Dann lud er sie sich auf die Schulter und trug sie in die Geschirrkammer.

Während der kleine Jurist sich im Studierzimmer an seiner Wegzehrung labte und Thomas Laurentius den Schmerz in seinen Zehen mit heißen Umschlägen zu lindern suchte, begab sich Johannes Scheele in Jobsts Begleitung zum Vossbarg hinaus. Der Pastor schritt beschwingt, fast übermütig schwenkte er die Arme, hin und wieder entstieg ein Summen seiner Brust, das ebensogut Teil einer Melodie wie Ausdruck tiefer Befriedigung sein konnte. »So schlau Luzifer auch ist«, sagte er nach einer Weile, »so heimtückisch und durchtrieben: Ich habe ihn gestellt, jetzt soll er mir nicht mehr entkommen! Ich werde das Unkraut ausjäten im Weinberg des Herrn!« Plötzlich blieb er stehen und griff nach Jobsts Arm: »Mir ist nicht entgangen, daß die Teufelsbuhle Euer Mitleid erregte. Ihr mögt daran nichts Verwerfliches finden, aber laßt Euch gesagt sein: Im Kampf gegen den Antichrist ist Mitleid gleichbedeutend mit Verrat an der Sache Gottes!«

»Glaubt Ihr, Gott billigt es, daß ein Mensch in seinem Namen so schrecklich mißhandelt wird?« fragte Jobst.

»Da seht Ihr, wie kurz der Weg ist vom Mitleid zum Zweifel am Willen des Herrn«, entgegnete Johannes Scheele. »Hat Gott nicht das ganze Menschengeschlecht bis auf Noah und die Seinen in der Großen Flut ertränkt, weil die Erde voll Frevels war – was besagen will, daß Satan Macht über die Menschen gewonnen hatte? Hier zeigt uns der Allmächtige, wie wir dem Bösen begegnen sollen: mit aller Härte und Unerbittlichkeit!«

»Und wenn es wirklich nur der Bauer war, der sich in der Speisekammer an ihr verging?« gab Jobst zaghaft zu bedenken. *Sein Blick war von solcher Kälte, daß mir das Blut in den Adern gefror. Es war der Blick eines Eiferers, von dem sich niemand Gnade erhoffen darf, den er mit dem Teufel im Bunde wähnt.*

»Hütet Euch vor derlei Äußerungen, Herr Steen«, sagte der Pastor. »Man könnte Euch einen Strick daraus drehen.«

Er stieg den Hang zum Pastorenbrook hinunter und kam alsbald mit einem mannshohen Stock zurück. Nachdem er die Kuppe des Vossbargs wägend umschritten hatte, rammte er den Stab an der dem Meer zugewandten Seite in den Boden. »Was haltet Ihr von dem Platz?« fragte er.

Er habe an dieser Stelle schon oft gestanden, denn nächst dem Kirchhügel biete sie den weitesten Blick auf die See, gab Jobst zur Antwort. Indes vermute er, daß der Pastor etwas anderes im Sinn habe als die schöne Aussicht.

Ja, ich möchte den ***Eichborn-Prospekt*** gern haben.

Meine Anschrift lautet:

....
Name, Vorname

....
Straße, Nr.

....
PLZ, Ort

Unser Lieblingsbuch.

Walter Moers,
Die 13 1/2 Leben des Käpt'n Blaubär.
704 Seiten, gebunden.
DM 49,80 · öS 364,– · sFr 46,–
ISBN 3-8218-2969-9

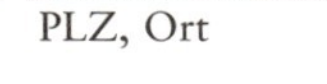

bitte freimachen

ANTWORT

Eichborn AG

Kaiserstraße 66

60329 Frankfurt

»Wohl wahr«, versetzte Johannes Scheele. »Hier wird sie verbrannt.«

Die Schaulustigen hatten mehrere Stunden schweigend vor dem Pastorat ausgeharrt. Als der Frohn aber Geseke erneut zum Verhör führte, wurden einzelne Stimmen laut. »Hexe!« wurde gerufen und »Satanshure!«, und ein altes Weib spuckte vor Geseke aus. Eine feindselige Stimmung hatte sich in der Menge breitgemacht.

Pastor Scheele ließ sich von Jobst die Niederschrift des Verhörs reichen und überflog sie, wobei er hier eine fahrlässige Verkürzung, dort die nahezu unleserliche Schrift zu rügen fand. Dann sagte er zur Magd, er werde ihr jetzt vorlesen, was sie am Vormittag gestanden habe. Mit nachdrücklicher Betonung und bedeutungsvollen Pausen trug er die einzelnen Punkte des Protokolls vor, sah zwischendurch immer wieder zu Geseke auf und ermahnte sie, gut zuzuhören. Als er ans Ende der Niederschrift gelangt war, fragte er, ob sie alles so gesagt habe, wie es ihr verlesen worden sei.

»Wenn er mich nur nich mehr piesackt«, entgegnete sie mit zittriger Stimme.

»Antworte mit Ja oder Nein!«

Gesekes Blick heftete sich flehend auf Thomas Laurentius, in dem sie wegen seiner Leidensmiene einen heimlichen Verbündeten vermutete, und als dieser ihr zunickte, nickte auch sie.

»Sag es!«

»Ja, Herr.«

»Ist dir unterdessen eingefallen, ob ein Mann beim Hexentanz auf der Kolberger Heide zugegen war?« fragte Johannes Scheele.

»Nein, Herr.«

»Ich möchte hören, ob sie bei dem Nein bleibt, wenn Meister Claus sie sich vornimmt«, sagte er zu den beiden anderen Richtern.

»Was tut das denn zur Sache, werter Amtsbruder?« wandte Thomas Laurentius dagegen ein. »Weder belastet noch entlastet es sie.«

»Ihr dürft mir zubilligen, daß ich gleichwohl gute Gründe habe, danach zu fragen«, versetzte Pastor Scheele ungehalten. »Wie ist Eure Meinung, Herr Syndikus?«

Der Doktor beider Rechte unterdrückte ein Gähnen: »Ich würde sie lieber zu ihrer dubiosen Niederkunft befragen, denn nach wie vor sträubt sich mein Verstand dagegen, daß sie sich der Leibesfrucht durch Transpiration entledigt haben will.«

»Hier wiederum bedarf es keiner gründlicheren Befragung, weil es die Wahrheit ist«, erwiderte Johannes Scheele. »Der widernatürliche Abortus ist der endgültige Beweis, daß sie mit Dämonen Unzucht getrieben und teuflischen Samen empfangen hat.« Unversehens erhob er sich, deutete auf Geseke und donnerte: »In Gottes Namen, sie ist eine Hexe!«

»Schafft sie hinaus, Frohn, und laßt die Tür offen. Das Weib verströmt noch immer einen üblen Geruch«, sagte Doktor Boldt. »Wir wollen derweil über das Urteil beraten.«

Aus der Menge war ein bedrohliches Murmeln zu hören, geballte Fäuste reckten sich Geseke entgegen, ein Stein verfehlte um Haaresbreite ihren Kopf. Ängstlich suchte sie Schutz hinter Claus Süverkrübbes breitem Rücken.

Es ging schon gegen Abend, als die Richter sich einig wurden, die Hexe Geseke Rethwisch durch das Feuer vom Leben zum Tode zu befördern. Die langwierige Urteilsfindung war darauf zurückzuführen, daß Pastor Laurentius trotz erdrückender Beweislast von Barmherzigkeit zu reden für nötig befand. Man möge doch Nachsicht mit dem armen Ding haben und es nach strenger Ermahnung laufen lassen, vielleicht könne man auch eine Kerkerhaft ins Auge fassen, aber doch nicht gleich die Todesstrafe. Nachdem Pastor Scheele ihm eindringlich ins Gewissen geredet hatte, zeigte sich Thomas Laurentius bereit, auch einer schnellen und schmerzlosen Hinrichtungsart wie etwa dem Kopfabschlagen zuzustimmen, nur das Verbrennen sei ihm aus tiefster Seele zuwider. Schließlich ließ er durchblicken, ein Votum für den Scheiterhaufen sei von ihm allenfalls zu erwarten, wenn er seiner angegriffenen Gesundheit wegen von der Mitwirkung an weiteren Hexenprozessen entbunden würde. An Pastor Scheeles Miene war nicht zu erkennen, ob er den Winkelzug seines Amtsbruders durchschaut hatte. So sei es denn einstimmig beschlossen, diktierte er Jobst in die Feder: Tod durch Verbrennen.

Geseke vernahm das Urteil ohne sichtliche Bewegung. Ein dunkles Gefühl sagte ihr, daß sie etwas verbrochen haben mußte. Weshalb war der alte Mann sonst böse mit ihr, was brachte die Leute da draußen sonst so gegen sie auf? »Krieg ich was andres zum Anziehen?« fragte sie. »Ich hab mich schietig gemacht.«

»Ich will meine Frau bitten, dir eines von ihren Kleidern zu geben«, antwortete Johannes Scheele. »Bringt sie nun in die Geschirrkammer zurück, Meister Claus.«

Nachts hörte Jobst sie reden. Ihre Stimme war ihm so nah, daß er für einen Augenblick der Täuschung erlag, ihr Mund befände sich an seinem Ohr. Sie sprach zu einem, den sie *lieber Gott* nannte. Sie fragte ihn, warum man sie verbrennen wolle. Weil sie Lehnke und Gesen den Tod gewünscht hatte? Weil sie sein Ding nicht weggeschubst hatte, als der Bauer es ihr zwischen die Beine zwängte? Oder glaubte man noch immer, daß sie ihr Kind gegessen habe? Der liebe Gott antwortete ihr nicht, und Geseke wollte es ihm nicht verargen, denn sie sei es nicht wert, daß er ein Wort an sie verschwende. Aber vielleicht höre er sie ja und erfülle ihr eine Bitte: Er möge dafür sorgen, daß sie Wasser bekäme, damit sie sich waschen könne, bevor sie das schöne Kleid von der Frau Pastor anziehe. Als Jobst die Magd das Herdfeuer schüren hörte, ging er in die Küche und bat sie, Geseke Rethwisch einen Eimer Wasser zu bringen. Elsche tat erstaunt, doch sie war zu müde, ihre Verwunderung in Worte zu fassen. Später erzählte sie, die Hexe sei vor Dankbarkeit auf die Knie gefallen, als sie ihr das Wasser gebracht habe.

Schon am frühen Morgen hatte man begonnen, auf dem Vossbarg Holz, Reisig und trockenes Schilf rings um einen fest im Boden verankerten Pfahl aufzutürmen. Dies geschah unter der sachkundigen Anleitung des Frohns, der, seinen Worten zufolge, die langsame und wissenschaftliche Art des Verbrennens bevorzugte.

Aus diesem Grund hatte er eine Methode der Schichtung ersonnen, die den Scheiterhaufen nicht gleich lichterloh in Flammen aufgehen ließ, sondern nach und nach von innen her zum Glühen brachte. Einige, die Claus Süverkrübbe von früher kannten, entsannen sich, daß er bei einem Köhler im Rögen aufgewachsen war.

Unterdessen hatte sich das ganze Dorf am Vossbarg versammelt; nur Hinrich Wiese und Margreta sah Jobst nicht in der Menge. Bald nachdem die Kirchenglocke zu läuten begonnen hatte, näherten sich vom Stakendorfer Tor her gemessenen Schrittes die Richter: Die Pastoren im schwarzen Ornat, der Syndikus mit dem haubenartig verformten Barett auf dem Kopf. Hinter ihnen ging Geseke. Sie trug ein helles Kleid, eines von jenen, die unbenutzt in Margretas Schrank hingen. Es war ihr zu lang, zuweilen trat sie auf den Saum und geriet ins Stolpern. Den Abschluß bildeten die beiden Klosterknechte. Offenbar hatten sie dem Branntwein zugesprochen, denn ihre Gesichter leuchteten in hitzigem Rot, und übermütig wie Gassenjungen zupften sie an Gesekes Zöpfen.

Als sie auf dem Scheiterhaufen stand, mit Händen und Füßen an den Pfahl gebunden, hob Pastor Scheele zu einer kurzen Rede an. Sie handelte von einem Korb voller Äpfel, in dem ein Apfel, zunächst noch unsichtbar, den Wurm in sich birgt. Bald aber beginnt er auch äußerlich zu faulen und überträgt die Fäulnis auf die gesunden Äpfel. So verwandelt sich ein leckerer Apfel nach dem anderen in widerlichen Moder. Hätte man den faulen Apfel jedoch beizeiten aus dem Korb genommen und auf den Mist geworfen, wären die anderen Äpfel weiter frisch und genießbar geblieben. Das Gleichnis hatte der Pastor gewählt, weil die Probsteier sich in dieser Jahreszeit fast ausschließlich von Äpfeln und Birnen ernährten und daher das Aussondern faulen Obstes für lebensnotwendig erachteten. Da es mithin keiner Auslegung bedurfte, verlas Johannes Scheele dann das Geständnis der Hexe Geseke Rethwisch sowie das Urteil und schloß mit den Worten: »Friede ihrer Seele!«

Für geraume Zeit verschwand Geseke hinter undurchdringlichen Rauchschwaden. Unter den Zuschauern machte sich Unmut bemerkbar. Man war gekommen, eine Hexe brennen zu sehen, statt dessen sah man Rauch. Der Frohn mußte sich einen Pfuscher schimpfen lassen, auch Pastor Scheele blickte mißvergnügt. Claus Süverkrübbe hingegen war die Ruhe selbst. Er hatte achtunddreißig Hexen und Zauberer verbrannt, die Erfahrung gab ihm Selbstvertrauen. Dann war ein Geräusch zu hören, als zöge man den Korken aus einer riesigen Flasche, und der Rauch hob sich langsam, emporgetragen von wabernder Hitze. Rings um Geseke irrlichterten kleine Flammen, züngelten an ihrem Kleid, allein ihr im Gluthauch zerfließender Umriß kündete von der vernichtenden Gewalt des Feuers. Dann begann ihr Kleid zu brennen, der Stoff fiel in schwarzen schwelenden Fetzen von ihr ab, und nun bäumte sie sich auf, sprengte mit der Kraft, die ihr der Schmerz verlieh, die Fesseln und warf die Arme hoch. Jobst gewahrte noch, wie die Haare unter ihren Achseln verglühten. Schaudernd wandte er sich ab – und sah Wibeke. *Sie stand nur wenige Schritte hinter mir, halb von einem der Klosterknechte verdeckt. Unsere Blicke begegneten einander, auf ihrem Gesicht lag ein Ausdruck, den ich bislang nicht an ihr bemerkt hatte. Mir war, als spiegelte es Gesekes Schmerz. Wibeke! rief ich, doch kaum, daß ich ihren Namen ausgesprochen hatte, war sie in der Menge verschwunden.*

Pastor Laurentius wollte nicht warten, bis man ihn mit dem Torfkarren abholte, er machte sich zu Fuß auf den Weg nach Probsteierhagen. Alsbald traf auch Melchior Boldt Vorkehrungen für seine Abreise. Nachdem einer der beiden geistlichen Richter sich empfohlen habe, fehle es am nötigen Sachverstand, um über Hexen zu Gericht zu sitzen, meinte er. Überdies fühle er sich soweit gestärkt, daß er eine Weile wieder mit den Süppchen seiner Gemahlin vorliebnehmen könne. »Oder wißt Ihr einen Geistlichen, der an Pastor Laurentius' Stelle treten könnte?« fragte er, als er Scheeles Bestürzung bemerkte.

Nun konnte Thomas Pale nicht länger an sich halten: Mit hochrotem Kopf trat er vor den Syndikus und verwies darauf, daß er zwar nicht ordiniert sei, wohl aber ein Studium der Theologie cum laude abgeschlossen habe und somit für das geistliche Richteramt über hinreichende Qualifikation verfüge.

»Hmja, warum eigentlich nicht?« sinnierte Doktor Boldt. »Es sei denn, der Herr Pastor hätte etwas dagegen.«

Johannes Scheele blickte zum Bildnis des Reformators auf. Seine Brauen zuckten, so heftig rang er mit sich. »Nein«, sagte er. Und dann noch einmal in entschiedenerem Ton: »Nein.«

Fünfzehntes Kapitel

Über den Salzwiesen lag ein silbriger Schleier, in Abertausenden von Spinnennetzen fing sich das Licht. Jobst spürte die Wärme des geheimnisvollen Steins im Rücken, ein wohliger Schauer durchrieselte ihn bis in die Fingerspitzen. Im Schilf raschelte es, wie von Geisterhand bewegt schwankten die Rispen. »Das ist sie«, dachte er. Etwas streifte seine Schläfe, von einem Spinnennetz fielen Tropfen in sein Haar. »Laß den Schabernack, ich weiß, daß du es bist!« rief er. Aus der Nähe vernahm er ein gleichmäßiges Platschen, als ginge jemand über sumpfigen Grund, Wasservögel warnten mit knarzigen Lauten. Dann wieder Stille. Vom Rögen wehte der nussige Duft des Herbstes herüber, verwoben mit einem leichten Brandgeruch. Jobst schloß die Augen und sah den Haufen schwelender Asche vor sich, den verrußten Pfahl. Nein, er wollte nicht schon wieder daran denken, nicht jetzt.

Ein Schatten glitt über ihn hinweg, kehrte zurück, blieb auf ihm liegen. Er spürte, daß jemand vor ihm stand. »Wibeke«, sagte er und blinzelte mit einem Auge.

»Wie nennst du mich?« fragte eine Stimme, die nicht Wibekes war.

Jobst schreckte auf.

Margretas graues Kleid war bis über den Saum mit Nässe vollgesogen. In der Rechten hielt sie einen Stab, vermutlich hatte sie mit seiner Hilfe die Tiefe der Gräben ausgelotet. »Du hast eine andere erwartet«, sagte sie. »Habe ich ihren Namen richtig verstanden, heißt sie Wibeke?«

»Ich weiß nicht, wovon du redest«, stotterte er. »Ich war eingeschlummert, vielleicht habe ich im Traum gesprochen.«

»Wibeke«, beharrte sie, »du hast *Wibeke* gesagt. Wer ist sie, wo kommt sie her? Im Dorf kenne ich keine, die so heißt. Ist es eines von den Fischerweibern?«

»Ich bitte dich, laß mich in Ruhe«, entgegnete Jobst. »Ich habe die Einsamkeit gesucht, um wieder zu mir selbst zu finden nach diesem schrecklichen Erlebnis.«

Mit zwei, drei Schritten war sie bei ihm, hockte sich nieder, streichelte seine Wangen: »Du Ärmster! Ein Weib leiden sehn, das ist wahrlich nichts für dich, so zartbesaitet, wie du bist!« In ihrem Tonfall hielten sich Mitgefühl und Spott die Waage. »Aber weißt du auch, wie ich gelitten habe? Weißt du, wie sehr ich immer noch leide? Ich habe vergessen, wie es ist, ohne Schmerzen zu sein. Und dennoch bin ich voller Verlangen nach dir.« Sie knüpfte das Mieder auf und ließ es achtlos fallen. Die Haut zwischen ihren Brüsten war welk geworden. »Ich bin dir nachgegangen, weil ich's nicht mehr aushalten konnte. Zu lange hab ich's entbehrt.« Ihre Finger machten sich an seinem Hosenlatz zu schaffen, tasteten nach seinem Glied. Mit einem jähen Ruck entwand er sich ihr.

»Du weist mich ab?« fragte sie. »Willst du mich nicht mehr, weil du eine andere liebst? Oder hast du Angst, du könntest mich noch einmal schwängern? Wenn es das ist: Ich kann kein Kind mehr bekommen.«

»Wer sagt das?«

»Die alte Becke hat's mir gesagt.« Plötzlich war sie über ihm, riß ihm die Hosen herunter, liebkoste sein Geschlecht mit Lippen und Zunge.

Auf dem höchsten Zweig eines Haselstrauchs sah Jobst eine Elster sitzen. Der Vogel suchte sich durch kurze Flügelschläge auf dem schwankenden Zweig zu halten, während sein Kopf sich nicht um Haaresbreite bewegte und sein Auge starr auf Jobst gerichtet war. »Was ist mit dir?« ließ Margreta sich vernehmen. »Hast du keine Lust?«

»Ich kann nicht«, antwortete er. Die Elster wandte ihm das andere Auge zu.

»Was muß ich tun, damit es geht?«

»Ich sag doch, ich kann nicht!«

Margreta schob den Rock hoch, bis ihr Schamhaar zum Vorschein kam: »So machen's die Dirnen, nicht wahr? Würde ich eine gute Dirne abgeben, was meinst du? Erregt dich der Gedanke, es mit einer Dirne zu machen? Willst du, daß ich Wörter sage, die eine ehrbare Frau nicht in den Mund nehmen würde?«

»Ich möchte allein sein«, sagte Jobst.

»Wie rücksichtsvoll du bist«, entgegnete sie. »Du willst nicht, daß ich verschwinde, du möchtest allein sein. Wahrscheinlich geschieht es auch aus Rücksicht, daß du mich schon wieder belügst. Ich hab gewußt, daß du eine andere liebst. Jetzt weiß ich sogar ihren Namen. Aber glaub nicht, daß ich dich mit ihr teilen werde. Auch wenn du mich verschmähst, gönne ich dich keiner anderen.« Sie hob ihr Mieder auf und ging, ohne sich noch einmal umzusehen. Kurz darauf strich die Elster mit gellendem Keckern ab.

Jobst wartete an Siwas Wetzstein gelehnt, bis es zu dämmern begann. Von Westen zog eine schieferfarbene Wolkenwand herauf, bald würde alles in Dunkelheit versinken. Niedergeschlagen machte er sich auf den Weg zurück ins Dorf.

Am Sonntag fanden sich mehr Menschen zum Gottesdienst ein, als die Kirche zu fassen vermochte. Viele waren aus Neugier gekommen: Sie wollten den Mann reden hören, der Geseke Rethwisch auf den Scheiterhaufen gebracht hatte. Manche mochten sich auch aus der Erwägung zum Kirchgang entschlossen haben, daß ihr Fernbleiben als stummer Protest gegen die Hexenverbrennung ausgelegt werden könnte. Unter den Handwerkerfrauen bemerkte Jobst die Frau des Schneiders Klindt vom Rauhen Berg. Lene war ein stattliches Weib und aufwendiger gekleidet, als es ihrem Stand entsprach. Es hieß, sie sei stolz, obwohl sie allen Grund hätte, sich ihrer Liebschaften wegen zu schämen.

Pastor Scheele sprach mit ruhiger, beinahe tonloser Stimme. Er dankte Gott, daß er ihn, Johannes Scheele, für würdig befunden habe, das Böse aufzuspüren, wo immer und in welcher Gestalt es sich verberge. Es sei dies aber auch eine Bürde, die er nicht allein zu tragen vermöge. Denn selbst er könne sich täuschen oder den Blick trüben lassen durch teuflisches Blendwerk. Daher sei er auf die Hilfe aller guten Christen angewiesen. Wer nehme denn die Zeichen des Bösen, als da seien Teufelsmale, pestartiger Gestank aus dem Hals oder gotteslästerliches Reden, wer nehme dies denn eher wahr als jene, die mit der Teufelsbuhle täglichen Umgang pflegten? Ein jeder sei daher aufgerufen, Augen und Ohren offen zu halten, damit das Böse erkannt und ausgerottet werde. Erst wenn dies geschehen sei, werde der Herrgott wieder Wohlgefallen an den Menschen haben und der Not ein Ende machen.

Schon öffnete der Pastor den Mund zum Amen, als sein Blick auf Lene Klindt fiel. »Da seht ihr, wie dreist das Teufelsgelichter ist«, fauchte er. »Es scheut sich nicht, den Fuß in das Haus Gottes zu setzen und Platz zu nehmen inmitten der Gläubigen!«

Unter den Frauen griff Unruhe um sich. Es war nicht zu erkennen, wem die harschen Worte des Pastors galten, denn wie alle, die in seiner Blickrichtung saßen, wandte sich auch die Schneidersfrau um.

»Tu nicht so, als seist du nicht gemeint!« donnerte Johannes Scheele. »Ich rede von dir, Lene Klindt!«

Aus ihrem fleischigen Gesicht wich alles Blut. Sie blickte ihre Nachbarinnen ratlos an. Doch diese rückten von ihr fort, soweit es die Enge erlaubte. Da stand Lene Klindt auf, drängte sich an den Sitzenden vorbei zum Gang und lief aus der Kirche.

Später am Tage wurde sie von ihrem Mann dabei überrascht, wie sie sich die Pulsader aufzuschlitzen versuchte. Schneider Klindt entwand ihr das Messer und verprügelte sie dermaßen, daß sie über Stunden wie tot lag. Bald darauf kamen Jochim Arp, Sivert Plambeck, Hinrich Lamp und Eggert Mundt, um Lene Klindt zu holen. Sie fesselten der noch halb Bewußtlosen die Hände, banden ihr einen Strick um den Hals und schleppten sie zum Pastorat. Johannes Scheele wies die Männer an, die Schneidersfrau in der Geschirrkammer einzuschließen. Sie hätten der Sache Gottes einen guten Dienst geleistet, gab er ihnen mit auf den Weg.

Als Jobst spätabends über dem Tagebuch saß, klopfte jemand ans Fenster. In der Annahme, es sei Wibeke, löschte er flugs das Licht; er wollte nicht, daß man sie draußen stehen sah. In der Dunkelheit gewahrte er ein helles Oval, dann das von einem schwarzen Kopftuch umrahmte Antlitz einer Frau. Er stieß das Fenster auf, und nun erst erkannte er sie.

»Er bittet Euch, zu ihm zu kommen«, flüsterte Wieses Frau.

»Ist was mit Eurem Mann?« fragte Jobst.

»Ich soll sagen, es sei wichtig«, entgegnete sie, bevor das Dunkel sie verschluckte.

Jobst kleidete sich hastig an und stieg aus dem Fenster. Die Mondsichel schnitt durch dahinjagendes Gewölk, küselige Winde trieben trockenes Laub über den Anger, der erste Frost würde nicht mehr lange auf sich warten lassen. Hinrich Wiese lag neben der Feuerstelle, eingehüllt in Decken, ein schwaches Lächeln belebte seine Züge, als er Jobst erblickte. Mit einer Handbewegung lud er ihn ein, sich neben ihn zu setzen, seine Frau schaffte einen Hocker herbei.

»Sie haben Lene Klindt ins Pastorat gebracht«, sagte der alte Schulmeister. »Es wird ihr nicht anders ergehen als der Magd aus Bendfeld. Noch vielen wird es so ergehen, wenn dem Pastor die richterliche Gewalt nicht entzogen wird.« Wiese griff nach Jobsts Hand: »Ihr müßt nach Preetz gehen, zum Klosterprobst, junger Herr. Ihr müßt ihm berichten, was hier geschieht. Ich kann mir nicht denken, daß Herr von Buchwaldt von alledem weiß.«

»Er wollte sich schon selbst auf den Weg nach Preetz machen«, sagte Wieses Frau. »Er hätte es nicht mal bis Höhndorf geschafft, so klapprig, wie er ist.«

»Vermutlich hätte mich der Probst auch nicht empfangen«, setzte Hinrich Wiese hinzu. »Wer es einmal mit ihm verdorben hat, ist für immer unten durch. Aber Euch wird er nicht abweisen, junger Herr.«

»Pastor Scheele wird mich schwerlich zum Klosterprobst gehen lassen, ohne nach dem Grund des Besuchs zu fragen«, gab Jobst zu bedenken. »Was soll ich ihm sagen?«

»Sagt ihm, die Stiftsdame Johanna von Brockdorff wünschte Euch zu sehen.«

»Auch in diesem Fall wird er den Grund erfahren wollen.«

»Den wißt Ihr nicht. Nach Eurer Rückkehr werdet Ihr dem Pastor berichten, sie habe sich als Eure Mutter offenbart. Zum Beweis könnt Ihr ihm den Ring mit dem Brockdorffschen Wappen zeigen.«

»Wenn du in anderen Dingen auch so gewitzt wärst, ging's uns nicht so dreckig«, mäkelte seine Frau.

»Bitte, junger Herr, überlegt nicht lange«, drängte Hinrich Wiese. »Wenn der Hexenwahn nicht im Keim erstickt wird, breitet er sich wie eine Seuche aus!«

Jobst ging durch ein verwüstetes Land. In den Dörfern war kein Hof von Zerstörung verschont geblieben, auf den Feldern sproß mannshohes Unkraut. Hier und da hatten die Menschen aus den Trümmern ihrer Häuser schäbige Hütten errichtet; kaum einer würde in den notdürftigen Behausungen einen strengen Winter überleben.

Wohlweislich vermied er Begegnungen mit anderen, die auf der Landstraße unterwegs waren. Einmal, als ihm eine Horde zerlumpter Frauen und Kinder entgegenkam, versteckte er sich in einer hohlen Weide. Man hatte ihn gewarnt, daß die Hungernden die Scheu vor dem Fleisch ihrer Artgenossen verloren hätten.

Schon in Sichtweite des Preetzer Klosters, bemerkte er etwas abseits vom Weg einen Baum, der große längliche Früchte zu tragen schien. Aus der Nähe betrachtet, entpuppten sich die Früchte als Gehenkte. Jobst konnte nicht erkennen, ob es Einheimische oder Soldaten waren, denn alle hatte man ihrer Kleidung beraubt. Als er erschrocken kehrtmachte, stand er unversehens einem Mann mit einem Bauchladen gegenüber. Verheißungsvoll zwinkernd klappte der Fremde den Kasten auf. Er enthielt ein Sammelsurium von Ringen, Ketten, Armreifen, Broschen und Kämmen; offenbar war es kein Zufall, daß der Mann den Schmuck gerade an dieser Stelle feilbot. »Geh mir aus dem Weg!« schrie Jobst, worauf der andere ängstlich beiseite wich.

Das Kloster mutete an wie eine von Mauern umschlossene Oase des Friedens. Wahrscheinlich war den Schweden hier so reiche Beute in die Hände gefallen, daß sie keinen Anlaß gehabt hatten, ihrem Ärger durch Zerstörung Luft zu machen. Inzwischen stand auch wieder Vieh in den Ställen, und auf dem Klosterteich zogen Enten ihre Bahnen durch einen Teppich aus herbstlichem Laub.

Im Haus des Klosterprobsten ließ ihn der Diener wissen, Seine Gnaden empfinge nicht, er möge sich an den Herrn Sekretarius wenden. Marquard Schult war überrascht, Jobst in leidlich guter Verfassung zu sehen. Man vernehme fast täglich neue Schreckensmeldungen von einer Hungersnot in der Probstei, es werde von Auswüchsen berichtet, die man für gewöhnlich mit Wilden in Verbindung bringe. Ob es denn wirklich wahr sei, daß eine Magd in Bendfeld ihr Neugeborenes verzehrt habe?

Dies habe man ihr nicht zweifelsfrei nachweisen können, gab Jobst zur Antwort. Doch der Prozeß gegen jene Magd sei einer der Gründe, bei Herrn von Buchwaldt vorstellig zu werden.

»Seine Gnaden fühlt sich unwohl«, antwortete der Klosterschreiber. »Im Vertrauen gesagt: Ein Fäßchen Burgunder, das erste nach langer Abstinenz, hätte ihn beinahe umgebracht. Denn nicht nur, daß er es auf einen Sitz leergetrunken hat, der Wein muß auch mit Säften fremder Provenienz gestreckt worden sein. Rechnet also nicht damit, ihm vor Ablauf dieser Woche Eure Aufwartung zu machen.«

»So lange kann ich nicht warten«, entgegnete Jobst. »Wollt ihm gütigst ausrichten, es handle sich um eine Sache auf Leben und Tod!«

»Nun, von solcher Art sind derzeit die meisten Anliegen, mit denen Seine Gnaden behelligt wird«, versetzte der Klosterschreiber gleichgültig.

Jobst zog den Ring aus der Tasche: »Und wenn Ihr statt des Schönberger Schulmeisters den Sohn der Stiftsdame Johanna von Brockdorff meldet?«

»Dies dürfte den Katzenjammer Seiner Gnaden schwerlich lindern«, sagte der Klosterschreiber ohne das geringste Anzeichen von Erstaunen.

»Offenbar wißt Ihr von meiner Herkunft.«

»Euer Vater hat es mir selbst erzählt. Nach dem Genuß einiger Gläschen Branntwein bramarbasierte er gern mit seinen Weibergeschichten.«

»Lebt er noch?«

»Da fragt Ihr mich zuviel«, erwiderte Marquard Schult. »Man sagt, die Brockdorffs hätten ihm Geld gegeben, damit er sich nach Sumatra einschiffen konnte. Wißt Ihr, wo das liegt?«

»Nein.«

»Ich, ehrlich gesagt, auch nicht. Aber es muß sehr weit weg sein.«

Er ging zu einer Tür und neigte lauschend den Kopf. »Mir scheint, Seine Gnaden schläft nicht mehr, man würde es sonst hören«, flüsterte er. Auf Zehenspitzen betrat er das benachbarte Zimmer, um gleich darauf zu vermelden, der Herr Klosterprobst verbäte sich jeglichen Besuch, und sei es der König von Dänemark.

»Ich muß ihn aber unbedingt sprechen!« beharrte Jobst. »Was würdet Ihr an meiner Stelle tun, um baldigst vorgelassen zu werden, Herr Sekretarius?«

Marquard Schult legte seine Stirn in Grübelfalten. Dann sagte er: »Falls die Stiftsdame von Brockdorff ein gutes Wort für Euch einlegte, würde sich Seine Gnaden möglicherweise erweichen lassen, Euch Gehör zu schenken.«

»Und Ihr glaubt, ich könnte sie dafür gewinnen?« fragte Jobst.

»Weshalb nicht? Sie ist doch Eure Mutter«, entgegnete der Klosterschreiber. »Ich rate indes, Eurer Begegnung mit ihr den Anschein des Zufälligen zu geben. Haltet Euch also in der Nähe ihres Hauses auf und sucht, wenn sie es verläßt, ihren Blick auf Euch zu lenken.«

»Wozu die Heimlichkeit?«

»Vergeßt nicht, daß Eure Mutter ein adeliges Fräulein ist«, lächelte Marquard Schult.

Jobst war wohl ein Dutzend Male um den Klosterteich spaziert, bevor die Stiftsdame aus der Tür des Brockdorffschen Hauses trat. Da es zu nieseln begonnen hatte, bedeckte sie ihr Haar mit einem Tuch und schlug nach kurzem Überlegen den Weg zur Klosterkirche ein. Jobst folgte ihr schnelleren Schritts auf einem Seitenpfad, so daß sie unweit des Eingangs zusammentrafen.

Johanna von Brockdorff blieb wie angewurzelt stehen, als sie Jobst erkannte. Doch nachdem er den Hut gezogen und sich verbeugt hatte, wandelte sich ihre Überraschung in gekünstelte Fröhlichkeit. »Nun seht mal, ist das nicht der junge Schulmeister aus Schönberg?« rief sie. »Was führt Euch nach Preetz, Herr – war der Name nicht Steen?«

Es schmeichle ihm, daß sie sich seines Namens erinnere, gab Jobst artig zurück.

»Die meisten Gesichter lohnen das Ansehen nicht«, sagte die Stiftsdame. »Doch wenn mir eines gefällt, prägt sich mir auch der Name ein. Wollt Ihr mich ein Stück begleiten, Herr Steen? Eigentlich war ich auf dem Weg zur Kirche, um dort bei mir selbst Einkehr zu halten, aber nun, da wir uns zufällig begegnet sind, würde ich mich lieber in Eurer Gesellschaft ein wenig im Park ergehen.«

Sie nahm seinen Arm und preßte ihn an ihren Körper, als wollte sie Jobst zu verstehen geben, daß er ihr gehöre. *Da gehst du nun Arm in Arm mit deiner Mutter, dachte ich und horchte in mich hinein, ob sich ein Gefühl der Zusammengehörigkeit rege. Aber ich verspürte nichts, sie war mir so fremd, daß ich ihre körperliche Nähe fast als lästig empfand.*

»Ihr seid doch sicher aus einem dringenden Grund nach Preetz gekommen«, mutmaßte die Stiftsdame. »Sonst würdet Ihr Euch wohl kaum den Gefahren ausgesetzt haben, die am Wege lauern.

Man hört von Räubern und Totschlägern und solchen, die sich auf widerwärtigste Weise an ihren Mitmenschen vergehen. Was bewog Euch, ungeachtet dieser Schrecknisse das Kloster aufzusuchen, Herr Steen?«

»Ich sehe mich verpflichtet, dem Herrn Klosterprobst von Vorfällen zu berichten, die er unmöglich gutheißen kann«, erwiderte Jobst. »Leider weigert er sich, mich zu empfangen.«

»Und nun hofft Ihr, daß ich den guten Buchwaldt umstimme?«

»Geradeheraus gesagt: Ja.«

»Aber warum wendet Ihr Euch an mich statt an eine der anderen Konventualinnen oder die Priörin höchstselbst?«

Ich zögerte die Antwort über Gebühr hinaus. Ich wollte ihr mit meinem Schweigen kundtun, daß ich Bescheid wußte. Doch sie verstand mein Zögern anders.

»Ach, man hat Euch ein Licht aufgesteckt über eine längst vergangene Liebelei«, bemerkte sie mit einem Anflug von Bitterkeit. »Ja nun, Buchwaldt war ein forscher Junker, und ich war es leid, meine besten Jahre am Stickrahmen zu verbringen, was kümmerten uns die Heiratspläne unserer Familien? Doch sein Vater versprach ihm Muckefelde, wenn er mir fortan die kalte Schulter zeige, und Muckefelde ist ja wahrlich ein schönes Gut. Und nun glaubt Ihr, Buchwaldt habe sich noch ein Fünkchen der alten Zuneigung bewahrt und würde Euch auf meine Fürsprache hin empfangen?«

»Ich würde Euch nicht darum bitten, wenn es sich nicht um eine überaus wichtige Angelegenheit handelte«, antwortete Jobst.

In jähem Erschrecken umklammerte sie seinen Arm. »Um Gottes willen!« stieß sie hervor. »Es betrifft doch nicht Euch selbst? Seid Ihr in Schwierigkeiten, Herr Steen? Ist es wahr, daß Ihr Euch leichtsinnigerweise mit der Frau des Pastors eingelassen habt?«

»Es geht nicht um mich«, versetzte er brüsk.

»Habt Ihr etwas mit ihr?« faßte sie nach.

»Verzeiht, ich möchte nicht unhöflich sein. Aber was kümmert es Euch?«

Sie maß Jobst mit einem Blick, der ein unerwartetes Bekenntnis versprach. Ein verschmitztes Lächeln kündete von ihrer Vorfreude auf seine maßlose Verblüffung. Doch im nächsten Augenblick hatte sie sich gefaßt, und ihre Miene zeigte wieder den Ausdruck freundlicher Herablassung. »Ihr habt recht, es geht mich nichts an«, sagte sie. »Etwas anderes möchte ich aber doch gern wissen: Was wollt Ihr tun, wenn die Zeiten besser geworden sind? Ihr werdet Euer Leben doch nicht als Schulmeister in Schönberg verbringen wollen.«

Nachdem sein Lebensweg in den vergangenen Jahren so manche unvorhergesehene Wendung genommen habe, seien ihm Zweifel gekommen, ob es einen Sinn habe, die Zukunft zu planen, erwiderte Jobst. Der Gedanke, das Studium der Theologie fortzusetzen, behage ihm ohnehin nicht – und zwar aus mancherlei Gründen, von denen der wichtigste sei, daß er nicht eine Lehre verkünden wolle, in deren Namen den Menschen so viel Leid geschehe.

»Dann studiert doch etwas anderes«, warf Johanna von Brockdorff ein. »Am Geld dürfte es wohl nicht scheitern? Soviel ich gehört habe, ist Euer Stiefvater, der Herr van der Meulen, ein wohlhabender Mann.«

»Manchmal denke ich darüber nach, ob ich nicht in die Fremde gehen sollte«, sagte er.

»Wo wäre das?«

»Drüben, überm Meer. Dort schlagen sich die Menschen nicht gegenseitig die Köpfe ein, weil der eine evangelisch ist und der andere katholisch.«

»Sie werden andere Gründe finden«, entgegnete die Stiftsdame. Unterdessen waren sie auf Umwegen zur Klosterkirche zurückgekehrt. »Ihr seid sehr schmal geworden«, sagte sie besorgt. »Soll ich Euch etwas schicken, damit Ihr nicht gänzlich vom Fleisch fallt?«

»Wenn Ihr etwas entbehren könnt, sollte es nicht nur mir allein zugute kommen«, erwiderte Jobst.

Ehe er sich's versah, hatte sie seinen Kopf gepackt und ihre Lippen auf seine Wange gedrückt. Dann hastete sie, das Kopftuch hinter sich herschleifend, in die Kirche.

Am späten Abend, als Jobst mit Marquard Schult beim Bier saß, meldete der Diener, Seine Gnaden hätte den Wunsch geäußert zu hören, was der Schönberger Schulmeister ihm mitzuteilen habe. Der Herr Klosterprobst bedürfe jedoch äußerster Schonung, ließ der Diener wissen, bevor er die Tür zum pröbstlichen Kabinett öffnete.

Dem äußeren Anschein nach hatte Otto von Buchwaldt wahrhaftig mit einem Fuß im Grab gestanden. Abgesehen von der Nase, die noch in leuchtendem Rot prangte, beherrschte eine grünlich getönte Leichenblässe sein Gesicht. Die Spitzen seines Schnurrbarts hingen beiderseits des Kinns noch ein Stück tiefer herab als die schlaffen Wangen. Dazu der trübe, um Zuspruch flehende Blick: Es mußte schon ein sehr hartherziger Mensch sein, der bei diesem Anblick kein Mitleid empfand. Jobst hörte sich entschuldigende Worte murmeln.

»Wie konntet Ihr Euch unterstehen, mir zu allem Ungemach noch Eure Mutter auf den Hals zu hetzen!« grollte der Klosterprobst. »Keine versteht es so wie sie, Wunden aufzukratzen, die man längst verheilt glaubte. Aber es beweist, daß Brockdorffsches Blut in Euren Adern fließt: Jede Schwäche des anderen zum eigenen Vorteil nutzen, das könnte deren Wappenspruch sein. Wie seid Ihr eigentlich dahintergekommen? Hat es seinem Herzen Luft gemacht, das alte Mädchen?«

»Nein, Euer Gnaden.«

»Wer hat's Euch dann gesteckt?«

»Ich habe es mir mehr oder weniger aus Andeutungen zusammengereimt«, entgegnete Jobst, wobei ihn zum wiederholten Mal das Gefühl beschlich, daß er zum Lügner nicht geboren sei.

»Nun denn, so laßt Euch der Vollständigkeit halber gesagt sein, daß ich an Eurem Zustandekommen nicht beteiligt war. Aber meinetwegen dürft Ihr mich *Herr Onkel* nennen, was wiederum nicht heißen soll, daß ich die Absicht habe, mit einem Seitensproß der Brockdorffs von gleich zu gleich zu verkehren. Doch nun zu Eurem Anliegen. Tragt es kurz und bündig vor, mir ist sterbenselend.«

Mehrmals während meines Berichts drohte ihn Müdigkeit zu übermannen. Ich merkte bald, daß es mein gleichmäßiger Tonfall war, der ihn einschläferte. Daher legte ich hin und wieder Pausen ein und fuhr dann unversehens mit erhobener Stimme fort, so daß er aufschreckte und mir widerwillig sein Ohr lieh. Es war indes nicht zu übersehen, daß sich seine Laune zunehmend verschlechterte.

»Gütiger Himmel!« stöhnte Otto von Buchwaldt auf, als Jobst geendet hatte. »Ich hätte die Magd wegen Kindesmords hängen lassen, der Pastor hat sie als Hexe verbrannt, macht das einen großen Unterschied? Und daß er sie ins peinliche Verhör genommen hat, nun ja, bei manchem braucht es eben Druck, damit er die Wahrheit sagt.«

»Haltet Ihr denn alles für wahr, was die Magd unter der Folter gestanden hat?« fragte Jobst fassungslos.

»Wahr ist, was das Gericht für wahr erachtet«, versetzte der Probst. »Also, was soll ich Eurer Meinung nach tun?«

»Ihr müßt einschreiten, bevor es zu weiteren Hexenprozessen kommt, Herr Onkel.«

»Indem ich die Verfahren gegen die schon in Gewahrsam befindliche Frau und alle der Hexerei Beschuldigten niederschlage?«

»Ja, Euer Gnaden.«

»Mit welcher Begründung? Daß die Verdächtigungen aus der Luft gegriffen seien? Woher soll ich das wissen, wenn noch keine Untersuchung stattgefunden hat? Bin ich der liebe Gott?«

»Es wäre ja nichts dagegen einzuwenden, den Fall zu untersuchen. Aber nicht mit solchen Mitteln!« ereiferte sich Jobst.

»Das sind die üblichen, verdammt noch mal! Wie kann man denn von einer Hexe ein wahrheitsgemäßes Geständnis erwarten, ohne Gewalt anzuwenden!«

»Erlaubt mir eine persönliche Frage, Herr Onkel: Glaubt Ihr an Hexen?«

»Ihr wollt mich aufs Glatteis führen, eh?« argwöhnte der Klosterprobst. »Hier meine Antwort: Es ist eine altbekannte Tatsache, daß es das eigene Leid lindert, wenn man einen anderen dafür verantwortlich machen kann. Nehmt einmal an, ich sähe die Ursache meiner miserablen Verfassung nicht in gepanschtem Burgunder, sondern bildete mir ein, jemand habe sie mir angehext. Ich mache also die Hexe ausfindig und bringe sie auf den Scheiterhaufen. Meint Ihr nicht, es würde meinen Zustand erheblich bessern, sie brennen zu sehen?«

»Ich fürchte, ich kann Euch nicht folgen«, sagte Jobst.

»Dann will ich Euch ein anderes Beispiel geben: In der Probstei herrscht Hunger, und zwar auf Grund von Ereignissen, die man höherer Gewalt zuschreiben muß. Der Mensch ist aber nun einmal so geartet, daß er für sein Unglück einen Urheber sucht, an dem er Vergeltung üben kann. In unserem Fall haben wir den Schuldigen rasch gefunden: Es ist der Teufel, versteht sich. An ihm kann man sich zwar nicht persönlich rächen, wohl aber an jenen, deren er sich als Handlanger bedient, an Hexen, Zauberern und derlei Geschmeiß. Also ins Feuer damit! Und glaubt mir: Zumindest für die Dauer, die ein menschlicher Körper braucht, um zu Asche zu werden, ist der Hunger vergessen.«

»Mit Verlaub, Herr Onkel, ich nehme Euch nicht ab, daß Ihr so boshaft seid, wie Ihr redet«, erwiderte Jobst.

»Pfiffikus!« griente der Probst. »Ob ich an Hexen glaube? Ich glaube, daß man Hexen braucht! Und weil sie gebraucht werden, gibt es sie, habt Ihr nun verstanden?«

Der Diener kam, um zu melden, daß das Bett für Seine Gnaden bereitet sei. Der Klosterprobst scheuchte ihn mit einer unwirschen Gebärde hinaus. »Drückt Euch sonst noch etwas auf der Seele, Jobst Steen?« fragte er.

»Ja, in mir sträubt sich alles dagegen, noch einmal einer solch abscheulichen Tortur beiwohnen zu müssen. Könnt Ihr nicht darauf hinwirken, daß man sich einen anderen Schreiber sucht, Herr Onkel?«

»Kaum nennt er mich Onkel, schon bittet er um Protektion«, stöhnte Otto von Buchwaldt. »Aber was habe ich damit zu tun? Es ist Sache des Gerichts, den Schreiber auszuwechseln.«

»Pastor Scheele würde meinem Ersuchen nicht stattgeben. Womöglich würde er mich gar mit den Hexen im Bunde wähnen.«

»Nun, wenn Ihr nicht den Mut aufbringt, ihm die Stirn zu bieten, müßt Ihr in den sauren Apfel beißen«, versetzte der Probst. »Oder gibt es noch einen anderen Grund, daß Ihr es mit dem Pastor nicht verderben wollt?« Er neigte sich vertraulich zu Jobst: »Die Priörin behauptet, seine Frau hätte sich an dich herangemacht. Ich hoffe, du hast dich nicht zu einem Abenteuer verlocken lassen?« Jählings verschärfte sich sein Blick: »Was denn? Du hast es ihr besorgt? Schockschwerenot, wie vielen Ehemännern willst du denn noch Hörner aufsetzen! Reicht es dir nicht, daß die Schergen des Rostocker Ratssyndikus alle naslang bei mir anklopfen und deine Auslieferung fordern?«

Der Klosterprobst schien ernstlich besorgt. Vor lauter Erregung hatte sich seine Gesichtshaut sogar ein wenig gerötet. Mit zittriger Hand griff er nach der Klingelschnur. »Bring mir vom Roten!« rief er dem Diener zu.

»Verzeiht, Euer Gnaden, der Arzt hat's strengstens verboten«, gab dieser zu bedenken.

»Na los doch!« brüllte der Probst. »Den Arzt bezahle ich dafür, daß er mir das Trinken verbietet, und dich, daß du mir gehorchst!« Darauf wandte er sich wieder an Jobst: »Die Weiber werden dir noch zum Verhängnis, Jobst Steen. Laß es um Himmels willen nicht dahin kommen, daß der Pastor Verdacht schöpft! Den Pfaffen traue ich jede Gemeinheit zu!«

Der Diener brachte einen Becher Wein, und Otto von Buchwaldt trank ihn in genußvollen Schlucken leer. »Ah, der ist gut«, sagte er, während er sich die Lippen schleckte. »Das köstlichste Naß, das es auf Erden gibt.« Langsam senkten sich seine Lider. »In letzter Zeit denke ich oft ans Sterben«, murmelte er. »Weißt du, wie ich sterben möchte? Einfach nicht mehr atmen. Den Atem anhalten, bis das Herz aufhört zu schlagen. Brächte es den Tod, einen milden Tod, den sanftesten aller Tode, was meinst du?«

Jobst blieb die Antwort schuldig. Ein rasselnder Atemzug zeigte an, daß der Klosterprobst eingeschlafen war.

Sechzehntes Kapitel

Lene Klindt stritt alles ab. Auch nach der Schreckung blieb sie dabei, daß man sie grundlos oder in böser Absicht beschuldigt habe. Es sei daher nicht recht vom Herrn Pastor gewesen, sie vor aller Ohren abzukanzeln. Wenn man ihr etwas nachsagen könne, sei es allenfalls Eitelkeit, wie sie sich in ihrer Vorliebe für schöne Kleider äußere oder in ihrer mitunter etwas überheblichen Art. Vielleicht bilde sie sich auch zuviel darauf ein, daß sie trotz ihrer dreiunddreißig Jahre noch ansehnlich sei – ein Umstand übrigens, der ihr von seiten mißgünstiger Nachbarinnen den Vorwurf eingetragen habe, sie mache sich den Männern gefällig.

»Dann leugnest du wohl auch, daß du die Hexe Geseke Rethwisch gekannt hast«, höhnte Melchior Boldt.

»Gekannt hab ich sie schon«, erwiderte Lene. »Sie war mal bei mir und wollte was gegen das Gliederreißen haben. Ich hab gesagt, sie soll gelbes Dornkraut pflücken und es in Milch aufbrühen, das hilft meistens.«

»Du kennst dich also mit Kräutern aus?« fragte Pastor Scheele.

»Ein wenig«, entgegnete sie. »Was man so braucht, wenn's hier mal weh tut und da mal weh tut.«

»Aber du weißt doch sicher auch ein Kraut, das krank macht oder auf andere Weise Schaden stiftet?«

Sie schien eine Falle zu wittern. »Ich weiß nur, daß es solche Kräuter gibt«, antwortete sie nach kurzem Zögern.

»Ausprobiert hast du es nicht?«

»Nein, niemals!«

Melchior Boldt ließ den Bartscherer Johann Happe herbeiholen. Dieser stand in dem Ruf, sein Gewerbe vornehmlich zu dem Zweck zu betreiben, in allen zwanzig Dörfern der Probstei für

Nachkommen zu sorgen. Was Johann den Frauen so unwiderstehlich machte, lag im verborgenen. Da es ihm an äußeren Vorzügen gänzlich mangelte, vermuteten manche, er sei ein heimlicher Poet und hätte stets ein Verslein bei der Hand, das Weiberherzen schmelzen lasse.

Johann Happe schleppte sich auf Krücken herein, und er tat dies unter solchem Seufzen und Gestöhn, daß es einen Hund jammern konnte. Pastor Scheele bat den Frohn, dem Zeugen Platz auf der Streckbank zu schaffen, doch dieser wollte lieber stehen, damit jeder sähe, wie übel das Weib ihm mitgespielt habe.

»Von wem redest du?« fragte der Pastor.

»Von der da«, antwortete Johann, indem er mit dem Kopf in Lenes Richtung wies. Bei einem Besuch im Haus des Schneiders Klindt habe das Weib ihm einen Tee kredenzt, der ihn bereits nach dem Genuß einer Tasse buchstäblich umgehauen hätte. Seither könne er sich nur noch mit Krücken fortbewegen, was, wie man ohne weiteres verstehen werde, den Wirkungskreis eines ambulanten Bartscherers erheblich einschränke.

Schon während seines Berichts hatte Lene durch mancherlei Unmutsäußerungen kundgetan, daß es sich aus ihrer Sicht ganz anders zugetragen habe. Und kaum, daß Johann zum Ende gekommen war, nahm sie das Wort: In der Tat habe man Tee miteinander getrunken, das sei aber auch das einzige, worin Happes Geschichte mit der Wahrheit übereinstimme. Was ihn umgehauen habe, sei nicht der Tee gewesen, sondern ihr Ellenbogen. Sie habe ihn nämlich damit an der Schläfe getroffen, als er ihr unvermutet an den Busen gegriffen habe. Nach kurzer Ohnmacht habe er sich dann verdrückt, und zwar völlig unbeschadet und auf den eigenen Füßen.

Das Gebrechen, diese allmählich um sich greifende Schwäche, habe ihn ja auch erst an den folgenden Tagen befallen, entgegnete Johann. Und wenn es nicht durch den Tee verursacht worden sei, dann bestimmt durch die gräßlichen Verwünschungen, die Lene ausgestoßen habe.

»Verwünschungen?« fiel der Pastor ihm ins Wort. »Wie lauteten sie? Versuch, dich genau zu erinnern!«

»Sie schrie was davon, daß mir der Teufel in den Leib fahren sollte«, antwortete der Bartscherer. »Und daß mir das Wetter in den Magen schlagen sollte. Und daß mir der Wurm durch und durch fahren möge. Lauter so schreckliche Sachen.«

Lenes stattlicher Busen hob und senkte sich mehrmals, bevor sie die Sprache wiederfand. »Das lügt er!« keifte sie. »Was ich ihm nachgerufen hab, war ganz was anderes. Soll ich's sagen?«

»Heraus damit, wir sind nicht zimperlich«, ermunterte sie der Diakon.

»›Du Pisser, du Kackarsch, du jämmerliches Stück Scheiße!‹ hab ich hinter ihm hergerufen. Und da steh ich zu!«

Der Pastor entließ den Zeugen und forderte Lene Klindt auf, sich zu entkleiden, damit man ihren Körper einer genauen Untersuchung unterziehen könne.

»Das möcht ich nicht, wo mein Kerl mich so zugerichtet hat«, entgegnete sie verlegen.

»Es ist sein gutes Recht, dich für eine Sünde zu strafen«, sagte Johannes Scheele. »Gott gibt das Leben, und nur er darf es nehmen.«

»Aus welchem Grund wolltest du dir die Pulsadern aufschneiden?« fragte der Syndikus.

»Weil ich gehört hab, wie es Geseke ergangen ist«, antwortete sie stockend, »und da wollt ich lieber selber Schluß machen.«

»Die, von der du sprichst, ist der Hexerei überführt und hingerichtet worden. Indem du für dich dasselbe befürchtest, bekennst du dich also schuldig«, folgerte der Doktor beider Rechte.

»Schuldig, wie denn schuldig?« fragte Lene. »Ich hab doch nichts verbrochen!«

Es half nichts, daß sie sich sträubte: Claus Süverkrübbe riß ihr Stück für Stück die Kleider vom Leib. Ihr Rücken war kreuz und quer von bläulichroten Striemen überzogen, der Frohn äußerte stumm sein Mißfallen an solch stümperhafter Arbeit. Unter den

Spuren roher Züchtigung ein Stigma diabolicum auszumachen fiel nicht leicht. Doch Thomas Pale fand eines in ihrem Nacken, ein Muttermal in der Form einer Kröte.

Dem peinlichen Verhör durften jene vier Männer als Zuschauer beiwohnen, die Lene Klindt in Arrest gebracht hatten. Ihre Aufgabe sei es, all jene zu vertreten, denen wegen des beengten Raumes kein Zutritt gewährt werden könne, hatte der Pastor ihnen erläutert. Daß darin auch eine Auszeichnung zu sehen sei, schwang unausgesprochen in seinen Worten mit.

Nach einem abwägenden Blick auf seine Werkzeuge entschloß sich der Frohn, mit der Beinzwinge zu beginnen. Sie war, im Unterschied zur Daumenschraube, mit zwei Schrauben bestückt und wurde knapp unterhalb des Knies angesetzt. Während er sie gleichmäßig fester schraubte, fragte der Pastor die Schneidersfrau, ob sie der Magd Geseke Rethwisch beigebracht habe, wie man das Verwünschen richtig mache. Davon wüßte sie nichts, erwiderte Lene. Doch dann fing die Zwinge an, ihre Wirkung zu tun, und als Scheele die Frage wiederholte, antwortete sie, es könnte wohl gewesen sein.

»Antworte mit Ja oder Nein!« herrschte der Pastor sie an.

»Ja!« brach es aus ihr hervor. Das Verwünschen nütze jedoch gar nichts, wenn man den Worten nicht etwas beigebe, sei es eine Gebärde, sei es ein Ding.

»Hast du verlangt, sie soll einen Besen ins Eulenloch stecken, damit du weißt, daß die Verwünschung ihren Zweck erfüllt hat?«

»Vielleicht, schon möglich. Doch, ja, das hab ich wohl. Ja.«

»Warum einen Besen?«

»So hab ich's gelernt.«

»Von wem?«

»Sie ist tot.«

»Von wem hast du es gelernt?«

»Von Becke Speth, aber die ist ja tot.«

»Hat sie dich auch das Verwünschen gelehrt?«

»Ja.«

»Hast du den Bartscherer Johann Happe verwünscht?«

»Nein. Nur beschimpft hab ich ihn.«

»Meister!« sagte Johannes Scheele.

Claus Süverkrübbe zog die Schrauben an. Zu beiden Seiten der Zwinge spritzte Blut hervor, Lene krümmte sich vor Schmerz. »Verwünscht, ja, ja, ich hab ihn verwünscht«, keuchte sie.

»Und nicht nur mit Worten.«

»Nein.«

»Was hast du noch gemacht?«

»Mit den Fingern hab ich was gemacht.«

»Was? Zeig es uns!«

Lene schob den Daumen zwischen Zeige- und Mittelfinger.

»Hast du ihm auch etwas in den Tee getan?«

»Nein, das lügt er.«

»Weil das Verwünschen allein schon ausreicht, ihn zum Krüppel zu machen?« mutmaßte der Syndikus.

»Ja, wenn man's richtig macht.«

»Aber auch, wenn man es richtig macht, kann es nicht jeder.«

»Nein.«

»Woran mangelt es dann jenem, der es richtig macht und es doch nicht kann?« fragte Doktor Boldt, indem er sich vergeblich um eine arglose Miene bemühte.

»Er hat nicht den Willen«, sagte Lene Klindt.

»Du meinst den *bösen* Willen!« faßte der Pastor nach.

Sie preßte die Lippen zusammen, um zu verhindern, daß ihr ein unbedachtes Wort entschlüpfte. Es war aber auch eine Geste des Trotzes, und der Pastor, schien es, nahm die Herausforderung nicht ungern an. »Bringt sie zum Reden!« befahl er dem Frohn.

Er werde jetzt, sagte Meister Claus, auf die Streckbank deutend, eine Maschine in den Dienst der Wahrheitsfindung stellen, die er zwar nicht selbst ersonnen, wohl aber in mancher Hinsicht vervollkommnet habe. Während er die Schneidersfrau rücklings auf die

Bank legte, ihre gefesselten Hände und Füße an Seile knüpfte und diese über zwei am Kopf- und Fußende befindliche Rollen führte, zwischendurch auch das Tuch über ihren Augen fester band, wies er auf Einzelheiten hin, durch die sich seine Streckbank von den herkömmlichen unterschied. Doch werde man die Nützlichkeit seiner Verbesserungen erst bei der praktischen Anwendung erkennen, zu der er nunmehr, da alles soweit vorbereitet sei, mit Erlaubnis des Hohen Gerichts schreiten werde.

»In Gottes Namen, fangt endlich an!« rief der sichtlich um Beherrschung ringende Syndikus.

Dank eines ausgeklügelten Systems von drehbaren Achsen und ineinandergreifenden Rädern konnte Claus Süverkrübbe das umfangreiche Marterinstrument allein bedienen. Dies führte er nun vor, wobei er den Blick beifallheischend auf Pastor Scheele und Thomas Pale gerichtet hielt, den ungeduldigen Doktor hingegen mit Nichtachtung strafte. Ein schauriges Knirschen ließ ihn innehalten. Die Angeklagte sei jetzt bis zum äußersten gestreckt, erläuterte er den Geistlichen. Noch sei der Schmerz erträglich. Das werde sich jedoch ändern, wenn er von einer weiteren Besonderheit seiner Streckbank Gebrauch mache, derentwegen man sie auch *gespickter Hase* nenne. Indes er einen armlangen Hebel umlegte, trat aus der Bank eine Vielzahl eiserner Nägel hervor. Lene schrie, bis ihre Stimme versagte.

Ob sie nun dem Gericht offen und ehrlich Auskunft geben wolle, fragte Pastor Scheele.

Ja, sie wolle alles zugeben, wenn die Marter nur bald ein Ende habe.

Wer ihr den bösen Willen eingegeben habe, ob es der Teufel oder ein Dämon gewesen sei und wie er geheißen habe.

Ein Dämon sei es gewesen, und *Muschelicker* habe er geheißen.

Wo sie ihm begegnet sei.

Er sei zu ihr ins Bett gekommen, habe sie umarmt und ihr tausend Zärtlichkeiten gegeben, darunter auch jene, von der er seinen Namen habe. Dann habe sie Umgang mit ihm gehabt, wie sie es mit ihrem Mann gehabt habe, nur daß es ihr mit Muschelicker viel mehr Vergnügen bereitet habe.

Wo ihr Mann, der Schneider Klindt, derweil gewesen sei.

Der habe neben ihr gelegen und geschlafen, obwohl es hoch hergegangen sei mit dem Dämon und ihr, denn er habe sie geküßt und am ganzen Körper liebkost, aber auch so hart gestoßen, daß das Bett geschaukelt habe wie ein Boot in stürmischer See. Und wenn er seinen Samen in sie gespritzt habe, sei er trotzdem fortgefahren, sie zu küssen und zu streicheln und zu stoßen und habe seinen Samen sechs- oder siebenmal verspritzt, bevor sie voneinander gelassen hätten.

Und ihr Mann habe von alledem nichts bemerkt? Ob sie ihn behext oder ihm etwas eingeflößt habe, das ihn so fest habe schlafen lassen.

Nein, behext habe sie ihn nicht. Nur ein paar Tropfen vom Saft des Fingerhuts habe sie ihm in den Abendtrunk getan, das tue sie öfter, damit er während der Nacht nicht zudringlich werde. Jedenfalls habe er geschlafen wie ein Stein.

Wie oft der Dämon ihr beigelegen habe.

Dreimal die Woche, am Sonntag, Dienstag und Freitag.

Ob denn Muschelicker ein Glied besessen habe wie ein Mensch.

Oh ja, es sei schön dick gewesen und habe gestanden wie eine Rhabarberstange, und besonders tief habe sie es in sich gespürt, wenn sie auf ihm geritten sei.

Ob es nicht kälter gewesen sei als das ihres Mannes.

Doch, es habe sich kälter angefühlt, aber das könne auch daran gelegen haben, daß sie selbst von der Lust so erhitzt gewesen sei.

Ob er auch durch die unziemliche Körperöffnung in sie gedrungen sei, jene also, die nicht für die Empfängnis bestimmt sei.

Auch dies sei vorgekommen, und es habe der Wollust nicht im mindesten geschadet.

Was er für seine Liebesdienste verlangt habe. Ob sie ihm etwas versprechen oder einen Schwur habe leisten müssen.

Lene schwieg und biß sich abermals auf die Lippen. Es schien, als ob ihr plötzlich bewußt wurde, wie sehr sie sich durch ihre Aussagen schon belastet hatte.

»Hast du ihm etwas geschworen?« bohrte der Pastor.

Sie wandte den Kopf zur anderen Seite. Was immer sie dazu bewog, es wirkte wie eine stumme Verweigerung. Scheeles kalter Blick heftete sich auf den Frohn, und dieser setzte das Räderwerk seiner Streckbank in Bewegung. Der schon zum Zerreißen gestraffte Körper schien den an ihm zerrenden Kräften zu widerstehen, man hörte die Seile ächzen, doch seiner Sache sicher, stemmte Meister Claus sich mit seinem ganzen Gewicht gegen die Kurbel, und während ein markerschütternder Schmerzensschrei den Raum erfüllte, ging ein Ruck durch Lenes Körper, die Stränge erschlafften, und der Boden unter der Bank rötete sich mit ihrem Blut.

Claus Süverkrübbe gab zu verstehen, daß man der Angeklagten etwas Zeit lassen möge, wieder zu sich zu kommen, und Pastor Scheele schlug den Beisitzern vor, sich derweil an der frischen Luft zu ergehen. Als sie ins Freie traten, sahen sie sich einer erwartungsvoll schweigenden Menge gegenüber. Manch anderer hätte sich zu einer Erklärung über den bisherigen Verlauf des Verfahrens oder einer lehrhaften Ansprache verlocken lassen, nicht so Johannes Scheele. Mit einer Miene, deren bedeutungsschwerer Ernst gerade noch ein Quentchen Verbindlichkeit duldete, schritt er durch die Gasse, die sich vor ihm öffnete. Niemand wagte, ihn anzusprechen. Dafür wurden die vier Zuschauer des Prozesses um so heftiger mit Fragen bestürmt. Da keiner vor dem anderen zurücktreten wollte, überboten sie einander an Lautstärke und ausmalender Schilderung.

Es wundere ihn doch sehr, sagte Melchior Boldt auf dem Weg zum Pastorenbrook, daß Luzifer nicht nur ein offenkundiges Vergnügen an der körperlichen Vereinigung mit Weibern finde, sondern auch entsprechend ausgestattet sei. Dem Herkommen nach sei er doch ein Engel und als solcher geschlechtslos.

Auf die von beachtlichem Scharfsinn zeugende Frage des Herrn Syndikus könne er zweierlei entgegnen, sagte der Pastor: Zum einen neigten namhafte Theologen zu der Ansicht, daß man zwischen Luzifer und seiner Brut unterscheiden müsse; ein Dämon könne durchaus Geschlechtsteile besitzen. Zum anderen sei nicht erforderlich, daß der Dämon selber Lust empfinde. Entscheidend sei vielmehr, daß er den Weibern Lust mache und sie solcherart seinem Willen unterwerfe. Denn das Weib sei von Natur aus triebhaft und daher durch nichts so gefügig zu machen wie durch die Befriedigung seines geschlechtlichen Verlangens.

»Wie wahr, wie wahr«, sagte mit einem Seitenblick auf Jobst der hinter ihnen gehende Diakon.

Mittels kalten Wassers und eines Riechsalzes hatte die Schneidersfrau unterdessen das Bewußtsein wiedererlangt. Lenes Augen waren vor Schmerz geweitet, etwas Starres lag in ihrem Blick. »Werd ich wieder gehen können?« hörte man sie flüstern. »Es fühlt sich an, als hätt ich keine Beine mehr.«

»Beantworte die Fragen des Gerichts der Wahrheit gemäß und ohne Umschweife, dann hast du es bald überstanden«, sagte Doktor Boldt.

Ob sie ihrem Abgott etwas geschworen habe und wie der Schwur wörtlich gelautet habe, nahm der Pastor das Verhör wieder auf.

Ja, sie habe sich ihm durch einen Schwur verbunden, der so gelautet habe: ›Ich habe mich dir ergeben und ergebe mich dir mit Leib und Seele, ich habe verleugnet und verleugne alles, was mit Gott zusammenhängt, die Taufe und den Glauben und alle himmlischen Dinge. Dich will ich lieben.‹ Darauf habe sie zur Bekräftigung seinen Hintern geküßt.

Wie ihr Abgott ausgesehen habe.

Wie ein Mann, wie ein schöner Jüngling habe er ausgesehen.

Ob er keine absonderlichen Merkmale gehabt habe.

Es sei ja schummrig gewesen in der Schlafkammer, aber zuweilen sei es ihr so vorgekommen, als ob sein linker Fuß ein Klumpfuß gewesen sei.

Einem Bocksfuß ähnlich?

Ja, so. Und auf seiner Stirn habe er einen kleinen Höcker gehabt, als ob dort ein Horn wachsen wolle.

Ob er auch in anderer Gestalt zu ihr gekommen sei.

Nein. Oder doch: Einmal sei er in Gestalt eines schwarzen Hündchens zu ihr ins Bett geschlüpft und habe sich zwischen ihre Beine gekuschelt.

Ob sie auch mit ihm getanzt habe und wo das gewesen sei.

Ja, mehrmals habe er sie nachts zum Tanz ausgeführt, und zwar an verschiedene Orte, mal auf den Bungsberg, mal auf einen hohen Berg, der sehr weit weg gelegen habe.

Ob es der Brocken im Harzgebirge gewesen sei.

Schon möglich. Ja, jetzt erinnere sie sich: Es sei der Brocken gewesen.

Wie sie dorthin gelangt sei.

Auf einem Besen sei sie geritten.

»Kann man das denn ohne weiteres?« wollte der Doktor wissen.

Nein, man müsse sich zuvor von Kopf bis Fuß mit einer Flugsalbe einreiben, und es sei nicht einfach, die Zutaten zu beschaffen.

Woraus die Flugsalbe bestehe und von wem sie das Rezept habe.

Das Rezept habe sie von Becke Speth, und dieses laute: Man nehme Mandragora, Tollkirsche, Bilsenkraut, Bittersüß und Stechapfel und vermenge es mit Eulenfett, Katzenfett, Kinderfett und Fledermausblut.

Ob sie auch auf der Kolberger Heide zum Tanzen gewesen sei.

Ja, mehr als ein Mal sei sie dort gewesen.

Welche anderen Weiber sie dort getroffen habe.

Keines. Sie habe dort allein mit Muschelicker getanzt.

»Wir wissen, daß dort auch andere Hexen aus Schönberg und der Probstei waren«, sagte der Pastor. »Soll Meister Claus das Seinige tun, damit du uns ihre Namen nennst?«

»Nein, nein, um Gottes willen, bloß das nicht!«

Es genüge, wenn sie mit Ja oder Nein antworte. Ob Trine Heuer aus Fahren dort gewesen sei?

Ja.

Grete Spieß?

Ja.

Gesche Lamp?

Ja.

Dette Schlapkohl von der Krokauer Mühle?

Ja.

Abelke, Haunerlands junge Frau?

Ja.

Ob ihr selbst noch welche einfielen, die dort am Tanzvergnügen teilgenommen hätten.

Ja, an zwei erinnere sie sich genau, nämlich Trinchen Stahmer, die ein Haus weiter den Rauhen Berg hinauf wohne, und Mette Klövkorn, die Frau des Schusters von gegenüber.

Ob es lauter Weiber gewesen seien und kein Mann darunter.

Nein, ein Mann sei ihr dort nicht begegnet, wenn man damit nicht die Teufel meine.

Dem Gericht sei aber bekannt, daß sich auch Männer zum Nachttanz eingefunden hätten. Sie möge sich ihre Namen ins Gedächtnis rufen.

Lenes Augen irrten im Raum umher. Ein paarmal öffnete sie die Lippen und schloß sie wieder, als könne sie sich nicht überwinden auszusprechen, was ihr auf der Zunge lag.

»Darf ich der Angeklagten eine Frage stellen?« wandte sich Thomas Pale an den Pastor.

»Es steht Euch frei zu fragen, was Ihr wollt, sofern es der Sache dient«, gab Johannes Scheele brummig zurück.

»Willst du den Namen nicht preisgeben, weil es ein naher Verwandter ist?« fragte der Diakon. »Sollte es sich womöglich um Hinrich Wiese handeln, den Bruder deiner Mutter?«

In Pastor Scheeles Mienenspiel ging eine merkliche Veränderung vor: Anstelle des Unmuts über die Wortmeldung des Diakons ergriff der Ausdruck widerwilligen Respekts von seinen Zügen Besitz. »Der Diakon hat dir eine Frage gestellt, wir warten auf Antwort«, sagte er.

»Onkel Hinrich war nicht dabei«, antwortete Lene Klindt.

»Ich glaube ihr nicht«, sagte Thomas Pale.

Ob sie die Aussage Hinrich Wiese betreffend noch einmal überdenken wolle.

Nein, es sei so, wie sie gesagt habe: Er sei nicht dort gewesen.

»Es liegt nun bei Euch, die Wahrheit ans Licht zu bringen, Meister«, wandte sich Pastor Scheele an den Frohn.

Er könne die Angeklagte noch weiter strecken, doch würde es sie unweigerlich in Stücke reißen, gab Claus Süverkrübbe zu bedenken. Statt dessen wolle er sie einer Prozedur unterziehen, die erfahrungsgemäß jedem die Zunge löse, ohne ihn auffällig zu verstümmeln. Mit Hilfe der Klosterknechte schleppte er einen gußeisernen Topf herein, in dem puffend und blubbernd eine schwarze Masse brodelte. Umsichtig verband er Lene wieder die Augen und zwängte ihr eine eiserne Kugel in den Mund. Dank eines ausgeklügelten Mechanismus könne man den Umfang der Kugel, auch *Mundbirne* genannt, in einem Maße vergrößern, daß die Delinquentin am Schreien gehindert werde, belehrte er die Richter. Darauf schob er Lene das Kleid bis zu den Brüsten hoch und beträufelte ihren nackten Leib mit dem siedenden Pech.

Mir war zumute wie in manchen Träumen, wenn sich Entsetzen in einem Schrei Luft machen will, der Schrei jedoch im Halse steckenbleibt. Gleichwohl müssen mir Laute von der Art entschlüpft sein, mit denen sich das Erbrechen anzukündigen pflegt. Ich sah mich als Ziel befremdeter Blicke, und der Pastor empfahl mir ungehalten, mich draußen zu übergeben, wenn es unumgänglich sei. Ich stürzte hinaus und rang vor aller Augen nach Atem. Du gehst von selbst nicht wieder hinein, schwor ich mir. Du wartest, bis man dich dazu auffordert. Aber es kam keiner, mich zu holen.

Als Jobst in die Schulstube zurückkehrte, empfing Scheele ihn mit den Worten, er möge, sobald er sich dazu in der Lage sehe, im Protokoll vermerken, daß Hinrich Wiese laut Aussage der Lene Klindt am Hexensabbat auf der Kolberger Heide teilgenommen habe. Überdies stamme das Rezept für die Flugsalbe von ihm und nicht, wie zuvor fälschlich behauptet, von Becke Speth.

Die Schneidersfrau lag neben der Streckbank auf dem Fußboden. Aus ihren Mundwinkeln sickerte Blut in dünnen Rinnsalen zu den Ohren hinab, ihre Pupillen waren so weit nach oben gedreht, daß nur noch das Weiß der Augäpfel zu sehen war.

Anderntags wurde Lene Klindt auf dem Vossbarg verbrannt. Eine vielhundertköpfige Menge hatte sich eingefunden, darunter Leute, die man nicht einmal vom Sehen kannte. Ein Gauklerpärchen hatte die Wartezeit mit seinen Späßen zu verkürzen gesucht, doch hatte es weder Lachen noch Beifall geerntet. Eine gedrückte Stimmung hatte die Menschen erfaßt; man munkelte, beim peinlichen Verhör seien Namen genannt worden, und es fiel auf, daß von denen, die im Verdacht der Teufelsbuhlschaft standen, keine unter den Zuschauern war.

Grete Spieß, ging das Gerücht, sei mit ihrem Bruder Marten auf und davon. Die selbsternannten Büttel des geistlichen Gerichts, Jochim Arp, Sivert Plambeck, Hinrich Lamp und Eggert Mundt, fanden ihre Kate verlassen vor und machten sich sogleich an die Verfolgung. Auf halbem Wege zwischen Fiefbergen und Passade griffen sie die Geschwister auf. Marten wehrte sich verzweifelt, er schlug Sivert Plambeck zu Boden und biß Jochim Arp in den Arm, doch dieser schleuderte ihn mit solcher Wucht gegen einen Baum, daß der Schädel zerbarst. Seine nicht minder streitbare Schwester steckten sie in einen Sack, walkten sie mit Knüppeln durch, bis sie das Zappeln ließ, und brachten sie ins Schönberger Pastorat, wo Johannes Scheele abermals Worte des Lobes für die Häscher fand.

Gretes trotz aller Entbehrungen noch immer wohlgeformter Leib erwies sich als eine wahre Fundgrube an Teufelsmalen. Thomas Pale erbot sich, einige der ausdrucksvollsten abzuzeichnen, damit sie der Nachwelt erhalten blieben. Pastor Scheele, sichtlich angetan vom Eifer des Diakons, stimmte zu und hieß Jobst, die Skizzen dem Protokoll beizufügen.

Hatte noch während der Schulzeit eine kindliche Einfalt Gretes Wesensart geprägt, so war ihr mit den Jahren der Reife eine gewisse Bauernschläue zugewachsen. Dies zeigte sich daran, daß sie bereits zu Beginn der gütlichen Aussage ein Geständnis abzulegen versprach – in der stillen Hoffnung, dadurch von der Folter verschont zu bleiben. So gestand sie den Umgang mit einem Dämon namens *Splittohr* und, auf weiteres Befragen, daß Splittohr sie geschwängert habe, worauf sie mit schleimigem Gewürm niedergekommen sei. Indes wollte sie sich dem Dämon nicht durch einen Schwur verbunden oder ihm auch nur etwas gelobt haben. Allein der Lust halber habe sie mit ihm Umgang gehabt, denn er sei ein emsiger Ficker gewesen, sagte sie in Ermanglung eines schicklicheren Wortes. Nebenher habe er ihr auch etwas beigebracht, zum Beispiel, wie man einen Sturm aus einem Topf Wasser entfesseln oder mit einem Haarbüschel ein Gewitter machen könne. Aber geschadet habe sie mit ihrem Wissen niemandem. Er habe solches auch nicht von ihr verlangt, denn bedenke sie es wohl, sei Splittohr ein gutmütiger Dämon gewesen.

»Weißt du, wo er jetzt ist?« fragte der Pastor noch mühsam beherrscht.

»Nein«, antwortete Grete Spieß.

»Er sitzt in dir und gibt dir diese heuchlerischen Worte ein!« polterte Johannes Scheele los. »Er will uns über seine wahren Absichten täuschen, die so böse sind wie die aller Dämonen, und du erdreistest dich noch, ihm deine Zunge zu leihen für seine Lügen!«

Wie im Unterricht, wenn Jobst ihr eine Frage gestellt hatte, begann Grete vor Schreck zu stottern, und als sich daraus keine verständlichen Wörter zusammenfügen wollten, brachte sie ein sonderbares Grunzen, Knurren und Blöken hervor.

»Das ist er!« triumphierte der Pastor. »Da spricht der Inkubus selbst!«

Nachdem der Frohn ihr die Beinzwinge angelegt hatte, gestand Grete, daß sie zu Zeiten, als es noch Vieh im Dorf gab, verschiedentlich an Kühen und Schweinen Rache genommen habe für Kränkungen, die ihr von den Besitzern zugefügt worden seien. Mitschuldig sei sie ferner an dem verheerenden Sturm, der Tage später das Hochwasser gebracht habe. Die anderen Schuldigen behauptete sie nicht zu kennen, bis sie die Stacheln des *gespickten Hasen* zu spüren bekam. Da schrie sie die Namen derer hinaus, die dem Gericht schon in den vorhergehenden Verhören als Hexen genannt worden waren. Man habe sich hier und da getroffen, jede sei mit ihrem Buhlen gekommen, alle hätten sich nackt ausgezogen, und jeder habe es mit jeder getrieben, es sei ein einziges Gerammel und Gestöhn gewesen. Ja, auch Männer aus dem Dorf hätten daran teilgenommen, ein junger und ein alter.

Jobst überlief es eiskalt, als Pastor Scheele nach ihren Namen fragte, und ein Seufzer der Erleichterung entrang sich ihm, als Grete sagte, der junge sei Hans gewesen, der Sohn des Bauern Jochen Sindt, und der alte befände sich hier im Raum.

»Zeig ihn uns!« befahl der Pastor.

Meister Claus nahm ihr die Augenbinde ab, und nachdem sie eine Zeitlang ins Licht geblinzelt hatte, deutete sie auf Jochim Arp. Dieser erhob sich zögernd, kalkweiß und erschrocken bis ins Mark. »Sie lügt, die Schlampe, die Teufelshure!« stammelte er.

Für einen Augenblick schien es, als weide der Pastor sich an seiner Angst. Doch dann streckte er Jochim Arp besänftigend die Innenfläche seiner Hand entgegen und sagte: »Es ist offenkundig, was sie mit dieser Beschuldigung bezweckt. Sie will den Tod ihres Bruders rächen und denkt, das Gericht ließe sich täuschen. Zugleich aber sollst du den Kopf hinhalten für einen, der bei Luzifer in besonderer Gunst steht.«

»Hinrich Wiese!« warf Thomas Pale beflissen ein.

»Ich hätte mich nicht gescheut, den Namen selbst auszusprechen, Herr Diakon«, rügte der Pastor mit ungewohnter Milde.

An der *Schaukel* hängend, unter fürchterlichen Schlägen gegen das straffgespannte Seil gestand Grete, daß Hinrich Wiese dabeigewesen sei, wenn die Hexen sich mit ihren Dämonen unzüchtigen Vergnügungen hingegeben hätten. Mehr noch, er sei eine Art Tanzmeister gewesen, indem er bei aller Ausgelassenheit die Zügel in der Hand behalten habe. Der Diakon schlug zur genaueren Bezeichnung für Wieses Rolle beim Hexensabbat das Wort *Zeremonienmeister* vor, und Grete bejahte dies ebenso wie das vom Syndikus im Protokoll erwünschte *Spiritus rector.*

»Warum denn nicht, so treffend wie allgemein verständlich, *Hexenmeister?*« fragte Pastor Scheele.

Als ich das Wort niederschrieb, wußte ich, daß damit das Todesurteil über Hinrich Wiese gesprochen war. Was für ein unbändiger Haß spricht aus Scheeles beharrlichem Bemühen, den alten Widersacher mit erpreßten Geständnissen ums Leben zu bringen! Zuweilen drängt sich mir der aberwitzige Gedanke auf, die Frauen müßten nur deshalb so schreckliche Qualen erleiden, damit Scheele auf Grund ihrer Aussagen Wiese den Prozeß machen kann.

Nach der Verlesung des Protokolls bat Grete, sich in einzelnen Punkten berichtigen zu dürfen. So etwas war bisher noch nicht vorgekommen, und die beiden Theologen wollten denn auch ihre Zustimmung verweigern. Doch der Doktor beider Rechte wußte sie zu überzeugen, daß eine *Contradictio* allenfalls zu einer *Repetitio torturae* führe, am Ausgang des Verfahrens hingegen nicht das mindeste ändern könne.

Grete widerrief, einmal in Schwung gekommen, ihre sämtlichen Aussagen. *Splittohr* habe in ihrer Kindheit ein Schwein mit einem aufgeschlitzten Ohr geheißen. Was die Dämonen mit den Weibern anstellten, wisse sie nur vom Hörensagen. Wie man einen Sturm entfessle oder ein Gewitter mache, habe sie in einem alten Zauberbuch gelesen, desgleichen, wie man Mensch und Tier Schaden zufügen könne. Vom Hexensabbat sei so viel wahr, daß sie vor Jahren einmal nackt mit gleichaltrigen Mädchen auf einer Wiese getanzt habe, aber am hellen Tag und ohne Teufelsbuhlen und

Männer – bis auf einen, der unfreiwillig an der Lustbarkeit teilgenommen habe. Und was schließlich Hinrich Wiese betreffe, so habe er seinen Schülern immer wieder eingebimst, daß sie sich vor Hexen und Dämonen nicht zu fürchten brauchten, weil es keine gebe.

Bei der abermaligen Streckung gestand Grete, daß sie durch ihren Abgott zum Widerruf veranlaßt worden sei. Dieser, sein wahrer Name sei Kaiphas, habe ihr alles eingeflüstert, damit er nicht aus ihr entweichen müsse, wenn sie den Flammen übergeben würde. Aber nun wolle sie alles bekennen, und der liebe Gott möge sich ihrer Seele erbarmen.

»Das ist ihr Glück«, meinte Claus Süverkrübbe, »denn noch eine Drehung mehr, und es würde sie zerreißen.« Doch der Pastor entgegnete mit schneidender Stimme: »Es liegt bei uns, Euch Einhalt zu gebieten, Frohn!«

Wenig später geschah, was Meister Claus vorausgesagt hatte, und ein Schwall von Blut platschte gegen die Wand. Claus Süverkrübbe löste ihre Fesseln, mißmutig hob er den leblosen Körper von der Streckbank, seine Miene zeugte von tiefem Groll. Er würde diesen zerfetzten Leib nicht zum Scheiterhaufen bringen, solch handwerklicher Pfusch vertrug sich nicht mit seiner Ehre. »Sie ist tot«, grummelte er. »Am besten, sie wird irgendwo verscharrt und Schwamm drüber.«

Das Gericht zog sich zur Beratung ins Pastorat zurück. Dort kam man überein, dem Vorschlag des Frohns entsprechend zu verfahren.

Die Tür von Wieses Kate stand offen, so daß Jobst, noch bevor er die Diele betrat, lautes Schimpfen vernahm. Frau Wiese schalt ihren Mann wegen seines Eigensinns, seiner jeder Vernunft spottenden Vertrauensseligkeit. Auch als sie Jobst schon bemerkt hatte, fuhr sie fort, Hinrich Wiese Vorhaltungen zu machen. Anscheinend hatte er ihre Bitte abgeschlagen, sie und Hiob nach Preetz zu begleiten.

»Der junge Herr wird euch hinbringen, das hat er mir versprochen«, entgegnete Wiese.

»Was sagt Ihr dazu?« wandte sich die Frau an Jobst. »Er glaubt, an ihn würde sich der Pastor nicht heranwagen, weil das ganze Dorf hinter ihm steht. Er will dem Pastor Widerpart bieten, das glaubt er all denen schuldig zu sein, die bei ihm die Schulbank gedrückt haben!«

»Herr Steen versteht mich«, sagte Hinrich Wiese. »Er würde an meiner Stelle genauso handeln, hab ich recht?« *Zuerst dachte ich, er wolle mich hänseln. Doch aus seinen Zügen las ich, daß er es ernst meinte. Es war wohl die Scham über mein duckmäuserisches Verhalten während der peinlichen Befragungen, die mir seine Worte im ersten Augenblick als Spott erscheinen ließ.*

»Ihr ahnt nicht, was sich über Eurem Kopf zusammenbraut«, sagte Jobst. »Nicht nur, daß man Euch bei den Zusammenkünften der Hexen gesehen haben will, man hält Euch für den Hexenmeister!«

Auf Wieses blutleere Lippen stahl sich ein Lächeln: »Der Drang nach Höherem steckte schon immer in mir, sonst wäre ich Knecht auf dem Hof meines Bruders geblieben.«

»Da hört Ihr's! Er muß erst die Schlinge um den Hals haben, um zu begreifen, wie schlimm es um ihn steht!« zeterte Wieses Frau und stürmte mit klappernden Pantinen aus der Döns.

»Ich habe sie gebeten, sich darauf vorzubereiten, daß sie das Dorf von einer Stunde zur nächsten verlassen muß«, sagte der alte Schulmeister. »Am besten, Ihr geht querfeldein, auf der Landstraße ist es, wie Ihr selbst erzählt habt, zu gefährlich in dieser Zeit.« Er kramte in der Lade unter dem Webstuhl und holte einen kleinen Beutel hervor. »Da ist etwas Geld, damit Ihr für ein Nachtlager zahlen könnt, wenn es nötig sein sollte.«

»Ihr kennt die Schleichpfade weit besser als ich«, versetzte Jobst. »Warum bringt Ihr Eure Frau und Hiob nicht selbst nach Preetz und bleibt dann dort? Noch seid Ihr ein freier Mann!«

»Ich hab versucht, mir einzureden, die Menschen hier hätten es nicht besser verdient, als daß ich sie ihrem Schicksal überließe«, antwortete Hinrich Wiese. »Aber ich kann's nicht. Ich kann's nicht, junger Herr. Ich muß mich ihm stellen.«

»Habt Ihr jemals an einem peinlichen Verhör teilgenommen?«

»Nein, das ist mir zum Glück erspart geblieben.«

»Dann laßt Euch von mir sagen, daß Ihr das Schlimmste hinter Euch habt, wenn man Euch auf den Scheiterhaufen bringt!« ereiferte sich Jobst. »Weshalb wollt Ihr Euch diesem Martyrium aussetzen, wo Ihr noch heute abend in Preetz sein könntet, in der Obhut des Klosterprobsten? Herr von Buchwaldt würde Euch nicht die Tür vor der Nase zuschlagen, glaubt es mir!«

»Ich war mein Leben lang bemüht, ein bißchen Vernunft in die Köpfe zu pflanzen«, sagte Hinrich Wiese. »Viel ist davon nicht hängengeblieben, das weiß ich wohl. Aber es wäre gleichbedeutend mit dem Eingeständnis, daß alle Mühe umsonst war, wenn ich mich jetzt klammheimlich davonmachen würde.« Er ließ sich auf die Bank am Webstuhl niedersinken, ein müder, alter Mann. »Ich habe nicht das Zeug zum Helden«, sagte er. »Ich möchte nur mit dem Gefühl von dieser Welt gehen, daß ich zu etwas nütze war.« Abermals griff er in die Lade und zog das Wörterbuch heraus: »Mir wäre es lieb, wenn Ihr es mitnehmt, junger Herr. Bei Euch ist es besser aufgehoben.« Als er Jobst zögern sah, drückte er ihm das Buch ungestüm in die Hand und wandte sich ab.

Siebzehntes Kapitel

Trine Heuers Abgott hieß *Wildfeger.* Er besuchte sie in Gestalt eines jungen Knechts vom Nachbarhof, jeweils um Mitternacht. Sein Ding sah aus wie das spitze Glied eines Ebers, und was von ihm kam, war kalt. Aber er vermochte sie ausdauernd und kraftvoll zu beglücken. Wildfeger lehrte sie, einen Trank aus Essig und Bocksblut zu bereiten, der sie am hellichten Tag träumen machte. Einmal träumte ihr von einem großen Festmahl, wo es in Hülle und Fülle zu essen gab. Doch als sie die Fleischschüsseln genauer betrachtete, sah sie darin Arme und Beine von kleinen Kindern. Sie versprach, ihrem Abgott zu dienen und gehorsam zu sein. Beim Abendmahl spie sie in den Weinkelch und behielt die Oblate unter der Zunge, bis sie sie vor der Kirche ausspucken konnte. Zu den Treffen mit anderen Hexen ritt sie auf einem gesattelten Ziegenbock. Einen oder zwei Tage vor dem Maitag traf man sich auf dem Brocken im Harzgebirge, zu anderen Zeiten auf dem Bungsberg oder der Kolberger Heide. Da tanzten sie, aßen Kalbsbraten, Wurst und Weißbrot und tranken Bier. Es waren auch Bekannte unter den Hexen, Anneke Stoltenberg aus Krummbek und Hanna Sinjen vom Damm und Dele Rethwisch, die mit dem steifen Bein. Hinrich Wiese, bei dem sie ein Jahr zur Schule gegangen war, nahm auch daran teil. Er trug ein langes schwarzes Kleid wie ein Pastor, nur daß es hinten aufgeschlitzt war und man seinen nackten Hintern sehen konnte. Sie fügte Menschen Schaden zu, die nicht gut von ihr gesprochen oder sie geringschätzig behandelt hatten, indem sie sie krank machte, teils mit Gift, teils mit bösen Zaubersprüchen. Dem braunen Hengst des Barsbeker Bauernvogts steckte sie eine giftige Biene unter den Schwanz, damit er sich totlaufen sollte. Sie wollte aus freien Stücken noch mehr gestehen, wenn sie nur nicht noch mehr aushalten müsse.

Das Gericht beschloß, Trine Heuer wegen ihres reumütigen Geständnisses eine Gnade zu erweisen: Meister Claus sollte sie vor dem Verbrennen erwürgen. Dies geschah, ohne daß die Schaulustigen etwas merkten. Allenfalls erregte es Verwunderung, daß Trine nicht schrie, als die Flammen nach ihr griffen.

Mehr Arbeit hatte der Frohn mit Mette Klövkorn, der Frau des Schusters vom Rauhen Berg. Er mußte ihr beide Daumen zerquetschen, die Schienbeine brechen und ihr Arme und Beine aus den Gelenken reißen, bevor sie zu gestehen begann. Sie hatte von ihrem Dämon *Peter* zwei Kinder bekommen und sie gleich nach der Geburt umgebracht. Von ihrem Blut tranken beide, sie und Peter, und der Dämon sagte, sie seien einander verbunden bis zum Tod. Weil er sie eine dänische Hure geschimpft hatte, behexte sie dem Tagelöhner Henneke Busch das Eheleben. Weil sie immer ein schiefes Maul zog, wenn sie Mette sah, legte sie der Witwe Marie Kruse einen Beutel mit Rottenkraut, Duwenkraut und Schattenmixkraut ins Bett, worauf diese den bösen Husten bekam und daran starb. Vom alten Schulmeister lernte sie ein teuflisch Gebet, das mit den Worten anfing: ›Vater unser, der du bist der Fürst der Hölle.‹

Als Mette Klövkorn zum Vossbarg gebracht wurde, ging ein heftiger Regen nieder. Trotz Claus Süverkrübbes sachkundiger Schichtung wollte der Scheiterhaufen nicht brennen. Die Leute begannen zu murren, denn sie hatten schon seit Stunden gewartet. Der Frohn erbat vom Gericht die Erlaubnis, die Hexe aufzuknüpfen. Die Frage des Syndikus, wo denn der dafür erforderliche Galgen sei, beantwortete er mit dem ungewöhnlich knappen Hinweis, es genüge ein Baum. Nachdem das Gericht dem Gesuch stattgegeben hatte, trug Claus Süverkrübbe die Schustersfrau zu einer vom Sturm gebeugten Esche und erhängte sie an einem ihrer Äste. Kaum daß sie sich ausgestrampelt hatte, hörte es auf zu regnen. Da hätte, meinten die Leute, der Teufel seine Hand im Spiel gehabt.

An den folgenden Tagen, bei einem Wind, der aus Nord mit

gleichmäßiger Stärke ins Feuer blies, wurden Dette Schlapkohl von der Krokauer Mühle, Trinchen Stahmer und die Waschfrau Anna Nagel verbrannt. Letztere war während der Verhöre nicht namentlich erwähnt worden, doch Eggert Mundt, einer der Büttel, hatte sie dabei ertappt, wie sie mit einer Vogelkralle ein umgekehrtes Kreuz in seine Klöntür ritzte. Beim Verhör gestand Anna, daß sie es auf Geheiß ihres Abgottes *Six* getan hatte, damit Eggert der Schlag treffe.

Bei den peinlichen Befragungen wurde jetzt auch immer häufiger Abelke genannt, Haunerlands Frau. Sie sei eine von denen, die es beim Hexensabbat am tollsten trieben, hieß es in den Aussagen, und ihr Kind, das den fremdartigen Namen *Persinelle* trage, stamme nicht von ihrem Ehemann, sondern von Satan selbst. Als die Büttel Hans Haunerland aufforderten, ihnen seine Frau auszuliefern, damit das geistliche Gericht sie befragen könne, jagte der Bauer sie mit dem blanken Säbel vom Hof und ließ, als sie ihm nicht schnell genug liefen, Musketen abfeuern. Sivert Plambeck erzählte, auf Fernwisch stehe alles zum besten, die Knechte und Mägde seien wohlgenährt, und in den Ställen habe man Pferde gesehen und Kühe von einer hierzulande unbekannten Art. Daß jene dort genug zu essen hatten, erregte die Mißgunst der Hungernden. Man sah es nunmehr als erwiesen an, daß Hans Haunerland ein Zauberer von Luzifers Gnaden war. Und da der Teufel bekanntlich nichts für umsonst tut, hatte Haunerland ihm seine junge Frau überlassen.

Pastor Scheele, gefragt, wie man einem Zauberer beikommen könne, verwies auf die das Böse lähmende Kraft des Kreuzes. Im Handumdrehen war aus zwei Balken ein übermannshohes Kreuz gezimmert. Sechs Männer trugen es über den Damm nach Fernwisch hinaus, wo sie es vor dem Hoftor in den Boden rammten. Dieses Mal schickte Haunerland Matti Koskela, und der Finne riet den Männern, das Kreuz woanders aufzustellen, da es seinem Herrn im Wege sei, wenn er, wie üblich, im Galopp aus dem Tor reite. Im Verlauf eines immer hitziger werdenden Wortwechsels schoß der Majordomus einem der Kreuzträger eine Pistolenkugel ins Bein, worauf die anderen mit der Drohung das Weite suchten, sie würden aus dem Dorf Verstärkung holen. Dazu kam es jedoch fürs erste nicht, weil inzwischen etwas gänzlich Unerwartetes geschehen war.

Während der gütlichen Aussage der Dele Rethwisch – sie hatte vorgebracht, daß sie wegen ihres steifen Beins gar nicht am Hexentanz habe teilnehmen können, und schickte sich gerade an, das mehrfach gebrochene und schlecht zusammengewachsene Glied bis übers Knie zu entblößen – sank Pastor Scheele plötzlich vornüber auf den Richtertisch. Sein ganzer Körper zuckte und wand sich unter Krämpfen, und als Thomas Pale seinen Kopf anhob, sah man blutigen Schaum auf seinen Lippen. Claus Süverkrübbe trug den Bewußtlosen ins Pastorat und legte ihn auf Margretas Weisung in das im Studierzimmer aufgeschlagene Bett.

Weil er in weitem Umkreis der einzige Heilkundige war, dem keine Verbindung zu teuflischen Mächten nachgesagt wurde, schickte Margreta nach dem Bartscherer Johann Happe. Ungeachtet seiner Gliederschwäche war er im Nu zur Stelle, denn seitdem er als Zeuge aufgetreten war, wollte er keine Hexenverbrennung versäumen. Nachdem er dem Pastor in den Mund und unter die Augenlider geblickt, einen Finger ins Ohr gesteckt und an ihm gerochen hatte, traf Johann zwei Feststellungen. Die erste lautete, der Pastor sei so gut wie tot, die zweite, man habe es nicht mit einer gewöhnlichen Krankheit zu tun. Wenngleich keine Aussicht auf Besserung bestehe, möge man dem Kranken heiße und kalte Umschläge machen, dies lindere immerhin die Todesqualen. Als man sich zu diesem Zweck an Johannes Scheele zu schaffen machte, löste sich sein Haar büschelweise vom Schädel. *Wie zufällig kreuzte sich mein Blick mit Margretas. Warst du es? dachte ich.*

Der Pastor kämpfte zwei Tage und zwei Nächte mit dem Tod, er schlug mit den Fäusten um sich, schrie und kreischte, als ob er selbst aufs grauenvollste gemartert würde. Manchmal kamen auch Geräusche aus dem Studierzimmer, die Jobst an die Nächte erinnerten, als Scheele in der Geschirrkammer mit Dämonen gerungen hatte. Elsche behauptete, der Pastor sei dem Wahnsinn verfallen, denn als sie an sein Bett getreten sei, habe er sie schreckensbleich angestarrt und *Astaroth* genannt und *Leviathan* und, sofern sie es recht verstanden habe, *Isaacarum*. Ihr Name sei Elsche, habe sie entgegnet, worauf er sie angezischt habe wie eine Schlange und die Zähne gefletscht, daß sie gemeint habe, gleich werde er sie beißen.

Dann saß er morgens wieder am Frühstückstisch mit kahlem Kopf und zerfurchtem Gesicht. Aus dunklen Augenhöhlen drang sein flackernder Blick. Jobst scheute sich, ihm länger als für die Dauer eines Herzschlags standzuhalten, es kam ihm vor, als sauge dieser Blick an seinen Gedanken, als frage er: Hast du mir den Tod gewünscht?

»Die Mächte des Himmels und der Hölle haben um mich gekämpft«, sprach der Pastor am Sonntag von der Kanzel. »Satan wollte mich vernichten, damit ich nicht noch mehr Hexen und Zauberer entlarve und ihrem frevlerischen Tun ein Ende setze. Doch der Herrgott hat es nicht zugelassen, er hat mich den Klauen des Todes entrissen und so unmißverständlich kundgetan, daß er mich fürderhin braucht im Kampf gegen das Böse in der Welt.« *Mir war, als ginge ein Erschauern durch die dichtgedrängten Reihen. Welche Anmaßung lag in diesen Worten, welche Hybris! Er war der, um den sich Gott und Teufel rauften! Ein jeder schien zu spüren, daß die schwere Krankheit bei ihm noch andere Veränderungen bewirkt hatte als die sichtbaren.*

Nach der Predigt gab Johannes Scheele der Gemeinde bekannt, es verdrieße ihn zu sehen, daß ein Platz leer bleibe, während andere im Gang zu stehen gezwungen seien. Als sich daraufhin der Tagelöhner Henneke Busch anschickte, Haunerlands Platz einzunehmen, rückten die Bauern und Handwerker allesamt auf, so daß Henneke nach einigem Umherirren unter seinesgleichen zu sitzen kam. Nachdem wieder Ruhe eingekehrt war, dämmerte es dem einen oder anderen, daß Pastor Scheeles Sorge um die Bequemlichkeit der Gottesdienstbesucher nur ein Vorwand gewesen war: Er hatte Hans Haunerland ausgestoßen.

Vor der Kirche hörte Jobst den Diakon davon reden, wie ungerecht die irdischen Güter, zumal die eßbaren, verteilt seien: Hier der Mangel, dort der Überfluß. Wo letzterer zu finden war, brauchte er nicht groß auszuführen, denn die Berichte über die wohlgefüllten Speisekammern von Fernwisch hatten sich auf dem Weg von Mund zu Mund zu wahren Märchen ausgewachsen. Hinzu komme, daß jener Überfluß nicht durch Mühe und Arbeit entstanden sei, sondern durch Zauberei. Daher könne er es weder aus theologischer noch menschlicher Sicht verurteilen, wenn jemand sich etwas vom überreichlich Vorhandenen aneigne, nehme er doch, genau betrachtet, von teuflischem Gut und schädige somit den Leibhaftigen.

»Warum gehn wir dann nicht nach Fernwisch und schlagen uns endlich mal wieder die Bäuche voll?« rief der seit kurzem verwitwete Schneider Klindt.

Thomas Pale erinnerte die Leute daran, daß Haunerland selbst den Schweden getrotzt und auch neuerdings Entschlossenheit zur Verteidigung seines Besitzes bewiesen hatte. Er habe indes einen Plan, wie man ohne Blutvergießen an die Fleischtöpfe von Fernwisch gelangen könne. Näheres wolle er aus Gründen der Vorsicht nur der Handvoll mutiger Männer enthüllen, die für die Ausführung seines Plans erforderlich sei. Bald darauf sah man den Diakon in Begleitung einer Anzahl Bewaffneter im nebligen Grau der Salzwiesen verschwinden.

Wie einer von ihnen später berichtete, lauerten sie Haunerland auf und warfen ein Fischernetz über Pferd und Reiter. Solcherart außer Gefecht gesetzt, ließ der Hofherr sich widerstandslos entwaffnen, er schien sogar belustigt über die Art seiner Gefangennahme. Ob die Schönberger solche Angst vorm Wasser hätten, daß sie lieber auf dem Trocknen fischten, spottete er. Der Diakon befahl, ihn fest mit dem Pferd zu verschnüren, und führte dieses vor das im Schutzwall befindliche Tor. Inzwischen hatte einer von Thomas

Pales Begleitern in Schönberg bekanntgegeben, daß Haunerland gefangengenommen worden war. Daraufhin machte sich alles, was Beine hatte, auf den Weg nach Fernwisch.

Der Diakon verlangte, mit dem Finnen zu sprechen, der ihm als ein besonnener Mann geschildert worden war. »Du siehst«, sagte er zu dem über den Wall lugenden Majordomus, »das Leben deines Herrn ist in unserer Hand. Wenn du nicht willst, daß ihm etwas zustößt, dann öffne uns und allen, die vom Dorf herübergekommen sind, das Tor. Weigerst du dich aber oder fällt auch nur ein einziger Schuß, schneiden wir Haunerland die Kehle durch.«

»Was wollt ihr?« fragte Matti Koskela. »Wollt ihr euch an unseren Vorräten satt essen? Gut, wir werden euch alles herausbringen, was wir haben. Wozu aber einen Haufen Volks in den Hof lassen?«

Unter den Dorfbewohnern machte sich Unmut breit. Da standen sie mit knurrenden Mägen gleichsam vor dem Tor des Schlaraffenlandes, und dieser schlitzäugige Fremdling ließ sie nicht herein. Einige stürmten vor und begannen trotz der drohend auf sie gerichteten Musketen, den Wall zu erklimmen. Zögerlich und noch unentschlossen rückte die Menge nach. Doch dann schwappte sie wie eine vom Sturm gepeitschte Woge den Wall empor und riß die Schützen mit sich den jenseitigen Hang hinunter. Das eigenmächtige Vorgehen der Leute aus dem Dorf brachte den Diakon und seine Männer in solche Verwirrung, daß sie nicht bemerkten, wie Haunerland sein Pferd mit sanften Knüffen beiseite lenkte. Um so heftiger erschraken sie, als plötzlich hinter ihnen ein durchdringender Pfiff ertönte und das Pferd mit ihrem Gefangenen davonpreschte.

»Der geht uns wieder in die Falle«, sagte Thomas Pale. »Trösten wir uns bis dahin mit der schönen Abelke.«

Indes die Schönberger die Vorratskammern plünderten und das Vieh aus den Ställen trieben, um es auf dem Hofplatz zu schlachten und das Fleisch untereinander aufzuteilen, durchsuchte der Diakon mit seinen Begleitern das Wohnhaus. Sie fanden Abelke mit ihrem Kind in einem Verschlag neben der Küche, wo Brennholz gelagert wurde. Thomas Pale schickte seine Leute hinaus, und diese wollten aus mancherlei Geräuschen entnommen haben, daß der Diakon zudringlich geworden sei. Offenbar war Abelke ihm jedoch nicht zu Willen, denn er habe vor Wut geschäumt, erzählte man, und habe das Kind ihren Bitten zuwider in die Obhut der Großmagd gegeben statt, wie sie es wünschte, in die ihrer Eltern.

Der Prozeß gegen Abelke Haunerland begann mit einer Überraschung. An ihrem Körper fand sich kein einziges Teufelsmal. Es half nichts, daß der Frohn sie hin und her wendete und zu schamlosen Posen zwang: Man konnte an ihr kein Muttermal entdecken, keinen Pickel und keinen Schorf, nicht einmal eine verdächtige Rötung. Jobst sah den Pastor ratlos im Meigerius blättern. Anscheinend war dem hochgeschätzten Amtsbruder zu Nortorf eine Hexe mit makellos reiner Haut nicht untergekommen, sonst hätte er den Fall erwähnt und Hinweise für seine Deutung gegeben.

Es war der Doktor beider Rechte, der dem Pastor aus der Verlegenheit half. Melchior Boldt fragte mit grüblerischer Miene, weshalb der Teufel wohl davon Abstand nehme, eine seiner Buhlen zu zeichnen. »Nun, was meint Ihr?« wandte er sich zunächst an den Diakon, der augenfällig Ahnungslosigkeit bekundete. »Die einzig logische und somit richtige Erklärung«, fuhr er an den Pastor gerichtet fort, »ist die, daß er sie nicht zu zeichnen braucht, weil er sich ihrer vollkommen sicher ist.«

»Vortrefflich!« versetzte Johannes Scheele, tief beeindruckt von solch verwegener Rabulistik.

Auf dem *gespickten Hasen*, mit blutig gebissenen Lippen und nur halb noch bei Sinnen vor unsäglichem Schmerz, gestand Abelke, daß sie ihre Tochter Persinelle von *Calixt* oder, wie sich ihr Abgott auch nannte, *Cupidum* empfangen hatte. Er war ein zottelhaariger Dämon mit einem Kuhfuß und einem dritten Auge, das am Hinterkopf saß, so daß er gleichzeitig nach vorn und hinten gucken konnte. Sein ungeheures Zeugeglied stand allzeit dergestalt von ihm ab, daß der Weg nach oben kürzer war als der nach unten. Calixt verstand sich gut mit ihrem Mann, einmal hörte sie, daß sie einander Blutsbrüder nannten. Oft sah Hans Haunerland zu, wenn Calixt sie bestieg. Manchmal tat er ihr weh, manchmal war er sanft und lieb, manchmal mußte sie ihn lutschen, und dann hatte sie ein Gefühl im Mund, als trinke sie kalte Milch. Hin und wieder gab er ihr ein Pulver ein, das sie so leicht machte, daß sie fliegen konnte. Einmal flog sie so hoch, daß sie die ganze Erde unter sich liegen sah, und die Erde war ein großer Teller, aus dem der Teufel seine Suppe aß. Calixt oder Cupidum besaß eine Glaskugel, wo man sich selbst drin sehen konnte, nur um viele Jahre älter. Wenn nichts zu sehen war, bedeutete dies, daß man jung sterben würde. Bei ihr war nichts zu sehen, wohl aber bei ihrem Mann und ihrer Tochter. Das Gelöbnis, mit dem sie sich ihrem Abgott auf ewig verband, ging so: ›Ich verleugne den Schöpfer des Himmels und der Erde, ich verleugne die Taufe, ich verleugne die von mir Gott erwiesene Verehrung. Dir gehöre ich, an dich glaube ich.‹ Calixt brachte sie mit den Geistern Verstorbener zusammen, meist waren sie im Leben Seeleute und Piraten gewesen, einer hauste in den Ruinen der Bramhorst und hieß Mortimer. Beim Hexensabbat auf der Kolberger Heide brachte er sie auch mit allen Hexen zusammen, die schon verbrannt worden waren, sowie einer ganzen Reihe weiterer, deren Namen ihr erst einfielen, als Meister Claus eine Kelle kochenden Pechs in bedächtigen Schwüngen über sie goß. Es waren acht zumeist junge Frauen und zwei Männer. Der eine war Hinrich Wiese, der andere Hans Haunerland. Vom alten Schulmeister lernte sie, aus Weidenzweigen Flöten zu fertigen, mit denen man die Windgeister rufen konnte. Die Windgeister steckten voller Schnurrpfeifereien, sie fuhren ehrbaren Frauen unter die Röcke und küselten dort herum, bis die Frauen sich unzüchtig gebärdeten, sie schlüpften den Leuten ins eine Ohr und aus dem anderen wieder hinaus, wobei sie den Grips mitnahmen und bei manchen auch die Seele. Hans Haunerland, ihr Mann, war ein Zauberer, ein böser Zauberer. Und ein Kuppler, ja, das auch. Er hatte seinen Sohn behext, daß der seine treulose Frau töte, er hatte seinen Sohn durch bösen Zauber umgebracht, dann seine eigene Frau, damit er sie, Abelke, ehelichen konnte, und das gleiche Schicksal drohte ihr, wenn er ihrer überdrüssig werden sollte.

»Dahin wird es nicht kommen«, spendete der Diakon ihr heuchlerischen Trost.

Als man sie zum Scheiterhaufen führte, stoben dünne Schneeschleier von See her über die Niederung. Abelke ging barfuß und trug nur ein dünnes Kleid über dem zerschundenen Körper. Zuweilen wankte sie, so daß der Frohn sie am Arm halten mußte, damit sie nicht stürze. Es waren noch mehr Leute als sonst gekommen, die Frau des großspurigen Hans Haunerland brennen zu sehn. Manche hofften auch, Zeugen einer tollkühnen Befreiung zu werden. Haunerland, wurde gemunkelt, sei wild entschlossen, seine Frau aus den Flammen zu retten. Um dies zu verhindern, hatte der Diakon am Fuß des Vossbargs eine Anzahl kriegerisch gerüsteter Bauern postiert und sich selbst einen Reitersäbel umgegürtet, der beim eiligen Abmarsch der Schweden vergessen worden war. Keiner mochte so recht glauben, daß ein Draufgänger wie Haunerland sich von einem solch kläglichen Haufen abschrecken ließ, doch er kam seiner Frau nicht zu Hilfe.

Anneke Stoltenberg aus Krummbek, als nächste der Hexerei angeklagt, verlangte die Wasserprobe und wurde, da sie unterging und längere Zeit nicht wieder hochkam, post mortem freigesprochen. Tede Lamp und die gleichnamige Tochter des Vollhufners Heuer dagegen, beide erst vor Jahresfrist eingesegnet, wurden der Teufelsbuhlschaft überführt und auf dem Vossbarg verbrannt. Desgleichen Hanna Sinjen vom Damm, Dorothea Kophal aus Wisch, die Gerbersfrau Gesen Schult, die ledigen Schwestern Gretje und Ilse Schneekloth, der Müller Max Brockmann und der Schuhmacher Hans Lage, genannt Tüffelhannes. Alle gaben während der peinlichen Aussage die Namen weiterer Hexen und Zauberer preis.

Am Sonntag während des Gottesdienstes, man sang den Choral *Wachet auf, ruft uns die Stimme*, fiel die Kirchentür geräuschvoll ins Schloß. Ein Nachzügler konnte es nicht sein, als solcher war man bemüht, so unauffällig wie nur möglich hereinzuschlüpfen. Daher wandten sich die Gesichter dem Eingang zu, und die zum Gesang geöffneten Münder blieben offenstehen, nur daß ihnen kein Ton mehr entwich. An der Tür stand Hinrich Wiese.

Er trug den schwarzen Rock, in dem er früher zum Gottesdienst gegangen war und den Klosterprobst zur Katechismusprüfung empfangen hatte. Inzwischen war er arg verblichen, an manchen Stellen lag das Gewebe bloß.

Johannes Scheele hob eine Hand vor die Augen, als könne er, vom Licht geblendet, den Eingetretenen nicht erkennen. Da es aber, wie stets um diese Jahreszeit, schummrig in der Kirche war, konnte es nur eine Geste des Abscheus sein. »Was treibt dich so sehr um, daß du es wagst, den Gottesdienst zu stören?« fragte er.

»Woanders würden mich nicht so viele hören«, entgegnete Hinrich Wiese. »Und wenn Gott in seinem eigenen Haus zugegen ist, soll auch er hören, was ich zu sagen habe.«

»Woher weißt du, daß Gott dich hören will? Woher weißt du, daß wir dich hören wollen?«

»Von Gott weiß ich's nicht. Aber die meisten von den Leuten hier haben bei mir das Zuhören gelernt. Nicht, Eggert Vöge? Nicht, Antje Sindt?« fragte er mal zur einen, mal zur anderen Seite hin. Die Angesprochenen senkten verlegen den Blick.

»Was hast du uns denn Wichtiges zu sagen?« drängte Pastor Scheele.

»Ihr hättet die Plätze derer frei lassen sollen, die auf dem Scheiterhaufen sterben mußten«, wandte der Alte sich an die Gemeinde. »Ihr säht dann, wie viele von uns dem Wahn des Pastors schon zum Opfer gefallen sind, und ihr würdet euch womöglich fragen, welche Plätze als nächste leer bleiben. Vielleicht deiner, Trinke Lamp? Oder deiner, Catherine Göttsch? Wer von euch weiß denn, ob sein Name nicht schon genannt worden ist unter den Qualen der Folter?«

»Deiner wurde jedenfalls genannt!« fiel ihm Pastor Scheele ins Wort. »Mehr als einmal wurde er genannt in gotteslästerlichem Zusammenhang.«

»Ich weiß, das ganze Dorf spricht davon«, erwiderte der alte Schulmeister. »Aber wer sagt nicht, was ihm in den Mund gelegt wird, wenn man ihm Arme und Beine ausreißt? Wieviel Marter brauchte es wohl, damit Ihr gesteht, daß Ihr dem römischen Papst hörig seid, Herr Pastor? Ein wenig Euren Daumen quetschen?«

Welch hemmungslosen Zornesausbruch hätte diese Bemerkung noch vor kurzem bei Johannes Scheele ausgelöst! Man beobachtete daher voller Staunen, wie mühelos er die Fassung bewahrte. Der Mann, um den Gott und Satan gerungen hatten, war ohne Zweifel auch innerlich gewandelt ins Leben zurückgekehrt. »Geh hinaus, Hinrich Wiese«, sagte er in ruhigem Ton. »Dies ist das Haus Gottes, und du bist des Teufels.«

»Ich habe oft gefehlt«, versetzte der Alte, »ich hätte ein besserer Schulmeister sein können, als ich war, ich habe viel Zeit mit nutzlosen Dingen vertan, statt für meine Familie zu sorgen, ich war ein Säufer und wäre es noch, wenn ich Branntwein hätte, aber eines will ich mir nicht vorwerfen müssen: daß ich zu feige gewesen sei, Euch, Johannes Scheele, vor allen Leuten einen Mörder zu nennen.«

Nun schien es doch, als wandle den Pastor Zorn an, und wer in seiner Nähe saß, bemerkte, wie ihn ein Zittern überlief. Doch abermals bezähmte er sich. »Hört, wie er mich zu verunglimpfen sucht«, sprach er in die atemlose Stille. »Wie kann es denn Mord sein, wenn ich eine Hexe, die ein volles Geständnis abgelegt hat, zum Tode verurteile?«

»Das Geständnis wurde ihr unter gräßlichen Qualen abgepreßt!« hielt Hinrich Wiese dagegen.

»Als wüßtest du nicht, daß eine Hexe ihre Buhlschaft mit dem Teufel bis zum letzten zu leugnen versucht!« gab der Pastor zurück. »Würdest du denn zugeben, hier und jetzt, daß du ein Hexenmeister bist?«

»Ebensogut könntet Ihr mich fragen, ob der Mond viereckig sei, meine Antwort wäre nein«, antwortete der alte Schulmeister.

»Denn wie beim Mond der bloße Augenschein sagt mir beim Hexenmeister der Verstand, daß keiner ihr Meister sein kann, wenn es keine Hexen gibt.«

»Es kennzeichnet den vom Teufel Besessenen, daß er die Wahrheit als Lüge ausgibt«, sagte Pastor Scheele. »Wenn es also noch eines Beweises bedürfte, daß du ein Hexenmeister bist, wäre es der, daß du bestreitest, einer zu sein.«

»Grandios, Herr Pastor!« rief Thomas Pale, indem er die Hände in einer halb dankenden, halb Beifall spendenden Gebärde vor das Gesicht hob.

»Ja, darauf versteht Ihr Euch, Ihr studierten Herren«, entgegnete Hinrich Wiese. »Einmal um die Ecke gedacht, und schon steht unsereins als Lügner da. Trotzdem hoffe ich, daß meine Worte in den Köpfen dieser Leute haftenbleiben. Bemäntelt es, wie Ihr wollt, Johannes Scheele: Daß Ihr unschuldige Menschen in den Tod schickt, ist gemeiner Mord. Und wie kann man Gott schlimmer lästern als dadurch, daß dies in seinem Namen geschieht? Dat wull ick seggt hebben«, schloß er, wiederum an die Gemeinde gerichtet, bevor er schleppenden Schrittes aus der Kirche ging.

Der Pastor blickte aus schmalen Augenschlitzen über die Köpfe der Gottesdienstbesucher. Es war, als forsche er in den Mienen nach Anzeichen des Aufbegehrens, der Parteinahme für den alten Schulmeister. Offenbar befriedigte ihn das Ergebnis, so daß er Mut faßte, die Probe aufs Exempel zu machen. »Keiner, der Wieses Meinung teilt, soll sich gezwungen sehen, weiterhin an diesem Gottesdienst teilzunehmen«, sagte er. »Ich werde mich für eine Weile in die Sakristei begeben. Wer währenddessen die Kirche verlassen will, mag es tun.«

Kaum daß die Tür der Sakristei sich hinter ihm geschlossen hatte, setzte ein Getuschel und Geraune ein, und manche verständigten sich mit Blicken, gemeinsam zu gehen. Doch dann standen Sivert Plambeck und Eggert Mundt auf, wenig später auch Jochim Arp und Hinrich Lamp und wandten sich zur Gemeinde um. Unter den Augen der Büttel wagte niemand, sich von seinem Platz zu erheben. Nun trat der Diakon vor den Altar und hob an, *Wachet auf, ruft uns die Stimme* zu singen. Die Gemeinde fiel zögernd ein.

Sie haben Hinrich Wiese geholt. Ich höre ihn nebenan schniefen und hüsteln. Auf meine Fragen antwortet er nicht. ›Soll ich versuchen, beim Klosterprobst Eure Freilassung zu erwirken?‹ fragte ich. ›Oder kann ich sonst etwas für Euch tun?‹ Aus der Geschirrkammer kam keine Antwort. Wahrscheinlich will er mir durch sein Schweigen zu verstehen geben, daß ich wüßte, was zu tun sei, und er nichts anderes von mir erwarte als nur dies.

Es war eine der sternklaren Nächte im Übergang vom Herbst zum Winter. Bald hinter dem Höhndorfer Tor bogen sie von der Landstraße ab und gingen über die Felder. Hin und wieder kamen sie an abseits gelegenen Gehöften vorüber, von den Dörfern hielten sie sich fern. Hiob ging zielstrebig voraus. Er sei des öfteren mit seinem Vater nach Preetz gewandert, erzählte Frau Wiese, aber tagsüber und ihres Wissens nicht querfeldein. Doch wie Hinrich Wiese ihn manches andere mit unendlicher Geduld gelehrt habe, so vielleicht auch, sich bei Nacht mit Hilfe der Sterne zurechtzufinden.

Unweit des Gutes Rastorf lagerten sie am Ufer der Schwentine. Von hier war es noch eine gute Stunde nach Preetz zu gehen. Gegen Morgen hin kam Nebel auf und sammelte sich über den Wiesen in langgestreckten Schwaden. Im Nebel verändern die Dinge auf zuweilen beängstigende Weise ihre Gestalt, manche gewinnen eine ihnen sonst nicht gemäße Beweglichkeit. Ein Findling kann hüpfen, ein Gesträuch wird zu einem Fabelwesen, aus einem Baumstumpf wächst ein Mensch. Jobst beschlich zudem das unbehagliche Gefühl, daß sie beobachtet würden. Ihm kam es vor, als sei der Nebel mit Augen gespickt. Und war das nicht wahrhaftig ein Mann, der da blitzschnell vom einen Busch zum nächsten sprang? Nimm dich zusammen, ermahnte er sich, nur jetzt keine Angst zeigen!

»Glaubt Ihr, ich werde ihn wiedersehen?« fragte Wieses Frau. »Aber kommt mir nicht mit Ausflüchten«, setzte sie sogleich hinzu, »sagt mir offen, was Ihr denkt.«

»Alles hängt davon ab, ob wir den Klosterprobst dazu bringen können, sich für Euren Mann zu verwenden«, antwortete Jobst. »Als Gerichtsherr könnte er den Fall an sich ziehen, damit wäre schon viel gewonnen.«

Doch, es war zweifelsohne ein Mensch, der am jenseitigen Ufer durch die Nebelschwaden schlich. Jobst meinte sogar das Schmatzen zu hören, wenn sich seine Stiefel aus dem morastigen Boden lösten.

»Warum antwortet Ihr nicht?« fragte sie.

»Verzeiht, ich war mit meinen Gedanken woanders«, sagte Jobst. »Was habt Ihr gefragt?«

»Ob es richtig ist, daß ich mit Hiob nach Preetz gehe. Ob ich nicht besser bei ihm geblieben wäre.«

»Euer Mann hätte nicht so darauf gedrungen, daß Ihr und Euer Sohn im Kloster Unterschlupf sucht, wenn es dafür keine gewichtigen Gründe gäbe«, entgegnete Jobst. »Aber laßt uns weitergehen, wir sollten noch vor Tagesanbruch in Preetz sein.«

Nach ein paar Schritten blieb Hiob wie angewurzelt stehen und blickte unverwandt in die Richtung, wo Jobst den Mann gesehen zu haben glaubte. Er brabbelte etwas vor sich hin, aus dem sich kein Sinn ergab.

»Was hat er?« fragte Jobst.

»Er faselt sich wieder was zusammen«, antwortete Frau Wiese. »Das kommt von den Geschichten, die sein Vater ihm erzählt.«

»Peronje«, sagte Hiob plötzlich. Jobst erinnerte sich, daß Wibeke ihn so genannt hatte. Ein *Peronje* sei einer, dem man besser aus dem Weg gehen sollte, hatte sie ihm erklärt.

»Peronje«, wiederholte Hiob, indem er nun auch mit dem Finger in die Richtung wies.

»Wißt Ihr, was er damit sagen will?« fragte Jobst Hiobs Mutter.

»Er sagt öfter solche merkwürdigen Wörter«, erwiderte sie. »Sein

Vater hat sie ihm beigebracht. Er ist auch der einzige, der weiß, was sie bedeuten.«

Dem Lauf der Schwentine folgend, gingen sie weiter. Jetzt übernahm Jobst die Führung, und er schritt so forsch aus, daß die beiden ein gutes Stück hinter ihm zurückblieben. Sein Gefühl sagte ihm, daß Eile geboten sei, wollten sie noch rechtzeitig hinter die schützenden Mauern des Klosters gelangen. Schon mehrmals war zwischen den Bäumen der Turm der Klosterkirche aufgetaucht, und dann, als das Kloster zum Greifen nahe vor ihnen lag, sah Jobst die Verfolger. Es waren drei schattenhafte Gestalten, die sich, nunmehr diesseits des Flusses, aus dem Dunst des frühen Morgens lösten.

Mein erster Gedanke war, daß ich, auf mich allein gestellt, noch vor ihnen das Kloster erreichen würde. Doch gleich darauf ergriff mich Scham. Wie konnte ich Hinrich Wiese jemals wieder unter die Augen treten, wenn ich mich selbst in Sicherheit gebracht, die Seinen aber ihrem Schicksal überlassen hatte? Und noch etwas gab mir Mut: der Wille, zumindest ein einziges Mal meiner Feigheit zu trotzen. So rief ich Frau Wiese und Hiob zu, sie sollten, so schnell sie es vermöchten, zum Kloster laufen; ich würde mir schon zu helfen wissen. Hiob, schien es, wollte mich nicht allein lassen. Erst, als ich ihn angeschrien und mit Fäusten traktiert hatte, eilte er hinter seiner Mutter her.

Die Männer verzögerten den Schritt, als sie sahen, daß Jobst stehengeblieben war und sie in kämpferischer Haltung erwartete. Einer trug eine verschlissene Uniform, die anderen beiden steckten in knöchellangen Mänteln aus verschiedenerlei Fell. Auf den Köpfen hatten sie breitkrempige Schlapphüte, so daß kaum etwas von ihren Gesichtern zu sehen war. Doch das Wenige genügte Jobst, um zu erkennen, daß er es mit drei ausgemachten Galgenvögeln zu tun hatte.

»Schaut mal«, sagte der Uniformierte, »der will sich mit uns prügeln.«

»Ich mach mir vor Angst in die Hose«, kicherte einer seiner Kumpane.

»Soll ich ihn Mores lehren?« fragte der Dritte, wobei er ein Rapier aus den Falten seines Mantels zog.

»Falls ihr auf Geld aus seid, würde ich dafür nicht mein Leben aufs Spiel setzen«, sagte Jobst und zeigte ihnen den Beutel, den Hinrich Wiese ihm mitgegeben hatte.

»Laß sehn!« sagte der mit dem Rapier. Jobst warf ihm den Beutel zu, und der Mann schnürte ihn auf. »Dafür lohnt es sich wahrlich nicht, dir den Hals abzuschneiden«, sagte der Strolch, nachdem er einen Blick hineingeworfen hatte. »Oder habt Ihr davon noch mehr, Euer Wohlgeboren?«

»Das ist alles, was ich habe«, erwiderte Jobst, während er aus den Augenwinkeln wahrnahm, daß die beiden anderen Miene machten, Frau Wiese und Hiob zu verfolgen. »Nein, wartet«, setzte er hastig hinzu, »ich habe noch einen Ring.«

»Sieh an, er hat noch einen Ring«, sagte der Mann, dem er den Beutel gegeben hatte. Jobst legte den Ring in seine Hand, und der Mann schien erstaunt, als er das Wappen sah. »Brüder«, rief er, »wir haben einen Junker geschnappt!«

Mit einem einzigen Ruck riß der Uniformierte Jobst den Rock herunter. Dann verspürte er einen stechenden Schmerz im Rücken und einen weit heftigeren am Hinterkopf. *Ich schwebte durch eine nach allen Seiten in silbrigem Licht verschwimmende Leere. Nur ein gleichmäßiges Rauschen wie von fernen Wasserfällen erfüllte den unendlichen Raum. Du bist im Himmel, sagte ich mir. Es wunderte mich jedoch, daß der Himmel so leer war, und der Verdacht drängte sich mir auf, ich sei womöglich gar nicht im Himmel, sondern in einem unendlichen Raum, der das Nichts darstellte. Doch nun geschah es, daß der Raum Gestalt annahm, fließend und spielerisch zuerst, dann dauerhafter in Form von Kugeln, Würfeln und Pyramiden. Und eine Stimme, eine weithin hallende Stimme mit weinerlichem Tremolo, sagte: ›Siehst du, ich erschaffe seit Ewigkeiten nur noch tote Geometrie, es macht mich so traurig, so traurig.‹ Daraufhin zerbarsten die Kugeln, Würfel und Pyramiden, und die Trümmer zerfielen zu Staub, und die Leere schluckte den Staub, und nur die Traurigkeit dessen, der zu mir gesprochen hatte, blieb zurück und durchdrang mich so sehr, daß ich weinen mußte.*

Dann umgab ihn klamme Kälte, und aus einem schmutziggrauen Himmel regnete es in sein Gesicht. »Bleib hier ruhig liegen«, sagte eine Stimme, die ihm sehr vertraut war, deren Klang sein Herz schneller schlagen ließ, Wibekes Stimme. »Ich sag im Dorf Bescheid, daß sie dich holen sollen.« Der unendliche Raum war auf ein längliches Geviert aus löchrigen Wänden zusammengeschrumpft. Ein Pferch für Schafe oder Ziegen, mutmaßte Jobst. Oder ein Stall, der kein Dach mehr besaß. Und abermals schrumpfte der Raum zu einem Alkoven, von dem aus er in eine kleine Kammer blickte mit einem Tisch, einem dreibeinigen Hocker und einer Bank. An der gegenüberliegenden Wand hing ein Bild: Eva, Adam und die Schlange. Er lag in seinem Bett, und dies war seine Kammer. Nebenan war es still. Jobst klopfte gegen die Wand, nichts regte sich.

Unversehens stand Elsche an seinem Bett. Sie hielt einen Becher in der Hand. »Ihr müßt den Tee so heiß wie nur möglich trinken, um so besser hilft er«, sagte die Magd. Ihm war, als trinke er kochendes Wasser, noch im Magen spürte er brennenden Schmerz.

»Wo ist Hinrich Wiese?« stieß er zwischen zwei Schlucken hervor.

»Trinkt erst mal«, sagte Elsche. »Ihr werdet bald merken, wie gut Euch der Tee tut. Ein Glück, daß Ihr es bis zu dem Schafstall geschafft habt«, fuhr sie nach einer Weile fort. »Eggert Vöge meint, wenn Ihr nicht an Euren Verletzungen gestorben wärt, dann an der Kälte. Ihr hattet so gut wie nichts mehr an, junger Herr.«

Pastor Scheele trat neben die Magd. »Ist gut, Elsche, laß uns allein«, sagte er. Über seine Glatze hatte er eine Kappe aus schwarzem Samt gestülpt, die beiderseits bis über die Ohren hinabreichte. Jobst fühlte sich an das Bildnis eines spanischen Großinquisitors erinnert, und dies nicht allein der ähnlichen Kopfbedeckung wegen: Hier wie dort waren die Züge von Selbstgerechtigkeit geprägt.

»Ich sehe, es geht Euch besser«, sagte der Pastor. »Ihr wart dem

Diesseits schon entrückt, Herr Steen. Doch wie Eure Genesung beweist, braucht der Herrgott Euch hier auf Erden. So wie mich.« Nun beugte er sich tiefer zu Jobst herab und fragte mit gedämpfter Stimme: »Wer hat Euch so übel zugerichtet? Waren es Leute aus dem Dorf?«

»Nein, Fremde«, antwortete Jobst. »Sie wollten mein Geld, und da es ihnen zuwenig war, fielen sie über mich her.«

»Wo geschah das?«

»Nicht weit vom Dorf entfernt.«

»Was wolltet Ihr dort?«

»Ich hatte das Bedürfnis, mich in der freien Natur zu ergehen nach all den schrecklichen Erlebnissen.«

»Ja, das verstehe ich«, sagte Pastor Scheele, indem er sich aufrichtete und ans Fenster trat. »Das verstehe ich sehr gut, Herr Steen. Von Leuten, die neuerdings gegen die Hexenverfolgung zu Felde ziehen, wird stets nur von der Qual der Gemarterten geredet, nie von der Seelenpein jener, die die Folter als Mittel der Wahrheitsfindung anzuwenden gezwungen sind. Ja, ginge es nicht um ein so hohes Ziel wie die Ausmerzung des Bösen, man könnte es als eine Strafe empfinden, solche Grausamkeiten begehen zu müssen. Aber Gott will es so, und wenn andere sich in Mitleid flüchten: Einer muß es tun!«

Der Wind warf sich gegen das Fenster. Ein feines Knistern zeigte an, daß es zu schneien begonnen hatte. »Was ist mit Wiese geschehen?« fragte Jobst.

»Ich habe ihn woanders unterbringen lassen«, antwortete der Pastor. »Wenngleich sie sich als solche nicht mehr zu erkennen geben, hat er noch Anhänger im Dorf; für diese wäre es ein leichtes gewesen, ihn aus der Geschirrkammer zu befreien.« Scheele hauchte gegen die Scheibe und rieb sie mit dem Ärmel blank. »Inzwischen ist mir ein Gutachten des Hofgerichtsadvokaten Jastram zugegangen«, fuhr er fort. »Es bestätigt in allen Punkten meine Auffassung, daß wir es in Hinrich Wiese mit einem Hexenmeister zu tun haben. Seine Ehren halten ihn gar für den Drahtzieher einer satanischen Verschwörung und ermuntern mich ausdrücklich, ein umfassendes Geständnis zu erzwingen. Nun seht zu, daß Ihr recht bald wieder auf die Beine kommt, Herr Steen. Ich möchte dem Herrn Hofgerichtsadvokaten ein makelloses Protokoll vorlegen.«

Jobst hörte den Sand unter Scheeles Schuhen knirschen, die Tür quietschte in den Angeln, er nahm seinen ganzen Mut zusammen und rief: »Herr Pastor, ich kann es nicht! Ich kann nicht mit ansehen, wie der alte Mann zu Tode gequält wird!«

Johannes Scheele, halb schon jenseits der Schwelle, trat in die Kammer zurück: »Erinnert Ihr Euch an eines unserer ersten Gespräche, als die Rede davon war, daß Ihr Euch entscheiden müßtet zwischen Wiese und mir?« fragte er, während er sich langsam wieder dem Alkoven näherte. »Ließ ich Euch damals im unklaren, daß es nicht nur eine Entscheidung zwischen zwei Menschen sei, sondern die zwischen Gott und Antichrist? Ich erwarte von Euch ein deutliches Zeichen, Herr Steen. Nehmt Euren Platz am Richtertisch ein, oder bleibt der Verhandlung fern. Ich weiß dann, für wen Ihr Euch entschieden habt.« Sein schrundiges, von der schwarzen Kappe umrahmtes Gesicht schob sich vor die Deckenbalken. Es schien, vom übrigen Körper losgelöst, in großer Höhe über Jobst zu schweben. *Wie ein Gott, dachte ich. Wie der ferne, gefühllose Gott!*

Als Hinrich Wiese zum Richtertisch geführt wurde, blieb er unvermittelt stehen und richtete den Blick auf Jobst. Dieser schlug beschämt die Augen nieder. Doch dann begriff er, daß es eine stumme Frage war, und er nickte ihm zu. Vernehmbar atmete Wiese auf.

Außer den Schergen hatte Pastor Scheele vier weiteren Männern erlaubt, dem Prozeß gegen den alten Schulmeister beizuwohnen. Einer von ihnen war Schneider Klindt vom Rauhen Berg, der sich dem Pastor als Ohrenbläser angedient hatte.

Die gütliche Aussage wurde alsbald abgebrochen, da Hinrich Wiese sämtliche Fragen mit Schweigen beantwortete, selbst die nach seinem Namen und Stand. Angesichts solcher Verstocktheit beschloß das Gericht, auf die Suche nach Teufelsmalen zu verzichten und sogleich mit dem peinlichen Verhör zu beginnen. Claus Süverkrübbe bot alles auf, was er an Martergerät bei sich führte, er waltete seines Amtes mit nahezu leidenschaftlicher Hingabe, ja er verstieg sich zu dem Schwur, er werde sich selbst an die Schaukel hängen, falls er den Alten nicht zum Reden bringe, doch der Erfolg blieb ihm versagt: Kein Wort kam über Wieses Lippen. Da erfaßte den sonst so bedächtigen Frohn blinde Wut. Er griff nach dem Knüppel und schlug seinem Opfer mit einem wuchtigen Hieb den Brustkorb ein. Jobst hörte Hinrich Wiese röcheln, sah, wie sich ein Blutschwall über das Kinn ergoß, dann erschlafften seine zerschundenen Glieder.

Meister Claus starrte mit ungläubigem Staunen auf den leblosen Körper hinab. »Das ist kein Mensch«, murmelte er. »Bis jetzt hab ich alle zum Reden gebracht, alle! Nein, Ihr Herren, bei meiner Ehre: Der da ist kein Mensch!«

»Das gibt Euch noch lange nicht das Recht, ihn totzuschlagen!« brauste der Syndikus auf. »Vor einem ordentlichen Gericht hätte Euch solch eigenmächtiges Handeln den Kopf gekostet! Man sollte ihm zumindest eine Rüge erteilen, oder was meint Ihr?« wandte er sich an Pastor Scheele. Doch dieser verbarg seinen Verdruß über das vorzeitige Ende des Verhörs hinter grimmigem Schweigen.

»Nach meiner unmaßgeblichen Meinung hat Meister Claus keine Schelte verdient«, sagte der Diakon. »Der bedauerliche Umstand, daß er den Angeklagten nicht dazu bringen konnte, ein Geständnis abzulegen, beweist, daß Luzifer von jeder Faser seines Körpers Besitz ergriffen hatte. Habt ihr verstanden?« fragte Thomas Pale die Zuschauer: »Hinrich Wiese war so sehr vom Teufel besessen, daß er keinen Schmerz mehr empfand.«

Die Mienen der Augenzeugen kündeten indes von Unsicherheit und Zweifeln. Später würden sie im Dorf erzählen, der alte Schulmeister habe dem Pastor selbst unter den Qualen der Folter noch einen Schabernack gespielt. Denn ohne Geständnis sei der

Prozeß nutzlos gewesen, und der tödliche Hieb könne mithin ebensogut einen Hexenmeister wie einen Unschuldigen getroffen haben.

Auf Beschluß des geistlichen Gerichts wurde Hinrich Wieses Leichnam auf dem Vossbarg verbrannt. Während Pastor Scheele sich über die reinigende Kraft des Feuers verbreitete, begann jemand, das Lied vom himmlischen Jerusalem zu singen, und es half nichts, daß der Diakon ärgerlich abwinkte: Immer mächtiger schwoll der Gesang an. Die Züge des Pastors versteinerten. Johannes Scheele schien zu spüren, daß es Unmut war, der sich da im Choral Luft verschaffte, daß ihm Empörung entgegenschlug, womöglich argwöhnte er gar, Hinrich Wieses heimliche Anhänger hätten sich mit jenen des vertriebenen Messias gegen ihn zusammengerottet, und plötzlich war es um seine Beherrschung geschehen: Er riß ein glühendes Scheit aus dem Feuer und schleuderte es in die Menge. Jäh verstummte der Gesang.

Nachdem er sich wieder gesammelt hatte, faltete der Pastor die Hände und bat Gott, ihm zu vergeben. Zu lange und wider besseres Wissen habe er gezögert, dem verderblichen Tun des Hexenmeisters Hinrich Wiese einen Riegel vorzuschieben. So trage er Mitschuld daran, daß die Keime des Bösen in so vielen schon Wurzeln geschlagen hätten. Doch wolle er das Versäumnis durch unermüdlichen Eifer in der Erfüllung seines Auftrags wettmachen, der da laute, die Verworfenen auszutilgen und die Guten auf den Weg des Heils zu führen. Dann ließ er den Blick langsam über die Gesichter der Umstehenden wandern. Es war, als suche er seine nächsten Opfer aus, und mancher, der sich länger als andere in Augenschein genommen sah, wechselte erschrocken die Farbe.

Bis ins Innerste aufgewühlt von den Ereignissen dieses Tages, kehrte Jobst ins Pastorat zurück. In der Küche fand er die Magd damit beschäftigt, den Fußboden zu scheuern. Sie erwiderte seinen Gruß nicht, hielt aber in der Arbeit inne und musterte ihn schräg von unten her mit besorgter Miene.

»Was ist, Elsche?« fragte er.

»Sie hat's gefunden«, wisperte sie.

Bevor er noch den Sinn ihrer Worte ganz erfaßt hatte, stürzte Jobst in seine Kammer und warf das Bettzeug aus dem Alkoven. Mit beiden Händen durchwühlte er das Stroh bis in jene Schichten hinab, wo es bereits in Fäulnis übergegangen war: Sein Tagebuch war nicht mehr da. Er fühlte sein Herz im Hals klopfen, eine panische Angst befiel ihn. Wenn Margreta es an sich genommen hatte, und wen sonst konnte Elsche gemeint haben, war er ihr auf Gedeih und Verderb ausgeliefert.

»Ihr hättet Euer Tagebuch besser verstecken sollen, junger Herr«, hörte er die Magd sagen. »Im Bett guckt man immer zuerst nach.«

»Woher weißt du, daß es mein Tagebuch war?« fragte Jobst.

»Das weiß ich von ihr«, antwortete Elsche. »Sie hat mir sogar was draus vorgelesen. Wie sich die jungen Mädchen da auf der Wiese über Euch hergemacht haben.« Wider Willen entschlüpfte ihr ein Kichern. »Übrigens, ich soll Euch sagen, Ihr findet sie im Schlafzimmer, wenn Ihr sie sprechen wollt.«

Margreta hatte eines jener Kleider übergestreift, die unbenutzt im Schrank hingen. »Sieh dir das an«, sagte sie übellaunig, »es paßt mir nicht mehr, ich bin zu fett geworden. Wozu habe ich die Kleider all die Jahre aufbewahrt! Am besten, du nimmst den ganzen Krempel und gibst ihn deiner Nymphe. Ihr passen meine Sachen doch, nicht wahr?« Sie zog das Kleid aus und stand nun nackt vor Jobst. »Nach allem, was ich über sie gelesen habe, wundert es mich nicht, daß du auf mich keine Lust mehr hattest«, fuhr sie fort. »Ist sie wirklich so schön, wie du schreibst, oder verklärt es sie in deinen Augen, daß sie sich so rar macht? Mich hättest du jede Nacht haben können, das tut der Liebe offenbar nicht gut.«

»Gib es mir zurück!« sagte Jobst und streckte ihr, um seinem Verlangen Nachdruck zu verleihen, eine Hand entgegen.

Ein spöttisches Zwinkern kräuselte die Haut um ihren Augen. »Ich hab's noch nicht durch«, erwiderte sie. »Ich bin erst an die

Stelle gelangt, wo du dir Gedanken über den Geisteszustand meines Mannes machst.«

»Wo ist es, wo hast du es versteckt?« fragte Jobst, während er ziellos zu suchen begann.

»Es würde ihn bitter enttäuschen, wenn er erführe, wie du über ihn denkst«, sagte Margreta. »Er ist dir sehr zugetan. Ich glaube gar, du hast väterliche Gefühle in ihm geweckt. Um so tiefer wäre er verletzt. Seine Zuneigung würde sich in Haß verwandeln.«

Außer sich vor Verzweiflung, packte Jobst sie mit beiden Händen am Hals. »Her mit dem Tagebuch!« keuchte er. »Gib's mir wieder, oder ich bring dich um!« Er sah, wie ihr Gesicht rot anlief, wie ihre Augäpfel hervortraten, ihm schien, sie wollte etwas sagen, doch sie brachte nur ein Lallen hervor. Dann verspürte er einen Schmerz in den Lenden, als durchbohrten ihn glühende Nadeln, und von plötzlichem Schwindel erfaßt sank er zu Boden.

»Sieh nur, wie du mich erregt hast«, sagte Margreta, indem sie auf ihre strotzenden Brustwarzen hinabblickte. »So leidenschaftlich wünschte ich mir dich in der Liebe.« Sie kniete neben ihm nieder, umfing ihn mit den Armen, schmiegte ihre Wange an seinen Hals. »Hab ich dir sehr weh getan, Geliebter?« flüsterte sie ihm ins Ohr.

Achtzehntes Kapitel

In den Dörfern der Probstei ging die Angst um. Niemand konnte sich in der Gewißheit schlafen legen, daß er nicht des Nachts oder in den frühen Morgenstunden von den Schergen des geistlichen Gerichts aus dem Bett gezerrt wurde. Er sei *geholt* worden, hieß es in verhüllender Umschreibung, wenn jemand der Hexerei oder gotteslästerlicher Reden bezichtigt worden war und sich einem Verfahren stellen mußte, das unweigerlich mit seinem Tod endete.

Längst bot die Geschirrkammer nicht mehr Platz genug für die wachsende Zahl der Verdächtigten; man wich daher auf die aus schweren Feldsteinen errichtete Scheune des Bauernvogts Eggert Mundt aus. Dort harrte oft in eisiger Kälte ein gutes Dutzend Frauen und Männer der Vernehmung. Die einen waren dem Gericht unter der Folter als Hexen oder Hexenmeister benannt worden, andere waren die Opfer übler Nachrede. So beschuldigte ein Halbhufner aus Höhndorf seine Nachbarin, mit der er über ein Stück Acker im Streit lag, sie sei nackt und einen Funkenschweif hinter sich herziehend auf einem Ziegenbock durch die Luft geritten. Steffen Fink aus Krokau wollte den Viehhändler Jessien, einen notorisch unbequemen Gläubiger, dabei ertappt haben, wie er das Blut eines frischgeköpften Hahns auf seinem Hof verspritzte. Des öfteren kam es auch vor, daß Männer sich den Weg für eine neue Heirat ebneten, indem sie ihren Ehefrauen eine Vorliebe für abartige Formen des Beischlafs andichteten. Damit die Urheber solch falscher Bezichtigungen im verborgenen bleiben konnten, bedienten sie sich willfähriger Zwischenträger, von denen einer der Schneider Klindt war, ein weiterer der Bartscherer Johann Happe.

Als ein wahrer Meister im Aufspüren von Besessenheit und Teufelsbuhlschaften erwies sich der Diakon. Mit dem Versprechen, daß sie selbst, was auch geschehen möge, von Verfolgung verschont bleiben würden, hatte er in jedem Dorf Spitzel angeworben. Von diesen über alle verdächtigen Personen unterrichtet, traf Thomas Pale eine Auswahl nach solchen, die ohne Aufschub geholt wurden, und anderen, die er durch eindringliche Ermahnung für den Glauben an Jesus Christus zurückgewinnen wollte. Die letzteren waren ausnahmslos junge Frauen, und es sickerte durch, daß der Diakon sie sich durch Drohungen gefügig machte. Beim Verhör der Henrike Böök aus Lutterbek erfuhr auch der Pastor davon. Henrike gab an, der Diakon habe ihr in den schwärzesten Farben ausgemalt, was ihr bevorstehe, wenn sie sich ihm verweigere. Nachdem sie ihm zu Willen gewesen sei, habe er sie gleichwohl von den Bütteln holen lassen, und nun säße derselbe Mann, der sie so schändlich hintergangen habe, noch über sie zu Gericht.

Jobst erinnerte sich gut daran, wie hart Johannes Scheele den Diakon wegen seines ausschweifenden Lebenswandels verurteilt hatte. Um so größer war sein Erstaunen, als der Pastor es widerspruchslos hinnahm, daß Thomas Pale die Angeklagte eine Lügnerin schimpfte und ihre Aussage als eine vom Teufel eingegebene Verunglimpfung des geistlichen Gerichts abtat. Was konnte dies anderes bedeuten, als daß der Pastor in dem einst so verabscheuten Diakon neuerdings einen tüchtigen Handlanger sah, er also Nützlichkeit über Moral stellte?

Im Frühjahr fiel auch Elsche dem Wahn ihres Dienstherrn zum Opfer. Anfangs zögerte Pastor Scheele, der Einflüsterung des Schneiders Glauben zu schenken, die Magd habe sich zum Wasserlassen auf das Taufbecken gesetzt, doch als er bei der Leibesvisitation das Muttermal an ihrer rechten Hüfte gewahrte und der Diakon ihn darauf aufmerksam gemacht hatte, wie sehr es einer Tatze ähnle, erhob er Anklage gegen Elsche wegen Kirchenschändung und des Verdachts auf Teufelsbuhlschaft. Gefragt, mit wem sie Unzucht getrieben hätte, nannte Elsche Thomas Pale, und wiederum billigte der Pastor stillschweigend die Einlassung des Diakons, sie plappere nur nach, was der Dämon ihr in den Mund gelegt habe. Auf der Streckbank widerrief Elsche denn auch und gestand, daß ihr in der Tat von ihrem Dämon *Carmim* befohlen worden sei, den Diakon in ein schlechtes Licht zu setzen; ihr Auftrag habe darin bestanden, im Pastorenhaus Unfrieden zu stiften. Sie sei es auch gewesen, die dem Pastor durch den Zauberspruch, der Teufel und Wurm möge ihn von Ende zu Ende auffressen, die schwere Krankheit angehext habe. Offensichtlich sei der Zauberspruch jedoch nicht stark genug gewesen, ihn zu töten. Daraufhin habe Carmim ihr Weisung erteilt, anderen Menschen Schaden zuzufügen, die nicht gar so fest im Glauben stünden wie der Herr Pastor. Nun aber möge man davon ablassen, sie noch weiter zu martern. Sie wolle gerne fröhlich sterben und zu Gott, ihrem himmlischen Vater, fahren.

Auf dem Rückweg vom Vossbarg nahm der Diakon Jobst beiseite und erging sich in dunklen Andeutungen von der Art, daß eine Hand die andere wasche und es nun an Jobst sei, sich dankbar zu erweisen.

»Welchen Grund hätte ich wohl, Euch dankbar zu sein?« fragte Jobst.

»Es wäre ein leichtes gewesen, das Verhör so zu lenken, daß Seiner Heiligkeit das eigene Haus als ein zweites Sodom und Gomorrha erschienen wäre«, entgegnete Thomas Pale. »Jetzt aber ist die Mitwisserin, ohne etwas preiszugeben, zu einem Häuflein Asche verbrannt. Sollte Euch dies nicht einen Gegendienst wert sein, Herr Kollega?«

»Welcher Art?«fragte Jobst schroff.

Thomas Pale sah sich nach allen Seiten um und senkte die Stimme: »Ich muß sie haben, um jeden Preis! Ihr habt Margreta doch mehr als einmal unverhüllt gesehen. Ist Euch etwas an ihr aufgefallen, das als Teufelsmal gedeutet werden könnte? Und wäre es nur eine kleine Warze: Es würde genügen, sie dahin zu bringen, daß sie mich erhört!«

Jobst beschleunigte den Schritt, so daß der Diakon Mühe hatte, ihm zu folgen. »Soviel ich gehört habe, fällt sie Euch lästig mit ihrer unersättlichen Gier, also kann es Euch doch nur recht sein, wenn ich es ihr besorge«, hechelte er. »Oder gönnt Ihr sie mir trotzdem nicht?« Er packte Jobst am Rockzipfel und zwang ihn stehenzubleiben. »Ihr gönnt sie mir nicht«, sagte er, diesmal im Ton einer Feststellung.

»Was für eine erbärmliche Kreatur Ihr seid!« sagte Jobst. »Ich kenne keinen Menschen, der mir so widerwärtig ist wie Ihr!«

»Oh ja, ich weiß«, versetzte der Diakon. »Ihr habt ja nie ein Hehl daraus gemacht. Aber was soll eine widerwärtige Kreatur tun, wenn sie auch einmal vom Nektar der Liebe kosten will? Sie muß sich nehmen, was man einem Adonis wie Euch freiwillig gewährt. Vergeßt im übrigen nicht, daß es außer Elsche noch einen Mitwisser gibt«, fügte er hinzu und richtete, damit Jobst nicht im ungewissen bleibe, wer es sei, den Zeigefinger auf die eigene Brust. »Mag der Pastor Euch auch sonderbarerweise ins Herz geschlossen haben: Daß Ihr ihn zum Hahnrei gemacht habt, würde er Euch nie verzeihen!«

Sie waren unterdessen durch das Stakendorfer Tor ins Dorf gelangt. Auf dem Anger kreuzte ein Mädchen mit zwei vollen Wassereimern ihren Weg. »Seht Euch die kleine Anneke an«, sagte der Diakon, während er ihr das Kinn kraulte. »Ist sie nicht zu einer rechten Augenweide erblüht?« Und nachdem er sie durch einen Klaps zum Weitergehen ermuntert hatte, fuhr er fort: »Sie ist noch unberührt. Ich würde Euch den Vortritt lassen für einen einzigen Hinweis Margreta betreffend. Nun, Herr Kollega?«

Der Zufall wollte es, daß Thomas Pale in diesem Augenblick beim Versuch, eine Pfütze auf einem schmalen Brett zu überqueren, ins Straucheln kam und bei Jobst Halt suchte. Doch dieser wich ihm aus, so daß der Diakon der Länge nach ins schlammige Wasser platschte. Mit den hilflosen Bewegungen eines auf dem Rücken liegenden Käfers versuchte er, sich aus dem klebrigen Morast zu befreien, und seine Züge verzerrten sich vor Wut, als er sah, daß Jobst unwillkürlich lachen mußte. »Nimm dich in acht,

Jobst Steen!« geiferte er. »Wann immer ich will, kann ich dich ans Messer liefern!« Er streckte Jobst die von Schmutz triefende Rechte entgegen: »Hilf mir auf!«

»Nein, laßt ihn im Dreck liegen, da gehört er hin«, sagte ein Mann, der unbemerkt herbeigekommen war. Er trug einen Korb mit Aalen auf der Schulter. Jobst erkannte ihn wieder: Es war der Fischer, von dem es hieß, daß er Wibekes Vater sei. Wenige Tage später wurde er geholt und in Mundts Scheune gesperrt.

Durch Berichte über die stetig wachsende Zahl von Hexenverbrennungen aufgeschreckt, beorderte der Klosterprobst Pastor Scheele, Melchior Boldt und Thomas Pale zum Bericht nach Preetz. In Begleitung der Klosterknechte und einer Handvoll bewaffneter Bauern machten sie sich auf den Weg. Sie mußten zu Fuß gehen, denn Otto von Buchwaldt hatte verabsäumt, eine seiner Kutschen zu schicken. Der Syndikus sah darin ein Zeichen pröbstlicher Ungnade.

Die Tür war kaum hinter dem Pastor ins Schloß gefallen, als Margreta Jobst zu sich rief. Sie saß aufrecht im Bett, ein spitzengesäumtes Hemd umspannte ihre Brust. »Du begehrst mich nicht mehr, weil du eine andere liebst«, sagte sie. Ihm war, als spreche sie schleppender als sonst, und näher tretend gewahrte er, daß ihre Pupillen unnatürlich geweitet waren. »Aber ich habe hier etwas, das dir hilft, sie zu vergessen.« Darauf holte sie ein Fläschchen mit einer braunen Flüssigkeit unter der Decke hervor, zog den Korken heraus und schnupperte am Flaschenhals: »Wie der Wind über einem Meer von Rosen, sagte meine Großmutter. Sie war eine weise Frau, sie konnte Krankheiten heilen, aber auch Böses tun.«

»Hast du davon getrunken?« fragte Jobst.

»Ein wenig, ja. Ein winziger Schluck gibt dir das Gefühl, du befändest dich außerhalb des eigenen Körpers, aber der Inhalt des Fläschchens würde ausreichen, uns beide ins Jenseits zu befördern.« Sie musterte ihn mit einem seltsam leeren Blick: »Du mußt sie töten, Geliebter. Gib ihr davon zu trinken, wenn du nicht willst, daß sie als Hexe verbrannt wird!«

»Du weißt nicht, was du redest!« versetzte Jobst. »Wer sagt dir, daß sie eine Hexe ist?«

»Du selbst«, antwortete Margreta. »Nach allem, was in deinem Tagebuch über sie geschrieben steht, ist Wibeke eine Hexe. Sie hat durch bösen Zauber bewirkt, daß du mich nicht mehr begehrst. Wenn sie aber tot ist, wirst du sie vergessen und wieder an mir Gefallen finden. Nimm es, Geliebter!«

»Nein!« sagte er, indem er die Hand mit dem Fläschchen unwirsch beiseite schob. »Das Zeug muß dir die Sinne verwirrt haben, daß du so etwas von mir verlangst. Würdest du einen Menschen töten, den du liebst?«

»Bevor ich ihn ganz verlöre, würde ich ihn töten.«

Ein Frösteln überlief Jobst, als er begriff, daß sie von ihm sprach. »Ich könnte es nicht, nie und nimmer«, sagte er.

»Dann werde ich es tun«, entgegnete Margreta. Plötzlich war ihre Stimme von gläserner Härte: »Ich will, daß sie aus unserem Leben verschwindet, so oder so!«

»Nimm doch Vernunft an«, sagte Jobst, als spräche er zu einem bockigen Kind. »Wenn du Wibeke umbringst, würde sich meine Zuneigung zu dir ins Gegenteil verkehren. Ich würde dich aus tiefster Seele verabscheuen!«

»Sie muß sterben«, entschied sie unnachgiebig. »Seitdem ich gelesen habe, wie sehr du sie liebst, denke ich an nichts anderes mehr.«

Zum Glück findet sie niemand da draußen in den Salzwiesen, wenn sie es nicht will, dachte Jobst. Und falls es zum Äußersten kommen sollte, konnte sie sich immer noch in einen Vogel verwandeln.

Kurz vor dem Dunkelwerden kehrte der Pastor mit seinen Begleitern zurück. Beim Abendbrot, das dank einiger Mitbringsel aus der Klosterküche üppiger als sonst ausfiel, herrschte eine betretene Stimmung. Während Scheele finster vor sich hinbrütete, erzählte der Syndikus von harschen Vorhaltungen, die man aus dem Mund des Herrn von Buchwaldt habe vernehmen müssen. Am meisten sei Seine Gnaden darüber aufgebracht gewesen, daß Hinrich Wiese, der Gefährte seiner jungen Jahre, auf solch schreckliche Weise den Tod gefunden habe. In diesem Fall hätte man zuvor seine, des Gerichtsherrn Einwilligung einholen müssen, die jedoch selbst in Anbetracht gewisser Unstimmigkeiten verweigert worden wäre. Zur Strafe habe der Klosterprobst vom Kirchspiel Schönberg verlangt, für den Unterhalt von Wieses Frau und Sohn aufzukommen, obwohl dies üblicherweise Sache des Klosters sei.

Nachdem Pastor Scheele sich in sein Studierzimmer zurückgezogen hatte, um eine an Hofgerichtsadvokat Jastram gerichtete Beschwerde wegen Einmischung der weltlichen Obrigkeit in die Belange des geistlichen Gerichts aufzusetzen, wurde Melchior Boldt deutlicher. Der Vorwurf wahlloser Hexenverbrennungen und fingierter Geständnisse habe den Pastor dermaßen empört, daß er sich im Verlauf einer bis ins Erste Buch Mose ausgreifenden Rede zu den Worten verstiegen habe, nicht nur die Probstei, die ganze Welt müsse zu ihrer Umgestaltung erst durch eine Katastrophe hindurch, durch ein apokalyptisches Fegefeuer, das die Bösen vernichten und den Guten die Erlösung bringen werde. Daraufhin hätte Seine Gnaden sie vom Diener zur Hintertür geleiten lassen, was einem Hinauswurf gleichkomme und schwerlich eine andere Deutung zulasse als die, daß das Tischtuch zwischen dem Herrn Klosterprobst und dem Schönberger Pastor endgültig zerschnitten sei.

Als ahnte er, daß ihm nicht mehr viel Zeit bleiben würde, Hexen und Zauberern den Garaus zu machen, beschleunigte Johannes Scheele die Verfahren, indem er gleich mit der peinlichen Aussage begann und diese wiederum auf einen Katalog von rund zwei Dutzend festgelegter Fragen beschränkte. Überdies gab er Claus Süverkrübbe einen Gehilfen bei, der, während der eine Scheiterhaufen brannte, in der Nähe schon einen zweiten aufschichtete. Auffallend war, daß die Zahl der Schaulustigen sich von Mal zu Mal verringerte. Man sei, hieß es, den Anblick brennender Menschen leid; durch die stete Wiederholung erzeuge selbst das Entsetzliche schließlich Langeweile. Doch bei vielen war es die Angst, sie könnten unversehens von der Seite der Zuschauer auf die der Opfer hinübergeraten, die sie vom Scheiterhaufen fernhielt.

Eines Morgens fand man die Wachen vor Mundts Scheune in totenähnlichem Schlaf. Die Gefangenen berichteten von einem seltsamen Wesen, halb Vogel, halb Mensch, das den Fischer wach gerüttelt habe und mit ihm geflohen sei. Der Diakon schickte sogleich die Schergen zur Dorschbucht hinaus. In der Hütte des Entflohenen trafen sie eine junge Frau an, die ihre Glieder von einem Brei aus Honig und Vogelfedern säuberte. Auf die Frage nach dem Verbleib des Fischers gab sie keine Antwort, aber aus ihrem sonderbaren Körperschmuck schlossen die Schergen, daß sie ihn aus der Scheune befreit haben mußte. Daher fesselten sie ihr Hände und Füße und trugen sie in einer Persenning nach Schönberg.

Jobst war zu Tode erschrocken, als er sah, daß es Wibeke war. Sie hingegen streifte ihn mit einem Blick, der nichts über ihre Empfindungen verriet. Da sie die Fragen nach ihrem Namen und ihrer Herkunft mit Schweigen beantwortete, hob ein Rätselraten an, wer sie sei und was sie bewogen haben mochte, dem Fischer zur Flucht zu verhelfen. Der eine oder andere erinnerte sich an flüchtige Begegnungen mit ihr, wenn er auf der Jagd durch die Salzwiesen gestreift war; es wurde daher vermutet, daß sie zu den geheimnisvollen Einsiedlern zähle. Doch dann kam der Bartscherer Johann Happe hinzu und offenbarte erstaunliches Wissen: Ihr Name sei Wibeke, und sie sei die Tochter jenes Fischers, den sie aus der Scheune befreit hatte. Sie lebe fernab von den Menschen, weil jeder ihr verhaßt sei, der die christliche Taufe empfangen habe. Denn sie selbst hänge den heidnischen Göttern an, sei womöglich gar eine Priesterin, auf jeden Fall aber eine Hexe. Nachdem er solcherart für Überraschung gesorgt hatte, lenkte Happe die Aufmerksamkeit der Richter auf die zerlumpte Kleidung der Gefangenen und bat Pastor Scheele um Auskunft, ob das Mieder nicht seiner Frau gehöre.

»Mir war gleich so, als hätte ich es schon einmal gesehen«, antwortete der sichtlich verstörte Pastor. »Aber wie kommt sie dazu?«

»Das müßt Ihr sie selber fragen«, sagte Johann Happe.

»Und woher weißt du das andere?« fragte Melchior Boldt, wobei er, gleichsam mit seiner Spitzfindigkeit drohend, die Augen zusammenkniff.

»Ich komme viel herum«, entgegnete der Bartscherer. Und wie von ungefähr fiel ihm noch ein, daß Wibeke bei Hinrich Wiese Lesen und Schreiben gelernt habe und wahrscheinlich noch einiges mehr.

Johannes Scheele zuckte zusammen, als er den Namen des Mannes vernahm, der ihm selbst nach seinem Tod noch so viel Ungemach bereitete. »Ist das wahr?« fragte er Wibeke.

Sie nickte.

Claus Süverkrübbe erhielt den Auftrag, ihr Fußfesseln anzulegen, die allenfalls ein mühsames Gehen erlaubten. Für die Nacht vor dem Verhör wurde sie in die Geschirrkammer gesperrt. Jobst hörte, wie sie zu ihren Göttern redete. Zu Siwa sprach sie mit hoher, sanfter Stimme, als ob er klein sei oder sehr alt und pfleglicher Behandlung bedürfe. Galten ihre Worte aber Svantevit oder Prove, sank ihre Stimme in tiefere Tonlagen hinab. Dann schwieg sie längere Zeit, und Jobst schien es, daß sie nun den Worten der Götter lauschte, denn hin und wieder vernahm er einen bestätigenden Laut.

Nachdem er lange mit sich gerungen hatte, ob er sie beim Zwiegespräch mit den Göttern stören dürfe, klopfte er gegen die Holzwand.

»Ich weiß, daß du da bist«, hörte er sie leise sagen. »Aber sprich nicht mit mir. Niemand darf wissen, daß wir uns kennen.«

»Eine weiß es«, flüsterte Jobst.

»Wer?«

»Die Frau des Pastors. Sie weiß alles von uns.«

Eine Zeitlang füllte nur ihr Atmen die Stille. »Helft mir!« brach es dann aus ihr hervor. »Sagt mir, was ich tun soll!« Etwas später entnahm Jobst aus dem Klirren ihrer Fußfessel, daß Wibeke in der

Geschirrkammer auf und ab ging. Er fühlte sich an die ruhelosen Bewegungen eines gefangenen Tieres erinnert.

Während der Schreckung überraschte Wibeke das Gericht mit der Äußerung, daß die Anwendung des Martergeräts nicht erforderlich sei, weil sie aus freien Stücken ein Geständnis ablegen wolle. Um die Probe aufs Exempel zu machen, fragte Pastor Scheele, auf welche Weise sie in den Besitz des Mieders gelangt sei, das, wie nunmehr zweifelsfrei feststehe, aus dem Kleiderschrank seiner Frau verschwunden sei.

Sie habe es gestohlen, war die Antwort.

Wie sie unbemerkt ins Pastorat, ja sogar ins Schlafzimmer gekommen sei.

Sie sei durch das Eulenloch in den Dachboden gelangt und von dort durch die Ritzen zwischen den Brettern ins Schlafzimmer hinab.

Wie eine ausgewachsene Frau durch das Eulenloch gehe und durch die Ritzen zwischen den Bodenbrettern.

Erst sei sie eine Fledermaus gewesen, dann ein Kakerlak.

Ob sie je nach Belieben verschiedenerlei Gestalt annehmen könne.

Dies stehe nicht in ihrem, sondern im Belieben ihres Herrn, dessen Name Beelzebub sei, Luzifer oder Satan.

Weshalb sie denn das Mieder der Frau Pastor gestohlen habe, fragte der Diakon.

Etwas anzuziehen, das ein anderer am Leib getragen habe, sei so, wie in seinen Fußtapfen zu gehen: Man dringe in seine Gedanken ein. Und dadurch gewinne man Macht über ihn.

Zu welchem Zweck sie die Macht ausüben wollte.

Weil sie die Frau des Pastors sei, habe sie ihr schaden wollen und auch ihm, indem sie ihr die Lust nahm, ihm beizuliegen, aber nicht die Lust als solche.

Jobst sah, wie Scheeles Hände sich ineinander verschlangen, bis die Knöchel weiß und spitz hervortraten. Ihm selbst wurde erst nach einer Weile bewußt, daß er den Atem angehalten hatte.

»Also bist du eine Hexe«, folgerte der Doktor beider Rechte.

Aus Wibekes Mund stieß die Zunge hervor, leckte wie nach einem schmackhaften Mahl die Lippen, wand sich dann schlangenartig bis zu den Nasenlöchern empor, und während sie mit beiden Händen ihre Brüste umfaßte, schob sie den Unterleib in ruckartigen Bewegungen vor und zurück. Jobst war es, als wohne er einer Häutung bei: Aus dem elfengleichen Wesen, dem weiblichen Irrwisch, kam eine gewöhnliche Dirne zum Vorschein.

»Mäßige dich, du stehst vor einem geistlichen Gericht!« rief der Diakon, dem der Anblick solcher Schamlosigkeit vermutlich nicht ungewohnt war.

»Nun mal der Reihe nach«, sagte der Syndikus, indem er den Fragenkatalog zur Hand nahm: »Wie heißt dein Dämon?«

Sie habe zwei und noch einen dazu für Tage, da sie besonders hitzig sei. Letzterer heiße *Peronje*, die Namen der beiden anderen seien *Popewischel* und *Popewaschel.*

Im selben Augenblick fiel es Jobst wie Schuppen von den Augen: Sie spielte eine Rolle! Unverwandt starrte er auf das vor ihm liegende Blatt Papier. Ein Blickwechsel mit Wibeke, fürchtete er, würde sie verraten. Aber welche Absicht verfolgte sie damit?

»Habt Ihr die Namen der Dämonen notiert, Herr Steen?« fragte der Pastor.

Jäh aus seinen Gedanken aufschreckend, schüttelte Jobst den Kopf, begann jedoch sogleich, das Versäumte nachzuholen. Peronje. Er mußte in Wieses Wörterbuch nachschlagen; wahrscheinlich war das Wort mitsamt seiner genauen Bedeutung in ihm verzeichnet.

Wie sich der Verkehr mit drei Dämonen vollziehe, wollte Thomas Pale wissen. Ob sie sich abwechselten oder wie sonst vermieden würde, daß sie einander ins Gehege kämen.

Oh, mit dreien bereite es großes Vergnügen! Der eine mache es ihr von vorn, der zweite von hinten, und der dritte stecke ihn ihr da hinein. Ehe er sich's versah, hatte sie dem Frohn den Knüppel entrissen und ihn sich, soweit es ging, in den Mund geschoben.

»Bei meiner Ehre, so ein Luder ist mir noch nicht untergekommen!« staunte der biedere Claus Süverkrübbe.

In welcher Gestalt die Dämonen ihr beiwohnten, setzte Pastor Scheele das Verhör fort.

In jeder nur denkbaren. Vor allem Peronje wechsle häufig die Gestalt. Mal sei er ein Kater, mal ein Hengst. Zuweilen gleiche er auch aufs Haar einem Menschen. Dem da.

Jobst gefror das Blut in den Adern, als er Wibekes Zeigefinger auf sich gerichtet sah.

»Meinst du den Schreiber?« verwunderte sich der Pastor.

Welche Frau wohl von einem hübschen Kerl wie ihm nicht gestoßen werden möchte. Oh, Peronje sei erfinderisch, wenn es darum ginge, einem Weib Lust zu machen. Ja, sie erinnere sich gut, daß er sie hin und wieder in Gestalt des jungen Mannes begattet habe.

»Was sagt Ihr dazu, Herr Kollega?« fragte Thomas Pale in halb spöttischem, halb lauerndem Ton.

In seiner Verwirrung brachte Jobst kein Wort über die Lippen, er beließ es bei einem Achselzucken.

»Es kann Herrn Steen nicht angelastet werden, wenn der Dämon als sein Doppelgänger auftritt«, sprang der Syndikus Jobst bei.

»Oh nein, mitnichten«, erwiderte der Diakon. »Mir geht nur gerade der Gedanke durch den Kopf, welche Unannehmlichkeiten es für Herrn Steen zeitigen könnte, daß der Dämon sich für ihn ausgibt. Man stelle sich vor, Peronje machte sich an die Frau Pastor heran!«

»Wollt gefälligst meine Frau aus dem Spiel lassen, Herr Diakon!« wies ihn Johannes Scheele zurecht. Ob sie auch mit anderen Hexen Umgang gehabt habe.

Sie pflege keinen Umgang mit gewöhnlichen Hexen. Wie unter den Dämonen gebe es auch unter den Hexen eine Rangordnung, und sie gehöre dem höchsten Rang an, den Satansbräuten. Nein, der Zauber, wie ihn jene trieben, sei nicht ihre Sache. Luzifer habe ihr größere Aufgaben zugedacht.

Worin diese bestünden.

Den Christen und ihren Priestern Verderben zu bringen. Die Kirche Christi auszutilgen. Die Lehre unter den Menschen zu verbreiten, daß Luzifer der wahre Herr der Welt sei und alles nach seinem Willen geschehe.

Ob ihr Satan selbst schon einmal begegnet sei.

Wie er so töricht fragen könne! Sie sei Satans Braut wie die Nonnen Christi Bräute seien. Nur daß der Teufel ein tätiger Bräutigam sei und immer da, wenn man seiner bedürfe. Erst letzte Nacht sei er in sie gefahren mit seinem langen, wie ein Horn gebogenen und feuerroten Schwanz. Sie habe seine Stöße nahe am Herzen gefühlt, und dann sei er zu ihrer unbeschreiblichen Wonne ganz in sie geschlüpft, und wenn sie nicht alles täusche, säße er noch immer in ihr, ja, sie spüre ihn wie Glut in ihrem Leib.

Ihre Züge verzerrten sich zu einer abstoßenden Fratze. Stöhnende, knurrende, quiekende Laute entrangen sich ihrer Brust. Dann faßte sie den Pastor ins Auge und schrie mit einer Stimme, die sich geifernd überschlug, daß der Wurm ihn von innen her auffressen solle, daß er ihm den Hals brechen, ins Gehirn scheißen, daß kein Tag seines Lebens mehr ohne Qual sein und er an Leib und Gliedern verfaulen solle. Jobst sah, wohin er blickte, bestürzte Mienen. Keiner schien daran zu zweifeln, daß es der Höllenfürst selbst war, der Johannes Scheele aus Wibekes Mund so gräßlich verfluchte.

Da sprang der Pastor auf, riß das Kreuz von der Wand und hielt es Wibeke mit beiden Händen entgegen. »Agape, Satanas!« brüllte er, und die Adern an seinen Schläfen traten blaurot hervor wie einst bei seinen Wutausbrüchen in der Kirche.

Für einen kurzen Augenblick, schien es, weidete Wibeke sich an seinem Zorn. Dann drehte sie sich um, hob ihren Rock und ließ einen Furz, daß Jobst ihn wie einen Windstoß im Haar zu spüren glaubte.

Als sie auf dem Weg zum Vossbarg am Pastorat vorbeigeführt

wurde, stockte Wibekes Schritt. Aufblickend gewahrte sie Margreta, die, halb hinter dem Vorhang verborgen, an einem der Fenster stand. Die beiden Frauen sahen einander an, und zu seiner Verwunderung las Jobst keinen Haß in ihren Gesichtern, allenfalls abschätzige Neugier.

Bevor Claus Süverkrübbe den Scheiterhaufen entzündete, fragte der Pastor, ob sie angesichts des nahen Todes ihre Sünden bereuen und sich vom Antichrist lossagen wolle. Wibeke spuckte vor ihm aus. Nun gab Johannes Scheele dem Frohn das Zeichen, und knisternd fraßen sich die Flammen in das trockene Reisig. Wenig später war Wibeke in dichten Rauch gehüllt, der, da es windstill war, kerzengerade zum Himmel emporstieg. Als Jobst ihm mit den Augen folgte, bemerkte er hoch über der Rauchsäule einen Schwarm großer Möwen. Die Vögel kreisten ohne Flügelschlag, und Jobst war es, als ob sie sich langsam tiefer schraubten. Sie erwarten Wibeke, dachte er. Gleich würde sie die Fesseln abstreifen und in Gestalt eines Vogels aus dem Rauch aufsteigen, würde sich als Möwe den anderen Möwen zugesellen und mit ihnen davonfliegen. Doch dann züngelten die Flammen aus den oberen Schichten des Scheiterhaufens hervor und vertrieben den Rauch. Durch die wabernde Hitze sah Jobst, daß sie noch immer an den Pfahl gefesselt war und, vor Schmerz schon halb ohnmächtig, den Kopf hin und her warf. »Rette dich, Wibeke!« flehte er leise, »verwandle dich in einen Vogel, bevor es zu spät ist, du kannst es doch, du hast es doch schon oft getan, warum zögerst du gerade jetzt, wo es um dein Leben geht!«

Plötzlich vernahm er durch das Prasseln des Feuers ganz deutlich ihre Stimme. »Verschling mich, Mutter Nacht«, bettelte Wibeke, »nimm mich zurück in deinen dunklen Schoß!« Jobst begann zu schreien und rief ihren Namen und sah noch, wie die zahllosen kleinen Flammen sich zu einer einzigen, himmelhoch auflodernden vereinigten, als jemand ihn an der Schulter herumriß. Hinter ihm stand der Pastor.

»Was habt Ihr, Herr Steen?« fragte er.

»Mörder!« schrie Jobst. »Mörder, Mörder, Mörder!«

Johannes Scheeles Augenschlitze verengten sich, bis nur noch die Pupillen zwischen den Lidern hervorstachen. »Ihr seid offenbar nicht Herr Eurer Sinne«, sagte er. »Sonst müßte ich darauf bestehen, daß Ihr diese unerhörte Anschuldigung vor dem geistlichen Gericht wiederholt.« Darauf winkte er den Diakon herbei und sagte: »Begleitet Herrn Steen ins Dorf, er befindet sich nicht wohl.«

»Das vergißt er Euch nie!« zischelte Thomas Pale, nachdem sie einige Schritte gegangen waren. »Und wenn Ihr ihn im Büßerhemd, barfüßig und mit einem Strick um den Hals um Vergebung bätet, das vergißt er Euch nie! Ich hätte Euch wahrhaftig für klüger gehalten, Herr Kollega. *Mörder*! Wie konntet Ihr ihm ausgerechnet dieses Wort an den Kopf werfen! Ich fürchte, damit habt Ihr Euch selbst das Grab geschaufelt.«

Auf der Diele des Pastorats kam ihnen Margreta entgegen. Jobst ging wortlos an ihr vorbei in seine Kammer. Dort raffte er das Wenige zusammen, was er an Kleidung besaß, packte Wieses Wörterbuch dazu und verschnürte alles zu einem handlichen Bündel. Als er sich zur Tür wandte, stand er Margreta gegenüber.

»Geh nicht«, sagte sie. Es klang wie eine Bitte.

»Er hat Wibeke umgebracht, und du bist mitschuldig an ihrem Tod«, entgegnete Jobst. »Ich will nicht mit ihren Mördern unter einem Dach leben.«

»Geh nicht«, wiederholte sie, diesmal bestimmter. »Du wirst nicht weit kommen. Wenn du fortgehst von hier, werde ich Scheele dein Tagebuch geben. Für das, was du über ihn geschrieben hast, würde er dich töten.«

»Daran zweifle ich nicht«, sagte er. »Aber du wirst es ihm nicht zu lesen geben, weil er dann erführe, daß du ihn betrogen hast.«

»Ich müßte auch dran glauben, das weiß ich wohl«, erwiderte Margreta gelassen. »Ich würde es sogar wollen. Denkst du, es seien leere Worte gewesen, als ich sagte, ich könnte ohne dich nicht mehr leben? Du bist der einzige, den ich jemals geliebt habe.« Sie hob beide Arme, als wollte sie seinen Nacken umschlingen. Doch er drängte sich an ihr vorbei in die Küche und trat ins Freie hinaus.

War es der mit dem Sonnenlicht verwobene Schimmer des zarten Grüns, der ihn verlockte, den Weg durch die Salzwiesen einzuschlagen? Oder der perlmutterne Glanz des von keinem Windhauch bewegten Meeres? Als Jobst darüber nachzudenken begann, befand er sich bereits ein gutes Stück außerhalb des Dorfes auf dem Damm. Er ging ohne sonderliche Eile. In dem flachen Gelände konnte er etwaige Verfolger schon von weitem sichten und beizeiten einen jener versteckten Plätze aufsuchen, zu denen Wibeke ihn geführt hatte.

Unweit der Stelle, wo Jakob, Haunerlands Sohn, ihn seinerzeit eingeholt hatte, kam Jobst der Gedanke, an der Weggabelung nicht zur Dorschbucht abzuschwenken, sondern nach Fernwisch weiterzugehen. Hans Haunerland würde ihn nicht von der Tür weisen.

Auf dem Hof beluden die Knechte zwei Ackerwagen mit Kisten, Fässern und allerlei Gerätschaften. Auch in der Diele ging es geschäftig zu; einige Mägde nähten Jacken und Hosen aus Segeltuch, andere strickten Strümpfe oder fetteten langschäftige Stiefel mit Tran ein. Obwohl sie die Arbeiten sorgfältig verrichteten, war eine gewisse Hast zu spüren. Alles deutete auf einen nahe bevorstehenden Aufbruch hin.

Den Hofherrn fand Jobst in einer Weise verändert vor, daß er ihn erst beim zweiten Hinsehen erkannte: Haunerlands mächtigen Schädel schmückte ein mehr als üppiger Haarschopf.

»Im ganzen Haus gibt's keinen Spiegel mehr, alles haben sie geklaut!« wetterte Hans Haunerland. »Deshalb kommt Ihr mir wie gerufen, junger Freund. Hand aufs Herz: Sehe ich nicht gut und gern zehn Jahre jünger aus?«

»Ich war schon geneigt, Euch für Euren jüngeren Bruder zu halten«, antwortete Jobst.

»Nun gut, soll mir auch recht sein«, sagte Haunerland und zog die Perücke vom immer noch kahlen Haupt. »So etwas trägt man neuerdings in Kopenhagen bei Hofe«, fuhr er fort. »Ich habe mir gleich drei anfertigen lassen, auf See kommen einem die Dinger leicht abhanden.« Dann stutzte er und musterte Jobst mit Argusaugen: »Irgend etwas bedrückt Euch. Bringt Ihr schlechte Nachrichten? Kommen sie, mich zu holen?«

»Es steht zu befürchten, daß ich noch vor Euch an der Reihe bin«, entgegnete Jobst und berichtete, was geschehen war.

»Ich dachte, ich hätte hier eine Heimat für den Rest meiner Tage gefunden«, sagte Hans Haunerland. »Aber seitdem die Probsteier mich beraubt und meine Frau auf dem Scheiterhaufen verbrannt haben, mag ich hier nicht mehr sein. Ich habe meine älteren Töchter in den Svendborger Stift eingekauft und den Hof meinen Knechten und Mägden geschenkt. Mögen sie ihn gemeinsam bewirtschaften oder herunterwirtschaften oder alles verjuxen, es ist mir gleich. Ich gehe nach Westindien zurück!«

Matti Koskela kam herein. Er trug weite Hosen und ein Hemd, das auf der Brust und den Oberarmen eine Anzahl furchterregender Tätowierungen zu betrachten erlaubte. Der Eindruck, daß sich der bislang bäuerlich gekleidete Majordomus in einen Piraten verwandelt habe, wurde noch durch zwei Pistolen verstärkt, die beiderseits an den Hüften in seinem Gürtel steckten. »Wir sind soweit, Skipper«, sagte er.

»Wie sieht's mit dem Wind aus?« fragte Haunerland.

»Gegen Abend wird's aufbrisen«, antwortete der Finne, schon wieder im Gehen begriffen.

»Ihr habt in Eurer Mannschaft nicht noch die Stelle eines Schiffsjungen frei?« brachte Jobst zaghaft vor.

»Nein, die Mannschaft ist komplett«, antwortete Hans Haunerland, »lauter erprobte und zuverlässige Leute.« Dann, als habe er den Sinn der Frage erst jetzt erfaßt, fragte er: »Seid Ihr überhaupt seefest?«

»Das weiß ich nicht. Ich habe meinen Fuß noch nie auf Schiffsplanken gesetzt.«

»In Eurem Alter –«, hob Haunerland an, unterbrach sich aber

und sagte: »Ach, lassen wir's, zum Geschichtenerzählen ist keine Zeit mehr.«

Nachdem er die Perücke sorgfältig gepudert und zu den beiden anderen in eine Schachtel gelegt hatte, gab er zu erkennen, daß unterdessen ein Entschluß in ihm gereift war. »Ich brauche allerdings noch einen, der sich um Persinelle kümmert«, sagte er, »Weiber kommen mir nicht an Bord. Wie wär's, wenn Ihr Euch der Kleinen annehmt, junger Freund?«

Von der Fischersiedlung setzten sie zu Haunerlands Frachtsegler über. Diederich, der stumme Bootsmann, begrüßte Jobst mit einem breiten Grinsen. An Bord war die Mannschaft schon vollzählig versammelt; unter den Fischern, die Jobst vom Sehen kannte, gewahrte er auch Wibekes Vater.

Der Wind ließ lange auf sich warten; noch kurz vor Sonnenuntergang hing das Segel schlaff am Mast. Doch auf einmal war es, als beginne das Meer zu atmen. Ein leichter Wind rauhte das eben noch glatte Wasser der Dorschbucht und trieb das Schiff auf See hinaus. Als das Land hinter der Kimm versunken war, trat Hans Haunerland zu Jobst an die Reling und deutete mit dem Fernrohr auf den schon halb ins Meer getauchten Sonnenball. Jobst verstand ihn, ohne daß es eines Wortes bedurft hätte: Dort lag Amerika.